KB114419

폭염 暴炎

폭염 1

지은이_이지환 | 재판 1쇄 인쇄_2015년 8월 18일 | 재판 2쇄 발행_2019년 6월 22일 | 발행처_도서출판 청어람 | 발행인_서경석 | 편집책임_이은주 | 주소_경기도 부천시 원미구 부일로 483번길 40 서경B/D 3F (우) 420-822 | 등록_1999년 5월 31일(제387-1999-000006호) | 전화_032)656-4452 | 팩스_032)656-4453 | http://www.chungeoram.com | E-mail_chungeorambook@daum.net | 어람번호_8-0057호 | 파본은 구입하신 서점에서 교환하여 드립니다. 저자와 협의하여 인지를 붙이지 않습니다. 책값은 뒤에 있습니다.

ISBN 979-11-04-90361-8 04810
ISBN 979-11-04-90360-1 (SET)

폭염 暴炎

1

이지환 장편 소설

도서출판 청어람

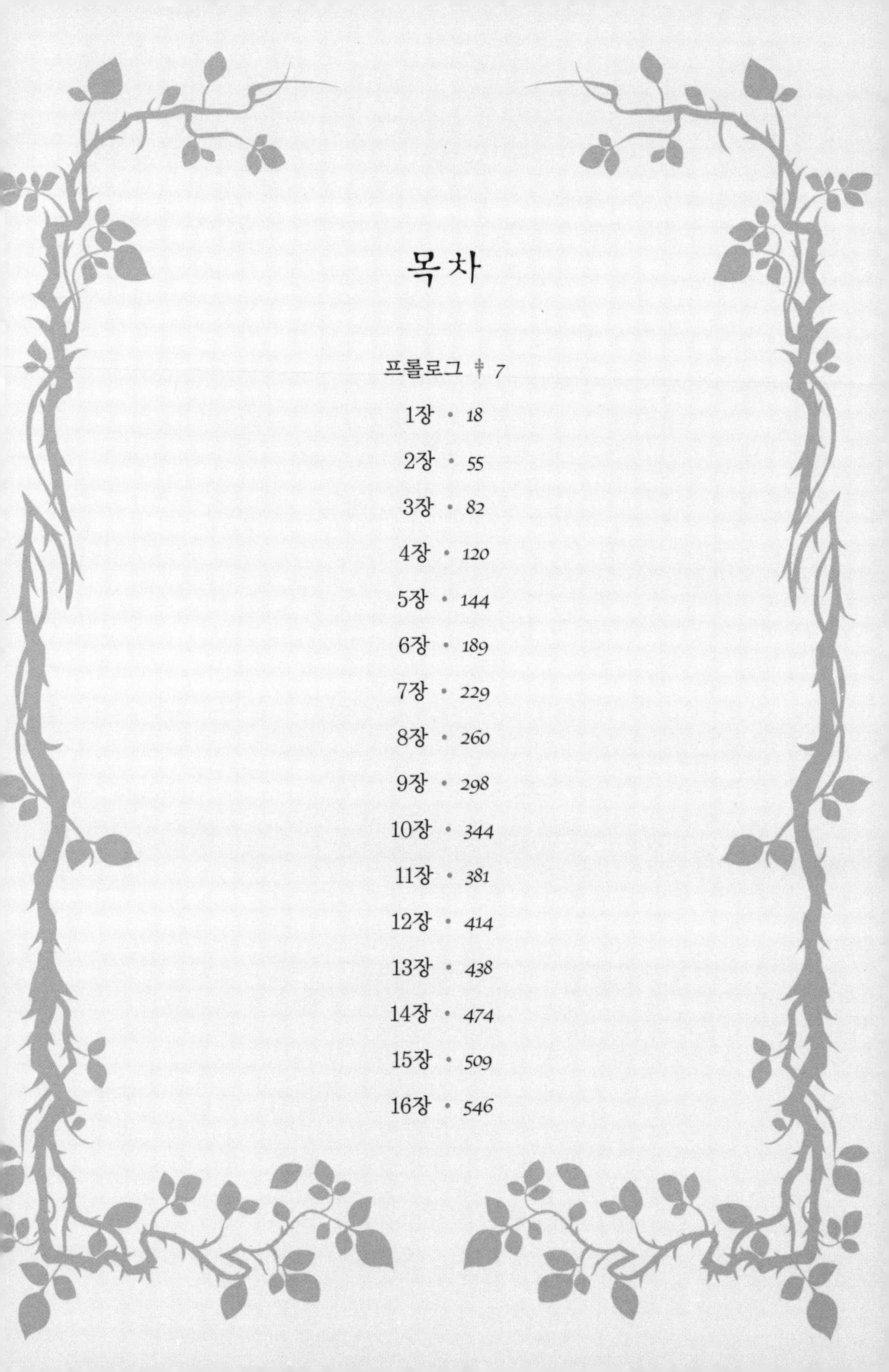

목차

프롤로그

벌써 일주일째. 거리는 견딜 수 없을 만큼 불쾌한 열기로 이글이글 타올랐다. 아스팔트 도로는 엿가락처럼 흐느적거렸으며, 공기는 무덥고 습했다. 거리를 걷는 사람들의 피부는 끈적였다. 불쾌지수가 높아져 가면 갈수록 습하고 끈끈한 소나기는 더 자주 내렸다.

도시는 바야흐로 폭염의 손아귀에 잡힌 무력한 포로였다. 그러한 폭염의 날, 눈을 아물거리게 만드는 열기의 아지랑이 사이로 거대한 보잉기 한 대가 아스라한 하늘 위로 가로질러 날아오고 있었다. 파리발 인천행 비행기였다.

"아, 아흑! 으음……. 아학, 아흣!"

자세히 귀 기울여 듣지 않으면 알아차릴 수도 없을 정도의 미음(微音). 혹은 들었다 해도 그저 비행기의 엔진 소리쯤으로나 치부할 법도 한 기묘한 소음이었다. 일등석 쪽에서 흘러나오고 있는 그건……

맙소사. 그건 남녀가 색정적으로 얽힌 채 벌이는 적나라한 정사의 교성이었다.

얇은 커튼 하나만 젖히면 누구든 다 볼 수 있는 기내였다. 그럼에도 위험한 하늘 위의 정사(情事)는 거리낌 없이 벌어지고 있었다.

반라의 여자가 의자에 앉은 남자의 허벅지를 타고 올라앉았다. 튼실한 목을 두 팔로 꼭 끌어안은 채 달뜬 볼을 남자의 볼에 부비고 있었다. 미치도록, 쉴 줄 모르고 오래도록 키스를 나누었다. 여자의 입술은 갓 피어난 모란처럼 더없이 붉었고, 더없이 관능적이었다. 그 입술은 지금 조각도로 파낸 듯 선명한 선을 그린 남자의 입술 위로 닿고 있었다.

여자의 원피스 자락은 다 풀어헤쳐져 있었다. 희미한 기내의 불빛 아래 만월처럼 둥글고 잘 익은 과실처럼 아름다운 젖무덤이 완전히 드러난 상태였다. 티 한 점 없는 우윳빛이어서 거의 요기롭다까지 할 정도로 매끈한 피부, 허리까지 말려 올라간 치맛자락 사이로 방만하게 벌려진 두 다리는 잔뜩 젖은 중심을 치고 올라오는 남자의 움직임에 부합하여 움찔움찔 떨리고 있었다.

그런 여자를 안은 그 남자 역시 반라였다. 상체를 가린 와이셔츠가 풀어져 압도적으로 건장하고 매끈한 근육이 다 드러난 상태였다. 거의 야만적이라고까지 말할 수 있는 수컷의 체취를 지녔다. 팽팽하게 긴장한 근육이 그의 동작에 따라 움찔움찔 떨렸다. 숨이 막힐 정도로 강인하고 미려한 얼굴을 가진 남자였다. 여자는 그런 남자의 몸 위에서 반 정신을 잃은 얼굴로 달뜬 움직임을 계속하고 있었다. 그의 쾌락과 기쁨을 위해 헌신하는 여자를 바라보는 남자의 눈동자는 깊고 짙었다. 또한 얼음처럼 차고 깊었다.

여자의 열정적인 키스에 화답하면서, 남자의 감각적이고 섹시한 손가락이 움직였다. 흥분과 관능에 물들어 진분홍빛으로 익어버린 유두를 잡아 살짝 비틀었다. 장난스럽고도 도발적인 손가락 장난이 주는 자극을 견디지 못한 여자가 발작적으로 몸을 뒤로 젖히고 신음을 내질렀다.

"서두르지 마."

우아할 정도로 냉혹하게, 남자는 그 신음을 키스로 막았다. 부드럽게 달랬다.

여자는 더 강하게 남자의 목에 매달렸다. 더 깊고 거친 다음 동작을 재촉하는 뜻으로 다시 한 번 뜨거운 교성을 내질렀다. 그는 여전히 여유만만했다. 절대로 서두르지 않았다.

그가 한 손으로 우미하게 뻗은 등골을 따라 찰랑거리는 검은 머리카락을 쓰다듬었다. 남은 한 손으로는 탐스럽고 하얀 엉덩이 선을 따라 어루만졌다. 하트처럼 갈라지는 선을 따라가다가 깊숙이 밀어 넣었다. 사실은 여자보다 더한 탐욕으로 은밀한 장난을 계속하고 있는 중이었다. 붉은 모란의 입술을 핥고, 깨물고, 빨고, 삼키며 심홍의 애욕을 더 강렬하게 키워 나갔다.

"만져 줘? 더 빨아줄까? 이렇게?"

그가 여자의 귓불에 대고 속삭였다. 그러나 대답을 기다리지 않고, 그의 애무를 갈구하여 단단히 뭉치고 일어선 젖가슴을 쓰다듬고 간질였다.

그의 눈앞으로 여자의 꽃봉오리 두 개가 흔들리고 있다. 하얀 봉오리 주변에 새겨진 선명한 흔적들이 그의 시선을 파고들었다.

전부 다 그가 남겨준 것들. 그의 입술과 혀와 이가 만들어낸 그의 낙인. 점점 붉게 변해가는 열기처럼 점점 더 짙붉어지는 그녀의 꽃물 흔적.

"너무 보채지 마. 네가 이대로 끝까지 가버리면 곤란해. 난 아직 시작도 안 했어."

그가 쿡쿡대며 하얀 목덜미에 살짝 이를 세웠다. 다시 한 번 풍만한 가슴골에도 이 자국을 남겼다.

여자는 신음하며 온몸을 떨었다. 이제 깨물린 아픔이 고통인지 쾌락인지조차도 구분할 수 없을 지경이 되어버린 그녀를 조롱하는 것도 같다. 남자가 한 줌도 채 되지 않을 것 같은 여자의 허리를 두 손으로 움켜잡았다. 답삭 들어 검붉게 달아오르고 뜨겁게 부풀어 오른 자신의 몸 끝과 매끄러운 꽃물을 흘리고 있는 여체의 은밀한 비밀에 맞닿게 하고는 부드럽게 문지르기 시작했다. 거의 광란이 된 여자가 비명을 질렀다. 완전한 예종과 굴복의 모습으로 남자에게 애원했다.

"제발…… 제발……."

"넣어줄까? 그래, 이젠 견디기 힘들 거야."

"갖고 싶어, 제발! 조금만이라도! 지금, 지금! 제발……."

하지만 그는 쉽사리 간청을 들어줄 생각이 없었다. 오만하게 명령했다.

"예쁜 입으로 애원해 봐!"

남자가 고개를 숙였다. 남자의 짧고 윤기 나는 머리카락이 분홍빛과 하얀 것으로 만들어진 젖가슴에 가득 쏟아졌다. 튼튼한 이로 거의 고통스러울 정도로 충혈된 유두를 살근 씹었다.

"제발 넣어줘, 하고 애원해. 그럼 박아줄게. 원하는 만큼."

상스럽고 노골적인 요구. 질척하고 음란한 조롱, 서로의 흥분과 다가올 쾌락을 증폭시키는 이것. 예민한 가슴 끝을 잘근거리는 치아의 느낌. 들어올 듯 말 듯 입구와 언저리만을 자극하며 감질나게 만드는 지독한 자극. 여체를 장난감처럼 갖고 노는 남자의 여유로움은 전기 고문처럼 여자를 미치게 만들었다.

"못 참겠지? 당장 날 가지고 싶지? 그렇다면 애원해 봐, 어서!"

원했다. 미치도록 원했다.

갖고 싶었다. 소망한다. 지금 가지지 못한다면 죽어버릴 것이다.

"제발! 넣어줘. 휘저어줘. 미치겠어!"

여자는 비단폭 찢어지듯 절규했다. 줄 듯하면서 끝내 주지 않는 남자가 죽이고 싶도록 미웠다. 동시에 그녀를 이런 절정의 환희로 몰아넣는 그를 죽을 만큼 사랑했다.

용암 같은 몸 안에서 폭발하지 못하고 갇혀 있는 이 열기. 머리끝까지 울렁거리게 만드는 이 지독한 어지럼증. 세상에서 가장 강한 멀미. 남자의 육체가 만든 롤러코스터를 타고 싶다. 치솟았다가 추락하고 싶다. 그런 것을 원한다, 소망한다. 오직 그만이 주는 것! 뜨겁고, 단단하고, 거대한 그의 몸이 주는 전류의 고문. 이것을 원한다. 그에 의해, 그의 몸에 의해, 그의 난폭함에 의해 남김없이 무너지고 부서지고, 끝까지 가서는 완전히 타버리고 싶을 뿐이다.

미진하다, 모자라다! 폭발할 듯이 흥분하고 있는 여자의 목소리가 남자의 탐욕에 있어 마지막 발화점이었다. 그도 거칠게 신음하며 마지막까지 여자를 조롱하고 자극했다.

"아아, 너 정말 많이 뜨거워. 뭐야? 벌써 가버린 거야? 재미없게? 난 분명히 아직 시작도 안 했다고 그랬어."

"제발! 이젠 못 참아!"

너무나 사무치고 간절한 애원 앞에서 그가 씨익 웃었다.

"좋아. 가득가득 줄게. 이건 네 거니까."

커다란 상을 주듯 의기양양한 목소리. 거친 숨을 들이마신 후 남자가 자신의 굶주린 몸 끝을 보드랍고 촉촉한 여체 안으로 가득히 밀어 넣었다. 강하게 박아 단번에 여자의 좁은 통로를 갈랐다. 말랑하고 뜨거운 꽃집을 관통한 후 매끄러운 액체의 인도를 받아 이내 제자리를 찾았다.

풍만한 엉덩이를 움켜쥔 손에 힘을 주었다. 투명하고 말랑한 살이 남자의 완력에 눌려 일그러졌다. 힘 주어진 손이 여자와 결합된 부분에서 움직이며 그녀와 자신의 쾌락이 극대화되는 지점을 세심하게 맞추었다. 천천히 탐색하고 찾아갔다.

남자의 영혼을 지배하는 쾌감의 절정. 단단하고 예민한 끝을 잘도 자극하고 감싸 거머리처럼 움직이는 여체의 반응 안에서 그의 뇌리 속도 하얗게 비워져 갔다.

"어흑! 조금만…… 조금만 천천히……."

이번에는 남자가 애원했다. 마침내 가지게 된 남자의 강한 몸끝을 물고 제멋대로 자연의 쾌락이 가르쳐 준 대로 애욕의 춤을 추고 있는 여자를 달래려 했다. 둘이 완전히 결합해 만들어가는 황홀경의 순간을 조금이라도 더 연장시키기 위해 힘을 다했다. 온몸을 저릿저릿하게 만드는 감각의 쾌락을 성급하게 굴어 날려 버리고 싶지 않았다.

그의 제지와 조종에 의해 거친 움직임을 거부당한 것이다. 여자가 반발하듯이 팔을 뻗어 그의 목을 감싸 안았다. 미쳐 버린 애욕으로 이글거리는 네 개의 눈동자가 마주쳤다.

"흥, 방금까지 날 애원하게 만든 사람이 누구였더라?"

그에게 몸을 밀착시키며 놀리듯이 살짝살짝 자극을 가한다. 서툰 듯 요염하면서도 섬세한 움직임은 그녀 안에 잠긴 남자를 산산조각 부서질 만큼 강한 쾌락으로 인도했다. 여자가 다시 살랑살랑 엉덩이를 움직이기 시작했다. 남자는 이를 악물며 터져 나오는 욕설을 씹어 삼켰다.

"이 앙큼한 고양이 같으니!"

환락나비와도 같은 여자의 움직임이 주는 지독한 쾌감에 남자는 완전히 이성을 잃어버리고 말았다. 그녀의 몸 안에서 감각하는 모든 짜릿함들이, 최고치의 경험들이 그를 압박하고 가득 채워서 그는 숨을 쉴 수가 없었다. 모든 게 아뜩한 빛으로 박살 났다. 너뿐이야! 죽어도 놓지 않아! 죽어도…….

마침내 여자의 안달 못지않게 남자도 다급해지고 말았다. 여자와 쾌락을 주고받으며 쫓아 달리는 남자의 움직임이 점점 격렬해지기 시작했다.

너무나 갈망하는 것. 여자의 더욱 깊은 곳까지 도달하기 위해 세차게 허리를 움직였다.

좀 더 깊이! 더 깊이.

강하고 격렬하게. 완전하게, 산산조각 날 정도로 약탈하고 싶다. 끝까지 닿고 싶고, 빼앗고 싶고, 소유하고 싶었다.

"일찍 가지 마! 오늘도 네가 먼저 가버리면 정말 죽여 버릴 거야!"

그가 경고하며 완전히 자신의 몸을 빼냈다가 단번에 끝까지 밀어 넣었다. 강하게, 혹은 약하게 빼냈다가 다시 밀어 넣었다. 남자가 깊이 파고들 때마다 여자의 입에서는 넋이 빠져나가는 듯한 신음이 끝없이 흘러나왔다.

그녀가 신음하면 그가 몸을 물리고, 안달의 콧소리를 내면 다시 밀고 들어왔다. 모자라다 투정하면 강하게 긁고 몸속을 휘저었다. 못 견딜 정도로 자극당하여 부들부들 떨 때면 잠시의 휴전. 여린 몸을 잡고는 아주 느릿하게 움직여 준다. 강하고 약한 리듬마저 완벽한 하모니. 그가 오면 그녀가 비명을 내질렀고 그녀가 멀어지면 그가 헐떡였다. 그들에게 있어 유일한 현실이라고는 오로지 타오르는 이 감각의 쾌락뿐. 서로의 몸에서 느끼는 이 지독하고 끔찍한 황홀함이 전부.

끝없는 여정. 끝없는 쾌락. 한계 없는 관능의 기쁨. 숨을 쉴 수가 없다. 아무런 생각이 나지 않았다. 뇌리 속은 오직 시뻘건 불꽃놀이. 더없이 달콤하고, 더없이 졸깃한 여자의 몸을 파고드는 자신의 몸뿐이다. 남자는 견딜 수 없는 쾌락과 탐욕으로 여자의 허리를 움켜쥔 채 난폭하게 부르짖었다. 거친 신음을 내뱉으며 부르르 몸을 떨었다.

"젠장! 사랑하니까, 내가 미치도록 원하니까, 젠장! 은후야!"

남자가, 여자가, 그들의 세상이, 마침내 산산조각으로 폭발하기 바로 직전이었다.

"손님! 손님……."

누군가가 그의 몸을 흔들고 있었다. 태흔은 눈을 번쩍 떴다.

제복 차림의 승무원이 서 있었다. 걱정스런 눈빛으로 그를 내려다보고 있었다.

"악몽을 꾸셨나 봐요. 아까부터 신음을 하시고 오한이 나시는지, 몸도 몹시 떠시더라고요. 어디 불편하신 데는? 아스피린이라도 가져다 드릴까요?"

태흔은 고개를 흔들었다. 몹시도 달콤하고, 몹시도 독한 꿈에서 깨고 말았다. 순식간에 무지갯빛 열락은 박살 났다. 그는 낙원에서 추방되었다. 허벅지 위에서 마녀처럼 천사처럼 몸을 흔들며 달뜬 신음을 흘리던 존재는 흔적 없이 사라져 버렸다.

"아, 미안해요. 사나운 꿈을 꾸었어. 냉수 한 잔만 부탁해요."

"가져다 드리겠습니다."

승무원이 가져다준 찬물을 비웠다. 그럼에도 꿈에서 맛본 그 지독한 쾌락의 여운은 가시지 않았다. 완전히 성취하지 못했기에 더 아쉽고 견디기 힘든 욕망. 담요 아래 바지를 뚫을 것처럼 부풀어 오른 욕망을 어찌하든 해결해야 했다.

그는 벌떡 일어나 화장실로 향했다. 문을 잠그고 벽에 기대섰다. 허리 벨트를 풀고 손을 집어넣었다. 빳빳한 몸가락을 움켜쥐었다. 눈을 감았다. 방금 전까지도 그의 몸이 거칠게 들락거렸던 여체의 감각을, 매끄럽고 더없이 촉촉하며 포근한 꽃집을 떠올렸다. 미치도록 갈망하나 갖지 못하는 그녀를, 오 년 전, 그녀의 몸 안에서 처음 느꼈던 모든 행복과 지독한 쾌감을 떠올렸다. 그녀의 몸 안으로 돌진해서 난폭하게 움직이던 그 느낌을 상상하며 손을 움직였다.

이왕 꿈속의 격렬한 정사로 인해 빳빳하게 발기한 상태였다. 분출 직전이었다. 허무할 정도였다. 몇 번의 자극으로도 쉽사리 굴복했다.

태흔은 입술을 깨물었다. 미끈둥한 체액이 손가락을 더럽혔다. 공허하고 무감동한 눈동자가 손끝을 타고 흐르는 비릿한 정액을 무감각하게 응시했다. 누구도 아닌 오직 그 애의 몸 안에만 흘렸던 이것.

휴지를 뽑아 뒤처리를 마쳤다. 손을 씻고 한 손으로 물을 떠서 열기에 익어버린 가증스런 얼굴에 묻혔다. 고개를 들었다. 거울 속에 자신의 얼굴이 떠올라 있었다.

얼음처럼 차고 텅 빈 눈동자가 거울 속에 비친 자신의 얼굴을 노려보았다.

'미친놈.'

스스로를 혐오하는 미소가 선명하고 뚜렷한 그의 입술에 새겨졌다. 방금 홀로 흘린 액물처럼 비릿한 웃음이었다.

'짐승 같은 놈. 아니군, 짐승이군.'

아름다운 누이동생을 향한 금지된 욕망을 참지 못해 꿈에서도 정사를 하는 놈이라면. 그 욕망을 참을 수 없어 미쳐 가기 직전인 놈이라면. 그 애의 하얀 몸을 떠올리며 화장실 안에서 혼자 자위라도 해야 견뎌낼 수 있는 놈이라면.

'은후, 은후야…….'

그 이름을 가진 하얀 얼굴을 생각하자마자 아랫도리는 아까의 그 지독하고 현란한 악몽 속에서처럼 제어할 수 없을 정도로 빠르게 부풀어 올랐다. 태흔은 거칠게 고개를 저었다.

'어차피 짐승이니까, 나는.'

선명한 입술이 다시 시고 쓴 미소를 머금었다.

그가 가장 존경하고 사랑했던 이가 찍어버린 낙인, 영원히 지워질 수 없는…….

그런데 그 미친놈, 짐승이 바로 이태흔, 바로 그다.

내 것. 고양이. 심장을 태워 버리는 불길. 전신을 관통한 가혹한 욕망. 손을 뻗는다면. 닿는다면. 훔쳐 버린다면. 가진다면. 영원히 소유할 수 있다면…….

어떤 것에도 흥분하지 않는 냉정한 심장이 지독한 열증을 앓고 있다. 누구에게도 주지 않아. 그가 가지고 있는 모든 힘은, 그 고양이를 완전히 소유하기 위한 것이니까.

'당연히 짐승 같은 짓을 할 수 있습니다. 더 지독한 짐승이 되어드리지요.'

어차피 무엇을 어떻게 하든 이미 오 년 전부터 그는 짐승이었으니까. 추악한 악마였으니까…….

하지만 아무리 염치없고 미친 짐승이라도 제 것인 암컷에 대해서만은 피 흘리는 진홍빛 심장을 가지고 있다는 것을 왜 몰라주는 걸까?

보잉기는 인천공항에 점점 더 가까워지고 있었다.

1장

온갖 가게와 상점이 내뿜는 에어컨의 열기는 거리를 더욱 뜨겁게 달구고 있었다.

고급 갤러리, 이국적인 카페, 다양한 명품점이 즐비한 청담동. 그날 새벽 나절에도 어김없이 폭우 한줄기가 쏟아졌다. 하지만 한낮 기온이 35도가 훌쩍 넘는다고 떠들어대는 언론의 호들갑에도 폭염의 기세를 쫓아낼 수는 없었다. 견딜 수 없고 참을 수 없는 더위는 오후 무렵이 되면서 절정에 달하고 있었다. 거리를 걷는 일마저 고통처럼 느껴질 정도였다.

축 늘어진 가로수 사이, 주로 우아한 갤러리가 모여 있는 골목 한 귀퉁이에 쥬얼리 디자인 공방 '예다(藝多)'가 있다.

간판은 청동으로 만든 단아한 한자로 새겨져 있다. 주변의 화려한 상점과는 달리 소박하고 한적한 느낌. 자그마한 쇼윈도 바닥에는 검은색 새틴이 깔려 있고, 그 위에 진주로 만든 티아라 한

점. 초록색 비취와 진주를 매치한 세련된 팔찌 하나만이 진열되어 있을 뿐이다.

비록 소량이기는 하나, 진열된 작품이 만들어내는 존재감은 뚜렷했다. 왜냐하면 그 티아라와 팔찌는 한 달 전 공전의 히트를 친 TV 드라마 〈연인〉의 여주인공이 결혼식 날 착용한 제품으로 소문난 것이기 때문이다.

보석들이 주는 세련된 아름다움은 아주 인상적이었고, 덕분에 지나치는 여자들의 시선이 종종 그 쇼윈도에 머물렀다. 최고가의 핸드메이드 쥬얼리 제품을 구입할 정도쯤 되는 넉넉한 멋쟁이들은 한 번쯤은 그 가게의 문을 열어보게 되곤 했다.

"제 생각으론 사모님, 약혼 예물이니 루비나 에메랄드 작품이 괜찮지 않을까 싶어요."

가게 안, 공방의 주인이 손님과 상담 중이었다. 지금껏 작업 중이었던지라, 길고 검은 앞치마를 두른 채였다.

그녀, 은후는 손님이 원하는 작품이 든 케이스를 꺼내 탁자 위에다 놓았다.

맑고 투명한 피부, 아몬드형 검은 눈동자는 그녀가 작업 중이었던 오닉스처럼 검게 반짝이고 있다. 평상시는 늘어뜨리는 머리카락을 한 덩이로 위로 틀어 올려 칠보단장 비녀로 고정했다. 작업 중 귀찮아서 아무렇게나 올린 머리카락이지만, 그것조차도 말로는 설명할 수 없는 기품과 매력을 풍기고 있었다.

느슨하게 고정되어, 한줄기 흘러내린 검은 머리카락, 만지면 분이 묻어날 것만 같은 하얀 볼을 살랑 스치고 있었다. 한 듯 만 듯한 화장이었지만, 작업용 앞치마 차림이었지만 그녀가 가진 우아한 아름다움과 단아한 자태를 감출 수는 없었다. 조곤조곤 작품을 설명하는 입술은 해사한 붉은빛이었다. 방금 핀 장미꽃처럼 달콤하게 보였다.

일 년 전 열렸던 전시회에 사파이어와 다이아몬드로 만든 팔찌를 출품했다. 그 작품에 관심을 가지고 찾아왔던 손님이었다. 올해 아들을 장가보낸다고 했다. 며느리에게 줄 약혼 예물 일습을 제작해 줄 수 있느냐고 다시 찾아온 것이니, 단골이다.

"나는 루비도 좋고, 에메랄드도 좋은데 그 애가 뭘 좋아할까 그게 문제지."

"그럼 며칠 새로 며느님 되시는 분과 같이 나오세요, 사모님."

"그래야 할까 봐, 나는 고르기가 힘드네. 자기 작품은 다 내 마음에 들어서 말이야."

"보석은 당사자가 좋아해야 해요. 사모님도 아시다시피, 보석도 자꾸 착용해야 빛을 발하는 거죠."

"그럼 내일모레쯤 시간 맞춰서 그 애를 데리고 다시 올까 봐, 은후 씨."

"그러시는 게 좋을 것 같아요. 그사이 저는 신부들이 좋아할 만한 디자인 쪽으로 구상을 좀 해놓을게요."

"그래, 알았어. 고마워."

손님이 핸드백을 들고 일어섰다.

"다음에 또 뵈어요. 살펴가세요."

은후는 일어나서 손님을 배웅했다. 손님이 차에 올라타 멀리 사라질 때까지 문 앞에 조신하게 서서 지켜보고 있다.

방문한 그 손님, 상류층만 상대하는 마담뚜 조 여사는 만족스럽게 미소를 지으며 몸을 바로 했다. 사람이 보이지 않을 때까지 배웅하고 서 있는 그 모습. 작은 일 같은데도 정성이 느껴지고,

귀한 사람 대접하는 정성과 품위가 몸에 밴 아이였다.

'저래서 강 여사가 어찌할 바를 모르고 은후, 우리 은후 하고 예뻐하는가 보네. 며느리 감으로 콕 짚어놓으셨나 보네. 하긴, 진 여사님이 어지간히 야무지게 매섭게 교육시켜 놓았으려고? 역시 지체 있는 집에서 잘 배운 아인 다르다니까.'

조 여사의 차가 완전히 사라졌다. 잠시 나가 있던 그 짧은 시간 동안, 더위는 견딜 수 없을 정도였다. 은후는 눈을 가늘게 뜨고 쨍쨍 내리쬐는 태양을 올려다보았다. 이내 서둘러 시원한 공방 안으로 피신했다.

내놓았던 보석 작품을 하나하나 꼼꼼하게 케이스에 집어넣었다. 작업실에 있는 금고에 넣고 돌아서는데, 휴대전화가 울렸다.

"안녕하세요? 이은후입니다."

[은후 씨. 전시회 디자인이랑 카탈로그 초안 나왔어요.]

전화를 건 사람은 큐레이터 서준이었다. 다음 달에 W백화점에서 열릴 보석 공예전에 은후도 출품을 하게 되었다. 그 작업을 주관하고 있는 사람이다.

[근처인데, 갈게요. 커피 한 잔만 줘요.]

서글서글하고 젠틀한 사람이라 금세 친해졌다. 할머니 진 여사의 절친한 친구인 분당 강 여사님의 외손자이기도 하다. 그러한 인연으로 서준이 유난스레 친밀하게 군다 해도 사실 뭐라 할 것은 아니었다.

"오세요. 맛있는 아이스커피 드릴게요."

[역시나 은후 씨가 최고.]

저절로 은후의 입술에 희미한 웃음기가 묻어났다.

[삼십 분 이내 도착. 내가 커피 마시는 동안 은후 씨는 쌩하니

초고 검토 좀 해주면 더 고마울 텐데.]

“해드릴게요. 오세요.”

서준의 유쾌한 목소리가 휴대전화에서 사라졌다. 친절하고 다정한 남자. 애쓰지 않아도 웃게 되는 이 남자. 할머님 말씀대로 평생 같이 살면 행복할 수 있을 남자. 가능하다면, 이런 남자를 사랑하고 싶었다. 분홍빛 입술이 옅은 한숨을 머금었다.

탁자 위에 어질러진 카탈로그를 정리했다. 손님이 마신 커피 잔을 쟁반에 챙겨 담았다. 그때 등 뒤에서 딸랑 하고 유리종이 울렸다. 또 손님이 방문한 모양이다.

“어서 오세…….”

고개를 돌리던 은후의 손에서 쟁반이 미끄러졌다. 말꼬리가 뚝 분질러졌다. 커피 잔이 바닥에 떨어져 산산조각이 났다.

문을 열고 들어선 남자. 어찌하든 절대로 잊을 수 없는 그가 돌연히 나타났다. 삽시간에 은후의 얼굴에 핏기가 가셨다.

“유령이라도 본 거야?”

“어, 어떻게……?”

“왜 미리 돌아온 거냐고 물어야 하는 것 아냐?”

그가 손을 뒤로 돌렸다. 누구의 방해도 받지 않겠다는 뜻이다. 출입문의 잠금쇠를 눌러 버렸다.

그 남자, 태흔이 몸을 움직였다. 못이라도 박힌 듯 꼼짝도 못하고 선 은후 앞으로 다가왔다. 아까 손님이 앉았던 그 자리. 원탁 앞의 의자에 앉았다. 그들의 거리는 이제 기껏 팔 한 마디쯤밖에 떨어져 있지 않았다.

은후는 그만 물러서고 말았다. 도망가듯 한 발 멀어지는 은후를 두고 태흔이 입꼬리 한쪽을 올렸다 기묘하게, 어쩌면 아주 무서운 미소를 지었다.

그에게서 벗어나고 그를 바라보지 않을 핑계가 필요했다. 금세 정신을 차려, 박살 난 커피 잔의 파편을 쓸어내는 일에만 골몰하는 척했다. 태흔의 시선은 그런 은후의 모습을 한 번도 놓치지 않고 계속 따라가고 있었다.

말쑥한 슈트 차림으로 긴 다리를 꼰 남자 하나가 앉아 있는 것뿐이었다. 그다지 좁지 않은 공방인데도 가게 안이 꽉 차는 느낌이었다. 갑자기 호흡이 곤란해졌다.

결국은 돌아올 거라고, 언제고 다시 만나야 한다고 알고 있었다. 싫든 좋든 둘이 저지른 오 년 전의 패덕을 직시할 순간이 올 거라는 것도 알고 있었다. 하지만 이런 식으로 시작될 줄이야.

전혀 준비되어 있지 않는 상황에서 그를 마주치니, 온몸이 와들와들 떨렸다. 심장은 더 떨렸다. 그를 아직도 원하고, 갈망하고, 사모하는 슬픈 영혼은 더욱더 전율하고 있었다.

죄악보다, 슬픔보다, 그녀의 원죄보다 더 절실한 감정. 그를 향일하는 이 어리석은 열증에서 언제쯤 벗어날 수 있을까?

"차라도 한 잔 바란다면 무리인 거냐?"

대답 대신 은후는 허둥지둥 돌아섰다. 전기 주전자가 놓인 탁자 끝으로 피신했다. 스위치를 올리고 차들이 쟁여진 장을 올려다보는 시늉을 했다. 본능은 그에게로 달려가고 이성은 그에게서 끝없이 도망가게 만들고 있다.

보지 마. 보면 안 돼. 다시 산산조각이 나고 말 거야. 우리 둘 다.

"무슨 차를……?"

"더위가 끔찍해."

"아이스티로 준비할게."

아이스티를 마실 때면 남들보다 두 배 이상으로 아주 진하게 마시지. 얼음이 달그락거리는 잔에다가 허브 잎이라도 하나 띄워주면 아주 즐거운 듯이 웃지. 만들어주는 사람이 기쁠 정도로 단숨에 반쯤 마셔주지. 그리고 칭찬해 주지. 손을 내밀어, 그 차를 가져다준 그녀의 머리카락을 헝클어놓지.

'어떻게 이럴 수가 있을까?'

습관적으로 은후는 태흔의 입맛에 맞는 아이스티를 우려내며 절망했다.

하나도 잊지 못하고 있어. 하나도 빼앗기지 않았어. 하나도 달라진 것 없어. 그에 대한 모든 것을 각인하여 한 치의 어김없이 움직이는 그녀 자신의 습관이 은후는 너무나 무서웠다.

두 잔의 아이스티를 마련해 쟁반에 담았다. 탁자로 다가가 그의 앞에 한 잔을 놓았다. 망설이다가 그의 앞자리에 앉았다.

"모레 돌아온다고 하더니 어떻게……?"

"이 스타일."

동시에 시작한 두 사람의 말이, 시선이 한데 엉켰다.

언제나 일방적이고 독재적이다. 커다란 손이 제멋대로 그녀의 머리카락 쪽으로 다가왔다. 피할 사이가 없었다.

"마음에 안 들어."

은후의 질문에 대한 대답 따윈 관심이 없는 듯했다. 태흔의 손이 볼품없이 한 타래로 틀어 올려 아무렇게나 꽂은 비녀에 닿았다.

그가 머리카락을 고정한 비녀를 풀어버렸다. 손에서 떨어진 비녀가 대리석 바닥에 툭 떨어졌다. 느슨하게 틀어 올려 묶여 있던 검은 머리카락이 제 의지를 가진 생물이기나 하듯이 스르르 풀렸다. 매끄럽게 풀려 흘러내렸다. 검은 비단실의 감촉으로 남자의 손에 휘감겼다. 그가 빙긋 웃었다.

“어째서 미리 돌아왔느냐고? 이런 일을 하려고 빨리 돌아온 거야.”

은후의 심장이 비녀처럼 툭 떨어졌다. 속절없이 흔들렸다. 머리카락을 풀어버린 것으로 만족하지 않았다. 그의 손은 돌아가지 않았다. 귓불을 거쳐 턱을 지나 느릿느릿 꽃대궁같이 여릿한 목선을 타고 흘렀다.

“잘 지냈어?”

대답을 하고 싶었지만 할 수가 없었다. 입에 침이 말랐다. 그의 손이 닿는 순간 머릿속이 하얗게 타버렸다. 아무것도 생각나지 않았다. 너무나 크게 뛰는 심장의 박동 소리만이 세상에 가득 차 있을 뿐.

결국 은후는 태흔의 어깨 너머를 응시한 채 고개만 끄덕였다.

입을 꼭 다물고 고개만 끄덕이는 것이 마음에 들지 않았나 보다. 태흔이 은후의 목 위로 간 손에 힘을 주었다. 백합을 닮은 하얀 얼굴을 자신에게로 돌렸다.

언제나 그렇다. 태흔은 은후가 자신의 시선을 피하는 것을 절대로 용서하지 않았다.

사람의 눈을 똑바로 보고 자신이 원하는 것을 말하고, 느낌을 정확하게 표현하라고 그녀를 가르친 건 바로 태흔이니까. 흑수정만큼이나 맑고 까만 눈동자가 마침내 그를 응시했다. 그녀만큼이나 깊고 차가운 눈동자가 그녀의 시선을 맞받았다.

“오 년 만이지?”

보드라운 귓불에 닿은 남자의 입술이 더운 입김을 흘려냈다.

나른하기까지 한 그 말이 의미하는 바는 단 한 가지. 순간 치맛자락 위에 얌전하게 놓인 은후의 손이 떨렸다. 하얗게 관절이 꺾이도록 힘이 주어졌다.

태흔의 커다란 손이 천천히 등을 쓰다듬는 것을 느꼈다. 너무 다정하고 뜨거워 미칠 지경이었다. 그에게로, 제멋대로, 넝쿨손처럼 뻗어가려는 손이 바들바들 떨렸다. 은후는 필사적으로 치맛자락을 움켜잡은 채 그에게 반응을 보이지 않으려 안간힘을 다했다.

어째서, 어째서 당신은 나의 오빠인가요.

고함이라도 지르고 싶었다. 절규라도 하고 싶었다.

남자의 긴 손가락이 가시와 꿀을 동시에 머금은 진홍빛 입술 끝에 닿았다. 살짝 만지고 건드렸다.

"그동안, 미치도록 고팠어."

항의와 공포의 신음을 내지르려던 은후의 입이 막혔다. 태흔이 은후의 입속으로 불쑥 그 손가락을 밀어 넣었기 때문이다.

"너도 맛 좀 보지 그래?"

잠시도 서로에게서 떨어지지 않는 눈동자 네 개. 치열한 전쟁 같은, 폭압적인 침범 같은 그의 손가락이 입안에서 에로틱하게 움직이고 있었다.

예고없이 들이닥쳐 예민한 입안을 문지르고 간질이고 자극하는 느낌. 태흔의 존재를 그녀의 몸 안으로 각인시키는 이 신호.

은후는 자신도 모르게 입속에 들어온 단단하고 강렬한 손가락을 이로 물어뜯고 있었다. 누구도 아닌 바로 그를, 태흔의 존재를 이로나마 감각했다.

그녀를 이렇게 무너지게 만드는 그에 대한 애증이 물결쳤다. 대낮에 빤히 공개된 곳에서 누가 보면 어쩌려고. 금세 서준이 도착한다고 했는데. 우리들을 보면 어쩌지. 공포와 불안이 뒤섞였다. 그것이 두 사람을 함께 묶는 지옥의 족쇄. 혀의 느낌보다 더 단단하고, 그래서 더 자극적인 손가락의 느낌이었다. 고통스러울 지경으로 감각적이고, 고통스럽고, 즐겁고, 또한 뜨겁다. 미치도록 괴롭고 죽을 만큼 그립다. 은후의 이가 물어뜯고 혀가 빨아들일 때마다 태흔의 손가락도 같이 움직였다.

심장이 미친 속도로 뛰고 있었다. 너무 급하게 뛰어 이러다가 죽는 게 아닐까 생각될 정도였다. 그러나 너무나 얄밉게도 태흔의 표정이나 눈빛은 조금의 동요도 없었다. 얼음처럼 차고 무표정한 것도 변함없었다.

영원처럼 긴 시간이 지났다. 그가 비로소 은후의 입에서 손가락을 빼냈다. 더없이 나른하고 퇴폐적인 미소를 지으며 손가락을 자신의 혀로 살짝 핥았다. 은후의 타액으로 젖은 그것이다. 태흔의 눈이 자신의 자극으로 인해 촉촉하게 젖고 도톰하게 부어오른 입술을 노려보고 있었다.

그가 어느새 분홍빛으로 달아오른 은후의 볼을 젖은 손가락으로 쿡 찔렀다. 고개를 흔들었다. '지금은 이걸로 만족해' 라고 말하는 것 같은 동작이었다.

그가 아무 일도 없다는 듯이 잔을 들어 아이스티를 마셨다.

"꽤 긴 시간이지. 너도 알겠지만."

거세게 흔들리는 은후의 심장의 상태 따위엔 관심이 없는 것 같았다. 그가 고개를 돌렸다. 폭염에 타서 축 늘어진 거리를 노려보았다.

"하지만 난 좀 더 기다릴 수 있을 거야."
그의 목소리는 얼음처럼 차디찼고, 벨벳처럼 매끄러웠다.
"아주 좋은 건 기다릴 가치가 있거든."
떨리던 은후의 어깨가 문득 경직되었다. 그 말이 전하는 바를 읽었기 때문이다.
자신도 모르게 분홍빛 입술이 체념의 한숨을 토해내고 있었다. 어찌하든 벗어날 수 없는 건가.
그가 일어섰다. 탁자 끝에 손을 짚고 벽만 응시하며 미동도 않고 있는 얼음인형을 내려다보았다. 본능적으로 은후는 고개를 치켜들고 그를 올려다보았다.
아주 짧고 강렬하게.
이번에는 그의 입술이, 닿았다.
깨물렸고, 벌려졌고, 휘저어졌다.
고개를 든 그가 나직하게 명령했다.
"별장에 가 있어."
까맣게 질려 버리는 눈동자를 흔들림없이 내려다보고 있다. 너무나 잔잔한 심연의 눈빛이 지켜보고 있다. 거역 따윈, 반항 따윈 절대로 할 수 없게 만드는 저 눈빛. 포박된 연약한 나비는 꼼짝도 할 수가 없다.
"난 좀 늦을 거야."
살짝 벌어진 입술이 무슨 말이라도 좋으니 한마디라도 물어주기를. 그러나 바들거리는 은후의 입술은 끝내 열리지 않았다. 태혼의 눈동자 속에 더 차가운 열기가 이글거렸다.
"그래도 기다려. 잠들지 말고."
"하, 하지만."

"할머니가 믿을 수 있는 그럴듯한 변명쯤, 넌 반드시 찾아낼 거야."

무엇인가 항의하려던 은후의 입술이 태흔의 손가락에 의해 막혔다.

"싫어?"

너무나 검고 깊어, 그 바닥을 알 수 없는 늪 같은 눈동자. 온몸의 힘이 삽시간에 빠지고 있었다. 밤의 별장에서, 둘뿐인 그 한적한 공간에서, 오랜 악몽의 장소인 그곳에서 그는 대체 무슨 짓을 하려는 건가.

은후는 마지막 용기를 그러모았다. 필사적으로 소리쳤다.

"내, 내가 별장에 가리라고 믿는다면, 오빠 미친 거야!"

"짐승이라서 그래. 정확하게 말해."

태흔이 웃었다.

그래. 미쳤다. 알잖아? 이 여자에게 미쳐 있기 때문에 그는 이러는 거다. 이 여자도 그만큼 미쳐 주면 좋을 텐데. 그럼 이런 짓을 할 필요도 없을 텐데…….

그가 다시 킥 하고 기묘한 웃음소리를 냈다. 다가온 하얀 이가 살짝 은후의 귀를 깨물었다. 나직하게 내뱉는 말 앞에서 은후는 눈을 감고 말았다.

"우린 같은 죄를 지었어. 나만 벌을 받으면 불공평하지."

그가 나가 버린 후, 문에 매달린 유리종은 아주 오래도록 흔들렸고 여운은 지속되었다. 느닷없이 태흔이 은후의 몸과 입술과 영혼에 남긴 생채기처럼.

느닷없는 폭우가 쏟아지기 시작한 것은 그로부터 십 분이 채 지나지 않아서였다.

십 분 전에 시작된 비는 기껏 비 따위가 아니었다. 물 폭탄이라 불러야 했다. 그 정도로 세차고 또 거셌다.

"으앗! 기습 폭우 따위, 진짜 싫어!"

서준이 문을 열고 들어오며 소리쳤다.

두 손으로 얼굴을 가린 채 고민에 빠져 있던 은후는 손을 내렸다. 문을 차고 들어오는 남자에게 어설픈 미소를 지어주려고 노력했다.

쉽지는 않았다.

태흔이 떠난 후임에도 속박당한 것처럼 꼼짝도 하지 못하고 그 자리에 앉아만 있었다. 예고없이 나타나선 그나마 표면적으로 완전히 평화롭던 은후의 일상과 시간, 감정과 이성을 사정없이 헝클어놓고 사라졌다. 그녀가 풀 수 없는 숙제, 결코 풀어서도 안 될 어려운 숙제에의 요구만을 남겨놓고.

태흔의 방문 이후, 은후의 사고 회로는 완전히 정지된 상태였다.

"은후 씨, 수건 좀 줘요. 완전 젖어버렸어."

주차장에서 차를 세우고 가게까지 달려오는 데는 기껏 삼사 초쯤 될까? 그럼에도 서준의 머리며 어깨는 흠뻑 젖어 있었다. 그렇지 않아도 약간 곱슬인 머리카락은 완전히 잘못 끓인 라면발처럼 변해 있었다.

"우산은 어쩌고 비를 맞고 다니세요?"

세면실에서 수건을 찾아 건네주었다. 잠시 잔소리를 했다. 서준 자신은 비를 맞으면서도 젖지 않도록 가슴 안에 품어 안고 온 원고 봉투를 받아 들었다.

"여름비라고 무시할 게 아니라니까. 감기 들어요."

"내가 감기 들면 은후 씨, 병문안 와줄 건가? 그렇담 잔뜩 비 맞고 아파 버릴 텐데."

"그런 말이 어디 있어요? 아이스커피?"

서준이 고개를 흔들었다. 십 분 전에 태흔이 앉았던 바로 그 자리에 앉았다.

"비 맞았으니까 따뜻한 것이 좋을 것 같아."

은후는 늘 기분 좋은 웃음을 짓는 상냥한 그 남자를 멍하니 바라보았다. 태흔이 서준의 성격 반의반이라도 닮았다면 얼마나 좋을까?

찢어지는 가슴도, 몰래 흘리는 눈물도 없을 텐데. 무서운 죄책감으로 밤마다 악몽을 꾸지는 않을 텐데. 그럼에도 그를 원해 한 손으로 시트를 잡아뜯으며 그가 만지고 빨아 삼킨 가슴 언저리를 그녀의 손으로 쓰다듬고 어루만지는 수치스런 짓은 하지 않을 텐데.

서준이 고개를 들었다. 꼼짝도 않고 자신을 바라만 보고 있는 은후의 이름을 불렀다.

"은후 씨?"

"네? 아, 네."

"나, 따뜻한 차 한 잔."

평소와는 다르게 멍해 보이기도 하고, 또 어쩐지 정신을 딴 데 놓아둔 것 같기도 하다. 아주 작은 것 하나 놓치지 않고 섬세하게 신경 쓰고 상대의 기분을 헤아려 맞추어주는 은후의 평상시 모습과는 사뭇 다른 기색이다. 그의 말을 듣고는 있는 걸까? 텅 빈 것 같은 은후의 시선이 의아해하는 서준의 얼굴로 다가왔다. 그가 걱정스레 그녀를 살피고 있었다.

"무슨 일 있어요?"

"무슨 일은…… 없어요, 그런 거. 갑자기 손님이 부탁하신 일을 끝맺지 못했다는 생각이 떠올라서, 혼자 당황해하고 있던 참이었어요."

"그렇구나. 은후 씨에게 무슨 일이 생긴 줄 알고 순간 걱정했어."

"잠시만 기다리세요. 카페오레 만들어 드릴게요."

"갑자기 무진장 행복해지기 시작했어요!"

서준이 환호성을 질렀다. 지인들 사이에, 은후의 카페오레 맛이 근사하다고 소문이 자자했다.

은후는 미소 지으며 사무실 옆에 붙은 작은 주방으로 들어갔다. 천천히 시간을 끌며 카페오레를 만들었다.

물을 데우고, 차를 준비한다. 그런데도 다르다. 손이 떨리지 않았다. 물을 흘리지도 않았다. 컵을 떨어뜨리거나 다리가 꼬이지도 않았다. 누군가에게 차를 대접하는 일은 이렇게 똑같은데도, 십 분 전과 십 분 후가 왜 이렇게 다른 걸까?

이은후가 둘로 쪼개진 것 같다. 이성을 차려 태흔을 피해 자꾸만 구석으로 숨어드는 올바른 은후, 죄인 줄도 모르고 그를 향해 무작정 달려가는 미친 은후.

대체 어째야 하는 걸까?

'별장으로 내려가 있지 않는다면, 오빤 어떻게 나올까?'

태흔이 어떤 일을 할지 헤아려지지 않아 더 무서웠다.

그의 말대로 지옥은, 그들이 저지른 죄가 만든 지옥은 두 사람의 것인데. 그녀는 비겁하게 오 년 동안 앙큼하게 눈을 감고 혼자

만 잘도 살았다.

"드세요."

서준이 뜨거운 김이 오르는 커피 잔을 들었다. 마치 자신이 성주라도 되는 듯 거만하게 등을 뒤로 젖혔다.

"나는 차를 마실 테니, 은후 씨는 오탈자 교정해요."

"서준 씨는 놀고 나는 일하려고 하니까 살짝 약 올라."

"은후 씨 고생시킨 대가를 치르면 되잖아. 맛있는 밥 사줄게. 그럼 되죠?"

"내가 돼진가?"

"은후 씨는 많이 먹어야 해. 너무 여리고 섬세해서 곧 쓰러질 것 같단 말이지."

"내가 러닝머신 뛰는 것 보고도 그런 소리가 나와요?"

은후를 무조건 유약하게만 보는 서준더러 핀잔을 주었다. 두 사람은 같은 피트니스 센터의 회원이었다.

"하긴 은후 씨, 러닝머신 한 시간 내리 뛰는 거 보니까 좀 무섭더라."

"잘 보셨어요. 저 좀 무서운 여자예요."

두 사람은 서로 마주 보며 웃음소리를 냈다.

서준은 카페오레를 마시고, 은후는 서랍에서 빨간 볼펜을 찾았다. 봉투에서 원고 무더기를 꺼냈다. 인쇄된 원고를 한 장 한 장 넘기며 오탈자를 찾기 시작했다. 잠시 두 사람 사이에 침묵이 흘렀다.

유리창 너머 폭우는 계속해서 하염없이 거세게 쏟아지고 있다. 섬처럼 적막하고 안온한 가게. 커피를 마시며 서준이 은후의 옆 얼굴을 가만히 응시했다.

집중을 하고 있어 야무지게 다물린 입술. 하얀 얼굴을 감싸고 어깨 아래로 찰랑대는 머리카락. 더 이상 손을 댈 수 없을 만큼 완벽하게 유려한 선을 그리는 실루엣. 하지만 아까부터 무엇인가 이상하다. 늘 침착하고 온유하던 표정에 그가 눈치챌 만큼 파란 불안 같은 것이, 초조함 같은 것이 어려 있다. 저절로 서준의 이마에 주름이 살짝 졌다.

"무슨 일 있어요?"

은후가 고개를 돌렸다.

"은후 씨, 오늘 좀 이상한 것 같아."

"무슨 말……?"

"괜히 즐거운 척, 별일 없는 척하긴 하는데 말이지. 이상하게 좀 불안정해 보여."

"그럴 리가 없잖아요. 만날 공방에 틀어박혀 사는 저에게 별일 따위 뭐가 있으려고?"

별일이 없는 게 아니라 그 별일을 드러내고 싶지 않은 거다.

서준은 두 손을 들어 보였다.

은후가 말하고 싶지 않은 것을 캐고 싶지 않았다. 아직 그는 그럴 권리가 없고, 또 있다 해도 그러고 싶지 않았다. 자신의 관심이나 호의를 은후로 하여금 간섭이나 속박으로 느끼게 하고 싶지 않았다.

오래도록 보아오며 욕심낸 사람이다. 오래된 만큼 깊은 외사랑을 익혀온 상대이다. 천천히 다가갈 작정이었다. 은후가 먼저 그에게 다가올 수 있도록 다정하고 너른 품을 준비하고 싶었다. 어른들이 등 떠밀어 그녀가 그에게로 오는 일, 바라지 않았다. 서준은 진심으로 눈앞의 여자가 가진 투명한 심장의 주인이 되고 싶었다.
서준은 서로에게 안전한 쪽으로 화제를 돌렸다.
"요즈음, 성북동 난리 났겠네요?"
"왜요?"
"이태흔 사장, 돌아온다면서?"
은후의 손에서 빨간 볼펜이 미끄러져 떨어졌다. 그녀가 허리를 굽혀 볼펜을 주웠다. 그래서 서준은 미처 은후의 표정에 순간적으로 어린 긴장도, 파들거리는 전율도 읽지 못했다.
"오 년 만인가?"
"예."
"오래도록 나가 있었죠?"
"사실은 이번에도 돌아오지 않겠다고 했지만, 할머니 건강이 많이 나빠져서 오빠도 어쩔 수 없었나 봐요."
"이젠 이태흔 사장이 회장으로 취임하는 건가?"
"아마도요. 여하튼 오빠 한 명이 남은 거니까."
"나이가 벌써 서른셋이니, 이제 곧 결혼한다는 말도 나오겠네."
은후가 말없이 고개를 끄덕였다. 그저 교정쇄에 집중하는 표정이었다. 서준이 남은 커피를 마저 마셨다.
"이태흔 사장 결혼하면, 그다음은 은후 씨 차례인가?"
"제 나이가 몇인데 벌써 결혼을 해요? 서준 씨. 징그러워."
은후가 마지막 페이지를 넘겼다. 봉투에다 다시 챙겨 넣으며 한마디 치받았다.
"아이고, 스물다섯이네. 아가씨. 적은 나이가 아니지."
"전 결혼 생각 없어요. 한참 일 재미있고, 할 일도 많은데요. 할머니도 저더러 빨리 결혼하라는 말씀 없으세요. 오래도록 같이 살자고 하시던걸요."

'글쎄올시다.'

서준은 빙그레 혼자만 아는 미소를 지었다. 은후가 원고 봉투를 내밀었다. 서준은 커피 잔을 내려놓았다. 원고 봉투를 받아 들고는 손목시계를 내려다보았다. 네 시 반. 은근히 제안했다.

"은후 씨. 이만하고 퇴근하지? 비도 오고 손님도 없을 것 같은데. 지금 나가서 나랑 저녁 먹읍시다."

"죄송해요, 선약이 있어요. 다음에 하죠."

서준의 좋은 점은 담백하다는 것이다. 은후가 불편해하는 일은 결코 무리하게 강요하지 않는다. 무작정 빼앗으려 하고 강요만 하는 그 남자와는 너무 다른 다정함과 배려심을 가진 저 남자. 은후는 유리창 너머에서 서준의 BMW가 폭우를 뚫고 사라지는 것을 한동안 바라보기만 했다. 어느새 정신을 차려보니 그녀는 자신의 손가락을 입속에 넣고 잘근잘근 씹고 있었다.

가고 싶지 않다.

절대로 그의 말 따윈 듣지 않을 것이다. 절대로 그곳에 다시 가서는 안 된다. 하지만…….

귓전에 울리는 태흔의 목소리가 계속해서 울려 퍼지고 있었다. 도무지 사라지지 않았다.

"우린 같은 죄를 지었어. 나만 벌을 받으면 불공평하지."

'잊지 마. 잊으면 안 돼. 할아버지가 왜 돌아가신 건지. 우리들의 지옥은 오빠 탓만은 아냐. 내 탓이 절반인걸.'

은후는 한 손으로 얼굴을 가린 채 그만 바닥에 주저앉고 말았다. 넋 나간 시선을 들어 아직도 탁자 앞에 태흔이 앉아 있기라도 하듯이 돌아보았다.

'그날, 별장으로 따라가는 게 아니었어.'

거짓말.

또 다른 그녀가 비웃고 있었다.

그날 벌어질 일이 아니었다면 다른 곳 다른 날, 결국은 벌어졌을 일이었다. 너무나 무서운 일이지만, 그때 서로에게로 향한 두 사람의 감정은, 열기는 조금의 자극만 가해져도 폭발하고 말 활화산이었으니까.

별장의 마당에 차를 주차시키고 운전석에서 내렸다. 휘리릭 시원한 강바람이 불어왔다. 찌는 듯한 폭염은 깊은 산과 강이 넘치는 이곳에선 맥을 추지 못했다. 바람에 휘날리는 머리카락을 한 손으로 쓸어 귀 뒤로 넘겼다.

'오 년 만이구나.'

가평 별장에 다시 온 것은 그날 이후 처음이다.

"에구머니, 이게 누구래? 기별도 없이. 은후 아가씨."

관리인 파주댁이 뒤란을 돌아 나왔다. 눈이 휘둥그레져선 연락도 없이 나타난 은후를 맞이해 주었다.

"너무 피곤해서요. 잠시 쉬러 내려왔어요."

"저녁은요?"

"그냥 간단하게 먹을게요. 밤 내내 있을 거니까 아주머니는 그냥 집에 내려가세요."

"만날 청소는 하는데, 어떨지 모르겠네요."

파주댁이 열쇠로 문을 열어주었다. 오래도록 빈집이었지만, 날마다 쓸고 닦는 집이라 먼지 냄새는 나지 않았다.

하지만 은후는 현관 안으로 선뜻 들어서기가 무서웠다.

'두렵니? 무서워? 네가 저지른 짓이 어떤 건지 확인하는 거. 혐오스러워? 오빠 말대로 현실을 직시하는 거. 못 하겠어?'

하지만 싫어도 해야 한다. 태흔이 돌아왔으니까. 그 지옥을 같이 직시해야 한다고 강요했으니까. 은후는 입술을 잘근 깨물었다. 문손잡이를 돌렸다. 한 발을 들이밀었다. 본능적으로 그녀의 시선은 꼭 닫힌 일층 욕실 쪽으로 다가가고 있었다.

'할아버지…….'

차마 거실에 올라서지도 못하고, 은후는 현관 머리에 주저앉고 말았다. 두렵고 염치가 없었다. 그렇게라도 하면 이 모든 일이 사라지기라도 하듯이 두 손으로 얼굴을 가려 버렸다. 가녀린 어깨가 아주 오래도록 떨리고 있었다.

어쩔 수 없다. 여기까지 밀려왔는데. 어제 일인 듯 그날의 일이 생생하게 떠오르고 있었다.

'피할 수 없었어요. 어쩔 수 없었어요. 아주 오래, 너무 오래 오빠를 바라봤었어요. 가당찮은 욕심인 줄 알았지만, 제겐 오빠뿐이었어요. 어떤 식으로든 오빠에게 속하고 싶었어요. 그것이 할아버지께, 할머니께 얼마나 무서운 배신인 줄 알면서도, 절대로 해서는 안 되는 짓인 줄 알면서도……. 제가 감히 오빠를 욕심냈어요.'

그 욕심의 대가가 무엇이었는지, 은후는 처절하게 배웠다. 단 한 번 그를 남자로 품은 대가가 어떤 것이었는지, 어떻게 잊을 수가 있을까? 그녀는 진정 사랑해 준 가족을 잃고 따가운 가시로 그녀를 매일 찌르는 지독한 죄책감과 후회의 지옥을 품게 되었던 것이다.

은후는 거실 발코니로 향하는 문 앞에 앉아 있었다. 폭우가 그친 후, 오히려 깨끗해진 밤하늘을 올려다보고 있는 중이었다.

서울에선 보기 힘든 별들이 총총히 박혀 있다. 방충망을 뚫고 들어오려는 나방들과 곤충들이 미약한 날개를 퍼덕거리는 소리도 들려왔다. 갑자기 불어난 강물이 급류가 되어 콸콸 흘러내리고 있다.

파주댁이 저녁 식사를 차려주고는 떠났다. 하지만 두어 숟가락도 채 뜨지 못했다. 일을 한다고 점심도 걸렀으니 배가 고픈 것이 당연할 텐데도, 이상하게 시장하다는 느낌이 하나도 들지 않았다.

'긴장해서 그런 거야. 긴장해서…….'

태흔이 언제 나타날까 무서워서. 그녀의 영혼과 몸이 먼저 아는 그 일을 다시 할까 봐. 죽음을 부른 패덕의 그 일이 다시 시작될까 봐.

초조함과 불안이 반반 담긴 은후의 시선이 벽시계로 다가갔다.

열한 시.

그는, 늦을 거라고 말했다.

알면서도, 온몸이 시계가 되어 있었다. 그를 밀어내면서도, 그를 기다리고 있었다.

바람 소리에 문만 덜컹거려도 심장이 뚝 하고 떨어졌다. 아스라이 차 소리만 들려도 그인가 싶어 몸이 굳어졌다. 달아나고 싶어. 도망치고 싶어. 온몸이 비명 지르고 있었다. 핸드백 안에서 휴대전화가 울린 것은 바로 그때였다.

[밥은 먹고 일하는 거냐?]

인자한 진 여사의 목소리가 흘러나왔다. 지금 은후가 어떤 사람과 만나, 무슨 일을 할 것인지를 이분이 아신다면. 너무나 죄송하고 너무나 수치스러워 기절이라도 하고 싶었다.

[혼자 잠들려니 갑자기 적적해지지 뭐니. 자기 전에 우리 은후 목소리 한 번 듣고 자야지, 이러면서 전화한다. 방해한 것 아니지?]

"아니에요. 저도 지금 잠시 쉬려고 주전자에 물 올렸어요. 주무세요. 새벽에라도 들어갈 테니까 걱정 마시고요. 아침 식사는 혼자 드시지 않게 할게요."

할머니가 제발 그녀의 목소리가 흔들리는 것을 눈치채지 않기를.

[예쁘다. 먼저 자마. 내일 보자꾸나.]

가증스런 자신에게 소름 끼쳐 하며, 은후는 전화를 핸드백 속에 넣었다. 태연하게 거짓말하고, 속여넘기는 자신에 대한 욕지기가 치밀어 올랐다. 아까보다 천만 배는 더 큰 죄책감과 불안 안에서 고개를 떨어뜨렸다. 두 손으로 얼굴을 가렸다. 대체 난 어쩌려는 걸까? 우린 어디까지 가려는 걸까?

"예쁜 머리통 아무리 굴려봤자야. 변하는 건 없어."

등 뒤에서 낮고 굵은 목소리가 들려왔다.

은후는 화들짝 놀라 손을 내렸다. 흠칫하여 고개를 돌렸다. 이미 들어선 태흔이 현관문에 등을 기대고 서 있었다.

차 소리도, 문이 열리는 소리도 듣지 못했는데 언제 도착한 것인가?

운전을 하고 온 모양이다. 낮과는 달리 안경을 쓰고 있었다. 그것 말고는 달라진 것이 없다. 압도적이고 잔혹하고 무서운 것은 똑같다.

아니다. 달라진 것이 있다. 더 강렬해지고, 더 노골적인 욕망이다. 낮과는 달리 사람들의 눈을 걱정할 필요가 없는 밤의 밀실이다. 누구의 방해도 받지 않고 둘만 있다. 태흔은 이제 더 이상 자신의 욕망을 감추지 않고 있었다.

먹잇감을 노리는 사나운 맹수 같다. 태흔의 검은 눈동자가 천천히 은후의 머리끝에서 발끝까지 쓸어내렸다. 시선만으로도 충분했다. 그는 지금 은후의 옷을 벗기고 있었다. 그가 보내는 강렬한 신호. 시뻘건 정욕 앞에서, 감추지 않은 욕망과 어두운 애증의 소용돌이 안에서 은후는 뱀 앞의 쥐처럼 꼼짝하지 못하고 그를 마주 보며 굳어져 있었다.

그의 시선이 닿는 곳마다 솜털이 빳빳이 섰다. 바들바들 떨면서도 그 시선이 일깨운 열기와 패덕의 검은 불길을 어찌하지 못했다. 어쩔 수 없었다. 이은후는 이태흔이 만든 여자니까. 세포 하나, 머리카락 하나, 생각 하나까지도 그가 만들어낸 그의 작품이니까. 그만 사랑하고, 그만 바라보고, 그만 향일하게 만들어진 완벽한 그만의 인형이니까. 그의 여자니까.

그가 신발을 벗고 거실로 올라왔다. 성큼성큼 다가와 은후의 앞에 섰다. 조롱하듯이 그녀의 머리카락을 슬쩍 쓸어내렸다.

"착하군, 이은후."

그녀의 머리를 쓰다듬던 그 손으로 태흔이 그녀의 얼굴을 다짜고짜 뒤로 젖혔다. '아앗!' 내지르는 비명은 그의 입술 안으로 먹혀 버렸다. 너무 놀라 벌어지는 분홍빛 입술을 거친 남자의 입술과 혀가 잠식해 버렸기 때문이다.

은후의 입술 안으로 파고든 혀는 아무 거리낌 없이 격렬하게 움직이고 있었다. 그녀의 향기와 맛을 음미하고 소유했다.

낮에 가게에서 했던 맛보기 같은 짧은 키스가 아니었다. 그의 혀는 그의 또 다른 페니스였다. 그저 키스인데, 거대한 몸 끝이 창처럼 솟구쳐 은후의 여린 샘 깊숙한 곳까지 침범해 완전히 채우는 느낌이었다.

그의 키스는 이토록이나 신비하고, 은밀하고, 짜릿했다. 혀로, 입술로, 그는 완벽한 정복과 소유를 주장하고 있었다. 은후의 입술 사이로 저절로 앓는 듯한 신음이 새어 나왔다. 그러한 쾌락으로 그러한 자극으로 자신의 여자를 영원히 묶어두려는 듯 거칠게 입술과 혀를 움직이며 태흔이 남은 한 손으로 넥타이를 풀었다. 아무렇게나 던져 버렸다.

날아간 넥타이가 소파에 나폴 내려앉았다.

인형처럼 그에게 잡혀 입술로, 혀로 문질러지고, 빨리고, 깨물리고, 핥아지고 있다. 그런데도 은후의 멍하니 뜬 눈은 검은 가죽 소파 위로 떨어지는 황금빛 넥타이를 응시하고 있었다.

이상한 일이다. 슬픔과 두려움이 흐르는 심장, 더 깊은 안쪽에선 미소가 간질간질 피어오르고 있었다. 할머니가 끝내 고치지 못한 두 가지. 신었던 양말을 벗어 슬쩍 침대 아래로 밀어 넣는 것과 넥타이를 풀어 아무 데나 던져 놓는 것이었다.

태흔이다. 은후의 태흔이다. 아무것도 달라지지 않은 그녀만의 태흔이다.

한순간 풀어져 버린 여자의 마음을 읽기라도 한 걸까? 남자의 자유로워진 손이 봉긋한 가슴 한쪽을 움켜쥐었다.

내 것.

그의 손과 입술은 아플 정도로 뚜렷한 각인을 주장하며 거칠고 격렬하게 움직였다. 얇은 원피스 자락 위로 젖가슴이 꼿꼿이 일어섰다. 그가 고개를 숙여 얇은 천 사이로 솟아난 작은 젖꼭지 하나를 잘근 씹었다. 그들의 열기점에 불을 붙였다.

"시간 낭비하지 말자고."

태흔이 망설이지 않고 은후의 몸을 의자에서 끌어내 커다란 소파에 내던졌다. 은후가 비명을 지르며 뒤로 물러나려 몸을 젖혔다. 하지만 소용이 없었다. 망설이지 않고 그녀의 몸을 타고 오른 태흔이 이왕 허벅지까지 밀려 올라간 치맛자락을 허리께까지 완전히 밀어 올렸다. 그가 갈망하는 것을 감춘 천을 사납게 벗겨 내리려 했다.

"안 돼, 오빠. 안 돼. 제발!"

수치스러운 패덕의 손을 안간힘을 다해 막으려 했다. 두 손으로 태흔의 손을 잡아 만류하려 하며 내지르는 은후의 목소리는 거의 통곡 같았다.

"오빠잖아, 오빠였잖아. 우린 이러면 안 되잖아!"

바르르 떨리는 하얀 종아리에 파란 심줄이 섰다. 앙증맞은 팬티가 미처 완전히 끌려 내려가지 못하고 하얀 발끝에 걸렸다. 태흔이 은후의 입술을 물어뜯었다. 마음에 들지 않는 무의미한 말 따위를 계속하는 어리석은 여자를 조롱했다.

"네 몸과 말이 아주 다르구나."

태흔이 봉긋한 젖무덤을 한껏 움켜쥔 손에 힘을 풀었다. 손가락 끝으로 곰살갑게 도토록 돋은 진분홍빛 유두를 건드려 주었다. 금세 입술과 혀가 손가락을 따라갔다. 가득히 흡입했다가 살살 굴리며 풀어주었다. 하얀 상아로 만든 듯 딱딱하기만 하던 동체가 분홍빛으로 익어 흐물거렸다. 그 손이 어느새 촉촉하게 젖어가는 두 다리 사이의 은밀한 곳으로 침범했다. 깊이 안쪽으로 파고들었다. 은후가 헉 하고 숨을 들이켜며 몸을 휘었다. 작은 팬티가 걸린 하얀 발가락 끝이 빳빳하게 굳어졌다.

은후의 몸이 다시 움찔거렸다. 한 손으로는 자신의 셔츠 단추를 풀어가며 태흔이 하얀 목덜미를 빨다가 연약한 살을 세게 깨물었기 때문이다. 그녀를 누르고 속박한 팔은 굉장히 단단했기에 도망도 갈 수가 없었다. 자신이 깨물어 꽃물의 흔적을 남긴 그곳을 달래듯이 태흔이 살살 혀로 쓸었다.

치명적인 색정의 유혹, 그에게로 완전히 예속된 몸이 자꾸만 자꾸만 이성을 배반하고 젖어들고 있었다. 정신을 차릴 수가 없었다. 과거와 현재가 뒤섞였다. 죄악과 열기가, 금단과 욕망이, 애욕과 증오가 어지럽게 뒤섞였다. 그를 밀어내던 손에 힘이 툭 풀렸다.

태흔의 손이 은후의 한 손을 잡아 자신의 허리 쪽으로 가져갔다. 나직하게 명령했다.

"풀어."

"오빠, 제발!"

"그때처럼 해."

"못 해! 안 돼. 싫어."

"너도 꽤 좋아했잖아. 즐겼잖아."

은후는 도리질을 쳤다. 너무 깊어 새파랗게 보이는 두 사람의 시선이 어지럽게 엉켰다. 공포와 혐오감, 혹은 죄책감. 그만큼이나 지독한 서로에 대한 갈망과 욕심, 애욕과 열기가 거세게 엉켜 아무것도 이젠 분간할 수가 없다. 그가 다시 은후의 목을 깨물었다. 악마처럼 조롱했다. 그녀의 수치스러운 기억을 일깨웠다.

"떠올려 봐. 기억해 내! 이걸 만졌어. 안아달라고 했잖아."

그가 손을 눌렀다. 단호하게 명령했다.

"다시 말하게 하지 마, 풀어."

마침내 체념 반 강요 반, 은후의 손이 바들거리며 태흔의 바지 벨트를 풀었다. 그렇지 않아도 발개진 얼굴이 이젠 완전히 익은 사과처럼 새빨갛게 변했다. 그녀의 손이 열기가 치솟고 있는 그의 중심부 쪽으로 가 닿았다. 얇은 천 하나를 두고 거대한 남자의 흉기는 충분히 딱딱해져 있었다. 보드라운 여체를 짓이길 만반의 준비를 갖춘 상태였다.

은후가 눈을 꾹 감아버렸다. 그를 외면하려 했다. 지금 이 순간 벌어지는 모든 것을 거부하고 없던 일로 치부하려는 본능이기도 했다.

그것을 비웃기라도 하듯이 태흔의 단단한 무릎이 은후의 두 다리를 눌러 활짝 벌려놓았다. 은후의 여리고 보드라운 허벅지와 까실하고 억센 태흔의 허벅지가 맞닿았다. 태흔이 자신의 충혈한 몸을 은후의 비밀스런 속집 위로 닿게 한 후, 느릿하게 문질렀다. 천과 피부 사이, 서로에게 있어 가장 예민한 부분이 겹쳐 닿아 서로의 본능과 관능에 어두운 열기를 피워 올리고 있었다.

서로의 몸에 감긴 천들이 전부 다 바닥에 제멋대로 떨어져 흩날렸다. 어느새 은후는 울고 있었다. 태흔이 고개 숙여 검은 눈물을 흘리고 있는 은후의 차가운 볼을 핥았다. 그녀가 울어도, 아파해도 그는 멈출 생각이 전혀 없었다.

잔혹한 미소를 지으며 태흔이 허리를 슬쩍 움직였다. 아래에 닿은 여체를 위험하게 도발했다. 은후의 몸이 전기 작살을 맞은 물고기처럼 파닥였다. 태흔이 하얀 다리 하나를 들어 올려 자신의 허리에 감았다. 그가 침입하여 소유할 붉디붉은 꽃잎을 완전히 노출시켰다.

"넌, 한 번도."

물기 젖어 더 까맣게 변한 눈동자가 마지막 애원을 담고 그를 올려다보았다.

"동생 따윈 아니었어."

은후의 눈동자가 절망의 빛을 담고 다시 감겼다. 긴 속눈썹에 물기가 젖어 파리하게 떨렸다. 태흔이 비릿하게 웃었다. 은후의 귓불에 대고 나지막이 속삭였다.

"동생에겐 절대로 이런 짓을 할 수가 없거든."

태흔이 무섭게 흥분한 몸을 은후의 여린 꽃샘 안으로 강하게 밀어 넣었다. 그녀의 몸 안에 자신을 못 박았다.

무섭도록 흥분한 태흔의 몸이 깊이 박힌 순간, 은후의 꽉 깨문 입술 사이로 가냘픈 신음 소리가 저절로 배어 나왔다.

애초부터 지나치게 크고 강한 그를 품기에는 은후의 몸이 비좁고 여렸다. 그녀의 상태에 대해선 조금의 배려 없이 무참히 들어오는 태흔의 몸을 오롯이 전부 받아들이기에는 무리였다. 게다가 마음으로부터는 그를 거부하고 밀어내는 상태였기에 그가 자리잡아 움직이는 꽃집의 상태는 아직도 건조하고 빡빡했다.

어찌할 수 없다. 억지로 파고든 태흔이 허리를 움직일 때마다 은후의 입술은 자신도 모르게 끊임없이 신음을 뱉어내고 있었다.

"아흑! 으읏……. 싫어. 싫어……."

눈물과 신음 소리. 육체의 고통과 더불어 마음이 아파 내지르는 고통을 호소하고 있다. 여기까지 왔으면서 어찌하든 그를 밀어내려 바동대는 은후를 내려다보던 태흔의 수려한 이마에 살짝 주름이 졌다.

널 어쩌면 좋을까?

스스로에게 묻는 것 같다. 아름다운 나신을 약탈하고 있는 스스로의 모습을, 울부짖고 있는 은후를 직시하는 눈동자가 꺼멓게 죽어가고 있었다.

잠시 움직임을 멈추고 그가 얼굴을 기울였다. 차디찬 눈물이 흐르는 은후의 볼을 입술로 핥았다.

"아파? 힘들어?"

그러나 대답을 듣고 싶은 게 아니었다.

이 사람. 아프냐고 물으면서도 그녀의 대답을 듣기가 무서운 듯 태흔이 그의 혀로 은후의 입술을 막아버렸다. 그녀의 전부를 탐식하는 태흔의 혀를 받아들이며 은후는 그렇다고 고개를 끄덕이려 했다. 이러지 말라고, 더 이상 나를 다치게 하지 말라고 애원하려 했다. 하지만 머리를 단단히 부여잡고 있는 태흔의 손 때문에 몸으로도 의사표현을 할 수가 없었다.

그의 손이 뒷목에서 내려와 그의 단단한 가슴에 눌려 찌부러진 젖무덤으로 향했다.

"싫어도 어쩔 수 없어. 이게 우리 현실이니까."

그가 강하게 분홍빛 유두를 흡입했다. 그가 주는 자극 앞에서 은후의 몸이 속절없이 다시 후르륵 떨렸다. 다시 눈물이 주르륵 흘렀다.

몸이 배신하는 이성을 잡을 수가 없다. 은후는 절망했다.

그녀가 물고 있는 남자의 몸. 가득히 품고 있는 이 남자가 태흔이라는 것. 다른 누구도 아닌 태흔이, 그녀가 원하는 단 한 남자가 돌아와 그녀를 가득히 채우고 있다는 이 현실이, 무서운 죄책감과 두려움을 뛰어넘어 행복이라는 것이 지옥이었다.

하지만 마지막까지 헛된 저항을 시도했다. 이대로 그에게 무너지면, 이 밤에 그의 몸 아래에서 그날 밤처럼 환락의 신음을 내지르며 부서진다면, 그에게 다시 한 번 함몰하여 미친 짐승의 암컷이 되고 만다면, 둘은 다시는 되돌아가지 못할 것이다.

"안 돼, 하지 마. 멈춰! 태흔 오빠! 제발, 오빠!"

"오빠가 아니라고 했지!"

난폭하게 그가 소리쳤다. 반발이라도 하듯이 더 강렬하게 거칠게 허리를 움직이기 시작했다.

"아앗, 악, 아, 아악, 오빠!"

은후의 입술 사이로 다시 고통의 비명이 흘렀다. 하지만 태흔은 가차없었다. 용서나 부드러움 따위도 없었다.

이 여자 때문에 오 년 동안 홀로 지옥을 견뎌왔다. 그래도 끝내 잊거나 벗어날 수 없었다. 그래서 이 지옥을 완전히 껴안으려 돌아온 거다. 그가 홀로 머물고 있는 이 지옥에서 이 여자만 혼자 도망가게 내버려 둘 순 없다.

그가 한 손을 들어 은후의 볼을 살짝 어루만졌다, 턱을 지나 쇄골을 지나 심장이 할딱거리는 거기로 갔다. 무섭게 뛰는 그 심장을 내리눌렀다.

"경고야. 그때처럼."

그의 목소리는 언제나 너무 낮다. 눈동자는 너무 어둡다. 너무 막막해서 진실을, 그의 감추어둔 마음을 읽을 수가 없다.

"순순히 따라와."

태흔이 반쯤 벌어진 은후의 입술을 게걸스레 빨아들였다. 불길 같은 입술은 열대의 탐욕이었지만, 목소리는 무서운 빙하였다.

"그러지 않으면 너, 다쳐."

그건 이 순간, 무력한 반항을 시도하여 그녀가 다친다 해도 그가 하는 이 일을 결코 멈추지 않으리라는 뜻이다. 다치게 해서라도 자신의 의지에 따르게 하겠다는 선언이기도 했다.

그럼에도 은후는 마지막까지 시도했다. 어찌하든 그를 멈추게 하고 싶어 두 팔로 그의 단단한 팔을 잡아 흔들며 필사적으로 도리질을 했다. 절대로 순응할 수가 없었다.

'어떻게 감히 여기서, 여기 이곳에서!'

태흔의 몸이 주는 쾌락으로도, 모든 것을 버리고 그를 따라나서는 부도덕한 열기로도 아직은 잠재울 수 없는 그녀의 이성이 부르짖는 것을 외면할 수가 없었다.

하지만 태흔은 흔들리지 않았다. 그가 입꼬리를 위로 올려 실금 같은 미소를 지었다. 무어라 형용하기 어려운 것이 된 은후의 표정을 바라보는 눈동자가 아주 잠시, 흔들렸다. 아주 깊고 비밀스런 어둠이 서렸다.

그러나 그건 너무 짧았다. 그가 거의 치명적이기까지 한 나른한 입술로 색정적인 미소를 흘려냈다.

"강간이라도 당하고 싶다면 계속 반항해."

너무나 쉽게 흘러나온 끔찍한 단어. 믿을 수 없어 은후의 눈동자가 더 이상 커질 수 없을 정도로 한껏 커졌다.

"내가 못 할 것 같아?"

태흔은 하얗게 드러난 우윳빛 목덜미에 이를 박았다. 은후의 목에서 숨 막히듯 자지러지는 비명이 흘러나왔다.

"하라면 할 거야. 몇 번이고, 몇 번이고!"

그의 목소리는 나직했지만 악에 받쳐 있었다. 은후가 보지 못하는 그의 눈동자는 검붉고 암울한 집념으로 가득 차 있었다.

"잊으면 곤란하잖아. 너와 나의 지옥을."

오 년 동안 그들을 속박하고 갈라놓은 그 밤을. 그녀에게 닿지 못하게 하여 그를 지옥 안으로 몰아넣은 그 일을. 그가 가장 사랑하고 존경했던 그분이 쓰러진 그 밤을. 아름다운 누이를 강제로 취한 그란 짐승이 태어난 날을.

"우리 같이 똑똑히 되새겨야지."

태흔이 심술 맞은 미소를 지으며 손을 아래로 내려 둘이 결합된 거기, 젖어들어 가는 은후의 동굴 언저리를 만져 주었다. 손가락 끝으로 부풀어 올라가는 쾌락의 정점을 건드리고 눌렀다. 살짝 꼬집어주고, 문지르며 어찌하든 그녀의 몸을 매끄럽게 만들려 시도했다.

그의 손가락과 몸 끝이 동시에 좁디좁은 꽃길의 안과 밖에서 미묘하게 꿈틀거리자 은후의 입술 사이로 신음 소리가 비어져 나왔다. 미약하기는 하지만 방금 전까지 고통으로 내지르던 비명 소리와는 분명히 다른 쾌락의 신호였다.

태흔의 입술 위로 오만한 미소가 흘렀다. 다시 한 번 딱딱한 몸 끝을 뒤로 물렸다가 그녀가 가장 많이 느끼는 지점쯤으로 하여 다시 진입했다. 의도적으로 그 지점만을 자극하고 공격해 댔다. 은후의 입술이 앓은 소리와 같은 교성을 흘려냈다. 그의 몸이 담긴 꽃집이 제 의지를 지닌 것처럼 기묘하게 꿈틀거렸다. 흔들리는 쾌락의 신호였다. 그의 손가락 장난이 만들어낸 자극에 따라 그가 가득 파고든 여체가 만들어내는 율동, 달콤한 압력 안에서 그의 몸이 감각하는 쾌락은 최고치로 상승하고 있었다. 태흔이 목젖 깊이에서부터 만족한 웃음소리를 뱉어냈다.

어찌하든 그녀는 절대로 그를 이길 수 없다. 이은후가 이태흔을 위해 만들어진 여자이듯, 그 또한 철저하게 이은후의 쾌락을 위해 훈련된 몸을 가졌으니까.

비로소 그의 몸 아래에서 사르락 풀어지기 시작하는 봄날 같은 은후. 너무나 달콤하고 너무나 맛난 여체의 감촉. 언제나 그의 꿈을 어지럽히던 그 은후가 나타나려고 한다. 지옥열과 같은 쾌락을 음미하며 태흔이 나른하게 속삭였다.

"그래, 이거야. 어서 느껴봐, 어서!"

마치 최면에 걸린 것 같다. 그의 몸이 움직이는 신호에 따라 은후가 자기도 모르게 하얀 엉덩이를 움직였다. 그가 주는 쾌감을 정직하게 받아들이며 아스라이 신음했다. 그러다가 번뜩 자신이 무슨 짓을 하고 있는지 되새겼다. 경악하여 눈을 번쩍 뜨고 그를 올려다보았다. 태흔이 오만하게 그녀를 내려다보고 있었다.

"좋은데? 그때처럼 달콤한 꿀을 흘리고 있어, 너. 아주 촉촉해."

입으로는 싫다, 하지 말라 절규하면서 울었다. 볼에 묻은 물기가 채 마르지도 않았다. 그런데도 채 십 분도 되지 않아 그에게 완전히 개방되고 젖어버린 몸. 그의 말대로 그녀 자신은 정말 헤프고 천박한 요물임이 틀림없나 보다.

너무나 수치스런 신음을 토해내고만 입술이 밉다. 이 남자 몸 아래에서 속절없이 무너지고 굴복하고야 만 스스로가 정말 혐오스럽다. 은후는 부도덕한 교성을 토해낸 입을 두 손으로 막아버리려 했다.

"막지 마, 신음해."

태흔이 은후의 손을 잡아떼며 저지했다. 분명히 경고했다. 그의 얼음공주는 아직도 덜 녹았다.

"내가 녹은 만큼 너도 녹아야지. 똑같아져야 공평하지."

은후는 수치심과 고통과 분노와 더러운 욕망이 뒤범벅이 된 표정으로 달뜬 그녀의 몸 위에서 빙하의 폭력처럼 움직이고 있는 남자를 노려보았다. 이렇게 정열적인 섹스를 하면서도 이렇게 냉정하고 이성적인 얼굴을 하고 있다니.

그가 싱긋 웃었다. 은후에게는 절망의 지옥 같은 약속을 내뱉었다.

"완전히 가게 해줄게! 그날처럼."

지옥이기도 하고, 천국이기도 한 그의 움직임이 다시 시작되었다. 그의 몸짓은 격렬했고 뜨거웠다. 그녀의 몸과 영혼 전부를 마셔 버리는 것 같은 섹스. 감당할 수 없고 부인할 수 없는 쾌락 안에서 은후의 여린 몸이 부서져 내렸다. 그녀가 두 다리로 그의 허리를 감아대며 허우적거렸다. 그를 담은 꽃집이 부들부들 떨렸다. 계속해서 그의 단단한 몸이 그것을 찢어발겨 버릴 듯이 세찬 공격을 해댔다.

은후는 양손으로 태흔의 목을 감고 비명을 질렀다. 너무나 압도적인 순수한 쾌락을 음미하며 손톱을 세운 채 그의 목을 감았다. 머리가 폭발하는 것 같다. 그와 함께 날아가는 몸도 폭발하고 있었다. 그가 주는 것은 이토록 너무나 강렬했다. 도저히 어떻게 할 수가 없었다. 벗어날 수도, 도망갈 수도 없었다.

"안 돼. 조금만 더 참아. 난 아직 안 끝났어."

그가 나직하게 내뱉으며 자신의 허리 아래 깔려 광란의 춤을 추는 은후의 몸을 끌어안아 올렸다. 둘의 위치를 바꾸었다. 소파의 등받이에 기대고 비스듬히 앉은 자신의 몸 위로 걸터앉게 만들었다. 검은 머리카락이 흔들리는 새하얀 등이 그의 땀이 밴 가슴에 닿았다. 커다란 손이 함박꽃같이 만개한 두 가슴을 다 덮어버렸다.

"네 가슴. 정말 예뻐. 물어뜯어 먹어버리고 싶어."

하얀 어깨를 따라 혀로 지분거리며 태흔이 속삭였다. 야하게 자극했다.

“여기다가 내 걸 끼고 문지르면 어떨까. 끝내줄 거야.”

귓전으로 흐르는 음란한 목소리가 은후의 뇌리를 빨간 홍분으로 휘감았다. 도무지 정신을 수습하지 못하게 만들었다.

“절대로 안 돼. 아무한테도 못 줘! 다른 놈이 널 보는 꼴은 못 봐. 머리끝부터 발끝까지, 이 안쪽까지 전부 다. 내가 만든 거야. 다 내 거야.”

다짐하듯이 소리치며 그가 다시 그녀의 몸 깊숙이 격하게 움직이기 시작했다. 잠시 물렀다가 다시 강하게 파고들었다. 그녀의 영혼에 침입이라도 하듯이. 폭압적으로.

달라붙은 가슴과 등에서 뜨거운 열기와 땀이 흘러내리고, 엄습하는 원색의 무지갯빛 쾌락으로 둘의 입술에서 동시에 거친 신음이 터졌다. 젖고 매끄러운 동굴 안쪽을 그의 페니스가 음란하게 긁어대자 견디지 못한 은후의 입술이 새빨간 비명을 질렀다. 그의 허벅지 위에서 바동거리던 하얀 다리가 파르르 떨리더니, 이내 축 늘어졌다. 그녀를 짓이기던 태흔의 가슴 안으로 축 늘어졌다. 태흔의 입술 사이로도 야만적인 숨소리가 터졌다. 그를 머금은 은후의 몸 안으로 가득히 분출하며 포효했다.

금단이라 불린 정사. 장마처럼 길고 폭염처럼 뜨거웠다.

오 년 만에 다시 안은 서로의 몸, 또다시 서로에게 속박되고 각인된 존재들. 세상 전부를 적으로 돌린다 해도 포기할 수 없는 이 사랑, 이 집착. 눈을 감은 채 서로의 품에 안겨 서로가 주는 기쁨을, 쾌락의 단즙을 음미하는 두 사람의 얼굴은 서로만을 품고 머금어 꼭 닮아 있다.

그냥 남매였는데, 오빠였고, 누이동생이었는데. 이렇게 지독한 연인이 되고 말았다. 피할 수 없는 숙명처럼.

"그날……."

태흔의 품에 안긴 은후의 몸이 파르락 떨렸다.

눈이 부셔 차마 뜨지도 못하게 만드는 거실 등의 불빛만 응시하며 태흔이 중얼거렸다.

"할아버지가 함께 엉켜 있던 우릴 보지 않았더라면…… 우린 지금 어떻게 되어 있을까?"

정말 어떻게 되었을까? 은후 역시 몇 번이고 몇 번이고 생각했었다. 되풀이하여 '만약에?' 라는 부질없고 헛된 질문을 하고 또 했었다.

그 대답은 태흔이 대신해 주었다.

"넌 내 아내가 되어 있었을 거야."

놀라움에 한껏 커진 은후의 눈동자와 태흔의 심연 같은 눈동자가 마주쳤다.

"알게 된 다음에야, 자기를 속일 순 없어. 알아?"

"하지만……."

"다 버려도 좋다고 생각했어. 할아버지께 맞아죽어도 좋다고. 빈털터리로, 알몸으로 쫓겨난다고 해도 감수할 작정이었어. 너만 얻을 수 있다면. 하지만……."

은후는 눈을 감아버렸다. 볼을 타고 눈물이 주르륵 흘러내렸다.

"우리를 본 할아버지가 그 자리에서 쓰러져 돌아가실 줄이야. 그래서 널 잃어버리게 될 줄은, 정말 몰랐다."

2장

별장을 둘러싼 느티나무의 이파리는 진초록빛. 천지사방 신록이 번져 여름의 태양빛 아래 반들거리고 있었다.

매미는 매암매암. 철모르는 잠자리가 하늘 위로 어지러이 날고, 해바라기는 한참 기운차게 꽃피고 있었다. 푸른 숲, 푸른 강을 안고 있는 언덕배기. 가평 별장의 주차장에 차가 들어왔다. 태흔이 운전하는 검은색 레인지로버였다.

"어울리지 않게 한숨 쉬지 마. 기운 좀 내라고."

챙 모자를 쓴 태흔이 차에서 내렸다. 블랙진에 감긴 다리가 길기만 했다. 검은색 민소매 티를 입어 보기 좋은 근육질의 팔이 다 드러나 있었다. 그가 움직일 때마다 목에서 달랑대는 실버 로고 목걸이는 보석공예를 막 시작한 은후가 만들어낸 첫 작품이었다.

태흔은 스물여덟. 석사 장교를 마치고 불과 보름 전에 제대를 한 상태였다. 조수석 문을 열어주며 아직도 입이 튀어나온 은후의 머리통을 꽁 하고 한 대 쥐어박았다.

"오빠 내 입장이 아니라서 그렇지. 얼마나 자존심이 상한 줄 알아? 얼마나 비참한지 알아? 나 정말 화났다고."

차에서 내리며 은후가 되받아쳤다. 머리에 쓴 분홍색 모자를 벗어 들었다. 분해서 빨갛게 열이 오른 얼굴을 향해 화락화락 부채를 부쳤다.

서울에서 내려오는 내내 은후는 태흔을 상대로 자신이 당한 실연 사건을 보고하고 있던 중이었다.

"그것밖에 되지 않는 녀석 따윈 잊어버려. 이 정도에서 끝난 것을 다행이라고 여겨, 자식아."

"듣기 싫어!"

은후가 바락 소리 질렀다. 사흘 내내 그랬던 것처럼 애꿎은 화풀이를 만만한 태흔에게 해댔다.

"오빠 내 고민에 대해서 말할 자격이 없어. 그러니까 입 다물어."

은후의 스무 살 생일은 일주일 전이었다. 남들은 큼지막한 생일 선물을 받는다지만 그녀가 받은 건 무참한 실연이었다.

몇 달이나 사귀었던 선배 영모, 아주 그럴듯하게 보이고 완벽해 보이던 그가 실은 악질적인 바람둥이일 줄이야. 가장 친한 친구인 화진과 양다리를 걸치고 있었을 줄이야. 심지어 제 친구들 앞에서 서툴고 바보 같은 은후 따윈 제 상대가 되지 못한다고 떠벌여 댈 정도로 경박한 놈일 줄이야!

"오빠 너무 잘나서 실연 따윈 한 번도 당해보지 않았잖아!"

"그건 그렇지."

태흔이 뒷좌석에서 그들의 간식거리가 담긴 짐들을 내렸다. 지금 다른 차로 내려오고 있는 친구들이 도착하면 바비큐 파티도 하고 실컷 물놀이를 할 예정이다. 음료수가 든 작은 케이스는 은후에게로 넘겼다. 튼실한 팔로 커다란 아이스박스와 배낭을 한꺼번에 들어 올렸다. 꽤나 무거워서 구릿빛으로 그을린 팔뚝에 불끈 심줄이 부풀어 올랐다.

"그러니깐 내 기분 따윈 알게 뭐야? 말 안 해."

"요리를 할 줄 모른다고 해서 맛을 모르는 건 아니지, 아가씨야."

"잘났다."

누가 뭐랬다고? 은후가 팩하니 골을 내며 먼저 걸어가 버렸다. 태흔은 고개를 흔들었다.

"성질머리 하곤. 내가 너무 어리광을 받아줬지."

이 여름이 끝나면 태흔은 유학 겸 경영 실무를 익히기 위해 유럽으로 떠날 예정이었다. 국내에 있을 시간도 별로 남지 않았다. 그동안 실컷 은후와 놀아줄 작정이었다. 그런데 녀석이 저렇게 신경질이나 부리고 못되게 굴고 있으니 언제나 너그러운 그도 좀 신경질이 나 있는 상태였다.

무슨 말만 하면 짜증부터 부리고 골내는 꼬라지를 보는 건 사흘이면 됐다. 다시 한 번 그를 상대로 가당찮은 연애 사건을 털어놓고, 어울리지 않게 고민하는 모습을 보인다면 정말 거꾸로 엎어놓고 확 패버릴 작정이었다.

태흔의 시선이 먼저 계단을 올라가는 은후의 뒷모습에 머물렀다.

허벅지가 다 드러날 정도로 짧은 반바지에 짙은 핑크빛 탱크탑 차림의 도발적인 모습. '좋은 말 할 때 갈아입어라' 하는 뜻으로 노려본 태흔의 시선에 못 이겨, 눈 가리고 아웅이다. 긴치마 대용으로 아무렇게나 허리에 묶은 부드러운 비단 사롱 아래 날씬한 종아리가 움직이고 있었다. 느슨하게 한 갈래로 땋아선 왼쪽 목 뒤로 넘긴 머리 타래가 그녀의 움직임에 따라 검은 파도처럼 물결치고 있었다. 깜찍하고 풋풋하면서도 도발적이었다. 한껏 무르익어 있었다. 태흔도 감당하기 힘들 만큼 달콤한 복숭아 향기를 흩뿌리고 있었다. 탐스럽게 익어가는 그만의 과일. 은후.

'아무나에게 넘겨주려고 내가 널 가꾼 건 아니지.'

태흔의 입꼬리가 비틀어졌다.

'어울리는 놈을 골라, 이은후. 그렇지 않으면 너나 그 녀석 둘 다에게 불행한 일이 생길 테니까.'

옛날부터 은후를 울린 놈이라면, 누가 되었든 소리 소문 없이 작살을 내버렸었다. 이번도 마찬가지였다. 은후는 아직 모를 테지만 그 영모인지 탈모인지 하는 놈은 지금쯤 시궁창에 박혀 있을 거다. 발발 떨며 살려달라고 빌며 땅바닥을 기어갔지. 녀석 이마에 담뱃불을 비벼 끄며 확실한 경고를 해두었으니, 다시는 경거망동을 하지 않을 거다.

'내 공주님을 울리면 그날이 제삿날이라는 이 바닥 소문을 아직 듣지 못한 놈이니 어련하겠어?'

태흔은 코웃음을 치며 계단을 올라갔다.

"꼬맹이, 문 안 열래?"

태흔은 버럭 소리 질렀다. 스니커즈를 신은 발로 은후가 얄밉게 닫아버린 별장 문을 뻥 하고 걷어찼다.

'바보.'

마음속으로 중얼거리며 은후는 태흔을 살짝 돌아보았다.

팔에 든 짐도 무거울 테고, 날도 엄청 덥다. 말도 되지 않는 그녀의 투정과 신경질을 받아주느라 좀 짜증이 난 것이다. 어지간해서는 감정을 드러내지 않는 태흔의 이마에 주름이 약간 져 있었다. 입술을 움직이는 것을 보니 분명 홀로 욕설을 내뱉고 있는 거다. 뻔했다.

'진짜 바보.'

분홍빛 입술이 한층 더 뾰로통하게 튀어나왔다.

'진심 아닌 거 알면서. 오빠한테 어리광부리는 건 줄 잘 알면서…….'

말로는 은후 자신보다 그녀를 더 잘 안다고 하면서. 머리끝에서 발끝까지 속속들이 파악하고 있다면서. 그렇다면 그녀가 태흔 말고는 이 세상 그 어떤 남자도 좋아하거나 사랑할 수 없다는 것을 알 텐데.

'정말 바보. 약혼 따위를 하려고 하니까, 나는 눈에 보이지도 않는 거지?'

이 여름 내내 계속된 심장의 통증. 가슴이 새삼스레 찢어질 듯이 아파오고 있었다. 아프다 못해 너덜거리고 있었다. 이만하면 아물 만한데, 새로이 덧나 다시 새빨간 선혈이 흐르고 있었다.

'멍청이. 바보 똥개. 할머니가 선보라고 했다고, 그렇다고 멍청하게 진짜 나가냐? 만날 나더러 색시 삼는다고 그래 놓고. 배신자. 삶은 해삼. 더러운 멍게. 썩은 해파리.'

풀 길 없는 심화가 더 끓어올랐다.

벌써 두 번이나 태흔이 다른 여자와 선보고 다니는 것을 보아버렸다. 그래서 일부러 더 심술궂게 굴기로 했다. 태흔이 무거운 짐을 들고 낑낑대며 걸어오는 것을 뻔히 보면서도 현관문을 쾅 닫아버렸다. 그가 보지 않을 것임을 알기에, 메롱! 하고 혀도 날름거려 주었다.

'그런 녀석 따위. 왜 사귄 건지 아직도 눈치채지 못한 거지? 그런 거지?'

이유는 단 한 가지였다, 겉보기로나마 태흔과 비슷한 모습이었다는 것. 물론 진품과 비교해서 발치 끝에 미치지도 못하는 짝퉁이기는 하지만. 진품을 가질 수 없으니 짝퉁에라도 만족할 수밖에 없으니까.

거실 통창을 통해 태흔이 걸어오는 것을 바라보며 은후는 홀로 물었다.

'저 사람을 잃어버리면 살 수 있겠니, 이은후?'

하지만 곧 그렇게 될 것이다. 할머니 진 여사가 아침에도 그러지 않았던가. 약혼을 시켜서 같이 유럽으로 내보낼 거라고.

예정된 수순이다. 태흔이 다른 여자의 소유가 된다는 사실은 닥쳐올 현실이다. 은후 자신이 아닌 다른 여자가 태흔의 곁에 서고, 그를 만지고 그와 키스하고 그와 같은 침대에 잔다는 사실은 조만간 피할 수 없는 현실이 될 것이다. 하지만 받아들이기 힘들었다.

언제부터인지 기억할 수는 없다. 하지만 은후는 언제나 태흔을 바라고 소망하고 원하고 있었다. 숨 쉬는 일만큼이나 자연스러운 일이었다. 그녀의 세상은 태흔이 만들어준 것이나 다름없었다. 아니, 태흔이 세상 전부였다.

그러나 그런 사람을 잃어야 한다.

세상의 모든 것을 다 가질 수 있을지도 모르지만. 그녀가 감히 원하면 할아버지와 할머니, 태흔이 세상 전부를 그녀의 발치에 가져다주겠지만, 정말 간절하게 바라고 원하는 건 단 하나. 하지만 절대로 가질 수 없지. 가져서도 안 되고 감히 바랄 수도 없지.

은후가 바라는 건 단 하나. 남자. 지금 발로 현관문을 걷어차며 버럭 신경질을 내고 있는 남자. '너 죽었어!' 하고 고래고래 소리치는 저 남자이니까.

태흔이니까. 업둥이인 이은후가 절대로 닿을 수 없는 승명그룹의 유일한 황태자니까.

무엇보다, 오빠니까.

태흔이 현관문을 발길로 뻥 차고 들어왔다.

"너, 이 자식!"

현관 머리에 내던진 짐 위에 걸터앉아 헥헥대며 노려보는 태흔에게 일부러 혀를 내밀었다. 아픈 만큼 더 밝게, 유쾌하게 웃었다. 그녀의 마음속에 음습한 버섯처럼 자라고 있는 가당찮은 욕심 따위, 말도 안 되는 금단의 소망 따윈 더 깊이, 더 꼭꼭 숨겨 심장 바닥에 밀어 넣었다.

'어찌하든 오빠여야 하니까. 나는 저 사람 동생이니까. 내게 허락된 관계의 전부이니까.'

돌아서서 이층으로 달려 올라가는 은후의 입술이 아프게 떨렸다. 방금 전까지만 해도 태흔 앞에서 지었던, 투명하다 못해 눈시리던 웃음 대신 눈물처럼 시무룩한 것이 흘렀다. 할머니 진 여사가 질색해하는 홀로 속앓이 맺힌 아픈 미소였다.

생부, 생모에 대한 기억은 없다. 이야기를 들은 적도 없다. 태어나자마자 버림받았다. 영아원 기둥 뒤에 기저귀에 돌돌 말린 채 버려져 있었다고 했다.

두 살 때 운 좋게도 입양이 되었다. 일곱 살 때까지 머물렀다. 하지만 그곳에서도 좋은 기억 따윈 없었다.

담배를 밥 대신 피우던 양할머니는 하필이면 계집애냐고, 고추 달린 사내자식이나 데려오지, 도통 쓸데없는 계집애냐고 대놓고 못마땅해했다. 양어머니는 자신의 의사를 무시하고 은후를 데려온 남편 때문에 그녀를 미워했었다. 자식, 특히 아들을 낳지 못한다는 이유로 고된 시집살이를 하던 그녀는 그 스트레스를 괜히 눈앞에 알짱거린다며 아무것도 모르는 어린 은후에게 풀었다.

"얼마나 몹쓸 인간들인지! 세상에! 이 어린 살을 두고, 얼마나 꼬집어댔던지 말이다. 목욕을 시킬 때면 흠칫흠칫 놀라곤 했다. 어깨며, 허벅지며, 허리춤에까지 새파랗게 멍이 들어선 도통 지워지지 않더라니까. 우리 은후, 요 예쁜 몸에 흉터라도 남으면 어쩌나, 얼마나 걱정했다고."

훗날 같이 목욕을 하면서 할머니가 새삼 옛 기억을 더듬어 한마디 하셨다. 매끄럽고 말짱해진 피부를 어루만지며 대견해했을 정도이니, 아스라한 기억 속, 어린 여자애는 보이게, 또 보이지 않게 학대를 당했던 모양이다.

그나마 다정했던 건 양아버지였다. 하지만 그 가난한 사랑도 사 년 후 남동생이 태어나면서 박탈당했다. 고대하던 아들을 얻었기에 은후는 더 이상 필요없어진 짐덩이였다. 그나마 눈치는 빤해 행여 귀여움이라도 살 수 있을까 싶어, 아기 곁에서 우유병도 들어주고 딸랑이도 열심히 흔들어주었는데 소용없었다.

단지 어린아이의 실수였다. 아기가 탄 보행기를 끌고 마당으로 나가다가, 은후는 마루에서 넘어졌다. 그 서슬에 보행기에 탄 남동생이 거꾸로 마당에 떨어져 다치는 사고가 발생했다.

그저 우리 손자, 우리 아들 하며 난리 치던 할머니나 양부모가 그것을 간과할 리가 없었다. '제 년이 살자고 어린 동생 잡아먹으려 했다'는 악담 끝에 결국은 파양되어 보육원으로 다시 돌아와야만 했다.

어떤 변명도, 애원도 소용없었다. 무참하게 버림받은 충격이 너무 컸던 것이리라. 그때의 기억을 떠올리면 밤낮으로 울던 기억밖에 없다. 몹시도 아팠고, 무척이나 힘들었단 생각만이 남아 있다. 지워지지 않고 영혼에 패이듯 새겨진 상처.

누구도 날 사랑하지 않아. 누구도 날 원하지 않아. 언제나 결국 날 버리고 말아. 여린 심장에 새겨진 트라우마는 평생 동안 그녀를 남몰래 괴롭힐 테지.

언젠가 한 번, 이제는 나, 고아였던 사실도, 버림받은 상처 따위도 다 극복했노라 자신했을 그 무렵에, 그러니까 완전히 가족이 된 후 은후는 할머니께 진지하게 여쭈어본 적이 있다. 너무나 볼품없고 초라한 그 어린애를 어찌 그리 선뜻 집으로 데려왔느냐고.

"하도 울어서 그랬다. 너무 짠해서 못 견디겠더구나."

"제가 그렇게 울보였던가요?"

"그렇고말고. 쬐그만 게 얼마나 울었던지, 눈까지 짓물러 있었어. 파양당한 충격이 너무 커서인지 실어증 증세까지 왔다지. 밥도 먹지 않고 멍하게 앉아만 있더구나. 우리 엄마랑 아빠가 다시 데리러 온다면서 제 작은 가방 꼭 끌어안고 보육원 현관문 앞에 앉아만 있지 무어야? 삐쩍 마른 어린것이 양쪽 눈 아래위로 다래끼까지 나선 눈은 뜨지 못하는데도, 그런데도 끊임없이 훌쩍거리고 있는데. 정말 기가 막혔어."

은후가 의탁하고 있던 보육원은 태흔네 회사인 승명그룹이 운영하는 복지재단에 포함되어 있었다.

할머니 진 여사와 할아버지 이 회장, 손자인 태흔은 한 달에 한 번, 승용차에 가득히 선물을 싣고 보육원을 찾아오곤 했다.

"아무래도 태흔이 때문이지. 너무 어려서 제 부모를 잃은 게 짠해서 말이다. 그래서 다른 곳보다 예솔관 일에 마음이 더 쓰였던 게지."

그때 열다섯 살이던 태흔은 이 회장 내외에게 유일하게 남은 혈육이었다. 따지고 보면 조부모인 이 회장 내외가 없었다면 태흔 역시 고아인 거다. 이 회장 내외도 그렇거니와, 태흔 역시 예솔관에 종종 드나들었던 것은 어쩌면 동병상련이 이유였을 것이다.

파양당해 그 충격으로 시름시름 앓으며 무척 아파하던 그해 봄날. 은후는 평소처럼 보육원을 찾아온 이 회장 내외의 눈에 띄게 되었다.

"네가 우리 아이가 되려고 그랬던 거지. 어린 게 느티나무 아래에 쪼그리고 앉아서 눈도 뜨지 못하고 혼자 쿨쩍쿨쩍 울고 있었지. 한 번 눈이 가는데 영 눈이 떨어지지 않더구나, 어찌나 화가 나던지. 사람들이 그러면 못써. 아이가 짐승이야? 제가 필요하면 데려다 키우다가, 필요없어졌다고 내다 버려? 애완동물도 그리 키우는 법은 아니지. 제 품 안에 한 번 들어온 것은 어찌하든 거두고 입히고 먹여야 그게 사람 도리인 거지."

"그냥 보육원에 두시고 도와주실 수도 있었잖아요."

"그러게 말이다. 그런데 안 되는 걸 어쩌니? 너 놓아두고 집에 돌아오는데, 할아버지나 태흔이나 나나 영 기분이 그랬어. 멍하니 서서 우리 차가 떠나는 것을 바라보며, 행여 누가 날 데리러 오나, 까치발을 하고 그 안 떠지는 눈으로 지키고 서 있는데. 자꾸 뒤가 끌려. 반쯤 가다가 내가 그랬지. '회장님, 안 되겠어요. 돌아갑시다' 그랬지."

"할아버지가 순순히 찬성하셨어요?"

"말씀은 안 하셨어도 역시나 네가 눈에 박혔던 모양이더라. 보육원을 돌아보실 때도 영 언짢아하시면서 자꾸만 못된 사람들! 하고 역정내시더니, 내가 돌아가자 하니 선선히 '그럽시다' 하시더구나. 태흔이가 반대를 했었지."

"오빠가요? 아, 싫다. 정말! 그때부터 나의 천적이었어. 정말 못됐어."

"못되기는. 태흔이는 네 생각을 한 거다. 막 화를 내면서 나더러 그러더구나. 무작정 데려와선 어쩔 거냐고. 또 필요없어지면 그 아이 갖다 버릴 거냐고. 다시 돌려보낼 거면 차라리 데려오지 말자고."

"오빠 말도 일리는 있네요. 끝까지 책임지지 못할 사랑은 진짜 사랑이 아닌 것 같아요."

"그 녀석이 어려서부터 속이 깊었거든. 그런데도 보육원 돌아가서는 제가 제일 먼저 달려가더라. 답삭 널 안아온 건 그 녀석인 걸. 너도 그래. 차를 탔는데도, 태흔이에게 안겨선 떨어지지를 않아. 걔 셔츠 자락을 꽉 잡고 놓아주지를 않았어."

일곱 살 은후가 맞이한 아름다운 오후였다. 봄날 같은 행운이 쿨적거리는 어린 계집아이에게로 내려왔다.

양쪽 눈 아래위로 다래끼가 네 개나 나선 눈도 채 뜨지 못한 채 은후는 든든한 태흔의 품에 안겨 성북동으로 옮겨왔다. 병들고 어린 꽃모종이 안전한 정원에 옮겨 심어지듯 이 회장네 백암장 저택에 안착하게 되었다. 그날부터 그 집안의 기쁨 꽃이 되었다.

"기억나니? 그날 밤에 태흔이 녀석, 네가 죽어도 떨어지려고 하지 않고 도리질을 해선 널 안고 거실 소파에서 잠들어야 했어."

"아이고, 말도 안 돼. 심술대마왕 오빠가 그럴 리가 없어요."

"하지만 사실인걸. 그러니까 오빠에게 못되게만 굴지 말고 잘 해줘."

"칫, 오빠가 만날 저 신경질 나게 하고 약 올리는 거 아시잖아요. 할머닌 만날 오빠 편만 들어. 절 사랑하신다는 건 말짱 빈말이시죠?"

"요거, 요거. 말하는 거 좀 보라지? 남들이 들으면 욕해. 네가 태흔이 약을 올리는 거지."

"아니거든요!"

"오라비가 네 역성 너무 들어준다고 할아버지도 걱정하셔. 적당하게 해. 태흔이, 네 앞에선 속없이 허허거리고 잠잠해도 알고 보면 성질머리 꽤 나빠. 건드리지 마. 알겠니?"

"또, 또 오빠 편! 제가 버릇없어서 미우신 거죠? 흥, 어디 두고 봐요. 이젠 할아버지한테 절대로 뽀뽀 안 해드릴 거야."

괜히 못되게 약을 올리고 그녀를 도발하는 쪽은 언제나 태흔이었는데. 사람들은 만날 은후에게 살살 여우 짓 하면서 태흔을 화나게 만든다고 했다. 토라져선 골 부리는 은후에게 결국 지고 마는 사람은 언제나 할머니 진 여사였다. '우리 아기가 토라졌어? 나중에 태흔이 놈이 한 번만 더 그러면 할미가 때려주마', 약속을 받아내고야 말았다.

그렇게 키워주셨다. 피 섞인 친손녀라 해도 그렇게 예뻐할 순 없다. 밝게, 맑게, 거리낌없이 어리광부리고, 당당하게 어떤 일을 하든 감싸 안아주시고 편들어주셨다. 그렇게 진실로 사랑해 주셨다.

백암장으로 옮겨와 살게 된 이후, 은후가 할머니 진 여사에게 혼이 난 건 딱 한 번이었다. 그날 처음이자 마지막으로 종아리를 맞았었다.

성북동에 온 지 석 달쯤 되었을 거다. 그날 집안에 난리가 났다. 새벽에 갑자기 은후가 복통을 호소하면서부터였다.

잠자던 어린애가 노랗게 질려 허리를 접은 채 토하고 기절을 할 지경이 되었다. 이게 무슨 변괴인가 싶어 너무 놀란 진 여사가 뒤로 넘어갈 지경이 되었다. 할아버지 이 회장이 잠옷 바람으로 아이를 안고 응급실까지 달려가는 해프닝이 벌어졌을 정도였다.

"내내 변을 보지 못해서 장이 꼬였어요."

진찰을 한 주치의가 관장을 시켜주었다. 따라온 가정부에게 캐물었다.

"아이가 뭘 먹었습니까?"

"그냥, 밥하고 간식하고 먹었는데요."

"얼마나 먹었죠?"

"그냥 한 공기죠, 뭐. 간식 접시도 다 비웠고요. 뭐든지 주면 싹싹 비우기에 잘 먹는다 싶어서 양껏 먹으라고 큰 몫을 준 건데."

"과식이 원인입니다. 제 본디 양보다 두세 배를 먹었어요. 잘 먹는다고 막 주지 마세요. 있는 대로 다 먹다간 아이라서 큰일 납니다."

의사가 이제야 살 만해진 채 두 손가락을 꼼지락거리고 있는 은후를 내려다보았다.

"우리 은후, 어째서 아플 정도로 많이 먹었을까? 배가 그렇게 고팠니?"

보통 애 같으면 먹기 싫다고 말을 할 것이다. 그런데도 제 양의 서너 배나 더 먹었다니. 혹시 외로움 때문에, 어린 나이에 버림받은 정신적 충격으로 무작정 먹는 것에 집착하는 정신과적 문제는 아닐까 싶어 한 말이었다.

하얀 침대에 누운 은후가 살래살래 고개를 흔들었다. 제 이야기 다 들어주는 인자한 어른 앞에서 살짝 감춰둔 속을 내보였다.

"아니요, 배가 너무 불렀는데……."

"그런데 왜 자꾸 먹었어?"

"음식 남기면 화내실 것 같아서……. 간식도 다 먹으라고 준 건데, 남기면 혼날까 봐서……. 화내서 나 다시 보육원에 보내실까 봐서……. 시키는 대로 착하게 굴어야 하니까……."

의사의 이야기를 전해 들은 진 여사가 기가 막혀 입을 쩍 벌렸다.

제 앞에 과일 접시를 놓아주면 먹을 만큼 먹을 일이지, 미련 맞게 끝까지 다 집어먹어? 손가락을 집어넣어 토하기까지 하면서, 제 간식이며 밥을 무조건 다 먹었다는 것이다. 그 결과 변을 보지 못해 그 난리를 벌였다는 거다.

그러고 보니 집에 온 석 달 동안 은후의 행동이 새로운 의미를 지니고 새록새록 떠오르고 있었다.

"저저, 앙큼한 짓 하곤! 누가 뭐랬다고 사람 눈치 살살 살피고, 제 혼자 알아서 제 일 민첩하게 하면서 괭이 새끼처럼 기어다니는 거래? 눈 말갛게 뜨고 올려다보는 눈짓 하며, 그저 착하게 굴려고 제 울음 참아선 인형처럼 앉아만 있고. 아이고, 나주댁. 은후 저거. 세수하면서 물 한 번 튄 적 없었지?"

"예, 여사님."

"투정하고 떼 부린 적은?"

"없어요. 여사님이 더 잘 아시잖아요."

어린 은후에게 이곳 백암장은 하늘 아래 천국이었다.

머리를 쥐어박거나 골을 내는 대신 그저 웃어주고, 다정한 할아버지, 할머니가 계신 곳이었다. 그녀만 보면 훌쩍 안아 들고 여차하면 하늘까지 던져 주는 왕자님 태흔이 사는 집이었다.

캐노피가 쳐진 분홍 침대랑 산더미처럼 꽂힌 그림책이랑 인형들로 가득한 방. 모자란 것 하나 없이 다 갖춰진 그 방 옷장에는 동화 속 공주님이나 입는 드레스와 원피스가 가득 걸려 있었다. 할머니랑 꼭 같은 디자인의 핸드백과 빨간 구두와 스누피 운동화도 얻었다. 분홍색 우산이랑 비옷이랑 장화도 있었다. 때맞춰 눈 즐겁고 입 즐거운 간식 접시가 나오고, 은후 입맛에 맞는 반찬만 골라 공주님 식판에 담아주는 이 집. 윤기 나는 피아노 뚜껑을 열어 통통거리고 있으면 상냥한 선생님이 다가와 같이 손가락을 짚어주곤 했다.

친절한 나주댁 아줌마는 아침마다 싫다 않고 한 시간이나 머리를 빗겨주었다.

"오늘은 무슨 방울 달까요? 은후 아가씨."

할머니나 할아버지, 태흔이 경쟁적으로 사다 나르는 새 머리띠며 머리 방울을 번갈아가며 달아주었다. 거울 앞에 은후를 앉혀 두고 앙증맞은 인형인 양 요모조모 궁리해선 머리를 땋아 공주님으로 만들어주었다.

유치원까지 데려다주고 데려오는 하 기사 아저씨도, 은후를 귀여워하다 못해 아주 손에 얹고 다닐 기세였다. 슬쩍 몰래 은후가 좋아하는 아이스크림도 사주고, 태흔이 다니는 학교랑 할아버지가 근무하는 회사로 해서 빙 돌아 드라이브도 시켜주곤 했다.

밤이 되어도 행복하긴 마찬가지였다. 할아버지도, 할머니도, 태흔도 똑같았다. 아무리 바빠도 늦어도, 꼭 은후를 찾아와 이마에 입 맞추어주곤 했다. '우리 아기, 잘 자거라' 인사하고는 꼭 안아주었다.

"살다 살다 저리 착하고 말 잘 듣는 앤 또 처음이네요. 예쁘기는 또 좀 예뻐요? 저런 애만 키우라면 저는 열도 키우겠어요."

하지만 진 여사의 표정은 내내 궂었다. 이맛살에 내내 깊은 주름살이 져 있었다.

"예쁜 게 아니야, 앙큼한 게지. 어린 게 어떻게 만날 착해? 만날 어른들 보기 예쁜 짓만 해? 태흔이 놈 기억 안 나? 제 싫다면 하루 밤낮을 울고, 밥도 안 먹고 골 부려서 온 집안 다 뒤집어엎었잖나. 그게 어린애지. 그런데 이제 겨우 일곱 살 계집애가 맞춰온 듯 착하게 굴어? 이건 어른 눈치 살피는 게지. 절 또 보육원에 보내 버릴까 봐 어른들 비위 맞추느라 말짱하게 참아선 홀로 아프고 시들어가는 게지!"

진 여사의 판단은 정확한 것이었다.

하늘 아래 유일한 천국 백암장에서의 생활이 행복하면 할수록 은후의 불안은 커져만 가고 있었던 것.

이미 한 번 무참하게 모질게 버림받은 기억이 있다. 이곳에서조차 쫓겨나면 어린 은후는 정말 갈 데가 없었다. 죽을 수밖에는. 그래서 최선을 다했다. 의탁하는 이 집안 어른들이 못마땅하다

할세라, 조심 또 조심이었다. 행여 눈 밖에 날세라, 어느새 살곰살곰 뒤로 물러나고 구석배기만 찾아다니는 버릇을 몸에 익히고 있었던 것이다. 먹고 또 먹고 토해도, 제 몫이라 여긴 음식 한 톨 남기지 않아 배앓이를 할 정도로 필사적이었다.

"저거, 저 앙큼한 버릇. 고쳐야지 안 되겠다. 어린것이 뭘 알아선 벌써 철든 어른 흉내질이야? 제 혼자 속앓이 하게, 홀로 검긎게 키우려 내가 절 데려온 줄 알아?"

진 여사가 서안을 탁 내려쳤다. 오륙 년 전 태흔의 종아리를 때릴 때 말고는 그냥 문갑에 넣어둔 회초리를 꺼냈다.

"자네, 나가서 은후 좀 데려오게."

그날 은후는, 안방에 불려 들어가 할머니 앞에서 치맛자락을 걷어야만 했다. 퍼런 얼음을 문 듯 무서운 할머니께 모질게 종아리를 맞았다. 훌쩍훌쩍 울면서 고사리 손을 모아 무조건 잘못했다고 빌고 또 빌었다. 하지만 소용없었다.

"아직도 몰라? 뭘 잘못했는지 아직도 몰라?"

은후는 할머니의 추궁에 고개를 저었다.

이해할 수 없었기에 대답을 할 수가 없었다. 무엇인가 큰 잘못을 한 것은 분명한데, 대체 무엇일까? 할머니나 할아버지, 오빠가 시키는 대로 다 했는데, 왜 화를 내실까? 매를 때리실까? 온통 볼이 눈물에 젖었다.

휙 소리가 나며 매운 회초리가 다시 여릿한 종아리를 후려 감았다. 벌컥 문이 열리고 태흔이 뛰어들어 온 건 그때였다. 아직 교복 차림이었다. 학교에서 돌아오자마자, 은후가 매를 맞는다는 것을 듣고는 분개해선 들이닥친 것이다.

진 여사를 바라보는 태흔의 눈빛이 활활 불타오르고 있었다.

다짜고짜 할머니 손에서 회초리를 낚아챘다. 우지끈 부러뜨려 버렸다. 은후를 달랑 안아 제 뒤로 감추었다.

"왜 때려요? 어린 게 뭘 안다고 때려요?"

거칠고 포악했다. 여린 종아리에 난 뻘건 훼를 어루만지며 진 여사에게 따져 묻는 품이 제 어린것을 지키는 표범처럼 사납기만 했다.

"잘못을 했다 해도 그렇죠! 말로 하시지 왜 때려요? 때리지 마세요! 애 놀란 거 안 보이세요?"

"왜 맞는지 저한테 물어봐라."

태흔이 제 등 뒤에서 웅크리고 앉은 은후를 돌아보았다. 눈 가득히 눈물을 담은 채, 그럼에도 무작정 잘못했다고 고사리 손을 모으고 있는 아이를 바라보았다.

"은후, 무슨 잘못을 저질렀어? 할머니가 왜 화나셨어?"

아직도 영문을 몰라, 살래살래 고개만 저었다.

"할머니 말씀 안 들었어? 피아노 연습 안 했어? 학습지 숙제 다 못 했어?"

"다 했는데. 피아노 연습은 다섯 번이나 더 하고, 훌쩍. 죽만 먹으래서 죽만 먹고……. 학습지 열 장 아침에 다 하고……. 훌쩍. 어제 쓴 우산도 베란다에서 말렸는데……."

눈물 함빡 머금은 눈으로 할머니의 눈치를 살피며 은후는 하소연했다. 시키는 대로, 시킨 것보다 더 많이, 더 잘했다고 편들어 주는 태흔더러 억울하다고 일러바쳤다.

진 여사가 혀를 끌끌 찼다.

"너 그래서 종아리 맞는 거다. 왜 앙큼스럽게 눈치 살펴? 왜 기죽어? 왜 시키지도 않는데 착한 척해? 누가 너더러 착한 일만 하랬어? 먹기 싫어도 꾸역꾸역 간식 먹고 토하라고 그랬어? 옷도 안 버리고! 시키는 대로만 하고, 예쁜 짓만 하고! 누가 그러랬어?"

비로소 태흔도 무엇인가를 짐작한 듯했다. 무릎을 꿇고 은후와 눈높이를 맞추었다.

"너 아프게 된 것. 꾹꾹 참아서 그런 거였어? 못되게 굴면, 보육원에 다시 내다 버릴 것 같아서 그래? 하고 싶은 대로 하면 여기서 쫓겨날 것 같아서 그랬어?"

비로소 은후의 얼굴이 비죽비죽 일그러졌다. 정말 서럽고 아픈 눈물이 주르륵 볼을 타고 흘렀다.

"착한 아이 아니면…… 싫어하니까. 다시 나가라고 하면 어떡해? 착하게, 예쁘게 굴어야 한다고 원장 선생님이 그랬어. 안 그러면 다시 거기로 와야 한다고. 할머니가 시키는 대로 해야 한다고 그랬어."

반 눈물, 반 애원, 은후는 어린 가슴에 시퍼런 멍울로 자리 잡은 근심과 고민을 드러냈다.

"마음대로 해도 돼요? 안 먹고 싶은데, 안 먹어도 돼요? 그래도, 저, 정말 저를 안 버리실 거예요? 쫓아내지 않으실 거예요?"

울면서, 울면서 겨우 물었다. 진 여사가 한 무릎 다가왔다. 태흔 뒤에 숨은 은후를 끌어내 꼭 안았다.

"우리 은후, 무서웠던 거로구나."

눈물 젖은 볼을 어루만져 주고 꼭 안아주던 그 가슴은 너무나 따뜻하고, 너무나 다정한 향기가 났다.

"어떻게 버려? 이렇게 귀여운 애기를……. 이렇게 예쁜데, 우리 은후. 얼마나 사랑하는데. 절대로 안 버려. 할미가 죽을 때까지 우리 은후랑 같이 살 거야. 약속해."

"저, 정말이요?"

"그럼, 정말이지. 할미가 죽어도 오빠가 있잖니. 넌 언제나 우리 집에서 우리랑 같이 살 거야. 그러니까 혼자 겁내지 마. 혼자 불안해하지도 말고, 알았어?"

진 여사가 어깨 너머로 손자를 노려보며 한마디 했다.

"인석아, 너는 은후 머리통 꿀밤도 자주 주더니만, 왜 내가 종아리 때리는 걸 질색해?"

태흔이 정색을 하고 되받았다.

"저는 꿀밤 줘도 되지만, 할머닌 안 돼요. 은후가 정말 무서워하는 거 안 보이세요?"

그러면서 그가 기어코 다시 은후를 할머니 품에서 빼앗아 안았다. 무시무시한 눈초리로 협박했다.

"한 번만 더 때려요. 은후 데리고 가출해 버릴 거야."

"말하는 것 하곤. 가출해서 어떻게 먹고살 거야?"

"아르바이트하면 되죠. 주유소에 가서 기름 넣을 거야. 전단지도 돌리고 자장면 배달도 해야지. 그래서 은후 과자 사줄 거라고요. 유치원도 보내고."

"기가 차서!"

"할머니가 돌보지 못하면 내가 해. 무슨 일이 있어도 내가 은후 지킨다고."

진 여사가 은후의 머리카락을 쓰다듬었다. 찬찬히 일렀다.

"들었지? 우리 애기? 기억하렴. 네 뒤에는 언제나 할머니랑 할아버지랑 오빠가 있다. 기죽지 마. 하고 싶은 대로 해. 네가 무슨 일을 하든, 어떤 일을 하든 우린 널 사랑한단다. 가족이잖니. 서로 사랑하는 식구잖아."

그날부터 은후는 누가 뭐래도 이 회장 내외가 눈에 넣어도 아프지 않을 만큼 끔찍하게 아끼는 손녀딸, 태흔의 누이동생이 되었다.

적막한 집 안에 은후의 맑은 웃음소리가 울려 퍼지기 시작했다. 이 회장의 차 소리만 들려도 총알처럼 튀어나가 '할아버지!' 하고 안기는 어린 은후의 애교 때문에, 발레복을 입고 나풀나풀 날아다니는 예쁜 은후 때문에, 제 몸보다 큰 배낭을 메고 국토 순례 캠프를 떠나는 씩씩한 은후 때문에 백암장은 그날부터 진정 봄날이었다.

홀로여서 늘 외로웠던 은후와 태흔은 이 회장 내외의 품 안에서 작은 새처럼 깃을 맞대고 함께 자라는 진정한 남매가 되었다. 가족이었다. 그런 세월이 어느덧 열세 해째였다.

지나간 세월을 되새기면 되새길수록, 막막하다. 은후는 머리를 콩콩 유리창에 짓찧었다.

'미쳤지, 미쳤어. 정신 차려, 이은후.'

감히 어떻게? 네가 감히 어떻게?

준엄한 이성이 그녀를 꾸짖고 있었다.

"날 그렇게 애틋하게 키워주셨는데. 가족인데. 그냥 오빠인데……. 내가 어쩌자고 자꾸 오빠를 마음에 담을까. 안 되는 일을 소망하는 걸까? 나 이렇게 나쁜 생각하다가 정말 천벌 받을 거야."

마음이 이성의 명령을 따라 움직이기만 한다면 무슨 걱정이 있으랴? 안 되는 줄 알면서도 엇나가고, 부도덕하고 나쁜 것인 줄 알면서도 가당찮은 소망을 독버섯처럼 자라게 하고 있는 자신이 너무나 미웠다.

'할아버지, 할머니 은혜를 배신하면 정말 난 천벌 받아. 오빠도 내 마음을 안다면 날 경멸할걸? 어떻게 동생이 여자가 되겠어? 태흔 오빠가 뭐가 모자라서 나 같은 것을 여자라고 생각하겠어? 벌레 보듯 할걸? 안 돼! 절대로 감춰야 해! 죽어도 이 마음 드러내면 안 돼. 할머니가 시키는 대로 결혼하고 오빠를 잊어야 해. 이 마음 깡그리 버려야 해. 이은후! 정신 차려!'

인생에 있어 단 하나뿐일 사무친 연정. 그 사람 말고는 누구도 사랑할 수 없을 테지만, 그녀에게 허락된 몫은 오직 누이동생. 언젠가는 다른 여자의 남자가 될 그의 곁에, 평생 가까이 있지만 절대로 닿을 순 없지. 너무나 간절하고 슬픈 연모를 부인하고 덮어버리려는 다짐을 오늘도 되풀이하고 있다. 홀로 되뇌는 은후의 입술이 슬프게 변해갔다.

'오빠니까, 어찌하든 오빠니까. 이건 절대로 달라지지 않으니까.'

아래층에서 고소한 냄새가 풍긴다 했더니 이내 태흔의 목소리가 들려왔다.

"이은후, 게으른 자식 같으니. 내려와서 밥 먹어."

아무것도 모르는 태평스런 목소리가 너무 미웠다. 고민 하나 없이 쾌활하기만 한 그가 너무 싫었다. 아래에서 다시 태흔이 소리 지르고 있었다.

"일 분 내로 안 내려오면, 밥 안 준다."

일부러 쿵쿵 발소리를 내며 아래층으로 내려갔다. 일껏 더운 날인데도 태흔이 주방 가스 불 앞에서 땀을 삘삘 흘리며 장만한 야채볶음밥을 퍽퍽 퍼먹었다.

"물!"

이러다 목이 메고 말지 했다. 아니나 다를까, 두어 숟가락에 목이 컥컥 막혀 어찌할 바를 모른다. 시뻘겋게 된 은후에게 태흔이 눈을 흘겼다. 물을 따라선 손에 컵을 쥐여주었다.

"즐겁게 놀자고 내려온 거야. 너 계속 그렇게 꿀꿀하게 굴면 나 혼자 올라가 버린다."

맥주 캔을 따며 그가 심드렁하게 쏘아붙였다. 그것만으로도 섭섭해선 발끈하고 말았다.

"배신자."

"그러니까 그만해. 별 볼일 없는 놈하고의 불장난에서 실패했다고 세상 끝난 거 아냐. 그따위로 남의 기분까지 망치지 말란 말이야."

"누가 불장난이래? 난 진심이었다고."

어떤 남자를 만나든 한 번도 진심이 아니었다. 상처 입을 만큼도 가까워지지 않았다. 접근을 허락하지도 않았다. 하지만 유일한 진심인 이 남자에게 그 진심을 보일 수 없어, 안전하게 방패 막음을 하려는 거다. 당신이 나 아닌 다른 여자를 만나야 하듯 나도 다른 남자를 만나야 하는 거니까.

"하찮은 불장난 맞아. 내가 허락한 놈 아니면 다 불장난이다."

태흔이 딱 잘라 버렸다. 그만하라는 경고였다. 숟가락을 놓고는 은후가 마시던 물 잔을 집어 들었다. 은후의 숨이 잠시 멈추었다. 그녀의 입술이 닿았던 거기에, 선명하고 섹시한 선을 그린 태흔의 입술이 닿는 것을 멍하니 바라보았다. 태흔이 물 잔을 내려놓고 냉담하게 내뱉었다.

"불장난은 한 번이면 족해. 쓸데없는 짓 다시 하지 마. 얌전하게 기다리면 너에게 알맞은 남자를 골라줄 테니까."

"내게 알맞은 남자가 누구인 줄 알고 오빠가 골라준다는 거야?"

"네가 원하는 남자는 누구가 되었든 데려다준다는 거야."

"정말?"

"그래, 말해봐. 어떤 녀석을 원하는지."

"일단 잘생겨야 해."

은후는 식탁에 팔꿈치를 세우고 새침하게 내뱉었다. 오빠처럼 아름다운 남자여야 해. 절대로 발설할 수 없는 그 소망을 삼켰다.

태흔이 짙은 눈썹을 위로 추켜올렸다.

"잘생겼다라? 음, 세진이 놈 정도?"

세진은 태흔의 가장 친한 친구이자 슈퍼 모델이다. 태흔이 아는 한, '잘생겼다' 라는 기준에 제일 부합하는 인물이었다. 은후가 비명을 질렀다.

"징그러. 세진이 오빤 절대로 내 취향 아니거든. 사양할게."

"좋아, 우리 공주님 취향은 어떤지 들어보자. 그래야 나중에 네 남자를 잘 골라줄 수 있을 테니까."

"금욕적이면서도 엄청, 진짜 섹시해야 해."

"가지가지 하는군. 그런 놈이 어디 있어?"

태흔이 비웃었다. 그러거나 말거나 은후는 마음속에 꼭꼭 담아둔 그 남자의 인상을, 모습과 특징을 하나하나 뱉어냈다.

"차갑지만, 입술 선이 멋지고, 아주 다정하고 쾌활하게 웃어야 해. 친절하고 아주 능력 많은데, 회사 일도 엄청 열심히 하지만 그러면서도 나에게는 따뜻하고 언제나 시간을 내줄 수 있고, 진짜 다정다감하게 사랑할 줄 알고 키스도 엄청 잘해야 해."

은후가 생각하는 태흔의 모습. 그녀의 세상 전부를 준 사람이자 사랑할 수 있는 유일한 남자의 모습이다.

태흔이 혀를 찼다. 아직도 소녀적 분홍빛 꿈을 꾸는 은후를 바라보며 '이 철딱서니' 하고 한숨을 쉬고 있었다.

"까다로운 녀석이로군. 좋아, 약속해. 넌 그런 놈을 가지게 될 거야."

당신을. 오직 당신을.

당신이 약속한 대로 난 당신을 가지고 싶어. 두 사람의 시선이 마주쳤다. 태흔이 아주 그윽하게 그녀의 이름을 불렀다.

"은후야."

"왜? 왜……?"

"입술에 밥알 붙었다."

이런, 젠장! 왜 만날 이 남자 앞에서는 어린양이나 부리는 유치원생이 되고 마는 걸까?

아무리 타고 넘으려 해도 소용없다. 너무 어른스럽고 너무 덤덤한 태흔에게는 파고들 틈이란 것은 없었다. 혀끝으로 밥알을 떼먹고 난 후 은후는 좌절해 머리를 탁자에 박아버렸다. 태흔이 킬킬거리며 웃었다.

"설거진 네가 해. 난 옷 갈아입고 나올 테니까. 수상스키나 타자."

그가 일어서다가 다시 돌아섰다. 은후를 내려다보았다.

"그런데 말이지, 이은후. 한 가지만 더 물어보자."

"뭐, 뭘?"

그가 고개를 기울여 아주 가까이 얼굴을 가져왔다.

"그 자식하고 어디까지 불장난을 했니?"

"싫어, 대답 안 할래."

그의 눈이 사뭇 깊어졌다.

"네가 입 다물면, 할 수 없지. 그 자식을 족쳐 보면 바른말이 나오려나?"

혼잣말 같았다. 하지만 그건 명백한 협박이었다. 한다 하면 태흔은 정말 그렇게 하는 사람이었다. 은후는 우물쭈물 그의 눈만 바라보았다. 그가 이런 눈빛일 때는 어떤 거짓말도 할 수가 없다.

"으, 음……. 그, 그러니깐. 뽀, 뽀뽀. 아니, 키, 키스!"

태흔의 한쪽 눈썹이 위로 약간 올라갔다. 다시 추궁당했다.

"좋았어?"

"으, 으음. 그렇지!"

"얼마나?"

"그냥! 그냥 좋은걸. 어떻게 말로 해?"

순간 태흔의 입술이 은후의 입술을 덮쳤다. 잠시 동안 꼭 붙은 입술 그 어느 쪽도 쉬이 움직이지 않았다.

오빠가, 오빠가 나에게 키스를 했다…….

은후는 너무 놀라 얼어붙었다. 뇌가 과부하를 일으킨 것이다. 그러한 사실을 받아들이는 데에는 시간이 필요했다.

태흔은 무엇인가 허락을 구하는 것 같았다. 아니면 그녀가 준비될 때를 기다리고 있는 것 같기도 하고.

그가 아주 오래도록 입술을 떼지 않았기에 이내 숨이 막혀왔다. 은후는 자신도 모르게 입술을 열고 말았다. 그 틈을 놓치지 않고 태흔의 혀가 아주 매끄럽게 은후의 입안으로 들어왔다.

아앗! 하는 비명이 새어 나왔으나 그의 입이 그 비명을 흔적없이 삼켜 버렸다. 그가 마신 맥주의 씁쓸한 맛. 말캉하지만 강인한 힘을 지닌 태흔의 혀가 뒤물러서기만 하는 은후의 서투른 혀를 감았다. 그 남자의 향기와 맛. 미친 중독의 맛. 이미 성숙한 남자의 혀는 능숙하게 소녀의 입술과 입안과 혀를 마음껏 탐닉하고는 천천히 물러났다.

태흔이 새빨간 얼굴로 어쩔 줄 몰라 하고 있는 은후를 응시했다. 아주 진지하게 물었다.

“이만큼 좋았어?”

은후는 본능적으로 고개를 흔들었다. 거의 넋이 빠진 상태였다.

맙소사, 어떻게 이런 일이! 이렇게 좋을 수는 없어. 어떻게 비교를 해?

“그 녀석이 나아? 내가 나아? 어느 쪽이야?”

자신만만한 미소. 대답을 이미 알고 있는 눈치였다. 그가 다시 얼굴을 기울여 말랑한 귓불의 살집을 살근 씹었다. 사과처럼 익은 볼 한쪽도 부드럽게 깨물었다.

“물론, 나?”

자동적으로 고개를 끄덕이고 있었다.

“마음에 드는군.”

그가 다시 고개를 기울여 베이비 키스를 날렸다. 속삭였다.

“이런 키스를 하는 녀석하고만 불장난 해, 그럼 용서할 테니.”

3장

적요한 강물 위로 더 적요한 밤이 내렸다.

별장의 넓은 발코니. 수컷 두 마리가 격렬한 스포츠의 즐거움과 충만한 미식, 적당한 알코올의 향기에 취해 바닥에 널브러져 있었다.

두 시간 전에 태흔의 친구 세진과 명중이 도착했다. 군대에 박혀 있던 태흔도 그러하거니와 살인적인 의대 공부에 시들어가는 명중도, 잘나가는 슈퍼 모델인지라 숨 쉴 틈도 없이 몰아치는 스케줄에 익사 중인 세진도 바쁜 것은 마찬가지. 때문에 이 근래 삼총사는 얼굴 보기도 힘들었다. 오랜만에 함께 모여 한가로이 하룻밤을 즐기는 것은 근 일 년 만이었다.

"악당들, 맥주 하나씩 더 하지 그래?"

세진이 거실 문을 열고 나왔다. 맥주 한 아름을 안고 있었다. 명중과 태흔에게 하나씩 던져 주었다. 안주 접시를 들고 나오는 은후에게도 당연하다는 듯이 맥주 캔을 건네주려고 했다.
"안 돼. 은후는 더 못 마셔."
태흔이 은후 쪽으로 날아가는 맥주 캔을 허공에서 잡아챘다.
"안 마실 거지?"
더 이상 마시지 말란 강요였다. 태흔의 시선이 정면으로 닿자, 은후의 볼이 벌겋게 변했다. 새어 나온 불빛을 받은 것일 테지만 사실 꼭 그런 것만은 아니었다.
"어, 어. 그럼. 두 개나 마셨는걸. 벌써 취하려고 해."
아무 일 없다는 듯이, 늘 그래 왔듯이 그의 곁에 다가와 앉기는 하는데, 어디로 시선을 둘지 몰라, 맹알하게 눈만 굴리고 있다. 도통 안절부절못하는 은후를 지그시 바라보던 태흔이 은후를 불렀다.
"은후야."
무엇에 찔린 것처럼 은후가 발딱 일어났다. 화들짝 놀란 눈동자가 그를 향했다.
"커피 마시자."
"그, 그러지 뭐. 오빠들, 다 마실 거예요?"
"주면 감사하지."
"오랜만에 우리 은후 아이스커피 좀 맛보자."
세진과 명중이 기분 좋게 중얼거렸다. 약간 술도 취했고, 둔한 사내들인지라, 두 사람 다 태흔과 은후 사이, 분위기가 미묘하게 달라졌다는 것을 눈치채지 못했다.
은후가 문을 열고 들어갔다. 태흔의 시선이 버릇처럼 따라갔다.
낮과는 달리 종아리까지 덮는 긴 원피스에 쌀쌀한 밤공기를 피해 팔꿈치까지 내려오는 물색 카디건 차림. 오후에 래프팅을 하느라 살짝 타버린 것도 같은데, 이내 말개지는 것을 보면 원체 타고난 피부가 하얀 것이다.

"커피는 좀 있다가 마시지, 짜식이."

생각해 보니 계속 은후에게만 일을 시킨 것 같아 좀 미안하다. 명중이 타박했다.

"그러게 말이다. 지금까지 은후, 설거지한다고 쉬지도 못했는데 엔간히 부려먹어라."

"재인이가 왔으면 은후도 좀 편했을 텐데. 하필이면 세미나가 걸릴 게 뭐람?"

"그러게 말이다. 네 마누라가 와야 술친구가 되는데 말이지."

명중의 연인인 재인은 삼총사의 중, 고등학교 동창이기도 했다. 올해 말쯤에 결혼식을 올린다는 의논이 되어 있었다. 워낙 오래된 연애인지라 식만 올리지 않았다 뿐이지 모든 사람들이 재인을 명중의 아내로 대접하고 있었다.

"입으로 구시렁거리지 말고 네놈들이 좀 돕든지."

"은후 가까이만 가면 난리 치려고? 안 해, 자식아!"

세진이 발끝으로 태흔을 걷어차는 시늉을 했다. 태흔이 피식 웃으며 다시 제 몫의 맥주 캔을 비웠다.

이 저녁에 태흔은 몹시 이상하다. 어찌 보면 야박하다 싶을 정도였다. 은후가 잠시도 앉을 틈을 주지 않았다. 엄청 부려먹었다. 물놀이 뒷정리에서부터 바비큐 준비며, 고기 굽는 것에 설거지까지. 평소 같으면 손도 대지 못하게 하고 자신이 다 알아서 할 테지만 그런 것까지 다 그녀에게 밀어버렸다.

평소에는 잘 하지 않던 일에 익숙지 않은 일을 한꺼번에 떠맡은 셈이다. 바빠 어쩔 줄 몰라 했다. 잠시도 앉을 틈도 없이 종종걸음을 쳤어도, 태흔은 손끝 하나 까딱하지 않았다.

그래서인가, 빈틈없고 야무지던 은후도 실수 연발이었다.

저녁 내내 발을 헛딛거나, 어딘가에 부딪쳤다. 문턱에 걸려 넘어질 뻔도 했고, 들고 오던 쟁반까지 놓칠 뻔했다. 고기에는 소금 대신 설탕을 칠 뻔했고, 불 위에 얹은 소시지가 익어가도 뒤집기는커녕 멍하니 새카맣게 타는 것을 바라만 보고 있었다. 누가 무엇을 물어도 일이 초쯤 멍하니 딴생각을 하다가 소스라쳐선 엉뚱한 대답을 늘어놓기 일쑤였다. 지금도 들어가다가, 소파에 정강이를 부딪쳤다. 혼자 깡충깡충 뛰고 있었다.

유리문 너머로 은후의 그런 모습을 멀찍하니 지켜보고 있던 태흔의 선명한 입술에 그 누구도 이해 못 할 불가사의한 미소가 어렸다.

말짱하던 은후의 상태가 이상하게 변한 건, 오후부터이다. 확실했다.

'순진한 녀석 하고는.'

태흔의 입술 위로 다시금 기묘한 미소가 흘렀다.

'넋 나간 게 당연하지. 내가 그렇게 만들어놓았는데. 태연하면 섭섭하지, 이은후.'

처음 닿은 입술. 처음 맛본 그녀의 느낌. 은후의 키스.

수백 번 상상했던 그대로. 수천 번 욕망했던 그대로. 아니, 그 이상으로 부드럽고, 짜릿하고, 자극적이었으며 지독히 달콤했다. 손에 입술에 착 감기던 피부, 그대로 녹아버릴 것 같은 향기. 순진한 그녀가 잠시 넋이 나간 사이, 태흔은 아무런 저항 없이 은후의 입술을 마음껏 탐욕할 수 있었다. 그야말로 연인끼리 나눌 법한 농밀하고 자극적인 프렌치 키스를 하는데도, 꼼짝도 하지 못하고 있었지. 거미줄에 걸린 나방처럼 멍해져선, 그가 시키는 대로, 원하는 대로 새빨개져선 아무런 저항 없이 그의 입술과 혀를 받아들였다.

'키스를 해봤다고? 웃기고 있네.'

그는 혼자만 아는 삐뚤어진 미소를 실긋 지었다.

"닭는다."

태흔은 고개를 돌렸다. 세진이 들고 있던 맥주 캔으로 머리통을 내려치는 시늉을 했다.

"은후, 어른이야. 왜 물가에 놓아둔 어린애처럼 안달하고 난리야?"

본드로 붙인 것처럼 내내 은후 뒤만 따라다니는 태흔의 시선일랑 기왕 눈치채고 있는 것이었다. 꼴불견이라는 표정을 감추지 않았다.

"우리가 다 민망해. 작작히 해."

"눈 안 주면 저 자식, 금세 사고를 치니까."

"그건 네놈 생각. 제발 난 은후가 사고 좀 쳐주면 좋겠는데 말이지. 우리 은후 아가씨는 너무 빈틈이 없지."

"너 이번에 나가면 몇 년이나 있다 귀국하는 거냐?"

빈 맥주 캔을 손아귀 사이에서 누르며 명중이 물었다.

"한 삼사 년?"

"돌아오면 네가 회사를 맡는 거야?"

"워낙 노친네가 짱짱해서……."

"그래도 노인 양반 건강 믿을 게 못 되지. 지난번에도 사무실에서 쓰러지셨다고 하지 않았어?"

태흔이 고개만 끄덕였다. 울적한 얼굴로 새 맥주 캔을 땄다. 말로야 별문제 없다고, 건강하시다고는 했지만 이 회장 나이도 벌써 팔순이다. 지난번에 쓰러진 후 정밀 검사를 받았을 때 가벼운 심장병과 뇌일혈 기도 발견되었다. 조심, 또 조심하고 있는 중이었다.

"그나저나 맞선 본 이야기나 좀 해봐라."

명중이 다 마신 맥주 캔을 구겨 발치의 휴지통에 던졌다. 태흔은 손에 잡은 맥주 캔을 돌리며 심드렁하게 대꾸했다.

"이야기할 게 있어야지."

보지 않는다 하면서도 태흔의 시선이 다시 유리창 너머 은후에게로 갔다.

등을 돌린 채 냉동고에서 얼음을 꺼내고 있었다. 등에 민감한 센서라도 달고 있는 건가. 그가 자신을 바라보고 있다는 것을 느낀 것이다. 몸을 돌리던 그녀도 태흔을 마주 보았다. 마치 못 볼 것을 본 아이 같다. 화들짝 놀라는 기색으로 재빨리 그를 외면해 버린다. 새침스럽게 고개를 돌리고 무심한 척, 커피 가루를 찾는 척했다.

잠시 은후를 바라보느라 태흔이 입을 다물고만 있자 답답한 거다. 명중이 발끝으로 그를 걷어찼다.

"입 다물고 있지만 말고! 이야기 좀 해. 성일건설 한 회장 딸. 알아주는 미인이라더니. 마음에 안 들었어?"

"골빈 여자, 딱 질색이야."

그 한마디로 미모 따윈 고려 사항이 아니라는 것을 분명히 드러냈다. 세진이 혀를 찼다.

"꽤 재원이라던데? 버클리에서 음악 전공한."

"오억짜리 하프 메고는 무혈입성한 주제에 무슨……."

"까다로운 놈. 네놈 기준에 맞는 여자는 대체 어떤 여자여야 하는 거냐? 슈퍼 모델도 싫어. 국제 변호사도 싫어. 음악 전공한 교수 후보도 싫어. 이 하늘 아래 네 여자가 있기는 있을 것 같아?"

"할아버지, 할머니 연세 생각해. 네 나이도 적은 건 아니고. 적당하게 골라. 유학 갈 때 같이 데리고 나가야 할 것 아냐?"

명중의 말에 태흔이 코웃음을 쳤다.

"우리 집 영감님, 골골해도 적어도 이십 년은 더 사실걸. 난 아직 얽매일 생각 없어."

하지만 그의 시선은 반사적으로 유리창 너머 은후에게로 갔다. 미간에 약간 초조한 빛이 어리다가 사라졌다.

"왜? 이쪽 문제가 제대로 해결되고 있으니 급할 것 없다는 거냐?"

세진이 얄밉다는 듯이 태흔을 야렸다. 샌들을 신은 발끝으로 사타구니 사이를 걷어차는 시늉을 했다.

"징그러운 놈. 겉으로는 엄청 점잖은 척, 잘난 척하지? 뒷구멍으로 혼자 호박씨 엄청 까고 다니는 거, 언젠가는 내 다 까발리고 말 거다."

"어, 태흔이 여자 있었어? 언제부터?"

명색이 베스트 프렌드인데. 막말로 하자면 셋 다 사타구니에 우거진 털이 몇 개인지도 다 아는 사이인데. 태흔의 여자 이야기는 들은 적이 없다. 명중의 얼굴에 약간의 배신감이 어렸다.

그러거나 말거나 태흔의 시선이 홀린 듯이 다시금 거실 안쪽으로 향했다. 은후는 이제 분쇄기로 얼음을 갈고 있었다. 태흔은 맥주 한 모금을 들이켜며 나른하게 내뱉었다.

“유세진, 입 닫아라.”

태흔의 미간이 좁아지고 주름살이 두어 개 생기거나 말거나 세진의 나불대는 입은 쉬이 닫힐 줄을 몰랐다.

“이 새끼, 압구정동 〈미스바헤〉 한 마담하고 갈 데까지 갔잖아. 너 아직 몰라?”

“이런 젠장할! 이 세상 모든 놈들이 다 한소담 발치에 엎어져도 태흔이 새낀 의연할 줄 알았더니. 결국 고 불여우 앞에서는 엎어졌구나!”

명중이 탄식했다.

화류계에서 놀아본다는 사내 녀석들이라면 한 번쯤은 거쳐 가야 할 여자라는 평판을 가진 전설적 마녀(魔女) 한소담. 삼십대 후반의 농염한 매력이 뚝뚝 떨어지는 요화 중의 요화(妖花)이다. 죽여주는 방중술에 한 번 맛을 본 사내라면 전부 다 미쳐 날뛴다는 그녀. 선수 중의 선수라는 것은 익히 알고 있었지만. 어떤 유혹에도 넘어가지 않는다고 해서 ‘언터처블 가이’ 라는 별명을 가진 놈이 아니던가. 지구상 마지막 오리지널 숫총각이라던 태흔마저 엎었을 줄이야!

“이 새끼, 군에서 외박 처나올 때마다 거기 기어들어 가선 실컷 자빠져 놀다가 옷 갈아입고 말짱한 얼굴로 성북동 들어갔잖아.”

태흔의 귀가 슬쩍 빨개졌다. 그러나 돌처럼 단단한 표정은 변함없었다. 그가 세진더러 음산하게 경고했다.

“헛소리 말고. 닭이나 쳐!”

“닥치긴 개뿔! 이 새끼가 외박 나오면 한 마담이 아예 가게 문 닫았단다. 니미럴! 이 새끼 상대하고 나면 한 마담이 사흘 밤낮 몸살 앓았다고 그 바닥에서 소문났잖아.”

명중이 탄성을 내질렀다.

"선수 중의 선수인 한 마담이 앓아누웠다고? 이런 절륜한 놈!"

"그것도 모르고 성북동 할머니, 나를 잡고 우리 태흔이는 왜 여자 친구가 없냐? 어쩜 좋아? 세진이 네가 소개 좀 시켜주고 그래. 그러셨다. 가증스러운 자식."

"새끼, 완전 이중생활이었잖아. 풋풋하고 아달달한 계집애들 많은데 하필이면 왜 닳고 닳은 한 마담이냐고! 새꺄! 널 숫총각의 희망이라고 믿었던 내가 허무하다."

이구동성, 사내놈 수치라고 덤벼드는 세진과 명중의 협공에 태흔은 계속 노코멘트. 긍정도 부정도 하지 않았다. 애꿎은 맥주 캔만 발끝으로 걷어차 버렸다.

"그래 놓고 온갖 미인을 만나선 플라토닉하게 데이트하지? 우아하게 걷어차 주지? 계집애들은 그것도 모르고 너무 낭만적이시고, 너무 신사적이라고 난리들을 쳐대고 말이지. 새꺄! 너 같은 놈 만날까 봐 밤낮으로 은후는 지키고 있냐?"

"그래."

망설이지 않았다. 딱 잘라 내뱉는 태흔의 말에 세진과 명중이 기가 차서 입을 딱 벌렸다.

"아주 지랄을 해라. 이 치유 불가능한 시스터 콤플렉스 덩어리 같으니라고!"

"그렇게 아까운데 딴 놈한테 어떻게 시집보낼 거냐?"

"그건 그때 가서 생각해 보고. 아직 어리잖아."

"얼씨구!"

태흔의 시선이 다시 은후에게로 슬쩍 날아갔다. 불가해한 미소가 그의 입술에 잠겨갔다.

'아직 어리지, 아직은…….'

바깥에 널브러진 세 사내가 시답잖은 잡담을 하는 사이, 은후는 열심히 아이스커피를 만들었다. 겉으로 보기에는 오직 그 일에만 집중하는 듯 보였으나, 실은 전부 건성이었다.

느닷없이 벌어진 사고, 갑작스럽고 불가해한 키스의 충격에서 아직 깨어나지 못했다. 태흔이 일깨워 놓은 복잡한 감각의 충격에서 벗어나지 못해 아직도 혼미한 상태였다.

'오빤 왜? 왜 나한테 그런 키스를 했을까? 왜?'

하루 종일 되풀이한 질문의 답을 아직 찾지 못했다. 은후는 손을 들어 네 개의 유리잔을 찾아냈다. 분쇄기로 간 얼음을 스푼으로 적당하게 나누며 다시 생각했다.

'괜히 쓸데없는 불장난 따위를 하면 혼난다는 경고라 그랬지.'

하지만 이 세상 그 어떤 오빠도 누이동생에게 그런 키스는 하지 않는다는 것쯤은 은후도 알고 있었다. 이해할 수 없었기에 두려웠고, 설명되어지지 않아 무서웠다.

감히 오빠랑 어떻게 이런 짓을 할 수가 있어?

어떻게 오빠가 나에게 베이비 키스도 아닌 진짜 남자의 키스를 할 수 있어?

내가 나쁜 거야.

내가 오빠를 남자로 보는 것을 들킨 거야.

그러니까 그런 생각 따윈 감히 하지 말라고 경고한 거야. 이런 어처구니없는 꼴을 당하게 될 거라고 나에게 벌주는 거야.

일어난 사실을 부인하는 이성이 속삭이고 있었다. 태흔의 잘못이 아니라 자신이 잘못한 거라고. 오빠를 상대로 감히 금단의 욕망을 감춘 그녀 스스로를 부정한 존재로 몰아가는 이성.

하지만, 하지만…….

'미치겠어! 너무 좋았어! 너무나 근사했어!'

얼결에 훔쳐 먹은 맛난 과일 한입, 느닷없이 덮쳐 온 입술. 그 입술이 일깨워 준 키스, 감각의 기쁨은 형용할 수가 없었다.

단 한 번이지만 전부였다. 기껏 이삼 분 머물렀던 그 입술이, 꿈에서조차 바라고 갈망하던 태흔의 입술이 닿았다. 순결한 입술을 탐식하며, 그녀가 가진 모든 것을 빨아들였다. 강렬하던 그의 혀와 입술의 감촉이 너무나 짜릿하고 감미로워서 미칠 것 같았다. 이 세상에 그러한 기쁨이 존재할 줄이야. 그러한 황홀함이 있을 줄이야.

꿈이야, 이건 꿈인 거야. 꿈이 아니면 일어날 수가 없는 일인 거야.

은후는 자신도 모르게 고개를 돌렸다. 발코니 쪽의 태흔을 돌아보았다.

'엄마야!'

자지러지고 말았다. 거실 문을 넘어 날아온 태흔의 시선이 똑바로 그녀를 향하고 있었던 것이다. 곁에 있던 세진과 명중도 미처 눈치채지 못한 짧은 순간이었다. 유리문과 사람들의 시선을 가로질러 두 사람의 시선이 마주쳤다. 합쳐졌다.

아주 짧은 찰나였다. 기껏 일이 초쯤 되는 순간이었다. 하지만 두 사람의 시선은 오직 서로만을 향해 있었다. 합쳐져 서로를 흡입하고 있었다. 핥고, 맛보고, 마시고, 소유하고 있었다. 얼마나 위험한 응시인 줄 뻔히 알면서도, 금단을 넘어선 지독한 갈망으로. 서로에게 전해져 오는 떨림과 갈망과 애욕을 담고. 드러날 듯

말 듯, 기묘한 긴장감을 담은 시선. 은후는 속절없이 거미줄에 걸린 나비처럼 태흔이 던진 포획의 시선에 걷혀 손끝 하나 꼼짝할 수가 없었다.

태흔이, 씩 웃었다.

은후만 알아볼 수 있는 야릇하고 기묘한 미소. 지금 그녀가 무슨 생각을 하는지, 어떤 고민에 빠져 있는지 빤히 알고 있다는 얼굴이었다. 그가 손가락으로 자신의 입술을 만지작거렸다. 슬쩍 혀끝으로 자신의 입술을 핥았다.

그것이 암시하는 것.

키스. 그의 키스.

짜릿하다 못해 죽을 것처럼 강렬하고 치명적인 키스. 그가 준 입술의 감촉이 되새겨져 몸이 저절로 움찔 떨렸다. 순식간에 세상은 온통 화염지옥. 온몸이 아까 키스를 당할 때처럼 뻘겋게 타오르고 있었다. 콩닥콩닥 뛰다 못해 밖으로 튀어나올 것같이 심장이 거세게 날뛰었다.

미친 거야. 내가 미친 거야!

이미 제 것이 아니게 되어버린 심장을 부여잡고, 은후는 먼저 눈을 피해 버렸다. 소용없었다. 피부 끝까지, 손끝, 발끝, 세포 하나까지도 그의 움직임에, 그의 시선에 공명하고 반응하여 덜덜 떨리고 있었다.

은후는 홀린 것처럼 다시 고개를 돌렸다. 태흔을 바라보았다.

혼자 꾼 꿈인가. 미망의 눈이 만들어낸 혼자만의 착각인가. 태흔은 이미 그녀를 보고 있지 않았다. 너무나 태연한 얼굴로, 아무것도 기억하지 못한다는 얼굴로 세진과 유쾌하게 웃으며 맥주 캔을 부딪치고 있었다. 얼음 그릇을 든 채 은후 혼자만 그의 옆얼굴을 훔쳐보고 있었다.

'약 올라.'

울컥 눈물마저 나려고 했다. 그들의 키스. 현실이 아니어야 할 그 중독의 흔적은 은후 자신만이 기억하는 것 같다. 자신만이 동요하고 자신만이 홀로 미쳐 날뛰는 것 같다.

어쩜 아까의 키스는 현실이 아니었을지도. 너무나 원하고 소망하는 사람이었기에, 그녀의 미친 환상이 불러낸 백일몽이었을지도. 키스를 당한 그녀는 이렇게 온통 넋을 놓아버렸는데, 키스를 한 그는 너무나 말짱한 얼굴로 아무렇지도 않은 표정인걸.

'장난이었던 거야. 역시 아무것도 아니었던 거야…….'

말간 유리잔에 완성된 아이스커피를 옮겨 따르며 은후는 복어처럼 볼을 볼록였다.

억울하고 분했다. 화나고 슬펐다. 하루 종일 그의 손 움직임 하나, 목소리 하나에도 미세하게 반응해선 넋을 잃고, 방황하고, 허둥댔던 자신이 너무 부끄럽고 싫었다. 아무런 의미도 아닌 장난 하나에 휘둘려선, 제정신을 차리지 못하고 멍청하게 굴었다니…….

'암만, 오빠가 설마 나에게 진짜 키스를 했을 리가 없잖아. 그냥 심한 장난한 걸 가지고 너무 오버한 거야. 너무 좋아서, 너무 좋아해서 내가 미친 거야. 내가 돌아버린 거야.'

그때 전화벨이 울렸다. 은후의 이성이 한 겹 더 돌아왔다.

[우리 애기, 재미있게 놀고 있어?]

인자한 진 여사의 목소리가 들려왔다. 벌렁대던 미친 심장에 싸늘한 얼음물이 퍼부어졌다.

진 여사의 전화에 은후는, 하루 종일 갇혀 있던 빨간 미몽에서 삽시간에 벗어날 수 있었다. 태흔과 은후 자신, 두 사람이 어떤 자리에 서 있는지, 어떤 거리로 서 있어야 하는지 뼈아프게 깨달았기 때문이다.

"즐거워요. 세진이 오빠랑 명중이 오빠까지 와서 같이 놀고 있어요. 수상스키도 타고, 서핑도 하고. 바람 불어서 좋았어요. 래프팅도 했어요."

엄청난 잘못을 저지른 것만 같다. 저절로 목소리가 떨렸다. 할머니야 아무것도 모르실 테지만, 은후의 맑은 양심이 자꾸만 가시처럼 찌르고 있었다.

할머니가 은후더러 '우리 애기' 라고 다정하게 불러주시는 한, 아까의 키스 따윈 절대로 해선 안 되고, 설사 했다 해도 가벼운 농담처럼 받아들여야 한다는 것을 분명히 자각했다. 두 사람을 준엄하게 갈라놓는 선고(宣告) 같았다.

[잘했구나.]

"할아버진요?"

[주무신다.]

"벌써요?"

[내일 새벽 골프 나가신대. 다섯 시에 출발하신다고, 미리 침실 들어가셨다.]

"혼자 계시니 심심하시죠?"

[심심하긴, 오랜만에 한가하구나, 그러고 있다. 내일 올라오지?]

"네. 점심 먹고 출발할 거예요. 차 막히기 전에 얼른 올라가야죠. 할머니도 같이 오셨으면 좋았을 텐데……."

은후에 말에 진 여사가 잔잔히 웃었다.

[젊은 사람들 모여서 노는데, 할미가 끼면 실례지. 잘 놀다 오너라. 오빠한테 너무 어리광 피우지 말고. 조만간 나갈 사람이잖니. 있을 때 잘해줘.]

전화를 끊고 커피 잔이 올려진 쟁반을 들던 은후의 손가락이 멈칫 떨렸다. 그 '오빠'가 이상해졌는데, 나에게 프렌치 키스를 했는데. 어떡하지, 어쩌면 좋지? 키스. 불에 찍힌 듯 되새겨지는 태흔의 키스. 잊지 못할 화흔(火痕)을 어쩌면 좋아.

떨리던 손이 들고 있던 쟁반을 놓쳐 버렸다. 유리잔들이 떨어졌다. 와장창 깨어지고 커피가 주방 바닥에 쏟아졌다. 처참하게 흘러내린 갈색 액체 사이로 깨어진 유리잔의 파편들이 나뒹굴었다.

"무슨 소리야?"

바깥의 사람들도 그 소리를 들었다. 일제히 고개가 거실 쪽으로 돌아갔다. 쟁반을 놓치고 어찌할 바를 몰라 하는 은후의 모습이 보였다.

"젠장, 이은후. 그릇 깼다. 그럴 줄 알았어, 저거!"

혀를 차며 태흔이 일어섰다.

"여하튼 사고뭉치야. 하루에 한 번이라도 사고를 치지 않으면 입에 가시가 돋을걸?"

"어련하겠어? 이태흔. 이은후가 사고 쳤는데, 출동해야지. 어디선가, 누군가에 무슨 일이 생기면~"

"다다다다, 엄청난 기운이! 얍! 이태흔 출동하신다."

친구들의 비아냥 섞인 응원을 뒤로한 채 태흔이 거실 문을 열었다. 두 손가락을 청바지 고리에 걸고 어슬렁어슬렁 주방으로 걸어갔다.

"아얏!"

은후의 입술에서 뾰족한 비명이 터졌다.

어쩜 좋아. 바들거리는 손끝으로 파편들을 주우려다가, 날카로운 조각에 손끝을 찔리고 말았다. 앗! 하는 비명을 삼키며 새빨간 선혈이 흐르는 손가락 끝을 멍하니 내려다보았다. 그 손을 잡아챈 사람이 태흔이었다.

"움직이지 마. 유리 조각이 들어갔을지도 모르니까."

망설이지 않고 태흔이 은후의 손가락을 삼켰다. 상처를 빨았다. 행여 찔린 상처 안에 유리 조각이라도 들어가지 않았는지 예민한 혀로 검사했다. 은후는 멍한 눈동자로, 약간 고개를 숙인 그의 정수리를 내려다보았다.

그의 입안에 들어가 움직이고 있는 손가락 끝이 간지러웠다. 바들바들 떨렸다. 빼고 싶었지만, 소용없었다. 그가 놓아주지 않았다. 부드러운 손끝을 핥고 빨아대는 혀의 감촉이 그대로 느껴졌다. 아픔보다, 놀람보다 더 자극적인 느낌. 입술에 닿았던 감촉과는 또 다른 미묘한 설렘. 관능의 비밀스런 신호 같았다.

"유리는 박히지 않은 것 같은데."

태흔이 고개를 들었다. 불빛 아래 발갛게 달아오른 은후를 바라보았다. 그의 눈동자가 한껏 깊어졌다. 상처는 작았지만 꽤 깊이 찔린 모양이다. 그가 빨아주었지만, 은후의 손가락에서는 계속해서 빨간 피가 흘러나왔다.

"일어나, 약 바르자."

"혼자 할 수 있어."

어림없는 소리. 태흔이 그 말을 들을 거라고는 은후 자신조차 믿지 않았다. 그가 은후의 바들거리는 어깨를 잡아 일으켰다.

“거기 인간들, 청소해라. 우리 애기가 손 다쳤다.”

“새끼 저거! 사람 못 부려먹어서 안달했지?”

그러면서도 세진과 명중이 문을 열고 거실로 들어왔다. 세진이 주섬주섬 걸레를 찾았다. 서툴게 빗자루를 찾아 든 명중이 바닥에 쏟아진 것들을 쓸어 담기 시작했다. 은후는 빨간 피가 솟아나는 손가락을 심장 위로 추켜올린 채 일층 태흔의 침실로 딸려 들어갔다.

그냥 유리 파편에 찔린 상처인데, 엄청난 부상이라도 당한 것 같다. 태흔의 침대 끝에 앉아 기다리고 있으려니 태흔이 구급약 상자를 들고 다시 들어왔다. 옆에 와 앉았다.

“일단 지혈을 해야 해.”

“어.”

태흔이 은후의 손가락을 솜으로 쌌다. 한동안 꾹 누르고 있었다. 그러는 동안 침대 가장자리에 나란히 앉은 두 사람은 내내 말이 없었다.

예전 같으면 잔뜩 어리광부리고, 징징대고, 괜히 태흔에게 투정을 부려댔을 테지만, 지금은 그럴 수가 없었다. 너무 긴장한 데다 아주 불편했다. 그의 존재가 너무 강렬하고 낯설게만 느껴져서, 감히 입을 열 수조차 없었다. 눈을 둘 곳도 찾지 못해, 은후는 미동도 않고 인형처럼 손을 잡힌 채 앉아만 있었다.

“많이 아파?”

“그냥, 좀 따끔거려.”

손끝을 누르고 있는 그의 손가락에 힘이 더 주어졌다. 다시 침묵이 흘렀다. 슬그머니 돌아보다가 눈이 마주쳤다.

“작작히 까불어.”

태흔이 한마디 툭 던졌다. 한 손을 뻗어 은후의 머리카락을 헝클어놓았다. 예전의 태흔이다. 은후가 아주 잘 알고 익숙한 오빠 태흔이 돌아왔다.

"까분 것 아냐."

"그럼? 쟁반을 왜 놓쳐? 다리 꼬였어? 수전증이야?"

확 때려주고 싶었다. 너무 분하고 화가 났다. 억울하고 속상해서 눈물이 비죽 흘러나올 것만 같았다. 은후는 눈에 잔뜩 힘을 주었다.

'나만 흔들린 거야? 나만 이상한 생각 했던 거야?'

아까 손가락을 빨아줄 때 머리통으로 받아버렸어야 했다. 그도 저도 아니면 팔뚝을 잔뜩 물어뜯어 주든지. 바락바락 소리라도 한 번 질러주어야 이 분이 풀릴 것 같았다. 그의 의미없는 장난질에 휘둘려 하루 종일 살랑댔던 스스로의 어리석음과 철없음에 미칠 것만 같았다. 비참해서 죽을 것 같았다. 결국 은후는 소리 지르고 말았다.

"다 오빠 때문이라고!"

"내가 네 다리라도 걸었어? 왜 엉뚱한 사람 갖고 트집 잡아?"

"씨이, 이, 이! 썩은 해파리!"

태흔이 피식 웃었다. 오뚝한 코를 잡아 비틀며 헤죽헤죽 놀렸다.

"더 나와야지? 바보 똥개. 삶은 해삼. 더러운 멍게. 똥꼬 반바지."

누가 유치원생인 줄 알아? 은후는 태흔을 잡아먹을 듯이 노려보았다. 그러나 바들바들 떨면서도 차마 말을 잇지는 못했다. 그의 검은 눈동자와 마주친 순간, 뇌리 속이 다시 하얗게 비워져 버렸기 때문이다.

호흡곤란증이 시작되었다. 눈에 와서 콱 박히고 만 붉고 선명한 입술, 수염이 나기 시작해 푸르스름해지기 시작하는 턱과 가만히 움직이는 목울대까지. 예전에는 예사로 넘겼던 그의 모든 것이 아플 정도로 뚜렷하게 각인되었다. 거대한 존재감으로 박히고 있었다. 그의 짙은 눈썹이 꿈틀거렸다.

"할 말 있어?"

"오빠, 왜……?"

그가 눈썹 한쪽을 위로 추켜올렸다.

"아까, 점심때……."

대답이 없다. 다만 고개를 약간 기울여 그녀의 눈동자 속을 지그시 들여다보았을 뿐이다. 화끈 얼굴에 피가 몰려들었다. 어지럼증까지 느껴졌다. 새빨갛게 익은 가재가 되어, 은후는 더듬더듬 말을 이었다.

"그거, 그러니까……."

"그거라니?"

"그러니까, 그거…… 아까 오빠가……."

"왜 키스했냐고?"

부끄러운 단어를 그가 가로챘다. 싱긋 웃었다. 살짝 이마를 부딪쳤다. 그녀만 알아듣게 속삭였다.

"불장난."

"뭐라고?"

"이은후도 했는데, 나라고 못 할 건 없지."

"너, 너무해!"

너무나 싱겁고 대수롭지 않은 태흔의 대답에 삽시간에 은후의 눈동자가 젖어버렸다.

'역시 장난이었어? 질 나쁜 농담이었어? 그런 거야?'

그런 거면 하지 마. 나빠! 그런 나쁜 짓, 다시는 하지 마, 내 가슴이 까맣게 타버릴 테니까. 진짜라고, 혹시나 오빠도 나와 비슷한 색의 진심이라고 믿어선. 정말 해서는 안 되는 생각 해버릴지도 모르니까. 단단히 항의할 생각이었다.

은후의 볼을 타고 눈물 한줄기가 주르르 흘러내렸다. 태흔의 이마에 자그마한 주름이 잡혔다. 그가 고개를 흔들었다.

"수수께끼."

"뭐?"

"이은후, 영리하지? 내가 왜 그랬을까? 예쁜 머리로 열심히 풀어봐."

무어라 대꾸하려던 입술이 막혔다. 말을 할 기회도 주지 않고 또다시 태흔의 입술이 느닷없이 다가왔던 것이다.

축축한 혀끝이 유혹을 가득 담고 은후의 입술 선을 따라 한 바퀴 빙 돌았다. 번갈아가며 아랫입술과 윗입술을 빨고 깨물고 살짝살짝 자극했다. 저절로 은후의 순진한 입술 사이로 나직하게 안달 난 숨소리가 새어 나왔다.

'이거야. 이것이 필요했던 거야.'

하루 종일, 앓았다. 이것 때문에!

이 입술, 이 감각. 이 혀가 드러내는 강렬한 소유욕과 탐욕의 존재감. 그녀를 원하고 욕심내는 이 남자의 향기.

이것 때문에 그리도 혼란스럽고 무섭고 떨렸던 것이다. 이것을 다시 갖고 싶어서. 이것에 다시 빨리고 싶어서. 이것에 다시 함몰하고 싶어서. 이것에 공명하여 그녀도 욕망에 앓는 혀로 그의 이

것을 감아들고 싶어서.

태흔이 고개를 들었다. 그들의 입술은, 겨우 일 센티미터쯤 떨어져 있었을 뿐이다. 그가 자신의 타액으로 촉촉하게 젖은 분홍빛 입술을 핥았다.

"눈 감아."

최면에 걸린 것 같다. 은후는 순순히 눈을 감았다. 다가온 남자의 입술에 순응했다. 그의 이가 도톰한 아랫입술을 살짝 물었다.

"열어."

그가 다시 명령했다. 은후의 입술이 태흔의 혀를 받아들이기 위해 진주조개가 벌어지듯 살짝 열렸다. 치명적인 독과 지독한 쾌감을 담은 그의 혀가 깊숙이 들어왔다. 어찌할 바를 몰라 요동치는 은후의 말랑하고 달콤한 혀를 강하게 휘감았다. 격렬하게 빨아들이며 샅샅이 맛보았다.

은후의 몸에서 기운이 빠졌다. 그에게 잡혀 있는 한쪽 손에도 힘이 빠져 축 늘어졌다. 무릎이 후들거렸다. 태흔의 이번 키스는 입술만을 공격한 것이 아니었다. 귓불을 거쳐 턱을 흘렀다. 목선을 지나 쇄골로 갔다. 농밀하고 축축한 궤적을 남기며 자꾸만 아래로 향하고 있었다.

아슬아슬한 거기, 봉긋이 솟은 젖무덤 언저리. 거기까지 태흔의 입술이 내려갔을 때, 은후가 막지 않았을 때 그것이 시작되었다. 금단의 선. 둘이 넘어가서는 안 될 선을 함께 순식간에 넘어버렸다.

태흔이 침실 문을 열고 나오자, 명중이 막 휴대전화를 귀에서 내려놓으며 고개를 돌렸다.

"나 지금 서울 올라가야 할 것 같다. 재인이가 아프대."

걸레를 빨고 나오던 세진이 코웃음을 쳤다.

"약혼자가 저만 떼놓고 날아버렸으니 배 아프지."

"맹장 때문에 응급실 실려갔다고!"

명중이 버럭 소리 질렀다. 느닷없는 소식에 태흔이나 세진도 놀랐다.

"내일 아침에 수술한대."

"정말이야?"

"병원에서 전화했어. 아까 몸이 좀 안 좋다고 해서 약 먹으라고 일렀거든. 젠장, 그때 내가 올라갔어야 했는데."

"술 마셨잖아. 운전 어떻게 하려고?"

대답 대신 명중이 세진을 바라보았다.

"알았어, 알았다구."

세진이 벅벅 인상을 썼다. 모델이니만큼, 철저하게 몸 관리를 하는 그는 절대로 일정량 이상의 음주를 하지 않았다. 기껏 맥주 한 캔 마셨다. 싫어도 친구를 대신해서 운전기사로 봉사를 해야 할 모양이다. 오히려 세진을 만류한 건 태흔이었다.

"대리 불러."

"내가 데리고 올라갈게. 어차피 나도 내일 아침 일찍 스케줄이 있었어."

"이 자식, 약속 완전히 비우고 편하게 놀자고 해놓고서."

태흔이 세진더러 투덜거렸다. 가만히 생각하니 좀 배신감이 들었던 것이다.

"먹고살려면 싫어도 해야 할 일이 있어. 팔자 좋은 이태흔은 모르겠지만. 명중아, 가방 챙겨라. 오 분 후에 출발하자."

세진이 화장실로 들어가고, 명중도 자신의 짐이 있는 게스트룸으로 들어갔다. 이내 점퍼를 걸치고는 가방을 챙겨선 거실로 나왔다.

"내일 우리 집으로 차 좀 보내줘라."

"알았어."

달칵 침실문이 열리고 은후가 나왔다. 떠날 준비를 하는 명중을 보곤 눈이 휘둥그레졌다.

"어, 명중 오빠, 가는 거예요?"

"재인 씨가 맹장 수술한대. 응급실에 들어갔어."

태흔이 대신 대답했다.

"어머나, 그래요? 재인이 언니 어떡한대?"

"가벼운 수술이니까. 나중에 입원실에 놀아주러 와라, 은후."

"예, 그럴게요."

세진이 화장실에서 나왔다. 명중이 건네는 자신의 가방을 둘러멨다. 문 앞에 선 은후를 건너다보았다.

"은후, 괜찮아?"

"예. 손가락 좀 찔렸는데요, 뭐."

"어디 보자."

"아. 창피해. 기껏 이렇다구요."

은후는 비시시 웃으며 대일 밴드 하나 붙은 손가락을 들어 보였다. 세진이 혀를 찼다.

"태흔이가 하도 난리를 쳐서 말이다. 난 네 손가락이라도 부러진 줄 알았지?"

별 의미도 없는 한마디였을 텐데, 이상하다. 은후의 볼이 불빛 아래 유난히 발개졌다. 세진이 명중을 바라보았다.

"준비 끝났어?"

"음, 짐은 다 차에 실려 있으니까. 내 몸만 의탁하마."

"그래, 가자."

세진이 청바지 주머니에서 자동차 키를 꺼내며 먼저 현관을 나섰다. 세진마저 명중과 함께 떠날 줄은 생각도 하지 못했다. 은후가 더 놀라 거의 부르짖다시피 물었다.

"어, 세진이 오빠도 같이 올라가요? 왜요? 같이 놀기로 했잖아요."

"명중이 술 많이 마셔서 운전 못 해. 세진이가 운전한대."

두 사람도 문을 나가는 명중의 뒤를 따랐다. 세진이 태흔의 차 옆에 주차시켜 놓은 아우디에 시동을 걸었다. 명중도 조수석 문을 열고 탔다.

"먼저 올라갈게."

"은후, 다음에 보자."

아우디가 우르르 굉음을 내며 별장을 떠났다. 이내 빨간 미등마저 사라졌다.

어디선가 밤새가 우짖는 소리가 들려왔다. 강물이 잘잘 흐르는 소리도 들렸다. 천지는 적막강산. 하늘에는 별들뿐. 그 하늘 아래 오직 은후와 태흔. 마침내 열어버린 판도라의 상자. 금기였을 감정을 들여다본 은밀하고 위험한 장난에서 아직 깨어나지 못한 그들만이 남았다. 이성을 잠재우고 무책임한 열정에 들뜨게 만들 알코올의 기운에 반쯤 취한 채로.

잠시 어색하게 서 있던 둘 중에서 먼저 입을 연 사람은 태흔이었다.

"들어가 씻고 자, 뒷정리는 내가 할 테니."

"고, 고마워. 오빠, 잘 자!"

그가 먼저 말을 해준 것이 정말 고맙다. 은후가 무서운 것에라도 도망치듯이 쪼르르 현관으로 들어가 버렸다. 흔들리고 불안해하는 뒷모습을 바라보는 태흔의 미간에 주름살이 졌다. 자꾸 깊어졌다.

예상치 못하게 둘만이 되어버렸다. 느닷없는 상황 앞에서 은후도 꽤나 당황해하고 있을 테지만, 태흔도 엄청나게 당혹해져 있었다.

'빌어먹을. 곤란하게 되었군.'

그는 나직하게 중얼거리며 머리를 쓸어 올렸다. 은후가 먼저 올라갔던 현관을 천천히 올라갔다. 문을 닫았다.

커다란 집에 담긴 건 정적뿐이라, 바깥과 집을 단절하는 신호처럼 문을 닫는 소리가 유난히 크게 들렸다. 은후는 이미 제 침실로 올라간 모양이다. 태흔은 잠시 현관 앞에 서 있기만 했다.

'어디까지 가능한 걸까?'

수려한 이마에 깊은 주름살이 만들어졌다. 이층으로 올라가는 계단 끝을 노려보는 시선 속에 온갖 복잡 미묘한 고민이 물결치고 있었다.

얼마만큼의 흔적을 남겨야 하는 걸까.

어디까지 각인을 시켜둬야 하는 걸까?

어느 정도까지 진도를 나가야 하는 걸까?

싫어도 헤어져 있어야 할 삼사 년 동안 그만의 은후를 누구에게도 잃지 않고 빼앗기지 않아야 한다. 지금처럼 온전히 그만의 사람으로 묶여둘 수 있는 방법은 무엇일까? 내내 고민한 문제에 대해 아직도 해답을 얻지 못했는데…….

은후가 지금 어떤 상태일지, 그는 충분히 짐작하고 있었다. 그가 마침내 일깨워 버린 검은 불길을 어찌하지 못해, 오늘 오후, 저녁 내내 그렇듯이 안절부절못하며 혼자 맴돌이를 하고 있겠지.

아직 어리니까.

아직 그 어떤 남자도 알지 못하니까.

완전히 순수하고 순백한 감정이니까.

그가 만들어준 세상이 전부인 줄 알고 살아온 완전히 무지한 아이이니까.

그래서 그가 흘리는 유혹의 입술이 전부라 생각하고, 그가 교묘하게 유도하는 대로 저항도 하지 않고 속절없이 딸려오고 있다. 오빠라 믿은 태흔의 입술이 다가가도 자지러지거나 피하지도 못하고 기쁘게 행복하게 벌려준다. 그 이상을 그가 원한다 해도, 기꺼이 당연하다는 듯이 전부를 내어주겠지. 아까의 키스에도 순응하여 손끝 하나 까딱하지 못하고 한껏 달아올라 그의 입술과 손길을 전부 받아들인 것처럼.

'하지만, 그 녀석은 무슨 짓을 하고 있는지 결코 알지 못할걸?'

그가 느닷없이 일깨운 관능을 처음 맛본 은후지만. 진하고 다디단 키스를 잊지 못해 달뜬 신음을 흘리며 속절없이 전부를 두려움없이 너무나 쉬이 개방해 준 은후지만…….

'알아, 안다고. 제길!'

생각만으로도 확 달아오르는 더러운 욕망을 참아낼 수 없었다. 태흔은 몸을 돌려 욕실로 들어갔다. 훌훌 옷을 벗어 던지고 샤워기를 틀었다.

'순진한 놈을 완전히 유린하는 거지. 지독한 착취라는 거 알아. 감정적이고 육체적인 도둑질인 것도 알아. 다른 사람을 알 기회조차 만들어주지 않고 일방적으로 그 녀석을 파괴해 버리고 부수는 것도 알아. 지금까지 의도적으로 나만 알도록, 나만 보도록 길들여 왔으니까.'

샤워기를 통해 뿜어져 나오는 거센 물줄기가 바늘처럼 그의 피부를 찔렀다. 폭포처럼 쏟아지는 세찬 물이 그의 부도덕한 몸을 내리치고 바닥에 요란스레 쏟아졌다. 강력한 물줄기의 압력도 모자라다. 태흔의 죄책감은 옅어지지 않았다. 스스로의 몰염치함에 대한 자괴감도 강했다.

하지만 그것보다 더 강렬한 것은 탐욕이었다. 미칠 듯이 끓어오르는 지독한 욕정이었다.

키스. 은후의 키스.

'미치겠어!'

그의 주먹이 부서져라 타일 벽을 내려쳤다. 뼈가 부서지는 것처럼 몹시 아팠다. 하지만 그 통증조차도 검은 탐욕과 이글거리는 갈증을 막아내기에는 역부족이었다.

얼마나 오래 기다리고 있는 일인지.

얼마나 간절하게 기다리고 있는 욕심인지.

은후.

내 것. 내 전부. 내 유일한 반려.

태흔은 얼굴을 치켜들었다. 차갑고 강력한 물줄기를 뿜어내는 샤워기 앞에 정면으로 맞섰다. 나직하게 신음했다.

'돌아버리겠어!'

왜 시작한 걸까. 아무리 반 장난이라 해도 녀석의 입술에 그런 키스 따윈 하는 게 아니었는데. 은후더러 의미 없는 불장난 따윈 하지 말라고 경고했지만 사실 금단의 불장난에 벌써 몸이 타버리고 먹혀 버린 건 태흔 자신이었다.

기껏 유리 조각에 찔린 상처임에도 불구하고, 계속 피가 흘러내렸다. 많이 놀랐던 모양이다. 말로는 '안 아파' 하면서도 눈물이 글썽글썽해 있다. 무슨 일이든 생기면 그에게 달려오고 어리광부리는 그만의 새끼 고양이 은후였다.

시키는 대로 손가락을 치켜들고 침대 끝에 앉아 있는 것을 보니 웃기기도 하고 기가 막히기도 하고, 또 한편으로 날로 잡아먹고 싶을 정도로 귀여웠다.

그의 존재가 불편하다는 거다. 약상자를 들고 그가 옆에 앉자마자, 슬그머니 엉덩이를 빼며 살짝 물러난다. 어찌하든 그에게서 멀어지려고 기를 쓰고 있었다. 차마 눈을 마주치지 못해 손가락을 들고 허공만 응시하며 눈을 대굴거리고 있었다.

무슨 생각을 하는지 제 얼굴에 다 쓰여 있는 줄도 모르고.

그 작은 심장 속에 오가는 앙큼한 마음을 태흔이 다 읽어내는지는 꿈에도 생각하지 못하고.

그와의 느닷없는 키스 이후 이 문제를 대체 어찌 수습할까 열심히 고민하고 있는 것을 태흔이 빤히 지켜보고 있다는 것도 끝내 모르고.

어찌하든 기를 쓰며 자신의 혼란스런 감정과 검은 열기를 정리정돈 하려고 안달하고 있었다. 그녀의 폭열과 미친 광기 전부 다, 의도적으로 태흔이 일으킨 것이라는 건 꿈에도 모르고 자신만 자책하고 있었다.

새빨갛게 익어선, 차마 눈도 마주치지 못하고 더듬더듬 물었지. 대놓고 왜 키스했느냐고 물을 용기는 없어 우물쭈물 '그러니까, 그거…… 아까 오빠가…….' 하다 말고 채 끝을 내지도 못

했지.

너무 귀여워서, 미치도록 욕심나서, 볼록 튀어나온 분홍빛 입술이 너무 탐스럽고 달콤해 보여서, 그만 다시 빼앗을 수밖에 없었다. 봉긋한 가슴골까지 탐험을 마쳤을 때, 비로소 둘이 무슨 짓을 하고 있는지 자각을 한 거다. 은후가 필사적으로 그의 머리를 밀어내려 했다. 시뻘겋게 달아올라, 두려움과 혼란과 기묘한 열기에 익어버린 얼굴을 흔들며 도리질을 쳤다.

문 하나를 사이에 두고 친구들이 있다는 자각이 떠오른 것은 그때였다. 그래서 그 정도에서 끝낼 수 있었다. 섬광 같은 자각이 만류하지 않았다면 태흔은 어쩌면 그 자리에서 은후를 단번에 꿀꺽 삼켜 버렸을지 모른다. 완전히 빼앗고 끝까지 폭주했을지도 모른다.

하지만 지금 다시 둘뿐이다. 그를 진정시키고 가로막는 바람막이 역할을 했던 친구들은 사라진 상태였다. 이 밤에 이 적막한 공간에, 비밀스런 집에 오직 두 사람뿐. 의도한 것은 아니었지만 우연과 운명이 그들을 세상으로부터 고립시켰다.

하아하아, 거친 숨을 토해내며 태흔은 어느새 우뚝 발기해 버린 자신의 아랫도리를 내려다보았다.

이름만 떠올려도 이렇게 되어버린 건 대체 언제부터일까? 어린 동생을 두고 욕정을 참지 못해 홀로 미치게 된 건 대체 언제부터일까?

은후, 내 애기. 나의 여자.

그저 어린 누이이고, 작은 꼬맹이였던 녀석이 이토록 그를 미치게 하는 매혹적인 천사로 성장할 줄이야. 깜찍하고 저주스러운 요정이 되었을 줄이야. 업어주고, 콧물 닦아주고, 안아 키웠던 꼬맹이가 언제부터 그를 이런 지경으로 몰고 가게 되었던가.

거칠 것 없는 격렬한 소유욕이 폭주하여 달려가는 곳. 탐욕의 목표가 되었던가.

정확하게 기억할 순 없지만, 분명한 것은 은후가 생리를 시작하고, 점점 여자의 향기를 머금어가던 그때부터였다. 한 치의 틈도 없이 단단히 결속된 남매였을 뿐이던 그들의 관계가 그때부터 무엇인가 어긋나고 달라지기 시작했다.

초등학교 5학년 때 진 여사는 은후를 스위스 국제 학교로 내보냈다. 사 년 만에 다시 돌아왔을 때, 이미 은후는 어린애가 아니었다. 집에서 매일을 함께 지내던 동안에는 잘 알지 못했던 변화는 뚜렷했다. 은후는 태흔이 감당할 수 없을 만큼 아름다워져 있었다.

그날 태흔은 더 이상 은후가 마음껏 안고 만지고 뽀뽀해도 상관없던 어린 고양이가 아니라는 것을 할머니로부터 경고 당했다.

"오라비인 네가 조심해. 예전처럼 어린애로만 취급 말고. 알았어? 함부로 그 애 방문 벌컥벌컥 열지도 말고, 침대에서 같이 자는 것도 하지 말고. 아무리 나이 어려도 이제 은후도 여자다. 어엿한 숙녀로 대접해. 알았어?"

"할머니, 오버 좀 그만하셔. 네? 은후 나이가 몇인데 벌써 어른 취급이야? 겨우 이제 중학교 2학년이라고요."

"예전 같으면 혼인해도 열 번은 할 나이지! 이제 생리도 하는데 아기도 낳을 수 있다는 거 아직도 몰라? 두고 봐라. 몇 년 사이 활짝 피어날 거야."

"나 참, 기가 막혀서……."

하지만 할머니의 말씀이 맞았다. 은후는 금세금세 자랐다. 태흔이 적응할 수 없는 속도로 성숙해져 갔고, 아름다워졌다. 여인만이 가지는 달콤한 방향(芳香)을 뿜어내며 그를 속절없이 치명적으로 중독시키고 말았다. 바라보는 사람으로 하여금 미치게 만들었다.

'네가 나쁜 거야. 이은후, 누가 불장난 따윌 하랬어? 넌 내 거야. 머리끝 하나에서부터 발가락까지 다 내 거야.'

바늘처럼 차가운 물이 끝없이 떨어져 그를 적셨다. 하지만 한 번 폭주하여 흘러가는 지독한 탐욕의 감정은 쉬이 진정되지 않았다. 부러질 듯이 뻣뻣하게 치솟은 몸 끝의 상태도 마찬가지였다. 태흔의 몸도, 마음속 열기도 도무지 식지 않았다.

은후는 손을 뻗어 샤워기의 스위치를 눌렀다. 열기로 익어버린 피부 위로 시원하게 떨어지던 물줄기가 멎었다.

한참 동안 시원한 물속에 서 있으니, 어지럽고 몽롱하던 시야가 한결 선명해지는 기분이었다. 열기에 젖어 이성적인 판단을 할 수 없었던 뇌리가 비로소 제자리로 돌아오고 있었다.

벽에 걸린 목욕 가운을 벗겨 들어 물기 뚝뚝 떨어지는 나신을 감았다. 수건으로 젖은 머리카락을 감싸며 욕실을 나섰다.

화장대 앞에 앉아 머리의 물기를 털고 말렸다. 생각이 딴 데 가 있었기에 자꾸만 빗질을 하는 손길이 엇나가고 있었지만. 차가운 스킨을 덜어 톡톡 얼굴에 문질렀다. 그러다 말고 두 손으로 볼을 감싼 채 물끄러미 거울 속을 들여다보았다. 거울 속에 발갛게 달아오른 자신의 낯선 얼굴이 박혀 있다.

'내가, 우리가 대체 오늘 무슨 짓을 한 거지……?'

손을 들어 태흔의 입술이 닿았던 거기, 빨고, 핥고, 문지르고,

깨물었던 입술과 귓불, 목덜미와 쇄골을 거쳐 한 번도 누군가에게 허락한 적 없던 가슴골까지 살짝살짝 만져 보았다.

'닿았어. 만졌어. 가졌어.'

그가, 그녀를.

태흔이, 은후를.

사람이 사람을 사랑할 수 있는 최고의 감정으로, 누군가를 좋아하고 원하는 감정의 가장 순수하고 열정적인 것으로 은후 자신이 사랑하고 좋아하고 믿고 의지하는 그 사람 태흔이. 그녀를 똑같은 불길이 담긴 눈으로 바라보았다.

'오빤 정말 내가 그 수수께끼의 답을 찾아내기를 바라는 걸까?'

예고도 없이 준비도 없이, 오빠에게 키스를 당한 누이동생으로서 경악한 것은 사실이었다. 그러나 그 놀람의 감정 뒤에, 이러면 천벌 받지 하는 저어함과 죄책감 뒤에, 그녀를 원하고 탐욕하던 태흔을 바라보는 순순한 암컷 이은후가 있었다. 부도덕한 일이지만 그것을 행복해하고 기뻐하던 또 하나의 존재가 있었다.

지금껏 은밀하게 간직한 유일한 소원이었다. 그리도 원하는 남자를 얻을 기회를 만났다. 놓치지 않고 그 기회를 소유하려고 혀를 날름거리던 여자. 할아버지, 할머니에 대한 죄책감과 죄송함으로도 이길 수 없고, 알량한 도덕심과 차가운 이성으로도 지울 수 없는 강렬한 탐욕, 그리고 호기심.

그의 키스는 너무나 끔찍했다. 그만큼 좋았다. 짜릿했고 자극적이었다. 그럴 거라고 상상한 그 이상으로 수천 배, 수만 배 더 큰 황홀함을 선사해 주었다.

만약 그에게 안긴다면?

그와 섹스를 한다면?

남김없이 주고 남김없이 그를 얻을 수 있다면?

그가 줄 쾌락과 기쁨은 얼마만큼의 강도와 질량을 지니고 있을까?

목이 탔다. 상상만으로도 얼굴에 다시 피가 몰리고 더웠다. 은후는 혀를 내밀어 마른 입술을 적셨다.

'맥주 따위 괜히 마셨어.'

혼자 투덜거렸다. 술에 약한 것은 자신이 더 잘 알면서도 괜히 만용을 부려 두 캔이나 비운 것을 후회했다. 하지만 태흔과 함께 있는 그 자리, 그 공간의 압력과 두근거림을 잠재우기 위해선 술이라도 마시지 않고는 견딜 수가 없었다.

생각이 깊어지는 만큼 목이 더 말라왔다. 물이라도 한 잔 마셔야 할 것 같다. 은후는 욕실 가운 차림 그대로 방을 나와, 살그머니 계단 쪽으로 나갔다. 몸을 아래로 빼 아래층의 기척을 살폈다.

굳게 닫힌 일층 욕실 문 안에서 쫙쫙 물소리가 흘러나왔다. 태흔도 샤워 중인 모양이다. 한 번 욕실에 들어가면 근 한 시간이나 즐기는 버릇이 있었다. 살짝 주방에 가서 물 한 잔 마시고 온다 해도 태흔과 마주칠 염려 따윈 하지 않아도 좋을 것 같았다.

'또 오빠랑 마주치면 죽어버릴 거야.'

미칠 것 같아서, 그가 일깨워 놓은 검은 호기심과 금단의 열기에 익어버릴 것 같아서.

은후는 발끝을 들고 맨발로 계단을 내려갔다. 물기 젖은 작은 발자국이 나무 계단을 따라 일층까지 이어졌다.

'아이고, 세진이 오빠 걸레질은 진짜 서투르다니까.'

냉장고에서 물을 꺼내 한 잔 마시고 돌아서다가 은후는 이맛살을 찌푸렸다.

아까 그녀가 쟁반을 놓쳐 컵을 떨어뜨린 그 자리. 세진과 명중이 뒷수습을 한다고는 했는데, 바닥 군데군데에 얼룩이 그대로 찍혀져 있었고 아직도 질퍽한 물기가 남아 미끈둥거리고 있었다. 필시 물에 빤 걸레를 제대로 짜지도 않고 건성건성 밀고 다닌 거다.

'내일 바닥을 다시 닦으려면 또 힘들게 생겼네. 여하튼 남자들이란…….'

얼룩진 바닥의 물기를 조심하며 거실을 가로질렀다. 행여 자신이 일층에 내려왔다는 것을 태흔이 눈치챌세라 조심조심 발끝을 들었다.

"어, 어어, 엄마야!"

계단 두어 개쯤 올라갔을까 말까, 은후의 발끝이 주르르 미끄러져 밀렸다. 내려올 때 그녀의 젖었던 발에서 묻었던 계단의 물기 때문이었다.

어어어, 하고 피할 사이도 없이, 중심을 잡을 사이도 없이 은후는 우당탕탕 소리를 내며 계단에서 떨어졌다. 일층 바닥 아래로 미끄러져 발라당 넘어지고 말았다.

우당탕탕 무엇인가 떨어지는 소리가 들렸다. 태흔은 그때 막 샤워를 끝내던 참이었다. 흠칫, 그의 고개가 문 쪽으로 돌아갔다.

"뭐야?"

이내 '아야야' 신음하는 소리가 뒤따랐다. 거의 반사적으로 그는 긴 타월을 집어 들어 허리에 감았다. 문을 박차고 뛰쳐나갔다. 기가 막혀 우뚝 멈춰 서고 말았다.

"너, 이 자식!"

계단을 올라가다 미끄러진 모양이다. 바닥에 반 나동그라져 있던 은후가 그제야 간신히 몸을 일으키고 있었다. 어기적어기적 기어가 마지막 계단에 엉덩이를 걸치고 앉았다. '아야야' 신음하며 충격받은 허리와 엉덩이를 쓸었다. 머리에도 혹이 난 건지, 한 손으로는 머리통도 문질렀다.

그 나이 되어 아직도 미끄러지고 넘어지는 스스로가 민망한 거다. 꽤나 놀라고 아팠던지, 눈에는 물기가 반 차 있으면서도 뛰쳐나온 태흔을 바라보며 어설프게 웃으려 했다. 다치지 않았느냐고 묻기도 전에 세차게 고개를 흔들었다.

"안 다쳤어. 괜찮아."

태흔은 한숨을 내쉬었다. 팔짱을 낀 채 사고만 치는 녀석을 노려보았다.

"너, 정말. 이은후. 제발 사고 좀 치지 말랬지?"

"사고 안 쳤어. 미끄러진 거야, 뭐."

"어디 좀 보자."

태흔은 은후 앞에 다가가 무릎을 꿇었다. 연신 문지르고 있는 발목을 낚아챘다. 아프지 않다고 했지만, 분명히 넘어지면서 발목 쪽을 접지른 거다. 손가락 끝으로 꾹꾹 눌러주고 살살 돌려주었다.

"움직여 봐."

"괜찮다니까. 아야야. 아앗!"

은후가 비명을 내질렀다. 태흔은 인정사정없었다. 제 손 크기도 되지 않는 작은 발을 몇 번 누르고 점검하더니 부러진 것은 아니라는 판단이 서자마자, 가녀린 발목을 잡고 몇 번 돌리더니, 모질게 휙 돌려 버렸다. 관절이 뚝 하고 소리를 내더니, 제자리를 잡았다.

순간적이기는 하지만 너무 큰 통증이 덮쳤다. 순간적으로 터져 나온 비명을 삼키려 입술을 꽉 깨물었다. 그렇지 않아도 붉은 입술이 한결 더 새빨갛게 부풀었다. 은후의 눈에서 똑 하고 한 방울 눈물이 떨어졌다. 넘쳐선 속눈썹을 타고 흘렀다.

"이젠 안 아플 거야."

"어."

"제발 조심 좀 하고 살아라."

태흔이 나직하게 일렀다. 손가락 끝으로 은후의 눈꼬리에 매달린 눈물방울을 터뜨려 주었다.

"언제까지 내가 뒤따라 다닐 수 없어."

"나도 조심해. 그런데 만날 실수를 하는 걸 어떡해?"

"대체 왜 그래? 다른 데서는 아주 야무지고 빈틈없다는 말을 듣는다며? 왜 만날 내 앞에서 다치고 넘어지고 엎어지는데?"

그걸 설명할 수 있다면 뭔 걱정이겠어? 은후의 표정이 뾰로통하게 변했다. 왜 다른 사람 앞에서는 아무렇지도 않은 심장이 태흔 앞에서만 제멋대로 트위스트를 추고, 다리에 힘이 풀려 제멋대로 꼬이는지 그녀도 알지 못하는데.

두 사람의 눈이 마주쳤다. 갑자기 말이 뚝 끊어지고 말았다. 문득 비로소 인식하게 된 서로의 모습에 숨이 막혀 버린 것이다. 아주 위험하고 지독하게 두근거리는 어떤 것들이 다시금 그들을 덮쳤다. 혼몽한 미혹의 열기가, 금단의 벽을 뛰어넘어 그들의 심장을 잠식했다.

삽시간에 넓은 거실에 정적만이 가득 찼다. 꿀물보다 더 농밀하고, 암흑보다 더 비밀스러운 공기가 내려앉기 시작했다.

넘어진 충격과 통증에만 몰두해 지금 자신의 모습이 얼마나 노골적이고 자극적인 유혹으로 비칠지, 은후는 미처 알지 못했다. 묵묵히 내려다보다 문득 확 불길이 일어난 태흔의 시선을 통해 자신의 방만한 모습을 인식했을 때는 이미 늦었다.

서둘러 허벅지 위까지 말려 올라간 가운 자락을 끌어 내렸다. 느슨하게 묶은 욕실 가운의 띠를 다시 졸라매려 했다. 하지만 반라에 가까운 모습, 너무나 유혹적이고 어여쁜 그 모습이 태흔의 탐욕스런 눈에, 갈증 어린 심장에, 발정하는 육신에 새겨진 건 훨씬 전이었다.

헐겁게 벌어진 순백의 욕실 가운 깃 사이로 사내의 눈을 멀게 만드는 두 개의 꽃봉오리가 거의 반 보이고 있었다. 앙증맞은 맨발과 이어져 위로 타고 오르는 귀여운 종아리와 허벅지의 선, 서둘러 은후가 가운 자락을 내리고 다리를 오므리려 했지만, 하얀 살결을 타고 올라가는 마지막 지점. 두 다리가 합쳐지는 삼각지거기, 비밀스러운 음영을 드리운 금단의 영역까지 벌써 태흔의 시선을 통해 완전히 침입당한 상태였다.

이글거리는 남자의 시선에 완전히 포획당한 채였다. 은후는 날숨들숨 한 번 제대로 쉬지 못하고 멍하니 자신을 내려다보는 태흔을 올려다보기만 했다.

처음에는 말갛기만 하던 은후의 얼굴이, 목덜미가 차츰차츰 연한 벚꽃 색으로 물들어가기 시작했다. 자신을 한입에 꿀꺽 삼켜버릴 것 같은 탐욕스런 얼굴로, 잠시도 흔들리지 않고 그녀를 직시하고 있는 태흔의 존재를 미치도록 느끼고 있다는 증거였다.

은후 못지않게 태흔의 모습도 자극적이기는 마찬가지였다. 아직도 머리카락이 젖어 있어, 튼실한 어깨 아래로, 섹시한 쇄골 쪽으로 물기가 뚝뚝 떨어지고 있다. 피부 역시 물기가 남은 상태라서 그의 몸은 청동 조각상처럼 불빛에 번쩍거리고 있었다.

게다가 태흔은 허리에만 타월을 감고 있는 상태였다. 은후의 비명을 듣고 정신없이 뛰쳐나왔다. 옷차림을 수습할 여유가 없었던 거다. 느슨하게 묶은 매듭은 조금씩 풀려 수건은 아슬아슬하게 치골 근처에 걸려 있었다. 조금이라도 그가 움직인다면 완전히 풀려 바닥에 떨어질 것처럼 간당거리고 있는 중이었다.

화염 같은 태흔의 시선을 감당하지 못한 것이었다. 은후의 눈동자가 뱅글 돌았다. 튼실한 가슴을 지나 허리춤, 움푹 팬 배꼽서부터 시작해 타월로 가려진 치골선 아래까지 이어진 거무스레한 체모에 닿았다. 그렇지 않아도 분홍빛이던 은후의 얼굴이 이젠 완전히 홍염으로 변했다.

"오, 오빠……."

은후의 입술은 더 이상의 말을 뱉어낼 수가 없었다. 태흔의 한 손이 은후의 얼굴을 잡아 위로 추켜올렸다. 강압적이면서도 자극적인 입술이 그녀의 입술을 막아버렸다. 그의 다른 한 손 역시 제멋대로 은후의 가운 속을 파고들어 풍염한 가슴 꽃봉오리를 소담스레 움켜잡았다. 손안 가득히 감각되어지는 꽃봉오리의 탄력과 부드러움을 마음껏 제 것으로 만들었다.

은후의 여린 몸이 짓뭉개듯 겹쳐 오는 태흔의 힘에 밀려 계단 위로 길게 눕혀졌다.

4장

은후의 온몸은 완전히 진홍빛 양귀비꽃으로 변해 버렸다. 순백의 피부에 번진 꽃물, 영혼에 새겨진 열흔. 태흔이 일깨운 그대로, 생애 최초의 관능과 애욕에 눈을 떠버린 은후가 처음 나타났다.

"너무 예뻐, 우리 은후. 정말 미치겠다!"

잠시 입술을 뗀 그가 숨 막히는 목소리로 웅얼거렸다. 내려다보는 태흔의 눈빛이 너무 깊어서, 그 안에 담긴 열기가 너무 치열해서, 은후의 뇌리 속도 까맣게 변해 버렸다.

할딱이는 어린 가슴을 움켜잡았던 손이 위로 올라왔다. 아주 세심하게, 다정하게 볼과 턱을 쓸어내렸다. 그의 손에 의하여 고개가 젖혀진 채 그를 올려다보고 있던 은후가 눈을 깜박였다. 단단한 가슴에 눌린 탄력있는 유방이 찌그러지고 있었고, 그 아래 심장은 더 무섭게 뛰고 있었다.

그럼에도 주저주저 은후의 두 팔이 움직이고 있었다. 자신의 몸 위에 머무른 남자의 몸을 밀어내지 않고 오히려 목을 살짝 끌어당기기까지 했다.

그를 원하는 은후가 너무 예뻐서, 더러운 야수거나 패륜의 짐승인 양 피하지 않고 안아주는 그녀가 너무 좋아서, 똑같은 열정의 색물로 물들어선 그를 원하는 은후가 너무나 아름다워서, 태혼은 미쳐 버렸다.

살짝 꽃물 든 두 뺨에, 연한 땀이 배어난 콧날에, 가냘프게 떨리는 눈꺼풀에, 매끄러운 턱과 귓불에 폭우 같은 키스를 퍼부었다. 의도한 것은 아닐 테지만 그를 유혹이라도 하듯이 살짝 벌어진 진다홍 입술에 키스하고 또 키스했다.

처음에는 분명 주저하고 도망가는 기색이었다. 하지만 태혼의 입술이 그녀의 입술을 점령하고 그의 혀가 그녀의 입술 사이를 가르고 들어가자, 은후의 입술에서도 더욱더 진한 빛과 농밀한 색을 지닌 신음이 흘러나왔다. 태혼은 완전한 소유의 흔적을 찍듯이 하얀 목덜미에 짙붉은 혈화 한 송이를 강하게 새겨주었다. 목덜미를 깨물고 세게 빨아들이는 감각이 은후를 한결 더 불타오르게 만들고 있었다.

"너, 가질 거야."

태혼이 속삭였다. 은후의 턱을 애무하던 손을 내려 가운의 끈을 풀었다. 단 한시도 은후의 눈에서 시선을 떼지 않은 채였다. 풀어지는 가운 깃을 어깨에서 아래로 끌어 내렸다. 밝은 불빛 아래, 세상에서 가장 아름다운 과실 두 개가 완전히 드러났다.

"전부 다. 내가."

완전한 복속과 완전한 소유를 주장하는 그의 목소리에 은후가 헐떡였다.

완전히 무르익어 아주 달콤한 향기를 풍기는 다디단 봉오리 두 개. 뾰족한 끝은 탐스런 복숭아 모양 그대로 진한 분홍빛으로 익어 파르르 떨리고 있었다. 완벽한 곡선을 그리며 피어오른 두 젖가슴이 맞춘 듯이 그의 손에 감겼다.

"다 내 거야."

그가 손가락 끝으로 아주 민감한 정점을 건드리자 은후의 입술 사이로 또다시 들릴 듯 말 듯 가냘픈 신음이 새어 나왔다. 그녀로서도 어찌할 수 없이 뱉어낸 뜨거운 숨날이었다.

미약하기는 하나 순응의 신호였다. 은후의 신음 소리가 이왕 발화해 버린 태흔의 욕망을 더욱더 부채질했다. 발열시켰다.

태흔은 이제 본격적으로 꽃봉오리이기도 하고 수밀도이기도 한 그것을 소유하고 맛보기로 작정했다. 팽팽하게 솟아 성적 긴장으로 떨며 그의 애무만을 기다리고 있는 은후의 가슴 쪽으로 얼굴을 기울였다. 한 손으로는 오른쪽을 어루만지고 건드리고 잡아당기고 간질이면서, 다른 쪽 봉오리를 탐욕스럽게 빨기 시작했다. 은후의 몸이 전기에 맞은 듯이 파르르 떨렸다.

"그 누구도, 이 세상 그 어떤 사람도 너의 이런 모습은 볼 수 없어."

명령은 은후의 영혼을 묶어버리는 사슬이었다. 그 누구에게도 그녀를 주지 말고 보이게 하지 말라는 한 속박의 주문(呪文)이기도 했다.

"나만 먹을 거야."

세상에서 가장 맛난 것을 한껏 희롱하고 맛보았지만, 태흔의 욕정은 도무지 만족이라는 것을 몰랐다. 좀 더 뜨겁고 붉고 화려한 것을 갈구하며 점점 아래로 내려가고 있었다.

"아아학!"

은후의 입술 사이로 찔리듯이 날카로운 비명이 터졌다. 허리선을 지나 아랫배를 거쳐 배꼽에 머문 물컹하면서도 단단한 혀끝. 배꼽에 담기는 뜨거운 입김이 그녀를 소스라치게 만든 것이다. 그것이 만들어내는 쾌감에 참을 수가 없었다. 태흔이 만족한 표정으로 은후의 입술을 핥았다.

"느꼈어? 넌 지금 완전히 나인 거야."

태흔의 나직하고도 섹시한 목소리는 처절한 매혹이었다. 삽시간에 은후의 몸과 영혼을 옴짝달싹하지 못하게 만들었다. 완전히 백치 인형으로 만들고 말았다. 저절로 할딱거리는 신음 소리를 뱉어내는 입술. 똑같이 달아올라선 용암같이 뜨거운 입김을 토해내는 두 입술이 다시 합쳐졌다.

태흔의 입술이 다시 은후의 꽃가슴 위로 옮겨갔다. 한껏 빨았다. 맛보고 더럽혔다. 그의 타액으로 젖은 젖꼭지를 지나 반대편으로 옮겨갔다. 예민한 손가락 끝으로 촉촉해진 유두를 살짝살짝 자극하면서 반대편 손은 하얀 허벅지 아래로 파고들었다.

처녀의 본능이었다. 은후가 무릎을 움츠리며 그의 손이 파고드는 것을 거부하려 했다.

"괜찮아, 서둘러서 좋은 건 없으니까."

느릿느릿한 목소리. 그 목소리가 일깨워 낸 자극에 은후의 피부에 소름이 돋았다. 태흔의 손이 천천히 그녀의 종아리와 무릎을 쓰다듬기 시작했다. 그 손길 하나하나가 얼마나 자극적이고 얼마나 뜨거운지, 은후의 작은 몸이 달달 떨렸다.

태흔은 무서운 불길이었다. 미칠 것 같았다. 그들의 관능을 가로막고 완전한 몰입을 방해하는 망설임 따위, 이성적인 분별력 따윈 그 불길에 남김없이 타버리고 있었다.

다시 태흔의 단단하고 커다란 손이 허벅지 사이를 파고들었다. 저절로 은후는 엉덩이를 움찔거리며 낮게 신음했다. 맥없이 풀어지고 마는 다리 사이로 태흔의 손은 이번에는 아무런 어려움 없이 진입했다.

그가 더욱더 낮게 얼굴을 내렸다. 허벅지 안쪽의 보드라운 살을 핥았다. 처녀의 풋풋한 향기가 풍기는 하얀 살찍의 맛을 보았다. 더 많이 갖고 싶어서 강하게 깨물었다. 거칠고 난폭한 소유의 흔적을 남겼다.

은후의 은밀한 허벅지 안에 그의 이가 새빨간 흔적을 새겨놓았다. 어느새 처녀의 비밀을 가린 앙증맞은 실크 팬티는 촉촉이 젖어들고 있었다. 그것을 확인한 후, 태흔의 입술에는 만족스럽고도 위험한 미소가 씩 잡혔다. 단단하고 민감한 손가락이 그 위로 슬쩍 움직였다. 도토록이 돋은 둔덕을 슬쩍슬쩍 누르면서 에로틱한 압력을 행사했다.

둘의 접촉과 애무가 그 정도까지 진행되자 이젠 정말 견뎌낼 수가 없는 거다. 은후가 두 손으로 더 이상 빨개질 수 없는 얼굴을 가려 버렸다.

"싫어?"

얇디얇은 천을 지나 손가락이 안으로 파고들었다. 엄지손가락이 통통하게 부풀어 버린 진홍빛 쾌락 부위를 살그머니 건드리고 꼬집으며 약을 올렸다.

"이렇게 하는 거 미워?"

얼굴을 가려 버린 은후가 도리질을 쳤다.

"아흑!"

신음하며 은후가 다리를 꼬며 온몸을 뒤틀었다. 분홍빛 입술에서 새어 나오는 숨소리는 점점 더 다급해지고 거칠어져 갔다. 허벅지가 꼬이고 발끝에 저절로 힘이 들어갔다.

"여길 빨아줄까? 정말 짜릿할 텐데, 으응?"

그가 그녀의 귓가를 혀로 살짝 핥으며 속삭였다. 어린애 눈앞에서 과자를 흔들며 나쁜 짓을 하라고 꾀듯 은근하기까지 했다. 하지만 감출 수 없는 오만함이 어려 있었다. 맙소사. 태흔은 은후의 몸을 그녀 자신보다 더 정확하게 알고 있었다. 은후와의 섹스에 관해서는 그는 아주 잔혹한 아이 같았다. 재미있는 장난감처럼 그녀의 몸을 갖고 아주 즐겁게 놀 줄 알았다.

"아님 내 걸 박아 넣어줄까? 꽤 즐거울 거야."

맛보기를 보여주듯 언저리를 맴돌던 손가락 하나가 슬그머니 은후의 안으로 들어갔다. 손가락 하나로도 완전히 빡빡하게 채워지는 좁고 매끄러운 입구가 벌어졌다. 예민한 통로가 자극당하며 그의 손가락이 깊이 진입하자, 은후의 입술에는 단속적으로 달뜬 신음이 흘렀고 온몸이 퍼들퍼들 떨렸다.

"오, 오빠! 제, 제발……."

생애 최초로 은후의 순결한 입술에서 관능과 애욕을 애원하는 말이 새어 나왔다. 이 몸 안에서 소용돌이치는 감각을 마음껏 갖게 해달라고, 오다 말다, 중간에서 끊어지고 마는 이 짜릿함을, 이해할 순 없지만 여하튼 엄청나게 밀려오는 이 쾌감을 완전히 맛보고 싶다고 소원했다.

"애원해 봐, 은후. 빨아줄까? 그래 주면 좋겠지?"

떨리는 숨을 내쉬며 간신히 고개를 끄덕였다. 태흔이 약간 이

맛살을 찌푸리며 고개를 흔들었다.

"네 입으로 정확하게 말해."

깊이 들어간 손가락으로는 질 안의 주름을 긁으며 바깥의 남은 손가락으로는 한껏 매끄러워지고 부풀어 오른 쾌락의 언덕을 자극했다. 남은 한 손으로는 은후의 얼굴을 부여잡고 거칠고 격한 키스로 환상에 빠뜨렸다. 너무나 생경하고 너무나 낯선 것들, 하지만 너무나 황홀해 미칠 것 같다. 낯선 쾌감 안에서 은후는 신음했다. 두 팔, 두 다리를 바르락대며 그의 몸을 갈구했다. 하지만 태흔은 잔혹했다. 귀에 대고 나직하게 협박했다.

"말해! 안 그러면 안 해줄 거야."

"제발! 오빠…… 해줘!"

"뭘?"

얄미워서 죽을 것 같다. 태흔이 줄 관능의 쾌락 안에서 은후의 순수하고 순진한 자아는 완전히 부서졌다. 자존심도 이성도 산산조각이 났다. 은후는 그의 목을 끌어안았다. 금단을, 치욕을, 패덕을 애원했다.

"만져 줘. 키스해 줘!"

"어디를?"

은후의 파들거리는 손이 하얀 허벅지 사이에서 움직이는 태흔의 손 위로 겹쳐졌다.

"여기! 제발!"

"좋아."

완전한 항복을 받아냈다. 태흔이 바르작거리던 은후의 두 다리를 잡아 활짝 벌렸다. 뚫어져라 자신이 촉촉하게 피워낸 꽃잎을 들여다보며 탄식했다.

"너무 예뻐. 젠장!"

그가 격하게 양 갈래로 벌어진 하얀 두 다리 사이로 얼굴을 기울였다. 그의 탐욕을 저지하는 천 조각을 물어 끌어 내렸다. 망설이지 않고 말간 꿀이 떨어지는 중심을 맛보았다. 발갛게 달아올라 움찔거리고 있는 예민한 살점을 한가득 입안으로 빨아들였다.

그의 혀가 슬쩍슬쩍 건드리는 동굴 안쪽에서 살결들이 요동쳤다. 민감한 주름들이 전부 뜨거운 쾌락으로 달아올랐다. 은후는 눈을 질끈 감은 채 이를 악물었다. 저절로 몸을 앓는 소리가 흘러나왔다. 와들와들 떨리는 손이 나무 계단을 긁었다. 태흔의 입술과 혀의 자극적인 놀림에 따라 그녀의 몸이 견딜 수 없어 꿀물을 토해냈다. 순결하던 그녀는 이제 절대로 과거로 돌아갈 수 없다. 만족스러워하는 그의 신음 소리를 들으며 은후는 거칠게 헐떡였다. 절규하고 애원했다.

"안 돼, 아아악. 제, 제발…… 오빠! 나 안 돼. 조금만, 조금만……."

갑자기 태흔이 그 모든 동작을 멈추었다. 폭발 일보 직전인 은후의 몸을 사납게 걷어채 안았다. 풀어진 가운 깃 말고는 아무것도 걸친 것 없는 여린 동체를 답삭 안아 들고 침실로 박차고 들어갔다.

그의 허리에서 풀려진 타월이 떨어져, 거실 바닥에 나풀 내려앉았다.

일요일 오전 열한 시, 〈리버사이드 CC〉.

친구들과 골프 게임을 마쳤다. 이 회장이 골프카에서 내렸다.

"피곤해 보이십니다, 회장님. 괜찮으십니까?"

골프채를 받아 들며 수행비서인 박 이사가 이 회장의 안색을 살폈다. 이 회장은 그가 건네주는 차가운 물수건을 받아 들었다. 땀 밴 이마를 훔쳤다.

"생각보다 날이 너무 더워."

"그러게 말입니다. 이렇게 폭염일 줄 알았다면, 부킹을 뒤로 미룰 것을 그랬습니다."

"오늘은 좀 시원할 거라고 하더니. 만날 틀리는 기상청을 믿은 우리가 잘못이지."

웃으며 이 회장은 돌아섰다. 같이 라운딩을 한 친구들에게 악수를 청했다.

"야, 어드메 혼자 빠지네? 같이 점심 먹고 가자니까. 시원한 콩국수 잘하는 집이 있어."

"어쩐지 영 힘들어. 다음에 하지."

친구들이 이 회장을 건너다보았다. 아침부터 좀 힘겨워 보이던 친구의 얼굴이, 라운딩을 끝낸 그사이, 영 못쓰게 변했다. 입술 색마저 푸르스름하게 변해 있는 듯도 싶었다. 하긴 생생한 젊은 이들조차도 이 폭염 속에서 18홀을 도는 것은 무리였을 것이다.

"이 회장, 많이 힘들어?"

"현기증이 나는구먼. 더위를 먹었나 싶어."

"라운딩 할 때부터 컨디션이 별로인 것 같아서 걱정했어. 너무 무리한 것 아니가?"

"참을 만해. 쉬면 나아질 거야. 나 먼저 가."

이 회장이 차에 올라타자, 운전기사가 에어컨 조절기를 최고로 올렸다.

"바로 집으로 가시겠습니까?"

"음. 피곤해."

이 회장이 탄 벤츠가 골프장을 빠져나갔다. 이 회장은 눈을 감고 뒷좌석 등받이에 고개를 기댔다. 시원한 차 안에서 십여 분을 그러고 있으니 그럭저럭 기운이 다시 돌아나나 보다. 그가 눈을 떴다. 조수석에 앉은 수행비서를 바라보았다.

"박 이사, 시장하지 않나?"

"저는 괜찮습니다."

"자네도 그렇고 김 기사도 그렇고. 일찍 날 따라 나오느라 아침도 걸렀을 텐데, 점심이나 먹고 들어가세. 서울까지 가려면 한참 늦을 텐데. 아니, 가만. 여기가……."

이 회장이 고개를 빼서 잠시 바깥 풍경을 살폈다.

"가평 별장 가는 길이로군. 근처에 묵국수하고 동치미냉면을 아주 기막히게 하는 데가 있어. 시원하게 한 사발씩 하지. 차 돌려서 그리로 가세."

"별장에 도련님하고 아가씨께서 내려가 계신다 하지 않으셨습니까?"

"그렇구만. 애들도 지금 거기 있구나. 친구들이랑 내려가선 하룻밤 논다고 했어. 박 이사, 태흔이한테 전화 한 통 넣어보지. 우리가 그리로 가니, 그 집으로 나오라고. 모처럼 애들이랑 점심 한 끼 같이 먹어야겠어."

"알겠습니다."

박 이사가 휴대전화를 꺼내 태흔의 전화번호를 눌렀다.

같은 시각, 가평 별장의 침실에는 열풍이 불고 있었다. 모진 광풍이기도 했다.

구겨진 시트 자락 위에 포개진 젊고 아름다운 나신들. 거세게 꿈틀거리는 젊은 수컷의 몸 아래, 분홍빛의 보드라운 여체가 불꽃으로 날아오르고 있었다. 완전히 짓이겨지고 있었다.

격렬한 그들의 움직임에 쿠션과 베개들은 이리저리 제멋대로 처박힌 지 오래. 아무렇게나 침대 아래 바닥에 내던져진 욕실 가운 위로 닿을 듯 말 듯 툭 떨어진 작은 발. 앙증맞은 발가락 끝은 그녀를 누르고 있는 사내의 힘이 움직일 때마다 제 의지를 지닌 작은 동물처럼 바르작거리고 있었다.

하아하아, 달뜨고 뜨거운 입김이 새어 나오는 여자의 입술 위로, 그만큼이나 거칠고 독한 향기를 품은 남자의 입술이 겹쳐져 있었다. 생명을 이어주는 성수(聖水)나 되는 듯이 서로의 입술을 타고 흐르는 타액을 나누어 삼켰다.

서로에게 속한 두 번째 아침이 시작되었다.

밤이 만든 그늘 안에서 금단과 비밀의 독에 취했다. 알코올에 취하고, 태흔의 향기에 취했다. 그래서 시작된 광염의 첫 밤. 압도적이고 치명적이었다. 길고 뜨거웠다. 치열하고 몽환적인 첫 번째의 섹스가 끝나자마자, 서로에게 다 주어버린지라 둘은 지칠 대로 지쳤다. 완전히 무너져 서로의 몸에 팔다리를 얽은 채 그대로 수마(睡魔)에 굴복하고 말았다.

하지만 은후가 눈을 뜨자마자, 다시 시작되었다. 그것은, 태흔이 다시금 그로만 가득 찬 무지갯빛 몽환과 환락의 세상으로 데려갔기 때문이다.

새벽녘, 태흔은 몽롱한 잠에 여전히 침몰해 있던 은후의 입술과 가슴과 이마에 꽃비처럼 떨어지는 다디단 키스를 한껏 퍼부었다. 그의 소유가 된 어린 꽃의 잠을 깨웠다. 둘만 아는 꽃잠의 맛을 다시 가르치기 시작했다.

태흔은 아침이 되어 제정신을 찾은 은후가, 둘의 밤을 후회할까 무서웠다. 그를 악마나 짐승인 양 밀어낼까 두려웠다. 신뢰와 사랑만이 가득 찼던 맑은 눈동자에 그에 대한 혐오와 증오를 발견한다면, 그는 세상 전부를 잃는 것이나 다름없었다. 적어도 둘이 함께 된 첫날은 그것을 보고 싶지 않았다. 세상의 복잡한 일들과는 상관없이 둘만으로 충분한 이 순간만큼은 그녀로 하여금, 다른 생각 따윈 하지 못하게 만들고 싶었다.

그래서 그는 자신의 남성적인 힘을 총동원했다. 은후가 알지 못한 쾌락과 육욕의 맛을 가르쳐 은후의 이성을 완전히 짓이겨 버렸다. 철저하게 그의 것으로 소유해 버려 그녀의 뇌리 속에 오직 그의 생각만 가득 차게 만들어 버리려고 작정했던 것이다.

"아, 아흣. 아아…… 아."

그의 몸에 깔려 꼼틀거리던 은후의 입술에서 달콤한 신음 소리가 다시 새어 나왔다. 태흔의 수려한 이마에 주름이 졌다. 살짝 작은 귓불을 이로 깨물었다. 걱정스레 속삭였다.

"힘들어? 은후, 아파?"

"아, 아흑! 아, 아냐……. 으음. 조, 조금……. 잠시만, 오빠. 움직이지 마. 아흣! 싫어!"

너무나 직접적이고, 자극적이었기에 감당할 수가 없었다. 결국 은후는 수줍고 부끄러운 빛을 지으면서도 부탁을 할 수밖에 없었다.

참 잔혹했다. 태흔이 씽긋 웃었다. 언제나 은후의 말을 무시하고 제멋대로 하는 버릇대로 장난기 가득한 얼굴이 되어 슬쩍 허리를 움직였다. 물러서 주는 대신 더 강렬한 자극을 보냈다. 유린당하는 몸은 움찔거렸고, 분홍빛 입술은 다시 아릿한 신음을 뱉어낼 수밖에 없었다.

그가 은후의 입술을 한 잎 따먹었다. 촉촉한 꽃잎 위에서 소곤거렸다.

"싫다고 하니까 더 괴롭히고 싶어진단 말이지."

짓궂은 그의 몸이 움직이는 대로 깊숙이 침입해 있는 태흔의 몸 가락도 제 나름의 의지를 지닌 것처럼 야만적으로 꿈틀거렸다. 아릿한 신음이 다시 흘렀다.

"그만할까? 내가 그만두길 바라?"

은후는 세차게 고개를 흔들었다. 그가 그녀를 삼키고 사랑하는 느낌은 끔찍하도록 강렬했다. 잃기 싫었다. 빼앗기기 싫었다. 은후는 대담하게 팔을 내밀어 그의 목을 끌어안았다. 다정하게 달콤하게 먼저 키스를 퍼부었다.

너무나 간절하게 원했던 사람에게 완전하게 소유되고 사랑받는 느낌에 은후는 지금 완전히 중독되어 있었다. 상상조차 할 수 없었던 완벽한 섹스의 쾌락에 녹아버린 상태였다. 맑고 반듯한 은후의 이성과 자아는 지금 산산이 부서져 한 조각도 남아 있지 않았다. 설사 있었다 해도 태흔이 그것을 용납하지 않았을 테지만.

더없이 순결하고 순백한 은후는 이제 존재하지 않았다. 꿀물 흘리는 분홍빛 보드라운 몸은, 그녀의 세상에 존재하는 첫 남자이자 마지막 남자, 유일한 남자 태흔에게 샅샅이 먹히고 탐색당해 하나도 남은 것이 없었다.

태흔이 가르쳐 준 것.

태흔에게서 시작된 것.

태흔으로 인해 알게 되고 태흔으로 인해 맛본 것.

환상이었다. 꿈이었고 기쁨이었다. 그가 만들어준 몸앓이는 너무나 달콤하고 황홀했다. 세상에 그런 쾌락과 기쁨이 존재하리라고는 단 한 번도 생각해 본 적이 없었다.

그런데 지난밤, 그리고 지금. 태흔이 주었다. 그것을 주고 또 주었다. 오직 그녀에게만 주었다.

"그래, 좋아. 느껴, 어서! 느껴봐."

유혹자 태흔이 달콤하게 격려했다. 미웠다. 은후는 열 손가락을 치켜들어 그의 머리카락을 가득히 잡아당겨 버렸다. 말로는 재촉하면서도 그녀의 몸을 희롱하는 그의 움직임은 너무나도 느릿했다. 아래에서 유린당하는 은후는 이제 한껏 달아올라 이성을 잃을 정도인데 그는 조금의 서두름도 없었다.

기껏 입으로 내뱉은 의미없는 '싫다'는 한마디에 삐친 것이 분명했다. 찌릿하게 안으로 침범하다가도, 은후가 느낄 즈음해선 감질나게 뒤로 빠져 버렸다. '제발!' 하고 애원하고 간청하면 슬쩍 들어오는 척하다간, 다시 안달하면 도망가 버린다. 그러면서도 어찌 그리도 은후의 몸이 느끼는 환락의 지점을 잘도 아는지. 건드리고 문지르며 그녀를 미치게 만들었다.

결국 은후는 두 팔, 두 다리로 먼저 그의 몸을 감아들었다. 온몸으로 그를 갈구했다. 욕망했다.

비로소 태흔의 얼굴에 만족한 미소가 퍼졌다. 은후가, 그가 원하는 단 한 여자가 그를 갈구하여 교성을 내지르고, 애원하는 이 순간은 그의 천국이었다. 그가 격렬하게 움직이자 은후가 헐떡였다. 비단폭 찢어지듯이 날카롭고도 섬세한 교성을 가림없이 내뱉었다. 꿀물이 넘쳐 매끄럽고도 탄력 있는 그녀의 몸이 남자의 딱딱하고 거대한 몸 끝을 꽉 빨아들이고 조였다. 순간 태흔의 입술 사이로도 거친 숨소리가 터졌다.

태흔이 얼굴을 들었다. 분홍빛으로 물들어 버린 엉덩이를 요염하게 흔들며 그를 재촉하고 있는 은후를 새카만 눈동자로 내려다보았다. 그의 몸짓에 공명하여 완전한 쾌락으로 전율하고 있는 모습이 정말로 아름다웠다. 매혹적이었다. 그는 작은 요정의 얼굴을 두 손으로 격렬하게 움켜잡았다.

"정말 예뻐. 너, 너무 뜨거워. 미치겠어!"

고백과 함께 태흔이 종전보다 더 뜨겁게 다정하게 입을 맞추었다. 다정한 만큼 격정적으로 그녀를 절정으로 끌고 갔다. 이내 캄캄한 암흑 같은 쾌락의 폭발이 그들을 덮쳤다. 바르르 떨리는 은후의 여린 몸 위로 태흔의 단단한 몸이 맥없이 무너졌다. 한동안 서로의 체취만이 자욱한 침실에는 두 사람의 거친 호흡만이 가득했다.

그렇게 끝났다. 둘은 생애의 두 번째 섹스를 나누었다. 다시 또 서로의 몸을 느끼고 알았다. 뜨겁게 소유했다.

몰아치던 독한 꽃바람이 간신히 멈추었다. 은후의 가슴 안에 얼굴을 묻고 거친 숨을 내쉬던 태흔이 고개를 들었다. 빨갛게 열중 오른 은후의 볼을 혀끝으로 살그머니 핥았다.

"힘드니?"

태흔의 식지 않은 일부는 여전히 은후의 몸 안에 묻힌 채였다. 은후가 고개를 저었다. 태흔은 자신의 무거운 무게를 여린 몸이 감당하지 못할 것 같아 아쉬워하면서도 그녀의 몸에서 내렸다. 조금씩 수축되고 말랑해지는 그의 일부가 꿀물을 흘리는 몸에서 살짝 빠져나왔다.

순백이었다가 다시 붉은 불길로 타버린 은후를 끌어당겨 꼭 안았다. 완전히 충족된 사랑의 여운을 둘은 나른하게 함께 나누었다.

"샤워하자."

땀에 젖은 은후의 이마에 검은 머리카락이 달라붙었다. 태흔이 손가락 끝으로 걷어 올렸다. 발그레 꽃물 돋은 볼을 살짝 깨물었다.

"너, 너무 뜨거워. 좀 식혀야 해."

"더 뜨거운 건 오빠인걸. 졸려."

태흔이 빙그레 웃었다. 은후의 볼에 자신의 거칠한 볼을 문질렀다.

그의 팔에 안겨 욕실로 옮겨지면서, 은후는 이미 비몽사몽이었다. 꿈도 없는 깊은 잠에 서서히 침몰해 갔다. 한껏 행복했다. 복슬복슬한 강아지 한 마리를 품에 안은 듯, 평화롭고 충만한 잠 속에서, 가볍게 한숨을 내쉬었다. 작게 몸을 웅크리며 그녀를 꼭 감싸 안고 있는 단단한 팔 안에 더 깊이 파고들었다.

어디선가 아련히, 머리 위쯤에서 쿡쿡 누군가가 낮게 웃는 소리가 들린 것도 같았다. 은후가 제일 사랑하는 태흔의 웃음소리였다.

행복한 그 웃음소리에 공명해, 잠에 빠진 은후도 배시시 웃었다. 하얀 볼을 살짝 붉힌 채, 매끄럽고 부드러운 머리카락을 검은 비단폭포처럼 하얀 몸 가득히 펼친 채, 그의 품 안에서 완전히 평화롭게, 완전히 개방되어.

태흔이 벌써 눈이 반 감긴 은후의 몸을 살며시 커다란 욕조 안에 내려놓았다. 샤워기를 끌어 내려, 수온을 맞추었다. 그런 다음 자신도 욕조에 들어가 꾸벅꾸벅 졸고 있는 아기 고양이를 품 안에 끌어안았다. 천천히 자신과 은후의 몸을 씻기 시작했다.

체온과 비슷한 물줄기가 흘러내렸다, 온유하고 부드러운 물의 애무 안에서 은후는 맥없이 태흔의 어깨에 기대어 물을 맞았다. 향기 좋은 샴푸가 머리 위에서 거품으로 보글거렸다. 스펀지가 그와 그녀의 몸을 한 바퀴 돌았다. 새큼하고 청결한 사과 향기가 넓은 욕실에 가득 찼다. 똑같은 샤워젤의 향기에 젖은 두 몸이 미끌거리며 꼭 붙어 있었다.

하얀 거품이 따스한 물줄기에 밀려 아래로 흘러내렸다. 그의 머리와 가슴을 타고, 은후의 어깨와 배를 거쳐, 겹쳐진 네 개의 다리를 지나 좁은 수구를 통해 빨려 나갔다. 말간 물줄기 아래, 태흔이 내내 사랑하고 괴롭힌 흔적이 꽃 문양으로 남은 하얀 몸이 드러났다. 수없이 젖은 정수리에 키스하고, 어루만지며 그들은 같이 목욕을 끝냈다.

"이대로 잠깐만 자자."

격렬한 섹스의 여운은 행복한 피로감을 몰고 왔다. 태흔이 샤워기를 끄고는 은후의 몸을 안은 그대로 욕조에 비스듬히 드러누웠다. 함께 누워 있어도 넉넉한 검은 대리석 욕조는 둘만의 검고 은밀한 왕국 같았다.

은후가 몸을 돌이켰다. 그의 품에 마주 안겼다. 잠이 반 아물린 네 개의 눈동자가 마주쳤다. 미소가 흩날렸다. 태흔의 단단한 가슴과 은후의 만월처럼 아름다운 가슴이 꼭 붙었다. 한 치도 떨어져 있지 않은 심장과 심장이 언약처럼 닿았다. 그 심장은 같은 박자로 고동치고 있었다. 서로에게만 두근거리고 있었다.

"오빠, 여기 문신이 있네?"

태흔의 오른쪽 어깨에는 기묘한 문양을 그린 다크 타투가 새겨져 있었다. 신기해서 은후가 어루만졌다. 태흔은 젖은 은후의 머리카락을 살며시 볼에서 걷어냈다. 그의 어깨를 만지작거리는 은후의 손가락을 입속에 넣고 잘근 빨았다.

"미국에서 공부할 때 심심해서 새겨봤지."

"문양 같은데?"

"문자다. 고대 히브리어."

"무슨 뜻이야?"

태흔이 은후의 입속으로 자신의 혀를 날렵하게 밀어 넣었다. 자극적으로 움직였다. 정확하게 대답해 주었다.

"[너는 나의 것. 나는 너의 것]."

은후의 까만 눈동자가 반짝 빛을 발했다. 태흔의 깊은 눈동자와 부딪쳐 고정되었다.

"너는 나의 것."

아주 낮게 은후가 태흔이 말한 그대로 따라 읊었다. 가냘픈 목소리가 떨렸다. 태흔의 입술이 은후의 깨끗한 이마에 닿았다. 나직하게 속삭이는 그의 목소리가 은후의 영혼에 흘러들어 왔다.

"나는 너의 것."

그들의 입술이 그러한 맹세처럼 격렬하게 엉켰다.

한 치의 틈도 없이 꼭 밀착한 두 젊은 몸. 서로에게 완전히 소유당하고 소유한 그들. 아직은 천국이었다. 아직은 낙원이었다. 둘만이 만든 결속의 장막이 아직은 걷히지 않았으니까. 태흔이 은후에게 건 관능과 애욕의 마법은, 뜨거운 홍염의 주술은 사라지지 않았으니까.

지칠 대로 지친 은후는 금세 그의 어깨에 얼굴을 묻은 채 색색 잠이 들어버렸다. 긴 속눈썹을 내려 감고 폭 잠이 들어버린 그의 고양이. 그의 품에 완전히 담겨 속박된 어린 천사의 순백하고 보드라운 몸에 태흔은 몇 번이고 몇 번이고 입 맞추었다.

"영원히 그렇게 될 거야."

잠들어 버려, 듣지 못하는 예쁜 귀에 대고 속삭였다.

'일단 서울에 돌아가면, 할아버지께 우리 관계를 밝히겠어. 그리고 널 데리고 나갈 거야.'

그런 생각을 하던 그의 목이 기울어졌다. 서서히 무거워져 오는 눈시울이 감겼다. 태흔 역시 은후처럼 깊은 수마에 굴복하고 말았다.

두 사람은 태초의 아담과 이브처럼 알몸으로 서로의 품에 꼭 안긴 채 잠이 들었다. 아무것도 모르고 두 사람은 맑은 태양이 중천에 이를 때까지 그대로 잠들어 있었다.

거실 바닥에 훌훌 벗어 던진 청바지 속. 진동으로 맞춘 태흔의 휴대전화가 계속해서 움직였다. 하지만 그는 받을 수가 없었다.

이층 은후의 방. 핸드백 속에 든 휴대전화 역시 몇 번이고 울렸지만, 태흔의 품 안에서 잠이 든 은후 역시 그것을 알지 못했다.

박 이사가 휴대전화를 닫자 이 회장이 얼굴을 찡그렸다.

"안 받아?"

"예. 두 분 다 받지 않으십니다."

"고얀 놈들! 틀림없이 밤새 술 퍼마시고 내내 놀다가 지금껏 퍼질러 자고 있는 게로군."

"도련님도 아가씨도 내내 바쁘셨지요. 모처럼 놀러 오신 것 아닙니까? 역정내지 마십시오. 젊은이들이 다 그렇지요."

언제나 태흔의 역성을 드는 박 이사가 미소 지으며 대꾸했다.

"여기까지 왔는데, 데리러 가지. 잘 땐 자도 먹고 자야지 않나. 김 기사, 별장으로 차 돌리게. 서둘러. 내가 좀 급하이. 볼일을 좀 봐야 할 것 같아."

"네, 회장님."

이 회장의 명령에 따라 승용차는 별장으로 진입하는 소로로 접어들었다. 언덕을 넘어갔다. 별장 마당에는 태흔의 레인지로버와 명중이 몰고 온 BMW가 나란히 서 있었다. 명중이 어젯밤에 세진의 차를 타고 상경해 버린 것을 알 리 없다. 나란히 세워진 두 대의 차만으로, 그들은 당연히 별장에 태흔의 친구들이 같이 있으리라 믿어버렸다.

김 기사가 차를 세우자마자 이 회장이 급하게 먼저 내렸다. 어지간히 참았나 보다. 허리춤을 부여잡으며 급하게 계단을 올라갔다. 현관문을 여는 노인의 모습을 바라보며 박 이사가 빙그레 웃었다.

"급하셨으면 중간에서 세우라 하시잖고선."

"그러게 말입니다."

차 문을 열고 내려선 박 이사는, 정원의 나무 그늘 아래로 걸어갔다. 막국수 집에 전화를 걸었다. 식사 예약을 했다.

같은 시각, 별장 안. 귀보다 몸이 먼저 반응하고 있었다. 태흔은 번쩍 눈을 떴다.

분명 누군가의 기척이 느껴졌다. 다가오는 발자국 소리. 미처 손을 뻗어 욕조를 가린 샤워 커튼을 칠 사이도 없었다. 문이 벌컥 열렸다. 바지의 허리띠를 풀며 들어서던 이 회장과 태흔의 눈이 마주쳤다. 나신인 채 잠이 든 은후를 껴안고 욕조에 드러누워 있는 태흔의 알몸이 노인의 망막에 잔인하게 새겨졌다.

"이, 이……!"

믿을 수 없는 광경 앞에서 이 회장의 눈이 휘둥그레졌다. 노인의 꼿꼿한 도덕성으로는 도저히 용서할 수 없는 사태였다. 상상조차 할 수 없는 패륜의 광경 앞에서 그의 얼굴이 새파랗게 질렸다.

본능적으로 태흔이 두 팔로 은후를 감싸 안았다. 너무나 당황해서 아무 생각도 나지 않았지만, 단 하나, 어찌하든 알몸인 은후를 조부의 시선에서 도망치게 하려고 온몸으로 필사적으로 감싸 안았다. 허둥대면서도 그녀를 지키려 했다.

무엇인가 이상한 느낌에 은후가 눈을 뜬 것도 바로 그때였다. 문 앞에 서서 분노로 부들부들 떨고 있는 이 회장을 보았다. 은후의 몸도 순간 석고처럼 굳어져 버렸다. 이내 자신들이 어떤 꼴인지 인식한 것이다. 비명을 지르며 두 팔로 자신의 나신을 가리려 했다.

머리끝까지 분노한 이 회장이 알몸으로 얽힌 그들에게 삿대질을 했다. 외마디 소리쳤다.

"이, 이, 짐승 같은 놈!"

천벌을 받으라고 저주를 내리고 싶었던 걸까. 입을 벌려 무어라 다시 소리치려던 그가 뒷목을 잡고 천천히 쓰러졌다. 입에 하얀 거품을 물었다. 뻐끔뻐끔하던 입술이 파르르 떨리다가 이내 빳빳이 굳었다.

"할아버지!"

두 사람의 입에서 동시에 외마디 비명이 터졌다. 벌떡 일어나

뛰쳐나간 태흔이 이 회장의 몸을 흔들었다. 그러다가 갑자기 정신이 든 것이다. 욕조 안에서 어쩔 줄 몰라 하며 웅크리고 있는 은후를 돌아보았다. 나지막하나 무섭게 소리쳤다.

"빨리 이층으로 올라가!"

너무 놀라 몸을 움직일 수조차 없었다. 석고상처럼 굳어져 버린 은후를 태흔이 사납게 욕조에서 끌어냈다.

"당장 옷 입고 내려와. 어서!"

거역할 수 없었다. 그들의 이런 모습은 누구에게든 알려져서도, 보여져서도 안 된다. 암묵적인 합의. 은후는 태흔이 시키는 대로 지촛지촛 뒷걸음질을 쳤다. 마치 악몽을 꾸는 것 같았다. 쓰러진 이 회장의 몸을 지나 후들후들 떨리는 다리로 욕실을 빠져나갔다. 단숨에 이층으로 달려 올라갔다.

아무렇게나 손에 잡힌 옷을 꿰입었다. 덜덜 떨려 단추조차 제대로 꿸 수가 없었다. 죄책감과 수치심으로 물든 작은 가슴은 더 많이 떨리고 있었다.

그녀가 잠옷을 다 입었을 때 즈음, 계단 아래에서 '할아버지!' 하고 고함치는 태흔의 목소리가 들렸다. 이어 현관문이 쾅 소리를 내며 열렸다가 닫히는 소리가 들렸다.

"할아버지! 정신 차리세요! 박 이사님! 은후야! 김 기사님! 어서 119 불러요!"

태흔의 고함 소리가 온 집을 쩌렁쩌렁하게 울렸다. 다시 또 현관문이 벼락치듯 다급하게 열리는 소리가 났다. 은후도 덜덜 떨리는 심장과 다리를 간신히 부여잡고 일층으로 뛰어 내려갔다.

김 기사와 박 이사가 새파랗게 질려 현관문을 박차고 달려들어왔다. 태흔이 어쩔 줄 몰라 하며 거품을 물고 쓰러진 이회장의 뺏

뻣한 몸을 부축한 채 소리 지르고 있었다. 시커멓게 질려 있는 태흔에게서 박 이사가 이 회장의 몸을 안아 들었다. 급히 인공호흡을 시작했다.

간발의 차이. 기껏 이삼 분. 태흔의 기민한 시간 조작으로 그날의 진실은 완전히 왜곡되고 은폐되었다.

목격자라 할 수 있는 박 이사와 김 기사의 눈에 비친 광경은 그러했다. 화장실 볼일이 급했던 것이 분명하다. 바지 허리띠를 반쯤 푼 모습으로 이 회장은 거실과 욕실 사이 문턱에 걸쳐 쓰러져 있었다. 아마도 욕실 안에서 샤워 중이었던 모양이다. 태흔은 허리에 수건만 걸친 반라의 몸으로 할아버지를 끌어안고 있었다. 아래층에서 벌어진 소동에 이제야 잠이 깨선 혼비백산하여 내려온 듯, 그들과 같은 시간에 은후도 흐트러진 잠옷 차림으로 계단을 뛰어내려 오고 있었다.

십오 분 만에 119 구급차가 별장으로 달려왔다. 이 회장은 급히 서울 병원으로 옮겨졌다. 그러나 의식을 회복하지 못했다. 사흘 만에 사망하고 말았다. 누구에게도 이 회장이 그날 자신이 본 것을 말할 기회가 없었기에, 태흔이 은후를 가진 것은 그렇게 영원한 비밀로 묻혀 버렸다.

하지만 남들은 몰라도 태흔과 은후, 그들만은 알고 있었다. 그들 때문에 할아버지가 돌아가셨음을. 그분이 가장 믿었고 아낌없는 사랑을 베풀었던 그들이, 바로 그분을 죽인 살인자임을. 그분의 가없는 믿음과 은혜를 무참한 배신으로 갚은 더러운 짐승들이라는 것을, 뼈에 새겼다. 그들의 사랑이, 인생에 있어 유일한 그것. 사무치게 간절하게 원한 사랑이, 그들이 가장 사랑한 분의 목숨을 앗아간 끔찍한 괴물이었다.

그들이 서로 원하고 사랑하는 일이 바로, 세상에서 가장 지독한 죄악이었다. 다시는, 다시는 사랑할 수 없다고. 너흰 '짐승' 이라고 영혼에 문신 새겼다.

이 회장의 장례식을 치르고, 태흔은 유럽 지사로 떠났다. 오 년 전이었다.

태흔이 떠날 때까지 두 사람은 단 한 번도 눈을 마주치지 않았다. 남자와 여자로 서로 사랑해 버린 자신들을 용서할 수 없었기에. 그럼에도 미치도록 서로를 원하는 더러운 죄를 다시 또 지을까 봐 너무나 무서웠기에. 아니, 그런 짐승이 되더라도 서로를 탐욕하고 갈망하는 욕망이 지워지지 않았기에…….

은후와 태흔은 그렇게 헤어졌다.

갈망하는 만큼 서로를 미워하며. 그만큼보다 더 많이 스스로를 미워하며. 이곳의 지옥과 저곳의 지옥으로 갈라섰다.

5장

시곗바늘이 자정을 넘어서고 있었다.

완전히 범해져 버려, 완전히 빼앗겨 버려 아무것도 남은 것이 없다. 은후는 더럽혀지고 버림받은 인형에 불과했다. 태흔이 벗겨 버리고, 떼어낸 옷자락을 그러모아, 부끄러운 나신을 가릴 엄두도 내지 못하고 있었다.

그들이 함께한 건 기껏 두어 시간이었다. 하지만 손끝 하나 움직일 힘도 남아 있지 않았다. 지옥 속 화염에 타버린 것처럼 완전히 소진되어 버렸기 때문이다. 그 밤의 정사(情事)는 그들이 헤어져 있던 시간만큼 아득했다. 자신과 서로를 증오하고 미워하는 만큼 격렬했다. 또한 미치도록 그리워하고 갈망한 만큼 아프고 뜨거웠다.

멍한 눈동자로 태흔이 옷차림을 수습하는 모습만 바라보았다. 차례차례 와이셔츠 단추를 채우고, 넥타이를 매는 태흔의 모습은 얄미울 정도로 침착해 보였다. 방금 전까지, 은후의 몸 위에서 거칠게 움직이며 마음껏 유린하고 약탈하던 야수의 모습은 하나도 찾을 수가 없었다. 너무나 태연하고 너무나 예사로워 고통과 통증은 오직 은후 자신만의 몫인 듯싶었다.

은후는 자신도 모르게 여린 신음 소리를 삼켰다. 절규하듯, 아프디아픈 심장 부스러기를 뱉어내듯 태흔의 어깨 너머를 노려보며 떨리는 목소리로 물었다.

"오 년 동안 오빠가 바랐던 게 이거야?"

태흔은 대답하지 않았다. 다만 넥타이를 더 조였을 뿐이다. 칼날로 자른 듯 선명한 옆얼굴은 조금의 동요도 보이지 않았다. 단단한 돌벽 같은 그 사람의 심장에 대고 은후의 물기 젖은 목소리는 조금 더 커졌다.

"오빠를 유혹한 나를 벌주고 싶어서, 지금까지 기다렸던 거야? 할아버지를 돌아가시게 만든 나를 파괴하고 싶었어? 이제 속 시원해졌어?"

자인하고 자책하는 목소리가 떨렸다. 흥건하게 고인 눈물이 기어코 볼을 타고 흘러내렸다.

대답을 듣지 않아도 뻔한 일이다. 벌을 주려는 것이겠지. 그를 그렇게 만들어 버린 은후 자신을.

이 회장의 장례식을 마치고 돌아온 날을 잊을 수 없다. 뼈에 각인된 태흔의 눈빛을 절대로 잊을 수 없다. 모든 잘못은 너에게 있다고, 날 유혹한 너에게 있다고 힐난하는 듯한 눈초리. 입으로는 내뱉지 않았으나, 그의 눈이 그녀를 향해 똑똑히 고함지르고 있었다. 요물이라고. 그를 짐승으로 만들어 버린 네가 나쁜 거라고.

은후는 소파에서 내려 그의 앞에 무릎을 꿇었다. 고개를 숙였다.

"그냥 '죽어' 라고 해. 오빠 말이 맞아. 전부 다 나쁜 나 때문에 일어난 일이야. 엉망진창이 된 거니까. 그냥 보고 싶지 않다고 해. 내가 오빠나 할머니 눈앞에 얼쩡거리는 것조차 참을 수 없다고 말해."

"어떻게 그런 말을!"

태흔이 버럭 소리 지르다가 입을 다물었다. 눈물 가득한 채 그를 살피지 못한 은후는 결코 보지 못한 암흑의 빛이 그의 눈에 가득히 고였다.

태흔도 은후처럼 무릎을 꿇고 마주 보았다. 물기 젖은 하얀 얼굴을 한 손으로 잡아 자신에게로 고정시켰다.

"만약 내가, 그렇게 말하면, 어떻게 할 거야?"

"죽을게. 그럼 되잖아."

"너무 쉽잖아. 날 버리고 너 혼자만 지옥에서 도망가면 안 되지."

"그럼 내가 어떻게 해야 하는데? 가르쳐 줘. 내가 어떻게 해야 할머니, 할아버지께 지은 죄를 씻을 수 있어? 오빠가 정말 원하는 게 뭐야?"

"아직도 모르겠어?"

그의 표정은 너무나 굳어 있어 가면과도 같았다. 작은 가슴이 터질 것처럼 아팠다. 그의 입에서 어떤 말이 나올까, 두려워서 미칠 것 같았다. 어떤 말이 나오든 감당할 힘이 없었다.

그들의 일 때문에 할아버지가 돌아가신 이후, 은후의 세상은 온통 가시덤불만이 난무하는 위선의 황무지, 기만과 가증스런 배신의 죄악을 통해 만들어진 황량한 들판이었다. 그런 세상에서 맨발로 피 흘리며 홀로 비틀거리며 간신히 걸어가고 있는 중이었다.

오 년 내내 은후는 할머니께 끝없는 순종과 애정을 바치는 것으로, 그 죄악을 덮어보려 발버둥 치고 있는 가엾은 수인(囚人)이었다. 할머니가 돌아가실 때까지, 은후는 그렇게 살 작정이었다. 그것만이 할아버지께 범한 죄의 대가를 치르는 것이라고 믿었다. 그런데 태흔은 그것도 부족하다 한다. 그녀를 더없이 잔인하게 시험하고 있었다.

"이은후, 너."

예상했던 대답 앞에서 은후는 숨을 들이마셨다. 시커멓게 질려 도리질을 쳤다. 그러거나 말거나 태흔은 간절하게 사무치게 되풀이했다.

"그때도, 지금도, 원해. 너만을 원해."

"그래서 할머니도 돌아가시게 하자고?"

은후의 목소리에는 이미 물기가 축축했다.

"은혜를 갚기는커녕 배신으로 갚으라고? 오빠, 부탁해. 애원해. 나한테 제발 이러지 마. 나 못 해! 그때도, 정말 그러면 안 되는 걸 내가 미쳐서……. 그때 오빠가 정말 좋아서, 그러면 안 된다는 것을 잊어버렸어. 누구나 실수는 하잖아? 내가 나쁜 요물이라서 그런 짓을 저질렀는지는 모르지만, 이젠 안 그래. 다시는 실수하지 않을게. 절대로 오빨 감히 욕심내지 않을게. 오빠가 사라지라고 하면, 어디든 가버릴게. 죽은 듯 숨어 살게. 그러니까 제발……."

"그만!"

태흔이 소리 질렀다. 은후의 입술을 손가락으로 가로막았다. 그를 열망하면서도, 그를 버리겠노라고, 그를 사랑하지 않노라고 거짓말하는 입술을 정지시켰다.

"이은후, 날 봐."

태흔이 은후의 턱을 쥐고 자신에게 고정시켰다.

"딱 한 번만이야. 다시 말하진 않아."

태흔은 절대로 거짓말을 하지 않는다. 그가 그렇게 말했다면, 그는 다시는 그녀에게 그런 물음 따윈 하지 않을 것이다.

태흔이 은후의 두 손을 잡아 입을 맞추었다. 막무가내로 약탈하고 무조건 빼앗고 보던 짐승의 얼굴이 아니라, 아주 슬프고 간절한 구애자의 얼굴이었다.

"잘 생각해서 대답해. 정말, 다신 안 물어."

그가 가만히 은후의 이마에 자신의 이마를 부딪쳤다. 그리고 속삭였다. 사무치게 물었다. '너도 날, 원해?' 라고.

그의 눈이 강요하고 있었다. 그가 그녀를 원하듯이, 너도 날 원한다고 대답해. 제발.

'그렇다' 라고 대답한다면 가질 수 있다고 했다.

입을 열어 말할 수 없다면, 그냥 고개만 끄덕이라고 했다.

그를.

사무치게 바라는 그 사람을.

오 년 동안 지옥을 건너왔어도 잊을 수 없는 사람을.

사랑으로 길러주신 은혜를 배신으로 갚고서도 원하는 그를.

온몸이 갈기갈기 찢기고 세상의 모든 사람들에게서 돌팔매질을 당한다 해도 갖고 싶은 그 사람을.

죽어도 열망할 그를.

모든 죄의 이유였던 욕망과 열정이, 사랑이 나 혼자만의 것이 아니라고 대답해. 그럼 우린 서로를 가질 수 있어. 적어도 같은 지옥 안에서 뒹굴며 서로의 상처를 핥아줄 순 있을 거야. 그의 눈이 그렇게 약속하고 있었다.

하지만 절대로 원해서는 안 되는 일. 은후가 절대로 선택할 수 없는 불가능한 그 소원, 무서운 것 앞에서 무조건 도망치는 사람처럼, 시커멓게 질린 얼굴을 하고 은후는 세차게 고개를 흔들었다. 태흔의 눈이 아뜩하게 깊어졌다. 무저갱의 지옥도처럼 캄캄해졌다. 그가 나직하게 다시 물었다.

"그날을, 후회, 해?"

어떻게 후회하지 않을 수 있나?

오빠였던 남자의 몸을 뜨겁게 받아냈는데. 죄악인 줄도 모르고 그에게 안겨 광염을 불태웠는데. 그 일로 할아버지가 돌아가셨는데.

두려움과 눈물로 가득한 눈동자가, '그렇다' 라고 대답하고 있었다. 남몰래 떨고 있던 태흔의 가난한 마음을 삽시간에 싸늘한 빙하로 얼려 버렸다.

너무나 열망하고 원하나 절대로 가질 수 없는 이 여자. 그를 버리고 알량한 도덕의 성문 안으로 도망가 버린 여자. 태흔은 사랑한 만큼 그 강도와 질량으로 눈앞의 여자를 극도로 증오했다.

사랑은, 어떤 수로도 꺼뜨리지 못한 이 검은 불길은, 결국 그만의 몫이었다. 그 홀로 치러낼 외로운 전쟁이었다. 그는 감출 수 없는 사랑이었는데 그녀에게는 하룻밤의 실수였단다.

'어리석긴. 처음부터 알고 있었잖아.'

아주 잠시 그의 입술이 외롭고 허무한 미소를 머금었다.

그날을 돌이켜 보면, 너무 순진했던 은후는 자신이 무슨 짓을 벌이는지 끝내 알지 못했을 것이다. 아주 교묘하게 그가 조종한

대로, 이끄는 대로 속절없이 딸려온 죄밖에 없었다. 자신들이 무슨 짓을 저지르고 있는지 분명히 알고 있던 사람은 오직 태흔 자신뿐이었다.

너무 순수했기에, 그를 정말 신뢰했기에 말려든 것뿐. 은후의 마음과 그의 마음은 같지 않았다. 색이 달랐다. 무게도 달랐고 치열함도 달랐다.

'좋아. 이 모든 일을 시작한 건 나이니, 끝도 내가 낼 수밖에.'

얻지 못한다면 빼앗을 수밖에. 네가 원하지 않는다 해도, 약탈해선 내 세상으로 끌고 올 수밖에.

은후의 거절로, 태흔의 심장이 무참하게 부서졌다. 사랑하는 여자를 할퀴고 공격하는 것으로밖에는 불타는 그 마음을 표현할 줄 모르는 가련한 수컷이 날카롭게 날을 세웠다. 태흔의 눈동자가 매섭게 빛났다.

그가 더러운 것을 토해내듯이 비릿하게 내뱉었다.

"그래? 후회한다 이 말이지?"

나직하게 되묻는 목소리가 너무나 침착하고 매끄러워 소름이 돋았다. 그가 팔을 뻗어 바닥에 떨어진 은후의 옷자락을 들어 드러난 어깨 위로 걸쳐 주었다. 그녀의 볼을 살짝 건드렸다. 감정의 조각 따윈 하나도 남아 있지 않는 무기질의 눈동자가 그녀를 똑바로 노려보고 있었다.

"난 한 번도 그날의 일을 후회한 적 없는데, 참 유감이로군."

그가 난폭하게 은후의 몸을 밀어내고는 일어섰다. 바닥에 쓰러진 은후의 사정 따윈 관심없다는 표정이었다. 차가운 살기를 내뿜리며 뒤도 돌아보지 않고 현관으로 나갔다. 구두를 신고 현관문을 열었다.

문을 열려다가 동작을 멈추었다. 공허한 눈동자로 그의 등만 바라보고 있던 은후를 돌아보았다. 선명한 입술을 타고 흐르던 건, 뚜렷한 비웃음이었다.

"기억해 두는 게 좋지 않겠어? 네가 뭐라 변명하든 어차피 짐승인 건 달라지지 않아."

은후의 시선이 바닥으로 떨어졌다. 눈물방울들이 후드득 떨어져 얼룩을 만들었다.

"이제 와서 눈물 질질 짜고 양심적인 척하지 마. 정말 역겨우니까."

자포자기와 같은 폭언이 귀를 파고들었다.

"하나 더."

귀를 막아버리고 싶었지만, 가능하지 않았다. 부인하고 싶었지만, 도망갈 수가 없었다. 가시처럼 박히는 그의 말을 피할 순 없었다.

"이태흔은 여전히 이은후를 갖고 싶은데, 어떡하지?"

태흔의 입술 끝이 기묘하게 경련하고 있었다.

"미치도록! 죽을 것같이! 지독하게 원하는데!"

무어라 대답을 해야 하는데, 할 말을 잃어버렸다. 그 대신 서러운 신음 소리만이 흘러나왔다. 태흔이 뒤돌아서며 나직하게 마지막 말을 흘려냈다.

"짐승이 미치면 무슨 짓을 하는지 너도 곧 알게 되겠지. 기다려봐."

문을 닫는 소리가 적막한 별장을 소스라치게 만들었다.

서울 집에 도착한 시간은 새벽 네 시였다. 은후는 곧장 욕실로 들어갔다. 태흔의 체취와 입술로 산산조각 나고 몰염치한 정액으로 더럽혀진 몸을 씻기 시작했다.

"으흐흑."

은후의 입술 사이로 질끈 깨물린 오열이 터져 나왔다.

바닥으로 떨어지는 물줄기 소리가 요란스러웠기에, 잘근 깨문 입술 사이로 새어 나오는 가냘픈 흐느낌은 다행히도 바깥까지 새어 나가지 않았다. 부드러운 스펀지로 그에게 철저하게 범해져 버린 나신을 미친 듯이 문지르며 흐느끼던 은후는 결국, 샤워 부스 바닥에 주저앉고 말았다.

손으로 입을 막아보았지만, 속 깊은 데서부터 새어 나오는 검은 오열을 멈출 수가 없었다.

'내가 대답 따위, 할 수 없단 건 오빠가 더 잘 알잖아! 왜 그런데 나에게 그런 잔인한 질문을 해?'

서러운 울음소리가 입을 막은 손가락 사이로 비어져 나왔다.

"으흐흑…… 흑흑……."

쏴아아 흐르는 물소리를 타고 더욱더 서럽게 욕실 바닥에 떨어져 내렸다.

은후는 눈물을 흘리며 몸을 더 움츠렸다.

"안 되는 거잖아. 죽어도 우린 다시 그러면 안 되는 거잖아. 사람의 탈을 쓰고서 어떻게 그런 짓을 해? 못 해. 우리가 이런 것을 알게 되면 할머니마저 쓰러지실 텐데……. 은혜를 원수로 갚아도 유분수이지, 사랑밖에 주신 죄가 없는 분에게 내가 그런 짓 저지르면 안 되잖아."

태흔은 절대로 듣지 못하는 눈물 섞인 독백. 욕실 바닥에 홀로 주저앉아, 은후는 마치 그가 듣고 있기라도 하듯이 중얼거리고 있었다. 아무리 훔쳐도, 다시 훔쳐도 하얀 볼에 흘러내리는 눈물은 쉬이 그치지 않았다.

가장 원하지만, 간절하게 바라지만 절대로 가질 수 없는 사람. 가져선 안 되는 사람.

하지만 그의 흔적은 너무 크다. 아무리 닦아내어도 소용없다. 수십 번, 수천 번을 씻어내어도 변하지 않는다. 은후는 태흔의 여자다. 그의 몸을 물고 쾌락에 떨었고, 그의 몸을 조이며 환락의 교성을 내질렀다. 그에게 다시 안기고 싶어, 달려가고 싶어 지독하게 마음 앓이, 몸앓이를 하고 있다.

이 죄를, 이 지옥을 대체 어찌할까?

다음날 아침, 은후가 계단을 내려가자 거실 소파에 앉아 돋보기를 끼고 신문을 보던 진 여사가 고개를 돌렸다. 은후는 할머니의 녹즙을 담아 내오는 나주댁의 손에서 쟁반을 받아 들었다. 할머니 앞에 앉아 두 손으로 건네 드렸다. 마치 어린애처럼 진 여사가 얼굴을 찌푸렸다.

"내 나이는 맛있는 것만 먹기도 모자란 나이 아니야? 만날 아침부터 맛없는 풀 즙을 마시란 거, 좀 너무하지 않니?"

"아무리 그러셔도 안 돼요. 얼른 드세요."

은후는 짐짓 엄포를 놓았다. 혈압이 좀 높아진 것 같다고 주치의가 걱정을 해 처방한 식이요법이었지만, 고집 센 진 여사가 순순히 받아들일 리가 만무하다. 녹즙을 내갈 때마다 투덜거리곤 했다.

"너, 어제 몇 시에 들어온 거니?"

"음, 한 세 시? 들어오자마자 너무 피곤해서 바로 샤워하고 잤어요."

"일도 좋고 공부도 좋지만, 몸 생각하면서 해. 이것 봐, 얼굴 좀 상한 거 보라지?"

진 여사가 안타까워하며 하룻밤 새 부쩍 상해 버린 듯한 은후의 얼굴을 어루만졌다.

분명히 몸살기도 시작되는 거다. 긴팔 옷을 챙겨 입은 것 하며, 열에 씌인 듯 얼굴이며 눈동자까지 발그레 변해 있었다. 목소리도 맹맹한 게, 분명히 감기 초기였다. 한 번 작품을 시작하면 침식을 잃고 몰두하는 버릇인 데다가, 신경이 예민한 아이라, 큰 행사를 앞두고 혼자 끙끙 앓고 있는 게 분명했다.

"쉬엄쉬엄해. 아무리 전시회가 중요하다 해도 네 몸만 하겠어?"

"그러려고 하는데, 잘 안 되네요. 전시회를 같이 하시는 분들이 너무 쟁쟁한 실력자들이어서, 창피당할까 봐 잠이 안 와요."

"걱정 마라. 작품 안 팔리면 할미가 나가서 왕창 사주마. 태흔이가 돌아와서, 너 얼굴 상한 거 보면 화내."

"……예."

"그 녀석이 돌아온다니, 이제 나도 한숨 덜었구나."

진 여사가 고개를 들어 거실 벽에 붙은 큰 사진을 바라보았다. 태흔이 대학원을 졸업하던 날 가족들이 함께 찍은 사진이다. 이 회장 내외와 태흔과 은후가 사각의 틀 안에서 함께 활짝 웃고 있다. 네 식구가 가장 행복했던 한때였다.

"그동안 할머니께서 고생을 너무 많이 하셨어요. 오빠가 돌아오면 할머닌 푹 쉬셔야죠."

천연덕스럽게 대답을 하고 있는 자신의 입술을 찢고 싶을 정도였다. 갈수록 깊어지고 검어지는 죄책감에 시달리며, 은후는 고개를 숙였다.

공식적으로 그는 오늘 오전에 서울에 도착할 예정이다. 별장을 떠나 그는 어디로 갔을까.

"오늘은 안 나가지? 태흔인 점심때쯤 도착한다고 하더구나."

"공방에만 나가면 안 나가도 되는데, 오늘 오후에 선생님 강의를 하나 들어야 해서요. 전시회장 때문에 문 이사님과 미팅도 있고. 대신 볼일 마치면 금세 들어올게요."

"태흔인 네가 공항에 나올 줄 알 텐데. 섭섭해하겠구나."

"죄송해요."

그의 귀향을 절대적으로 반가워하고 기다려야 할 누이동생의 역할을 계속해야 한다니. 참으로 서늘하고 쓸쓸한 가시방석에 앉아 있는 느낌이었다.

"문 이사가 많이 도와주지?"

"아무래도 실무 책임자니까요. 어제 전시회장 설계도 나왔다고, 가게에 잠시 들렀댔어요."

"그랬구먼."

진 여사가 빙그레 웃었다.

공방에 찾아온 서준과 팸플릿 오탈자 교정 보면서 커피를 마셨다는 이야기를 하는 은후의 얼굴을 슬쩍 살폈다.

넉살도 많고 재주도 좋지. 집안 간 교분에만 의지하지 않고 은근슬쩍 제 모습 그대로 은후에게 다가가고 있는 모양이다.

'나이도 그만하고, 성품도 참하고……. 태흔이 녀석 혼인시키면 바로 짝 맞춰줘야지. 내가 어떻게 될지 아무도 모르는 건데. 죽기 전에 우리 은후, 좋은 사람 찾아서 행복하게 사는 거 꼭 봐야지.'

주방에서 나주댁이 나왔다.

"진지 드세요."

"어제 싱싱한 꽃게가 안면도에서 올라왔단다. 가볍게 게살죽으로 준비하라고 일렀다. 너도 늦게 들어와서 밥맛 없을 것 같아서 말이야."

"오랜만에 맛있는 죽 먹네요."

"앞에 앉아 움썩움썩 먹는 사람이 있어야 밥맛도 나는 거지. 태흔이 오면 오랜만에 거하게 상 차려선 같이 먹자꾸나."

진 여사가 소파에서 몸을 일으켰다. 은후도 얼른 일어나 할머니를 부축해 드렸다. 딱히 나쁜 데는 없더라도, 벌써 팔순. 이 근래는 습관적으로 할머니 옆에 서면 부축부터 하는 자신을 발견하고 있었다.

'기력이 날마다 쇠해지는 게 보이는데, 여기서 충격 더 받으시면 할머니 넘어가셔. 어떻게 내가 오빠와 그런 사이라는 것을 말해? 절대로 못 해. 죽어도!'

진 여사가 식당의 자리에 앉았다. 물병을 들고 오는 나주댁더러 일렀다.

"빨리 와서 앉아. 같이 먹던 버릇이라 자네가 앉지 않으니 허전하네."

"오늘 저녁부턴 넷이죠."

나주댁이 웃으며 응대했다. 지난 오 년 내내 그랬듯이 여자 셋이 나란히 앉아 아침 식사를 시작했다.

"저도 이젠 반찬 장만할 맛이 생기네요."

"식사하고, 시장 좀 다녀오자고. 태흔이 녀석 좋아하는 것 좀 장만해 줘야지. 독한 녀석. 첫해 제사 때 말고는 어쩜 한 번도 들어오지도 않았을꼬?"

"워낙 일이 바빴잖아요? 그래도 사장님이 잘하셔서, 회사가 많이 성장했잖아요. 위로로 삼으셔야죠."

"그렇긴 허지. 돌아오면, 빨리 장가들고 손자도 보고 그랬으면 좋겠어. 저 양반 그렇게 되기 전에 혼인을 시켰어야 했는데. 너무 늦었지."

"돌아오면 바로 장가보내세요. 그러면 되죠. 이내 이 식탁에 앉을 사람도 다섯 되고 여섯 되고 그럴 거예요."

"멍청한 녀석 같으니, 제 나이가 몇인데 아직까지 여자 하나도 못 사귀고. 쯧쯧쯧. 제가 뭐가 모자라서 연애도 한 번 못 한다니? 은후 너도 그래. 친구들 중 참한 애 있으면 오라비에게 소개팅인가 뭔가도 좀 주선하고 그래."

"오빠가 은근히 눈이 까다롭잖아요. 알맞게 식었어요. 할머니, 죽 드세요."

태흔이 집에 도착할 시각은 열두 시. 은후의 지옥, 은후의 악몽인 태흔은 시한폭탄처럼 터지기만을 기다리며 차츰차츰 다가오고 있었다.

삼성동, 승명그룹 사옥.

정오 무렵, 검은색 모범택시 한 대가 멎었다. 가벼운 린넨으로 만들어진 회색 양복을 입은 한 남자가 그 택시에서 내렸다.

장신이었고, 건장했다. 서늘하다 할 정도로 냉정했고 숨이 막힐 정도로 미려한 옆얼굴을 지녔다. 비록 짐을 내려주는 운전기사에게 감사의 미소를 지어 보이고는 있었지만, 본질적으로 보는 사람으로 하여금, 멈칫 한 발 물러서게 만드는 위압적인 느낌을 갈무리한 사내였다.

그였다. 이태흔. 오 년 만에 승명그룹의 실질적인 주인이 본가로 돌아온 것이다.

"사장님!"

오 년 사이 한결 주름살이 늘어버린 박 이사가 달음박질치듯이 달려 나왔다. 회전문을 들어서는 태흔의 손에서 서류가방을 뺏어 들었다.

"모시러 나간다고 했는데, 이러시깁니까? 섭섭합니다."

"번잡한 건 딱 질색인 거 아시잖습니까? 편하게 왔으니 너무 걱정하지 마세요."

태흔이 고개를 힐끗 돌렸다. 엘리베이터 앞에 도열하다시피 한 사장단의 면모를 슬쩍 훑었다. 이내 미소를 띤 얼굴로 그들 앞에 걸어갔다. 하나같이 아버지뻘인 늙수그레한 사장단들에게 먼저 고개를 숙였다. 아주 자연스러운 동작이었다.

"저, 다녀왔습니다."

고개를 든 태흔이 하얀 이를 드러내며 미소를 지었다. 엘리베이터 옆에 서서 대기 중인 여직원들이 한꺼번에 헉 소리를 낼 정도로 뇌쇄적인 남자의 미소였다.

"와아, 제가 이렇게 대단한 사람이었습니까? 회사의 어르신들이 전부 다 저를 맞이해 주려고 여기까지 나와 계시다니요."

"정말 고생이 많으셨습니다."

"제가 고생한 것보다, 사장단 여러분들께서 더 많이 고생하셨지요. 할머님을 잘 보좌해 주셔서 정말 감사드립니다."

태흔의 정중한 인사 앞에서 사장단들의 얼굴이 활짝 펴졌다. 당분간은 저들의 목이 무사하리라는 감을 잡은 것이다.

“자, 올라가시지요. 자세한 이야기는 위에서 듣기로 하겠습니다.”

나직하고 겸손하다. 그러나 그의 목소리는 태산 같은 무게를 안고 있었다. 얼른 여직원이 엘리베이터 버튼을 눌렀다. 사장단들과 태흔이 한꺼번에 세 대의 승강기에 올라타 이내 모습을 감추었다.

태흔의 귀국과 더불어 승명그룹이란 거대한 항모는 보이지 않게 크게 동요하고 있었다. 현재 그룹 회장 직을 맡고 있는 진이옥 여사의 이선 퇴진. 그룹사별 강도 높은 구조조정이 예고되고 있었다.

태흔은 유럽 지사에 나가 있는 동안 무자비한 구조조정과 이노베이션을 통해, 전 세계 지사들의 조직도를 새로 짰고, 매출 40% 증가라는 기적적인 업적을 쌓았다. 단순한 창업자의 혈육이라는 프리미엄이 아닌 진정한 능력으로 이룬 업적들. 그렇기에 한국 기업 사상 최연소의 수장이 될 그의 행보는 지난 오 년간 늘 재계 뉴스의 초점이 되었다.

이제 본사로 돌아온 태흔은 일이 주 내로 정식으로 전권을 승계받게 될 것이다. 앞으로 승명그룹이라는 거대한 공룡의 미래를 어깨에 짊어진 그가 어떤 행보를 보일지, 승명그룹 직원들뿐 아니라 한국의 정, 재계가 신경을 곤두세우고 지켜보고 있었다. 바야흐로 적막하고 평화로운 로비에 폭풍이 몰아닥치고 있었다.

사장단들이 태흔과 함께 사라지고 난 후, 금세 로비에는 사람들로 북적거렸다. 신임 회장의 면모를 탐색 겸 구경 나온 참새들이었다. 지금껏 숨죽인 채 쓰레기통 뒤에서, 화분 뒤에서, 에스컬레이터 위에서 훔쳐보다가 줄줄이 내려왔다. 태흔이 타고 사라진 승강기 앞에서 어쩔 줄 몰라 하며 발을 동동거렸다.

"우리가 분명히 우리랑 같은 '사람' 을 본 거 맞지?"

"세상에! 세상에! 나 팔뚝에 소름 돋은 것 좀 봐!"

"우리 사장님, 원래 한 섹시, 한 매력 한다더니, 저 정도였어?"

"저건 그냥 매력이 아니라 전설이다."

"잘생긴 데다 친절하고 겸손하고……. 아까 사장단들에게 먼저 인사하는 모습 봤지? 예절 바르고 매너 좋고! 우리 회장님이 손자, 손녀 교육은 끝내준다더니, 정말 확실하네!"

"임슬이 과장, 자긴 좋겠다. 비서실 소속이라서 종종 회장님을 볼 것 아냐!"

팔딱이는 가슴을 안고, 두근거리는 심장을 부여잡고 여직원들이 발을 동동 굴렀다.

행여 태흔이 쥐고 온 살생부에 자기 이름이 적혔을까 봐 밤잠을 이루지 못하는 사장단들의 동요와는 또 다른 해일. 바야흐로 이태흔 발(發) 분홍빛 연풍(戀風)이 몰아치고 있었다.

"잘생긴 미남은 함께 감상해 줘야지. 임슬이 씨, 이제부터 회장님 일거수일투족을 관찰해선 제꺽 사내망에 다 올려! 올려다보지 못할 나무지만, 멀리서 구경이나 하게!"

"옳소! 찬성!"

일층 로비에서 그런 소동이 벌어지고 있는 중에, 태흔은 비서실장이 열어주는 회의실로 들어서고 있었다. 망설이지 않고 할머니 진 회장의 빈 의자 옆에 가서 앉았다. 그는 언제나 자신의 자리가 어디인지 분명히 알고 있었고, 그 자리의 의미와 무게를 망각하는 사람이 아니었다.

태흔이 하나둘씩 자리에 착석하는 사장단을 둘러보았다. 나직하나 냉철한 어조로 내뱉었다.

"자, 그럼 시작해 보죠. 제가 없던 오 년 동안 대체 본사에서 무슨 일이 벌어졌던 겁니까?"

싱그레 미소를 물고는 있지만 얼음 얼 듯 차가운 시선 앞에서 머리 허연 사장단들의 등골에 저절로 소름이 돋았다.

죽은 이 회장이 경영의 천재라는 별명을 가졌던 만큼 그가 고심해서 만들어낸 이태흔이라는 후계자는, 청출어람(青出於藍), 죽은 왕(王) 회장을 한참 전에 뛰어넘은 괴물이었다. 그들이 감히 범접하거나 농단할 수 없는 태산이 된 지 오래였다.

'용의 자식은 아무리 어려도 용이라더니…….'

그들의 머릿속에 하나같이 떠오르는 생각들이었다. 열심히 머리들을 굴리는 늙은 너구리들을 바라보며 태흔은 한 손으로 턱을 쓸었다. 무심한 듯, 차가운 듯, 선명한 입술에는 아주 희미한 미소만 물려 있었을 뿐이다.

그 시각. 은후는 한국예술종합학교 강당에 앉아 있었다.

프랑스의 세계적인 디자인 회사 〈림버스(Lmbus)〉의 수석 디자이너가 방한했다. 학교에서 그를 초청해서 마련한 특별 강연을 듣기 위해서였다.

강연이 끝난 시간은 오후 세 시. 강연장을 빠져나오면서 휴대전화를 살렸다. 문자메시지가 두 건, 들어와 있었다. 서준의 메시지도 있었다.

〈강의 끝나면 연락 줘요. 근처에 있어요. —문서준.〉

신호가 두어 번 갔을까 말까, 서준이 바로 전화를 받았다.

[나도 예술의 전당에 들어와 있어요. 〈티파니 보석전〉 기획한 큐레이터하고 미팅 중. 십 분이면 끝나요. 나 아직 점심도 못 먹었어. 나 너무 불쌍하죠?]

“네. 너무 불쌍해요. 그런데 저도 아직 점심 못 먹었어요.”

은후의 말에 서준이 웃었다.

언제나 기분 좋게 웃는다, 이 남자는. 그래서 편안하다. 꽁꽁 얼어 말려 있는 심장이 잠시 따뜻해질 만큼. 입술이 바르르 떨렸다. 이상하게 비틀려 아주 외로운 미소를 머금었다.

[우리 둘 다 엄청 바쁘니까, 간단하게 샌드위치 먹으러 가요. 그 정도는 괜찮죠?]

“오늘도 〈파미나〉 가볼까요? 제가 먼저 가서 주문하고 기다릴게요.”

[그래 주면 감사하죠. 오늘 은후 씨가 빨리 집에 들어가야 하는 거 알고 있으니까. 오래 붙잡진 않을 거야. 난 이탈리안 와일드.]

“네, 알았어요. 살펴 오세요.”

두어 번 우연히 마주쳐, 간단한 샌드위치 정도를 먹었던 가게로 가기로 했다. 점심때는 지났어도 워낙 인기가 있는 가게인지라 그 시각에도 사람들이 꽤나 붐비고 있었다. 샌드위치를 주문하니 삼십여 분은 기다려야 한다고 했다.

유기농 주스 한 병과 서준이 부탁한 생수 한 병까지 골라 계산을 치렀다. 자리에 앉는데, 서준이 들어왔다.

“은후 씨, 감기 들었어요?”

서준이 깜짝 놀란 얼굴을 했다. 하룻밤 사이, 은후의 얼굴이 아주 못쓰게 되었기 때문이다.

이삼 일, 엄청 내린 폭우로 불붙는 폭염은 가셨다 해도, 아직은 치적거리는 더위가 맹위를 떨치고 있다. 그런데도 은후는 팔목을 다 덮는 카디건 차림에, 스카프로 목까지 꽁꽁 싸매고 있었다. 화장을 했어도 해쓱해진 얼굴을 감추지 못했다.

"그러게 말이에요. 이런 삼복에 뭐 하는 짓인지, 참."

"어떡하다가?"

"칠칠맞지 못해서 그렇죠, 뭐. 개도 안 걸린다는 감기라니, 전 개보다 못한 사람인가 봐."

"작품 한다고 과로해서 그런 거야. 잠깐만요!"

무어라 말을 할 사이도 없었다. 서준이 자리에서 일어나 가게를 나갔다 금세 돌아왔다. 따끈한 쌍화탕 한 병을 내밀었다. 제 앞에서 당장 마셔라 채근했다.

"주사라도 맞을래요? 병원 같이 가줄게."

"그 정도는 아니구요."

은후는 억지로 미소 지으며 막 나온 샌드위치 포장지를 벗겼다. 파니니 빵 안에 든 담백한 닭고기와 아삭거리는 양상추가 먹음직스러운 향기를 풍기고 있었다. 다른 날 같으면 거뜬히 한 개를 해치우고 한 개 정도 더 먹으려다고 했을 테지만, 이날은 입안이 헐어버려 한 쪽도 힘에 겨웠다. 앞에 앉은 서준은 내내 걱정스런 표정을 감추지 못했다.

"속상하네. 은후 씨, 너무 못 먹잖아. 감기는 잘 먹어야 빨리 낫지."

"입이 헐어버렸나 봐요. 따끔거려서 힘들어요. 나중에 회복되면 맛있는 거 사주세요."

"맛있는 거야 많이 사주지. 하지만 지금 너무 못 먹으니까 걱정되어선 하는 말이지. 어떤 것은 먹을 수 있을 것 같아?"

"음. 아무래도 과일? 열기가 있으니까 시원한 것이 많이 당겨요."

은후는 서준이 듣기 좋으라고, 적당하게 대꾸했다.

"나중에 맛있는 과일, 한 아름 사줄게요. 그러니까 빨리 나아요."

당부하며 서준이 서류가방을 끌어당겼다. 캐드로 그린 전시회장의 모형도를 꺼내 은후에게 보여주었다.

"여기가 은후 씨 코너인데, 이 정도면 너무 좁을까?"

입구에서 왼쪽으로 세 번째 자리. 모퉁이를 낀 위치가 나쁘지 않다.

"아니에요. 쟁쟁한 대가들 팀에 낀 생짜더러 이 정도의 공간을 주신다니, 정말 너무 감사해요. 제 작품 때문에 전시회 격이 내려가면 어쩔까 싶어 진짜 걱정이에요."

"겸손하시기는. 요즈음 가장 잘나간다는 신예 작가가 그러시면 안 되죠."

서준이 미소 지으며 생수를 마셨다. 일부러 위치를 그렇게 잡은 이유를 설명해 주었다.

"은후 씨가 이번에는 유색 작품이라서, 일부러 무색 보석 코너 옆으로 흐름을 맞춰보았어요. 은후 씨 옆은 제주산 자연 진주로 작품 하시는 정현 선생님이 맡으실 거구요."

"예뻐요. 구경하시는 분들이 여러 가지 다양한 기법과 작품을 보시게 되어 호평을 받을 것 같아요."

둘이 만난 목적이라 할 수 있는 전시회 위치 선정이 끝났다. 샌드위치도 다 먹었고 생수 병도 비었는데, 서준이나 은후 누구도 일어설 기색은 보이지 않았다. 말로는 바쁘다고 하면서도 열심히 끊어질 듯 이어지는 대화를 계속했다. 그사이 커피 한 잔씩을 더 마셨고, 오트밀 쿠키도 하나씩 더 먹었다.

날마다 감추어둔 속셈으로야 은후하고 데이트할 기회만 노리고 있던 서준으로서는 대박을 맞은 셈이었다. 불감청이언정 고소원이라, 냉큼 일어서지 않고 예쁘게 웃으며 그의 말에 꼬박꼬박 대답해 주는 것이 너무 좋았다. 어찌하든 집으로 돌아갈 시간을 늦추고 싶은 은후의 마음을 알지 못하는지라, 그녀도 자신과 같이 있는 시간을 즐기고 있다고 생각해 버렸다.

"참, 은후 씨. 첼로 좀 한다고 하지 않았던가요?"

두 번째의 생수 병을 받아오며 서준이 물었다.

"중, 고등학교 시절에 했어요. 그냥 취미죠, 뭐."

"좋은 재주 썩히면 뭐 해? 우리, 같이 연주 한 번 하지 않을래요?"

은후의 눈이 동그랗게 변했다. 풍부한 감수성을 담고 있는 맑고 새카만 눈동자가 그에게로 향할 때, 서준의 가슴에 또다시 전율이 흘렀다.

청명하고 순수한 향을 간직한 이 아름다운 여자는 만나면 만날수록 매혹을 더해가고 있었다. 맑고 밝아 누구나에게 다 개방하고 나누어 주는 것 같은데, 돌아서면 신비한 암향의 너울을 쓰고 아스라이 사라지는 안개 같았다. 너무나 아름다워 잡고는 싶지만, 절대로 그의 손에 잡히지 않을 것 같아 안달하게 되는 모순. 그래서 만날 때마다 점점 더 속절없이 함몰하게 되는 여자였다, 이은후는.

며칠 전에 그의 외조모와 은후의 조모인 진 여사 사이에 오간

약조를 눈앞의 이 여자는 아직 모르리라. 이태흔 사장이 결혼하면, 곧바로 은후를 그의 짝으로 맞추자고 양가 사이에서는 이미 내밀한 의논이 끝난 상태였다.

상냥하고 맑은 미소를 지어주지만 아직 사랑은 아닌 여자. 가까운 친구가 되었지만 연인까지는 아닌 이 여자. 하지만 언젠가는 그의 아내가 될 여자. 눈앞에 앉은 여자를 온전히 얻는 것. 아름다운 얼음공주 이은후를 진실한 사랑에 빠뜨리는 일. 그의 신부로 맞이하는 것. 문서준의 가장 간절한 소원이었다.

딱 한 가지 아쉬운 점이 있다면 그건…….

서준의 이마에 살짝 주름살이 졌다.

'은후 씨 일이라면 자다가도 벌떡 일어난다는 이태흔이 돌아오기 전에 이 일의 매듭을 지었어야 했는데.'

그가 돌아온 후이면 싫든 좋든 간섭당하게 될 테지. 은후에 대한 서준의 구애는 여러모로 태클이 걸리게 될 것이다.

그가 알기로도, 소문으로도 이태흔은 호락호락한 남자가 아니었다.

"가차없지. 한 번 잘못 보이면 쥐도 새도 모르게 처리당하게 될걸? '악' 소리도 내지 못하고 밟힌다는 소문이 있어."

"설마."

"설마가 아니야. 열 살 때부터 제왕 교육을 받으며 자란 사람이다. 그 남자가 제일 소중하게 생각하는 사람이 누이동생 이은후이고. 이태흔 눈 밖에 나지 않도록 조심해. 그 남자 눈 밖에 나면 네가 아무리 안달해도 이은후 옆에 한 발짝도 접근하지 못하게 될 테니."

주변 사람들의 충고가 아니라 해도, 은후의 조모인 진 여사에게서 들은 경고도 있었다.

"지 오라비가 돌아와서 먼저 혼인해야지. 그래야 둘 일도 순조롭게 진행될 수 있을 텐데. 태흔이 그 녀석이 제 누이 일이라면 좀 유난하게 까다롭게 굴어."

절대로 그의 시선은 누이동생을 떠나지 않는다고 했다. 오늘 돌아올 태흔이란 벽을 어떻게 뛰어넘어야 할지, 가장 큰 난제가 될 것이다.

그런 생각을 하며 서준은 아무렇지도 않은 얼굴로 은후를 자신의 영역 안으로 한 발자국 더 밀어 넣는 시도를 멈추지 않았다.

"연말에 우리 백화점에서 불우 이웃 돕기를 위한 자선바자회를 해요. 그때 간단한 공연도 준비 중이거든요. 내가 또 오지랖 넓게 아마추어 실내 악단 지휘자잖아. 첼리스트 한 명이 필요한데, 어떻게 안 될까?"

"전 그 정도 실력은 안 돼요. 누굴 망신당하게 하려고?"

"우리 단원은 다 그 모양이에요. 주부, 생선가게 아저씨, 구청 직원, 안 팔리는 만화가. 그럭저럭 잘 굴러갔는데, 아, 글쎄. 첼리스트가 시향 플루트 부는 인간하고 눈 맞아서 연애하더니, 출산한다고 시골 가버렸어요. 완전히 배신당했어요."

"일주일에 몇 번 연습하는데요?"

"두 번. 주말에 한 번, 주중에 한 번이요. 주중에는 밤 일곱 시부터 모여서 열 시까지 하고, 주말에는 토요일 두 시부터 다섯 시까지 해."

일주일에 두 번은 공식적으로 늦게 들어가도 되려나. 그만큼 태흔과 얼굴을 마주치는 일은 피할 수 있으려나.

은후는 그런 계산을 하는 자신이 몸서리치게 싫었다. 어떤 상황, 어떤 순간을 맞이해도 전부 다 태흔과 떼놓고는 생각하지 못하는 자신의 버릇이 소름 끼쳤다. 그가 그토록이나 강렬하게 그녀의 생활을 흔들고, 그녀의 삶을 짓부수고 있다는 것을 인정해야 했기에.

아무것도 모르는 서준은 계속해서 싱글거리며 은후를 꾀었다.

"연주랍시고 너무 어렵게 생각하지 말아요. 우리 악단 레퍼토리는 딱 하나야. 캐럴송. 만날 징글벨만 해. 이젠 징글벨 소리만 들어도 징그러워. 징글징글이야. 미치겠어. 그래서 다음 주부턴 루돌프 사슴코로 바꿔서 연습할 거야."

정말 유쾌한 그에게 저절로 말려들고 말았다. 은후는 그만 웃음을 터뜨리고 말았다.

"생각해 볼게요. 부담없이, 좋은 일 하자는 거고. 나쁘지 않아요. 하루쯤 생각해 보고 연락 드려도 되죠?"

"예스라는 대답 안 할 거면 연락하지 마요. 나 화낼 거야."

"하라는 말보다 더 무서워요, 서준 씨."

언제나 마무리는 담박한 서준의 차지이다. 은후가 난처하지 않게 먼저 손목시계를 들여다보았다.

"아쉽지만 일어나야 할 것 같아요. 나, 회사 들어가서 회의해야 해, 은후 씨는 집으로 가야죠?"

주차장에서 서준과 작별 인사를 했다.

이런 폭염 속에서, 생뚱맞게 긴 옷을 입은 은후에게 사람들이 힐끗 눈총을 주고 지나간다. 은후는 차에 올라타, 에어컨을 가장 높은 수위로 올렸다. 타는 듯한 피부를 간질이고 지나가는 에어컨 바람을 맞으며 고개를 뒤로 젖혀 운전석 등받이에 기댔다.

'피곤해.'

어젯밤 한잠도 자지 못했다. 그만큼 검은 눈물도 흘렸었다. 감정적 육체적 소모는 거의 극단까지 갔었다. 폭력 같은 그와의 섹스에 온몸은 부서졌고, 그 결과 태흔의 몸이 닿은 세포 하나하나까지 욱신거리고 있었다. 그 아픔은 싫든 좋든 은후에게 내내 태흔과의 정사를 기억하게 만들었다.

스카프 따위, 정말 싫다. 하지만 목덜미에 고스란히 새겨진 열흔을 감추려면 그 수밖에 없었다. 태흔의 키스 자국. 그가 빨고, 물고, 애무해서 새겨놓은 노골적인 흔적을 이 세상 누구에게 보일 수 있단 말인가. 누이동생을 탐한 그의 패역을, 오빠를 안아버린 그녀의 몰염치함을 어떻게 광고할 수 있단 말인가.

한참 동안 은후는 주차장에 세워진 차에 앉아 눈을 감고만 있었다.

'정말 집에 들어가기 싫다.'

태흔을 다시 봐야 하는 고통을 어떻게 감당하지? 아무것도 모르는 할머니 앞에서 어젯밤의 광란을 다 망각한 얼굴로, 아무렇지도 않게 사이좋은 남매 노릇을 하는 거. 너무 가증스럽잖아. 너무 지독한 일이잖아.

하지만 도리가 없다. 막막하고 아뜩한 심사를 어찌하든 수습하고 집으로 들어가야 할 모양이다. 은후는 핸드백 안에서 울리고 있는 휴대전화를 마지못해 꺼냈다.

[우리 은후, 어디까지 왔을까?]

할머니 진 여사의 인자한 목소리가 흘러나왔다. 은후는 얼른 시동을 걸고 차를 주차장에서 빼냈다. 거리로 진입했다.

"지금 출발해요, 할머니. 한 시간이면 도착할 거예요."

[그렇구나. 태흔이도 지금 막 삼성동 회사에서 출발했다고 전

화 왔단다. 어서 오렴.]

집으로 가는 내내, 악몽과 최악을 향해 자살특공대처럼 돌격하는 기분이었다. 성북동 대문 앞에 차를 세우고 난 후, 은후는 멍하니 담장 너머 집을 바라보았다.

마침내 태흔이 돌아왔다. 저 집 안에 그가 있다.

견뎌낼 수 있을까?

예전처럼 둘은 같은 지붕 아래 밥을 먹고 잠을 자고 일상을 같이할 것이다. 더 이상 다정한 남매가 아니라 검궂은 애증으로 점철된 고통의 관계인 것만 다를 뿐.

하지만 더 이상 주저하거나 망설일 수가 없다. 그녀의 빠른 귀가를 재촉하는 진 여사의 전화가 다시 울렸기 때문이다.

[은후, 얼마나 더 걸릴까?]

"지금 대문 앞에 도착했어요. 들어가요, 할머니."

은후는 차 문을 잠그고 돌아서며 부드럽게 대답했다. 그녀의 눈앞에서 거대한 대문이 철컥 소리를 내며 열렸다.

[태흔이는 지금 씻고 있는 중이다. 어서 들어와. 시장타 하는구나. 빨리 저녁 먹자.]

수화기 속의 진 여사 목소리는 확실히 들떠 있었다.

자꾸만 뒤로 도망가는 다리를 억지로 움직이며 현관으로 들어섰다. 신발을 벗고 올라서는데, 이층에서 태흔이 내려왔다. 샤워를 했는지, 맨발에 머리카락이 약간 젖어 있었다. 편안한 면바지에 크림색 티셔츠 차림이었다. 하지만 슈트를 입었을 때처럼 사람을 위압시키고 압도하는 존재감은 여전했다.

"여어, 우리 은후. 오랜만이다."

너무나 태연하게, 아주 당연하다는 듯이 그가 두 팔을 벌렸다.

허공에서 두 사람의 눈이 마주쳤다.

찰나이나 영원.

미워. 미워서 죽을 것 같아!

어쩜 이리도 태연할 수 있어? 어쩜 이리도 무덤덤할 수 있어? 아무렇지도 않을 수 있어?

바락바락 고함이라도 치고 싶었다. 그러나 태흔의 눈빛은 너무나 얄밉게도 동요라곤 하나도 없었다. 심해처럼 잔잔히 가라앉아 있었다. 아니다. 선명한 선을 그린 입술이 약간 삐뚤어지는 것도 같았다.

거짓일랑 제대로 하지 그래? 커다랗게 울려 퍼지는 환청(幻聽) 안에서 은후는 서둘러 정신을 수습했다. 그에게로 한 발 다가갔다. 사포로 맨살을 문지르는 것 같은 느낌을 억지로 참으며, 그녀 역시 오 년 만에 오빠를 다시 만난 누이동생의 미소를 억지로 만들었다.

"잘 지냈어?"

"나야 늘 잘 지냈지. 자, 어디 우리 꼬맹이를 한 번 안아볼까? 얼마나 살쪘는지 보자."

장난을 가장하며 태흔이 두 팔로 은후의 몸을 꼭 끌어안았다. 움찔, 가녀리게 전율하는 몸을 강한 팔로 세게 죄었다. 두 사람의 그런 모습을 등 뒤에서 진 여사가 흐뭇하게 미소 지으며 바라보고 있었기에 은후는 더 이상의 기묘한 반항이나, 어색한 생경함을 드러낼 수도 없었다. 가증스럽고 처참한 표정을 감추기 위해 은후는 태흔의 가슴 안에 고개를 떨어뜨리고 말았다.

"뭘 먹고 살았기에 이렇게 야윈 거냐? 할머니가 밥 굶겼어?"

태흔이 은후의 등을 커다란 손으로 두어 번 쓸어내렸다. 진 여사를 바라보며 우스개를 했다.

"녀석 하곤! 그저 은후, 은후! 왜? 할미가 밥 굶겼으면 어쩌려고? 또 은후 데리고 가출한다고 협박할 테냐?"

"자장면 배달 따윈 하지 않아도 되니까요. 이 녀석, 이젠 제 힘으로 충분히 먹여 살릴 수 있어요."

커다란 손이 다시 등골을 타고 흘러내렸다. 태흔의 품 안에 담긴 여린 몸이 미약하게 움찔거렸다. 누구도 모를, 오직 은후만이 느끼는 은밀한 감각. 태흔이 보내는 아주 강렬한 성적(性的) 신호.

—오늘 밤에 무사히 넘어갈 거라고 기대하지 마.

너무나 잔혹한 경고 같았다. 온몸에 전율이 흘렀다. 청량한 비누 냄새에 섞인 강렬한 태흔의 체취. 그녀의 몸을 타고 올라 야만적으로 움직이던 강한 근육이 얇은 티셔츠 사이로 다시금 생생하게 전해지고 있었다.

이만하면 충분해.

은후가 그의 손길이 보낸 신호를 충분히 감지한 것을 느낀 것이다. 천천히 태흔이 은후의 몸을 밀어냈다. 빙글빙글 웃으며 할머니와 은후를 번갈아 바라보았다. 가증스럽게 약간 곤란한 표정까지 짓고 있었다.

"할머니, 이 자식. 이젠 안지 못하겠어요. 완전히 어른이 되어버려서, 정말 이상해."

"그럼 언제까지 은후가 애기일 줄 알았어? 앉아라, 시원하게 차 마시고 식사하자꾸나."

"저는 옷 좀 갈아입고……."

은후는 살짝 뒤돌아섰다. 숨을 잠시 돌려야만 했다. 미치도록 뛰는 이 심장을 식혀야 했다. 두려움과 공포와 열망과 금단으로 부글부글 끓고 있는 몸을 식혀야만 했다.

방에 들어서서 혼자 되자, 은후는 그만 주저앉고 말았다. 금세 멎어버릴 듯이 가쁘게 떨리는 심장을 움켜쥐고 하아, 하아, 밭은 숨을 토해냈다.

그는 은후를 말려 죽이려는 게 분명했다. 매 순간, 매 순간 그는 아까 했던 그대로 은후의 평화와 안식을 깨부수고 쥐어뜯으려 할 것이다. 완전히 나락으로 떨어지기를 기다리며. 어찌하든 그녀의 영혼과 육체 전부를 움켜쥐고 산산조각 부수어 버릴 기회를 노릴 것이다.

'차라리, 죽어버릴까?'

암울한 눈동자가 텅 빈 허공을 응시했다. 비겁하기는. 그럴 것도 아니면서. 그러지도 못할 거면서…….

서글픈 미소가 은후의 입술을 타고 흘렀다.

'난 죽지도 못해. 할머니가 돌아가시기 전까지는, 절대로 죽을 수 없어. 다시는 할머니를 슬프게 하는 일은 못 해. 어떤 일을 당한다 해도, 할머니를 상심케 하는 일은 못 해. 안 할 거야. 그게 내 마지막 양심인걸.'

그런 이유로 은후 자신, 마지막 남은 피 한 방울까지 쥐어짜인다 해도. 무참하게 유린당하고 으깨진다 해도. 절대로 태혼과의 일은 비밀로 만들리라. 그분이 가장 사랑하시는 손자가 어떤 일을 저질렀는지, 가장 믿고 있는 그녀가 무슨 짓을 저질렀는지는 절대로 알 수 없게 할 것이다. 그분의 선의와 사랑이 어떤 식으로 배반당했는지, 절대로 알게 하지는 않을 것이다.

'무슨 짓을 하든.'

밤 내내 막막한 울음만을 머금었던 입술이 피 배이듯이 꽉 깨물어졌다.

옷을 갈아입고 식당으로 내려가니, 막 나주댁이 식탁 위로 보글보글 끓고 있는 강된장 뚝배기를 옮기고 있었다. 예닐곱 가지의 나물과 푸릇푸릇한 야채가 푸짐하게 벌려진 쌈밥 상차림이었다.

"많이 먹어. 한국 음식 많이 그리웠을 텐데."

진 여사가 태흔의 밥주발 뚜껑을 열어주었다. 물 잔도 놓아주고 찌개 그릇도 당겨주는 손길에 살뜰한 정이 묻었다.

"프랑스 요리, 맛은 있는데 너무 양도 많고 고칼로리야. 오 년새 체중 엄청 늘었어요. 완전 비만 됐어. 내일부터 당장 운동 시작해야 할 것 같아요."

소담하게 밥술을 뜨며 태흔이 말했다.

'거짓말.'

은후는 제 몫의 그릇에 눈길을 준 채 멍하니 생각했다. 비만은커녕, 군살 하나 없이 날렵하기만 하던걸. 그의 일에는 관심조차 가지지 않으리라 생각했는데, 저절로 반응하고 있었다. 기억 속에 담긴 그의 나신은, 어젯밤에 안았던 그 몸과 변한 게 아무것도 없었다.

"은후도 매일 새벽 운동 다닌단다. 너도 같이 다녀, 그럼."

"그러죠, 뭐."

갑작스런 날벼락에 은후의 귀가 쫑긋 섰다. '제발, 할머니!' 하고 비명이라도 지르고 싶었다.

어찌하든 태흔과 떨어지려 안달을 하고 있는데, 어떤 수를 쓰더라도 그와 같은 시공간에서 멀어지려고 혼신의 궁리를 하고 있는데, 어쩜 좋아. 새벽부터 그와 같이 움직이게 생겼다.

물 잔을 들어 입을 헹군 후, 태흔이 은후에게 고개를 돌렸다. 눈빛이 짓궂은 심술기로 번쩍이고 있었다.

"피트니스 센터가 어디냐?"

"어, 어. 경복궁 옆에 있는 〈모닝글로리〉에 다녀."

"내일 같이 가자. 난 거기서 바로 출근하면 될 테고."

"잘됐다. 새벽에 처녀애가 혼자 나가는 거, 제 차 타고 간다 해도 좀 조마조마했는데. 오라비랑 같이 다니면 안심이지."

"할머니도 운동 하셔야잖아요. 우리 셋이 같이 다녀요, 그럼."

"난 산책만으로도 충분해."

어찌하던 진 여사까지 끼워선 둘이 되는 상황을 피하려 노력했다. 그러나 돌아온 건 태평스런 한마디였다. 한술 더 떠 은후를 또다시 속으로 비명 지르게 만들었다.

"거기서 문 이사도 만나지? 정식으로 소개도 해주고 그래라."

"문 이사가 누구지?"

은후와 연결되는 낯선 이름 앞에서, 태흔이 짧게 되물었다. 진 여사가 그제야 생각났다는 듯이 손자를 바라보았다. 찬찬히 설명해 주었다.

"너도 알잖니, 분당 이모할머니."

혈육은 아니나, 워낙 진 여사와 오래도록 친분이 깊어, 태흔도 어렸을 적부터 '이모할머니'라 부르며 자란 광교장의 안주인이 연결 고리인 거다. 태흔이 짧게 대답했다.

"네."

"그이 외손자란다. 문서준이라고, W백화점 문 사장 아들. 큐레이터라서 은후 일을 많이 도와준단다. 은후 전시회를 주관하는 이거든."

"그렇군요."

태흔이 앞에 놓인 물 잔을 집어 들었다. 지그시 은후를 바라보았다. 둘이 어떤 관계지? 추궁하는 듯한 시선이었다.

은후 역시 물 잔을 드는 척하며 그의 시선에서 재빨리 도망쳤다. 두근대는 가슴을 억지로 가누며 자꾸만 타는 메마른 입술을 축였다. 마지막 남은 용기를 그러모아 필사적인 탈출을 시도했다.

"저는 몸이 좀 안 좋아서요, 내일 운동 못 갈 것 같은데."

"그럼 위치나 알려줘. 혼자라도 등록하지 뭐."

뜻밖이다. 태흔은 아주 선선히 물러섰다. 다행이다, 하는 안도의 한숨도 잠시. 그러나 은후는 너무나 순진했다. 태흔이 끝까지 은후를 얽어맨 자신의 밧줄을 풀어줄 생각이 없다는 것을 알지 못하다니. 태흔이 빙긋이 웃으며 아무렇지도 않게 은후의 유약한 심장에 독침을 꽂았다.

"자기 전에 가지러 갈게. 약도 그려놔라."

"어, 어. 거기, 위치 쉬워. 경복궁 건너편……."

"할머니, 오 년 사이 서울이 너무 많이 변한 거 있죠?"

태흔이 은후를 싹 무시했다. 진 여사만 바라보며 제 할 말만 했다.

"아까 회사에서 오는데 너무 달라진 것 같아. 도심의 고가도 없어지고, 동대문운동장도 다 철거되고. 여기가 내가 아는 서울이 맞나 하는 생각이 들더라고요. 완전히 길치가 된 기분이었어."

"그냥 네비 찍으면 되는데. 위치 다 나오는데……."

기어들어 가는 은후의 말에 태흔이 힐끗 바라보았다. 아주 가볍게 내쳤다.

"은후야, 아직 내 차 네비 안 달았다."

"김 기사더러 데려다 달라 그래라."

진 여사의 말에 태흔이 고개를 흔들었다.

"새파랗게 젊은 놈이 운동한다고 새벽부터 나이 지긋한 분더러 오라 가라 해요? 할머니, 속으로 욕해. 내가 찾아가 보죠. 은후, 약도 못 그리겠으면 명함이라도 찾아놔라."

무슨 수를 쓰든 그녀의 방으로 찾아오겠다는 거다. 문을 걸어 잠근다면, 발로 걷어차서라도 침입하고야 말겠다는 뜻이다. 그것이 정말 그가 원하는 것인지도 모른다. 어차피 짐승이 된 바에야 무슨 짓이든 못 하겠느냐고 했었지.

진 여사가 보는 앞에서일지라도 태연히 그녀를 탐하겠다는 강력한 의지와 욕망이 생생하게 전달되어 왔다. 은후의 등골에 새삼 소름이 다시 끼쳐 왔다. 부도덕하고 몰염치하게, 모든 이성을 던져 버리고 그녀에게로 미친 듯이 달려오는 이 사람을, 거센 광풍처럼 몰아치는 태흔을 막을 방도는 정녕 없는 걸까?

무심한 듯, 태연한 듯하나, 새파랗게 날이 서 있다. 나란히 앉은 두 사람 사이에 팽팽한 긴장과 전율이 오가는 것도 모르고, 진 여사는 내내 기쁘고 흐뭇한 표정이었다.

"태흔이가 식탁 앞 제 자리에 앉아 있으니, 세상이 다 그득 찬 것 같구나."

"정말 죄송해요. 그동안 무거운 짐을 할머니께만 밀어놓고 몰라라 한 것만 같아서 마음이 무겁습니다."

"네가 그동안 나태하게 놀고만 있었던 것도 아니잖니. 그런 말 하지 마라."

"제가 돌아왔으니, 할머닌 좀 쉬셔도 돼요. 아무것도 걱정하지 마시고요. 제가 다 알아서 합니다."

"그래그래. 이렇게 든든한 네가 있는데, 내가 무슨 걱정이겠니?"

진 여사의 눈 아래에 그 누구도 보지 못한 유약한 이슬이 맺혔다.

겉보기로는 아주 부드럽고 인자하다. 그러나 진 여사는 자타공인 강철처럼 단호하고 결단력이 뛰어나며 의지 굳은 존재였다. 재계에서 붙인 '철의 여인'이라는 별명이 꼭 과장만도 아닌 것이, 그 정도의 관록과 대담함을 갖추었기에, 이 회장의 돌연한 작고 이후 오 년 동안 거대한 승명그룹의 키를 잡고 당당히 높은 파고를 헤쳐 나올 수 있었을 것이다.

"이젠 여한이 없다. 내가 당장 저승에 간대두 네 할아버지나 먼저 간 네 어미, 아비 만나도 부끄럽지 않을 것 같구나."

누구에게도 부럽지 않을 만큼 듬직하게 성장한 손자. 어디 내놓아도 모자랄 것 없이 아름답게 피어난 손녀를 바라보는 눈동자에는 자랑스러움과 더불어 부드러운 자부심이 가득 차 있었다.

"이젠 할미도 늙었나 보다. 우리 태흔이 텅 빈 방을 보기만 해도 외로웠단다. 눈물이 나곤 했어. 이젠 우리 다시는 헤어지지 말자꾸나. 둘 다 이 할미 옆에 꼭 붙어 있어다오."

"약속해요. 절대로 할머니를 혼자 두지 않겠습니다. 우리 둘, 언제까지 함께 곁에 있을게요."

"그럼, 그럼! 이젠 정말 같이, 함께 재미나게 살아야지."

"그럼요. 제가 얼마나 귀국하기를 기다렸는데."

태흔과 은후의 눈동자가 부딪쳤다. 아주 짧게. 아주 강렬하게.

"이젠 너, 장가도 가야지."

"당연하죠. 결혼해야죠."

태흔이 너무나 흔쾌하게 대답했다.

무슨 말을 하려는 걸까? 설마 이 자리에서 핵폭탄을 터뜨리는 걸까? 순간 은후의 심장이 졸아붙었다.

창백하게 질려 버리고 마는 은후를 힐끗 곁눈질하며 태흔이 한쪽 입꼬리를 추켜올렸다. 행여나 그가 그들의 용서받을 수 없는 관계를 폭로하려고 하는 것은 아닌지. 공포와 불안에 떨고 있는 은후를 지그시 관찰하는 눈빛이었다. 태흔의 입술에 도무지 의미를 알 수 없는 기묘한 미소가 흘렀다.

태흔이 더없이 진지한 눈빛으로 진 여사를 응시했다.

"농담 아닙니다. 저 장가가야 해요. 좋은 여자 소개시켜 주십시오. 제 나이도 이미 서른셋입니다. 우리 할머니 더 늙으시기 전에 귀여운 증손자를 안겨 드려야죠."

"정말이야? 너 정말 할미가 골라준 여자한테 장가갈 거야?"

"우리 할머니 눈이 얼마나 매서우신데. 네, 그렇게 할게요. 할머니가 곱다 하는 여자라면 저는 무조건 오케이입니다."

"나중에 딴말 없기야. 약속한 거다?"

"그럼요. 제가 한입으로 두말하는 것 보셨어요? 전 할머니가 제일 예뻐하는 여자."

그가 잠시 말을 끊었다. 태흔의 시선은 밥알을 세듯 그릇 위로 고개를 푹 숙인 은후에게로 갔다. 그가 빙긋이 웃으며 진 여사를 바라보며 확언했다.

"그 여자랑 반드시 결혼할 겁니다."

식사가 끝나고, 태흔이 나주댁이 내오는 과일 쟁반을 받아 들었다.

“후식은 오랜만에 정원에서 하기로 하죠.”

“그게 좋겠다. 나주댁, 차도 좀 줘요. 뭐 마실래?”

“차가운 게 좋겠네요. 서울에 돌아와서 좋긴 하지만, 폭염은 정말 견디기 힘들어요.”

“서울 날씨도 이젠 아열대로 간단다.”

진 여사가 나주댁을 바라보았다.

“오미자 냉차가 좋겠어. 얘가 땀을 많이 흘린 모양이네.”

“네, 여사님.”

태흔은 과일 접시를 들고, 진 여사를 모시고 먼저 나갔다.

은후는 진 여사가 식후에 마시는 매실차와 태흔 몫인 오미자차 쟁반을 들고 정원으로 나갔다.

부드러운 조명이 정원 한 켠의 수영장에 어룽져 흔들리고 있었다. 찌는 듯한 더위는 밤이라서 한풀 꺾였다. 오후에 내린 비 때문이기도 할 것이다. 기승스런 하절기의 풀벌레들이 다투어 쓰르락싸르락, 매암매암 우짖고 있었다. 태흔이 멍하니 수영장에 담긴 검푸른 물결을 내려다보았다. 혼잣말처럼 중얼거렸다.

“이 자리에 앉아 있으니, 정말 집에 돌아온 게 실감납니다.”

“그러냐?”

“공항에 도착하자마자, 제일 먼저 제가 어디부터 들른 줄 아세요?”

은후와 진 여사는 태흔을 바라보기만 했다.

“할아버지 산소에 다녀왔어요. 지난 오 년 동안, 제 가슴속에만 묻어둔 말이 참 많았거든요.”

“그랬니?”

"할아버지께서 그리 돌연히 돌아가시지만 않았다면 좋았을 텐데……."

고개를 돌려 진 여사를 바라보는 태흔의 얼굴은 무척 아파 보였다.

"제가 반드시 해야만 했고, 할아버지께서는 반드시 들어주셔야 했던 말들이, 진짜 참 많았어요. 할아버진, 뭐가 그리도 급해서…… 제 말 한마디도 듣지 못하고 그리 돌아가셔야만 했을까요? 절 그리도 아프게 하고 힘들게 하셔야 했을까요?"

진 여사의 눈에 설핏 엷은 습기의 막이 다시 돋았다. 지난 오년 동안 태흔이 어깨 하나로 감당해야만 했던 깊은 고뇌와 인생의 무게가 그대로 느껴져서였다.

갑작스레 이 회장이란 거목(巨木)이 쓰러진 그 자리. 오래도록 대비하고 준비하던 자리라 해도 손자 태흔은 그때 기껏 스물여덟이었다. 거목이 뿌리 뽑혀진 그 자리의 짐을 대신하기에는 너무 어렸다. 열 살도 되기 전에 제 부모를 잃고, 조부인 이 회장의 그늘 아래에서 자란 아이. 태흔이 죽은 남편을 얼마나 사랑했고, 존경했고, 따랐는지 진 여사만큼 잘 아는 사람도 없다. 그러기에 이 회장의 죽음이 태흔에게 얼마나 커다란 상처요, 충격이었을지 그녀만큼 잘 아는 이도 없었다.

"네 할아버지가 살아 있었으면, 네가 이만큼 든든하게 성장한 걸 보고 정말 자랑스러워하셨을 거다."

태흔이 고개를 흔들었다.

"그렇지 않아요, 할머니. 제가 아무리 노력해도, 안 돼요. 모자라요."

"넌 충분히 잘하고 있어. 네 스스로 너무 박하게 널 몰아붙이지 않았으면 좋겠구나."

진 여사의 격려에도 소용없었다. 희미한 불빛을 받은 옆얼굴이 더없이 아팠다. 검은 회한에 가득 차 있었다.

"전 절대로 할아버지께 약속한 것을 지킬 수가 없어요. 죽어도 가능하지 않을 것 같아요."

은후를 사랑하지 말라는 것. 제정신이 박힌 인간이라면 제 누이를 탐하는 짓을 할 순 없다는 것. 그를 노려보던 이 회장의 눈빛이 소리치고 있었지.

이 세상 누구보다도 잘난 사람이 되고 싶었다. 그분께 더없이 자랑스러운 손자가 되고 싶었다. 삶의 모든 지혜와 사랑을 주신 그분에게 오직 기쁨이고 싶고, 자부심이고 싶었다. 그러나 그날, 그는 그 사랑을 패역으로 갚았다.

지옥의 낙인은 그가 죽을 때까지 지워지지 않으리라. 은후에 대한 집착을 죽을 때까지 끊을 수 없듯이. 그의 모든 고뇌의 이유이자 고통의 원천. 동시에 더없는 기쁨과 행복의 단즙을 주는 여자를 빼앗길 수 없듯이.

"내가 더 이상 바랄 것이 없을 정도로 넌 잘해냈고, 또 잘할 거다. 난 걱정 안 해. 어쨌든 난 네가 돌아온 게 너무 기뻐. 하지만 내가 움켜쥔 것을 내놓으려고 하니 좀 시원섭섭하구나."

진 여사가 바로 앉았다. 온갖 감회가 서린 목소리로 나직하게 중얼거렸다.

다음 주 월요일은 승명그룹 70주년 창립기념일이다. 동시에 그룹 회장 이, 취임식도 예정되어 있었다. 한 달쯤 지난 다음 인수인계를 해도 늦지 않다고 태흔은 사양했으나, 진 여사가 듣지 않았다. 그녀는 늙고 있었고, 또한 많이 지쳐 있었다. 태흔이 돌아온다고 결정되자마자, 그녀는 비서실과 기획실을 총동원해 가장 빠른 시간 내에 그녀가 맡은 모든 짐을 손자에게 넘길 수 있는 만반의 준비를 갖추라고 채근해 댔다.

진 여사의 말에 태흔이 나직이 웃었다.

"시원하다고 하시더니, 사실은 섭섭하셨던 겁니까?"

진 여사도 같이 미소 지으며 고개를 끄덕였다.

"할아버지 그렇게 가시고, 너는 홀연히 유럽에 나가 버리고……. 어찌하든 나라도 정신 차려야지, 끝까지 부여잡고, 움켜잡고 있어야 돌아올 너에게 고스란히 물려줄 수 있을 텐데, 그 생각밖에는 없었는데. 호호호. 생각 외로 나도 사업에 재미가 있었나 보다. 어쩐지 회장 자리를 내놓기 싫은데."

"오 년 동안 더 해주실래요? 그동안 할머니 믿고 저는 편안하게 한량 생활 좀 즐기게요."

"인석이! 하는 말 하곤! 싫다. 다시는 이런 무거운 짐 맡고 싶지 않아."

진 여사가 의자에 몸을 깊이 묻었다.

"언제나 좌불안석. 살얼음판 걷는 것 같았어. 잠을 푹 자지도 못했어. 이런 큰일을 네 할아버지는 어찌 반세기 동안이나 해오신 걸까?"

"그래서 할아버지가 거목이란 겁니다."

"우리 은후라도 곁에 없었다면, 내가 어찌 살았을까? 내가 깨어 있으면 저도 같이 깨어 있어주고, 내가 아파하면 같이 울어주고. 힘들어도 우리 은후 웃는 거 보면 기운이 번쩍 나곤 했어. 나중에 시집 어찌 보내나 지금부터 걱정이다."

태흔이 은후를 바라보았다. 무슨 생각에 빠져 있을까? 수영장의 물살을 바라보는 옆얼굴은 텅 빈 백지장이었다.

"이젠 제가 할게요, 할머니. 그동안 정말 고생 많이 하셨습니다."

"부디 잘해주시게, 신임 회장."

진 여사가 언제나 든든하고 믿음직한 태흔의 손을 꼭 잡아 토닥였다.

"할머니, 주무실 시간이에요."

은후가 손목시계를 내려다보더니 먼저 일어섰다. 진 여사에게 채근했다. 진 여사가 약하게 하품을 하며 은후의 부축을 받아 몸을 일으켰다.

"먼저 침실에 들어야겠구나. 잘 자거라."

"네, 먼저 주무세요."

"어떻게 된 게 이 시각만 되면 졸음이 쏟아지는지, 원."

태흔은 혼자 남아 은후와 할머니 진 여사가 나란히 집으로 들어가는 것을 지켜보았다.

혼자가 된 후, 형용할 수 없는 기묘한 미소가 다시 그의 입술 위로 떠올랐다. 은후에 대한 비웃음이었으며, 그녀를 숨도 쉴 수 없게 몰아붙이는 자신에 대한 이율배반적인 분노이기도 했다.

'어디 한번 두고 보자, 이은후. 얼마나 잘 견뎌내는지…….'

그의 눈길, 그의 목소리, 그의 작은 손짓 하나에도 민감하게 반응하면서도, 예민한 거미줄에 걸린 무력한 나방이 풀럭거리듯이 그의 미세한 모든 것에 격렬하게 반응하면서도. 그럼에도 그를 끝내 외면하고 있었다. 태연한 척 아무 일도 없는 척, 괜찮은 척 필사적으로 거짓의 가면을 쓰고 있는 은후. 그녀는 그것이 마지막 예의라고, 진 여사에 대한 가난한 사랑이라고 말할 테지만, 태흔에게는 증오만을 불러일으키는 가증스러움이었다.

"기다려, 차근차근 끝까지 조이고 쥐어짜 줄게."

은후가 앞에 서 있기라도 하듯이 태흔은 나직하게 중얼거렸다.

그녀가 그를 거부해서 그를 최후의 구석까지, 마지막 바닥까지 몰아붙였듯이, 그도 그럴 작정이었다. 할아버지를 죽음에 몰아넣으면서까지 단념하지 못한 애염이라면, 가져야지 별수 없다. 완전히 소유하고 탐욕하지 않으면 그가 저지른 이 모든 죄는 결코 정당화되지 못할 테니까.

그가 어젯밤 이 회장의 무덤 앞에서 맹세한 것이다. 조부에 대한 속죄의 의미로, 그가 남긴 회사를 반드시 지금보다 두 배 이상 성장시키겠다고 스스로 약속했다. 그리고 은후.

'너도 내가 아니면 안 된다는 것을 인정할 때까지, 네 스스로 내게 걸어올 때까지, 완전히 항복할 때까지 말려주지. 부수어주지. 네 영혼이 가루만 남고, 네 몸이 모래가 된다 해도, 괜찮아.'

이제야 제 방으로 올라간 것이다. 반짝 불이 켜지는 이층 방 창문을 올려다보며 태흔은 더없이 잔혹하게, 아주 감미롭게 중얼거렸다.

"네가 내 것이 될 수 없다면, 죽어도 돼. 아니, 죽여주지. 내 손으로. 반드시!"

자신의 방으로 올라온 은후는 오래도록 두 손으로 얼굴을 가린 채 책상 앞에 앉아 있었다.

얼마나 긴장하고 불안에 떨었는지, 혼자가 되자마자 당장 축 늘어지고 말았다.

더 이상 거짓의 가면을 쓰지 않아도 되는 순간이 오자, 탈진한 것이다. 손끝 하나 움직일 힘조차 없어지고 말았다.

어제부터 한잠도 자지 못한 몸은 극도로 피곤했으나, 태흔으로 인해 예민해질 대로 예민해진 신경줄 때문에 잠시도 편안하게 쉴 수도 없었다.

언제 그가 피트니스 센터 명함을 핑계로 불쑥 들어설지 몰라 미칠 것 같았다. 온몸이 귀가 되어 계단을 밟고 올라오는 발자국 소리를 더듬고 있었다.

십 분, 이십 분. 시간이 갈수록 불안은 높아져만 갔고, 그럼에도 그가 나타나지 않아, 긴장은 더욱더 지독해져만 갔다. 나중에는 숨조차 제대로 쉬지 못할 지경이었다.

'설마, 아닐 거야. 아무리 그래도 오늘 밤은 그러진 않을 거야.'

아무리 그가 미쳤다고 해도, 설마 조모인 진 여사가 잠이 든 지붕 아래에서 대놓고 은후를 탐하지는 않을 거란 기대 반. 반짝 기대의 빛이 잠시 돈던 은후의 얼굴에는 이내 절망이 물들었다. 아까 태흔이 그녀의 등을 쓰다듬던 손짓으로, 허공에서 부딪친 눈빛으로 암시하던 것. 확실했다. 그건 분명히 신호였다. 아주 뚜렷하고 확실한 선언이었다.

'절대로 피할 수 없을 거야. 도망갈 수 없어. 절대로.'

은후는 아주 오래도록 고개를 떨어뜨린 채 멍하니 앉아만 있었다.

가능하다면 도망가고 싶다. 태흔이 없는 공간으로 사라지고 싶다.

하지만 가능하지 않았다. 그녀가 어디로든 도망가겠다고 결심하고 벌떡 일어선 순간, 방문이 열렸기 때문이다. 은후는 다시 의자에 털썩 주저앉고 말았다.

반쯤 열린 문에 등을 기대고 그가 섰다. 자신의 몸으로 교묘하게 은후가 튀어나갈 통로를 막아버렸다. 정말 명함 따위가 필요한 사람처럼 태연하게 물었다.

"명함 찾았어?"

지금껏 불안에 떨고 지금껏 고민한 것이 은후만의 착각 같았다. 태연하고 무심했고 심지어 정중해 보이기까지 했다. 정말 그는 피트니스 센터의 명함이 필요한 건지도 몰랐다. 은후의 불안한 두근거림이 잠시 가라앉았다.

"어, 어디다가 둔 것 같은데……. 자, 잠깐만……."

떨리는 손길로 책상 서랍을 뒤졌다.

등 뒤에 서서 그녀를 지켜보고 있는 태흔이 아플 정도로 의식되었다.

단 하나, 유일한 힘이 되는 것은 나주댁 아줌마가 아직도 잠들지 않았다는 것. 잠들기 전엔 언제나 반드시 은후의 방에 들어와 이불깃 정리를 마지막으로 해주고, 침대 옆의 스탠드를 꺼주지. 아무리 태흔이 대담하다 해도, 이 공간 안에서 그녀를 유린할 순 없을 것이다.

"여기 꽂아둔 것 같은데……."

명함이 정리된 작은 앨범을 더듬는 손이 멈칫했다. 석고상처럼 한순간에 굳어버렸다.

그녀의 떨리는 작은 손 위로 태흔의 손이 겹쳐졌던 것이다. 등 뒤에 선 그가 허리를 굽혀 은후의 어깨 너머를 내려다보았다. 책상 위에 올려진 명함첩을 함께 들여다보는 시늉을 했다. 여린 귓불에 더운 입김이 후욱 흘러들어 왔다. 삽시간에 새빨간 열이 피어올랐다.

"여기 있군. 위치가 어디라고?"

태흔의 입술이 서서히 귓불을 지나 하얀 뒷목덜미를 스치고 지나가, 어깨 위로 흘렀다. 딱딱하게 경직되어 버린 여린 어깨를 그가 슬쩍 이로 깨물어 자극했다. 앞으로 떨어진 그의 두 손은 어느새 은후의 탄력있는 두 가슴을 움켜쥐고 있었다. 그가 은후의 귀에 대고 나직하게 조롱했다.

"삼복 더위에 스카프라. 하긴, 키스 마크를 감추기는 힘들지."

그러나 은후는 안간힘을 다해, 마지막 저항을 시도했다. 죽을 힘을 모아 악마가 된 태흔에게 필사적으로 숨죽여 애원했다.

"제발! 안 돼. 오빠, 제발……."

"네가 날 충분히 만족시켜 주면, 한 번으로 끝낼 수도 있어."

은후의 심장이 완전히 멎었다.

6장

한동안 억겁 같은 침묵이 흘렀다.

"하자는 대로 할게."

주의 깊게 듣지 않으면 제대로 알아들을 수 없을 만큼 작은 목소리였다.

항복. 체념. 비겁한 굴복, 무어라 불러도 좋다.

태흔 앞에 서면 본능적으로 작아지는 심장은 어쩔 수가 없었다. 그의 눈을 바라보고 있으면 버틸 수 없다. 너무나 강력한 그의 의지와 존재 앞에서 은후의 존재와 의지는 모래 알갱이처럼 부서져 내렸다.

은후는 파르라니 얼어버린 입술을 꼭 깨물었다. 떨리는 목소리로 천천히 말을 이었다.

"그런데 말이지, 그런데 오빠. 위선적이라고 해도 좋고, 거짓말쟁이라 해도 좋은데, 그런데 안 돼. 여기선 못 해."

은후가 발딱 의자에서 일어섰다. 그 서슬에 요란스런 소리를 내며 의자가 나동그라졌다. 태흔이 잡을 사이도 없었다. 순식간에 창가로 내달린 은후가 커튼을 움켜쥐었다. 새하얀 손등에 시퍼렇게 심줄이 튀어 올라 있었다. 얼마나 필사적인지, 얼마나 강력한 의지인지 똑똑히 보여주었다.

"할머니가 계신 집에서 이럴 순 없어. 안 돼. 절대로!"

그를 노려보는 은후의 눈에는 태흔도 어찌할 수 없는 시퍼런 빛이 서려 있었다. 그녀가 손을 뒤로 더듬어 창문을 열었다. 한 발을 거기에 걸쳤다. 금세라도 여린 몸이 바깥으로 날려 떨어질 것만 같다. 이번에는 태흔의 심장이 순간, 멈추었다.

"한 발이라도 더, 다가오면."

"내가, 다가가면?"

"뛰어내릴 거야."

태흔의 시선과 은후의 시선이 정면으로 맞부딪쳤다. 억지로 태연한 척하며 태흔이 아주 재미있다는 듯이 빙그레 웃었다. 두 손을 들어 보였다.

"협박이냐?"

"협박, 아니야."

"그럼?"

"부탁이야."

"부탁이라. 재미있구나."

태흔은 책상에 엉덩이를 슬쩍 걸쳤다. 팔짱을 꼈다.

"그동안 협상의 기술을 꽤 많이 터득했는걸. 그래, 좋아. 부탁, 해봐."

"오빠가 원하는 걸 줄게. 그 대신."

비록 떨리는 목소리였으나 야무졌다. 단단히 결심을 굳힌 듯, 은후의 입매는 차갑게 굳어 있었다.

"그 대신?"

"다시는 내 방에 들어오지 마. 집에선 내게 손끝도 대지 마. 절대로 할머니가 이상한 기색을 눈치채게 하지 마. 제발 부탁해."

"'내가 원하는 것을 준다' 라……."

태흔이 곱씹어 나직이 되풀이 내뱉었다.

"내가 정말 원하는 게 뭔지는 알고, 그런 말을 하는 거지?"

욕망, 탐욕, 섹스, 열정, 부도덕한 모든 것. 은후가 힘없이 고개를 끄덕였다.

"난, 원하고 또 원하고 아주 많이 원할 거야."

"워, 원하는 대로 해줄게."

"언제나?"

"약속해."

마지못해 고개를 끄덕이고 있다. 갈수록 낮아지기만 하는 목소리에는 어느새 물기가 흥건하게 묻어 있었다. 하지만 태흔은 가차없었다. 자신이 원하는 바, 요구 조건을 내뱉는 것을 망설이지 않았다.

"너도 내 일이 얼마나 긴장에 가득 차고 힘든지 알 거야. 난 하룻밤이라도 섹스를 하지 않으면 잠을 못 자. 긴장을 풀 수가 없거든. 매일같이 여자가 필요해. 가능해?"

"뭐든지 할게. 오빠가 내 부탁만 들어준다면."

죽음과도 같은 체념이었다. 덫에 걸린 무력한 어린 짐승. 얼마나 비참한지, 얼마나 굴욕적인지 고스란히 드러내고 있다. 커다란 눈에 잠긴 물방울을 노려보는 태흔의 이마에 주름살이 졌다.

많이, 아팠다.

무감각해지기로 결심한 심장이 저 혼자 제멋대로 욱신거리고 있었다.

오 년 내내, 그의 꿈 안에서 은후는 울었다. 언제나 울고 있었다. 어린 그 은후를 만났던 첫날처럼. 그날부터 지금까지 태흔에게 있어 가장 무서운 것은 은후가 우는 것이었다.

다른 사람도 아닌 바로 자기 자신이 죽도록 울리면서도, 태흔은 은후가 우는 게 싫었다. 정말 치 떨리게 싫었다. 스스로를 용서할 수 없으면서도, 그 때문에 우는 은후는 더 싫다. 모순과 이율배반이 그를 찢었다. 그 슬픔이, 그 아픔이 그를 더 격하게 만들었다. 태흔은 결국 나직하게, 그러나 매섭게 추궁했다.

"언제까지 가능할 것 같니?"

얼음 문 듯 냉정한 태흔의 시선과 간절한 애원이 담긴 은후의 시선이 마주쳤다.

"너 자신을 속이고 날 속이고, 네가 그리도 사랑한다 자부하는 할머니를 속이고, 세상까지 다 속이는 이 어리석은 연극이 언제까지 가능할 것 같아?"

하얗게 질려 떨리고만 있는 입술은 끝내 대답을 하지 못했다.

"이은후."

지독히 사랑하지만, 아직은 완전히 가질 수 없는 사람. 그 이름을 부르는 태흔의 목소리도 많이 아팠다.

은후의 볼을 타고 주르르 떨어지는 물방울. 그것을 지워주고 싶었다. 그가, 유일하게 사랑하는 이 여자. 상처 하나 없이, 슬픔 하나 없이 지키고 싶었다. 서로 한 몸같이 영원히, 함께 사랑하고 싶었다. 처음부터 지금까지 오직 그것만이 소원이었다.

그래서 태흔은 안타깝고 슬픈 사랑으로 사무친 그의 심장을 작은 손에 다시 올려놓았다. 다시는 구차한 구걸 따윈 하지 않겠다고 결심한 지 하루도 되지 않았는데. 그런 건 까마득히 잊어버렸다.

"진짜 마지막이야. 다신 이런 말, 안 해."

그에게서 멀어지려고만 하는 작은 얼굴. 슬프디슬픈 시선이 그를 응시했다.

"날 잡아. 널 잡아달라고 부탁해."

너무나 달콤하고 아름다운 미끼. 막막한 얼굴로 은후가 주르르 그 자리에 주저앉았다.

태흔이 한 발 다가갔다. 그녀에게 온전히 두 손을 내밀었다. 온 마음으로, 간절하게 애원했다.

"후회하지 말고. 혼자 울지 말고. 기대 버려. 다 내게 옮겨. 내가 다 싸워줄 테니까! 보기 좋게 이겨줄 테니까!"

그럼에도 은후의 표정은 변함이 없었다. 하얗게 질려선 세차게 고개를 흔들었다. 그를 올려다보는 눈에는 오직 두려움밖엔 없었다. 그 눈이 말하고 있었다. '시간을 되돌려 봐. 돌아가신 할아버지를 다시 모셔와. 그 맹세를 믿을게' 라고.

거리. 아득한 벽.

죽음은 그가 이길 수 없는 유일한 것. 그가 풀 수 없는 단 하나의 숙제.

왜, 조금 더 참지 못했을까?

왜, 조금 더 기다리지 못했을까?

조금만 더 천천히, 순리대로 풀었다면 이런 갈등 따윈, 이런 출구 없는 아픔과 부질없는 후회 따위로 서로가 상처 내는 일은 없었을 텐데.

태흔은 지난 오 년 동안 처절하게 후회했던 것을 다시 시작하고 있었다. 사랑만큼이나 깊은 자책으로 전율했다.

세상에서 가장 아름다운 연인들이 될 수 있었는데, 설익은 열정과 이기적인 탐욕으로 모든 것을 망쳐 버렸다. 이 모든 것은 그의 죄.

숨이 막혀왔다. 감당하기 힘든 피로감으로 그 역시도 이 자리에 더 이상 서 있을 수가 없다. 아무래도 이 밤에는 이만해야 할 것 같다.

"좋아. 그대가 원하시는 대로."

태흔은 미련없이 물러섰다. 아주 선선히 돌아서며 등 뒤로 손을 흔들었다.

"굿나이트! 우리 아가씨를 그만 괴롭혀야지."

방문을 열고 반쯤 나가다가 그가 돌아섰다. 씩 웃으며 이죽거렸다.

"잊지 마. 너, 나에게 확실하게 빚진 거야."

태흔의 손가락 끝에는 잊지 않고 챙겨간 피트니스 센터의 명함이 대롱거리고 있었다. 그가 문을 닫았다.

은후는 두 손으로 이미 멎어버린 심장을 움켜잡았다. 후아, 후아, 가쁜 호흡을 토해냈다.

방금 전 그가 말했던바, 다 자신에게로 옮기라고, 다 싸워준다고, 다 이겨준다고 했을 때, 염치도 없이 필사적으로 그에게로 뻗어가려던 손으로 자신의 가난한 몸을 끌어안았다. 꽉 깨문 이 사이로, 행여 누가 들을세라. 차마 크게 뱉어내지도 못하는 오열이 여린 핏물처럼 다시 흘렀다.

지독히도 바쁘고 분주했던 일주일이 마침내 끝나가고 있다. 금요일이었다.

새벽 다섯 시. 지난 일주일 내내 그러했듯이 태흔은 캐주얼웨어 차림으로 노트북과 서류가방, 운동 가방까지 한꺼번에 들고 방을 나섰다. 잠시 걸음을 멈추고 버릇처럼 이층 거실 건너편 은후의 방을 바라보았다. 아직도 자고 있는지 굳게 닫힌 방문 안에서는 아무 소리도 들리지 않았다.

어젯밤, 그는 자정 무렵까지 깨어 있었다. 그때까지 은후가 들어오는 것을 느끼지 못했으니, 분명 어제도 새벽에 들어온 것이다. 그가 출근할 때는 늦잠을 핑계 대고 얼굴을 감추고, 그가 퇴근을 해 있을 때면 전시회 일이다, 강의다 핑계 대며 바깥에서 배회하기만 한다. 어찌하든 그와 마주치는 시간을 만들지 않으려 안간힘을 다하는 것이 뻔히 보였다.

'별의별 꼼수를 다 쓰고 있군. 가엾어라, 공주님.'

태흔은 열없이 한 번 웃다 말았다. 어찌하든 그를 피하려 노력하는 은후를 구경하는 맛도 제법 재미있었지만, 일단 사냥꾼인 그가 바빠서 짬을 낼 수가 없는데 어쩌나.

'병아리가 아무리 통통해도 시간이 나야 잡아먹는 거지.'

태흔이 귀국한 지 어느덧 열흘. 지난 주 금요일에 취임식을 끝냈다. 이후 일주일 내내 각 계열사의 업무와 재무 현황 파악에 눈코 뜰 새가 없었다. 주말까지 반납하고 회사에 틀어박혀 계열사의 인사 업무 보고를 받아야만 했다. 편히 숨 한 번 쉴 틈조차 없을 정도였다. 은후는 제가 태흔을 잘도 피해간다고 생각했겠지만, 사실은 그가 한 손 놓고 보아주고 있는 것일 뿐. 지난 일주일은 거의 살인적인 스케줄의 연속이었다. 단 한 시간도 둘만의 밀회를 만들 여유가 없었다.

'슬슬 긴장이 풀릴 때가 되었지, 이은후? 오늘쯤 한 번 죄어볼까?'

태흔은 어깨를 한 번 으쓱하고는 몸을 돌이켰다.

주방에서 나오던 나주댁이 일층으로 내려오는 태흔을 바라보며 미소를 지었다.

"아이고, 일찍도 일어나셨네. 언제나 참 부지런도 하시지. 당근주스 만들었네요. 한 잔 들고 나가세요."

"고맙습니다."

주스 한 잔을 비우고 태흔은 현관문을 나섰다. 어제 미리 챙겨놓으라고 부탁한 양복과 와이셔츠가 든 케이스를 들고 따라나오는 그녀에게 자신의 일정을 미리 일러두었다.

"운동 끝나고 바로 출근합니다."

"저녁은요?"

"친구들하고 술 마실 약속 있어요. 좀 늦을 겁니다."

"네. 여사님께 그렇게 전할게요."

늘 그랬듯이 주차장을 빠져나가면서, 태흔은 버릇처럼 은후의 방 쪽을 한 번 힐끗 올려다보았다. 살짝 열린 창문 사이로 커튼이 흔들리고 있었다. 까만 그림자가 다급히 창가에서 사라지고 있었다.

'뭐야, 저 자식?'

뻔하다. 늦잠 자는 척하면서 그가 집에서 언제쯤 나가는지 몰래 살피고 있었던 거다. 태흔은 쓴웃음을 삼키고 말았다.

'계집애, 죽었어.'

핸들을 쥔 손에 심줄이 돋았다. 도망갈 수 있을 거라고, 피할 수 있을 거라고 생각하는 모양인데, 어림없다. 한 번 더 그런 일은 완전히 불가능하다는 것을 분명히 각인시켜 줘야 할 모양이다.

'난 널 얻는 일에 내 전부를 걸었어, 이은후. 그러니 너도 네 전부를 걸고 도망쳐야 공평하지. 어디 한번 해봐. 내가 어떻게 나오는지 곧 알게 될 테니.'

피트니스 센터에서 한 시간 정도 운동을 끝내고, 회사로 바로 출근을 했다. 그날 아침은 계열사인 승명조선의 사장단들과 조찬 모임이 예정되어 있다. 도시의 직장인들이 출근을 막 시작하는 아침 일곱 시부터 태흔의 하루 일과는 시작되고 있었다.

물론 그날 하루도 지난 일주일과 똑같은 수순이었다. 단 삼십 분도 마음 편안히 자리에 앉아 있을 틈이 없었다.

승명조선 임원진들과의 조찬 모임이 끝나자마자, 취임 축하를 하러 민국당 중진들이 한꺼번에 내방했다. 그들을 접대하기 위해 떡 벌어지는 요릿집에서의 오찬이 예약되어 있었다. 아침에 먹은 음식이 채 내려가기도 전에 다시 음식이 쌓여 속이 더부룩했다. 소화제 한 알을 찾아먹을까 하는데, 미리 예정된 경제 신문 기자들이 들이닥쳤다. 체한 것 같다는 말도 못 하고 인터뷰 자리에 끌려가야 했다.

서른세 살의 나이로 한국 최대 기업의 리더가 된 태흔은 싫든 좋든 뉴스의 초점이었다. 그는 가능한 한 그러한 상황을 자신에게 유리하게 이용하려는 쪽이었다. 현대 기업에 있어 최고 CEO의 긍정적인 이미지가 상당 부분 영향을 끼친다는 것을 알고 있었다. 기자들에게 미운털이 박힐 필요는 없었다. 명치끝이 쓰라린 것도 꾹 참으며 미소를 지었다.

"편하게 가시죠. 질문을 하시면 허심탄회하게 답변하겠습니다."

"감사합니다. 먼저 이태흔 회장님이 생각하시는 올해의 회사 경영의 초점은 무엇입니까?"

"아무래도 한국 경제의 전체 상황과 맞물려서 모든 기업들과 마찬가지로 고용 기회 창출이 가장 큰 화두가 되지 않을까 생각합니다."

태흔은 기자의 눈을 똑바로 바라보며 간결하게 답변했다. 언제든 상대의 눈을 똑바로 바라보며, 확실하게 간결한 표현으로 자신을 드러내라는 가르침을 받고 자랐다.

"그러한 기회를 확대하기 위해 올해 우리 승명그룹은 신입 사원 채용 규모를 대폭적으로 늘리려고 생각하고 있습니다. 불경기라고 해서 몸을 사릴 필요는 없죠. 오히려 위기를 기회로 삼아야 한다는 조부님의 말씀을 항상 가슴에 담으려고 노력합니다."

태흔의 한마디는 당장 오늘 석간, 내일 조간에 〈승명그룹 채용 규모 대폭 늘려. 취업 수험생들에게 가뭄에 단비……〉이런 수사로 가득 찬 기사로 변하게 될 것이다.

"또한 대기업과 중소기업이 함께 고용 창출에 노력해야 하는 것이기에, 대중소기업들이 그러한 활동을 같이할 수 있는 자리가 마련되어야 한다고 봅니다. 외람되지만 기회가 닿는다면 전경련에 〈대중소기업 상생박람회〉같은 것을 건의할까도 생각합니다."

"항간에는 이태흔 회장님의 나이가 너무 젊은 것이 아닌가, 창업자의 혈육이라는 프리미엄 덕분이라는 시선도 있는 것으로 아는데요. 이에 대하여 본인이 느끼는 것을 말씀해 주신다면?"

"21세기의 기업 경영은 이미 그러한 족벌 경영의 구태를 뛰어 넘었다고 생각하는데요. 만약 그런 구태의연한 방식을 답습하고 있다면 저희 승명그룹이 이 정도의 발전을 이룩하지 못했을 거라고 생각합니다. 또한 제가 능력도 없이 이 자리에 앉았다면 저를 회장으로 추대해 주신 이사회의 많은 분들이 실수를 하셨다는 말인데, 저는 그 말에 동의하지 못하겠습니다."

〈승명그룹 이태흔 신임 회장. '나는 충분한 능력 있어. 자질 검증 충분히 되었다' 고 자신함〉 기사 제목이 눈앞에 왔다 갔다 하고 있었다. 어쩌면 이 답변으로 그가 상당히 거만하게 군다는 평판이 날지도 모르는 일이다.

한 시간으로 잡힌 인터뷰가 시간을 넘겨 두 시간으로 치닫고 있었다.

"앞으로 승명그룹을 이끌어갈 경영 철학에 대하여 말씀해 주십시오."

"일단 발전적인 경쟁력을 유지하는 측면에서 민주적이고 참여적인 이사회 구성 유지가 관건이 되겠지요. 그러한 풍토를 마련하기 위하여 노력할 작정입니다. 또 갈수록 격해지는 위기 상황 속에서 계열사들이 스스로의 경영 능력과 생존 기반을 바탕으로 시너지를 창출하는 '따로 또 같이' 의 협업 체제를 공고화시키는 것도 제 몫이 될 겁니다. 세 번째는 신기술에 대한 연구 지원을 확충하는 일입니다. 그것이야말로 새로운 성장 동력을 만들 힘이 될 것이며, 또한 저희 그룹에서 만들어지는 신기술을 바탕으로 전 세계에서 통용될 서비스 체제를 만들고자 합니다. 즉, 국내 시장에서 새로운 비즈니스 모델을 만들어 전 세계로 수출해야 한다는 것이지요. 이것이 바로 우리 그룹의 사활을 건 생존 경쟁이고 또 바로 한국 경제의 차세대 성장 동력이 될 것입니다. 마지막으로 사회에 공헌하는 기업 문화를 꽃피우고자 합니다. 기업과 사회는 떼려야 뗄 수 없는 관계입니다. 저는 창업자이신 이승학 회장님의 유업을 받들어, 우리 그룹이 창출한 이익을 사회에 환원하는 '나눔 경영'을 더욱더 심화시키고자 합니다."

"너무 딱딱한 질문만 계속해서 이번에는 화제를 바꾸어보겠습니다. 개인적인 질문으로 넘어가 보지요. 굉장히 운동을 좋아하신다고요? 특별히 좋아하시는 운동이 있으십니까?"

"수영과 라켓볼입니다. 상대적으로 운동량이 많거든요. 이젠 족구도 즐겨볼까 합니다."

"족구라니, 의외인데요."

"지방 공장에 내려가 보니 직원분들이 점심시간에 많이 즐기시던데, 아주 좋더라고요. 아무래도 회장배 쟁탈 족구 대회를 하나쯤 신설해야 되지 않나 생각합니다."

"아직 미혼이신데 언제쯤 결혼을 예정하고 계신지요?"

그럼 그렇지. 태흔은 한숨을 쉬었다. 이런 질문은 반드시 나올 줄 알았다. 그는 여유만만하게 미소를 지으며 기자를 똑바로 응시했다.

"가족이 그다지 많지 않아 할머니께서 많이 외로워하시더군요. 효도를 해야지요. 인연이 닿으면 곧 하고 싶습니다. 기자님께서 소개 좀 해주십시오."

비서실장인 박 이사가 팔목을 들어 보였다. 고개를 흔들었다. 시간이 넘었으니 빨리 끝내란 신호였다. 기자와 악수를 하고 작별 인사를 나누었다. 회의실에서 나오자마자 태흔은 넥타이 매듭을 살짝 풀었다.

"아, 진땀 뺐어요."

박 이사가 미소를 지으며 차가운 냉수 잔을 내밀어주었다.

"아주 잘하셨습니다."

"다음 스케줄은 어떻게 되죠?"

"전경련 회관으로 나가셔서 회장단과 상견례를 하셔야 합니다. 주말의 골프 모임. 금주의 약속은 제가 미리 차단했습니다. 아무래도 주말은 좀 쉬셔야죠? 정신없는 일주일이었을 것 같아서요."

태흔은 박 이사에게 감사의 미소를 던졌다. 손으로 아직도 쿡쿡 찌르는 통증이 느껴지는 아랫배를 슬쩍 만졌다.

"점심 먹은 게 내려가지가 않아. 긴장했나 봐요."

"소화제를 준비할까요?"

"부탁해요. 이거 아무래도 사무실에 피트니스룸을 하나 만들어야 할 것 같아. 일주일 새 이 킬로그램은 는 것 같아. 시원한 매실차나 같이 한잔 마실까요?"

"준비하겠습니다."

박 이사가 문을 닫고 회장실을 나갔다. 책상 앞에 앉은 임슬이 과장에게 지시했다.

"임 과장, 회장님께 매실차 한 잔만 올려요. 차갑게. 소화제도 찾으시던데 같이 부탁해요."

"네, 알겠습니다."

다가오는 임 과장에게 박 이사가 디지털카메라를 건넸다.

"그리고 이건 홍보실에서 찍은 회장님 인터뷰 사진인데, 좋은 사진 골라서 사내 방송사에 내려보내요."

"네, 이사님."

소화제를 찾은 임슬이 과장은 옆자리에 앉은 조정미 대리에게 건넸다. 조 대리가 찻잔을 들고 회장실로 들어갔다. 임슬이 과장은 재빨리 디지털카메라를 컴퓨터와 연결했다. 사진을 죽 훑다가, 멋진 회장님이 비길 데 없이 섹시하게 미소 짓는 모습이 담긴 사진을 보고 쾌재를 불렀다. 그 사진들을 방송실에 보내기에 앞서 재빨리 사내 여직원 비밀 카페 〈보스 짱〉에 접속했다. 당장 그 사진을 업로드 하였다. 회심의 미소를 지으며 제목을 쳤다.

〈제목:정복되지 않는 그대. 그러나 바라만 보아도 좋구나!〉

삼십 분 후에 그 사진을 내려받기한 건수만도 무려 삼백여 장이 되었다.

문 바깥에서 그런 일이 벌어지는 줄도 모르는 회장님. 매실차를 마시고 난 후, 연인의 전화번호를 누르고 있었다.

"어디야?"

[공방.]

곁에 누가 있는 걸까. 은후의 목소리에는 주변을 살피는 조심스러운 기색이 느껴졌다.

"오늘 몇 시쯤 끝나지?"

[글쎄, 아직은……. 작품 마무리를 해야 해서.]

"할머니껜 너 데리고 친구들이랑 술 마시러 간다고 말할 거야. 공방에서 기다려. 적당한 시간에 데리러 갈 테니까."

침묵하고 있는 은후의 귀에 대고 태흔은 악마처럼 속삭였다.

"빚 갚아, 이은후. 일주일치나 쌓였어."

눈으로 본 것은 아니지만, 파르르 떨리는 하얀 손이 선연히 떠올랐다. 오늘 밤 그 손가락 열 개에다가 하나씩 하나씩 키스하리라.

"계산 분명히 해둬. 일곱 밤이야."

태흔은 대답도 듣지 않고 휴대전화 플립을 내렸다. 벌떡 일어나 남은 차를 마저 마셨다. 화장실에 다녀온 다음 옷장에 걸린 새 양복을 꺼냈다.

인터뷰 때문에 일부러 화면에 잘 나오는 진한 색 양복과 화려한 넥타이를 골랐다. 보수적이고 노회한 전경련의 노친네들이 보기엔 좀 요란하다 할 법한 의상이었다. 노인들이 신뢰하고 좋아할 만한 이미지를 만들어주는 점잖은 양복과 셔츠, 넥타이로 바꾸고, 이내 다음 스케줄을 소화하기 위해 문을 나섰다. 오늘 밤이면 확실하게 그의 품에 안길 부드럽고 향기로운 몸을 생각하자, 어느새 체기는 슬슬 내려가고 있었다.

오후 여섯 시.

어쩐지 들뜨고 흥청망청한 느낌이 흐르는 도심의 거리. 금요일 밤 도심의 공기는 알코올 농도가 진하디진하다. 도시 전체가 몽롱하게 취해선 비틀거리는 느낌이다.

검은색 벤츠가 명동성당 근처로 움직이고 있었다. 퇴근을 하는 태흔을 내려놓았다. 성하(盛夏)의 푸름 사이에 오롯이 앉은 고적한 성당을 내려다볼 수 있는 빌딩 앞이었다. 차 문을 닫으며 태흔은 운전기사에게 지시했다.

"주말에는 내가 차 몰 거니까, 김 과장은 쉬세요. 여기로 내 차만 가져다 놓고. 키는 카운터에 맡겨놓으세요."

"네, 회장님."

꼭대기 층. 회원제 클럽인지, 문 앞에 검은 양복을 입은 직원들이 서서 일일이 카드를 확인하고 있었다. 태흔을 보자마자 지배인이 구십 도 각도로 허리를 꺾고 인사했다.

"어서 오십시오. 기다리고들 계십니다."

바닥에는 하얀 대리석이 깔리고 명품으로 치장된 실내. 값비싼 그림들이 걸린 벽이며, 대가의 손길이 닿은 듯한 우아한 실내장식이 깔끔한 화랑같이 고급스러운 분위기였다. 지나치는 직원들도 깔끔한 검은색 정장 차림 일색이었고, 하나같이 눈이 번쩍 뜨이는 미남, 미녀들이었다. 술집이 아니라 고급스런 사교클럽 같았다.

문을 반쯤 열자 벌써 사람들의 왁자지껄한 목소리가 새어 나오고 있었다. 귀에 익은 명중과 세진의 목소리였다.

"제일 많이 기다리게 한 놈이 술값 내는 거다."

태흔이 들어서자마자 세진이 경고했다. 보란 듯이 지배인에게 '제일 비싼 술 한 병 더 가져오슈' 하고 주문했다.

"늦게 온 이놈이 돈 낼 테니까. 안주도 팍팍 더 가져오고."

"돈 잘 버는 놈이 너무 인색하게 구는 것 아냐?"

태흔이 웃으며 세진과 명중이 앉은 자리 사이로 끼어들었다. 악수를 하고 어깨를 둘렀다. 삼총사만의 인사법, 서로 가볍게 주먹을 부딪쳤다. 명중의 아내 재인과 세진의 사업 파트너이자 동료인 다율과도 인사를 나누었다.

"파트너 데려오랬지?"

"미안하다. 일에 치여서 아직은 여자를 못 구했다."

"못 구한 게 아니고 안 구한 거지? 받아라."

세진과 명중이 태흔의 귀국을 축하하는 의미로 마련한 저녁 식사 겸 술자리였다.

지난 오 년 사이 삼총사들의 일신에도 많은 변화가 생겼다. 의대생이었던 명중은 피부과 레지던트가 되었고, 연인인 재인과 결혼해서 첫 아이가 어느덧 돌이었다.

세진은 슈퍼 모델에서 은퇴해, 이제는 자신의 모델 회사를 운영하고 있었다. 한국 최대의 영화사 대표 아들이라는 프리미엄으로 한량 생활을 즐기던 그였지만 나이가 드니, 스스로 사업적 안목이 생긴 탓인지 나름대로 승승장구를 하고 있다. 세진이 태흔의 잔을 채웠다.

"취임식 잘 끝났지? 멋지던걸. 뉴스 봤다."

"고맙다."

"승명그룹 전부가 납작 엎드려서 신임 회장님의 선처만 바라고 있다면서? 유능하고 새로운 피가 수혈된다고, 주가는 나날이 상승. 네가 앞으로 승명그룹 삼십 년을 먹여 살릴 거라면서? 대단해, 이태흔 회장."

"놀리냐?"

"바쁜 거 끝나고 안정되면 결혼해야지?"

이번에는 명중이 태흔에게 술잔을 돌렸다.

"당연하지. 올해 안에 해치울 작정이다."

태흔이 짧게 대답했다. 명중과 세진이 깜짝 놀라는 얼굴을 했다.

"정말이야? 여자 있어?"

"할머니께서 열심히 고르고 계셔. 원하시는 여자로 할 작정이다. 다음 주쯤에 선 한 번 볼 것도 같아."

"천하의 이태흔이 정략결혼이라. 아, 슬프다. 이건 아닌 것 같은데."

사랑 지상주의자, 대책없는 낭만주의자인 세진이 재미없다는 얼굴로 중얼거렸다.

"무조건 정략결혼이라고 몰지 마. 사랑할 수 있는 여자를 만날 수도 있어."

명중의 말에 태흔이 술잔을 자리에 놓았다. 시니컬하게 내뱉었다.

"맞아. 누구를 만나든 사랑하도록 노력해야지. 사랑하지도 않는 여자랑 평생 살아야 한다니, 그거 끔찍하잖아. 내 인생이 불쌍해서라도 그런 짓은 절대로 안 해."

"그래, 네놈은 부디 결혼해서 사랑할 수 있는 여자랑 결혼해라. 난 그 '사랑' 좀 더 찾아볼 테니. 마지막 독신은 이 형님이 책임져 주마."

"세진 씨, 날 앞에 앉혀두고 '사랑'을 찾는다니, '마지막 독신'이라니 이런 말들을 하면 기분 나쁘지!"

다율이 상큼한 눈썹을 치켜뜨며 되받아쳤다.

"그러게 말이야. 여자가 시간 때우기 노리개야? 현재의 파트너에 대한 예의를 지켜요, 세진 씨. 안 그러면 아웃이야!"

재인도 덩달아 여자인 다율 편을 들어 세진을 공격했다. 태흔은 빙그레 웃으며 재인을 바라보았다.

"곧 현규 돌잔치죠? 제수씨. 그땐 은후 데리고 같이 갈게요."

"은후 씨는 파트너 있으니까, 그 사람하고 같이 오라고 말할게요. 그러니까 태흔 씨는 다른 여자랑 오세요. 또 여동생 졸졸 따라다니며 괴롭히지 말고."

"우리 은후, 파트너라니?"

태흔의 표정이 조금 굳어지고 말았다. 세진이 비웃었다.

"이 자식, 감이 많이 죽었는걸? 역시 외국에 나가 있었으니 감시망이 느슨해졌구먼. 소문 다 났어, 마!"

"소문이라니? 나도 모르는 우리 은후 소문이 있었어?"

"W백화점 문 이사. 태흔 씨, 몰라요? 문 사장님이 공공연하게 은후 씨더러 며느리라고 부르고 다닌다던데요."

귓속으로 파고드는 '문 이사'. 할머니 진 여사의 입에서 나왔던 그 이름이 세진과 재인의 입에서 다시 등장했다.

이 바닥 소문이야, 저인망으로 훑고 다니는 세진도 그러하거니와, 재인 역시 여러 기업들과 직접적인 관계를 맺고 있는 홍보 회사를 경영하고 있다. 알음알음 사람도 많이 알고, 이리저리 떠도는 뒷소문의 전문가이다. 결국 은후와 '문 이사'란 인간을 둘러싼 소문은 그냥 루머가 아니라 정확한 '팩트' 일 것이다.

아무래도 그가 경계하고 신경 써야 할 아주 큰 파리가 그의 소유인 꽃봉오리 주변에 날아다니고 있는 모양이다. 게다가 그 날파리는 현재 일가친척 및 할머니의 든든한 비호까지 받고 있는 아주 큰 놈인 모양이다. 그래 보았자 단번에 때려잡을 똥파리인 건 변함없지만. 그는 한쪽 입꼬리를 슬쩍 올리다가 말았다.

"흠."

"오호, 은근히 태연한걸? 바람직한 자세야, 이태흔 회장. 드디어 어른 됐구나. 하긴, 너도 이젠 중증 시스터 콤플렉스에서 벗어날 때가 되었지."

부창부수, 명중의 깐죽거림에 세진도 맞장구를 쳤다.

"너 장가가서도 계속 그렇게 누이동생만 싸고돌면 네 마누라가 은후 씨 질투한다. 재인 씨, 말해봐요. 남편이 마누라 놓아두고 시누이만 예뻐하면 어떨 것 같아요?"

"당연히 기분 나쁘죠. 같이 못 살지. 그 남자에게 제가 일순위가 안 되는데, 어떤 여자가 기분 좋겠어요?"

"들었지? 이 시스터 콤플렉스야. 결혼하고 싶으면 그 버릇부터 고치고 장가가. 알아들어?"

"횐소리 말고 술이나 마셔, 인마."

싱겁게 웃다 말았다. 싱긋 웃으며 술잔을 부딪치는 태흔의 미간에, 그러나 아무도 모르게 작은 주름이 생겼다가 사라졌다. '문이사'. 아무래도 한 번 파보아야만 할 이름인 듯싶다.

세진이 태흔의 재킷 주머니를 툭 쳤다.

"전화 왔다, 마."

"아, 잠시 실례."

태흔이 재킷 주머니에서 약하게 울리는 휴대전화를 꺼내 들고는 문을 나갔다. 명중이 태흔이 나간 문을 바라보았다 안쓰럽다는 듯이 중얼거렸다.

"바쁜 사업가는 역시 다르군. 퇴근을 했는데도 전화벨이 쉴 새 없이 울리는구나."

"안 팔리는 의사도 마찬가지인 것 같은데? 태흔 씨처럼 돈이나 벌어오면서 전화벨 울리면 용서해. 그런데 자기는 뭐야?"

재인이 명중더러 호두 조각을 던졌다. 아줌마스럽게 냅다 바가지를 긁었다.

"돈 벌어왓! 자기 의대 대학원 뒷바라지 내가 다 했어. 빨리 빚 갚아."

"인제 겨우 레지 삼 년 차더러 돈 벌어오라면 재인아, 그거 무리다. 내가 무슨 지폐 찍는 사람도 아니고."

"네 아버지가 지폐 찍어내잖아. 한 뭉치만 달래라."

세진이 끼어들었다. 명중의 부친이 이번에 조폐공사 사장으로 취임했다는 이야기다.

"그러게 말이다. 우리 아버지, 가지고 있는 많은 땅, 한 조각만 팔아주면 좋겠는데. 움켜쥐고 놓지를 않으시네. 불쌍한 아들, 돈 없어서 잘난 마누라 엉덩짝 밑에 깔려 고생하는 거 안 보이시나?"

"난 완전히 속았어. 엄청난 땅 부자라고, 의대만 졸업하면 그냥 병원을 통째로 육 층 올린다더니 순전히 뻥인 거 있지? 내가 눈이 삐었지."

재인이 다시 명중을 향해 호두 조각을 내던졌다. 그래도 친구라고 세진이 구석에 찌그러져 아무 말도 하지 못하는 명중의 편을 들었다.

"그래도 인마, 너 시집 잘 간 거지. 잘나가는 피부과 의사를 잡으면서 숟가락 두 개 들고 간 여자는 너뿐이다. 알아? 내가 이제야 말하는데, 명중이도 나름 유혹 많이 받았어. 의대 다닐 때만 해도 하루에 두 통 이상씩 마담뚜 전화를……. 억, 태흔아, 무슨 일이야?"

세진이 놀라 벌떡 일어났다. 사람들의 시선 전부가 들어서는 태흔에게로 향했다.

불과 오 분 전에 전화를 받으러 나간 태흔이 다시 돌아오는데, 그사이 무슨 해괴한 사건이 벌어진 것인가. 움켜쥔 코 사이로 피가 흐르고, 멱살이라도 잡힌 듯 옷매무새가 형편없이 흩어져 있었다. 세진과 명중의 눈에 불이 번쩍였다.

"뭐냐? 어떤 새끼야? 누가 이랬어?"

"나도 모르겠다. 그냥 별이 번쩍했어."

둘 다 당장에라도 그를 이렇게 만든 자를 패 죽여 버릴 듯 주먹을 움켜쥔 채였다. 태흔이 비틀거리며 주저앉았다. 손수건을 꺼내 코를 막았다. 이내 지배인이 들이닥쳤다. 안절부절못하는 얼굴로 몇 번이고 고개를 숙였다.

"괜찮으십니까? 정말 죄송합니다. 다친 데는……?"

"이게 무슨 일이야? 고 사장. 얘, 왜 이렇게 된 건데? 어떤 놈이 감히 이 자식을 건드린 거야? 어떤 새끼야!"

당장에라도 박살을 내버릴 것처럼 살기를 피우면서 명중과 세진이 문밖을 노려보았다.

"그게……."

어찌할 바를 모르며 대답을 하지 못하는 사장에게 태흔이 손짓을 했다. 나가 보란 뜻이었다.

"얼음이나 줘요."

"네, 네."

지배인이 뛰쳐나가고, 태흔이 코를 누른 채 한숨을 쉬며 뇌까렸다.

"나도 황당하다. 말이 안 나온다. 생전 처음 보는 여자 때문에 맞은 거라."

"뭐라고?"

이 무슨 메주 곰팡이 피는 소리? 순식간에 실내에 얼음 같은 침묵이 가라앉았다.

"화장실에 다녀오다가, 저 바깥 룸에서 시끄러운 소리가 나는데. 술병이 깨지고 고함 소리가 나잖아."

"그래서? 오지랖 넓게 문 열었냐?"

"아니, 문이 열리더라. 어떤 여자가 튀어나오더니."

기가 차서, 솔직히 엄청 당황해하며 천하의 이태흔 자신이 졸지에 당한 성추행을 고백했다.

"나를 냅다 끌어안고 프렌치 키스를 하는 거야."

"에엑?"

"좋았겠네. 이 운 좋은 자식. 넘어져도 미인 무르팍이로군."

세진이 중얼거리자, 명중과 태흔이 동시에 그를 향해 발길질을 했다.

"친구가 이렇게 터져 왔는데, 농담해? 자식아?"

"키스 맛이 어떤지 기억도 안 난다. 제길! 일 초 만에 어떤 놈이 냅다 튀어나와선 날 주먹으로 치는데 별이 번쩍했다고."

문이 열리고 얼음주머니를 가져온 지배인이 나타났다. 그래도 의사랍시고 명중이 태흔의 코에다 대주었다.

"그래서 코피 터진 거야?"

"어, 날 친 그 새끼. 누군지 모르지만 분명히 무술깨나 한 놈이다. 주먹 힘이 장난 아니야. 다짜고짜 내 멱살을 잡고 흔들면서 그 여자한테 다시 손대면 죽여 버린다고 협박하더라고. 그러곤 그 여자를 끌고 사라졌다. 이게 사건의 전모다."

"애꿎은 사랑싸움에 지나가던 행인 일(一) 이태흔이 코피 난 거냐?"

"그런 거지."

노크 소리와 함께 문이 다시 열렸다. 지배인이었다. 난처한 듯 두 손을 비비고 서 있었다.

"뭐요?"

"저기, 회장님. 아까 그분들이 사과를 하신다고……."

"앨 이렇게 만들어놓고 사과를 해? 모처럼 친구들끼리 기분 좋은 자리를 망쳐 놓고 뭣 하자는 플레이야?"

병 주고 약 주자는 말인가? 세진이 어이없어 치받았다. 이번에는 명중도 나섰다. 엄청나게 화가 난 표정을 감추지 못했다. 어지간한 그도 친구의 얼굴에서 흐르는 피를 보고는 이성을 잃은 것이다.

"사과 못 받아줘. 얘가 어떤 놈인지 고 사장은 몰라? 변호사 불러. 법적으로 처리할 테니까."

지배인이 옆으로 밀려났다. 들어선 이는 뜻밖에도 눈이 환해질 만큼 아름답고 늘씬한 미인이었다. 주말의 밤답게 붉은색의 화려한 미니 드레스를 차려입고 웨이브 진 머리 타래를 세련되게 말아 올려 보석 핀으로 고정시켰다. 덕분에 시원스레 목선이 다 드러나 더 큰 매력을 만들어내고 있었다.

"진심으로 미안하게 생각해요. 어떻게 할까요? 무릎이라도 꿇을까요? 그러면 속이 시원하시겠어요?"

"와우! 저런 미인하고 키스를 해? 이태흔이. 복도 많다."

미인이면 모든 것이 용서되는 세진이, 나지막하게 중얼거렸다. 명중과 태흔이 동시에 그를 걷어찼다. 문 앞에 선 여자와 태흔의 눈이 마주쳤다.

"내 애인이 주먹질을 하게 내버려둔 건 진심으로 사과하죠. 반성하고 있어요. 하지만 키스한 건 절대로 반성하지 않겠어요. 댁이 너무 잘생겨서 내 애인을 도발하기엔 정말 좋았다고요."

이 여자. 강적인데? 태흔도 기가 차서 피식 웃고 말았다.

여자가 다시 도도한 얼굴로 제안했다. 제가 말을 하면 누구든 복종하리라 믿는 표정이었다. 진정한 여왕님의 포스였다.

"그쪽이나 나나 크게 소문나서 좋을 것 없는 집안 같은데, 적당한 선에서 해결하죠. 치료비 부담하고, 여기서 오늘 마신 술값.

내가 다 계산할게요. 됐죠?"

"절대로 그렇게는 못 하겠는데요."

태흔이 입을 벌리기도 전에 다시 명중이 딱 잘라서 거절했다.

"눈에는 눈. 이에는 이. 이놈 팬 자식. 여기 꿇어앉혀요. 나라도 한 대 패줘야 속이 시원하겠어."

명중의 말이 채 끝나기도 전에 문밖에 서 있던 사내가 들어왔다. 군인쯤 되는 건가. 짧은 머리를 했고 건장한 사내였다. 망설이지 않고 무릎을 꿇었다.

"진심으로 사과하겠습니다. 제가 흥분해서 애꿎은 사람에게 피해를 입혔습니다. 용서하십시오!"

"이거 너무 재미없잖아."

태흔이 나직하게 중얼거렸다. 얼음주머니를 내려놓았다. 이제 피는 멎었다. 정통으로 맞은 코가 좀 부어오를 테지만 그건 뒷일이다. 일단 이 소동을 수습해야 했다.

"일어나세요. 억지로 사과받을 일이 아닌 것 같으니까."

막간의 해프닝 같은 일에 심각하게 굴 필요가 없었다. 확 밟아야 할 때와 너그럽게 물러서 줄 때를 분명히 구분해야 하는 게 사내의 몫이다. 태흔은 자신의 콧대를 부러뜨릴 뻔한 사내에게 먼저 악수를 청했다.

"사랑에 빠진 남자는 돌아버리게 되어 있죠. 충분히 이해합니다. 나라도 내 여자가 딴 놈에게 키스하는 꼴을 보면 그 자리에서 둘 다 죽여 버릴 작정이거든요. 괜찮습니다."

"큰 실례를 저질렀습니다. 사과를 받아주셔서 감사합니다."

"충고 하나 할까요? 당신 여자, 간수 잘하세요. 키스를 지나치게 잘합니다. 심각해요."

문 앞에 등을 기대고 서 있던 여자의 입에서 피식 웃음소리가 새어 나왔다. 당신, 일 점이야! 태흔을 향해 손가락으로 총알을 날렸다.

태흔은 사내의 눈을 바라보며 진지하게 다시 충고했다.

"저렇게 멋지게 웃는 것도 못 하게 해요. 날파리들이 오해하기 딱 좋으니까. 너무 매력적입니다."

"십 점! 도경 씨, 나 저 남자 진짜 마음에 들어."

어이없어서 웃고 마는 두 남자 사이에서 그녀가 아주 세련된 동작으로 핸드백을 열었다. 가장 가까이 앉은 세진에게 수표 한 장을 날렸다. 아무렇지도 않게 그에게도 윙크를 날렸다.

"여러분, 다들 즐겁게 보내요! 이쪽 멋진 오빠. 자기도 내 스타일이야. 담에 한 번 더 보자구요. 도경 씨, 이 오빠 명함도 얻어 와."

"기가 차서."

세진의 파트너인 다율이 발끈했다. 옆에 앉았던 재인도 엄청 자존심 상한 얼굴로 종알거렸다.

"우리 신랑도 빠지는 것 없구먼. 우리 명중 씨는 왜 유혹을 안 해? 자존심 상하게스리."

"재인아, 그건 마누라로서 할 이야기가 아닌 것 같다."

명중이 허탈한 얼굴로 중얼거렸다. 재인이 찌릿, 무섭게 남편을 야렸다.

"왜 못 해? 내 눈에는 자기가 세상에서 제일 근사하단 말이얏!"

"그건 그렇지만. 물론 나도 빠지는 게 없지. 하지만 유부남인 내가 저런 미인에게 유혹당하면 대개는 마누라가 경계를 해야 정상이거든."

"거기 모범생 오빤 내 스타일이 아니거든요. 언니가 다 가져요. 난 병원 냄새나는 남자 딱 질색이야. 하도 선을 많이 봐서 말이지. 그럼 여러분. 바이바이."

끝까지 참지 않고 마지막 한 방을 날렸다. 마른하늘에 날벼락을 터뜨린 여자와 남자가 토네이도처럼 사라졌다.

브라보.

세 남자가 동시에 엄지를 세웠다.

"굉장한데."

"진정한 여왕님 포스야."

"저런 여자 만나면 뼈도 못 추리지."

"딱 내 스타일인데, 잘못 걸리면 목줄 잡혀 식장에 들어갈까 봐 몸 사려야 할 것 같다."

"그런데 명중이 놈이 의사인 건 어떻게 알았지?"

"눈썰미가 보통은 아닌 거지. 만만치 않아, 그 여자."

태흔이 내려놓았던 얼음주머니를 다시 코에 댔다. 무언으로 보내는 명중의 강요를 느꼈기 때문이다. 명중이 다시 의사의 눈으로 꼼꼼히 살폈다.

"뭐, 크게 걱정할 건 없을 것 같지만. 내일도 냉찜질을 하는 게 좋겠다."

"그래, 술이나 마셔, 인마. 자. 오늘 일은 액땜이라 치고, 치어스."

태흔이 얼음주머니를 내려놓고 술잔을 들었다. 다섯 개의 술잔이 가볍게 부딪쳤다. 여덟 시 반. 미꾸라지처럼 도망가려는 병아리를 사냥할 시간이 슬슬 다가오고 있다.

은후는 공방의 작업대 앞에 앉아 있었다. 지금 삼만 오천 번째 한숨을 내쉬고 있는 중이었다.

그나마 잘도 피해 다녔다고 생각했는데. 할머니가 계시기에 그 역시도 자제하고 있다고 생각했는데.

'바보 같지 뭐야. 멍청하게 오빠가 허술해질 거라고 기대했으니.'

세상에서 태흔을 제일 잘 아는 사람이라면 바로 은후 자신이다. 그가 얼마나 철저한지, 얼마나 집요한지 너무나 잘 알고 있으면서, 그를 피할 수 있을 거라고 잠시나마 기대했다니. 이렇게 어리석기는.

'일주일 치 쌓인 빚을 갚아' 라는 말을 듣는 순간 눈앞이 캄캄해져 왔다. 하지만 도망갈 수 없었다. 그래서 시간은 묵처럼 응고한 채 더 이상 흘러가지 않았다.

시간이 가는 것을 잊기 위해, 불안으로 무너지는 가슴을 진정시키기 위해 작품에 몰두하려고 했다. 하지만 소용없었다. 눈에 보이지도 않을 만큼 가느다란 금실을 한 가닥 한 가닥 꼬았어도, 당장 하지 않아도 좋을 일, 금고 속에 넣어둔 값비싼 원석을 핀셋으로 집어 하나씩 하나씩 개별적인 케이스 안에 집어넣는 허드렛일을 했어도, 도무지 진정을 할 수가 없었다. 평화를 찾을 수가 없었다.

'평화라니. 그런 사치를 누릴 자격이나 있니? 네가?'

오 년 전, 할아버지가 돌아가시는 장면을 목격한 이후, 은후의 평화는 부서졌다. 다시는 회복할 수 없는 낙원의 이름, 평온한 잠을 한 번도 자본 적이 없다. 더구나 그 악몽의 주인이 태흔이 돌아와 있는데 평온이라니, 평화라니.

작업대에 놓인 휴대전화가 도르르 움직였다. 아홉 시. 징벌자 태흔의 목소리였다.

[공방 앞이야. 십 초 이내로 나와. 기다리게 하면 하루가 늘어.]

악마. 이를 악물었다. 그럼에도 자동 인형처럼 은후는 발딱 일어나고 있었다. 서둘러 공방 문을 닫고 보안 장치를 눌렀다. 돌아서니, 태흔이 운전하는 은색 람보르기니가 보였다.

"예쁜데? 나랑 데이트하려고 차려입은 거지?"

카디건을 팔에 낀 그녀를 바라보며 그가 한마디 툭 던졌다. 은후는 아무런 대꾸도 하지 않고 조수석에 올라탔다. 작업을 하러 나온 참이다. 아무렇게나 손에 잡히는 대로 꿰입고 나왔다. 푸른색 체크 무늬 티셔츠에 하얀 치마를 입고, 머리도 한 타래로 질끈 묶은 볼품없는 모습이다. 예쁠 리가 없다. 그가 이런 말을 하는 건 조롱이겠지.

아니, 잠깐만.

태흔을 다시 바라보며 확인한 후, 은후의 숨이 막혔다. 어느새 그녀의 눈이 동그래져 있었다. 자기도 모르게 부르짖고 있었다.

"왜 그래?"

"뭐?"

본능이었다. 넝쿨손처럼 뻗어나간 작은 손이 태흔의 우뚝한 콧날을 안타까이 어루만졌다.

"누구랑 싸움이라도 했니? 뭐야? 여기가 잔뜩 부었잖아! 왜 그래? 다친 거야?"

"이런. 역시 표시가 나는 건가?"

태흔은 좀 겸연쩍어져 한 손으로 느닷없이 봉변을 당한 콧마루를 어루만졌다. 아까 술자리에서 일어날 즈음, 붓기 따위 다 가라앉았다고 했는데. 핏자국이 묻었던 와이셔츠도, 술집 사장이 새로 갈아주었다. 은후가 눈치챌 리가 없다고 생각했다. 그런데도 태흔의 얼굴을 슬쩍 일별만 하고도 은후는 무엇인가 이상하다는 것을 알아차린 것이다.

정말 놀랐나 보다. 은후의 얼굴이 하얗게 질려 있었다. 다급하게 채근했다.

"정말 괜찮아? 설마, 술 마시다가 세진이 오빠랑 주먹다짐이라도 한 건 아니지?"

"그럴 리가. 어쩌다 보니 이렇게 됐어. 별일 아니야."

곧 죽어도 자존심. 엉뚱한 놈의 주먹에 맞아 이 나이에, 십대에도 터지지 않았던 코피가 터졌다는 말은 못 하지. 태흔은 은후의 손을 잡아 얌전하게 제자리로 가져다 놓았다.

절대로 이 여자를 놓을 수가 없는 이유가 하나 더 생겼다. 이러니 단념하지 못하는 거다. 운명 아니면 무엇이 운명일까? 그가 은후의 일에 대하여 아주 작은 일에도 반응하는 민감한 센서를 가졌듯이, 은후 역시 태흔의 일이라면 무엇이든 제 몸의 일처럼 알아차린다. 그들은 둘이지만 이미 한 몸, 한 영혼이었다. 한 뿌리에서 갈라져 나간 두 개의 줄기였다.

'그런데 날 버리고 너 혼자 도망을 가겠다고? 절대로 안 되지. 절대로.'

정면을 응시하며 차를 출발시키는 태흔의 무표정한 얼굴 위로 아주 엷은 살기가 서렸다.

두 사람이 탄 차가 공방을 떠났다. 은후는 잠시 망설이다가 물었다.

"어디 가?"

"좋은 데."

"그러니까 어디……? 할머니께서 물으시면……?"

"너 데리고 친구들이랑 술 마신다고 했다."

"늦으면 걱정하실 텐데……."

"늦을 거라고 말했어. 기다리지 말고 미리 주무시라고 전화했다."

어떻게든 도망갈 길을 찾으려 했지만 어떻게든 그는 미리 그 길을 막아버린다. 은후는 체념의 한숨을 내쉬었다. 하긴 그녀 자신의 입으로 시키는 대로 다 한다고, 원하는 대로 다 주겠노라고 약속했으니 더 이상 도망가거나 회피할 수도 없었지만.

차가 대로로 나갔다. 붉은 신호등이었다. 태흔이 차를 멈추었다. 은후는 멍하니 앞만 바라보았다. 지금 그녀의 옆에 앉은 남자가 바로 그녀의 인생에 걸린 붉은 신호등 같다고 생각했다. 당연히 멈추어야 하고 당연히 돌아가야 하는데도 지금 그녀는 옳은 신호를 무시하고 무작정 돌진하는 미친 운전자와도 같다고 생각했다. 이러다 사고가 나듯이 한두 번은 잘 피할 수 있을지 모르지만 결국은 산산조각이 날 테지. 언젠가는…….

"이은후."

깜짝 놀라 고개를 돌렸다. 비로소 두 사람의 시선이 마주친 거다. 태흔이 손가락으로 그녀의 볼을 살짝 건드렸다. 아주 느른한 미소를 지으며 저릿하게 유혹했다.

"당장 키스해 주면, 하룻밤을 감해줄 수 있어."

"지, 지금? 여기서?"

설마 그가 차 안에서까지 이런 뻔뻔한 요구를 할 줄은 몰랐다. 은후는 거의 자지러져선 외마디 비명을 질렀다. 눈 가리고 아웅이라고 해도 좋다. 사방 벽으로 가려진 밀실에서야 무슨 짓을 당하든 상관없지만, 사람들의 이목이 널려 있는 주말 도심의 대로 위에서 키스를 하라고 요구할 줄이야.

"싫은 거지?"

거의 본능처럼 은후는 세차게 고개를 끄덕였다.

"좋아, 부끄럼쟁이 이은후. 잠시 참아주지."

그가 차를 다시 출발시켰다. 나지막하게 중얼거렸다. 은후더러 들어라 하는 것 같았다.

"네가 싫어하는 일은 둘만 있을 때 실컷 시켜먹을 테니까."

비웃음인가, 앞으로 감내해야 할 일에 대한 예고편인가. 은후는 다시 또 비명을 지르지 않기 위해 혀를 깨물었다. 태흔의 손이 치맛자락을 사이에 두고 허벅지 위로 슬쩍 닿았기 때문이다.

단지 능욕당하기 위해, 유린당하기 위해 어디론가 끌려가야 한다는 것이 죽도록 싫었다. 하지만 피할 수가 없었다. 피할 방도를 알지도 못했다. 그가 은후를 돌아보며 히죽 웃었다. 너무 들큰하고 달아, 저절로 온몸이 오싹해지는 미소였다.

"내일이 세 번째 토요일이야. 뭐 기억나는 거 없어?"

느닷없는 한마디. 은후는 태흔의 옆얼굴을 바라보았다. 그들이 탄 차가 움직여 가는 길을 확인했다.

"예술관에, 가는 거야?"

"오 년 만이로군. 이 길도 많이 달라졌구나."

참으로 어리석다. 태흔이 그녀를 데리고 가는 곳이 예술관이라는 것을 확인하자마자, 기껏 그런 일 하나인데, 꽁꽁 얼어붙었던 심장 한쪽이 삽시간에 사르락 풀려가고 있었다.

"이 빠져선 울던 고 녀석, 이젠 중학생인가? 오 년이나 지났으니까.”

태흔이 중얼거렸다. 예솔관 아이들 중에서 유난히 그를 따랐던 개구쟁이 이야기였다.

“재철이, 중학교 1학년 됐어. 반에서 1등 한대.”

“흠. 조 선생, 기쁘겠네. 엄청 말썽피우던 놈이 그렇게 변했으니.”

옆에 앉은 남자가 어떤 사람인지 알고 있다. 뼈골까지 얼어붙은 빙하로 만들어져 있다는 것을 너무 잘 알고 있다. 그런데도 그가 보이는 이 따뜻한 조각 앞에서, 공정하고 반듯한 한쪽의 모습을 보는 순간 다 잊어버리게 된다. 어찌하든 미치도록 사랑할 수밖에 없다.

은후는 먹먹한 눈으로 태흔을 바라보다가, 눈을 돌렸다. 낮은 목소리로 설명했다.

“이젠, 할머니랑 매달 마지막 일요일에 들러.”

“그렇군.”

“오빠 보고 싶어 하는 아이들, 아직도 많아.”

“내가 아니라 새 축구공을 환영한 게 아닌가 하는데.”

그러나 그는 예솔관으로 들어가는 진입로 언덕에 차를 멈추었다. 그곳에 들어갈 생각은 없는 듯했다.

“왜? 들어가지 않아?”

“오늘은 보류. 일단 좀 봐두고 싶은 게 있어.”

태흔이 안경을 쓰고는 차 문을 열고 나갔다. 복지관이 위치한 언덕 아래의 땅을 시선으로 가늠했다. 반짝이는 불빛으로 가득 찬 언덕 아래를 내려다보는 그의 옆얼굴을 은후는 차 안에서 가만히 바라보고 있었다. 무슨 생각을 하는지 알고 싶었지만, 그를 둘러싼 어둠도 그러하거니와 안경에 비치는 불빛 때문에 그의 눈빛을 읽는 것은 불가능했다.

태흔이 차로 돌아왔다.

"확실히, 뭐 나쁘진 않지만, 좁아."

"무슨 뜻이야?"

"나중에 말해주지. 네가 옆에 앉아 있는데, 나더러 생각을 하라고 하는 건 무리야. 알겠어?"

그가 다시 차를 출발시켰다. 삼십여 분쯤 달렸을까? 서울 경계를 넘어 의정부를 지나 낮은 고개 하나를 넘었다. 거대한 나무들이 열병하는 병사처럼 늘어선 소로로 접어들었다. 푸른 생 울타리가 쳐진 담을 지나, 하얀 대문을 넘었다. 차바퀴 아래에서 자갈돌이 튀었다. 헤드라이트 빛에 탐스레 핀 능소화가 한들거렸다. 야트막한 지붕을 가진 예쁜 벽돌집이었다. 태흔이 차를 멈추었다. 먼저 내리더니 자기 집처럼 열쇠로 문을 열었다. 차 안에서 꼼지락거리는 은후에게 턱짓을 했다.

무언의 명령이었다. 내려.

당연히 그럴 테지만, 그 집은 텅 비어 있었다. 오래도록 비웠던 집인지, 창마다 무거운 커튼이 내려져 있었다. 주저주저 들어서는 은후의 팔을 태흔이 단번에 잡아챘다. 두 팔로 어깨를 잡아 문 쪽에 밀어붙였다. 희미한 현관등 불빛 아래, 안경에 반쯤 가려진 그의 눈과 은후의 눈이 마주쳤다.

"벗겨줘."

그가 아주 달콤하게 요구했다.

"키스하려면 안경 따위 거추장스럽잖아."

어차피 이런 요구를 들어주려 이 공간에 함께 들어온 것이다.

은후는 망설이다가 손을 내밀어 태흔의 안경을 벗겼다.

그가 고개를 기울였다. 긴장과 초조함으로 메말라 있는 분홍빛 입술 위를 슬쩍 키스했다. 사납지도 거칠지도 않은 부드러운 키스와 입술. 조금은 낭만적이고 조금은 자극적인 입맞춤. 혀와 혀가 맞부딪쳤다. 몸이 얽히듯이 젖은 두 개의 혀가 휘감겼다. 태흔의 안경을 움켜쥔 은후의 손에 가득 힘이 주어졌다.

"처음은 여기서."

입술을 뗀 그가 속삭였다. 대체 무슨 이야기를 하는 거지? 언제나 그렇듯이, 태흔과 함께 있으면 은후는 정신을 차릴 수가 없었다.

"널 세워놓고 지금 당장 할 거야."

그가 다시 길고 뜨거운 키스를 마치고 난 후, 고개를 들었다. 더없이 오만하게, 당당하게 선언했다.

"두 번째는 거실 바닥에서."

맙소사, 순서였다. 일주일 치의 빚을 받겠다던 태흔이 원하는 것. 그가 이 밤 은후에게서 탐욕할 섹스. 빼앗고 탈취할 뜨겁고도 두려운 경험들의 프로그램이었다.

"물론 공평하게 가야지. 그땐 네가 날 타고 올라도 좋아."

숨이 가빠오기 시작했다. 머릿속이 훨훨 타올라 아무것도 생각할 수가 없었다. 최면 걸듯 그녀의 눈을 지그시 바라보며 중얼거리는 태흔의 목소리만이 은후의 뇌리 속에 가득히 울려 퍼지고 있었다.

태흔은 아직 은후의 단추 하나 열지 않았다. 옷깃 하나도 풀지 않았다. 그럼에도 은후는 태흔에게 완전히 침범당해 짓이겨지고 있었다. 그의 목소리가 만들어낸 끔찍한 환상 때문이었다.

“그다음은, 다시 내 차례야.”

그가 손을 내밀어 은후의 턱을 쓸어내렸다. 온몸에 퍼져 있던 굴욕감과 두려움이 독약처럼 스며드는 그의 목소리로 인해 흔적도 없이 사라지고 있었다. 그녀의 헤프고 부도덕한 몸도 따라 함께 녹아갔다.

“욕실에서.”

무기력해지는 몸이 와들와들 떨렸다. 물에 젖은 나신과 나신이 얽혀 에로틱하게 움직이는 영상이 너무나 선명하게 나타났다 사라져 가고 있었다. 태흔의 자극적인 입술이 다시 은후의 볼에 콧날에 입술에 폭우처럼 쏟아졌다. 그런 키스가 피워 올린 열꽃, 새하얗던 볼에 진홍빛 물이 진하게 피어올랐다.

“세 번째로 널 가질 작정이야.”

비로소 그의 손이 은후의 셔츠 단추를 풀기 시작했다. 하나, 둘. 길고 우미한 목선이 드러나고, 아직도 태흔의 흔적이 아련히 남은 쇄골이 드러났다. 태흔의 강한 두 손이 치마도 단숨에 아래로 내려 버렸다. 그는 아직 옷자락 하나 흩어지지 않았는데, 은후의 몸에 남은 건, 풍만한 가슴을 간신히 가린 브래지어와 손바닥만 한 팬티뿐이었다. 태흔의 손이 브래지어 위로 은후의 가슴을 폭 감쌌다.

“너, 완전히, 철저하게 범해질 거야. 내가 확실하게 짓이겨 버릴 거니까.”

완전히 범해진다는 말 한마디. 철저하게 짓이겨질 거라는 예고. 무서운 일이다. 공포와 굴욕만큼이나 짜릿한 흥분, 혹은 이율배반적인 기대. 마음은 거부하는 그 쾌락을, 그 지옥 같은 애염을 은후의 몸은 알고 있었다.

태흔의 손이 하얀 허벅지 사이로 스며들었다. 얇디얇은 천 하나를 사이에 두고 여체가 뿜어내는 열기를 그 손이 감각했다. 그의 사나운 탐욕에 압도되어, 절대적이고 양보없는 열정에 공명하여 저도 모르게 촉촉이 젖어든 은후의 꽃집을 분명히 확인했다.

그가 씨익 입꼬리를 위로 추켜올렸다. 그녀의 흥분을 만족스럽게 음미하는 얼굴이었다. 누구든 무작정 도취되고 함몰하고야 마는 자신의 매력을 분명히 인식하지 않는다면 절대로 지을 수 없는 미소였다. 그리고 그건 그에 대한 저항으로 단단히 무장한 은후조차 혼미하게 만들었다.

태흔이 손가락 끝으로 브래지어 고리를 풀어버렸다. 두 사람의 얽힌 다리 사이로 하늘빛 실크 브래지어가 떨어졌다. 그가 고개를 기울였다. 현관문과 그의 몸 사이에 끼여 옴짝달싹도 하지 못하는 은후의 젖무덤을 움켜쥐고 핥기 시작했다. 할짝할짝 핥는 심술맞은 혀끝에서 은후의 몸이 무력한 장난감처럼 비틀렸다. 저항할 길 없이 강력한 애무 사이로 그가 나직하게 속삭였다.

"준비된 거지? 응?"

악마의 유혹인가? 치욕적인 조롱인가?

하지만 상관없다. 그것이 무엇이든 도망갈 수 없다는 건 확실한 사실이니까.

도망갈 여유도, 저항할 사이도 없었다. 조그만 반항조차 허락하지 않았다. 힘이 풀려 버린 다리가 몸을 지탱하지 못했다. 결국 은후의 몸은 현관문을 타고 스르륵 아래로 무너지고 말았다. 그러나 그 순간 태흔의 다리가 은후의 다리 사이로 들어와 단단히 고정시켰다. 그녀의 팔을 움켜쥔 손에도 단단히 힘이 들어갔다. 벽에 매달리는 벌을 받는 반항적인 노예처럼 은후는 현관문에 고정된 채 그의 몸 앞에 완전히 노출되었다.

그리고 태흔은 시작했다.

약속대로, 예고대로 정확하게, 망설이지 않고 그녀를 범하기 시작했다.

태흔이 자신의 바지 지퍼를 내렸다. 한 손으로 은후의 하얀 허벅지를 움켜잡아 벌린 후에 불쑥 튀어나온 자신의 몸을 그 사이로 밀어 넣었다. 완전히 들어오지는 않고 슬쩍슬쩍 허리를 움직이며 그녀 스스로 그를 받아들이게 몸 끝으로 종용하기 시작했다.

그의 자극적이고 감질나는 공격 안에서 다리가 후들거리기 시작했다. 몸 깊은 곳은 타는 듯 욱신거리고, 허벅지 안은 바들바들 떨리고 있었다. 막을 사이도 없이 너무나 검붉고 뜨겁고 달콤한 물결이 그녀를 향해 해일처럼 몰려오고 있었다. 어느새 염치없는 입술이 신음을 뱉어내고 있었다.

"원해? 내 걸 넣고 싶어? 들어가 줄까?"

벌겋게 되어 다리를 꼬며 어쩔 줄을 몰라 하는 은후를 바라보며 그가 낮게 속삭였다. 귓불로 뜨거운 숨을 후욱 불어넣었다.

"시, 싫어."

그가 씩 웃었다.

"거짓말."

태흔이 여린 귓불을 잘근 씹었다.

"넌 날 받아들이고 싶어서 미쳐 있잖아."

그 말이 사실임을 증명이라도 하듯이 그가 은후의 허벅지 사이를 슬쩍 눌렀다. 분홍빛 입술 사이로 다시금 몸앓이하는 붉은 신음 소리가 새어 나오는 것을 즐겼다.

"지금 난 엄청 화가 나 있어. 너에게 들어가고 싶어서 미치겠거든. 어떡하지?"

그가 은후의 한 손을 잡아 아래로 내렸다. 그녀의 허벅지 사이에서 본디의 길을 잃어버리곤 한껏 성이 난 자신의 페니스를 확인시켰다.

은후는 본능적으로 엉덩이를 뒤로 빼며 그를 거부하려 했다. 소용없었다. 고통과 육욕이 반반 섞인 신음 소리를 뱉어냈어도, 소용없었다. 태흔이 그녀의 입술을 물어뜯어 남김없이 삼켜 버렸다.

"도망가지 마. 넌 지금 아픈 게 아니라 자극받은 거야. 나한테 무너지는 거 싫어서 고통스럽다고 생각할 뿐이라고. 좋은 말 할 때, 날 달래. 그래야 네가 좋아."

"제발. 안 돼. 못 하겠어. 나, 도저히……."

"긴장 풀어."

태흔이 손가락 끝으로 보드라운 둔덕을 살살 쓸었다. 악마처럼 조롱했다.

"여잔 언제 어느 때든 남자를 받아들일 수 있어. 징징거리지 마. 넌 지금 폭행당하고 있는 게 아니야. 너한테 미쳐 있는 아주 섹시한 연인과 착한 섹스 중이라고."

잔혹하게 이죽거리며 은후의 다리 하나를 슬쩍 들었다. 한껏 벌어진 허벅지 사이, 완전히 젖어 매끄럽게 그를 끌어당기는 달콤한 여체 속으로 깊이 파고들었다. 거대하고 단단한 태흔의 몸이 지금껏 감질나게 괴롭혀 온 그녀를 완전히 차지했다. 확실하게 채웠다.

자포자기인가, 아니면 완전한 항복인가. 은후는 눈을 감아버렸다. 세상이 빙글빙글 도는 듯한 느낌. 그가 깊이 본격적으로 움직이기 시작하자 그러한 느낌조차 박살이 나버렸다. 그녀의 몸 안에서 그가 만들어내는 쾌락은 엄청난 속도로 자라 세상을 삼켜버렸다. 그의 움직임이 점점 격렬해지고 빨라지자, 몸 안의 지독한 화염덩어리는 더욱 거세져 천지사방을 덮어버렸다.

그가 약속한 능욕의 밤, 이제부터 시작이었다.

7장

밤이 흘러 새벽으로 이어진다. 요란한 소리를 내며 바닥으로 떨어지는 물줄기 아래, 은후는 눈을 감고 서 있었다.

폭염의 여름밤. 폭염보다 더 뜨거운 욕정의 제물이 되었다. 남김없이 빼앗기고 남김없이 먹혀 버린 육신이 아릿한 고통을 호소하고 있다. 쾌락은 순간, 죄책감과 자괴감은 영원. 그녀는 대체 어디까지 밀려가는 걸까? 그는 그녀를 어디로 밀고 가려는 걸까?

그녀는 두려움에 젖은 눈동자로 닫힌 문을 우두커니 응시했다. 문 바깥에 있는 그 남자를, 그 남자가 그녀에게 얽어맨 끔찍한 쾌락의 덫을 기억했다. 부르르 몸이 떨렸다.

'잔인해. 지독해. 미치겠어.'

태흔은 약속한 대로 자신의 프로젝트를 한 치의 오차도 없이 수행해 갔다. 그녀와 자신의 몸으로 만들어내는 완전한 절정의 사업 계획에 골몰했다. 은후는 그에게 모든 것을 빼앗기고, 완전히 정복당해 버렸다. 숨조차 제대로 쉴 수 없을 만큼 탈진해선 욕실 바닥에 쓰러진 그녀를 안아 들며 그가 다시 악마처럼 중얼거렸다.

"포근한 침대에서 좀 쉬자구. 널 딱딱한 바닥에서 계속 뭉개는 건 좀 가엾어졌어."

병 주고 약 주는 남자 같으니라고.

그는 말짱한 거짓말쟁이였다. 말로는 쉬자고 해놓고, 하얀 시트가 깔린 침대 위에서 망설이지 않고 다시 시작했다. 지독히도 거칠고 집요하던 욕실에서의 정사와는 달리, 아주 개구지고 짓궂은 사랑.

섹스 반 장난 반, 남자와 여자가 침실에서만 하는 질탕하고 농염한 행위를 가르쳤다. 솜사탕같이 달콤하고 만화영화처럼 장난스럽게 그녀를 가졌다. 그를 내주었다. 은후의 머리끝부터 발끝까지 키스하고 또 키스했다. 또 그녀로 하여금 자신을 핥고 깨물게 만들었다. 허벅지 사이 장밋빛 키스의 흔적을 남겨놓고 만족스러운 듯 킬킬댔다. 마찬가지로 자신에게도 흔적을 남기라고 자꾸만 강요했다.

너무나 자극을 받아 쾌락이 아니라 거의 고통이 되어버린 듯한 섹스. 한참 동안 그녀의 입술로 자극받은 후, 다시 얼얼한 몸 아래로 파고들던 몰염치하고 뻔뻔한 짐승, 그의 불기둥이 깊이 침입해선 다시 꿈틀거리고 비벼대자 은후는 자신도 모르게 격렬한 교성을 내지를 수밖에 없었다. 지독한 쾌락의 향연에 묶여선 속절없이 다시 파괴되고 부서졌다.

"방음이 끝내주는군. 좋아. 마음껏 소리친대도 아무도 몰라. 그러니 소리쳐, 비명 질러. 신음해. 못 가기만 해. 다시 끝장내 버릴 거니까. 너 완전히 죽여 버릴 거야!"

섹스 그 자체보다, 강요하는 목소리가 더 자극적이었다.

그녀의 몸은 그녀 자신의 것이 아니었다. 그의 몸을 받아들이던 순간, 세상은 완전히 무너져 버린다. 머릿속은 텅 빈 백지가 되고, 온몸에는 철저하게 그라는 존재가 각인되어 그밖에는 생각할 수 없게 만든다. 완전히 빼앗긴 채 그의 일부로 녹아 그가 움직이고 자극하는 만큼의 진동으로 함께 출렁댔다. 온몸을 관통하는 지독한 관능의 단즙에 사로잡혀, 은후는 죽음처럼 강렬한 쾌감 안에서 거의 실신을 하다시피 하고 말았다. 은후의 영혼도 태흔의 암흑에 확실하게 물들었다.

검은 지옥의 쾌락은 무서운 빛처럼 터져 세상을 물들였다. 은후는 결국 외마디 비명을 지르며 산산조각 나선 침대 위로 무너졌고, 이윽고 태흔 역시 거친 신음을 내뱉으며 그녀의 등 위로 무너졌다. 달아오른 진홍빛 동굴 안으로 자신의 생생하고 뜨거운 정액을 내뿜었다.

"아이를 낳아. 내 아이……. 진짜…… 가족을 만들어줘."

까물거리며 점점 사라지는 희미한 의식 사이로 들려오던 마지막 말은 그런 것이었다.

그 말은 꿈일까 현실일까? 그는 정말 그런 말을 했을까? 그는 정말 은후에게서 아이까지 만들 생각일까? 그는 그녀를 어디까지 몰아붙일 계획일까?

언제쯤 끝이 날까. 이 아슬아슬하고 불완전한 관계는 얼마쯤 지속되는 걸까? 우린 정녕 어디로 흘러가고 있는 걸까?

머릿속이 한꺼번에 너무 많은 생각과 고민으로 엉켜 정리정돈이 되지 않았다.

태흔이 돌아온 지는 이제 겨우 열흘 남짓. 겨우 그것밖에 지나지 않았는데, 천년만년이나 지난 것 같았다. 그리고 그녀의 인생은 완전히 산산조각이 났다.

수없이 다짐했다. 싫어. 이런 관계는 안 돼, 죽어도 다시는 못 해, 라고 생각했다.

하지만…….

힘없이 그녀의 얼굴이 아래로 떨어졌다. 물줄기와 섞여 볼을 타고 뜨거운 것이 한줄기 흘렀다. 이내 더 세찬 물에 쓸려 흔적도 없이 사라져 버린…….

은후의 입술이 더없이 서글픈 미소를 물었다.

'결국은 이렇게 되어버리잖아. 나도 좋아서 미치고 말잖아! 이게 뭐야?'

그가 주려는 것을 확실하게 밀어낼 수 있다면. 기대하지 않을 수 있다면. 그를 완전히 단념할 수만 있다면. 그러니까 결국, 사랑하지 않을 수 있다면…….

혼자 죽어버리거나, 멀리 떠나 버릴 수 있을 텐데.

그가 그녀를 원하고 소유하려는 것만큼, 아니, 그 이상으로 은후의 반쪽도 태흔에 대하여 지독한 열정과 탐욕으로 가득 차 있었다. 그에게 열광하여 그를 향해 무조건 달려드는 몰염치하고 뻔뻔한 은후였다.

"나쁜 계집애."

김이 서려 하얗게 변한 욕실의 거울 속에 나신으로 선 그 여자, 은후는 힘없이 중얼거렸다.

'가증스러워. 너 정말 가증스러워서 죽겠어.'

언제일까? 태흔의 말대로 언제 이 거짓이, 이 아슬아슬한 줄타기가 발각되고 말까? 세상에, 진 여사에게 이 부도덕한 관계를 들키게 될까?

'생각 따위 할 필요가 없잖아. 할 수가 없는걸…….'

다시금 은후의 입술이 삐뚤어지고 참담한 미소를 머금었다.

생각 따위를 한다고 해서, 태흔을 이길 수 있는 것은 아니니까.

은후는 자신이 거센 물결에 휘말려 떠내려가는 작은 나뭇잎 같다는 생각을 했다. 물이 흘러가는 대로 나뭇잎은 떠내려갈 뿐, 물살을 거스르고 제 혼자 어찌해 볼 도리가 없는 것처럼 은후 역시 그러했다.

욕실을 나섰을 때, 태흔은 침대에 등을 보이고 앉은 채 전화를 하고 있었다. 이내 달칵 끊어버렸다. 새벽 두 시이니, 아마도 해외에서 걸려온 전화겠지. 그가 바닥에 떨어진 바지를 주워 꿰입었다. 은후는 화장대 앞으로 갔다. 빗을 들어 아직도 반 젖은 머리카락을 빗어 내리기 시작했다.

"내가 해주지."

싫다는 말을 하기도 전에 그가 은후의 손에 들린 빗을 빼앗았다. 거울 속에 한 덩어리가 된 두 사람의 모습이 박혔다.

정수리에 키스하며, 하얗게 드러난 목덜미에 키스하며, 태흔은 빗질을 빙자해선 은후의 긴 머리카락이 손가락 사이로 흐르는 감촉을 즐기고 음미했다. 이렇게 수없이 가졌는데도, 아직도 갈증은 가시지 않았다. 영원히 소유한다 해도, 이 근원적인 굶주림은 가시지 않을 테지. 이미 닫혀 버린 이 여자의 심장 따윈 절대로 그의 것이 되지 않을 테니까.

은후의 손이 그의 손에 겹쳐졌다. 빗을 빼앗아갔다.

"이제 내가 할게."

네 개의 눈동자가 거울 속에서 얽혔다. 태흔은 씩 웃었다.

너무 몰아치면 무엇이든 부러지고 말지. 좋아. 이쯤해서 오늘은 놓아주지.

태흔은 포식한 맹수인 양 얌전하게 물러났다. 침대로 돌아가 셔츠를 꿰입었다.

빗질을 마저 하고 나서, 은후는 편집증 환자처럼 빗에 감긴 머리카락을 하나하나 뜯어 쓰레기통에 버리고 있었다. 별것에서 깔끔을 떨고 있군, 하고 생각하던 차였다. 문득 은후가 낮은 목소리로 물었다.

"한 가지만 물어도 돼?"

"원하시는 대로."

셔츠의 단추를 잠그며 태흔은 은후의 등을 바라보았다. 그러나 그녀는 쉬이 말을 하지 못하고 망설이기만 하고 있었다.

"궁금한 거 있다며? 왜 말 안 해?"

"지난 오 년 동안, 하룻밤이라도 여자 없으면 잠을 못 잤다는 거, 사실이야?"

"달라. 섹스를 하지 않으면 잠을 못 잔다고 했지, 여자가 없으면 잠을 자지 못한다고는 하지 않았어."

"그럼?"

"너랑 헤어져 있던 오 년 동안 내내 불면증이었어."

멍해져선 은후는 태흔의 얼굴을 돌아보았다. 불면증을 앓았다니. 그런 말은 한 번도 듣지 못했는데.

"병원에 갔더니 의사가 그러더군. 잠이 들지 못하면 여자하고 섹스를 해보라고. 만족스런 섹스를 하면 잠이 올 거라고."

"그럼, 여자랑 잔 거 아니란 말이야?"

"잤다고 해도 말 안 하지, 절대로!"

은후는 빙글빙글 웃는 그를 노려보았다. 태흔이 피식 웃으며 되받아쳤다.

"그럼, 넌 나 아닌 다른 남자랑 잤으면 정직하게 말할 수 있어?"

"누가 잤다고! 난 절대로 그런 적이……!"

은후는 입을 꾹 다물었다. 젠장, 말려들었다.

그가 일어나 곁으로 다가왔다. 기쁘다는 얼굴로 머리를 쓰다듬었다.

"착하네, 이은후. 날 기다리면서 정숙하게 살았군."

여하튼 입을 열면 되는 게 없다. 어찌하든 그에게 휘말리고 마니까.

그가 씩 웃으며 은후의 정수리에 다시 키스했다.

"잘했어. 당연히 그래야지. 다행인 줄 알아. 만약 네가 엉뚱한 놈하고 허튼수작하고 있었으면, 첫날 나에게 죽었어."

두 사람이 성북동 집에 도착한 시각은 새벽 네 시. 문을 열어준 나주댁이 하품을 하며 둘을 살짝 나무랐다.

"너무 늦었네요. 어서 올라가서 주무세요들."

도둑이 제 발 저린다고, 혹여 둘이 같이 들어오는 것을 두고 이상하게 생각하지는 않을까, 가슴이 동당거렸다. 그러나 나주댁은 전혀 그런 기색 따윈 보이지 않았다. 추호도 두 사람의 은밀한 밀회를 짐작하지 못한 탓이리라.

"간만에 친구들 만나서 시간 가는 줄 몰랐네."

"즐거웠나 보네요. 얼굴이 환해요."

"네, 즐거웠어요. 은후야, 올라올 때 물 한 잔만."

태흔이 먼저 계단을 올라가며 어깨 너머로 주문했다. 은후는 나주댁이 자신의 방으로 들어가는 것을 바라보다가, 주방으로 가서 냉장고에서 물병을 꺼냈다. 컵과 함께 쟁반에 담았다. 반쯤 열린 태흔의 침실에서 불빛이 새어 나오고 있었다.

"여기, 물."

태흔은 막 셔츠를 벗고 상반신은 알몸인 채 잠옷 바지를 꿰입고 있었다. 그가 몸을 돌이켜 문 앞에 선 은후를 돌아보았다. 팔만 쭉 내민 우스꽝스러운 꼴을 노려보았다.

"내 방에는 무서워서 못 들어오시겠다? 다시 고슴도치가 되었군, 이은후."

그가 다가와 은후의 손에서 쟁반을 받아 들었다. 문 옆에 있는 콘솔 위에 놓고, 다시금 불안해서 어쩔 줄 몰라 하는 은후의 팔을 잡아끌었다. 자신의 단단한 맨 가슴을 만지게 만들었다. 살짝 허리를 굽혀 이마에 키스했다.

"굿나이트. 아니, 굿모닝인가? 공주님."

누구에게라도 쫓기는 것처럼 자신의 방으로 서둘러 도망치는 은후의 뒷모습을 바라보며 그는 씩 웃었다. 혼자 중얼거렸다.

"푹 자라고. 그래야 널 다시 안을 수 있을 테니까."

그가 기껏 몇 번의 섹스로 만족할 줄 알았다면 그야말로 오산이다. 이은후는 이번 주말만 해도 그에게 서너 번의 빚을 더 갚아야 한다.

토요일 정오 무렵.

오랜만에 가족이 모였다. 앞산으로 가벼운 새벽 등산을 마치고 돌아온 진 여사와, 늦은 귀가 후 느지막이 일어난 태흔과 은후. 세 사람이 함께 느긋하게 아침 겸 점심을 끝내고 차를 마시려던 중이었다. 진 여사가 태흔을 바라보았다.

"이 회장, 다음 주에 시간을 좀 비울 수 있을까?"

"왜요?"

"자네에게 아주 잘 맞을 참하고 좋은 아가씨가 있다네. 한 번 만나보면 좋겠어."

은후가 찻잔에 설탕을 넣는 척하며 고개를 숙였다. 순간적으로 하얗게 변하는 그녀의 안색을 몰래 관찰하면서도, 그러나 태흔은 태연하게 대답했다.

"다음 주 스케줄을 한번 확인해 보겠습니다."

"이리저리 들어보고 알아보니, 정말 내 맘에 꼭 드는 아가씨야. 두어 번 만나보고, 서로가 마음에 든다 하면 좋은 인연 맺었으면 싶어."

"할머니 눈이 어련하실까요."

"난 올해 안으로 자네가 결혼했으면 하는데. 욕심일까?"

"저도 그러고 싶습니다. 할머니께서 더 늙기 전에 귀여운 증손자를 안겨 드려야죠."

선선히 대답하는 태흔이 고맙고 대견했다. 진 여사의 만면에 환한 미소가 피어올랐다.

그럼 그렇지. 내가 어떻게 키운 녀석인데, 어그러지고 속 썩히겠어? 저렇게 반듯하고 제 할 일 다 알아서 하는 녀석인데.

고개를 주억거리면서도 진 여사는 어제 동무들과 나누었던 이야기를 혼자 되곱씹었다.

한자리에 모인 동무 셋이 이구동성으로 추천하는 처자가 있었다. 아진그룹 큰딸이라는 말에 일단 집안은 점잖고 나무랄 데가 없구나 싶었다.

“정말 그 애가 우리 태흔이랑 혼사할 만해?”

“이 회장과 동문일걸요. 예일에서 공부했다고 들었어요. 미인이고 능력도 아주 많다고 소문이 자자합디다.”

“그 집안이 딸만 셋이잖아요. 임 회장님이 그 큰딸을 후계자로 키우신대요. 지금 본사 기획실 이사로 일하고 있는데, 아주 능력이 대단한가 봐.”

“그 처녀는 몇 살인가?”

“나이는 좀 있어요. 스물아홉이랍니다.”

“스물아홉이라. 너무 나이가 많으면 출산이 힘들 수도 있을 텐데.”

“너무 어려도 못쓰지, 형님. 얼마나 큰살림인데. 풋내기 데려다가 언제 가르치실라우? 하나하나 짚어주실 기력인들 있으세요?”

“하긴, 이제 내 나이가 가르칠 일에는 벅차지.”

“요새 아이들, 어디 빨리 혼인들 하나? 나이 많은 건 이제 흠 아니에요. 이 회장 나이도 서른셋인데. 네 살 차이면 딱 맞춤이네.”

“스물아홉이면 여자 나이론 적지 않은데, 그 애에겐 연분 닿은 사내는 없을까?”

“아진그룹 임 회장이 어떤 사람인데? 그 꼬장꼬장하고 반듯한 양반이 딸애들더러 함부로 놀게 내버려 놔뒀겠어요? 세 딸 교육을 아주 말끔하고 야무지게 시켰다고 소문 자자합니다.”

“하긴, 그 안사람 윤 여사야 내가 잘 알지. 인품이며 점잖은 게 어디 예사 사람이야? 그런데 그런 딸 두어두고 왜 나에게 말 한마디 안 했을까, 그래?"

"어려워서 그렇지, 형님. 먼저 말 꺼내면 이 회장을 너무 욕심내는 것 같아 민망하잖수. 그 집안도 성북동 집안하고 버금가는데 자존심도 있고 체면도 있을 것 아닙니까? 딱 맞춤이야. 둘이 한 번 만나게 해요, 형님. 그럭저럭 좋다 하면 그대로 혼사시키구요. 둘 다 나이 차서 양가가 다 급하지 않습니까? 결혼해서 연애하면 되지. 이 회장이 어련히 잘해줄까?"

"그럴까? 한 번 만나게 해볼까?"

"그렇게 하세요. 게다가 은후. 형님, 노파심이라고 생각하고 제가 드리는 말씀입니다. 얼마나 예뻐요? 은후만 보면 늙은 제 눈조차 환해지고 깨끗해집니다. 그렇게 숙성하고 탐스럽게 피고 있는 아이인데, 남매지간이라 해도 미혼인 아이들, 한집에 두면 크게 좋은 일 아닙니다. 어서어서 이 회장 때맞추어 빨리 혼인시키세요."

"참 별말도 다 한다. 우리 은후하고 태흔이 사이가 얼마나 각별한 줄 알면서 그런 말을 하누?"

그냥 그 자리에서는 웃으며 범상하게 넘겼었다. 그러나 집으로 돌아오는 도중 곱씹어보니 은근히 마음에 걸리는 말이 있었다.

남매지간이라 해도 미혼인 아이들을 한집에 두는 게 아니라지.

은후나 태흔 둘 다 그런 생각 따윈 추호도 없다 해도 남들 눈에는 혼인하지 않은 두 아이를 한집에 두면 맹랑한 구설거리가 될 수도 있겠구나 싶어 선뜻했다. 괜한 오해를 살 일 따위, 없애주는 게 상책이다.

'우리 태흔이가 혼인하면 사라질 뒷말이지만. 여하튼 속 좁은

사람들 생각 하곤, 참!'

가시처럼 걸리던 기억을 더 깊은 마음 안으로 밀어 넣었다. 진 여사는 웃는 낯으로 은후 쪽을 바라보았다.

"아무래도 이젠 은후, 아래층으로 내려와야겠다."

은후가 고개를 들었다. 몇 번의 심호흡으로 겨우 안색을 회복할 수 있었다. 진 여사의 눈에는 비치기로, 그저 환한 복사 빛 얼굴이 의아함을 담고 있을 뿐이었다.

"네 오라비가 장가가면 이층은 신혼부부 전용으로 바꿔줘야 할 것 같아서 하는 말이지. 넌 할미 옆으로 오면 되지 않니? 서예실을 네 작업실로 바꾸면 될 테고."

태흔이 피식 웃었다. 홀짝 남은 찻물을 마셨다.

"아아, 우리 할머니 성미 급한 건 정말! 아직 저, 여자 얼굴도 보지 않았습니다. 그런데 제 결혼을 대비해서 집부터 개조하실 생각이십니까?"

"집 고치는 일이 어디 하루아침에 이루어지는 일이야? 그걸 염두에 두고 지금부터 시작해야지. 입 다물고 내가 하는 대로 보고 있어. 개조 공사 들어가는 동안에 너는 회사 근처 오피스텔이라도 하나 얻도록 해. 나주댁이랑 김 기사랑 같이 지내면 될 거다."

"은후랑 할머님은요?"

"글쎄. 그동안 우린 호텔 생활이나 즐겨볼까?"

진 여사가 빙그레 웃으며 은후를 바라보았다. 그녀에게 동의를 구했다.

"할머니, 호텔로 들어가시게요?"

가슴이 두근거리고 있었다. 만약 그렇게 된다면 태흔에게 당분간은 벗어날 수가 있다. 주말에는 어쩔 수 없이 안길 수밖에 없겠지만 매 순간마다 불안에 떨고 능욕을 당할까 봐 공포에 떠는 일은 피할 수 있을 것이다.

"뭐, 나쁘지 않아. 어제 친구들 지내는 걸 보았는데, 나이 들어 홀몸, 떠나고 싶으면 훌쩍 떠나 경치 좋은 호텔에서 몇 달씩 묵고 다니는 거 나쁘지 않더구나."

은후의 표정에 떠오르던 안도감 따위, 태흔이 읽지 못했을 거라고 생각하는 건가. 어찌하든 도망가려고 별의별 수를 다 쓰는구먼. 태흔은 심술맞은 미소를 감추며 주전자를 들어 다시 차를 따랐다. 단번에 정리했다.

"집을 고치는 일일랑 찬성합니다만 저만 혼자 아파트를 얻어 나가는 건 그렇습니다. 백제호텔이 회사에서 가까우니 우리 셋이 다 그리로 이사 나가죠."

"그게 나을까?"

"셋이 따로따로 집을 잡느니, 식구들이 같이 머물 수 있게 프라이비트 빌라를 임대하면 비용도 더 적게 들어요. 복층이면 룸이 너덧 개는 될 터니 충분해요. 나주댁 아줌마와 김 기사도 같이 갈 수 있고 말입니다. 개조 공사가 얼마나 걸릴까요? 한 석 달쯤 걸릴까요?"

"그 정도 된다더구나."

"좋습니다. 바로 예약하고 공사 들어가기로 하죠. 12월 크리스마스 파티는 우리 집에서 즐길 수 있도록 건축 업자를 좀 쪼아보세요. 그땐 아마 제 아내가 그 집에 같이 들어올 겁니다."

진 여사가 웃으며 은후를 돌아보았다.

"난 은후야, 네 오라비가 이렇게 결단력이 빠른 게 좋더라. 자, 개조 건은 이렇게 끝났고, 이번 여름에는 휴가도 가지 못했는데 전시회 끝나면 둘이 독일에나 놀러 갈까? 가을이 좋잖니."

"10월 말쯤 저도 러시아 지사로 출장 가요. 그때 다 같이 움직이기로 하죠."

"우린 둘이 가도 되는데 바쁜 자네가 왜 자꾸 끼려고 하누?"

진 여사의 물음이야말로 은후가 묻고 싶은 말이었다. 태흔이 싱긋이 미소 지었다. 일어나서 할머니의 어깨를 기다란 두 팔로 푹신하게 감쌌다.

"죄송해서요, 할머니."

"뭐가 죄송해?"

"오 년 동안 제가 우리 은후랑 할머니를 내버려 두었잖아요. 가능한 한 많이 같이 있고 싶어요. 할머니도 자꾸 늙어 가시고. 조금이라도 정정하실 때 더 많은 추억 만들고 싶어요. 우리 셋이 조금이라도 더 같이 있고 싶은 제 마음 좀 이해해 주세요."

분명히 입에 꿀을 바르고 내려온 거다. 듣기 좋은 말일랑 정말 잘도 한다. 진 여사의 얼굴에 감격스런 빛이 떠올랐다. 마음만 먹으면 얼마든지 사람의 마음을 쥐었다 놓았다 하는 사람이다. 저 남자 손에 사로잡히면, 평생 동안 벗어날 수가 없는 거야. 은후는 절망적으로 각인했다.

그때 초인종이 울렸다. 빈 찻잔을 거두어가던 나주댁이 인터폰 버튼을 누르고는 누구에게랄 것도 없이 알렸다.

"여사님, 목동 강 여사님이 사람을 보냈네요."

"강 여사가?"

갑작스런 방문객에 진 여사도 놀랐지만 은후는 더 놀랐다. 목동 강 여사라면, 서준의 어머님이 아닌가?

현관문이 열리고 정장 차림의 중년 여성 한 명이 나타났다. 은후도 만난 적이 있는 강 여사의 비서였다. 커다란 꾸러미를 들고 있었다. 현관 머리에 서서 깍듯한 인사를 차렸다. 진 여사는 인자한 미소를 지으며 마주 고개를 끄덕였다.

"정 실장, 오랜만이야."

"그동안 안녕하셨어요, 여사님. 저희 사모님께서 고약한 말복 더위를 잘 넘기시라고 무엇을 좀 보내셨네요."

"세상에. 요즈음 누가 이런 인사를 차린다고. 어서 올라와요."

"어서 오세요."

은후도 얼른 현관 머리까지 나가서 정 실장을 맞이했다.

"무거운 것을 들고 오느라 고생하셨어요."

정 실장의 손에 들린 꾸러미를 받아 들었다. 비단 보자기에 싸인 꾸러미는 제법 컸고 생각 외로 무거웠다. 두 팔로 지탱했는데도 묵직한 무게감에 휘청 하고 말았다.

태흔의 강한 손이 은후의 팔에 들린 보자기를 낚아챈 건 그 순간이었다.

"힘도 약한 게 꼭 먼저 나서지?"

무뚝뚝한 한마디가 날아왔다. 아무렇지도 않게 힘든 것을 대신 빼앗아 간 그가 보자기에 싼 꾸러미를 탁자에 놓고 다시 소파에 앉았다.

"이 회장님께서 돌아오셨단 이야긴 전해 들었어요. 여전히 사이좋은 남매세요."

정 실장의 공치사에 태흔은 가벼운 묵례로만 답했을 뿐이다. 심중을 짐작할 수 없는 미묘하고 엷은 미소만을 짓고 있다.

소파에 앉은 진 여사에게도 묵례를 한 연후에 정 실장이 자리에 앉았다.

"은후 아가씨, 여름 감기 때문에 힘드셨다면서요?"

정 실장이 환히 웃는 얼굴로 은후를 바라보았다. 하얀 얼굴이 설핏 붉어졌다.

"어머나, 그게 언젯적 일인데? 제가 감기 걸린 게 목동까지 소문났어요?"

태흔이 돌아온 날, 은후의 잔잔한 삶을 단주먹에 망가뜨려 버린 그날. 몸에 새겨진 열흔을 감추기 위해 긴 팔 셔츠와 스카프로 무장하고 서준을 만났었지. 마음고생 몸고생으로 골골한 얼굴을 보면서 그는 무척 걱정을 해주었다. 변명거리를 찾지 못해 독하게 여름 감기가 들었다고 거짓말을 했었다. 그것을 잊지 않고 있었나 보다.

—감기 좋아하시네.

태흔이 남몰래 피식 비웃는 것이 느껴졌다. 그의 얼굴을 바라본 것도 아니나, 그대로 만져졌다. 비아냥거리는 환청이 들리는 착각에 빠졌다.

그럼에도 은후는 억지로 웃는 얼굴을 하며 되물었다.

"엄청 창피하네요. 서준 씨가 일렀구나."

"이사님께 그 얘기를 전해 듣고 사모님이 어찌나 걱정을 하시던지. 기운 나는 거 좀 챙기셨다면서 저를 내보시네요."

"아이고, 이제 보니 내 걱정 한 게 아니고 은후 걱정해서 보낸 거로구먼?"

진 여사가 빙그레 웃었다. 느닷없는 정 실장의 방문이 어떤 목적인지 비로소 짐작이 된 참이었다.

정말 고마웠다. 과일 선물이면 운전기사를 통해 보내도 될 터인데, 부러 바쁜 정 실장을 보냈다는 건 그만큼 은후가 귀하다는 뜻이다. 직접 눈으로 은후 몸 상태 좀 살피고 오너라 하는 말과 같다.

"나주댁, 정 실장 차 좀 줘요. 작년 가을에 지리산 농장에서 유기농 오미자를 보내왔지 뭐야. 작년에 담근 것을 올해 지금에서야 단지를 뜯었네. 마실 만할 거야."

"귀한 거네요, 주세요. 맛있게 마실게요."

우리 은후가 시집가면 저이가 우리 아이 뒷수발을 해줄거나. 마음속으로 유념하는 진 여사의 눈에는 서글서글한 정 실장의 응대가 밉지 않았다.

"어디 한번 구경이나 해보자. 우리 강 여사가 무엇을 보냈을꼬?"

진 여사의 시선 앞에서 정 실장이 비단 보자기를 풀었다.

옻칠한 목판 위에, 커다란 연잎 한 장이 멋들어지게 놓였다. 그 위에 알 굵고 모양 좋은 과일들이 줄 맞춰 그득그득 담겨 있었다. 하나하나 얄보드레한 유지(油紙)에 곱게 싸인 채였다. 하얗게 골진 샛노란 참외, 초록색 멜론, 빨간 애플망고, 연분홍빛 복숭아가 푸르른 아이비 넝쿨과 하얀 소국 봉오리로 장식되어 화사하게 펼쳐졌다.

기껏 과일 바구니 따위가 아니라 한 폭의 채색 한국화 같았다. 정성스럽고 깊은 마음이 그대로 담긴 귀한 선물이었다.

"사모님이 직접 다 장만하신 거랍니다."

"누가 예술 하는 이 아니랄까 봐서, 과일 보내는 맵시까지 이렇게 곱대 그래?"

서준의 모친인 강 여사는 이름난 한국화 화가이다. 진 여사가 사뭇 감탄을 터뜨렸다. 단순한 시절 선물이라고 하기에는 너무나 정성스러웠다. 은후는 미안하기도 하고 해서 혼잣말처럼 종알거렸다.

"문 이사님, 너무해. 그때 제가 잠시 만났거든요. 전시회 때문에. 제가 너무 못 먹으니까, 대체 뭘 먹고 싶냐고 하기에 그냥 과일이라고 대답한 건데……. 아이, 감기 나은 게 언젠데? 괜히 여사님을 번거롭게 해드렸어요. 죄송해서 어째요?"

"문 이사가 마음 썼구나. 걱정했나 보다. 너도 답례를 해야지. 은후, 이내 정식으로 찾아뵙고 인사 드리거라."

"아이고, 그런 말씀 마세요. 어디 답례를 바라고 보내신 건가요? 그냥 우리 사모님 마음이에요."

"그래도 사람 살이가 그런 게 아니지."

흐뭇하게 웃으며 진 여사가 은후를 돌아보았다.

"우리 은후. 거기로 혼인하면, 시어머니 자리하고 말 잘 통해서 참 좋겠구나."

은후의 볼이 다시금 빨갛게 변했다. 본능적으로 태흔의 기색을 살피며 당황해선 다급히 부인했다.

"할머니, 정말 싫어요. 또 확대해석하시죠? 우리 아직 그런 사이 아니에요. 저나 서준 씨, 추호도 그런 생각 없어요!"

"추호도 그런 사이 아니야? 그래, 알았다."

다급한 부인은 오히려 역효과였다. 은밀한 감정을 들킨 처녀의 수줍음 때문이라고 생각하는 거다. 미소를 머금은 진 여사와 정 실장의 시선이 마주쳤다.

태흔은 묵묵히 나주댁 아줌마가 내온 차가운 오미자 냉차를 마시고 있을 뿐이다. 완벽한 무표정이었다.

그럼에도 은후는 자꾸만 조마조마한 마음을 감출 수가 없었다.

태흔의 뇌리에 서준의 이름이 뚜렷이 각인되는 것이 느껴졌기 때문이다.

정 실장이 자리에서 일어섰다.

"이만 가보렵니다. 전 지금 돌아가서 또 사모님 모시고 모임 나가야 하거든요."

"이렇게 바쁜 이가 우리 은후 때문에 먼 길 왔다 갔다 해서 어쩌누?"

"제 일인걸요. 은후 아가씨, 몸조리 잘하세요. 저희 사모님도 걱정 많이 하셔요."

"민망하네요. 고맙습니다. 전화 드린다고 말씀 전해주세요."

정 실장이 현관으로 나갔다. 사람을 배웅하는 일이니 의례상 태흔도 마지못해 일어섰다. 그녀가 나가자마자 목판에 담긴 과일을 물끄러미 내려다보며 못마땅하다는 듯이 한마디 툭 던졌다.

"몸 아프다는 애더러 먹으라고? 이걸?"

은후는 멍하니 그를 바라보았다. 태흔이 목판에서 애플망고 하나를 집어 들었다. 장난처럼 허공으로 휙 던졌다.

"방부제 잔뜩 넣고 보존제 처덕처덕 처바른 수입 과일을 보내놓고 대체 어쩌라는 거야? 생각이 있는 건가?"

"상표도 안 보니? 이건 제주도에서 올라온 거다."

생뚱맞은 트집 앞에서 황당해하기는 진 여사도 마찬가지였다. 괜히 좋은 선물을 두고 타박하는 태흔을 나무랐다.

"사람이 왜 그리 꼬여 있어? 일부러 생각해서 보내준 건데, 감사히 받아야지. 은후, 옷 갈아입고 내려오렴. 오후에 리모델링 하는 디자이너 만나기로 했다. 만나고 같이 쇼핑이나 하자꾸나."

"네, 삼십 분 후에 뵐게요."

진 여사가 먼저 안방으로 걸어갔다. 소파에 앉은 태흔만 남겨두고 은후는 계단을 향해 한 발 뗐다.

"서준 씨라. '문 이사' 란 인간을 그렇게 불러?"

등 뒤로 툭 떨어지는 나지막한 목소리. 화들짝 놀라 은후는 고개를 돌렸다.

내내 곱씹었던 것이 분명했다. 그 한마디를 끝으로, 태흔은 아무 일도 없다는 듯이 몸을 돌려 현관을 나가 버렸다.

쓸데없이 민감하게 반응한다고도 하겠지만, 이상하다. 무엇인가 아주 큰 실수를 했다는 자각에 은후는 눈앞이 캄캄했다. 무서웠다. 갑자기 오싹 소름이 돋았다. 태흔이 서준의 이름을 기억한 이상, 어떤 식으로든 잠잠히 있진 않을 것 같았다. 서준이 보낸 느닷없고 난처한 선물은 태흔을 충분히 긴장시키고 자극하고 있었다.

'오빠' 로서 태흔은 완벽한 신사였지만, '남자' 로서는 절대적으로 지독한 야수였다. 염치도 없고, 도덕도 없고, 규율도 없으며 무엇보다, 양보 따윈 하지 않는다.

거실 유리창을 통해 내다보니, 태흔은 휴대전화를 귀에 대고 누군가와 통화를 하고 있었다. 전화를 끝내고는 꼬리를 흔들며 곁에 다가온 진돗개 돌쇠를 안았다. 털을 문질러 주고 있다.

서준은 선의였고 친절이었을 테지만, 정말 쓸데없이 어리석은 짓을 해버렸다. 은후는 잠시 서준을 원망했다. 쓸데없이 자극당한 태흔이 어떤 짓을 벌일까. 은후는 진정으로 두려웠다.

'아아, 어쩜 좋아.'

이사 준비가 본격적으로 이루어지고 있었다. 그래서인지 거실이며 주방이며 할 것 없이 전부 어지러웠다. 저택의 개조 건으로 인해 가족들은 한꺼번에 백제호텔로 옮겨가게 되었다. 이삿짐센터에 맡겨질 짐들이야 직원들이 포장하겠지만 식구들이 호텔로 가지고 나갈 짐들은 각자 챙기고 움직일 수밖에 없다. 짐들은 오늘 중으로 다 옮겨질 예정이었다. 상자들 때문에 거실은 무척 어수선하게 보였다.

태흔은 발끝에 걸리는 상자들을 요리조리 피하며 현관 머리로 나갔다.

"일찍 퇴근해요. 저녁은 같이 먹어요."

움썩움썩 뭐든지 탐스럽게 잘 먹는 태흔에게 밥해 먹이는 것이 나주댁의 요즈음 즐거움이다. 집에 들어와서 식사를 한다는 말에 배웅하는 얼굴에 함박웃음이 피었다.

태흔은 주차장에 세워진 벤츠에 시동을 걸었다. 은후도 다니는 피트니스 센터 〈모닝글로리〉로 향했다. 귀국하자마자 다니기 시작한 곳이다. 은후는 기를 쓰고 빼먹는 새벽 운동을 태흔은 기를 쓰고 다니고 있는 중이었다.

지하주차장에 도착해 차를 세우는데, 그의 벤츠 옆으로 미끈한 렉서스 한 대가 다가와 멈추었다. 동시에 차에서 내리던 태흔과 그 차의 운전자가 눈이 마주쳤다. 시선이 마주친 다음에야, 초면이래도 본능처럼 서로 가벼운 묵례를 하게 되었다.

엘리베이터 쪽으로 걸어가던 참이었다. 태흔은 다시 고개를 돌렸다. 차 트렁크에서 골프채를 집어내고 있는 그 사내를 어디선가 보았다는 것을 기억해 냈던 것이다.

'어디서 본 놈인가 했더니…….'

태흔의 입술에 홀로 기묘한 미소가 열렸다.

'그러니까, 네가 문서준이란 말이지?'

지피지기면 백전백승. 그의 여자 은후에게 촉수를 뻗치는 것이 확실한 날파리에 대한 정보를 가져오라고 보안실에 요구했다. 어제 올라온 파일을 잠시 넘겨보았다. 파일 안에는 문서준의 사진까지 첨부되어 있었기에, 그래서 낯익었던 것이다.

엘리베이터 쪽으로 걸어오는 그를 냉정한 시선으로 관찰했다. 사진보다 실물이 훨씬 나은 놈이었다. 키도 헌칠했고, 운동깨나 했는지 어깨도 딱 잡혀 있다. 일본 여자들이 좋아 자지러진다는 배용준인가 뭔가 하는 배우와 비슷한 인상이었다. 여자들이 호감을 가질 만한 사내였다.

엘리베이터가 도착했다. 먼저 올라탄 태흔은 아무것도 모른다는 표정으로 아주 예의 바르게 굴었다. 서준이 탈 수 있게 열림 버튼을 눌러주었다. 초면인 이의 친절 앞에서 서준이 다시 가벼운 미소와 함께 묵례를 했다.

"못 뵈었던 분입니다만. 라켓볼을 하시는 모양입니다."

붙임성도 좋은 놈이었다. 사근사근하게 물었다. 태흔의 어깨에 매달린 라켓과 가방에 대롱거리는 보안경을 보고 짐작한 모양이다.

"아무래도 시간에 비해서 운동량이 많아서 선호하게 되나 봅니다."

"그래요? 저도 한번 배워봐야겠는데요. 그때 잘 부탁드립니다."

가방을 메고 나란히 라커룸으로 들어갔다. 이른 시각이어서 그런지, 라커룸은 텅 비어 있었다.

운동복을 갈아입기 위해 개인 라커를 여는데, 그때 서준이 라커에 달린 태흔의 이름표를 보았다. 약간 놀라는 기색을 보이더니, 또다시 먼저 말을 걸었다.

"아무래도 저희, 미리 알고 있는 사이 같습니다만."

태흔은 돌아섰다. 짐짓 눈을 치뜨고 서준을 살폈다.

너, 누구냐? 왜 친한 척하는 거냐? 하고 묻는 시선 앞에서 서준이 담백하게 미소를 지었다.

갑자기 태흔의 기분이 나빠지기 시작했다.

'자식, 여자깨나 홀리겠군.'

친절한 눈웃음까지 칠 줄 아는 사내놈에게 여자들이 약하다는 건 익히 알고 있는 사실이었다.

"문서준입니다. 평소에 성북동 진 여사님께 많은 신세를 지고 있습니다."

"전 처음 듣는 이름인데요. 언제 우리가 뵈었던가요?"

"분당 강분임 여사님."

"아, 저런. 분당 이모할머님? 그분과는 어떤 사이……?"

"외손자입니다, 선배님."

"선배?"

태흔은 되물었다.

그러고 보니, 문서준이 한국대에 입학했었다는 기록을 본 것도 같다. 비록 3학년 때 뉴욕 대학으로 유학을 가기는 했지만, 같은 동문이라고 우긴다면 할 말이 없기는 했다.

태흔이 자신에 대하여 미리 다 파악하고 있다는 것을 꿈에도 알 리 없는 서준은 설명했다.

"한국대 동문입니다."

"아, 그래요? 반갑습니다. 정식으로 인사하죠, 이태흔입니다."

태흔이 미소를 지으며 먼저 악수를 청했다.

"제가 오랫동안 외국에 나가 있어서 아는 얼굴이 별로 없었는데, 이런 인연으로 만나는 분도 있군요. 앞으로 부탁드립니다."

"아닙니다. 오히려 제가 잘 부탁드리겠습니다."

크고 부드러운 손이었으나, 강렬했다. 서준의 손을 잡고 지그시 누르는 태흔의 악력이 잊을 수 없는 기억을 남겼다.

서준은 압도적인 존재감을 뿜어내는 눈앞의 사내를 바라보며, 솜털 하나하나까지 치솟는 긴장감을 느꼈다. 평범한 악수였으나, 무엇인가 달랐다. 어렸을 때부터 제왕 교육을 받고 자랐다고 하더니, 악수를 하는 사소한 것조차 주도면밀하게 교육받은 것이 틀림없었다.

아주 잠시이나, 손을 잡은 두 사내 사이에 팽팽한 긴장감이 흘렀다. 입술로는 미소를 짓고 있으나, 짙은 눈썹 아래 깊은 눈동자가 비밀스런 빛을 담고 서준을 가만히 응시하고 있다. 단 한 번의 일별로도 서준 자신의 모든 것을 다 파악해 버린 것 같은 날카롭고도 명민한 시선. 따뜻하고 친절한 것 같으나 실은 아주 차갑고 이성적인 눈빛이었다.

서준은 왜 사람들이 이태흔을 두고 호락호락한 사내가 아니라고 했는지 비로소 알았다.

어디서든 눈에 띄는 헌칠한 키와 아름다운 외모 같은 외적인 조건도 그러했으나, 일단 그가 뿜어내는 강렬한 기운에 질렸다. 압도당했다. 강물처럼 유연하고 부드러웠으나, 태산같이 강하고 의연해서 감히 함부로 넘보거나 무시할 수 없는 사내. 언제든 어떤 상황이든 자신의 뜻대로 끌고 갈 수 있는 사람만이 가진 여유로움과 자신만만함이 공존하고 있었다.

악수를 끝낸 후, 태흔이 하얀 이를 드러내고 웃었다.

"그러고 보니, 우리 은후에게서 이름을 들은 것도 같군요. 전시회를 기획한다는 그 큐레이터? 맞죠?"

"그렇습니다. 은후 씨 덕분에 제 전시회가 빛이 나고 있지요. 오늘은 같이 오셨나요?"

되묻는 서준의 얼굴이 기대로 가득 차 있었다.

태흔이 피트니스 센터에 다니기 시작한 이후, 은후는 늦잠이나 몸살을 핑계로 내내 빠지고 있다. 운동을 한다 해도 오후 느지막이 출석하고 있었다. 그 사정을 알 리 없는 서준으로선, 매일 아침이면 만나던 은후를 보지 못해 약간 안달이 난 상태였다.

"같이 오지 못했습니다. 그놈의 전시회란 것 때문에 우리 은후, 지금 무척 바쁘던데요. 지독한 몸살까지 앓았다죠."

예사로운 말인 듯싶으나 얼핏 날카로운 가시 하나가 느껴졌다. 저절로 긴장하게 되었다. 이태흔이 이은후의 일에 대해서라면 아주 작은 것 하나까지도 신경을 곤두세운다는 말 역시 하나 틀림이 없었다.

"문서준 씨를 탓하는 건 아닙니다. 원래 예술가들이 다 그렇죠."

서준이 순간 긴장한 것을 눈치챈 것이다. 태흔이 빙그레 웃으며 부드럽게 말을 이었다. 삽시간에 굳어진 마음을 풀게 만드는 봄빛 같은 기운이 밀려왔다.

"마음에 담아두지 마세요. 원래 예민한 녀석이니까. 늘 잘해내면서도, 준비할 때면 제 능력 밖이라고 생각하고 혼자 끙끙 앓는 게 버릇이니까."

서준도 태흔의 미소에 따라 엉거주춤 미소 지을 수밖에 없었다.

돌아서서 자신의 옷장 문을 열던 순간이다. 서준은 숨을 삼켰다. 순간적이기는 하지만, 서준 자신도, 태흔의 기운에 말려 감정을 조종당하고 있었다는 것을 깨달았기 때문이다.

무서운 사내였다. 자신도 모르게 서준은 뒤에 서서 옷을 갈아입는 태흔을 다시 돌아보았다. 그는 상의를 벗은 채였다. 등을 돌린 채 옷장에서 운동복을 꺼내고 있었다. 같은 사내인 서준이 보아도 헉 하고 감탄이 터질 만큼 탄탄한 등이 다 드러나 있다.

태흔이 입고 왔던 낡은 청바지를 벗었다. 무심히 허리를 굽혀 운동용 반바지로 갈아입었다. 얇은 천에 가려진 모양 좋은 엉덩이 선, 서양인들처럼 긴 다리를 가졌다. 반바지 아래 구릿빛 두 다리 역시 강한 근육질이었다. 남자인 서준이 반할 정도로 섹시한 사내였다.

태흔이 벤치에 앉아 두툼한 양말을 신었다. 운동화 끈을 꽉 조였다. 서준 쪽은 보지도 않으면서, 나직하게 중얼거렸다. 서준더러 들어라 하는 이야기였다.

"남자 몸을 구경하는 게 취미는 아니겠죠?"

그만 바라보라는 뜻이다. 자신을 바라보는 시선에 그다지 기분이 좋지 않다는 뜻을 에둘러 드러냈다.

민망해지고 말았다. 허둥지둥 돌아서서 서준은 자신의 라커를 열었다. 서른이나 먹은 자신이, 어디 가든 별로 꿀리지 않고 밀린다는 기분도 느낀 적 없는 자신이 왜 이렇게 우스꽝스러운 작태를 보이고 있는지 혼자 자탄하면서. 그것도 하필이면 이은후의 오빠 이태흔 앞에서 실수하고 말았다. 솔직히 서준 자신, 제일 잘 보이고 싶은 사람이 있다면 다름 아닌 이태흔 그인데 말이다.

'곤란하게 되었군. 그다지 좋은 인상을 주지 못한 것 같은데.'

수영복으로 갈아입고 라커 문을 닫던 순간이었다. 등 뒤에서 태흔의 나지막한 목소리가 들려왔다.

"우리 은후."

서준의 호흡이 잠시 멎었다. 태흔이 무심한 얼굴로 자신의 라켓을 꺼내고 있었다.

"참외, 멜론, 수박, 그런 것."

그가 자신을 바라보는 서준을 잠시 돌아보았다. 싱긋 웃으며 아무렇지도 않게 내뱉었다.

"잘 안 먹어요."

"네에?"

"그 녀석, 체질이 냉해요. 여름 과일을 먹으면 배탈이 나거든."

서준의 얼굴이 일그러지고 말았다.

"게다가, 복숭아라니. 정말 실수한 거지, 문서준 씨."

태흔이 보안경을 케이스에서 꺼냈다.

"은후, 복숭아 알러지거든. 솜털만 날려도 가려움증 생겨서 병원 가요."

서준의 얼굴이 완전히 굳어졌다.

지금 그는 태흔에게서 은후에게 보낸 과일 선물이 악의라고 힐난당하고 있는 중이었다. 아픈 사람에게 위안 선물이라고 보낸 것이 전부 다 은후를 더 아프게 만든 것이 아닌가. 며칠 전에 집으로 찾아온 은후가 아주 잘 먹었다고 감사 인사까지 하고 돌아간 참이니, 태흔의 느닷없는 공격이 더 당황스러웠다.

"망고 역시 우리 집에서는 절대 금물."

단 몇 마디로 사람을 꼼짝 못 하게 구석에 몰아넣었다. 서준의 얼굴이 완전히 질려 버린 것을 보면서, 태흔은 피식 웃었다. 가방

안에서 수건을 집어 들었다.

"망고에 독이 있단 말 못 들었나요? 예민한 사람은 망고 잘못 먹으면 큰일 나요. 이리저리 생각해 보니까, 서준 씨 선물, 아픈 애한테는 좀 뭣한 것 같아서."

"죄송합니다. 제가 잘 몰라서 실수한 것 같습니다."

"뭐, 내가 간섭할 일은 아니지만 말이죠. 이왕이면 받는 사람에게 좋은 게 선물 아닌가 싶어서. 아, 마음에 담아두란 뜻은 아니에요."

빙 둘러 표현했으나, 태흔의 말은 명확했다. 다시는 은후에게 선물 따위 보내지 마. 하는 경고가 아닌가.

그러나 서준도 사내이다. 호락호락 물러날 수가 없었다. 자존심도 상했지만 무엇보다 은후에게 너무 미안했다. 기운 차려라 보낸 선물이 오히려 그녀를 더 아프게 한 것 같아서 마음이 찢어졌다. 너무 예의 바른 그녀인지라, 하나도 먹지 못한 과일 선물의 답례를 하느라, 직접 과자까지 구워 집에까지 찾아오지 않았던가.

"죄송합니다. 제가 생각이 짧았습니다. 그럼 은후 씨가 좋아하는 과일은 뭡니까?"

"없어요."

너무나 간단하게 태흔이 잘라 말했다.

만날 때마다 야채니 과일이니 가리지 않고 잘 먹던 은후를 보았다. 공방에서 빨간 사과를 쌓아두고, 통째로 와삭와삭 깨물어 먹던 은후를 본 적도 있다. 서준으로서는 당황스런 대답이 아닐 수 없었다.

"갠 뭐든지 주는 대로 먹어요. 좋아하는 것이 없거든."

"무슨 뜻입니까?"

"분당 이모할머니의 손자이니 우리 은후, 할머니께서 보육원에서 데려와 키운 애란 말, 들었을 테죠?"

단도직입적이었다. 서준은 또다시 느닷없이 태흔에게 기습 공격을 당했다. 속절없이 준비하지 않았던 당황스런 대화에 말려들고 말았다.

"들었지만……."

"그래서 그런 거야. 우리 은후, 절대로 음식으로 불평 따윈 하지 않아요. 어떤 것도 욕심내지 않아. 원래 버릇이 그래요. 버려질까 두려워서 은혜 입은 사람에게 미움받는 게 무서워서, 미리 조심하는 고아 근성이랄까. 절대로 NO라는 말을 하지 못해요. 아무리 고쳐 주려 해도 안 되더군요."

서준의 미간에 순간 분노의 주름이 패었다. 그의 주먹에 불끈 힘이 주어졌다.

너무 잔혹했다. 악랄하게까지 느껴졌다. 말로는 사랑하는 누이동생이라더니, 태연히 다른 사람 앞에서 그녀를 두고 '고아 근성'을 지우지 못했다고 내뱉고 있다. 전혀 아무렇지도 않게 그의 천사를 모욕하고 있다.

서준은 그만 참지 못하고 사납게 내뱉고 말았다.

"듣기 참 고약합니다. 은후 씨는 이태흔 선배가 자신을 사랑하고 있다고 굳게 믿고 있던데요."

"아, 그래요?"

"누구도 아닌 이태흔 씨가, 은후 씨를 두고 이런 말씀을 하실 줄은 몰랐습니다. 저 지금 무척 화가 나려고 합니다. 오빠라면서, 누이동생을 상당히 무시하시는군요. 정말 실망했습니다."

"세상에서 그 녀석을 제일 잘 아는 사람이 나니까."

"은후 씨. 정말, 아름다운 사람입니다. 다른 누구도 아닌 오빠인 이태흔 씨 입에서 고아 근성을 지녔다는 모욕을 들을 사람 아닙니다. 누구보다 맑고 착합니다. 그 말씀 취소하십시오."

"우리 은후를 위해 진심으로 화를 내주는 모습. 상당히 감명 깊습니다, 문서준 씨."

당했다, 완전히.

빙글거리는 태흔의 시선 앞에서 서준의 얼굴이 순간 시뻘겋게 변했다가 다시 하얗게 질렸다. 의도적으로 태흔이 그를 도발한 것이다. 은후에 대한 그의 마음이 어느 정도인지, 단번에 짚어내려던 작은 시험이었음을 이제야 눈치채다니, 어리석었다.

"지금까지 우리 은후에게 덤벼든 놈들과는 질이 좀 다른 것 같지만, 뭐, 사람이야 겪어봐야 아는 거지. 그럼 이만 실례하죠. 다음에 뵙겠습니다."

황당해서 어쩔 줄 몰라 하는 서준을 남겨두고 태흔은 먼저 돌아섰다.

슬쩍 물었던 미소가 싹 사라졌다.

문서준.

뇌리에 확실하게 되새겨진 이름이었다. 생각 외로 더 곧고 맑아서, 꽤 좋은 놈 같아서 더 싫어졌다. 그의 천사와 아주 잘 어울리는 맑은 눈을 가져서, 눈 밝은 할머니가 맺어주려 할 만큼 넉넉한 인품 같아서. 정말 싫어졌다.

태흔의 미간에 주름살이 하나 생겼다.

마음에 들지 않아. 기분 나빠. 그의 안에 숨은 또 다른 그가 속살거리고 있었다.

그의 여자 은후가 이 세상에서 가장 아름다운 다이아몬드라는 것을 아는 사람은 오직 그 하나여야만 하니까. 그 다이아몬드를 눈독 들이고 있는 사내 따위, 가만 두고 볼 줄 알았다면 이태흔을 잘 모르는 거지. 누가 빼앗길까 보냐.

문서준. 어찌하든, 은후의 세상 안에서 삭제를 해버려야 할 놈, 제1순위이다.

'기다려, 조만간 확실하게 지워줄 테니.'

그는 씩 웃으며 탈의실 문을 닫았다.

8장

저녁 일곱 시. 백제호텔 카페 라운지 〈아사렐〉.

태혼은 지금 야외 수영장이 내려다보이는 창가의 자리에 앉아 있었다. 진 여사가 고르고 골라 내민 결혼 상대자를 만나려는 것이었다.

승명그룹과 버금가는 아진그룹 첫째 딸이자 기획실 이사. 정보통인 세진이 읊어준 바에 따르자면 황제인 이태혼에게 아주 잘 어울리는 진정한 여왕님인 모양이다.

[실세란다. 아진 임 회장이 딸만 셋이잖아. 능력 많은 큰딸에게 여왕 교육을 시킨 모양이다. 너하고 아주 잘 맞을 거다. 감당할 수만 있다면.]

"그런 여자가 부모가 시키는 대로 결혼할 생각을 하니 기특하군."

[보기 드문 효녀인 모양이지? 스캔들 따위 아예 없고. 예일에서

공부했으니 머리도 좋을 테고. 모친이 미스 서울 출신이니 미모도 될 테고. 황제 폐하 이태흔의 천생연분일지도. 잘해봐라.]

푸른 물에 뛰어드는 수영복 차림의 외국인 부부를 내려다보며 태흔은 속으로 중얼거렸다.

'만나보면 알겠지. 이용할 가치가 있는지 없는지.'

식탁 위에 놓아둔 휴대전화가 움직였다.

"이태흔입니다."

은후의 목소리가 들려왔다.

[이사 잘 끝났다고. 오빠 짐 다 정리했다고.]

"수고했다."

[할머니가 전화하래서. 언제쯤 들어오느냐고.]

태흔은 고개를 들었다. 나무로 가려서 잘 보이진 않지만, 그가 앉은 자리에서 왼쪽으로 위치한 프라이비트 빌라로 가족들은 오늘 다 함께 이사 나왔다.

"선보러 나와 있는데, 당장 들어갈 순 없지. 곤란하지. 왜? 내가 필요해? 안기고 싶어?"

그의 위험한 도발 앞에서 수화기 안에서 은후가 숨을 들이켰다. 담담한 목소리로 아무렇지도 않게 종알거렸다. 분명 옆에 진 여사가 같이 있는 것이다.

[그럼 우리 먼저 저녁 먹어도 되는 거지?]

"뭐야? 저녁 이야기였어? 실망인데."

[끊을게.]

"내가 오늘 아주 근사한 여자를 만나기를 빌어. 그래야 네가 좀 편해질 테니까. 혹시 모르지, 너에게서 원하던 것을 그 여자가 대신 채워줄지."

태흔은 나직한 목소리로 속삭였다. 지금 그는 은후를 고문하는 중이었다. 질투라는 고문. 새파란 얼굴을 가진 무서운 짐승을 들이대고 있었다. 웃기지도 않은 알량한 도덕심의 벽을 두르고, 할머니를 방패로 삼아 그를 바닥까지 밀어내는 여자에 대한 응징이었다.

"오늘 밤. 내가 들어가지 않으면 그런 줄 알아. 축하해. 비로소 내게서 풀려날 기회를 잡을지도 모르잖아."

계집애가 버릇없기는. 태흔의 이마에 작은 뿔이 돋았다. 건방지게 은후가 먼저 전화를 끊어버렸던 것이다.

'간이 많이 커졌군, 녀석.'

다시는 이런 방자한 짓을 하지 못하도록 오늘 밤도 죽도록 안아버려야 할 모양이다.

'난 네 주변에 얼쩡대는 사내새끼 이름만 들어도 돌아버리는데, 넌 어떨까?'

태흔은 휴대전화를 만지작거리며 생각했다.

그가 다른 여자와 만나고 그 여자와 약혼하고 그 여자와 보란 듯이 사랑하는 척하면 넌 좀 질투해 줄래? 아님 내게서 도망갈 기회를 잡았다고 안도의 한숨을 내쉬어줄래?

'절대적으로 후자겠지.'

그를 바라보는 은후의 눈동자 깊은 곳엔 언제나 검은 불안과 두려움이 차 있었다. 그늘이 진 그 표정이 말하는 건, 늘 거부. 늘 미움. 그가 무엇을 어찌하든 그녀는 짓밟힌다고 생각할 테니까. 고통당한다고 생각할 테니까. 태흔 자신, 죽을 때까지 어린 누이의 순진함을 이용해 따뜻한 애정과 순결을 짓밟고 유린한 짐승일 테니까.

애욕과 섹스라는 육신의 그물로 그녀를 움켜쥘 때 말고는, 잡을 방도를 알지 못해. 가질 방법을 몰라.

'어떻게 해야 예전처럼 네 마음, 내가 가질 수 있니? 다 얻을 수 있니? 내가 어떻게 하면 내게 전부 줄래? 모든 것을 다 버리고 내게 항복해 줄래?'

선명한 입술 위로 씁스레한 미소가 떠올랐다. 하지만 그 어느 것도 태흔은 대답할 수 없다. 그건 은후만이 대답할 수 있는 것이다. 그러나 은후는 침묵의 벽을 두른 채 결코 대답해 주지 않는다.

그때였다. 수영장 쪽으로 고개를 돌린 그의 옆얼굴 위로 그늘이 졌다.

"이태흔 씨? 처음 뵙겠습니다."

그의 앞으로 다가온 여자의 인사. 고개를 돌린 태흔은 깜짝 놀라고 말았다. 너무나 황당한 상황 앞에서 어지간한 그도 약간 당황한 채 되물었다.

"임세라, 씨입니까?"

맙소사. 세련된 디자이너 투피스를 차려입고 자신만만한 미소를 가득 물고 선 그 여자. 보기 좋게 태흔의 코에 주먹을 날린 사내를 보디가드로 삼아 나타난 그 여자. 겁도 없이 태흔의 키스를 제멋대로 훔쳐 간 그 여자. 삼총사들로 하여금 엄지손가락을 치켜들게 만들었던 여왕님이 눈앞에 서 있었다. 그녀가 바로 태흔의 맞선 상대였다.

주말의 화끈한 밤을 즐기려던 그날의 유혹적인 차림새와는 달리 완벽하게 정숙하고 세련된 귀공녀의 모습이었다. 자신만만하고 도도한 품위는 여전했다.

태흔이 놀란 것처럼 그녀도 순간 놀란 것이 분명했다. 그녀 뒤에 그림자처럼 선 검은 양복도 경악한 표정이긴 마찬가지이고.

"처음 뵙는 건, 아니죠. 임세라 씨."

좀은 어이없고 좀은 민망하다. 어지간한 태흔도 씩 웃을 수밖에 없었다. 우연치고는 참으로 공교로운 우연이었다.

태흔은 세라의 등 뒤에 망연하게 선 사내를 건너다보았다. 굉장히 웃기는 이러한 시추에이션을 만들어내고도, 아주 당당한 임세라가 진정 존경스러울 지경이었다.

"아무리 하찮아도 다른 남자와 맞선을 보는데 애인을 데리고 옵니까? 이건 좀 고약한 매너 같은데요."

"우리 사이 뻔히 아시면서도 태연한 이태흔 씨도 만만찮죠. 이 사람은 제 보디가드니까, 별 상관 없을 것 같은데요."

"좋습니다. 액면 그대로 믿기로 하죠. 앉으십시오."

세라가 자리에 앉았다. 태흔은 옆에 선 남자를 바라보았다. 정중하나 냉혹하게 내뱉었다.

"저의 경호원은 제가 개인적인 볼일을 볼 땐 절대로 모습을 나타내지 않습니다."

"실례했습니다. 시정하겠습니다."

얼굴을 한 대 치는 것같이 모욕적인 축객령 앞에서, 순간적으로 그의 얼굴이 새하얗게 식었다. 그럼에도 이내 절도있는 동작으로 고개를 숙였다. 그의 입술 부근이 약간 실룩이는 것이 보였다. 곧 그는 느릿한 걸음으로 식당을 빠져나갔다.

"우호적인 맞선을 보러 나온 겁니까, 아니면 경쟁사의 새로운 수장에 대한 탐색전입니까?"

미묘한 일이지만 승명그룹과 아진그룹은 몇 가지 부분에서 주력 사업이 겹치고 있었다. 국내외에서 때로는 경쟁, 때로는 협조 관계를 유지하며 평행선을 달려오고 있는 호적수였다. 그런 양 기업의 리더가 만났다. 사업적 미팅이 아니라 순수하게 개인적인 남자와 여자의 관계로서.

그러나 그런 것을 믿을 만큼 태흔이나 세라, 두 사람 다 순진하지 않았다. 만만치 않았다.

"이렇게 멋진 밤에 골치 아픈 사업 이야기는 잠시 접어두는 게 어때요? 남자들은 이렇게 쩨쩨하다니까. 설마 제가 경쟁사의 수장을 유혹하기 위해 일부러 나타났다고 생각하세요?"

"절 유혹할 의사가 있으셨습니까?"

"있다면요?"

"영광입니다."

태흔은 가볍게 고개를 숙여 보였다.

"연인이 맞선을 본다는데도, 지켜주기 위해 따라올 정도로 비굴하고 사무친 사랑을 하는 절실한 남자를 걷어차고 선택해 주실 만큼 제가 매력적이라는 찬사로 받아들이겠습니다."

"천하의 이태흔 회장님이 이런 웃기는 맞선 자리에 나타난 이유를 여쭈어봐도 될까요?"

"임세라 씨의 이유와 비슷하다고 생각합니다만. 아닌가요?"

"난, 언제 어디서든 최고를 선택할 권리가 있죠. 남자도 마찬가지예요."

세라가 도도하게 내뱉었다.

"안팎으로, 양적 질적으로 완벽한 남자. 내 인생을 내놓는 거래인데, 시시한 건 싫어요. 그래서 지금까지 적당한 수준에서 즐기며 얌전하게 기다렸어요. 하지만 당신이라면."

세라가 고개를 들어 태흔을 바라보며 아주 고혹적이고 감미롭게 미소 지었다. 자신이 가지는 치명적인 매력과 여성으로서의 힘을 분명히 자각하고 있는 미소였다.

"주먹질 좀 하고, 침대 안에서 끝내주지만 다른 데는 도무지 쓸모없는 제 연인을 걷어차고, 부모님이 쌍수를 들고 환영하는 당신을 선택할 마음도 좀 생기는군요."

"세라 씨 부모님이 쌍수를 들고 환영한다는 저 자신, 주먹은 모르지만 침대에서도 그다지 멍청하게 구는 사람은 아니라고 자부합니다만."

태흔 역시 지지 않았다. 대리석처럼 차갑고 매끄럽게 맞받아쳤다.

"하지만 그런 기술, 그럭저럭 만나 적당하게 맞춘 마누라를 위해 쓸 생각은 절대로 없는 거죠?"

"임세라 씨 역시 솔직하고 따뜻한 진짜 마음 따위, 억지로 떠밀려 오다 가다 만나는 남편을 위해 내줄 생각은 없는 것처럼?"

세라가 손뼉을 쳤다. 사내처럼 목젖을 보이며 크게 웃었다.

"완벽해요. 우리 두 사람. 이렇게 말도 잘 통하고, 이해관계도 정확하게 일치하는데, 그냥 결혼해 버릴래요?"

그런 말을 내뱉는 세라의 표정이 어쩐지 울 것만 같다. 거의 자포자기. 30층 마천루에서 뛰어내리고 싶다는 표정이었다. 그것을 발견하고 난 후, 태흔은 잠시 이 여자를 정말 좀 좋아해 볼까도 생각했다. 거만한 여왕님의 여린 속살이라니, 제법 흥미가 당기는 부분이 있었다.

"임세라 씨, 내게서 정확하게 원하는 게 뭡니까?"

"말한다면 주시려고요?"

"제가 가진 것이라면, 나누어 주지 못할 이유도 없죠."

"아내로서 성실하게, 충실하게 갈 테니, 덤으로 아진그룹까지 따라갈 테니 당신의 사랑까지 주세요. 그럼 제 연인을 걷어찰 용의도 없지 않아요."

"세라 씨가 다 준다면 저 역시 주지 못할 이유도 없죠. 거래란 공평해야 하니까요."

빙긋이 웃으며 대답하는 태흔의 말에 세라가 깊은 한숨을 쉬었다.

"역시 당신의 명성은 헛것이 아니로군요. 맞아요. 게임은 공평하게 가야죠. 일주일쯤 생각해 보고, 내가 당신을 감당할 수 있다는 자신이 생기면 다시 연락드리죠."

"사흘."

"네?"

태흔은 씩 웃으며 커피 잔을 들었다.

"당신 연락을 기다릴 수 있는 나의 마지노선은 사흘입니다만."

"일생을 결정짓는 데 사흘은 너무한 거 아니에요?"

"임세라 씨, 우린 둘 다 시간이 많지 않아요. 난 반드시 올해 안으로 결혼을 해야 합니다. 무슨 수를 쓰든지요. 당신이 구석으로 몰리고 있는 것처럼 나도 그래요."

세라가 어깨를 으쓱했다. 태흔은 담담한 어조로 그녀의 당면 문제를 지적했다.

"불쌍한 연인을 지키고 싶은 모양인데, 손잡고 같이 죽어버릴 용기 없으면 적당하게 놀다가 끝내요. 그리고 나하고 손잡는 게 어떻습니까? 우리, 어쩐지 나름 괜찮은 커플이 될 수도 있을 것 같지 않아요?"

"이태흔 씨, 늘 그렇게 구역질날 만큼 자신만만해요?"

"가끔은 그렇습니다만."

"게다가, 죽이고 싶도록 거만하고, 반해 버릴 만큼 냉정해요?"

정말 당신 재수없거든. 그렇게 고함을 치고 싶다는 얼굴로 세라가 톡 쏘았다. 태흔은 피식 웃고 말았다.

"세라 씨가 가진 높은 안목에 대해서 찬탄합니다. 물론 전 저 자신의 인간성에 대한 새로운 해석에 놀라고 있습니다만."

"당신의 진면목이 이렇게 다채롭다면 내 고민이 더 깊어지겠군요. 좋아요, 오늘은 이만해요."

세라가 핸드백을 들고 일어섰다.

"사흘 후에 대답을 들을 수 있을 거라고 기대해도 되겠습니까?"

"그렇게 하죠. 부모님께는 당신과 저녁 식사를 같이하고 몇 시간의 우호적인 담소를 나누었다고 말하죠. 물론 난 다른 데로 빠질 작정이지만요. 당신하고 더 같이 있다간 당신의 기운에 눌려서 내가 지레 죽을 것 같네요."

태흔은 세라의 칭찬에 가벼운 묵례로 답례했다. 계산서를 챙겨 들고 일어섰다.

"적당하게 놓아줘서 고맙습니다. 금요일 밤까지 비즈니스를 위해 시간을 내야 하는 건 딱 질색이라서."

문 앞에까지 태흔은 세라를 정중하게 에스코트했다. 석상처럼 문밖에서 기다리고 있는 그녀의 기사에게 분명히 인수인계를 했다.

"다음에 연락하실 때 좋아하는 식당도 알려줘요. 우호적인 분위기에서 가능한 한 소화가 잘되는 대화를 나눌 수 있도록 조치

하겠습니다."

세라가 기가 차다는 듯 태흔을 노려보았다. 금세 미련 따윈 하나 없는 얼굴로 뒤도 돌아보지 않고 화장실 쪽으로 걸어가 버렸다. 잠시 세라의 남자와 태흔 둘만이 마주 선 어색한 상황이 연출되었다. 태흔은 말수 적고 수도사 같은 적막한 검은 양복의 사내에게 싱긋 웃어 보였다.

"언젠가 혹시 내게 도움을 청하실 일이 생기면 주저 말고 연락하십시오."

태흔은 명함 한 장을 꺼내 그에게 내밀었다. 뻣뻣하게 서서 노려만 보는 사내의 주먹 사이로 억지로 끼워 넣었다.

"자존심 따위, 꼭 좋은 것만은 아닙니다. 그럼 다음에!"

돌아서며 태흔은 손목시계를 내려다보았다. 이십 분이 소요된 짤막한 비즈니스였다. 명색이 그래도 맞선인데, 이십 분 만에 볼일을 다 끝내고 들어가면 할머니께 혼나려나.

'아니지, 뻣뻣한 은후 녀석에게 소금 좀 쳐줘야 한단 말이지.'

그는 빠른 걸음으로 에스컬레이터를 타고 아래층으로 내려갔다. 그러고 보니 식사 시간이다. 시장기가 돌고 있었다. 바삐 가면, 식구들과 함께 저녁 식사를 같이할 수도 있을 것이다.

"그 사람, 사라진 거야?"

화장실에서 세라가 나타났다. 화장실 앞에 서 있던 도경이 핸드백을 받아 들었다. 세라가 혀를 찼다.

"뒤도 돌아보지 않고 떠났군. 절대로 불필요한 일에 시간 낭비 따윈 하지 않는 남자라더니."

먼저 주차장으로 내려간 도경이 일층 로비 앞에 선 세라 앞으로 차를 가까이 댔다. 세라가 문을 열고 조수석에 올라탔다.

"느낌이 어때, 그 남자?"

앞만 보며 운전을 하던 도경이 대답 대신 담배 한 개비를 꺼내 불을 붙였다. 그가 채 한 모금을 빨기도 전에 세라가 낚아채 갔다.

"내 앞에서 담배는 피우지 말라고 그랬지. 키스할 때 싫어."

단호한 동작으로 재떨이에 비벼 껐다. 텅 비어버린 손가락으로 잠시 운전대를 두들기던 도경이 입을 뗐다.

"너무, 강합니다."

"역시, 그렇지?"

"절대로 흔들리지 않습니다."

"굉장한 강점이로군."

"절대로 속도 읽히지 않죠."

"마찬가지 좋은 점이야."

"어떤 경우에도 다른 사람 손에 휘둘릴 사람이 아닙니다."

"아, 그건 최악으로 나쁜 건데."

세라가 한숨처럼 나직하게 중얼거렸다. 손을 내밀어 도경의 단단한 허벅지를 어루만졌다.

"그 남자, 완전히 나하고 비슷하잖아. 만만찮겠다, 그지? 도경 씨. 자기야, 우리 어디서든 몇 시간 쉬다 들어가자. 머리가 깨질 것 같아."

세라가 도경의 목을 끌어당겨 먼저 키스했다. 맥없이 중얼거렸다.

"어쩐지 그 남자, 갖고 싶어졌어. 별명이 너무 섹시하잖아. '언터처블 가이' 라니. 호기심이 생겨. 그래서 대신 너하고 강하게 섹스하고 싶어. 잘못하면 나, 그 남자에게 빠져서 너 잊어버릴 것 같거든."

도경이 갓길에 차를 세웠다. 이번에는 도경이 먼저 세라의 목을 휘감고 키스했다. 그의 한 손이 풍만한 가슴 한쪽을 강하게 움켜쥐었다. 무뚝뚝하게 다짐했다.

"언젠가는, 내 앞에서 이런 말을 서슴지 않고 하는 당신 목을 반드시 꺾어버릴 겁니다."

"바라는 바야. 나도 널 잃느니 차라리 죽여 버릴 테니까!"

격렬하게 쏘아붙이던 세라가 멍하니 승용차의 불빛이 흐르는 저물녘 도심의 거리를 바라보았다.

"그 남자가 제발 날 좀 좋아해 주기만을 바라지만, 역시 아니겠지?"

"그런 남자는 여자를 사랑하지 않습니다. 이용하고, 소유하고, 가차없이 착취할 뿐이죠."

"내가 그런 것처럼? 정말 유혹을 해야 하는 남자의 관심을 끌지 못하다니, 내 인생 이거, 왜 이렇게 힘들까?"

"당신을 사랑하지 않는 놈은 내가 죽여 버릴 겁니다."

도경이 나지막하게 그러나 강하게 다짐했다.

"당신은 누군가를 버려도 상관없지만, 다른 놈이 당신을 버리는 건 용서할 수가 없으니까요."

여신 같은 그녀를 숭배하는 사내와, 그 사내를 버리지 못해 괴로운 여자. 두 사람의 입술이 다시 강하게 얽혔다.

태흔을 제외한 성북동 가족은 출장 나온 호텔 요리사들이 준비한 저녁 식탁 앞에 앉아 있었다.

이사한 첫날이다. 아무리 이삿짐센터 직원들이 나서서 정리를 끝내고 갔다 해도, 주인 손길이 거쳐야 짐들이 제자리를 잡는 법이다. 또 그런 일은 적어도 이삼 일은 소요되어야 한다. 어느 것 하나 반듯하게 정리가 된 것이 없는 터라, 적당하게 때우자고 주장한 사람은 은후였다.

"은후 아가씨 덕분에 오랜만에 제 입이 호사하네요."

나주댁이 호호 웃으며 와인을 홀짝였다. 푸짐하게 썰어낸 미트로프 한 쪽을 개인 접시에 덜어갔다.

"오늘 자네가 제일 고생했어. 많이 들어."

"네, 여사님. 진지 드세요. 소화 잘 안 되시면 나중에 제가 쑥뜸 해드릴게요."

"그런데 솔직히 전 아줌마가 해주시는 게 제일 맛나요."

은후가 주방 쪽에서 조리하는 요리사의 눈치를 보면서 나주댁에게 눈을 끔쩍였다.

입술로는 미소를 짓고 있다. 큰일 끝내고 한숨 돌리는 얼굴이다. 식구들과 함께 맛있는 음식을 즐기며 긴장을 풀고 있는 척을 하고 있다. 하지만 지금 은후의 모든 신경은 태흔이 맞선을 보고 있다는 사실에 집착하고 있었다.

"내가 오늘 아주 근사한 여자를 만나기를 빌어. 그래야 네가 좀 편해질 테니까. 혹시 모르지, 너에게서 원하던 것을 그 여자가 대신 채워줄지."

태흔의 잔혹한 이죽거림은 귀를 타고 날아와 단번에 뇌수를 뚫어버렸다. 이미 너덜너덜해진 심장이 다시 새빨간 선혈을 흘리고 있었다.
이미 최악이고 바닥이어서, 더 이상은 놀랄 일도 아플 일도 괴로울 일도 없을 것 같았는데. 그가 다른 여자를 만나고 택한다면 그녀에게 내려쳐지는 무서운 벌이 조금은 감해지려나. 그런데 이 지독한 이율배반은 어디서 나온 걸까? 태흔이 다른 여자를 만난다는 것을 질투하고, 분노하고, 절망하는 이 마음은 대체 어디서 오는 것일까? 하지만 그 어떠한 감정도 드러낼 수 없고 허용될 수 없다는 것이 더 큰 절망이고 고통인 것을.
하지만 은후는 내내 웃었다. 선혈같이 솟구치는 절망의 아우성을 뱉어내지 않기 위해. 짙푸르게 타오르는 질투와 괴로움을 덮어버리기 위해서. 해일처럼 시시각각 뒤집어지는 내심을 들키지 않으려고 더욱더 즐거운 척, 아무렇지도 않은 척하려고 기를 쓰고 있었다.
은후의 말에 진 여사가 맞장구를 쳤다.
"암만. 세상천지를 다 다녀봐라, 우리 나주댁 솜씨만 한 이가 있는지. 자네, 나중에도 은후 따라가서 돌봐주게. 저 애 혼인해서 아기라도 가지면 자네만 찾을 거야."
"할머니, 전 아직 제대로 된 남자 친구도 없어요. 그런데 벌써 아기 타령이세요?"
은후는 펄쩍 뛰며 항의했다. 나주댁과 김 기사, 진 여사가 서로 눈을 맞추며 의미심장한 눈빛을 교환했다.
"그래그래. 우리 은후는 아직 아기지. 한참 더 커야 혼인하지. 어쩌나? 우리 은후가 다 클 때까지 기다리려면 문 이사가 속 좀 타겠네?"
"으이그, 할머니도 참."

무안하기도 하고 민망하기도 하다. 그렇지 않아도 태흔이 서준 때문에 신경을 곤두세우고 있다는 것을 느끼고 있는 은후로서는, 이런 식으로 불쑥불쑥 진 여사가 암시하는 그 어떤 제안을 감당하기가 힘들었다.

"몇 번이나 말씀드려야 해요? 서준 씨하고 전 아무런 관계가 아니라니까요."

"그래, 알았다. 좋은 친구겠지. 과일도 사주고, 서로 찾아다니는 친구겠지."

"할머니, 정말! 저 화내요."

식탁에 앉은 식구들 입에서 웃음소리가 번졌다. 태흔이 들어선 건 그때였다. 진 여사가 눈이 휘둥그레진 채 태흔과 벽시계를 번갈아 바라보았다. 황당하기는 은후도 마찬가지였다. 입술 위에 얼어붙은 미소를 담은 채 그를 바라보기만 했다. 맞선 본다는 남자가 삼십 분 만에 나타나다니. 정말 선을 보기는 본 거야?

"그쪽이 엄청 바쁘답니다."

사람들의 의아스런 눈빛에 태흔이 간단하게 대답했다. 은후 옆, 비워진 의자를 끌어내 앉았다.

"아, 배고프네. 빈속에 커피만 흘려 넣으니 속이 쓰려 죽겠어. 여기, 세팅 좀 해줘요."

태흔이 다가오는 요리사에게 주문했다. 냅킨을 펼쳐 무릎에 올려놓았다.

"대체 어떻게 된 일이야? 이게 말이나 돼? 맞선 보러 나간 사람이 삼십 분 만에 끝내고 돌아오다니."

약간은 어이없어서 진 여사는 손자를 힐난하고 말았다. 이건 상대편 여자에게도, 아진의 임 회장 내외에게도 실례이다 싶었던 것이다. 태흔이 피식 웃으며 상관없다는 뜻으로 포크를 흔들었다.
“서로가 바쁜데 어떡해요? 그분, 나보다 더 바쁜 비즈니스 우먼이더라고요. 사흘 후에 다시 만나기로 했으니 너무 노여워 마세요.”
“그래? 첫 느낌이 서로 괜찮았나 보구나? 사흘 만에 또 만나기로 약속했다니.”
“괜찮은 정도가 아닙니다. 그쪽 임세라 씨는 저하고 결혼할 의사가 없지 않답니다. 저 역시 마찬가지이고요.”
겨우 삼십 분 만났다면서. 아무리 결혼을 전제로 한 맞선이라지만 그 짧은 시간 안에 결혼 말까지 오갔다는 말이냐? 반가운 소식을 기다리고는 있었지만 이건 너무 급하다. 진 여사가 아연실색했다.
은후의 표정도 그만 굳어지고 말았다. 귀로 들은 이야기를 머리가 받아들이지 못하고 있었다. 맞선을 보러 나간 사람이 삼십 분 만에 돌아온다면 대개는 일이 제대로 되지 않았다고 생각하는 게 정상이다. 그러나 태흔의 입에서 나온 말은 경악스럽게도 ‘결혼 가능함’ 이었다.
태흔이 고개를 들고 빙그레 웃었다.
“할머니, 저 탐색전하고 낯간지러운 연애질하면서 시간 끌 만큼 여유롭지 못합니다. 임세라 씨도 마찬가지이고요.”
“그, 그래도 이건 너무 경솔하지 않을까?”
“제 나이 서른셋. 그쪽은 스물아홉. 경솔하게 굴기에는 나이가 좀 많지요. 철도 너무 들었구요. 우리 둘, 오늘 만난 것만으로도 벌써 소문 다 났어요. 양가에서 다 결합하기를 바라는 상대이고, 서로 이해관계가 맞는다면 시간을 끌 이유가 없지 않습니까?”

"그렇게 세라 양이 마음에 들던?"
"마음에 들지 않을 이유가 없는 사람이에요."
태흔이 물 잔을 들어 입술을 축였다. 보지 않는 척하면서 슬쩍 은후 쪽을 살폈다. 냅킨을 접었다 풀었다, 가늘게 떨리는 손이 하얗게 질려 있었다. 긴장한 채 온몸으로 그의 다음 말을 기다리고 있는 것이다. 자신도 모르게 태흔의 입술에 엷은 미소가 잡혔다. 아주 만족스런 색을 지닌 미소였다.
태흔은 아무렇지도 않은 얼굴로 요리사가 앞에 놓아주는 스테이크를 썰었다.
"통 크고 영리하고 말도 잘 통하던데요. 꼭 할머니 같았습니다. 큰살림 제대로 알아서 할 사람이고, 뭐 사업적인 파트너로서 큰 능력도 가지고 있어요. 좋은 여자라고 생각합니다."
좋은 여자. 태흔이 대놓고 마음에 든다고 말하는 여자. 첫 만남에서부터 아내감이라 단언하는 여자는 대체 어떤 모습일까? 은후는 잘근잘근 입술을 깨물었다.
어떤 매혹을 지닌 여자일까? 어떤 여자이기에 태흔이 저렇게 빨리 빠져들어 결혼까지 망설이지 않는 걸까?
가슴에 커다란 말뚝이 박히는 것 같았다. 서러운 피가 철철 내뿜어지는 그런 느낌이다.
그에게서 죽도록 도망치면서도, 한편으로는 그에게로 달려가고 있지. 오직 그에게 사랑받기만을 원하는 서러운 여자가, 이 세상 그 누구보다도 태흔을 원하고 갈망하는 불쌍한 이은후가 오열하고 있었다. 그에 대한 사랑 말고는 아무것도 원하는 것이 없는 여자가 아프게 흐느끼고 있었다.
미치도록 원한다고, 갈망한다고 말한 그 사람이, 어떤 일이 있어도 그녀를 놓지 않겠다고 말한 그 사람이, 같은 입술로 다른 여자와 결혼하겠노라고 말하고 있다. 불과 며칠 전만 하더라도 그 누구도 아닌 바로 그녀의 몸 안에서 뜨겁게 움직이며 희열에 떨던 기억 따윈 까마득히 잊은 표정으로 다른 여자에게 관심있다고 한다. 태흔의 진심은 무엇인가. 그 여자가 너무 마음에 들어 정말 은후 자신 따위는 단번에 내버리고 그녀에게로 마음과 몸을 완전히 돌이키려고 하는 건가.

절망, 허망. 지독한 배신감과 그럼에도 말 못 하는 벙어리인 양 깊디깊은 슬픔으로 은후의 시야는 서서히 비워져 가고 있었다. 텅 빈 귓속으로 태흔을 추궁하는 진 여사의 목소리가 송곳처럼 꽂혔다.

"결혼 상대를 만나는 일이야. 사업 파트너를 고르는 일이 아니다. 네 가슴이 세라 양을 두고 반려라고 말하던?"

진 여사는 정색을 한 얼굴이었다. 거짓 따윈 바로 꿰뚫어 보는 연륜 깊은 어른이 날카로운 눈빛으로 살피고 있다. 비로소 태흔의 얼굴에 좀 곤란해하는 표정이 나타났다.

"심장은 잘 모르겠지만, 대신 제 머리가 아내감이라고 말했습니다."

은후는 남몰래 진한 한숨을 토해냈다. 진 여사의 표정이 어두워졌다. 잠시 동안 아무 말도 없이 식사를 하고 있는 손자를 가만히 바라보았다.

"네 가슴이 움직이지 않는다면, 너의 결정은 썩 좋은 것이 아니로구나."

"사업에 있어 가슴은 방해가 되기도 해요, 할머니."

"결혼은 사업과 다르다고 그랬지. 네 인생이 달린 문제란다. 네 평생의 행복이 걸려 있어. 사업적 성공 따위? 웃기는 소리. 넌 이미 가져야 할 것은 다 가졌어. 다른 건 필요없어. 네가 진정 원하는 사랑과 행복만 생각해. 그 외의 것은 너의 결혼 조건이 될 수 없어."

"만약, 할머니. 제가 진정 원하는 여자가 있는데, 아주 형편없는 처지라면요? 할머니가 도저히 받아들일 수 없을 만큼의 최악의 조건을 가진 여자라면요?"

"멍청한 소리. 네가 정말 사랑하는 여자라면 난 허락해. 어떤 조건의 여자든 상관없어. 널 행복하게 만들어주는 여자면 돼. 아직도 내 뜻을 모르겠니?"

진 여사가 단호하게 되받았다. 태흔이 포크를 내려놓았다.

"알겠습니다. 할머님 말씀대로 머리가 아닌 가슴으로 진짜 제 여자를 찾아보지요. 단 하나. 약속하세요. 제가 찾아내면 반드시 기쁘게 허락해 주시깁니다."

"물론이지."

"임세라 씨가 바로 그 여자가 될 수도 있어요, 할머니. 사흘 후에 다시 만나면 가슴으로 잘 살펴보지요. 그리고 은후."

태흔이 생수로 입을 헹구며 은후를 건너다보았다. 파들거리는 내심의 동요를 억누르며 은후도 그를 마주 보았다.

"내일 명중이 네 같이 가야 한다."

"명중이 네는 왜?"

은후 대신 진 여사가 물었다.

"명중이 아들 돌이에요."

"아, 그렇구나. 맞아요, 할머니. 이맘때쯤 해서 재인이 언니가 아기 낳아서 병실 찾아간 것 기억나요."

"명중이는 벌써 아들 돌인데 넌 아직 혼인도 못 하고."

"그래서 서두르고 있어요. 반드시 올해 안으로 결혼해 드린다니까. 내일 아침에 운동 갔다가 바로 돌잔치 가요."

"알았다. 그나저나 말이 나온 김에 내가 잔소리 좀 한다. 자네, 이젠 친구들끼리 술 마시는 데는 은후 데려가지 마."

"왜요?"

"낼모레면 혼인할 누이동생을 왜 시커먼 사내녀석들 앞에 마구 내보여? 오랜 친구라 허물없다고 해도 이젠 삼가. 귀한 꽃일수록 감추고 아껴야지."

"대부분 재인이랑 세진이 애인이랑 같이 만나요. 멍청하게 저 혼자 나가기 뭣해서 은후 데려가는 건데, 그런 것까지 간섭하시다니 너무하시는 것 아닙니까? 그리고 내일은 돌잔치라고요."

"빨리 장가가서 자네 색시를 데리고 다녀. 동생일랑 귀찮게 하지 말고."

"아이고. 제발 저 좀 빨리 장가보내 주세요. 저도 떳떳하게 제 여자 데리고 나가서 잘난 척하게."

태흔이 제 방으로 정해진 이층으로 올라가며 어깨 너머로 흰소리를 내뱉었다. 누가 가지 말라고 했냐? 진 여사가 태흔의 등을 향해 눈을 흘겼다.

"누가 뭔 말을 했다고 퉁명스레 굴기는."

마뜩찮게 투덜거렸다.

"아고고."

진 여사는 나지막이 힘든 한숨을 내뱉었다. 손 놓고 사람들이 오가는 것만 보았다 해도 이사란 누구에게든 큰일이다. 은후는 얼른 일어나 진 여사를 부축했다.

"괜찮으세요? 많이 피곤하시죠?"

"별일 아니다 했는데, 좀 곤하구나. 이럭저럭 우리, 이 며칠 좀 힘들었지 않니?"

"들어가세요. 시원하게 발 마사지 해드릴게요. 빨리 주무세요."

"우리 은후가 없었으면 내가 어떻게 살았을까? 오랜만에 우리 은후 마사지 서비스 좀 받아볼까나?"

진 여사가 미소 지으며 물 잔을 내려놓았다.

은후는 진 여사를 부축해 방으로 들어갔다. 족욕용 단지를 꺼내 쑥과 더운물을 준비했다. 진 여사의 발을 씻겨주고 난 후, 침대로 모셨다. 사이드 테이블의 나이트 스탠드 불빛만 살렸다. '되었다' 하실 때까지 내내 다리를 주물러 드렸다.

진 여사가 실눈을 뜨고 그림처럼 예쁘게 앉아 다정하게 다리를 주무르는 은후를 바라보았다.

"은후, 내일 우리 같이 스파나 갈까?"

"그러세요. 그러고 보니 우리 할머니 등 밀어드린 게 진짜 오래된 것 같네. 죄송해요."

"네가 죄송할 게 뭐가 있니?"

"제가 많이 바빠서 할머니 신경 못 써드린 것 같아요."

나지막하게 조곤조곤 대답하는 목소리가 어찌나 다정하고 어여쁜지. 그래도 저것이 옆에 있어 내 늘그막이 외롭지 않구나. 진 여사는 홀로 남몰래 한숨을 쉬었다.

'저걸 시집보내고 나면 허전해서 어찌 사나. 태흔이 안사람으로 저 애처럼 다정하고 착한 아이가 들어와야 할 터인데.'

문득 생각하니 새삼 애잔했다. 태흔의 아내가 들어와선, 저 애

은후의 자리를 못마땅해하면 어찌하나. 쌀쌀맞게 내치면 어쩌나. 자신이 죽고 나면, 어디로 시집가든 은후의 뒤곁이 될 친정이 사라질 것이다.

'태흔이 놈이야 말로는 우리 은후, 끝까지 잘 보살펴 준다 하지만, 사내 꼭지가 어디 여자 마음을 알아? 어찌하든 다정하고 정 많은 집으로 보내야지. 우리 은후 눈물 흘리지 않을 곳으로 골라 보내야지.'

"편안하세요?"

생긋 웃으며 묻는 은후의 얼굴이 어찌나 고운 복사 빛인지. 괜히 흐뭇해선 진 여사는 벙싯 웃었다.

"그래, 편안하다. 우리 은후 손은 약손이야. 아주 잠이 솔솔 드는구나. 집에 데리고 있을 때 할미가 너 좋은 거 많이 해줘야 할 텐데……."

"충분해요, 할머니. 지금껏 해주신 것만으로도 과분해요. 차고 넘쳐요. 전 할머니를 위해서 뭐든지 할 거예요. 제 마음 아시죠?"

"알다마다. 우리 은후 마음이야 내가 제일 잘 알지. 나가 봐, 졸리구나."

"푹 주무세요. 곁에 있을게요."

이내 눈을 감은 진 여사의 입술에서 고른 숨소리가 들려오기 시작했다. 은후는 살짝 일어나 불을 껐다. 에어컨 온도를 적당하게 맞추었다. 침대의 시트를 끌어 올려 진 여사의 몸 위로 정갈하게 여며주었다.

은후가 깊이 잠든 진 여사의 하얀 머리카락을 하염없이 바라보고 있는 그동안, 이층의 태흔은 세진과 통화를 하고 있었다. 수화기 안에서 경악하여 세진이 부르짖었다.

[정말이야? 그때 그 여왕님이 맞선 상대자 임세라라고?]

"그러게 말이다."

젖은 머리를 털던 수건을 내던지고 태흔은 침대로 올라갔다. 스탠드를 밝히고 안경을 썼다. 어젯밤 읽다 만 책을 집어 들었다. 세진이 혀를 쯧쯧 찼다.

[참 희한하게 얽히네, 이거! 복잡해. 복잡한 시추에이션이야. 그나저나 그때 널 팬 그 자식. 만만찮아. 제법 한 가닥 하는 놈이다.]

"뭐 하는 녀석이던?"

[공식적으로는 임세라의 보디가드. 비공식적으로는 살 떨리는 행동대장.]

"행동대장?"

[서초동 백사장파 넘버2란다. 대전 시내 고교 일진 짱으로 날리다가 폭력 사건에 연루되어 소년원행. 그 길로 학교 중퇴. 출소하자마자 백사장파에 픽업. 별도 두어 개쯤 단 것 같고. 지금은 임세라의 궂은일 처리 담당인 것 같아. 침대 안에서는 연인일 테고.]

"제길, 그래서 주먹이 장난 아니었군."

서울의 밤거리를 지배한다는 소문의 조폭 조직 서초동파의 행동대장 정도라면, 창졸간에 당한 폭력 사건을 조금은 감내할 수 있을 것 같다. 태흔은 세진의 말로 그날 약간 훼손된 자존심을 조금은 복원할 수 있었다. 아무리 무심결에 당한 일이라 해도 사내 체면에 코피가 터지다니, 그것도 서른세 해 살아오는 동안 처음으로 당한 무참한 패배였는데.

"그렇다면 둘의 관계는 짐작한 그대로인가?"

[그런 것 같아. 소문은 나지 않았지만. 임세라가 상당히 영리하게 처신하고 있는 거겠지. 만약 아진의 여왕님 임세라가 다른 놈도 아니고 하필이면 정도경이 같은 밑바닥 양아치하고 감정적으로 얽히고 있다는 말만 돌아봐. 내가 임 회장이라면 그 새끼, 산채로 땅에 묻어버려.]

"아하, 이젠 조금 이해가 되는군."

태흔은 미간을 문질렀다. 만약 임세라가 정도경과 정말로 사랑하는 사이라면, 태흔 자신을 방패막이 삼아 애인을 보호하려고 한다는 시나리오는 충분히 예상 가능한 정답이었다.

'마음에 들어. 참으로 이용 가치가 풍부한 아가씨로군.'

태흔은 지금 임세라도 자신과 똑같이 약삭빠른 계산을 하고 있으리라 짐작했다. 동류(同類)는 동류끼리 첫눈에 알아보는 법이다. 그 누구도 사랑하지 않는다는 점에서, 제 암컷에만 미쳐 날뛰는 냉혈의 짐승이라는 점에서, 자신의 연인을 위해 무슨 짓이든 할 거란 점에서 완전히 일치. 임세라나 태흔 자신 한 틀에서 찍어낸 듯, 거의 도플갱어 수준이었다.

'어디 한번 같이 놀아줘 봐? 그 녀석. 눈빛은 나쁘지 않았는데.'

물론 임세라가 아까처럼 이은후의 신경을 곤두서게 하고 질투와 불안으로 갈기갈기 찢어놓아 준다면 정말 감사하지. 그리고 아까 임세라와 결혼할 수도 있다는 말을 하는 순간, 화들짝 질려가던 은후의 표정을 보아하니, 임세라의 효과는 충분하다 못해 넘치고 있었다.

그는 수염이 나기 시작하는 까칠한 턱을 어루만졌다. 허공을 응시하는 눈빛이 한없이 타산적인 것으로 변해가고 있었다.

일주일이 시작되는 월요일부터 다시 폭우였다. 앞을 채 분간조차 할 수 없는 빗줄기가 서울 하늘을 매섭게 두드려 대고 있었다.

예정된 저녁 회식이 취소되었다. 태흔은 모처럼 일찍 퇴근하는 중이었다. 사람을 한없이 지치게 만드는 폭염과 폭우는 번갈아가며 아직도 서울 하늘을 괴롭히고 있었다. 귀국한 지 한 달이나 지났는데, 온몸을 엿가락처럼 달라붙게 만드는 습기 찬 폭염은 정말 견디기 힘들다. 태흔은 신경질적으로 와이퍼 속도를 조절했다. 역시 기사가 운전하는 차를 타고 나왔어야 했나 보다.

휴대전화가 울렸다.

[임세라예요.]

"알고 있습니다."

사흘, 하고도 이틀이 더 지났다. 예상대로였다. 이맘때쯤이면 연락할 거라고 생각했다. 임세라가 얌전하게 그가 정한 마지노선을 지킬 리는 없는 거다. 태흔은 소리없이 웃고 말았다.

[만나죠.]

"거절당하기 위해 만나는 건 그다지 당기지 않는데요."

[그럼, 이태흔 씨가 절 거절해 주세요.]

"무정하게 굴지 말고 융통성을 발휘해 보세요. 손을 잡자니까요. 전 임세라 씨에게 아주 필요한 시간을 얼마든지 드릴 수 있습니다."

[기가 막혀. 난 그럴듯한 남편이 필요한 거지, 시간이 필요한 게 아니거든요.]

"그럴듯하거나 말거나 여하튼 남편을 얻으려면 무엇보다 시간이 필요하실 텐데요?"

태혼은 가차없이 지적했다. 세라가 잠시 침묵했다. 태흔은 다시 능갈쳤다.

"머리 굴려봐요. 소리 소문나지 않게 원하시는 일을 처리하려면 내가 반드시 필요할 겁니다. 어디서 만날까요?"

[여의도 〈스카이 98〉이 좋을 것 같네요. 겁나지 않아요? 이태흔 회장님. 내가 정말 당신에게 반해서 달라붙으면 어쩌려고 이렇게 여유만만하실까?]

"전 목줄 따일 일은 하지 않는 사람입니다. 임세라 씨도 마찬가지죠? 내일 오후에 뵙겠습니다."

[차오!]

전화가 끊겼다. 태흔은 정면을 응시하며 씩 웃었다.

'당신은 정도경을 갖고, 난 이은후를 얻는 거야. 우리 둘 다 석 달만 버텨보자고.'

그는 마음속으로 계산했다. 그 정도면 은후가 충분히 임신을 할 수 있을 것이다.

프라이비트 빌라 앞에 차가 멈추자, 도어맨이 우산을 펴 들고 재빨리 달려 나왔다. 서류가방을 들고 운전석에서 내리는 태흔의 머리 위로 우산을 씌워주었다. 그에게 키를 넘기고 태흔은 빌라 현관으로 걸어 들어갔다.

"어서 오시게. 비 많이 와서 운전하기 힘들었지?"

현관 앞에서 진 여사가 태흔을 맞이해 주었다. 만찬 모임에 나가기 위해 곱게 성장한 모습이었다. 태흔이 일찍 귀가를 한다 하니 한 번쯤은 다정하게 맞이해 주고 싶으셨던 모양이다. 일부러 시간 약속까지 늦추어가며 기다린 것이다.

태흔은 이맛살을 찌푸렸다. 할머니가 외출을 하신다고 나서는

데도, 뒤에 서 있어야 할 은후는 코빼기도 보이지 않았다.

"은후는요?"

"안 들어왔다."

"아직도요?"

저절로 태흔의 눈썹이 치켜올라 갔다. 벽시계는 이미 일곱 시 반. 이마에 날카로운 빛이 서렸다.

"오늘 수요일이잖아. 연습이 열 시에 끝난대."

지난주부터 무슨 바람이 불었는지, 은후는 돌연히 아마추어 실내악단에 가입했다면서 첼로를 들고 외출을 시작했다. 수요일 밤과 토요일 오후, 연습을 한다면서 외출해선 늦게 들어와 은근히 태흔의 신경을 건드리고 있었다.

"전시회다 작품이다 하면서 몸살 날 정도로 바쁘게 굴면서, 이젠 실내악단 연주까지라. 그러다가 그거 또 병나지?"

"놔둬라. 게으른 것보단 바쁜 게 좋잖니. 우리 집에 있을 때 제 하고 싶은 대로 다 하게 해. 혼인하면 또 시집 눈치 보느라 하고 싶은 것도 못 하고 살아야 할지 모르는데."

"어림없어요. 눈치 보고 살아야 할 데에 누가 보낼 줄 알고?"

태흔이 코웃음을 쳤다.

"그럼 은후 늙을 때까지 데리고 살래? 올라가거라."

그 말에는 대답 않고 태흔이 이번에는 진 여사더러 타박했다.

"아무리 그래도 그렇지. 계집애가 늦게 다니는 거, 안 되겠어요. 너무 오냐 오냐 하시는 거 아니에요?"

"그런 거 아냐. 좋은 일 하는 거잖니. 아까 전화로 잘 다녀오시라고 인사했어. 꾸짖지 마라."

행여 태흔이 은후에게 잔소리를 할까 봐, 진 여사가 당부했다.

전시회다 작품이다 강의다. 그것으로도 모자라서 봉사 활동이다 종종거리며 시간을 쪼개 쓰는 은후이다. 밤새워 작업을 한다고 골몰해 있는 모습을 직접 보는데, 피곤에 절어 제정신이 아닌 애를 몰아세울까, 근심스러웠다. 어리광을 잘 받아준다고 하지만 아닌 건 눈물 쏙 빼게 몰아붙이는 태흔은 꽤나 엄한 오빠였다.

현관문을 열고 진 여사를 수행할 박 이사가 들어왔다.

"여사님, 지금 출발하셔야 합니다."

"언제 돌아오세요?"

"글쎄다, 새벽쯤? 많이 늦을 것 같구나. 저녁 모임 끝나자마자, 미국서 들어온 여고 동창들이랑 오 선생 뮤지컬 시사회 가야 한단다. 실컷 수다나 떨어야지."

"너무 무리하시지 마세요."

"괜찮아, 이 늙은이더러 오라는 데 많으니 고맙지 뭐야. 뒷방 늙은이랍시고 불러주지 않으면 정말 섭섭할걸."

진 여사가 호탕하게 미소 지으며 말했다. 태흔은 따라 웃었다.

"나주댁하고 김 기사. 오늘부터 휴가야. 고향 내려갔어. 미안하지만 저녁 식사는 이 회장이 혼자 알아서 해야겠네."

"걱정 마십시오."

진 여사를 배웅하고 돌아섰다. 이층으로 올라가며 태흔은 은후의 전화번호를 눌렀다.

[여보세요?]

연습 중인가? 수화기 사이로 사람들의 두런거림, 여러 악기들이 모여 내는 불협화음들이 어지러이 섞여 들려오고 있었다. 분명히 웃고 있었던 뒤끝인 거다. 전화를 받는 목소리가 방글 피어 있었다.

"재미있나 보구나. 끝났어?"

태흔의 목소리가 저절로 날카로워졌다.

그가 없는 세상 안에서 명랑하고 밝은 모습이라니. 그가 주는 행복이 아닌 것을 은후가 삼키는 것만큼 싫은 건 없었기에, 순간 와락 불쾌해졌다. 그것만큼 불안한 것도 짜증 나는 것도 화나는 일도 없었다.

분명히 태흔의 목소리에 담긴 칼날 조각을 읽은 것이다. 은후의 목소리가 순식간에 서늘하게 식어 내렸다.

[어, 어, 좀 남았어.]

"어디야? 데리러 갈 테니."

[괜찮은데. 차 가지고 왔어.]

체념. 긴장. 삽시간에 은후의 목소리에는 조금 전의 명랑하고 활기찬 기운이 사라져 가고 있었다.

"삼십 분, 주지. 다 집어치우고 당장 날아와. 너, 밤늦게 싸돌아다니는 꼴, 못 봐. 알아들어?"

그는 휴대전화를 꺼버리고 자신의 방문을 열었다.

태흔과 은후 간, 어느새 암묵적으로 정해진 약속이 있었다. 수요일 밤, 그리고 주말은 그가 그녀를 안는 날이다. 불안에 떨며 은후가 안달복달하면서 애원을 하기에 선심을 써서 협상을 한 거다.

이 밤은 무슨 일이 있어도 둘이 연인이 되는 날. 분명히 알고 있으면서도 감히 제 마음대로 둘만의 시간에서 도망을 가? 또다시 날 피해보려고 꼼수를 쓰는 모양인데, 어림없어. 이은후.

'이놈의 계집애. 조금만 틈을 주면 잘도 도망가지?'

뱀장어는 죽도록 싫어하면서, 여하튼 하는 짓은 똑 닮았다. 영리하고 약은 뱀장어처럼 미끄럽기 그지없다. 이 밤, 엎어놓고 완전히 작살을 내버려야 할 모양이다.

'그렇게 일렀으면 제대로 말을 들어야지.'

그녀의 세상은 그가 전부여야 한다. 처음부터 지금까지 그렇게 만들어놓았다. 그런데 허락도 없이 그를 홀로 놓아두고, 저만 다른 세상으로 빠져나가겠다고? 절대로 용서할 수가 없다.

그는 지그시 이를 악물며 가방을 침대에 내팽개쳤다. 아무도 없는 텅 빈 집. 서재에 앉아 서류를 넘기며 카운트다운을 하기 시작했다.

세 시간째 계속된 연습이 마침내 끝났다.

"좋아요, 좋아요! 오늘은 이만! 지겨운 루돌프. 그만 잡읍시다!"

서준이 지휘봉 끝으로 보표대를 가볍게 두드렸다. 그날의 연습 종료를 선언했다.

내내 경쾌한 선율만이 흐르던 연습실에는 순식간에 사람들의 수군거림으로 가득 찼다. 에어컨이 돌아가던 연습실이기는 했으나 연주에 열중했던지라 단원들의 이마에는 가벼운 땀이 배어나 있었다.

"다음 연습 시간 늦지들 말고!"

"수고하세요."

"고생하셨습니다. 주말에 뵙겠습니다."

썰물 때의 개펄처럼 사람들로 가득 찼던 연습실이 삽시간에 한적해지고 있었다. 하나둘 단원들이 빠져나가는 그 와중에서, 은후도 첼로를 케이스를 담고 있었다.

마음은 급했지만 손은 느렸다. 분명 그는 삼십 분 이내로 날아오라고 명령했다. 달려가야 하는데, 거부하는 마음 때문에 자꾸 머뭇거리게 된다.

'바보같이. 이런다고 해결될 문제는 아닌데.'

사실 그를 작정하고 피한 것은 아니었다. 그러나 그의 품에 안기는 수요일 밤에 연습을 핑계로 늦은 귀가를 시작했으니 태흔의 생각으로는 은후가 일부러 그를 피했다고 충분히 발끈할 수 있는 상황이었다.

자신도 모르게 포스스 한숨이 새어 나왔다.

'회식 있다고 했으면서. 늦게 들어온다고 해서 안심했는데.'

어찌 되었든 지금 태흔은 집에 들어와 있다. 화가 난 채로. 아까 전화에서 흘러나오던 목소리에는 푸른 얼음이 박혀 있었다.

막 연습실 문을 나서는데 또 곤란해졌다. 서준이 앞을 가로막았다.

"은후 씨, 제발 저를 집에 좀 데려다주시면 안 되나요?"

"어머나. 서준 씨, 차 없어요?"

"고장 나서 수리 보냈어요. 나 오늘은 뚜벅이야."

"어쩜 좋아, 죄송해요. 저 지금 바로 들어가야 하는데요. 제가 요즈음 계속 늦게 다녀서 오빠가 좀 화가 난 것 같아요."

모처럼 부탁하는 사람에게 거절을 해야 하는 일이라, 은후는 진심으로 미안했다.

"아. 틀렸어. 난 왜 이렇게 운이 없을까? 핑계 대고 은후 씨랑 잠시 야밤 데이트하려고 했는데."

서준이 약간 실망한 표정을 감추지 못하다가, 이내 담백하게 미소 지으며 물러났다.

"대신 다음에 한 번 태워줘야 해요. 나 다음 연습 때도 차 안 가지고 올 거야."

"그럴게요. 정말 죄송해요."

"내 간청 들어줘서, 예뻐요. 우리 악단 살려줘서 더 고맙구요. 이건 상."

그가 아주 자연스럽게 재킷 주머니에서 봉투를 꺼내 은후에게 내밀었다.

"이게 뭐예요?"

"뮤지컬 티켓. 구경 갑시다. 경계하지 말고. 우리 단원들에게 다 뿌린 표야. 연출자가 선배거든요."

은후가 약간 곤란한 표정을 짓자, 서준은 농담처럼 실실거렸다.

"너무 그러지 말아요. 난 결혼하자고도 안 했고 사랑하자고도 하지 않았어요. 한 번쯤은 허락해요. 별거 아니잖아. 우리 둘만 아니고 단원들이랑 같이 구경 가자는 건데. 너무 경계하면 슬퍼요. 나 그렇게 나쁜 놈 아닌데."

"제가 언제! 서준 씨가 나쁜 사람이라고 생각한 적 없어요."

"예스라고만 해요, 그럼 다 해결이라니까."

"서준 씨."

"기분 전환."

서준이 막무가내로 은후의 손에 봉투를 쥐여주었다.

"전시회 준비한다고 고생 많이 했잖아요. 다 잊고 신나게 즐겨 보자고요. 그럼 안녕!"

미련없이 서준이 먼저 몸을 돌려 계단을 내려갔다. 성큼성큼 도로로 다가가 택시를 잡았다. 계단 위에 서 있는 은후를 돌아보고는 번쩍 손을 들어 흔들었다. 그만 비시시 미소가 새어 나오고 말았다. 마지못해 손을 들어 그에게 마주 작별 인사를 했다.

서준이 탄 택시가 사라지자마자, 은후의 입술에 묻어 있던 미소의 여운이 금세 사라졌다.

차에 시동을 걸며 시계를 보았다. 마음이 급했다. 어지간해서는 과속을 하지 않지만, 이날은 그녀답지 않게 서둘러졌다. 태흔이 삼십 분이라고 말했으면 삼십 분이다. 어떤 수를 쓰든 그녀는 삼십 분 안에 돌아가야 한다. 초조함 때문에 은후는 자신도 모르게 입술을 잘근잘근 깨물고 있었다.

집에 가까워질수록 불안과 초조함만큼이나 피곤도 점점 강해졌다. 신경줄이 가닥가닥 갈라지고 있었다.

'내일은 늦잠을 좀 자야겠어.'

다섯 시에 일어나 운동을 가고 일곱 시면 시계처럼 정확하게 출근하는 그를 피하려면 피곤을 가장해서 늦잠을 자는 수밖에. 언제까지 이런 치졸한 방법으로 태흔과 마주치는 시간을 조심스럽게 비켜나는 것이 통할지 모르지만, 그를 완전히는 피할 수 없을 테지만, 그와의 관계를 어찌하든 진 여사에게는 감추고자 하는 은후로서는 달리 방법이 없었다. 그나마 호텔로 이사를 나와 다행인 건, 그의 공간과 은후의 공간이 아래 위층으로 나누어졌다는 것일까. 어차피 석 달짜리 행운이긴 하지만.

첼로를 짊어지고 집으로 들어갔다. 거실은 텅 비어 있었다. 벽시계만 째깍거리고 있었다.

그러고 보니 나주댁과 김 기사 아저씨가 휴가를 갔다는 사실이 퍼뜩 떠올랐다. 할머닌 만찬 모임에다가 뮤지컬 시사회까지 있다고 하셨다. 간만에 미국에서 오신 고등학교 동창을 만난다고 많이 늦어질 거라고 하셨는데.

맙소사. 결국 지금 집에는 태흔과 은후 둘뿐이다. 그것을 인식하기가 무섭게 핸드백에서 휴대전화가 울렸다.

천리안이라도 가진 것일까? 태흔이었다.

[도착했으면 커피 한 잔 가지고 올라와.]

일방적으로 전화가 끊겼다. 은후는 한숨을 내쉬었다. 맥없이 돌아서서 주방으로 갔다. 태흔이 좋아하는 에스프레소를 만들었다. 초콜릿 한 조각을 곁들여 쟁반에 담고 천천히 이층 계단을 올랐다.

이층을 올라가는 발길이 이렇게 무겁고 고통스러운 적이 있던가. 태흔의 방문은 굳게 닫혀 있었다. 그의 침실과 나란히 붙은 서재 쪽에서 불빛이 흘러나오고 있었다. 아직도 거기서 일을 하는 모양이다.

문을 두드리자, '들어오세요' 하는 대답이 들렸다. 낮고 부드러운 목소리였다. 사실 태흔의 목소리는 그다지 높지 않았다. 워낙 압도적인 존재감을 자랑하는 사람이니 목소리가 크다고 생각하지만, 그는 어지간해서는 음성을 높이지 않는 사람이었다.

은후는 심호흡을 하고 난 후 문을 열었다. 그가 말한 삼십 분은 넘겼지만, 여하튼 번개처럼 빨리 달려왔으니, 정상참작은 될 것이다.

안경을 쓴 그가 노트북을 노려보고 있었다. 잠옷 바지 위에 민소매 티, 어깨에 얇은 카디건을 걸치고 있었다. 슬리퍼를 꿴 발을 까딱이며 음악을 듣고 있다. 한 손으로는 서류를 넘기다가 또 피곤한지, 미간을 어루만지고 있었다. 그가 고개를 들었다.

은후는 조심스레 커피 잔 쟁반을 책상 귀퉁이에 올려놓았다.

태흔의 시선이 책상 위에 놓인 시계로 가는 것을 보고 벌받는 어린애의 심정이 되어 입술을 깨물었다.

"별로 좋은 성적은 아니군, 지금은 열 시가 넘었고. 이러면 곤란하지, 이은후."

"연습 다 끝내고 오느라……. 다 같이 하는 연습인데 나만 빠질 수 없잖아."

은후의 목소리에 자신도 모르게 애원이 묻었다.

"여자애가 밤늦게까지 싸돌아다니는 거. 딱 질색이야."

심지어 대학 입시를 위해 미술 레슨을 받을 때도 그랬지. 은후가 너무 늦게 다닌다고, 아예 개인지도 교수님을 집으로 오게 만들어 버린 사람이 태흔이었다.

"예전에 분명히 알려준 것 같은데."

"이젠 나도 어른이잖아. 이상한 데 간 것도 아니고, 봉사 활동하는 건데."

"그러니 간섭 마시라? 그렇군."

태흔이 다시 노트북으로 고개를 돌렸다. 은후는 잠시 그를 바라보며 서 있기만 했다. 푸른 얼음이 박혀 있던 전화 속의 기운과는 달리 많이 누그러져 있는 것 같다. 더 이상 말이 없어서 충분히 그가 납득한 줄로만 알았다. 은후는 나직하게 한숨을 쉬며 몸을 돌이켰다.

막 문을 나서려는데, 등 뒤에서 나직한 태흔의 추궁이 날아왔다.

"핵심이 뭐야? 봉사 활동이야, 아니면 나야?"

은후는 고개를 돌렸다. 태흔은 여전히 노트북만 노려보고 있었다.

"혹시 날 피하기 위해 기를 쓰고 늦게 들어오는 거라면."

"그런 거 아니라니까!"

"다행이구나. 난 혹시 그런 게 아닐까 생각했거든."

태흔이 고개를 돌려 문 앞에 선 은후를 바라보았다. 싱긋이 미소 지었다. 아주 부드러운 색을 지녔다. 하지만 이어지는 말은 아까보다 더 냉랭한 얼음 칼이었다.

"계속해서 네가 이런 식이면, 좀 화가 날 것도 같다."

아무 말도 못 하고 은후는 그 자리에 못 박혀 있었다.

"핑계로 삼아대는 네 공방이며 아마추어 악단, 그따위 것들, 박살을 내버릴까 생각 중이야."

"뭐라고?"

허공에서 아연실색한 은후의 눈동자와 못 할 것 같으냐 오만하게 노려보는 태흔의 시선이 강하게 부딪쳤다.

"농담 아니야."

그가 자리에서 일어섰다. 안경을 벗고 눈 사이를 잠시 문질렀다. 커피 잔을 들어 단숨에 마셔 버렸다. 담배 한 개비를 집어 들고 발코니 쪽으로 걸어갔다. 둘의 거리가 조금 더 멀어졌다. 그가 문을 열었다. 담배에 불을 붙였다. 유리창 속에 태흔과 문 앞에 선 은후의 모습이 함께 박혀 있었다.

"웃기지? 이 나이에 유치하게 심술부리는 거."

"다음부터! 일찍 들어올게. 절대로 일부러 그런 건 아니니까."

달달 떨리는 목소리로 은후는 사정하고 있었다.

"당연하지. 네가 날 피할 이유가 어디 있겠니? 그냥."

그가 돌아섰다. 담배 연기를 길게 토해냈다. 씩 웃으며 재를 털었다. 반이나 남은 담배를 꾹 눌러 껐다.

"잔뜩 갖고 싶은데 하나도 가질 수가 없어서 화가 좀 났을 뿐이야. 그걸 가진 녀석이 조금도 주지 않으려 하니까 말이지. 역시 빼앗을 수밖엔 없는 건가?"

그가 다시 책상 앞에 앉았다. 새 서류를 넘기기 시작했다. 축객령이었다. 잠시 동안 벌 받는 심정으로 막막하게 서 있던 은후는 결국 조용히 문을 닫고 나갈 수밖에 없었다.

일층 방으로 내려와 침대 가장자리에 걸터앉았다.

태흔과의 갈등이나 대면은 언제나 은후의 인내심이나 의지를 극한으로 시험하곤 했다. 너무나 다정하고 부드럽던 과거의 그 사람은 어디로 사라진 걸까? 태흔이 가진 좋은 점은 전부 사라지고 못되고, 모질고, 나쁜 것만 뭉쳐 놓은 듯한 이층의 저 남자. 너무 괴롭다. 대체 어떻게 해야 저 남자를 감당하거나 피할 수 있을까?

그저 피곤했다. 쉬고 싶은 생각밖에 없다. 은후는 힘없이 몸을 일으켰다. 욕실에서 샤워를 마치고 젖은 머리카락을 대강 말렸다. 나이트 크림을 얼굴에 바르며 거울을 바라보았다. 어느새 눈 아래 짙은 그늘이 생긴 듯도 싶었다. 두 손으로 까칠해진 얼굴을 쓸어내렸다. 조마조마하고 아슬아슬한 이 지옥은 언제쯤 끝날까? 끝나기는 할까?

화장대 서랍에서 피임약 한 알을 꺼내 삼켰다. 불규칙한 생리 때문에 산부인과에서 피임약을 처방받은 지도 한참 되었다. 생리 주기는 제대로 잡혔으나, 생리통은 훨씬 심해지고 있었다. 그날이 다가오는지 아랫배가 묵지근했다. 늘 그렇듯이 그날 근처가 되면 신경이 한층 더 날 서게 된다. 점점 좋아질 거라고 의사는 말했으나 쉬이 가라앉지 않았다.

젖어버린 수건과 가운을 세탁통에 넣었다. 나이트 슬립을 몸에 꿰고 침실 문을 열었다. 순간 소스라치게 놀라 쓰러질 뻔했다.

"……!"

분명히 켜놓았던 침실의 불은 꺼져 있었고, 사이드 테이블 위의 스탠드만 켜져 있다. 그리고 침대 위에는 반라인 태흔이 자신의 잠자리인 듯 편안하게 드러누워 있었던 것이다.

9장

“무, 무슨……? 이러지 않기로 했잖아.”

항의하는 은후의 목소리는 달달 떨리고 있었다. 태흔이 피식 웃었다. 가소롭다는 뜻이었다.

“이은후가 약속을 어겨 버리고 제멋대로 구는데 나라고 약속을 지켜야 할 의무가 있어?”

태흔이 시트 한쪽을 걷었다. 좋은 말 할 때 다가오란 뜻이었다.

“내가 안아다 침대에 내팽개쳐야 하는 거야?”

“안 돼. 이럴 순 없어.”

“할머닌 오늘 못 들어오신다고 전화 왔어. 이 집엔 우리 둘 말고는 아무도 없어. 안전해.”

태흔이 손을 내밀어 사이드 테이블의 스탠드마저 꺼버렸다. 은밀한 어둠의 베일이 두 사람이 함께 담긴 공간을 덮었다. 창밖에서 스며들어 오는 희미한 가로등의 여운만이 그들에게 주어진 빛의 전부였다.

"이리 와."

검은 동체로만 보이는 그가 감미롭게 속삭였다. 하지만 가장 광포한 강압이기도 했다. 그럼에도 우두커니 선 채 은후가 움직이지 않자, 짧고 날카롭게 명령했다.

"어서! 말해두는데, 아까 내가 한 말, 빈말 아니다."

은후의 작은 가슴이 다시 철렁 내려앉았다. 공방이나 연주하는 악단, 박살을 내버릴지도 모른다고 했지.

"네가 자꾸 네 안으로 도망가니 어쩔 수 없지. 좋은 말 할 때 내 곁으로 와."

최면에 걸린 것처럼 무력한 다리가 천천히 움직였다. 싫든 좋든 또다시 그에게로 가까워져 가고 있었다. 그에게로 안기기 위해, 그의 욕망을 달래기 위해 움직이고 있었다. 그의 곁으로 파고들고 있었다. 불안과 공포, 죄책감과 자기혐오의 무참한 맛을 느끼며 은후는 입술을 꽉 깨물었다.

태흔의 곁, 침대 위에 앉았다. 그가 억센 팔로 은후의 허리를 조였다. 자신의 몸 가까이 끌고 와 이 밤에 시작될 정사(情事)의 예고편처럼 격하게 키스했다. 커피와 담배 맛. 무엇보다 짜증의 맛이 났다. 짐작한 이상으로 태흔은 은후의 늦은 귀가에 대하여 불쾌해하고 있었다. 심장이 동당거렸다.

"다시는 늦지 않겠다고 약속했잖아."

애원하듯 입속으로 중얼거리는 은후의 입술이 다시 막혔다. 잠시 입술을 뗀 태흔이 어둠 속에서도 까맣게 빛나는 눈동자를 지그시 들여다보았다. 귓불을 살근 깨물며 놀렸다.

"어디 한번 날 설득해 봐. 네가 제일 잘하는 일이잖아."

"누구에게든 설득당하는 사람도 아니면서."

"넌 달라. 네가 부탁하면 다 들어주잖아."

거짓말, 자기가 원하는 것만 허락하면서. 은후는 막막하게 생각했다. 거대한 돌벽 같은 남자를 바라보았다.

"오빠 피해서 이러는 거 아냐. 정말이야. 그냥 우연의 일치로 겹친 거야. 그러니까……."

"믿게 해봐. 내가 밀려났다는 느낌이 들지 않게. 네게 내가 제일 중요한 사람이라는 것을 증명해 봐."

그녀가 적극적으로 움직일 생각이 없는 것에 대해 불만족스러운 모양이다. 태흔이 은후의 손을 들어 단단한 자신의 가슴을 애무하게 만들었다

"만져 줘. 네가 필요해. 난 오늘 푹 자야 하거든. 너를 안고 나면 잠이 잘 올 거야. 많이 사랑해 주면 널 믿어주마."

주저주저, 은후의 수줍은 손이 그를 어루만졌다. 부드럽고 작은 손이 자신을 애무하는 감촉을 음미하며 태흔이 쾌락적이고 나른한 신음을 뭉근하게 뱉어냈다. 그의 손도 그녀의 가슴골로 다가왔다. 얇고 매끄러운 천 위로 솟구친 탄력 있고 봉긋한 젖무덤을 쓰다듬었다. 본격적인 정사에 앞서 맛보는 전채요리처럼 움켜쥐고, 건드리고 맛을 보았다.

단단한 맨살 위에서 작은 손이 만들어내는 마법의 쾌감을 즐기던 태흔이 갑자기 기습적으로 물어왔다.

"즐거웠어?"

"뭐가?"

"나 없는 데서 네가 아는 사람들만 만나서 웃고 노는 거."

"논 것 아닌데."

은후는 좀은 볼멘 목소리로 대꾸했다. 자선음악회를 위한 연습을 '논다' 라는 불손한 단어로 표현하고 싶지 않았다. 물론 아주 잠시, 지휘자가 서준이라는 것을 태흔이 알면 그다지 좋아하지 않겠다는 생각은 했지만.

"어쨌든, 웃었잖아. 그래서 짜증 났어."

"왜 그래? 내가 만날 오빠 때문에 울고 고민하고 괴로워하기를 바라?"

"아니."

그가 약간 거칠게 은후의 머리를 끌어당겨 길고 깊은 프렌치 키스를 했다. 아름다운 몸을 감싼 나이트 슬립을 머리 위로 벗겨 냈다.

"이은후는 당연히 행복해야지. 하지만."

어둠에 익숙해진 눈앞으로 출렁, 예쁜 가슴이 소담하게 튀어나왔다. 브래지어를 위로 올리고 드러난 진분홍빛 끝에다 상냥한 입맞춤을 선물했다. 말랑한 혀가 전해주는 자극적이고 음란한 감각 안에서 은후의 몸이 바르르 떨렸다. 자동 인형처럼 붉게 달아오르기 시작했다. 그녀의 솔직한 반응을 즐기면서 욕심쟁이 태흔이 나직하게 경고했다.

"내가 주지 않는 것으로 행복하진 마. 안 돼."

"그런 게 어디 있어? 난 어디서든 나 혼자서도 행복을 만들 권리 있어."

은후는 좀 질려선 작은 목소리로 항의했다. 태흔이 코웃음을 쳤다.

"웃기는군. 그게 말이 된다고 생각해?"

"말이 안 되는 말을 하는 건 오빠잖아. 난 오빠가 태엽을 감아주는 인형이 아니야. 어떻게 그래?"

"난 너 아니면 행복하지 않는데."

그가 두 손으로 은후의 얼굴을 사납게 잡아 자신에게로 끌어당겼다. 긴 키스로 인해 촉촉하게 젖고, 도톰하게 부풀어 오른 은후의 입술을 다시 강하게 흡입했다. 장난처럼 진심처럼 음산하게 중얼거렸다.

"넌 내가 없어도 행복할 수 있다고?"

"그런 말은 아니잖아."

"너 혼자 행복할 생각 마. 용서하지 않을 테니까."

갑자기, 그가 난폭한 야수가 되었다. 은후의 몸을 타고 올라 강하게 짓눌러왔다. 그녀의 눈을 내려다보는 태흔의 눈빛은 거짓이 아니어서 더 무서웠다. 친절하고 다정하던 그가 삽시간에 무서운 짐승이 되었다. 탐욕과 지독한 집착으로 가시를 세운 야수. 그가 눈 아래 아름다운 나신을 눈으로 맛보았다. 이내 망설이지 않고 하얗게 드러난 꽃가슴을 마음껏 빨았다. 다시금 낙인을 찍었다.

"네 예쁜 머리통이 지금 무슨 궁리를 하고 있는지 모르지만."

태흔이 고개를 들어 자신의 몸 아래 깔린 은후를 내려다보았다. 커다란 손이 소담하게 솟구친 오른쪽 가슴을 아래서부터 감싸는가 했더니 악 소리가 날 정도로 우악스럽게 움켜잡았다.

"절대로 도망 못 가니까, 쓸데없는 생각 금지. 난 정말 널 다치게 하고 싶지 않아."

농담처럼 말하지만 결국은 절대로, 진심, 일 테지.

더 큰 사슬로 온몸이 묶이는 느낌. 은후의 심장이 위태롭게 졸아붙었다.

'다치게 하고 싶지 않다' 는 말은 언제든 그녀가 자신의 눈 안에서 벗어나면 다치게 하리라는 의미. 망설이지 않고 가차없이, 산산조각 내버릴 테지. 완전히 무너뜨려 절대로 살아갈 수 없게 만들겠지.

그녀가 아는 한, 태흔은 다정하고 친절하고 완벽한 오빠였지만, 동시에 그를 위협하는 적은 그 누가 되었든 철저하고 지독하게 부숴주는 사람이었으니까.

커다란 손 사이로 비어져 나온 순백의 피부 거기, 분홍빛 정점. 태흔의 혀가 바싹 긴장해선 곤두선 젖꼭지를 살짝 머금었다. 말랑한 혀끝으로 교묘하게 희롱했다.

통증과 간지러움과 이상야릇한 쾌락이 혼재되어 결국 몽롱한 꿈으로 녹아내리는 이 느낌. 절대로 비교할 수도 없고 부인할 수 없는 태흔만이 가지는 존재감이었다. 은후는 결국 견디지 못하고 항복의 신음을 흘려내고 말았다.

푹신한 침대에 포개진 두개의 몸, 어지러이 얽힌 네 개의 다리. 난만한 꿈처럼 태흔이 은후의 전신에 소낙비처럼 키스했다. 동시에 그녀의 키스를 게걸스레 요구했다.

은후는 마지못해, 혹은 수동적인 체념을 깔고 그에게 입술을 벌려주었다. 두 팔로 그를 가득 안았다. 그러면서도 불안과 초조함에 못 이겨 결국 가슴속에 담긴 근심의 앙금을 드러내고 말았다.

"할머니가 갑자기 오시면 어떡해? 누가 지나가다 소리라도 들으면……."

완전히 그와의 정사에 몰두하지 못하고 같이 나눌 쾌락에 몰입할 수 없는 그녀의 찢어지는 갈등과 복잡한 내면을 드러내고 말았다.

"주말에."

태흔은 은후의 마지막을 가린 얇은 비단 천을 아래로 밀어내렸다. 욕망의 붉은 꽃을 살근 건드려, 활짝 피어오른 것을 확인했다. 마음껏 꺾고 소유하기 위해 태흔은 자신의 몸을 가린 마지막 천도 떼어냈다. 하얀 다리 사이에 자리를 잡았다. 몸을 포개며 기름한 목을 슬며시 깨물었다.

"전부를 다 준다고 약속해. 그러면 지금은 삼십 분으로 끝내줄 테니."

유혹처럼, 은밀한 계약처럼 들려오는 속삭임.

무섭도록 충혈된 태흔의 몸 끝이 좁다란 은후의 몸을 유연하게 파고들어, 완전히 채웠다. 두 사람의 호흡이 동시에 잠시 멈추었다. 가장 예민한 끝으로 감각하는 뜨거움. 치명적인 쾌락 안에서 참을 수 없는 흥분을 느꼈기 때문이다.

"하지만 할머니가……."

사랑받는 은후가 사랑하는 태흔의 움직임에 공명하여 온몸을 앓았다. 가늘게 흘리는 신음처럼 대답했다.

오직 사랑하라는 명령만 받은 태초의 남녀처럼 그들의 몸이, 입술이, 팔이, 무엇보다도 서로를 갈망하는 마음이 간절하게 사랑스럽게 얽혔다. 탄력적이고 촉촉한 꽃잎의 맛. 보드라우면서도 질깃하고, 수줍으면서도 더없이 탐미적인 여체의 감촉. 태흔은 그가 차지한 은후의 달콤함을 만끽하기 위해 느리게, 격하게, 혹은 급하게 천천히 허리를 움직이기 시작했다.

"근사한 핑계를 만들어봐. 너 그거 잘하잖아."

말로는 절대로 서두르지 않는다. 하지만 절대로 놓치는 법도 없다. 애태우듯이, 약 올리듯이 느릿한 혀가 그의 커다란 손자국

이 빨갛게 난 하얀 달 봉오리를 달팽이처럼 흘러갔다. 혀끝으로 유두를 살며시 쓸고 뒤이어 단단한 치아가 달아오른 피부를 깨물었다. 그러한 동작이 가슴을 거쳐 허리로, 아랫배로 흘러갔다. 동시에 그녀의 아래를 가득 채운 그의 몸은 음란한 움직임으로 그녀의 내부에 불을 질렀다. 안에서부터 철저하게 새빨갛게 무너뜨리고 있었다.

"잔뜩 황홀하게 만들어줄 테니까."

태흔의 이마에 더운 땀방울이 맺히기 시작했다.

은후의 두 다리에 빳빳하게 힘이 들어갔다. 하얀 살갗에 성적 긴장으로 파란 정맥이 떠올랐다. 본능적으로 하얀 두 팔이 풍요로운 몸 위에서 놀고 있는 남자의 머리를 껴안고 있었다. 어느새 은후의 온몸에서도 형용할 수 없는 미향(微香)이 화르륵 날리고 있었다.

싫든 좋든 그를 받아들인 이후, 은후의 몸에서는 태흔을 환장하게 만들고 미치게 하는 유혹적인 향기가 밤낮으로 풍겨나고 있었다.

더없이 맑고 순결한 눈동자를 한 채, 한시라도 도망갈 것 같은 얼굴로 그를 외면하고 있지만, 온몸으로 유혹의 정염을 발산하고 있는 수줍고 어여쁜 꽃. 그건 마치 낮에는 정숙하게 단단히 오므려 있다가 밤만 되면 쾌락적으로 활짝 벌어져 진한 향기를 토해내는 옥잠화 꽃 같았다. 은후의 은밀한 비밀을 아는 자 오직 태흔 자신. 더없이 사랑스럽고 더없이 깊은 소유욕에 사로잡혀 태흔은 미친 짐승처럼 내달렸다.

"마음껏 같이 있자. 이렇게 사랑하면서."

태흔이 몸을 잠시 뒤물렸다가 이번에는 강렬한 힘으로 끝까지 밀어 넣었다. 그가 안으면 본능처럼 발화하여 화산으로 달아올라 그의 욕정에 불을 지피는 여자를 흡족하게 탐욕했다. 은후의 허리를 움켜잡은 손에 힘이 가득 주어졌다, 그의 허리가 격렬하게 움직였다.

여린 몸속을 파고든 강한 페니스가 능숙하게 움직이며 예민한 속살을 긁어댔다. 그 순간마다 은후의 입술은 붉디붉은 신음을 뱉어냈다. 그 신음이 문밖에까지 흘러나가면 안 된다는 것을 깨닫고는, 두 손으로 입을 막았다. 그럼에도 거칠게 두 젖몽오리를 움켜쥔 손이 움직일 때마다 그 신음은 손가락 사이로 조금씩 배어 나왔다. 강한 몸 끝이 빠져나갔다가 다시, 또다시 안으로 안으로 깊게 얕게 파고들었다. 은후의 몸은 낚싯줄에 걸린 물고기처럼 바르르 경련했다.

나신과 나신이 부딪치는 색정적인 미음(微音)이 어둠만이 담긴 침실에 가득 찼다. 서로 때문에 불타오르는 영혼과 육신이 절정을 향해 치닫고 있었다.

죽어도 좋아. 이 사람을 전부 가질 수 있다면 죽어도 좋아. 천벌 받아도 좋아. 하느님.

은후는 마음속으로 절규하며 온몸을 비틀었다. 두 팔로 태흔의 목을 아프도록 죄었다.

너무나 행복한데 어째서 눈물이 흐르는 걸까? 그녀의 사랑은 죽음과 죄악의 향기가 같이 얽혀 있다.

그녀의 절정을 맛본 후 태흔 역시 나지막하게, 그러나 야수처럼 울부짖으며 그의 절정을 풀어헤쳤다. 지독한 포만감. 완전한 충일감으로 정복자 태흔이 몸을 떨었다. 그의 뜨거운 액체가 은후의 속 깊이 쏟아졌다. 그가 준 생명의 정수가 허무하게 하얀 허벅지를 타고 시트에 조금씩 흘러내렸다.

거친 호흡을 뱉어내는 입술 두 개가 하나처럼 맞붙었다. 안타까운 사랑의 여운처럼 주고받는 마지막 키스. 축축하게 젖어버린 은후의 머리카락에 태흔이 자잘한 키스를 퍼부으면서. 손을 내려 아직도 자신과 그녀가 결합되어 있는 은밀한 지점을 부드럽게 쓸었다.

서서히 수축된 그의 몸이 은후의 매끄러운 동굴을 살짝 빠져나왔다. 그녀와 헤어지는 것이 애탄 듯 그 몸은 아직도 반쯤은 흥분된 상태였다.

"삼십 분. 약속 지켰어."

태흔이 장난스럽게 은후의 감긴 눈을 억지로 뜨게 만들었다. 손목시계의 야광 초침이 가리키는 시각을 확인시켰다.

그의 이가 은후의 귓불을 살근 씹었다. 무시무시한 예고편을 날렸다.

"주말에는 기본 다섯 번이야. 약속해."

까뭇하게 젖어드는 이 눈빛은 두려움이 아닐 테지. 그와 똑같이 느끼는 기대감이고 흥분일 테지.

"이젠 가."

누가 있다고, 창문 밖에서 들리는 아주 작은 기척에도 긴장하고 있다. 은후가 속삭였다.

"오 분만."

태흔은 은후를 안은 팔에 힘을 주며 짐짓 눈을 감았다. 따뜻하고 부드러운 천국에서 떠나고 싶지 않았다. 온몸에 묻어 있는 그녀의 향기를 조금이나마 더 품고 싶었다.

"나, 피곤해. 자야 한단 말이야."

"먼저 자. 괜찮아."

태흔이 다정하게 은후의 이마에 키스했다.

정말 피곤했나 보다. 그리도 불안해하고 떨고 있었으면서도, 그의 품에 얼굴을 묻은 채 이내 잠이 드는 것을 보면.

태흔은 힘없이 그의 가슴 위로 떨어진 은후의 하얀 손을 잡아 거푸 입 맞추었다. 매끄럽고 향기로운 달빛의 살결 위로, 손가락 끝으로 집어낼 수 있을 만큼 긴 속눈썹 위로도, 촉촉하게 젖어 가냘픈 호흡을 토해내는 입술 위로도 다정하고 애틋하게 키스했다.

'지금 할머니가 돌아오셔서 우리 이런 모습을 보아버린다면.'

차라리 모든 일이 쉬울 텐데. 그는 매서운 눈빛으로 창에서 새어 들어오는 달빛을 노려보았다. 양심 따위? 웃기지 말라 그래!

'어차피 난, 짐승이니까.'

그것을 인정했을 때 세상이 달리 보였다. 짐승이라면 짐승답게 행동해야지. 그래 주지. 철저하게! 그것이 유일한 해결책이었다. 한동안 연인을 팔에 안고 아뜩한 허공을 응시하는 남자의 눈빛에 더없이 검은 심연이 어렸다.

'무엇이든 못 할 건 없어.'

품 안에 확실하게 안겨 있는 이 여자. 삶에서 가장 소중하고 아름다운 존재를 영원히 소유할 수만 있다면.

태흔은 다시 은후의 매끄러운 머릿결 위로 키스했다. 키스하고 또 키스했다. 그의 영혼과 육체 전부로 그녀를 품었다.

그가 주는 것을 전부로 안아주는 여자, 그만을 바라보고 향일하도록 길들여진 눈동자. 그가 만들어낸 그의 또 다른 분신. 태흔의 입꼬리가 슬며시 위로 치켜올라 갔다. 더없이 이기적이어서 슬프고, 참 외로워서 아주 차가운 미소였다.

'그저 이렇게 내 옆에만 있어. 네 눈 속에서 날 열망하는 빛 따윈 바라지 않으니까. 우리가 한때 나눈 따뜻함과 완전한 일치감 따윈, 이제 없는 거 아니까. 이 세상의 모든 여자들이 날 바라보며 가지는 탐욕마저도 네 눈 속에는 하나도 들어 있지 않지만. 그래도 좋아.'

곁에 이렇게 머물기만 해. 그는 다시 한 번 은후의 여린 몸을 으스러져라 안았다. 그가 원할 때마다 이렇게 가질 수 있다면.

'난 더 이상 바라지 않아. 이것마저 빼앗길 순 없어. 어찌하든 도망가려 하는 거 알지만, 안 돼. 내 것이 아닌 널 보느니, 널 아예 뼈째 갈아버릴 거야.'

무슨 수를 쓰든 잡아둘 것이다. 영원히!

이제 막 깨어나는 도심의 거리. 〈모닝글로리〉 피트니스 센터의 주차장에 벤츠가 들어섰다. 은후가 운전하고 태흔은 팔자 좋은 얼굴로 조수석에서 앉아 눈을 감고 있었다.

태흔의 강요로 둘은 함께 새벽 운동을 나온 참이었다. 물론 진 여사는 호텔 수영장이 바로 코앞에 있는데, 뭐 하러 먼 데까지 가느냐고 못마땅해했지만, 어찌하든 할머니의 눈을 피해 은후와 함께 있는 시간을 만들고 싶어 안달하고 있는 태흔은 들은 척도 하지 않았다.

"아무래도 호텔에서 머무르는 몇 달은 오빠, 거기 피트니스 센터를 이용해야 할 것 같아. 왔다 갔다 너무 시간 낭비잖아."

주차를 하면서 은후는 여기까지 오면서 생각했던 것을 슬쩍 흘려냈다. 그러나 태흔은 대답이 없었다. 눈을 감고 있는 것으로 보아 잠이 든 것 같기도 했다.

일껏 고민하다가 어렵게 제안했는데, 상대방은 듣지도 않고 있다니. 약간은 화도 나고 약간은 실망해서 은후는 한숨을 내쉬었다. 태흔의 팔을 살짝 잡고 흔들어 잠을 깨웠다.

"일어나. 다 왔어."

차 문을 열려 하는데 눈을 감은 채 태흔이 은후의 팔을 움켜잡았다. 내리지 못하게 만들었다.

"키스. 해봐."

"뭐라고?"

"그러면 네 제안, 들어줄 수도 있어."

실눈을 뜨고 느른하게 웃는 얼굴이 얼마나 얄미운지. 그녀의 마음을 움켜쥐고 제멋대로 조종하고 놀려대려는 거다. 사람들 앞에서는 마음을 드러내는 짓 따윈 하지 않기로 약속했으면서. 이런 식으로 불쑥 사람을 곤란하게 만드는 악마성이라니. 그가 한쪽 입꼬리를 위로 추켜올렸다. 잔혹하면서도 섹시하고 장난스러우면서도 진지했다.

"어려운 요구도 아니잖아."

"여긴 공공장소야, 오빠."

"어차피 아무도 보지 않는 차 안인데, 어때?"

그의 눈을 보자 하니, 계속 거부하다간 더 큰일을 당할 것 같다. 매도 빨리 맞는 게 낫지. 은후는 마지못해 얼른 태흔의 입술에다 살짝 베이비 키스를 해주었다. 태흔이 혀를 찼다. 팔을 움켜쥔 힘은 줄어들지 않았다.

"이게 키스야? 젠장, 키스만큼은 처음부터 제대로 가르쳐 놓은 줄 알았더니. 레슨을 새로 해야겠군."

도망갈 사이도 없었다. 태흔이 은후의 어깨를 잡아 운전석 좌석 등받이에 몸을 눌렀다. 자신의 몸을 기울여 그녀의 얼굴에 입술을 가까이 가져왔다. 혀끝으로 분홍빛 입술 선을 따라 한 바퀴 돌았다. 관능과 열기를 일깨웠다. 스르르 벌어지고 마는 꽃잎 같은 입술 사이로 슬그머니 젖은 혀끝을 담갔다. 삽시간에 두 사람의 입술과 혀가 어지러이 엉키고 격렬하게 맞부딪쳤다.

진하디진한 색의 입맞춤. 이것이 말하는 바는 지독한 소유욕, 사랑이 큰 만큼 소유욕 또한 점점 강해지고 심술맞아진다. 탐하고 또 탐해도 만족할 수 없는 허기. 두 배로 진해진 애욕의 색. 능숙한 입술과 혀의 놀림으로 태흔은 은후에게 그런 것을 가르쳤다.

그러다 갑자기 그가 고개를 들었다.

"여기까지."

기껏 이삼 분, 그럼에도 그 짧은 시간에 그가 일깨운 화염에 완전히 익어버리고 홀려 버렸다. 태흔이 싱그레 미소 지으며 말간 열기로 타고 있는 은후의 깨끗한 눈동자를 들여다보았다.

"이런 게 아침의 키스야. 주말엔 심야의 키스를 가르쳐 주지."

그것으로 끝이었다. 너무나 무정하고 너무나 덤덤하게. 너무나 아무 일도 아닌 듯이 그가 먼저 차 문을 열고 나갔다. 아슬아슬하다. 바로 그때 그들의 차 옆으로 새로 차가 들어와 주차했다. 태흔이 가방을 둘러메며 재촉하는 시선을 보냈다.

"안 내려?"

은후의 주먹이 단단하게 쥐어졌다. 이를 악물었다.

정말 죽여 버리고 싶어! 너무 화가 나고 너무 열을 받아 아악, 비명이라도 지르고 싶었다. 사람을 갖고 노는 것도 한계가 있지, 어떻게 매사 저렇게 능글맞고 얄밉고 징그럽게 굴 수가 있을까?

'다신 운동 같이 오나 봐라! 때려죽인대도 싫거든.'

이를 갈며 은후는 차 문을 열고 내려섰다. 엘리베이터 버튼을 누른 채 기다리고 있는 태흔을 노려보며 천천히 걸어가기 시작했다.

태흔이 버튼을 눌렀다. 위잉 소리를 내며 엘리베이터가 움직이기 시작했다. 빨간 숫자를 잠시 지켜보던 그가 불쑥 내뱉었다.

"맞선 본 그 여자. 또 만난다."

한껏 열 받아 부글거리던 심장에 차가운 눈보라가 몰려들었다. 숨이 막혀 아무런 대답도 할 수 없었다. 몇 분 전만 하더라도 그녀에게 더없이 정열적으로 키스했던 입술로 다른 여자를 만난다는 말을 하는 이 남자. 정말 죽여 버리고 싶었다.

은후는 오 분 사이에 두 번씩이나 그녀로 하여금 살의(殺意)를 느끼게 만드는 이 남자의 목을 정말 졸라 버려야 하는 건지, 아니면 엘리베이터 구멍 아래라도 밀어버려야 하는 것인지 진지하게 궁리하기 시작했다.

"곧 결혼할지 말지, 결정하게 될 거다."

마음속으로 '그렇게 될지도 모른다' 생각하는 것과, 실제로 그의 입을 통해 직접 듣는 것은 천지 차이였다. 태흔이 힐끗 바라보는 것이 느껴졌다. 분명히 자신의 말이 얼마나 그녀를 아프게 하고 괴롭히고 있는지 확인하려는 것일 게다.

그들의 관계가 아슬아슬하고 불편한 평행선으로 영원히 이어진다 해도, 적어도 그녀를 자신의 말대로 조금은 사랑하고 배려해 준다면 대놓고 딴 여자를 만나느니, 결혼을 결정하느니 하는 말 따윈 해대지 않을 거다. 맨살을 사포로 벅벅 문지르는 것과 같이 말로 여린 심장을 빡빡 긁어대는 이 남자의 심술궂음을 참아내기란 너무나 힘들었다.

그날 아침 처음으로 은후는 자신이 너무 태흔에게 어이없이 끌려다니는 것은 아닌지, 견뎌낼 수준을 넘어서는 지독한 고문(拷問)을 당하고 있는 것은 아닌지 깊이 생각하게 되었다.

"내가, 너에게 다시는 우리들의 관계, 어떻게 할 것인지 묻지 않겠다고 했지?"

은후는 숨을 몰아쉬었다. 고개만 끄덕였다.

"삼세 번. 그 여자 만난 다음에 다시 물어볼지도 몰라. 정말 마지막이다. 잘 생각해서 대답해. 네 대답 여하에 따라 지금보다 더한 걸 감수해야 할지도 모르니까."

최후의 선고. '싫다' 라는 말을 한다면 가차없이 너를 버리고 그 여자와 결혼을 하겠노라는 말로 들렸다. 아뜩하다. 막막하다. 그를 잃기 싫지만 얻을 방법을 알지 못한다. 그를 버리고 싶지만 그를 떠날 방법을 알지도 못한다. 어떻게 해야 할까?

엘리베이터가 멎었다. 라커룸 앞에서 그가 물었다.

"수영할 거야?"

은후는 그의 옆얼굴을 스쳐 지나 벽만 바라보았다. 아까 당한 놀림 때문에 그의 얼굴도 보기 싫었다. 말 한마디로 그녀를 천국과 지옥을 오가게 만드는 이 잔혹한 남자를 어쩌면 좋을까? 아주 짧게 내뱉었다.

"응."

"일주일 내내 수영만? 어깨 벌어진다."

"아침에 세 번은 수영, 세 번은 헬스해. 오후엔 재즈댄스 강습받고."

"그 '문 이사' 라는 인간하고 여기서 만난다며? 같이 수영하는 거야?"

왜 이 대목에서 서준의 이름이 나오는가? 이젠 별걸 다 가지고 사람을 고문하려 드는군. 뿔이 더 돋아선 은후는 그를 노려보았다. 짤막하게 대꾸했다.

"가끔."

"그렇군."

뭐라고 한마디 더 할 줄 알았는데, 태흔은 입을 다물었다. 남성 탈의실로 들어가 버렸다. 남의 말은 듣지도 않을 거면서 묻기는 왜 물어? 은후는 더 골이 나서 사납게 몸을 돌이켰다. 적어도 한 시간 동안은 저 남자 꼴을 보지 않을 테니, 그야말로 천국이로군! 볼을 볼록이면서 은후도 여성 라커룸으로 들어갔다.

물안경을 들고 수영장으로 들어가는데, 레인 끝에서 접영을 하며 물을 가로질러 오던 남자가 은후 발치 끝에서 멈추었다. 그가 수경을 머리 위로 얹었다. 늘 그 시간이면 나와 운동을 하는 성실한 서준이었다. 은후를 보고 활짝 웃었다.

"은후 씨, 오랜만에 나왔네요."

"안녕하셨어요?"

"반성해요. 그동안 은후 씨 못 봐서 운동하는 재미가 없었다고."

"제가 요새 좀 게을러졌어요. 전시회 때문에 많이 바쁘시죠?"

"위문 공연 오면 안 잡아먹지."

유쾌하게 웃는 서준 앞에서 은후도 보시시 미소를 지었다.

너무 다르다. 서준과는 언제 어디서든 아주 편안하게 대화를 할 수 있다. 은후는 무릎을 꿇고 물을 한 줌 집어 다리에 묻혔다.

한마디 한마디가 따뜻하다. 감싸 안아주고 보듬어주는 서준의 부드러움을 태흔이 조금만이라도 닮아준다면. 그를 사랑하고 갈망하면서도, 그만큼 두려워하는 일은 줄어들 텐데. 유약한 가슴이 무너질까 두려워하지 않고, 둘 다 행복한 시간을 엮어갈 수 있는데. 왜 태흔과는 그것을 하지 못할까. 둘을 함께 연결하고 얽는 죄악의 비밀과 탐욕스러운 애욕 말고는 재회한 한 달 내내 그들이 나눈 것은 아무것도 없다. 이런 것이 어떤 의미일까?

서준이 물 위로 올라왔다. 은후는 수영장 속으로 내려갔다. 수영장 가장자리에 걸터앉은 서준이 손으로 얼굴의 물기를 훑어내며 물었다.

"은후 씨, 오늘 혹시 공방 나가요?"

"네. 아침에 강의 있어서 그거 듣고 점심때쯤 잠시 나가려고요. 마무리할 작품이 있어서요."

"그럼 점심 같이 먹을래요? 그쪽으로 갈 예정 있는데. 어차피 연습장에 가야 하니까 내가 은후 씨 차 얻어 타고……."

은후가 대답을 하려는데, 수영장 문이 열렸다. 은빛 수경을 손가락 사이에 끼워 흔들며 태흔이 들어왔다. 두 사람의 말이 뚝 끊기고 말았다. 검은색 수영 팬티에 검은색 수영모를 쓴 그의 모습은 검은 악마 루시퍼를 닮은 듯했다.

바라보는 사람이면 누구나 찬탄할 만큼 아름답고 조각 같은 몸을 가진 장신의 사내는 마주 보며 이야기를 나누고 있는 두 사람 쪽으로 다가왔다. 조금은 당황하고, 또 조금은 의아하여 은후는 그를 올려다보았다.

"라켓볼 한다면서?"

"갑자기 수영이 하고 싶어서. 근육이 좀 뭉쳤거든."

태흔이 수경을 목에 걸며 먼저 서준에게 가볍게 묵례를 해 보였다. 하얀 이를 드러내며 미소 지었다.

"다시 보니 반갑습니다, 문서준 씨."

서준 역시 묵례로 답했다. 태흔이 몇 번 팔과 목을 돌린 후, 물속으로 풍덩 뛰어들었다. 푸른 수면 위로 하얀 거품이 일렁였다. 물속에서부터 얼굴을 치켜든 그가 흘러내리는 얼굴의 물기를 두 손으로 훑었다. 장난스럽게 은후의 머리 위로 물 한 줌을 떠선 흘려냈다.

"물장난하러 왔으면 물장난만 해, 불장난하지 말고."

"누가?"

이왕 상한 마음이 다시 울컥했다. 얼토당토않은 트집으로 속을 뒤집는가 싶어 마음이 진짜 상했다.

뾰족하게 소리치는 은후의 말일랑 싹 무시하고 태흔이 수경을 썼다. 마음을 드러내는 검은 눈을 가렸다. 서준에게는 미소 비슷한 모양을 만들어내는 태흔의 입술만 보였다.

"문서준 씨, 운동 끝나셨나요?"

"아, 아닌데요."

"그럼 수영 끝나고, 아침 식사, 같이 어때요? 여기 식당, 조식 메뉴가 꽤 괜찮던데."

"저는 좋습니다."

예전 라커룸에서 만났을 때, 그렇지 않은 척하면서도 속을 박박 긁던 것과는 천양지차. 태흔은 아주 너그럽고 정중했다. 심지어 해맑아 보이기까지 한 웃음을 끝으로 그가 깊이 잠수해 들어갔다. 유연한 동작으로 물을 가르고 멀어졌다. 잠시 태흔의 모습을 바라보던 은후도 이내 얌전한 동작으로 팔을 휘저어 저쪽 레인으로 멀어져 갔다.

"정말 파악 불가능이네."

홀로 남은 서준은 중얼거렸다. 군더더기 하나 없는 깔끔한 동작으로 물을 차고 나가는 검은 수영모의 사내를 바라보았다.

아주 정중한 미소를 짓는 저 사내가 얼마나 빨리 변하던지. 안색 하나 변하지 않고 얼마나 고약하게 속을 긁어댔는지 떠올렸다. 누이동생에 대한 접근 불가를 기묘한 방법으로 암시하던 그날과는 달리, 오늘은 너무나 기껍게 아침 식사 동석을 먼저 제안한다. 어느 것이 이태흔의 진심인가?

'알게 뭐야? 오늘 다시 이야기를 나누어보면 알겠지.'

서준의 입장에서 딱히 이태흔에게 꿀릴 이유가 없는 것이다. 잠시 고개를 흔들던 그는 다시 물속으로 뛰어들었다. 어느새 저만치 멀어진 은후의 뒤를 따랐다. 다른 레인에서 물을 차고 나가는 태흔이 조금은 신경 쓰이기는 했지만, 오랜만에 은후와 함께 운동하는 기쁨에 들떠 그는 내내 등 뒤로 따라와 매섭게 노려보며 관찰하는 검은 눈동자를 금세 잊어버렸다.

한 시간 후, 태흔을 중심으로 은후와 서준 세 사람은 피트니스 센터 8층 식당에 마주 앉아 있었다. 도심의 아침 거리를 비추는 태양빛이 창문을 통해 스며들었다. 그들의 얼굴을 황금빛으로 물들이고 있었다.

"그래, 전시회가 언제라고요?"

태흔이 포크로 샐러드를 찌르며 물었다.

"다음 달 초입니다. 많은 작가님이 도와주셔서 잘 진행이 되고 있습니다. 물론 우리 은후 씨가 제일 많이 도와주었지만요."

우리 은후 씨?

태흔의 한쪽 눈썹이 치켜올라 갔다. 은후는 당황해선 다급하게 부인했다. 서준이 태흔의 신경을 건드려 좋은 건 하나도 없다. 은후 자신과의 담백하고 가벼운 인연으로 인해 애꿎은 서준에게 불똥이 튀는 것은 그녀가 제일 두려워하는 일 중 하나였다.

"아니야, 오빠. 전부 다 문 이사님 덕분인걸. 그런 말씀 마세요, 문 이사님. 저 같은 병아리 작가에게 기회를 주신 것만 해도 큰 영광인걸요."

"에이, 겸손하게 굴기는. 그런 거 하지 마요. 안 믿어."

서준이 미소 지으며 급사에게 손을 들었다. 유리병에 담겨 날라져 온 따뜻한 우유를 그녀의 잔에 채워주었다.

'이 자식 좀 보게?'

아침에는 은후가 따뜻한 우유를 마신다는 것을 아는 녀석이란 말이다. 그건 서준과 은후가 종종 아침 식사를 같이하는 사이라는 증거이다. 태흔의 눈썹이 더 가파른 경사를 지었다.

"내가 은후 씨 작품에 얼마나 기대를 하고 있는데요. 다른 작가와는 달리 우리 은후 씨는 남성용 작품만 출품하거든요. 전시회의 아이콘이 되리라고 생각합니다."

"그렇군요."

"은후 씨, 내가 말했던가요? 이번에 오예완 작가님 작품에 디자이너 백 선생님이 의상을 협찬하신다는 거……."

서준과 은후가 둘만의 화제인 전시회 이야기를 나누는 동안 태흔은 그저 조용하게 식사만 하고 있었다. 그럼에도 은후는 태흔이 알게 모르게 서준을 관찰하고 있다는 것을 눈치챘다. 서준이 은후에게 보이는 호의를, 두 사람 사이에만 오가는 대화를, 곰살갑게 오가는 미소를 태흔이 몹시 불쾌해하고 있다는 것이 만져졌다. 눈으로 본 듯 느껴졌다.

반듯하게 앉아 태연하게 미소 지으며 식사를 하는 그의 얼굴에 서린 기운이란 어찌나 무서운 것인지. 마주 앉아 식사를 하는 일이 마치 살얼음판을 걸어가거나 가시방석에 앉은 것처럼 불편하고 두려웠다.

은후도 그러하거니와, 겉으로 태연한 안색을 한 채 유쾌하고 굴고 있는 서준의 마음 또한 보기만큼 편안한 건 아니었다. 은후만큼이나 당황해하고 또 긴장한 채였다.

지난번 라커룸에서 준비도 없이 태흔을 만났다. 그에게 그다지 좋은 인상을 주지 못했던 것 같아 내내 찜찜했었다. 어떻게 보면 악 소리도 내지 못하고 일방적으로 당한 것이기도 했다.

물론 태흔은 그날처럼 대놓고 사람을 눈 아래로 깔고 보며 밀쳐 내는 것 같지는 않았다. 무척 너그럽고 편안한 미소를 짓고 있었다. 그러나 피부 위로 밀려오는 기운은 그날보다 더 차서, 서준 자신, 마치 발가벗고 북풍한설 앞에 서 있는 기분이었다.

긴장하니 말이 더 꼬이고, 말이 꼬인다 싶으니 더 당황하게 되고, 그래서 하지 않을 실수나 실언을 더 반복하게 되는 난감함이 계속 이어졌다. 그럼에도 태흔은 서준의 당황함이나 당혹감을 풀어줄 생각이 전혀 없는 듯했다. 무슨 말을 하든, 짤막한 단답형의 대답만 이어졌다. 가만히 듣고 있다가, 아주 교묘하게도 은후와 그의 사이에 오가는 대화의 맥을 끊어버리는 것이었다. 온몸으로 태흔은 서준더러 자신의 누이동생과 오가는 모든 것이 싫다는 의사를 뚜렷하게 보여주고 있었다.

'정말 환장하겠네.'

미칠 노릇이지만 서준은 꼼짝없이 태흔의 기운에 휘말려 들어

이리저리 조롱당할 수밖에 없었다.

어느 순간, 얼굴이 벌게진 채 입을 다무는 서준의 표정을 가만히 바라보던 태흔이 냅킨을 놓고 자리에서 일어섰다.

생쥐도 구석에 몰아붙이면 고양이를 무는 법. 잠시 숨 좀 돌리라고. 새 음식을 가져올 작정이었다. 마침 은후의 접시도 비었다. 그녀도 따라 일어났다.

"앉아 있어. 가져다줄게."

태흔은 은후의 어깨를 눌러 다시 앉혔다. 두 사람을 바라보던 서준의 목에 이상한 가시 하나가 걸린 것은 그때였다. 설명할 수 없지만 굉장히 비밀스럽고 무서운 것을 우연히 보아버린 느낌이었다. 기묘하다. 태흔은 은후에게 어떤 걸 갖다줄까 묻지도 않았다.

돌아서는 태흔 역시 홀로 입술 끝을 위로 치켜올리고 있었다.

'어지간히 질긴 녀석이로군.'

눈치가 빠른 녀석이라면 모욕감을 느껴 먼저 일어서거나, 더 멍청한 놈이라면 제 발로 박차고 걸어 나갔을 텐데. 그 정도로 자극하고 도발했는데. 눈 하나 끔쩍도 않고 아무렇지도 않은 얼굴로 대화에 끼어드는 솜씨가 보통은 넘었다.

'흠, 네가 그런 놈이란 말이지.'

태흔의 머릿속으로 새삼스런 경보음이 들려왔다. 문서준. 생각 외로 훨씬 더 강적이었다. 할머니가 보아둔 녀석답게 의외로 만만치 않았다.

바로 그 순간이었다. 등 뒤에서 들려온 서준의 느닷없는 한마디가 그의 귀를 창처럼 찔렀다.

"점심 같이 먹고, 은후 씨가 연습실까지 나 태워줘야 해."

"어머나, 차 수리가 아직도 끝나지 않았어요?"

"끝났죠. 하지만 은후 씨가 차 한 번 태워주기로 약속했잖아요. 우리 오늘 자동차 데이트합시다."

데이트란 말에 두어 발자국 걸어가던 태흔의 발길이 잠시 멎었다. 그의 이마에 작은 뿔 하나가 생겼다.

'하, 요것들 봐라?'

이어지는 서준의 말에 그렇지 않아도 부글거리는 태흔의 속이 더 뒤집혀지고 말았다.

"그런데 우리, 오늘은 징글맞은 징글벨로 돌아가야 할까 봐. 사람들이 루돌프만 잡는다고 날 죽이려 해."

"레퍼토리는 지휘자께서 알아서 하시는 일이죠."

"난 우리 단원들이 너무 무서워. 나 같은 지휘자 따윈 완전 무시하잖아. 은후 씨 첼로 덕분에 그나마 내가 위안을 삼는다니까."

태흔의 이마에 돋은 뿔이 더 커졌다. 미처 파악하지 못한 사실이 선명하게 뇌리에 입력되었다. 은후가 가입한 아마추어 악단의 지휘자가 서준이라니. 전혀 예상치 못한 일이었다. 멍청한 녀석에게 허를 찔린 모양이다. 태흔의 집게 아래, 초콜릿 케이크가 뭉개졌다.

'이러면 곤란하지, 이은후. 감히 날 속이고 저놈이랑 같이 연주를 해?'

은후가 연습한다면서 웃고 즐기던 그 자리, 서준이 있었다는 이야기이다. 지금도 일주일에 두 번씩 은후는 서준과 만나 웃고 같이 노닥거린다는 이야기다. 그래서 악단을 망쳐 주겠다고 했을 때 얼굴이 시커멓게 변해선 안 된다고 앙탈을 부렸던가? 저 녀석 때문에?

'저 녀석하고 몰래 만나선 만날 같이 웃었단 말이지? 그것을 숨겨? 좋아, 죽었어.'

시간 나면 조만간 제거해 주리라고 생각했던 녀석이, 제거되기는커녕 그가 잠시 무심했던 사이 더 깊이 은후의 세상에 파고들고 있었다.

우물쭈물 놓아둘 일이 아니다. 만만하게 두고 볼 녀석도 아니었다. '문서준'은 가차없이 즉석에서 완전한 처리를 할 사안이었다.

태흔은 자리로 돌아왔다. 케이크를 은후에게 건네주고 과일 접시를 내려놓았다. 의자에 앉으며 웃는 낯으로 서준을 바라보았다.

"몰랐었는데, 문서준 씨, 우리 은후랑 같이 연주합니까?"

"예, 제가 지휘합니다. 그런데 좀 민망한 게 연주랄 것도 없어요. 크리스마스 파티용으로 급조된 악단이라 만날 루돌프 사슴만 잡습니다."

"재미있네요. 뭐, 여하튼 좋은 일을 하는 거라니까."

미소 짓고 있는 태흔의 이마에 돋아난 뿔은 은후만 알아볼 수 있다.

'어쩜 좋아.'

은후는 혼자 속으로 맥없는 한숨을 토해냈다. 언젠가는 결국 알려질 일이지만, 이런 식으로 악단의 지휘자가 서준이라는 것을 태흔에게 알리기는 싫었는데. 태흔은 그녀에게 뒤통수를 얻어맞았다고 생각할 것이다. 뻔했다. 오늘의 일을 두고 태흔이 결코 가만있지 않을 거란 건 은후 자신이 제일 잘 알았다.

초조해하는 은후의 기색을 다 읽으면서도, 아무것도 모르는 척

태흔은 서준을 은근히 떠보았다.

"연주만 하지 말고, 시간 나면 우리 은후 맛있는 것도 사주고 재미있는 데도 데려가 주고 그래요. 이 녀석이 숫기가 없어서 만날 집 아니면 학교, 텅 빈 공방만 돌아다니는 게 속상하네."

"그런 말 하지 마, 오빠. 나도 꽤 바빠. 운동해야지, 강의 들어야지, 가끔 친구들 만나야지. 나름대로 즐거운 사교 생활을 즐기고 있어."

은후가 항의했다. 서준이 유쾌하게 웃었다.

"그래서 제가 은후 씨에게 데이트 신청했습니다. 신나는 뮤지컬 구경 가기로 했어요."

은후는 아직 약속도 하지 않았는데, 서준은 오케이 사인을 받은 것마냥 날름 이야기해 버렸다. 사실은 단원들이 다 함께 같이 가는 거라는 말도 하지 않는다. 듣는 사람 입장에서는 둘만의 시간이라는 오해를 하기에 충분했다.

과일 접시를 끌어당기며 태흔이 서준을 바라보았다.

"뮤지컬? 무슨?"

"맘마미아라고, 선배가 연출을 해서요. 공짜 표가 생겼기에 은후 씨더러 같이 가자고 했죠."

"맘마미아, 재미있어요. 나도 런던에서 두 번이나 봤었지. 언제 보러 가니?"

그가 잘 익은 멜론 한 조각을 포크로 짓이겼다. 옆에 앉은 은후를 돌아보았다.

"아, 아니, 그냥…… 다음 주말쯤, 토요일 연습 끝나고……."

서준이 웃는 얼굴로 앉아 있는 앞에서 사실은 거절했다고, 같이 갈 생각은 없다고 말할 수는 없었다. 속으로 한숨을 쉬며 은후는 우물쭈물 대답했다. 은후만 알아볼 수 있는 태흔의 뿔이 더 날카로워지고 더 커졌다.

태흔이 고개를 돌리며 눈을 가늘게 떴다.

“그날은 좀 곤란하지 않을까? 그날, 명중이 아기 돌이잖아. 초대받았으면서.”

갑자기 돌잔치라니. 그 행사는 지난주에 끝난 일 아니었던가? 황당해서 은후가 태흔을 바라보았다. 그녀가 채 입을 열기도 전에 태흔이 말을 가로챘다. 아주 흔쾌하게 그녀를 먼저 놓아주었다.

“괜찮아, 데이트해. 나 혼자 가면 되지. 재인 씨가 좀 섭섭해하겠지만. 너도 사생활이 있는 거니까.”

“어? 선약이 있었던 건가요, 은후 씨?”

듣고 있던 서준이 끼어들었다. 곤란해하는 은후의 표정을 재빨리 눈치챈 것이다.

“네, 제 친구 아이가 돌이에요. 말을 한 것 같은데, 맹한 이놈이 잊어버렸나 봅니다.”

태흔이 대신 대답했다. 웃는 얼굴로 티스푼을 들었다. 장난스럽게 은후의 머리통을 두들기는 시늉을 했다.

“다 같이 오래도록 알아온 사이라서, 제 귀국 축하파티 겸 해서 같이 초대를 받긴 했지만 뭐, 괜찮습니다. 우리 은후, 데려가세요.”

그런 말을 듣고서도 ‘감사합니다’ 하고 넙죽 채갈 수는 없는 거다. 늘 양보를 하는 서준이 먼저 물러났다.

“은후 씨, 그럼 우린 다음에 구경 가요. 선약이 있는 걸 몰라서 제가 강요한 셈이 되었네요.”

"네, 네. 그럼 다음에 약속해요, 문 이사님."

담백하게 약속을 취소해 주는 서준 앞에서 은후의 질린 얼굴이 간신히 제 혈색을 되찾았다.

'일 점 땄군, 자식.'

태흔이 다시 포크로 멜론 과육을 짓이겼다. 그 과육처럼 은후를 짓이겨 버릴 생각이다.

급사가 커피를 가져왔다. 태흔이 먼저 한 모금을 마셨다. 고개를 돌렸다. 말없이 입을 벌렸다. 아무런 생각이 없었다. 익숙한 습관이었다. 본능적으로 은후는 자신의 포크로 쇼콜라 케이크 한 쪽을 잘라 태흔의 입에 넣어주었다.

그것을 서준이 보았다. 자신의 입에 들어갔던 포크로 케이크를 떠먹여 주는 은후와 너무나 자연스럽게 받아먹는 태흔의 모습을. 아까 목에 걸렸던 기묘한 가시 하나가 큰 말뚝이 되어 눈에, 심장에 콱 박혔다.

'뭐야, 저 두 사람?'

서준은 고개를 맞댄 채 한 접시의 케이크를 나누어 먹고 있는 태흔과 은후를 멀거니 바라보았다. 가슴 안으로 이상하게 불길한 바람이 불었다.

'아무리 남매라지만 저건 아니잖아. 지나치게 가깝잖아.'

서준이 보지 않는 척하면서 지켜보고 있는 것을 아는 걸까, 모르는 걸까? 이번에는 태흔이 은후 앞에도 커피가 놓여 있음에도 불구하고 자신의 잔을 은후의 입에 대주었다. 초콜릿 케이크 때처럼 은후도 너무 자연스럽게 태흔의 커피를 한 모금 마셨다.

"어때?"

"괜찮아."

"한국 나와서 마신 커피 중에 제일 좋구나."

"커피가 신선하니, 케이크 맛이 살아나는 것 같아."

"한 쪽, 더?"

"음."

별다른 대화도 아닌데. 더도 말고 덜도 말고, 그냥 커피가 맛있다는 이야기를 한 것뿐인데. 나직하게 대화를 나누는 그 순간만큼 은후와 태흔은 완벽한 둘만의 성(城) 안에 들어가 있었다. 서준은 그들이 앉아 있는 세상과 완전히 단절된 상태였다.

이번에는 은후가 일어섰다. 서준도 따라 일어났다. 마침 그의 접시도 비었다. 음식을 덜러 간다는 핑계를 대도 자연스러울 것 같았다. 아무것도 모른다는 표정을 지으며 서준은 넉살 좋게 중얼거렸다.

"은후 씨가 케이크를 너무 맛있게 먹어서 저도 하나 먹어봐야겠어요."

앞서거니 뒤서거니 나란히 음식이 놓인 자리로 걸어가는 서준과 은후의 뒷모습을 태흔의 시선이 따라갔다. 그의 눈빛이 잠시 파랗게 빛났다.

서준은 새 접시를 들고 디저트 코너 앞에 선 은후에게로 다가갔다. 그녀처럼 초콜릿 조각 케이크를 하나 담았다.

"지금 저 은근히 질투하고 있습니다, 은후 씨."

그를 돌아보는 은후의 눈동자가 동그랗게 변해 있었다.

서준은 별일 아니라는 듯, 싱긋이 웃어 보였다. 자신이 지금 느끼는 기묘한 위화감, 이질적인 경계심이 그저 착각이기만을 바랄 뿐이었다.

"은후 씨하고 이태흔 회장님. 정말 다정해 보여요. 심하다 싶을 정도로 사이좋아 보여서 부럽기도 하고, 질투도 나고."

"그런 말씀을 하시면……."

느닷없는 말에 당황한 것이다. 은후의 볼에 새빨간 물이 들었다. 서준은 농담처럼 진담처럼 허허실실 내뱉었다.

"은후 씨 옆에 들어갈 기회가 없을 것 같아 바짝 긴장하고 있어요. 나 아무래도 이태흔 회장님께 잘못 보인 것 같아. 어떡하죠? 잘못하면 은후 씨 얼굴도 보지 못하게 될 것 같아 걱정되네."

"그렇지 않아요. 오빤 그냥 좀 조심성이 많을 뿐이에요. 아시다시피 오빠가 가진 것이 많다 보니, 그것을 이용하려는 사람이 많으니까. 그래서 저도 같이 조심시키는 것뿐이에요. 오빠를 오해하지 마세요."

서준이 은후의 접시에 음식을 놓아주고 있다. 뭐라고 끊임없이 말을 주고받았다. 미소도 나누었다.

'대체 무슨 말들을 하고 있는 거야?'

테이블 저 너머에 앉은 태흔의 이마에 가시 뿔이 더 첨예해졌다. 정말 마음에 들지 않아.

접시를 든 두 사람이 자리에 돌아왔다. 네가 내 뒤통수를 쳤으니 나도 네 속을 긁어놓아야 정의인 거지. 태흔은 은후를 바라보며 쌀쌀맞게 물었다.

"공방에 갔다가 바로 연습하러 가는 거냐?"

"어. 아마도."

은후가 그의 시선을 피하고 있는 것 같아 더 짜증스러웠다. 설마 했던 문서준과의 관계를 자꾸만 의심하게 만들고 있다.

"난 저녁에 맞선 본 그 사람과 약속이 있다. 너라도 가능하면 일찍 들어와서 할머니랑 저녁 식사 같이해 드려."

"알았어."
맥없는 대답을 듣고 있던 서준이 웃는 낯으로 태흔을 건너다보았다.
"이 회장님도 맞선 같은 걸 보십니까? 좀 어울리지 않는데요? 당연히 멋진 애인이 있다고 생각했는데."
태흔이 피식 웃었다. 자신을 조롱하는 듯한 삐뚤어진 미소였다.
"아직 그런 행운이 오지 않았습니다. 어쩐지 여자들이 절 싫어하더라고요."
"설마."
"아닙니다. 정말 그래요. 말만 걸어도 달달 떨기부터 하고, 뭘 좀 해보자고 우호적으로 제안해도 거절만 하던데요."
서준을 바라보며 반 농담. 반 진담 내뱉었다. 사실은 하얗게 질려가는 은후에게 들어라 하는 시위였다.
"뭐든지 준다 하는데도 죽자 사자 거부하고 천리만리 도망부터 가려는데, 어쩌겠습니까? 결혼은커녕 연애도 한 번 못 해본걸요. 문서준 씨, 객관적으로 말해봐요. 내가 그렇게 고약하게 생겼습니까?"
"농담하시는 거죠? 이 회장님 정도면 어떤 여자든 두 팔 벌려 환영할 것 같은데."
"소문난 잔치에 먹을 게 없단 말이 딱 저를 두고 하는 말입니다. 앞에 앉은 이 녀석을 위시해서 도대체 여자란 알 수가 없는 동물이라니까요. 자, 그럼 저는 출근을 해야 해서 이만 일어나겠습니다."
태흔이 냅킨을 탁자 위에 놓고 일어섰다. 줄에 매달린 돌멩이처럼 은후도 따라 일어났다. 서준과는 엘리베이터 앞에서 작별 인사를 했다. 닫히는 문 사이로 서준이 마지막까지 활짝 핀 미소를 건넸다.

"그럼 은후 씨, 점심때 공방에서 봐요."

"네."

문이 닫혔다. 잠시 둘만의 짧은 밀실이다. 태흔이 몸을 기울여 은후의 귀에 대고 나지막하게 속삭였다.

"거짓말쟁이 같으니."

은후의 얼굴이 하얗게 질렸다.

태흔의 시선과 은후의 시선이 부딪쳤다. 그의 입술 한쪽이 비웃음 같은 것으로 실죽 올라갔다.

"앙큼하단 말이지, 이은후. 문 이사인가 뭔가 하는 저 녀석을 만나고 있으니까, 생각이 달라지니?"

"무, 무슨 뜻이야?"

"저 녀석 만나고 있으니까. 저 자식, 너에게 완전히 미쳐 있어. 뻔한 거야. 널 나에게서 벗어나게 해줄 수 있을 것 같아? 그래서 유혹하고 있는 거야? 대답해!"

대답을 할 수가 없었다. 태흔이 서준과의 관계에 대해서 이런 식으로 오해할지도 몰라서 걱정했는데, 역시나 한 치도 예상을 벗어나지 않았다.

우연이 겹쳐 서준과의 관계가 친밀한 것으로 보일 테지만, 사실 은후로서는 서준과 친구의 범주 그 이상을 넘어본 적이 없으니 할 말도 없었다. 하지만 태흔으로선 그 자신에게서 벗어나고자 하는 하나의 동아줄로 사용하고 있다고 오해할 수도 있었을 것이다. 은후 자신, 언감생심 그런 생각 따윈 하지 않았는데.

좋은 사람이지만, 참 다정하고 좋은 사람이지만. 은후는 그녀의 모든 것을 아주 오래전에 한 남자에게 전부 주어버린 후였다. 한 사람으로 가득 찬 마음에 어떻게 다른 사람을 담을 수 있을까? 설사, 태흔과 영원히 이루어지지 못한다 해도, 헤어진다 해도 다른 남자와 결혼을 한다든지, 사랑을 한다든지 하는 또 다른 가능성은 머릿속에 입력되어 있지 않았다.

그런 마음을 조금도 읽지 못한 채 억지나 부리고 있는 사람 앞에서 어떻게 말을 해야 하는 걸까? 너무나 막막해져선 태흔을 올려다보았다.

침묵이 긍정의 대답이라고 생각한 걸까? 갑자기 태흔의 표정이 더없이 날카로워졌다. 의미를 알 수 없는 깊고 검은 눈동자로 은후의 아뜩한 눈동자를 파헤치듯이 노려보았다. 엘리베이터가 지하주차장에 도착할 때까지 두 사람의 시선은 움직이지 않았다.

"만약 그럴 생각이라면, 넌 정말 바보야."

태흔이 나직하게 내뱉더니, 먼저 차 쪽으로 걸어가 버렸다. 어쩌다가 일이 또 이 지경으로 되어가는 거지? 최악으로 흘러가는 거지? 완강한 등을 바라보면서 심약한 은후의 마음이 또다시 자글자글 졸아붙었다.

차의 시동을 거는 손이 덜덜 떨렸다. 팔짱을 낀 채 뚫어질 듯 정면만 응시하고 있던 태흔이 갑자기 은후의 손 위로 자신의 손을 겹쳤다. 아플 정도로 강하게 움켜쥐었다.

"말해. 아직도 너, 대답 안 했어. 서준인가 하는 저놈 믿고 내게서 도망, 갈 수 있다고 생각, 해?"

두 사람의 눈이 마주쳤다. 부질없다. 무어라 대답하든 그는 믿고 싶은 대로 믿을 테니까. 막막해선 눈을 돌려 버리는 은후의 턱을 태흔이 억센 손으로 잡아 자신에게로 고정시켰다. 그 눈이 야수처럼 이글거리고 있었다.

"대답해!"

"문 이사님하고 난 그런 사이가 아냐. 괜히 괴롭히지 마."

"좋아."

한참 동안 은후의 옆얼굴을 노려보던 태흔이 마지못해 중얼거렸다. 설사 서준이 은후에게 중요한 사람이라 해도, 끝장은, 태흔 자신이 내줄 테니까. 이미 선전포고를 해두었다. 영리한 놈이면 제대로 알아들었을 테지.

"네가 아니라고 했으니 한 번은 믿어주지. 그 녀석 문제는 밀쳐두자고. 대신 네 마음에 대해서 짚어보자구. 정확하게 말해. 내게서 도망가려고 한 적은?"

"……내가 먼저 도망가진 못해. 알잖아."

이 남자가 놓아주기 전까지는, 아니, 놓아준다 해도 마음이 묶여 도망가지 못하지.

할머니가 돌아가시기 전까지는 치욕스런 정부로도 좋다. 감추어진 여자로도 좋다. 이 사람 곁에 있을 수 있어. 하지만 그다음은 어떻게 될까? 그가 그녀에게 싫증을 느끼거나, 서로 미워해서 우리 헤어지게 된다면. 이 사람이 나를 부끄러워해 멀리 떠나라 한다면…… 나, 미련없이 버림받으면, 이 사람의 세상에서 떠나 혼자 살아갈 수 있을까?

닿을 수 없는 그 사람을 몸으로라도 감촉하고 싶다. 태흔의 손이 은후의 머릿결을 쓸었다. 매끄러운 그것을 한 줌 집어 입술에 댔다. 애틋하게, 다정하게, 혹은 소유욕으로 가득 차서 키스했다.

"힘들어. 미치겠어!"

태흔의 목소리에 좌절이 잔뜩 묻었다.

"이은후, 이렇게 분명히 내 옆에 있는데. 몸이 아프도록, 환장하도록 원하는데."

태흔의 목소리는 낮았지만 강했다. 간절하고 사무쳤다.

"드러내지 못하니까. 너, 완전히 못 가지니까. 자꾸 다른 놈이 덤벼드니까. 화가 나. 미치겠어. 어쩌면 좋지? 응? 널 어쩌면 좋을까?"

고개를 숙여 버린 은후의 눈 안에 그만 홍건하게 물기가 어렸다. 너무나 화가 났는데, 어리석다. 기껏 원한다는 무의미한 한마디에 다 녹아버리다니. 그만 다 용서하고 잊어버리게 되다니. 그가 준 아픔 따위, 고통 따위. 하나도 기억나지 않는다. 우리, 정말 어쩌면 좋을까?

둘만의 감정에 사로잡혀 그들은 잠시 주변을 살피는 것을 잊고 말았다. 태흔이 은후의 머릿결에 키스하던 그때 엘리베이터가 도착했고, 그 속에서 서준이 걸어 나왔다. 자신의 차 쪽으로 걸어가다가 무심코 고개를 돌렸다. 차 안에 나란히 앉아 있던 태흔과 은후를 보고 말았다.

'뭐야, 저건……?'

믿을 수 없는 광경 앞에서 서준의 호흡이 잠시 멎었다.

은후는 고개를 숙이고 있었고 태흔은 은후의 옆얼굴을 바라보고 있었다. 무슨 일일까? 늘 냉정하던 이태흔이라고 보기 어려울 정도로 격렬한 표정이 되어선 은후에게 뭐라고 쏘아붙이고 있었다. 이내 망설이지 않고 너무나 당연하다는 듯이 은후의 머리카락을 어루만졌다. 그 머리카락 한 줌을 잡아 손가락 사이로 흘려냈다. 코에 가져다 대곤 향기를 맡았다. 그것으로도 모자라 아주 다정하게 애틋하게 그 머릿결 위에 키스했다.

'맙소사, 저 두 사람, 진짜 뭐 하는 거야?'

도저히 이해할 수 없는 두 사람의 기묘한 모습을 목도하고 말았다. 너무 큰 충격에 빠진 그의 손에서 운동 가방이 툭 하고 바닥으로 떨어졌다. 바로 그 순간, 태흔이 고개를 돌렸다. 기둥 옆에 멍하니 선 서준과 눈이 마주쳤다.

바보처럼 얼어붙어 있는 그를 내다보며, 태흔이 씩 웃었다. 그는 조금도 놀라지 않았다. 그래서 어쩔 테냐? 되묻는 시선이었다. 서준더러 보란 듯이 은후의 머릿결에 키스하는 것을 멈추지 않았다. 그래서 서준은 더 큰 충격에 빠졌다.

서준을 보지 못한 채 은후는 물기 젖어 흐려지는 눈을 부릅뜨고 액셀러레이터를 밟았다. 둘이 탄 차가 주차장을 빠져나갔다. 두 사람을 태운 차가 사라지는 것을 노려보며, 서준이 꼼짝도 하지 못하고 그 자리에 못 박혀 있다는 것은 태흔만이 아는 사실이었다.

주차장을 빠져나온 차가 속도를 더할수록 분노와 좌절에 어린 태흔의 목소리는 더 커져 갔다. 그들을 짓누르고 있는 검고 가혹한 것에 대한 원망을 터뜨렸다.

"우린 대체 어쩌면 좋을까? 난 너 때문에 미치겠는데! 너 아니면 안 되는데. 넌 네 생각만 해! 그 잘난 양심, 그 잘난 의리! 거절만 해. 안 된다고만 해! 대체 어떻게 하면 널 네게 줄래? 정말 돌아버리겠다."

분노를 터뜨릴 대상이 무엇인지 그도 모르고 은후도 모른다. 이렇게 가까이 있어. 이렇게 사랑해. 이렇게 몸이 타버릴 정도로 아프고, 이렇게 머리가 터져 버릴 만큼 갈망해. 그럼에도 우린 멀어. 닿을 수 없어. 몰래 훔치고 강제로 빼앗는 것 말고는 그대를 안지 못해. 결국 은후는 차를 갓길에 세우고 말았다.

"그만해. 제발……."

애원하는 목소리가 떨렸다. 눈에 고인 물기가 마침내 볼을 타고 굴렀다. 태흔이 더 깊이 젖어드는 얇은 눈시울에서 흐르는 눈물을 한 손으로 훔쳐 주었다. 격정적으로 끌어안고 젖은 볼에 키스했다.

은후는 눈 속에서부터 배어 나오는 눈물을 억지로 진정시켰다. 이미 전부 다 당신의 것이었다.

처음부터 지금까지 누구에게도 준 적 없는 이 마음. 그녀의 전부는 태흔의 것이었다. 그러나 멀다. 이렇게 안고 있어도, 공기 한 톨 들어갈 틈도 없이 밀착한 우리의 몸. 하지만 우린 서로 알지. 우린 이렇게 가까운데, 또한 너무 멀다는 것을. 영원히 닿을 수 없을지도 몰라.

차디찬 연인의 몸. 이렇게 멀어. 이렇게 막막해.

태흔 역시도 절망하고 있었다. 너무나 가까이 있는데, 손대면 만질 수 있고, 입 맞출 수 있고, 안을 수 있는데 그 순간이 지나면 아무것도 없다. 허무만이 남아 있다.

품에 안은 이 여자는 바람. 잡을 수 없는 꿈. 그가 원하는 모든 것을 다 가지고 있으면서도 그에게는 하나도 나누어 주지 않는 무정한 이 여자. 위태롭게 딛고 있는 이 관계마저 무너지면 그다음은 어떡하지? 억지로 그가 부여잡고 지탱하고 있는 연(緣)마저 시간과 사람들의 벽에 막혀 끊어지면 어떡하지? 언제고 기회만 있으면 날아가 버릴 거다. 당연한 일이지. 이 여자를 잃게 되면 어떡하지?

그러한 불안과 안타까움, 절망과 마음대로 되지 않는 분함으로 태혼은 그만 어리석게도 자신이 생각하는 최악의 시나리오를 묻고 말았다.

"만약, 할머니가 너더러 문 이사인가 하는 저 녀석과 결혼하라고 하면 어쩔래?"

예상했던 대로였다. 은후는 단번에 '싫다'는 말을 하지 못했다. 막막한 눈동자로 원망스레 태혼을 노려보더니, 시선을 돌려버렸다.

모든 것을 다 주신 분에 대한 빚 갚음인 거다. 할머니가 바라고 원하면 그가 뭐라든, 어떻게 방해하든, 그녀는 그를 버리고 그 자식에게 갈 것이다. 뻔한 일이다. 이은후는 그런 여자니까. 절대로 할머니가 원하는 일에는 'NO'라고 대답할 수 없는 여자니까. 태혼은 이를 갈았다.

"역시, 그렇지? 넌 그럴 거야. 내가 미쳐도, 내가 죽어도 넌 할머니 버리지 못해. 그렇고말고!"

말간 물기가 가득한 눈동자가 살며시 감겨 버렸다. 그녀가 대답할 수 없는 질문만 하는 이 사람. 나만큼 오빠도 불안해? 막막해?

"언제까지 이렇게 살 수 없다, 우리."

은후도 너무 잘 알고 있다. 남들 눈을 속이고, 세상을 속이고, 무엇보다 그들의 양심을 속이고. 거짓을 부려가며, 사랑하여 미친 듯이 안으면서도 도둑질을 하고 있는 이 기분. 패역과 금단의 맛을 몰래 보는 이러한 아슬아슬함을 갈수록 견디기 힘들다. 대체 언제까지 견뎌낼 수 있을까?

"넌 몰라도, 난 이렇게 더 이상은 살고 싶지 않아."

태흔이 은후를 끌어안은 채 무뚝뚝하게 속삭였다.

"네가 안 된다 해도, 죽어도 싫다 해도, 우리 관계. 어떤 식으로든 결정하게 될 날이 온다. 준비해 둬."

귓속으로 울려 퍼지는 태흔의 목소리는 너무나 강렬한 한기(寒氣)를 품고 있었다. 은후는 무너지는 가슴을 부여잡듯, 핸들을 쥔 손에 더 큰 힘을 주었다.

오후 다섯 시 반. 여의도의 빌딩 위로 빨갛게 노을이 타고 있었다. 〈스카이 98〉의 밀실. 태흔이 홀로 앉아 있는 룸으로 세라가 나타난 건 그로부터 오 분 후였다.

그녀 역시 태흔처럼 회사에서 바로 나온 것이 분명했다. 푸른색 줄무늬 블라우스에 기능적인 검은 슬랙스 정장 차림이었다. 진주 귀고리와 팔목에 찬 파텍스 시계 말고는 아무것도 착용하지 않은 단정한 모습이었다.

"차를 마시죠. 전 커피, 세라 씨는?"

"전 생과일 주스를 주세요."

세라의 대답에 태흔의 입술에 기묘한 미소가 어렸다. 급사가 나가자마자 앞에 앉은 세라의 가까이로 몸을 기울였다. 망설이지 않고 바로 찔러들었다.

"몇 주나 된 겁니까?"

"무슨……?"

세라의 얼굴이 순간 변했다. 역시나 프로. 이내 안색을 회복하고는 너무나 우스운 이야기를 들은 듯 도도하게 고개를 치켜들었다. 생긋 웃으며 매끄럽게 넘어갔다.

"다짜고짜 이해 못 할 말씀부터 하시네요. 도통 알아듣지 못하겠어요.”

“임세라 씨, 정말로 누군가와 손을 잡고 싶을 때는, 그 상대방에게만큼은 솔직한 패를 내놓아야 하는 겁니다. 그게 거래의 철칙이죠.”

받아치며 태흔은 독처럼 진한 에스프레소를 단숨에 들이켰다. 정색을 하고 몸을 곧추세웠다.

“현재 상황, 아직은 우리 둘, 적이 아닌 것 같은데 말이죠. 정확한 이유를 알아야 적절한 페인트 모션을 취할 수 있는 법. 말해 봐요, 비밀은 보장할 테니.”

“정말? 비밀 보장한다고 설치는 놈치고 뒷담화 까지 않던 놈들은 본 적이 없어서.”

“돌아가신 제 부모님의 이름을 걸고, 개인적인 사생활에 대한 비밀은 지키기로 하죠.”

“흠.”

여왕님께서 목이 탄 건가. 세라가 주스 잔을 들어 단숨에 반 넘게 마셔 버렸다. 팔짱을 끼고 태흔을 물끄러미 노려보았다. 대답을 하는 대신 거칠한 음성으로 캐물었다.

“이태흔 회장님, 혹시 내 뒷조사를 했나요?”

“당연한 것 아닙니까?”

그런 것을 안 하는 놈이 바보지. 태흔은 오히려 되물었다. 뒷조사를 한 것은 사실이지만 대놓고 실토하면 촌스러운 거지. 태흔은 끝까지 우회적으로 표현했다. 그럼 그렇지. 세라가 몸을 의자 등받이에 기댔다.

“불쾌하다고는 안 할게요. 나도 똑같은 짓을 했으니까.”

“엄청난 자본을 소요하는 거대한 인수 합병을 준비하고 있는데, 심층 조사도 않고 겉모양만 보고 매입을 결정할 순 없지요."
"그럼요."
세라가 피식 웃었다. 시니컬하게 말을 이었다.
"우리 만남이 순수한 맞선이 아니라 스페셜 비즈니스라는 것을 모르는 사람이 바보죠. 이태흔 씨, 당신을 털었더니 뭐가 나왔을까요?"
"먼지가 나왔을 테죠."
"궁금하지 않아요? 당신을 매장시켜 버릴 만큼 큰 먼지덩이였을지도 모르는데?"
"그렇게 더러운 먼지 따윈 내버려 두는 성미가 아닙니다. 물론 상대는 정도경 씨?"
세라가 다시 주스 잔을 홀짝였다. 도도하고 자신에 찬 평상시 그녀답지 않게 어쩐지 막막한 얼굴이 되었다. 언젠가 한 번 보았던 그 얼굴, 30층에서 뛰어내릴 것 같은 절박한 빛을 품고 태흔을 바라보았다.
"시간을 주실 건가요?"
"얼마나 필요하십니까?"
"맥시멈 삼 개월 정도."
"이유는?"
"하루아침에 밤톨만 한 아이를 무만큼 키울 순 없으니까."
태흔은 커피 잔을 눈썹까지 치켜올렸다. 느른하게 웃으며 중얼거렸다.
"역시 임신, 맞군요. 난 당신 같은 여왕님이 어울리지도 않게 결혼 따위를 왜 서두를까 싶어서 그냥 한번 떠본 거였는데."
태흔을 노려보는 세라의 눈빛이 파랗게 변했다. 으드득 이를 갈았다. 나직하게, 그러나 살기를 담아 쏘아붙였다.

"교활하군요."

"이 바닥에선 영리하다고 하는 겁니다. 어떤 남자가 딴 사내의 아이를 제 자식으로 키우고 싶겠어요? 게다가 그 아이에게 물려줄 덩어리가 좀 큰 편이라면 허투루는 할 수 없죠. 당연한 것 아닙니까?"

"그렇군요. 잘 알아들었어요. 이 정도까지 와서도, 내 이야기를 계속 들어준다는 건 날 도와줄 의사가 있다는 뜻이죠? 맞아요, 나 그 사람 아기 가졌어요. 이제 7주 됐어요."

이왕 밝혀졌다 싶으니 역시 여왕님, 끝까지 빼고 감추는 거짓 따윈 부리지 않았다. 역시나 동류, 빼고 자시고 할 것 없다. 거래 조건만 맞으면 태흔이 꽤 괜찮은 원군이 될 수도 있다는 사실을 재빠르게 알아챈 얼굴이었다.

"좋습니다, 요약하죠. 정도경 씨의 아이를 임신한 임세라 씨에게 필요한 건 누구도 손을 댈 수 없게 아기가 자랄 시간. 그다음은?"

"적당한 때가 되면 달아날 테니 태흔 씨는 만인의 동정을 받으며 파혼해 주시면 돼요. 그리고 보란 듯이 진정 사랑하는 연인과 결혼하는 거죠. 이태흔 씨도 남몰래 숨겨둔 여자쯤은 있을 것 아니에요."

"감추어둔 여자 따위가 없어 미안하군요."

숨겨둔 연인은 있지만. 태흔은 정중하게 대답했다.

"하긴, 그런 여자가 있다면 당신 같은 남자가 이런 자리에 나와 청승을 떨 이유는 없을 테니. 정말 내가 불리한 위치로군. 짜증나. 그 남자는 대체 왜 콘돔을 싫어하는 거야! 언젠가는 큰일나지

했더니, 결국!"

세라가 이를 갈았다. 만만치 않은 저 암사자의 발톱에 의해 정도경의 살점깨나 떨어져 나갔을 거다. 여왕님의 머슴에 대하여 약간의 동정심을 느끼며 태흔은 모든 남자들을 대표해서 친절하게 변명해 주었다.

"남자들은 대개 사랑하는 여자의 느낌을 직접적으로 느끼고 싶어서 콘돔을 싫어합니다만. 정도경 씨가 당신을 잡으려고 일부러 그랬다는 생각은 한 번도 안 했나요?"

"잘난 척하는 그 얼굴 들이밀곤, 다른 사람의 성생활에 대하여 다 안다는 듯 말하지 말아요. 같잖으니까! 우린 지금껏 제대로 해왔다구요."

"임세라 씨가 심각한 문젯거리가 될 게 분명한 임신을 하고, 또 그 아기를 단념할 수가 없어 이런 귀찮은 일까지 감수하려는 것을 보면 두 분은 진짜 강렬하고 오래된 관계로군요. 아아, 난 왜 이렇게 운이 없을까요?"

태흔은 짐짓 탄식했다.

"역시 실패한다든지, 거절당한다든지 하는 일은 기분이 좋지 않아요. 그렇지 않습니까? 난 당신과 내가 상당히 잘 어울릴 거라고 생각했었는데. 이렇게 당신의 몸속에 강력한 적수가 도사리고 있으니, 이거야 원. 이것으로 우리의 인수 합병은 단번에 물 건너갔군요."

세라도 태흔의 가식 못지않게 매끄러운 가증의 한숨을 내쉬었다.

"내가 가진 패가 너무 형편없어 어떡하나? 설마 거래를 엎으려는 건 아니죠?"

"어울리지 않게 가련한 척, 한숨 쉬지 말아요. 임세라 씨답지 않습니다."

태흔은 감추지 않고 노골적으로 비웃어주었다.

"대체 내가 뭘 내놓아야 당신을 원군으로 만들 수 있을까요? 내 패는 다 나왔으니까 이젠 당신 차례인 것 같은데요."

태흔은 두 손으로 탁자를 짚었다. 그녀에게로 몸을 기울여 나직하게 물었다.

"임세라 씨, 때가 되면 내게서 깨끗하게 잘 도망쳐 줄 자신, 정말 있어요?"

세라가 어깨를 으쓱했다.

"당신만 제대로 해준다면, 아주 쉽죠."

"좋습니다. 가능한 한 우리 승명과 아진의 미래지향적이고 우호적인 관계 유지를 위해 세라 씨에게 도움이 되는 결정을 내리도록 노력하겠습니다. 오늘 아주 유익한 만남이었습니다."

그 어느 것도 결정 내린 바 없이, 태흔은 일어섰다. 세라도 따라 일어났다. '정말 당신, 재수없거든' 하는 표정을 감추지 않으면서 먼저 악수를 청했다. 마음에 들지는 않지만, 인정은 해주마 하는 기색이 역력했다.

"이태흔 회장님, 무척 강적이세요. 아시죠? 앞으로 우리 아진이 당신과 상대를 할 때는 언제나 조심을 해야겠군요."

"좋은 적수는 좋은 친구만큼 필요하다고 항상 주장하는 바입니다."

"언제나 그렇게 상대방의 알맹이는 쏙 빼내고, 현란하고 가식적인 수사(修辭)로서 속내를 절대로 드러내지 않으면서도 상대방을 초조하게 만들고 뜻대로 조종하시나요?"

"임세라 씨 본인의 인간성을 제게 대입하지 마십시오."

"정말 다행이지 뭐야. 만약 우리가 연인이 되었다면 맹렬하게 사랑하다가 맹렬하게 증오해선 마구 물어뜯고 서로 못 죽여서 안달하는 사이가 되었을 것 같지 않아요?"

"증오는 사랑의 다른 이름입니다. 그럼 다음에 뵙죠."

태흔은 세라를 위해 문을 열어주었다. 문밖에는 언제나 그렇듯이 도경이 붙박이 나무처럼 서 있었다. 도경과 함께 사라지는 세라의 모습을 지켜보다가 태흔도 올라오는 또 다른 엘리베이터의 버튼을 눌렀다.

여섯 시. 집에 들어가야 하나 말아야 하나. 태흔은 휴대전화를 만지작거리며 잠시 생각에 잠겼다.

맞선을 본 여자와 다시 만나는데 너무 일찍 들어가 주면 예의가 아니지. 물론 보기 좋게 그의 뒤통수를 친 풋내기와 병아리에 대한 응징을 해야 하겠지만, 그런 일은 주말에 느긋하게, 철저하게 할 일이지. 너무 급하게 시작하면 그르친단 말이지. 어차피 온몸으로 경고를 해두었으니 경거망동하지는 못할 테고. 잠시 풀어줘 볼까?

'혼자 열심히 고민하고 불안해해. 내가 어떻게 나올까 머리통 굴려가며 기다려 봐. 시시각각 나를 기억해 내. 그러면서 난 네 심장 속에 더 각인되는 거야.'

그는 단축키 하나를 길게 눌렀다. 심드렁한 세진의 목소리가 흘러나왔다.

[술 마시자는 말 할 거 아니면 끊어라. 바쁜 이태흔 회장 못지않게 이 형님도 좀 바쁘시다.]

"그 술 한잔하자는 거다. 내가 움직일 테니 어디 있는지만 말해."

[해가 서쪽에서 떴나? 멋진 자식 같으니라고. 명중이 놈에게도 콜할 테니 내 사무실 쪽으로 날아와라. 포장마차 근사한 데 있다.]

"오키. 여덟 시에 보자고."

세진과의 통화를 끊고 태흔은 김 기사가 열어주는 차에 올라탔다. 이은후. 오늘 밤 제발 엄청 고민해 주라. 속으로 바라면서, 휴대전화를 OFF로 눌러 버렸다.

'너의 남자가 지금 다른 여자와 만나고 있어. 밤늦게까지 휴대전화도 끊고선 같이 무슨 일을 하고 있는지 궁금하지 않니? 고민 좀 해봐, 아주 많이. 질투 같은 것도 좀 해줘. 그러면 아주 기쁠 테니.'

10장

언제나 뿌연 서울 하늘이 모처럼 파란 바다처럼 빛났다. 비 온 다음날 아침이어선지 더없이 청명했다.

기분 좋은 금요일. 삼성동 승명그룹 본사 앞, 노상 주차장에 늘씬하고 섹시한 은빛 람보르기니 레벤톤 한 대가 멈추어 섰다. 발이 보이지도 않을 만큼 급히 달려온 경비원이 척 하고 거수경례를 붙이는 사이 문이 열렸다. 한쪽 어깨에 노트북을 메고, 다른 손에는 블랙블루 컬러의 서류가방을 든 태흔이 내렸다.

"좋은 아침입니다."

태흔이 싱긋 하얀 이를 드러내고 미소 지었다. 먼저 인사를 했다.

"네, 회장님! 안녕하십니까."

"관절염은 좀 괜찮으십니까? 정태복 씨, 환절기에 건강 조심하세요."

오며 가며 지나치는 용역 사원들의 이름까지도 다 기억하는 모양이다. 감격에 젖어 거수경례를 하는 경비원을 뒤로하고 태흔은 회사 로비를 향해 걸어갔다. 흔치 않게 안경을 쓰고 있다. 활기찬 걸음으로 성큼성큼 회사로 들어섰다.

출입문을 들어서서 엘리베이터까지 걸어갈 동안 대걸레를 밀고 지나치는 청소 아줌마에게도, 정중하게 묵례를 하는 기획실 직원에게도, 계단을 내려오는 영업 사원들에게도 '좋은 아침!', '수고하십니다!' 하고 하얀 이를 드러내며 미소 지어주었다. 누구에게든 먼저 인사하고 먼저 미소 지으라는 건 태흔이 어렸을 때부터 조부인 이 회장으로부터 엄격하게 교육받은 몇 가지 습관 중 하나였다.

항상 그런 것처럼 태흔은 엘리베이터 앞에서 박 이사를 만났다. 그날의 스케줄 표가 담긴 파일을 받아 든 후 나란히 엘리베이터에 올라타 모습을 감추었다. 닫히는 엘리베이터 앞에 서서 나이 지긋한 여과장 두 명이 나직하게 속살거렸다.

"오늘 회장님 기분이 꽤 좋아 보이지?"

"언젠 안 그랬나? 하지만 오늘은 특별히 더 멋지시구나. 아주 광채가 나는구나."

"아이고, 오늘도 눈보신 자—알 했네. 오늘 밤엔 배 나온 신랑이라도 예뻐해 줘야겠네."

"난 왜 우리 회장님이 미소 짓는 것만 봐도 흥분이 되는 걸까? 온몸이 아주 찌릿찌릿해진다."

"그러게 말이다. 오늘은 더 죽이는구먼. 어쩜 저렇게 멋지게 차려입고 나오시는지. 런웨이 모델이라니까."

"왜, 어째서 똑같은 옷을 입혀도 우리 신랑은 회장님처럼 간지가 안 나는 걸까?"

"말은 바로 해라, 오 과장. 자기 남편하고 회장님의 간지빨은 하늘과 땅 차이 아니겠어?"

댈 데에 대야지 비웃지를 않지. 듣고 있던 김 과장이 입을 비죽였다. 잠시 자존심이 상한 터라 오 과장이 발끈한 기색을 내비쳤다. 그러나 방금 목격한 젊은 회장의 섹시하고 세련된 모습과, 허구한 날 골프 티에 배바지 차림인 자신의 남편을 비교하여 떠올리자 할 말이 없어졌다.

그녀들의 우상인 젊은 회장님께서는 이날 아침, 환상적인 프라이데이 패션을 구현하셨다. 프러시안 블루 팬츠 위에 광택 나는 짙은 회색 실키 와이셔츠를 입고, 진회색의 헐렁한 린넨 재킷으로 구색을 맞추었다.

이 빌어먹도록 잘난 회장님께서는 어이하여 출근하시면서조차 끝장나는 수컷의 페로몬을 솔솔 뿌리시는가? 어이하여 와이셔츠의 단추는 세 개씩이나 풀어놓은 것이냐? 늠름한 가슴 근육이 그대로 드러나 있지를 않느냐. 지나가는 여직원들의 넋을 뺄 일이 있는 것이냐. 절대절정 섹시 필에 다들 혼미해져 쓰러지게 만들 일이 있는 것이냐.

게다가 멋쟁이 회장님은 아르마니의 로고가 박힌 실크 스카프로 딱딱한 벨트를 대신하고 있었다. 매듭지어 손바닥 한 뼘쯤 허리 아래로 늘어뜨려진 스카프 허리띠가, 남성적인 힘이 넘치는 그의 모습과 묘하게 어울리지 않는 듯하면서도 기묘하게 어울려 한층 더 나른하고 색정적인 매력을 만들어내고 있었다. 여유롭고 섹시한 금요일의 분위기를 한껏 드러낸 모습이었다.

김 과장이 힐끗 오 과장의 쓰디쓴 얼굴을 돌아보았다. 은근슬쩍 가시를 박았다.

"자기 신랑 말이지, 먼저 똥배부터 빼게 해라. 회장님하고 나이 차이는 열 살밖에 안 나면서, 배 사이즈는 삼십 년 차이쯤 나더라? 제발 배바지는 입지 말라고 해줄래?"

얄미운 김 과장 같으니.

오 과장은 속으로 아득아득 입술을 짓씹으며 엘리베이터 버튼을 눌렀다. 오늘 밤부터 당장 남편에게 복근 운동을 피나도록 시키겠다고 다짐하였다.

한편 두 여인네의 가슴을 한껏 흔들어 버린 젊은 회장님. 38층의 회장실로 들어서고 있었다.

"안녕하십니까, 회장님?"

상사가 출근하기 전 오 분 전에 미리 출근해 있던 비서실 직원 세 명이 자리에서 일어나 태흔을 맞이했다. 박 이사와 함께 사무실로 들어가며 태흔이 돌아보았다.

"임 과장, 홍차 한 잔만 부탁합니다. 아침이니 진하게 얼 그레이가 좋겠네요."

"네, 회장님."

태흔이 문을 닫고 들어가자마자, 비서실 임슬이 과장은 전기주전자의 스위치를 올렸다. 그런 다음 매일 아침마다 접속하는 여직원들만의 사내망 비밀카페 〈보스 짱〉에 접속했다. 재빨리 메모해 업로드를 하였다.

〈진정 프라이빗하고 프리한 프라이데이의 패션 센스! 그대는 킹왕짱!〉

전기주전자 속의 생수가 끓는 동안, 임 과장은 번개처럼 빠른 속도로 젊고 섹시한 회장님의 숨 막히는 핫(Hot)한 모습을 전 회사의 여직원들에게 전송했다.

〈날마다 우리들의 가슴을 두근거리게 만드는 진정한 패션 리더! 오늘도 그분께서는 우리를 실망시키지 않는 센스를 보여주셨습니다! 오늘은 웬일인지 안경까지 쓰셨더라구요. 그래서인지 더 지성적이고 귀족적인 자태를 보여주셨습니다요. 엉엉엉. (너무 좋아!)

오늘 보스께서는 아르마니로 무장하셨습니다! (거기, 기획실 정 과장님. 기절하지 마세요!) 금요일답게 넥타이는 매지 않았어요. 기분이 꽤 좋으신지 미소를 머금고 계시더라구요. 아무래도 러시아 계약 건(件)이 순조롭게 이루어져 가고 있는 듯합니다. 저에게 빙그레 웃으시면서 (꺄악!) 먼저 인사하셨어요. 일곱 시 사십오 분에 홍차 한 잔을 청하셨습니다. 오늘은 얼 그레이로 올립니다. 기회를 봐서 도촬, 들어갑니다.〉

업로드 오 분 후, 임슬이 과장이 이태흔 회장에게 홍차 한 주전자를 가져다주고 나오는 사이, 그녀의 게시물의 조회 수는 어느새 450을 넘어가고 있었다.

자신의 동정이 날이면 날마다 직속 비서 임 과장에 의하여 사내 여직원들에게 낱낱이 전송되고 있다는 것을 꿈에도 알 리 없는 회장님은 눈썹을 치켜뜬 채 박 이사가 책상 위에 올려놓은 파일을 들추고 있었다.

"임 과장."

회장님의 다음 주 스케줄 표를 뽑고 있던 임슬이 과장은 인터폰으로 흘러나오는 목소리에 몸을 곧추세웠다. 목을 가다듬고 정중하게 대답하였다.

[네, 회장님.]

"박 이사 좀 들어오라고 해줘요."

양복 깃을 바로 세운 후 박 이사가 문을 열고 회장실로 들어갔다. 태흔이 그에게 파일을 내밀었다. 12월에 개최될 승명그룹 〈비전 업〉 기념 행사에 대한 기획안이었다.

"대체 이거 누가 사인한 거예요?"

책상 옆에 비켜선 박 이사를 바라보았다. 낮고 부드러운 목소리는 변함이 없었지만 이마에 약간 주름이 져 있었다. 불만스럽다는 뜻이었다.

"기획안이 마음에 들지 않으십니까? 기획실에서 계획한 안을 지난달에 여사님께서……."

태흔은 한숨을 내쉬었다. 손에 든 만년필로 책상 끝을 가만히 두들겼다. 퇴임 전, 할머니 진 여사가 사인했다는 데야 더 이상 말은 할 수가 없지만 좀 짜증스럽다는 기색을 감추지 않았다.

"너무 구태의연하지 않습니까?"

"그, 그렇습니까?"

"언제까지 쌍팔년도 스타일을 고수할 작정인데요? 만날 그 나물에 그 밥, 구호 읊기, 기념 식수, 기념 촬영, 타임캡슐 묻기, 기껏 체육대회. 임원들은 멍청하게 단상에 앉아서 하루 종일 허수아비 노릇이나 하려고 하고, 거드름 피우면서 내려다만 보는 거 아닙니까? 이거 하나는 괜찮네. 화환 접수 대신 쌀로 대신 모아서 독거노인에게 기부하기. 밥값 좀 하죠? 한국에서 제일 머리 좋다는 승명그룹 기획실에서 만들어냈다면 좀 참신해야 하는 거 아닙니까?"

"달리 마음에 두신 계획이 있으신지? 죄송한 말씀이지만, 이미 몇 달 전부터 준비한 계획인지라 달리 크게 수정을 하신다면 좀 곤란한 점이……."

박 이사가 신임 회장의 눈치를 살피면서도 용기를 내서 소신껏 의견을 밝혔다. 기존의 계획에 따라 예산 책정이며 준비를 다 하고 있었는데, 이제 와서 틀어버리면 대체 어찌하나. 눈앞이 캄캄했다. 어찌하든 통과하도록 선처를 부탁하던 기획실 공 상무의 얼굴을 떠올리며 박 이사는 조마조마한 심정으로 다시 한 번 회장님의 심중을 떠보았다.

"기획안을 올린 공 상무 입장은 이해하는데. 갑자기 중간에서 계획을 변경하면 곤란한 점이 발생하는 건 나도 이해하는데, 하지만 아니다 싶은데도 눈감고 덮어두기 시작하면 제대로 되는 게 없단 말이지."

태흔이 찻주전자에서 차를 한 잔 더 따랐다.

"혁신이 별건가? 이런 사소한 문제점을 인식하고 개선하는 데서부터 시작되는 거 아닙니까? 과거의 문제점을 인식하지 못하는 것이 가장 큰 문제일 테고, 알았다 해도 그냥 가자 한 거라면 현 상황을 개선할 의사가 없다는 것이고. 둘 다 문제란 말이지. 이게 바로 조직의 동맥경화가 시작된 증거란 겁니다."

"지당한 말씀입니다."

"우리 승명의 전략기획실은 국내외 인재들 중에서 최고의 인재만 뽑아서 만든 조직입니다. 그렇죠?"

"네, 그렇고말고요."

"그런 두뇌들이 어째서 나 개인 한 사람의 생각을 뛰어넘지 못하는 겁니까, 박 이사님!"

태흔이 서류철을 들고 탁탁 소리 나게 책상 모서리를 쳤다.

"두뇌가 제 노릇을 못 하면 사람이든 조직이든 죽는 겁니다. 뇌졸중 걸려요. 기껏 이런 행사 하나도 창의적인 발상을 하지 못하는 조직은 이미 죽었다고 봐야죠. 별거 아니라고 박 이사는 말하겠지만 모든 병은 사소한 증상에서 시작하는 겁니다. 공 상무더러 제발 회사 돈으로 골프나 치고 외유(外遊)나 싸돌아다니지 말고 초심으로 돌아가 달라고 부탁해 주시겠습니까?"

어지간해서는 속을 드러내지 않는 태흔이 이 정도로 노골적인 불만을 토로했다는 건 심히 기획실 공 상무의 리더십에 대하여 불만스러워하고 의구심을 가지고 있다는 뜻에 다름 아니다.

'나무아미타불 관세음보살.'

박 이사는 속으로 염불을 외웠다. 한때 승명의 선두 주자로 불리던 공 상무의 장례식이 멀지 않은 것 같아 등골이 서늘해졌다.

"알겠습니다. 조만간 전략기획실 직원들과 회장님의 미팅을 준비하겠습니다."

"좋습니다. 심도 있는 미팅을 한 번 하죠. 난 전략기획실이 최고로 민첩한 내 손발이기를 바랍니다. 하지만 이 조직의 행태, 마음에 들지 않아요."

태흔이 서류철을 박 이사에게 다시 돌려주었다. 물론 사인 따윈 하지 않은 채였다.

"뭔가 좀 색다른 것을 보여달란 말이지요. 확 깨는 거, 참신한 거, 혁명적인 거 뭐, 그런 거 말입니다. 전부 다 혁명적일 필요는 없지만, 포인트가 될 만한 뭐 어떤 거 없을까?"

태흔이 잠시 멍하니 책상을 노려보았다. 문득 씩 웃더니, 박 이사를 바라보았다.

"박 이사님, 예전에 취미로 드럼을 치신다고 하지 않았던가요?"

"아, 예. 취미로다가 약간……. 이거 참, 민망합니다. 다 늙어서 주책입니다."

박 이사가 좀 겸연쩍은 얼굴로 중얼거렸다. 대학 시절 보컬을 만들어 대학가요제까지 나갔던 전력을 가졌으되, 먹고살기 바빠 잊어버린 지 오래인 일을 태흔이 끄집어내니 몹시 낯 뜨거웠다.

"왜 그래요? 전 그것 때문에 박 이사님이 늘 젊게 사신다고 존경했는데. 좋습니다. 박 이사님이 드럼, 내가 기타. 그럭저럭 구색은 갖출 수 있을 것 같은데. 우리 한 번 같이 머리를 좀 짜보죠."

버릇처럼 탁자에 놓인 찻잔을 들어 입술에 가져갔다가, 이미 비어버린 것을 깨달았다. 주전자를 기울였지만 그것도 빈 상태였다. 좀 난감해져선 태흔이 빈 주전자를 거꾸로 흔들었다. 박 이사가 얼른 인터폰을 누르려 했다.

"차를 더 들여보내라고 하겠습니다."

"아니요, 내가 가죠."

아무래도 서양에서 교육을 받은 데다 젊은 나이이기 때문이다. 사적이고 불필요한 잡일을 시키기 싫어하는 성미답게 태흔이 벌떡 일어섰다. 먼저 문을 열고 나갔다. 임 과장에게 찻주전자를 다시 채워달랄 생각이었다.

임 과장은 너무 진지하게 모니터를 바라보며 일을 하고 있었다. 하늘 같은 회장님께서 방에서 나온 줄도 모르고 몰두하고 있어 방해하기가 좀 미안했다. 태흔은 그녀의 책상 앞에 가까이 다가가 책상을 살짝 두드렸다.

"임 과장, 차 좀……."

이걸 어쩌나, 하필이면 그때 임슬이 과장은 〈보스 짱〉 카페에 올린 자신의 글을 펼쳐 놓고, 다른 여직원들과 열심히 댓글 놀이를 하고 있던 중이었다.

〈그렇게 잘생긴 건 범죄지 —기획실 왕언니〉

〈암만. 우리도 살아야 할 것 아냐. 잠자리 안에서 신랑 대신 우리 회장님 얼굴만 떠오르는데 어쩌란 말이냐? —전산실 누리〉

〈이러다가 나 노처녀로 늙어죽을 것 같아. 눈만 높아져서. —비서실 해바라기〉

〈대체 그 총각 누가 데려갈 거냐. 그년 차암 좋겠다. —경리실 비감녀〉

〈수준에 맞는 귀공녀나 일류 탤런트 정도는 되어야지. —전략실 고기조아〉

〈시시하게 윤혜은이하고 스캔들 나기만 해. 윤혜은이 확 테러해 버릴 껴! 면도칼 보내 버릴 거야! —전산실 누리〉

〈꼴같잖게 지가 우리 회사 모델이면 다야? 엇다 대고 감히 천박한 지 주제에 우리 회장님을 노려? 나, 아디 바꾼다. —비서실 분개녀〉

〈만약 윤혜은이 그 무식하고 뚱뚱하고 천박한 것이 전속 모델임을 빙자하여 우리 회장님께 유혹의 접근이라도 시도해 봐, 콱 죽여 버려! —비서실 분개녀〉

자판이 부서져라 열심히 내려치며 댓글을 달던 임 과장, 갑자기 무엇인가 이상하여 뱅글 눈을 치켜떴다.

"헉!"

보스 짱의 주인공. 승명그룹 본사에 근무하는 모든 여인네들의 영원한 우상이자 진정한 로망, 절대최강 섹시 오빠 이태흔 회장이 그녀를 빤히 바라보고 있지 않은가. 임슬이 과장의 심장이 멎었다.

"임 과장, 지금 근무 중입니까?"

"네, 네!"

"오호, 상사의 사생활을 게시판에 올리는 게 비서의 업무인 줄 몰랐는데?"

화면을 내릴 사이도 없었다. 빙글거리며 임 과장의 책상 모서리에 살짝 기대고 앉아 태흔이 모니터를 자기 쪽으로 돌렸다. 〈보스 짱〉의 게시물들을 스르륵 훑었다. 휘익 휘파람을 불었다.

"와아! 굉장한데. 대단들하군요."

그가 쿡쿡 웃었다. 이내 푸핫하하 큰 소리를 내며 허리를 꺾었다.

"어제 내가 점심 식사로 구내식당에서 갈비탕을 먹었다. 식성도 좋으시지. 남긴 뼈다귀가 네 개였다?"

구내식당 아줌마가 올린 게시물의 제목을 보고는 거의 포복절도였다. 너무 웃어 책상 위에서 굴러떨어질 뻔하기까지 했다. 간신히 어이없는 웃음을 멈춘 태흔이 어쩔 줄 몰라 하며 손톱만 깨물고 있는 임 과장을 바라보았다. 목소리는 냉정했지만 입술 끝은 아직도 감추지 못한 미소의 여운을 물고 있었다.

"정말 대단해, 임 과장. 이 정도였나요? 내가 그렇게 인기가 있었습니까?"

"그, 그럼요. 회장님은 우리 여직원들의 로망이라구요."

"관심은 감사하지만 너무한 것 아닌가요? 이건 관심을 넘어서서 지나친 사생활 침해 같은데."

"죄, 죄송합니다. 하지만 회장님은 우리의 대스타라고요! 업무 시간에 이런 일을 한 건 정말 변명의 여지가 없습니다. 꾸지람을 감수하겠지만, 팬질은 자유입니다!"

간도 크지. 임슬이 과장이 모니터를 거의 껴안다시피 하며 온몸으로 〈보스 짱〉 카페를 사수하였다. 태흔의 웃음기 서린 눈빛을 통해 이 일이 끝까지 커다란 문제를 야기할 것 같진 않다는 직감으로 일단 버텨보았다. 팍팍한 회사 생활. 이런 낙이라도 없으면 어찌 살리?

태흔이 웃음기를 지웠다. 안경을 벗어 들며 옆에 선 박 이사를 노려보았다.

"심각하군요. 업무를 위한 사내망 안에서 이런 사적인 카페가 기승을 부리고 있다니. 이런 것조차 감사실이나 전산실에서 파악하지도 못하고 있단 말인가요, 박 이사?"

"죄송합니다, 당장 파악해서 다 시정시키겠습니다."

박 이사가 철딱서니 비서실 여직원들을 노려보며 얼른 대답했다.

"전산실 홍 과장이 우리 카페 시삽입니다."

나만 못 죽는다. 같이 죽자. 모니터를 껴안은 임 과장이 비장하게 폭로했다.

"미치겠군. 그럼 감사실은?"

"감사실 문 부장님이 총무이신데요."

어딜 가도 당신은 우리의 포로이다. 똘똘 뭉친 여직원들의 네트워크를 뚫고 도망갈 수 있다더냐. 이 카페를 폐쇄시키면 또 새 카페를 만들 거다. 의지와 오기로 똘똘 뭉친 임 과장의 얼굴을 바라보다, 태흔이 후욱 하고 한숨을 내쉬었다. 이번에는 임 과장을 살살 꼬이기 시작했다. 빅딜을 시도했다.

"임 과장, 나는 평범한 직장인입니다. 게시판의 스타가 될 이유가 없어요. 내 친구가 슈퍼 모델 유세진인데, 임 과장 눈앞에 물어다 줄 테니 이만해서 카페를 폐쇄해요. 더 이상은 문제 삼지 않을 테니 나에 대한 이런 짓은 그만하는 게 어때요?"

"누굴 좋아하든 그건 팬들 마음입니다, 회장님. 우상이 팬을 선택할 권리는 없습니다."

"그래서 단념 못 하시겠다?"

"인생의 즐거움입니다! 유일한 낙입니다. 선처해 주십시오!"

제발 이 불쌍한 오피스걸 언니들의 즐거움을 빼앗지 말아주세요. 임슬이 과장은 온몸, 온 눈빛으로 호소하였다.

태흔이 고개를 들어 물 뿌린 듯 정적에 가득 찬 비서실을 훑었다.

경악하여 어쩔 줄 몰라 하는 박 이사를 위시하여 남직원은 황망, 황당 그 자체였으되, 여직원들은 임슬이 과장과 똑같은 간청의 눈빛으로 그를 응시하고 있었다. 그 와중에서도 조정미 대리, 그동안은 감히 쳐다보기조차 어려웠던 회장님의 섹시하고 매력적인 자태를 낱낱이 감상하느라 여념이 없었다.

결국 태흔이 굴복했다. 어지간한 그로서도 탐욕적인 아줌마 부대의 파워에 당할 재간이 없었다. 그는 책상에 놓인 임 과장의 휴대전화을 집어 들어 얌전하게 내밀었다.

"찍어봐요."

"에, 예에?"

"어차피 내가 반대하나 안 하나 이 짓을 계속할 거란 말 아닙니까? 좋습니다. 협조하는 김에 화끈하게 도와주죠. 사진 한 번 더 찍힌다고 내 얼굴 닳는 것도 아니고. 비서실 근무 좋다는 게 뭐겠어? 베스트 게시물은 뮤지컬 프리미엄 쿠폰 네 장이라며? 나에게 두 장 주면 계속 동업 가능합니다. 어때요? 관심 있어요?"

반 장난, 반 진심. 싱글싱글 웃어가며 태흔이 임슬이 과장에게 거래를 요구했다. 이거야말로 진정한 대박! 임슬이 과장은 또한 이러한 천우신조의 기회를 절대로 놓치지 않는 하이에나의 근성을 지닌바, 진정한 한국 아줌마였다. 감격하여 소리쳤다.

"감사합니다! 회장님은 진정한 훈남이십니다!"

"훈남? 그게 뭔데?"

"훈훈한 미남이라는 뜻입니다. 여자에게 다정하고, 친절하고, 매너 좋고, 끝장나게 멋진 남자라는 뜻입니다."

"그거 좋네. 나중에 내 여자에게 가르쳐 줘야겠네."

훈남. 훈훈한 미남. 이거야말로 내 본질을 표현하는 말 아니겠어? 은후 자식에게 가르쳐 줘야지. 별명으로 삼아야지. 속으로 중얼거리며 태흔이 손가락으로 V까지 그렸다.

그의 기분이 현재 활짝 갠 맑은 날이 아니었다면 감히 바랄 수도 없는 일이었으니 임슬이 과장으로서는 진정 복받은 날이었다.

나중에 직속상관인 박 이사로부터 박살이 나든 반 죽음을 당하든 말든, 지금은 그저 좋구나. 너무나 귀엽게시리, 가슴 떨리게시리 천진난만하게 웃어주기까지 하는 회장님의 공개적인 폰카 놀이라니, 내 지금 죽어도 좋으리.

태혼의 기분이 좋은 이유가 있었으니, 그건 바로 은후 때문이었다. 하긴 이태혼의 천국과 지옥은 전부 다 이은후가 쥐고 있는 것이니, 감사하기도 하지. 기대한 대로 귀엽게시리 세라를 만나고 다니는 태혼 자신의 작태에 상당히 분개하고 질투하는 빛을 보여주고 있었다.

멍청한 놈은 아직도 모른다. 제 마음이 그 얼굴에 다 드러나 있는 줄은. 저는 새침 떨며 속내 드러내지 않는다고 생각할 테지만 혼자서 질투와 분노로 끙끙 앓고 있는 게 보였다. 귀여워서 죽을 것 같았다. 날로 삼켜도 비린내 하나 나지 않을 것 같았다. 게다가 오늘은 금요일이다. 못 잡아먹어서 안달하는 그 예쁜 연인을 마음껏 안아버리는 날이 아닌가.

여하튼 회장님의 기분 좋은 사정은 그런 것인데, 그 기회를 놓치지 않고 잡아챈 임슬이 과장의 능력도 여하튼 대단하다 아니할 수 없었다.

이렇게 하여 임슬이 과장과 이태혼 회장의 〈뮤지컬 프리미엄 쿠폰 탈취〉를 위한 공동 프로젝트 폰카 놀이는 심히 업무가 바쁘신 회장님께서 찻주전자를 들고 다시 방으로 돌아갈 때까지 근 십여 분이나 계속되었다.

한 시간 후, 임 과장을 위시한 비서실 여직원들을 눈물 쏙 빼게 때려잡은 박 이사가 인터폰을 눌렀다.

"회장님, 스페인 국왕 부처께서 호텔을 출발하셨다는 전갈이 들어왔습니다."

[좋습니다, 나가죠.]

문이 열리고 태혼이 나왔다. 엉거주춤 책상 앞에 선 임 과장을 돌아보았다.

"임 과장."

"네, 회장님?"

"안 찍어요? 또 올려야지. 스페인 국왕 부처를 만나기 위해 새 양복을 갈아입으신 회장님의 패션 센스."

박 이사와 함께 문을 나가면서 태흔이 마지막으로 멋있게 씩 웃어주었다.

[스페인 국왕 부처는 어제 오전에 울산으로 내려가 아진조선의 공장을 돌아보았으며 오후에는 상경하여 삼성동 승명그룹 본관 1층 전시관을 둘러보았습니다. 국왕 부처는 특히 울트라HD TV. 스마트폰, 울트라모바일PC, 반도체 등 승명전자의 최첨단 디지털 제품과 기술에 큰 관심을 표명한 것으로 알려졌습니다. 국왕 부처는 오늘 저녁 청와대에서 베푸는 만찬에 참석하는 것으로 3박 4일의 방한 일정을 마치게 됩니다.]

서준은 등 뒤에서 흘러나오는 YTN 뉴스 소리에 고개를 돌렸다. 작업을 돕는 조 실장이 가져다 놓은 휴대용TV였다. 스페인 국왕 부처를 안내하는 승명그룹의 회장 태흔이 화면에 비치고 있었다. 서준의 검은 눈썹이 살짝 찡그려졌다.

하얀 이를 드러내며 미소 짓는 그의 모습이 담긴 화면은 이내 넘어갔고, 앵커는 나날이 폭등하는 환율에 대하여 보도하기 시작했다.

'정말 미스터리라니까.'

어쩔 수 없다. 화면에 비친 태흔의 모습에서 서준은 종내 가슴에 박혀 빠지지 않는 며칠 전의 영상을 떠올릴 수밖에 없었다.

심상하게 넘어갈 수 있을 텐데도 잊혀지지 않는다. 갈고리처럼 명치 끝에 걸려선 그를 답답하게 하고 불쾌하게 만드는 기억. 자꾸 불편하게 만들고 두려움에 차게 만드는 일이 하나 있다. 작은 뉴스 화면에 박힌 헌칠한 저 사내와 관련된 것이었다. 그가 마음에 담고 얻고자 노력하는 아름다운 여자와 관련된 일이기 때문이다.

서준은 바닥에 주저앉은 채 장갑을 벗었다. 이미 식어버린 커피를 들어 한 모금 마셨다. 커피에서는 불쾌한 맛이 났다. 심장 속에 가라앉은 이해 못 할 검은 앙금의 맛처럼.

'아무리 사이좋은 남매라도 그들처럼 밀착되진 않아. 이 세상 어떤 오빠도, 누이동생에게 그런 키스를 하진 않아.'

며칠 내내 몇 번이나 찬찬히 되새김질을 했었다. 그럴 때마다 내려지던 결론은, 자신의 불길한 짐작이 현실이라는 분명한 확신이었다.

은후의 머릿결에 입 맞추던 태흔을 보았던 때만큼 커다란 충격을 받은 일은 이전에도 이후에도 다시없을 테지. 마치 망치로 머리 한 대를 얻어맞은 기분이 들었었다.

태흔이 은후의 입술에 농밀한 키스를 한 것도 아니다. 발가벗은 채로 섹스를 하는 장면을 목격한 것도 아니다. 그럼에도 서준은 그 순간 완전히 알아버렸다. 진실한 마음은 낯선 타인의 눈에도 그냥 보이고 만져지는 법이다. 하물며 태흔이 애틋하게 어루만지던 머릿결의 주인을 깊이 심장에 박아둔 서준의 눈에 비친 광경은 결코 착각일 수가 없었다.

하지만 더 충격적이고 끔찍했던 일은 다른 것이었다. 그와 눈이 마주쳤을 때 태흔은 너무나 태연했었다. 즉, 그는 자신의 행동을 전혀 두려워하지 않는다는 뜻이었다.

'그 사람, 조금도 꺼려하지 않았어. 전혀 놀라지도 않았어.'

네가 본 바 그대로다. 어쩔 테냐? 그렇게 되받아치는 듯했다. 그를 노려보던 눈빛은 얼음 박힌 듯 싸늘하기만 했다.

시간이 갈수록 순간의 의심은 피할 수 없는 진실로 굳어져만 간다. 서준을 노려보던 태흔의 눈빛은 너무나 강렬했다. 제 것인 암컷을 빼앗기지 않으려 안달하는 맹수의 눈빛이었다. 말 그대로 그를 방해하는 서준 자신을 산 채로 갈기갈기 찢어버리려는 눈동자였다.

서준은 자리에서 일어섰다. 커피메이커로 걸어가 다시 커피 한 잔을 부었다. 한 모금을 마시며 거의 반 완성된 전시회장을 둘러보았다. 전시회는 내일모레부터 한 달 동안 계속될 것이다. 다른 작가들도 다 그러했듯이 은후도 자신의 작품이 어떻게 전시되었나 마지막 점검을 위해 이곳을 방문할 예정이었다. 그때 이태흔과 어떤 관계인지 은후의 마음을 살짝 떠보아야만 하는 걸까?

'설마, 은후 씨도 이태흔과 같은 마음이면 어떡하지?'

그럴 리가 없잖아. 마음속에서 누군가가 강하게 되받아쳤다. 정말 그러면 어떡하지, 하고 미련 맞은 서준 자신의 다른 한쪽이 내지르는 비명이었다.

'아닐 거야, 절대로! 만에 하나 이태흔과 은후 씨가 같은 마음이라면 사달이 나도 큰 사달이 벌써 났을 거야, 그럴 리 없어.'

만약 은후가 태흔과 같은 마음이었다면, 그가 지금까지 미적거리며 사이좋은 오빠와 누이동생 같은 눈속임을 계속할 리가 없다. 은후를 제 것으로 잡아채도 열 번은 잡아채고도 남지.

서준이 아는 바, 이태흔은 원하는 것을 앞에 두고 미적거리거나 기다리거나 양보하는 사내가 아니었다. 자신이 바라는 것이 있다면 반드시 얻고야 마는 사내였다. 도덕이나 관습, 원칙이나 규율 따위는 상관없다. 그는 태어날 때부터 모든 것을 다 가지고 태어났을 뿐만 아니라 이 세상 그 어떤 것도 다 손에 넣을 수 있게 길러진 존재였다.

'이태흔이 은후 씨에게 흑심을 품고 있다 해도, 적어도 아직은 은후 씨 입장에서 순수하게 오빠인 거야. 그러니 천하의 이태흔도 쉬이 접근할 수가 없었던 거고.'

지금껏 두 사람의 사이가 사이좋은 남매로서만 알려진 것은 아마 은후의 무심함이 이유였을 것이다.

남녀 간의 궂은 스캔들과 관련한 소문은 그 무엇보다 빨리 퍼지는 성질을 지녔다. 그러나 은후가 성북동 집에 온 지 이십여 년이 다 되어가지만 단 한 번도 태흔과 은후를 한데 묶어 수군거리는 소문을 들어본 적이 없다. 성북동을 제집 드나들듯이 드나드는 외조모조차 단 한 번도 그런 기색을 눈치채지 못했던 거다. 그러니 은후를 서준 자신에게 소개해 주었을 테고.

그런데 은후는 오빠라 불리는 태흔의 그런 마음을 정말 단 한 번도 짐작하지 못했을까?

'내 눈에도 보이는데, 어째서 은후 씨는 모르는 걸까. 아니면 모른 척하는 걸까?'

그날, 차 안에서 태흔이 은후를 향해 격하게 소리 지르던 것은 무슨 이유 때문이었을까? 혹시 서준 자신과 은후 사이를 질투하여 윽박지르던 것일까?

멀거니 서서 벌써 비어버린 커피 잔을 내려다보던 서준은 창가에 앉아 담배를 피우는 직원들을 바라보았다.

"조 실장, 나도 담배 한 대 다오."

"어, 이사님도 담배 피우세요? 이사님이 금연가라서 우리가 얼마나 힘들었는데. 환영 대박입니다."

객쩍은 소리를 하면서도 직원이 담배 한 대를 그에게 건네주었다. 불까지 붙여주었다.

"끽연가 클럽에 들어오신 건 환영하지만 이거 좋은 거 아니에요. 가능한 한 피우지 마세요."

"하도 심란해서."

"심란할 게 뭐가 있어요? 작업은 잘되고 있구만."

"일이 인생 전부는 아니다, 조 실장."

"왜요? 연애 사업이 순조롭지 못하십니까? 이사님이야 알아주는 엄친아인데 웬 걱정? 돈 없고, 빽 없고, 실력 없는 우리들이 걱정이지."

"까불 테냐? 헛소리 말고 오늘 바닥 정리 다 끝내. 내일은 사장님이 나오실 거다."

"옛 썰!"

돌아서는 서준의 표정은 쉬이 밝아지지 않았다.

거울을 보며 화장의 마무리로 립글로스를 바르는데, 휴대전화가 딩동 울었다. 문자 창이 떴다.

〈메리어트. 5001. 일곱 시 반.〉

문자 창을 내려다보는 은후의 얼굴에 자잘한 경련이 일었다. 어김없이 '그날'이다.

그들만의 금요일 밤. 하늘이 무너져도 그에게로 가야 하는 날이다. 무참하지만 가증스럽게도 쾌락의 신음을 내뱉으며 그에게 전부로 안겨야 하는 날이다. 은후는 무너지듯이 화장대 앞 의자에 앉아버렸다.

'고민하면 무엇 해? 아무것도 바꾸지 못하는 주제에…….'

한참 동안 눈을 감고 두 손으로 머리를 잡고 있었다. 갈팡질팡하며 미로를 헤매는 기분이랄까. 태흔의 강요에 못 이긴 척, 이렇게 죄를 또 짓는 거다. 그가 지명한 호텔 룸으로 올라갈 때, 싸구려 정부(情婦)인 양 그를 막막하게 기다리고 있어야 할 때, 그가 손만 뻗으면 무너져 버리는 자신에게 몸서리치면서도 멈추지 못하는 일. 결국은 그의 손가락만 닿아도 산산조각으로 무너져 버리는 그녀 스스로의 모습이 추악하다고 생각했다. 이렇게 망가져 가면서도 그를 사랑하기를 멈추지 못하는 집착이, 이 무서운 습관이 끔찍하다.

'하지만 벗어날 길을 알지 못하는걸, 아직은.'

사실은 지금의 이런 상황을 변화시킬 용기가 없는 거겠지. 비애로 가득 찬 미소가 거울 속의 여자를 삼키고 있었다. 그녀의 존재란 세찬 물줄기에 휘말려 표류하고 있는 찢어진 나뭇잎 같다는 생각, 오늘도 변함없었다.

어디로 가는 걸까, 나는.

어디로 가고 있는 걸까, 우리는.

막연하게 허공을 응시하고 있는 은후의 눈동자는 공허하기만 했다.

'무서워, 이렇게 혼자가 되어 스스로의 현실을 정직하게 응시할 때가 제일 무서워.'

은후는 두 손으로 쓸쓸하고 가난한 얼굴을 감싸 안았다. 자신의 미약한 온기로나마 얼어붙은 이 마음을 잠시 녹이려는 듯한 동작이었다. 누구에게도 길을 물을 수 없다. 그 누구도 길을 가르쳐 주지 않는다. 그녀의 손을 잡아챈 사람은 절대로 가서는 안 되는 길로 자꾸만 그녀를 몰아붙이고 있다. 어쩌면 좋을까?

'하지만 난 또 오빠만 생각하는걸.'

이전보다 더 무참하고 쓸쓸한 미소가 은후의 섬세한 입술 위로 떠올랐다. 화장지를 집었다. 일껏 발랐던 갈색 립글로스를 지워버렸다.

태흔은 분홍과 빨강의 그 미묘한 경계선의 입술을 사랑한다. 그런 입술 위에 키스하기를 좋아한다. 언젠가 태흔이 키스하며 맛있다고 말한 쥬시튜브의 달콤한 진분홍색을 골라 바르며, 은후는 이 밤에 선물받을 태흔과의 정사를 상상한다. 더없이 고혹적이고, 음탕하며, 불길하고, 화려한 밤을 기대한다. 전율한다. 그녀의 몸을 묶은 진정한 사슬이요, 넘지 못할 천형인 거다.

'비겁해! 가증스러워! 나, 정말……. 머리로는 도망쳐야 한다고 생각하면서도, 사실은 마음속으로 그 사람에게 잡히기를 기다리고 있는 거잖아. 그가 잡아채 주기를, 억지라도 좋으니 영원히 나를 묶어주기를 바라고 있는 거야. 나쁜 기집애! 이런 식으로 가고 싶은 거지? 전부 다 오빠에게 밀어버리고, 강제로 밀려간 거라고 믿어버리고 싶은 거지? 변명할 수 있잖아. 난 아무것도 모르는 일이라고, 난 피해자라고. 다 오빠가 저지른 일이라고 덮어버리고 싶은 거잖아.'

그가 만나고 있는 미지의 여자보다 더 아름답게, 더 요염하게, 더 매혹이고 싶다. 이런 것으로라도 그를 묶어버리고 싶다. 비겁하고 무력한 스스로를 자책하고 자조하는 만큼, 그에게 유혹이고 싫어 안달하는 버릇. 태흔이 돌아온 후에 생긴 은후의 병이었다.

심란하고 복잡한 마음을 가다듬으며 외출 준비를 마쳤다. 핸드백을 들고 현관을 나섰다. 그녀가 찾는 사람은 등을 돌린 채 정원 앞에 서 있었다.

"이젠 완연한 가을이야."

홀린 듯이 반짝이는 파란 잎새들을 내려다보고 있던 진 여사가 다가오는 은후를 돌아보았다.

"외출하려고?"

"잠시 문 이사님 만나서 전시회장 최종 점검하려고요."

"그렇구나. 참 태흔이도 오늘 늦는다더구나. 또 세라 양하고 만난단다. 이야기가 잘되고 있나 봐."

진 여사가 흐뭇하게 웃으며 돌아섰다. 순간적으로 흐려지고 비참해지는 은후의 표정을 읽지 못했다.

"만난 지 얼마 되지도 않는데, 그 정도로 가까워졌다면 인연일 수도 있지. 얼마나 다행인지 몰라, 녀석. 말로는 머리가 원한다, 어쩐다 엄살을 떨면서 말이지. 은근히 마음에 드나 보다."

"그렇겠죠? 오빤 마음 내키지 않으면 하늘이 무너져도 눈 하나 끔쩍 않는 사람이니까요."

그것을 인정하려니 쓰라렸다. 괴롭고 아팠다. 조만간 태흔의 공식적인 여자, 아내가 될 사람이 정해지면, 은후 자신은 어떻게 해야 하는 걸까? 여전히 이렇게 그의 그림자 정부로 평생 가슴 졸이며 살아야 하는 걸까?

"날 불안하게 만들지 마. 날 정말 미치게 만들지 마. 알아들어?

네가 정말 날 화나게 만들면 난 무슨 짓을 저지를지 몰라."

아직도 귓속에 쟁쟁한 그의 목소리. 무서운 한기로 가득 차 있었지. 은후의 몸과 영혼을 칭칭 묶어버리는 가시넝쿨이었다. 대답없는 메아리 같은 은후 자신에게 질려서, 아무래도 안 될 것 같으니까, 그래서 다른 여자를 만나는 걸까? 은후를 괴롭히려고? 그녀와 만나선 무슨 이야기를 할까? 그 여자는 어떤 매력을 가진 사람일까? 그는 대체 무슨 마음으로 은후와 그 여자 사이에서 줄타기를 벌이고 있는 걸까?

이런 마음으로 이 밤에 그에게 안겨야 한다니. 새삼스레 가슴을 차고 오르는 통렬한 비애가 숨을 막히게 만들었다.

아무것도 모르는 진 여사가 손길 아래 어루만지던 가녀린 넝쿨 하나를 치켜들었다. 은후 앞에 내밀었다.

"이게 뭔 줄 아니?"

한 마디쯤 올라오는 넝쿨손에는 오므린 하얀 꽃 한 송이와 몽실한 열매가 동시에 맺혀 있었다. 허리가 잘록 들어간 앙증맞은 열매였다.

"조롱박 아닌가요?"

"맞아, 조롱박이야. 조그맣고 귀여운 것 같은데 찬찬히 살펴보면 요염해. 글래머 여배우 같지 않니? 허리는 잘록하게 들어간 것이 가슴과 히프는 풍만하니 말이야."

진 여사의 말에 은후도 따라 웃었다.

"호텔 정원에 이런 것이 심어져 있으니 신기하구나."

진 여사가 새삼스레 프라이비트 빌라를 둘러싼 정원의 조경을 둘러보았다. 작은 원두막도 있고, 졸졸 흐르는 시내도 있고 수영

달린 옥수수와 해바라기가 선 옆자리, 살짝 주황빛으로 물들어가는 꽈리와 봉숭아, 과꽃과 꿩의 꼬리가 심어진 작은 화단 옆에는 그 시내를 건너가는 작은 나무 다리도 있다. 한 삼십여 분 남짓, 조용한 산책을 할 만했다.

"도심 안에서 이런 소박한 시골 풍경을 맛볼 수 있다니 놀라워. 누군지 모르지만 이런 조경을 한 사람, 참 소박하고 겸손한 사람이었을 거야."

은후도 진 여사 옆에 서서 제법 여물어가는 큰 조롱박을 내려다보았다.

"박꽃은 밤에 봐야 예뻐. 저녁이 되어야 꽃잎을 벌리거든. 시골처녀같이 생겼지. 순박하고 은은하고 착해."

"그래요? 꽃이 예뻐요?"

"그럼, 아주 귀엽고 소박한 하얀 꽃이 피지. 사실 조롱박은 시집갈 처자가 있는 집에서 키운단다."

"왜요?"

"조롱박으로 초례청 바가지를 만들거든. 합근박이라고들 하지."

"합근박?"

"혼인할 때 말이다. 초례청에서 신랑 신부가 술 한 잔을 같이 나누어 마시잖니. 그때 쓰는 박 바가지야. 나중에 청실홍실로 매어선 신방에 매달아놓는단다. 하나였던 박이 두 개로 갈라져 그릇이 되니, 남녀 간의 정분을 상징하는 거지. 나중에 혹시 이혼이라도 하면 남자가 그 박을 내려선 발로 깨버린다고 하지. 그래서 일이 엉망진창이 되어 결별을 할 때 '박 깬다'라고 하는 거라지."

"할머니 이야기를 듣고 있으면 정말 신기한 것이 많아요. 언젠가 꼭 할머니의 자서전을 쓰고 말 거예요. 잠깐만요, 할머니."

은후는 핸드백 속에서 언제나 소지하고 다니는 조그만 디지털 카메라를 꺼냈다. 진 여사와 조롱박 넝쿨을 같이 찍었다. 또 다음에 디자인할 때 참고로 하기 위해 접사하여, 조롱박의 모양과 꽃들, 넝쿨이 기어올라 가는 모습들을 몇 장 찍었다.

"할머니 말씀을 들어보니 왠지 조롱박을 모티브로 신부를 위한 팔찌나 반지 디자인으로 나쁘지 않을 것 같아요. 언제 한번 그려봐야겠어요."

"좋은 생각이로구나. 이런 패턴으로 신부를 위한 티아라도 예쁠 것 같구나."

"네, 머리를 짜내볼게요."

디카를 집어넣고 은후는 방그레 미소 지으며 진 여사의 팔짱을 꼈다. 두 사람은 주차장 쪽으로 천천히 발길을 옮겼다.

"좋은 일 있니?"

"네?"

"얼굴이 좀 밝아진 것 같아서 말이야. 한동안 너 많이 우울해 보여서 할미가 걱정했었단다."

"우울하지 않았는데요. 전시회 준비 때문에 제가 좀 예민하게 굴었나 봐요. 죄송해요, 할머니."

"그래, 나도 그러려니 했다. 자아, 어디 한번 보자. 아주 예쁘게 차려입었고, 향수도 뿌렸구나?"

진 여사의 미소 담긴 시선이 단아하게 차려입은 은후의 고운 자태를 훑어 내렸다.

"문 이사 만난다지? 바람직한 일이야. 흠. 역시 젊은 아이들은 연애를 해야 예뻐져."

삽시간에 은후의 볼이 발갛게 물들었다. 평상시에는 침묵하여 반 인정하던 것과는 달리 그날따라 지레짐작하여 서준과 연결하는 진 여사에게 강력하게 항의하려 했다.

"할머닌, 몇 번이나 말씀드려야 해요. 저랑 문 이사님은 그런 사이가 아니에요."

"그런 사이가 어떤 사이인데?"

"할머니!"

"말 나온 김에 말해보렴. 문 이사가 어때서 둘 사이가 만날 그렇게 미지근해?"

정말 진 여사는 확실하게 물어보고 싶었다. 솔직히 정말 궁금하기도 했다. 뱅글뱅글 돌면서 서준이 접근하려 하는 기색은 몇 번이고 눈치챘던 것이고, 운동하면서 만나고 일로서도 만나고 가족 간 모임에서도 종종 만난 것이 벌써 몇 년째. 서로 빠질 데 없이 잘 어울리는 청춘남녀가 어째서 지금까지 만나오면서도 열기가 끓어오르기는커녕 만날 멀지도 않고 가깝지도 않은 어정쩡한 사이인지 살짝 불가사의였다.

"문 이사, 모자란 것 없는 이야. 집안도 청명하고 밝고 따뜻하고. 제 가진 것 많지만 거만하게 구는 것도 아니고. 안팎이 다 한결같고 친절해."

"알아요. 문 이사님, 과분할 정도로 훌륭한 분이세요."

"암만, 어딜 보나 그렇게 반듯한 이 찾기 힘들다. 자라는 것을 내내 지켜보다 너에게 소개시킨 거야. 할미 눈 믿어봐. 쌀쌀맞게 밀어만 내지 말고 좀 안에 들여줘. 애타하는 얼굴이 네 눈에는 보이지 않던?"

같은 예술계의 길을 걷는 사람이니 이야기도 잘 통하는 것처럼 보였다. 매너있고 사려 깊다. 무엇 하나 나무랄 데가 없고, 겉보기로도 헌칠하고 늠름한 서준에게 은후가 반하지 않는 것이 오히려 이상타 싶은 것이다. 새치름하니 마음을 드러내지 않고 심지어 냉담해 보이기까지 한 은후가 더럭 얄밉다 싶을 때까지 있었다. 한 번쯤 사내 속 그렇게 애타게 만드는 거 아니라고 혼내주고도 싶었다.

"저 어려요, 할머니. 결혼 생각 아직 안 해요. 오래도록 할머니 모시고 살 거라고 말씀드렸잖아요."

"말이야 예쁘지. 하지만 하나도 안 반가워."

진 여사가 단번에 내쳤다.

"네 나이 작지 않아. 네 오라비가 올해 안으로 결혼한다 하니 다음은 네 차례야. 문 이사, 내년에 메트로폴리탄으로 파견 근무 나간다는 거 알지?"

"네, 들었어요."

"혼자만 들어두렴. 난 너를 딸려 보낼 작정이다."

순간 은후의 얼굴에 놀람이 가득 서렸다. 이내 그 얼굴이 하얗게 질려갔다. 진 여사는 속으로 저렇게 소심해서 어쩌누? 하며 혀를 찼다.

"왜 놀라? 당장 그 녀석이랑 억지 결혼이라도 당할 것 같아서 그렇게 놀라?"

"그, 그건 아니구요."

"억지로 혼인하란 게 아니야. 너 싫다는데 억지로 문 이사에게 짐덩이처럼 밀어내려는 것도 아니야. 하지만 너도 본격적으로 작가 생활 시작하려면 큰물에서 실컷 공부해야 할 것 아니야? 이 할미가 살아 있을 때 너 마음대로 할 수 있게 한껏 뒷바라지하고 도와주고 싶어서 그래. 솔직히 내가 살아 있을 때는 모르지만, 내가 죽고 나서는 아무도 모르잖니? 태흔이 결혼을 하면 그 애 처가 널 어떻게 생각할지도 조금은 걱정이구."

진 여사가 한숨을 내쉬었다. 묵묵히 바닥만 내려다보고 있는 은후의 손을 잡아 토닥였다.

"태흔이도 널 끝까지 보살펴 줄 거고, 그 애 눈 무서워서 그 애 처도 널 괄시하지는 못할 거다. 하지만 마음의 가시란 감추어도 눈에 보이는 법이야."

태흔의 유난한 누이동생 사랑이 갑자기 사라질 리가 없다. 따지고 보면 남이라고 할 수 있는 은후인데, 아내를 두고도 누이동생부터 챙긴다면 어떤 여자가 흔쾌하게 생각할까? 태흔의 처가 은후의 자리를 못마땅하게 생각하거나 밀어내는 기색을 보인다면 섬세하고 예민한 은후 성미에 못 견딜 게 뻔하다. 누군가에게 불편하고 폐를 끼치는 일은 참지 못하는 아이였다.

진 여사는 만에 하나라도 자신이 죽은 후에 은후가 그런 설움을 당하는 꼴을 절대로 보고 싶지 않았다. 솔직히 진 여사가 태흔보다 은후를 먼저 혼인시키고 싶은 이유도 거기에 있었다.

"우리 은후, 어떻게 키웠는데? 네가 자라면서도 당하지 않은 서러운 꼴. 그때 가서 당하는 건 이 할미 절대로 두고 못 본다."

"그렇진 않을 거예요."

"사람 인심이라는 건 아무도 몰라. 여자 마음이라는 것도 그렇게 미묘한 거고. 태흔이가 널 아주 소중하게 생각하고 아끼는 건 알지만 그 애가 출근하고 나면 결국 집에서 부딪칠 이는 너와 그 애 처가 아니겠니? 심성 고운 애로 골라 집에 들이고 싶지만 그런 일도 인력으로 되는 일 아니고……. 난 내가 죽기 전에 우리 은후, 덩실하니 좋은 데 보내서 마음껏 행복하게 웃으며 살아가는 거 꼭 보고 싶구나.”

“알아요, 할머니 마음 알아요.”

“그러니 이 할미가 골라준 사람하고 잘 연분 맺어봐. 노력해. 내년에 잔말 말고 모르는 척 서준이 따라서 뉴욕으로 가. 외로운 이국 생활에서 서로 의지하고 도우면서 친구처럼 공부해 보렴. 그러다가 서로 연애 감정 생기고 마음에 들어오면 인연 맺는 거고. 그래도 싫다면 할 수 없지만.”

“문 이사님, 싫을 리가 없죠. 좋은 분이에요. 할머니가 보신 것처럼 친절하고 따뜻해요.”

“그런데 남자로는 보이지 않는다?”

“……네.”

망설이다가 어렵사리 대답하는 은후를 바라보며 진 여사는 속으로 한숨을 삼켰다. 어지간해서는 진 여사의 말에 싫다는 말을 하지 않는 은후가 아닌가. 망설이기는 하지만 딱 부러지게 남자가 아니라고 한다. 결국 서준과 은후는 인연이 아닐 수도 있다는 말이다.

“네 마음 알았다. 강요하지 않으마. 같이 멀리 나가서 단둘이만 엮이고 만나는데도 그 애가 네 마음을 빼앗지 못한다면 그 애하고 너는 인연이 아닌 거지.”

“죄송해요.”

“나에게 죄송하다 말할 일은 아니지. 나도 내 마음을 마음대로 못 하는데 남이 어찌 강요하겠던? 혹시 다른 사람을 마음에 두고 있어 문 이사가 탐탁지 않은 거니?”

은후의 표정이 순간 찔린 듯 멍해졌다. 하지만 충분했다. 연륜 깊은 어른의 눈으로 진 여사는 딱 알아차렸다. 그 순간 확신했다. 눈에 나무랄 데가 없어 보이는 서준을 도무지 남자로 받아들이지 못하는 데에는 결국 이유가 있었다. 제 속을 거의 드러내지 못하는 은후가, 대놓고 딱 잘라서 '그렇지 않다'라고 말하지 않는다면, 마음속에 그 누군가가 이미 담겨 있다는 뜻이었다.

"그 사람이 누구인지, 이 할미에게 말해줄 순 없니?"

"아직은 저 혼자 가진 마음인걸요. 그 사람은 제 마음을 몰라요. 아마 웃어버릴 거예요."

혼자 감춰둔 외사랑이란 말이다. 그래서 말을 할 수가 없다는 뜻이다.

"정말 네 사람이다 싶은 사내면 망설이지 말고 고백해. 시간 흘리다 놓치면 너만 손해야. 만약 고백해도 안 되면 이 할미에게 말해다오. 아니면 네 오라비에게 말하든지. 그 녀석이 싫다 해도, 무슨 수를 쓰든 목덜미를 움켜잡아서라도 네 무릎 아래 앉혀줄 테니."

호언장담하는 진 여사의 말에 은후가 고개를 들고 보시시 웃었다. 그러나 그 눈에는 맑은 물기가 어려 있었다.

"네, 그렇게 할게요."

혹시 이 애가 어려운 사랑을 하고 있나. 예전에 대학원 교수 한 사람이 멋지다고 하더니, 혹시 그 유부남을 마음에 두고 있나. 짧은 시간, 진 여사의 마음에 온갖 착잡한 생각이 떠올랐다가 사라져 갔다.

"늙은이 눈은 국으로 달린 거 아니다. 정말로 깨끗하게 네 마음을 찾아 다가오는 사람이라면 할미야 반대할 이유가 없단다. 이 세상에서 이 할미가 가장 바라는 건 너와 태흔이 둘 다 행복해지는 거야. 사람들이 탐욕하는 물질적인 것들, 사실 살아가면서 그다지 필요하지 않아. 그런 것이 사람을 행복하게 만들어주는 것은 아니었어."

"네, 알아요."

"다른 건 필요없어. 태흔이에게도 말해두었지만 결혼은 오직 네 행복을 위해서야. 아무 생각 말고, 네가 진짜 행복할 수 있을지 그것만 생각해서 선택하렴. 할미는 우리 은후의 선택이 어떤 것이든 지지해 줄 거야."

진 여사가 은후 대신 차 문을 열어주었다. 꼭 안아주었다.

"다녀오너라."

"네, 가능한 한 일찍 들어오겠지만, 혹시 문 이사님이랑 식사 같이하게 되면 늦을지도 몰라요."

"알았다. 부디 늦게 들어오렴. 화내지 않으마."

그런 말로 끝내 서준과의 관계 맺음을 은근히 종용하는 진 여사였다. 차가 떠난 그 자리, 진 여사는 오래도록 은후의 차가 멀어질 때까지 손을 흔들어주고 있었다. 백미러로 비추어 보이는 할머니의 인자한 모습에 은후의 입술 사이로 저절로 회색빛 한숨이 새어 나왔다.

'제 가슴에 살고 있는 사람은 오빠예요, 할머니.'

할머니가 말한 대로 너무나 이기적으로, 다른 건 하나도 돌아보지 않고 오직 그녀 자신만의 행복을 생각하며 욕심내고픈 단 한 사람. 태흔.

'그이를 원해요. 오빠를 갖고 싶어요, 할머니.'

천벌을 받는다 할지라도, 나락에 떨어진다 해도 그의 여자로 살고 싶다. 당당하고 떳떳하게 밝은 태양빛을 두려워하지 않으면서, 남들 보란 듯 팔짱을 끼고 그의 아내란 이름으로 같이 거리를 걸어가고 싶다. 평생 이루어지지 않을 꿈일 테지만.

어느새 은후의 입술에는 이즈음 버릇처럼 흐르는 슬픈 미소가 떠오르고 있었다. 손을 더듬어 핸드백에서 혼자 움직이는 휴대전화를 꺼냈다. 서준이었다.

[은후 씨, 언제 와요? 빨리 와요. 작가가 와서 수정 사항을 이야기해 줘야 나도 전시회장 작업을 끝내죠. 자꾸 게으름 피우면 막 미워해 버릴 겁니다.]

"지금 가고 있어요. 저도 너무 궁금해요."

[연습, 또 빠졌죠? 나 완전 삐쳤어. 그래서 루돌프도 다섯 마리밖에 못 잡았어. 책임져요!]

어떻게 이 남자는 몇 마디 말로도 사람을 미소 짓게 만드는 재주를 가졌을까.

"미안해요. 그날 친구 결혼식이 있었거든요. 내일 연습에는 꼭 참석할게요. 약속해요."

[아이스모카 사다 주고 달래봐요. 그럼 용서해 줄게요.]

"그럴게요."

[이왕 사줄 바에야 제일 큰 컵으로?]

"네, 거기다가 서준 씨 좋아하는 샌드위치도 곁들여서."

[굉장해! 내가 이래서 은후 씨를 좋아한다니까.]

신나 하는 서준의 목소리가 휴대전화 플립을 접자마자 사라졌다.

'서준 씨, 제발 날 좋아하지 마세요. 미안해서 죽을 것 같으니까.'

순간적으로 암울해진 은후의 눈동자가 막막해져만 갔다.

'당신이 믿는 것처럼 나는 깨끗하고 착한 여자가 아닌걸요.'

사랑과 감기는 숨기지 못한다고 하는데. 언젠가는 이 사람도 눈치채고 말겠지. 그의 눈앞에서 방글거리며 웃고 있던 은후 자신이 얼마나 고약하고 가증스러운 여자인지 알게 되면, 그 다정하고 착한 사람은 어떤 표정을 지을까?

'난 그래요. 오빠의 연인이자, 할아버지를 죽인 살인자예요. 머리 검은 짐승밖에 되지 않아 키워주신 은혜도 몰라요. 세상과 은인을 속이고 있는 무참하고 가증스런 것이에요. 부끄럽고 슬프지만 이게 사실인걸요. 그런데 이런 나를 좋아한다고 말하는 거예요? 난 사랑받을 자격이 없어요.'

드러낼 수 없는 그 사람의 열정에 집착해, 가서는 안 되는 길만 걸어가고 있다. 낮에는 후회하고 도망가지만 밤에는 속절없이 사랑하고 그에게 안긴다. 언젠가 산산조각이 날 것이다. 부서져서 남는 게 없을 거다. 모래로 만들어진 인형처럼 무너져 버려 형체도 찾을 수 없을 거다.

'하지만…….'

은후는 입술을 꼭 깨물었다. 그러나 그렇게 되어도 난 당신이 아니라 그 사람을 바랄 테지. 발길에 걷어차여, 바닥에 쓸려 흔적도 없이 사라진다 해도 내 가엾은 영혼은 그 사람을 원하고 찾아 허공을 헤매고 있을 테지. 죽어서도 잊지 못해 그 사람 곁만 맴돌며 애달픈 바람결로 스쳐 지나갈 테지.

'이런 나를, 서준 씨. 제발 좋아하지 마세요. 당신이 내 실체를 알고 당신의 맑고 선한 눈동자 속에서 날 미워하고 경멸하는 빛을 본다면 난 가슴 아파 참아낼 수 없을 것 같으니까요. 당신은

내가 만난 사람 중에 가장 좋은 사람이니까요. 친구가 되었으면 하는 유일한 사람인걸요.'

다시 전화기가 움직였다. 운전 중인데 곤란하다. 약간은 성가셔 하면서 플립을 올렸다.

"안녕하세요, 이은후입니다."

[은후 씨, 나 홍다율.]

"어머나, 안녕하세요?"

세진의 사업적 파트너이자 현재 애인 이하, 친구 이상 관계인 슈퍼 모델 다율이었다.

"우리 너무 오랜만이죠? 웬일이세요?"

[보름 후에 쇼가 있는데, 은후 씨가 소장한 장신구 좀 리스하려고. 괜찮을까?]

"괜찮고말고요. 마음에 드는 것 있으면 빌려 드릴게요."

[아, 다행이다! 정말 고마워요. 그럼 내가 내일 공방으로 찾아갈게.]

"이삼 일간은 제가 전시회 오픈이라서 좀 바빠요. 공방에 나가지 않을 것 같은데. 다음 주 월요일 아침, 어떠세요?"

[그래도 상관없어. 열 시까지 우리 애들 데리고 옷이랑 같이 갈게. 부탁해요.]

다율의 유쾌한 목소리가 사라졌다. 처음에는 세진의 친구 모델로서 액세서리를 협찬받은 인연으로 인사를 나누었는데, 몇 년간 꾸준히 만나고 얼굴을 보면서 이제는 거의 반 친구가 되어버린 사람이다. 슈퍼 모델답지 않게 소탈하고 시원시원한 성격인 데다 담박해서 이야기를 나누고 있으면 부담스럽지 않고 재미있었다. 게다가 명중의 아내인 재인과도 오랜 친구 사이라서 세 남자가 파트너 동반으로 모이면 은후와 다율, 재인도 같이 만나는 경우가 종종 있었다.

'그렇게 오래도록 만나면서 세진이 오빠 왜 다율 씨하고 결혼은 안 하는 거지? 아주 잘 어울리더구먼.'

바로 그 시각, W백화점 앞에 검은 벤츠 한 대가 스르르 멎었다.

"볼일 끝나고 모임 있어요. 김 과장은 이대로 퇴근해요. 밤에는 내가 알아서 움직일 테니까."

차에서 내린 태흔이 김 기사에게 일렀다.

"알겠습니다."

찌는 듯한 폭염이 드디어 물러간 도심의 거리. 짜증스럽고 길디긴 폭우도 끝. 흘러가는 계절에 물려 더위는 한 겹 밀려난 저녁. 여름철 대바겐세일도 끝났다. 바야흐로 도심의 가을은 초가을 신상품으로 빼곡 채워진 백화점 쇼윈도에서 시작되고 있는 것 같았다.

백화점을 드나드는 많은 사람들과 어깨를 부딪치며 태흔은 확고한 걸음으로 출입문 가까이에 있는 엘리베이터로 걸어갔다. 그의 눈이 안내판을 쭉 훑었다.

'십칠 층이로군.'

지금 그가 만날 인물은 그의 여자에게 귀찮게 달라붙는 날파리였다. 다시는 그의 여자에게 접근할 엄두도 내지 못하게 확실하게 밟아줄 작정이었다. 가능하다면 은후를 갈망하는 빛으로 바라보던 녀석의 눈알을 파내 버렸으면 좋겠다.

'이번은 말로 하지만 다음은 아니야, 문서준.'

호시탐탐 그의 여자를 훔쳐보며, 도둑질하려는 놈에게 자비 따위를 왜 베풀까 보냐. 엘리베이터 벽을 노려보는 태혼의 눈동자는 북극의 빙하인 양 얼어붙어 있었다.

11장

와이셔츠 소매를 팔꿈치까지 걷어 올리고, 귀 뒤에는 연필을 꽂았다. 목에는 줄자를 두른 채 입에다 핀을 물고선 부스의 바닥에 검은 천을 깔기 위해 눈으로 대충 가늠하는 중이었다. 이제 곧 도착할 은후를 기다리며 서준은 전시회장에서 여전히 작업 중이었다.

은후에게 태흔과의 관계를 물어보아야 하나 말아야 하나. 긁어 부스럼일지 모르니 입 꾹 다물고 있어야 하나. 내친김에 이젠 내 마음을 정확하게 밝혀야 하나 말아야 하나. 여러 가지 고민들이 일에 열중한 듯해 보이는 그의 마음을 어지럽히고 있던 참이었다.

"전시회장 디자인이 꽤 대담한데요?"

등 뒤에서 들려오는 낯선 목소리에 깜짝 놀라 서준은 고개를 돌렸다. 전혀 예상치 못한 인물이 문에 등을 기대고 비스듬히 서 있었다. 태흔이었다.

"어, 이 회장님, 어쩐 일입니까?"

은후만을 기다리고 있었다. 사전 연락도 없이 태흔이 나타날 줄을 생각도 하지 못했기에, 순간 서준의 뒷목이 뻣뻣하게 긴장되고 있었다.

'지은 죄도 없는데 왜 움츠러드는 거지?'

이상하게도 태흔 앞에 서면 작아지는 기분이 너무 싫다. 본능적으로 긴장하게 되고 주눅이 드는 자신의 마음이 짜증 나서, 서준은 일부러 아랫배에 힘을 주었다. 아무렇지도 않은 얼굴로 웃으며 몸을 일으켰다.

"들어오십시오. 완전히 끝나지 않아서 좀 어수선하겠지만 말이죠."

"그래도 볼만합니다. 흠, 요즈음 전시회는 이런 식으로 준비되는군요."

태흔이 한발 들어섰다. 약 90% 이상의 공정이 끝난 전시회장을 휙 둘러보았다. 서준은 먼지투성이 장갑을 벗고 악수를 청했다. 신하에게 시혜의 악수를 건네는 듯한 오만한 손이 살짝 닿았다가 떨어졌다.

태흔의 시선이 전시회장을 한 바퀴 빙 돌았다.

"토털 패션이라. 하긴, 보석이 여자들의 패션을 완성하는 마지막 로망이긴 하죠."

서준이 이번 수제 보석 작품 전시회를 기획할 때 콘셉트로 잡은 것은 화룡점정이란 개념이었다. 머리에서 발끝까지 패션을 완성하는 마지막 꽃점을 찍는 의미가 보석이었기에, 일부러 각 작가별로 가장 좋아하는 패션 브랜드와 제화 브랜드를 고르게 했다. 그런 다음 옷과 신발, 백들을 보석 작품과 매치시켜 전시를 준비했던 것이다.

역시 사업가였다. 전시회장을 한 번 둘러보고도, 태흔은 곧바로 성공의 냄새를 맡았다. 대박의 기운을 읽었다. 감추지 않고 칭찬해 주었다.

"센세이션을 불러일으킬 것 같은데요. 장담하건대, 하루 만에 이 작품들 전부 다 판매 완료될 겁니다. 덩달아서 W백화점의 부띠끄도 불이 나겠죠."

"감사합니다."

"흠, 여기가 우리 은후 코너?"

안내도 하지 않았는데, 태흔이 먼저 왼쪽 모퉁이 쪽으로 걸어갔다. 〈예다〉. 청동으로 만들어진 나무에 아담한 목각 새가 매달려 있다. 전각체의 단아한 나무 팻말을 물고 있었다. 은후의 코너이다.

대체 저 남자가 여기에 나타난 이유가 뭐지? 태흔의 실팍한 뒷모습을 바라보며 서준은 괴롭게 자문했다. 이태흔의 속을 읽을 수 없어 그렇지 않아도 긴장한 뒷목이 자꾸만 뻣뻣하게 굳어지고 있었다.

하지만 주인 노릇은 해야 한다. 줄에 매달린 돌처럼 서준은 약간 발을 질질 끌면서 태흔의 옆으로 다가갔다. 태흔이 바라보고 있는 은후의 작품을 함께 감상했다. 태흔은 설핏 웃음기를 머금은 목소리로 중얼거렸다.

"이 녀석, 팔리기 힘든 작품만 만들었네."

"그렇지 않습니다. 은후 씨만 남성용 작품을 출품해서 오히려 가장 주목을 받을 거라고 생각합니다만."

태흔은 고개를 끄덕였다. 색다르고 유일한 것은 사람들의 시선을 끈다. 그런 점에서 은후의 작품은 인상적이었다. 서준의 말대로, 다른 작가들이 전부 다 여성들이 착용할 보석 작품들을 만든 것과는 달리, 은후의 작품은 대부분 남성용 장신구였다.

"문 이사님은 우리 은후가 원하는 느낌이 무엇인지를 분명히 이해하고 있는 것 같군요."

태흔은 입 발린 칭찬을 늘어놓았다. 하지만 그건 꼭 빈말만은 아니었다.

예컨대, 〈휴식〉이라는 작품만 보아도 그랬다.

굵고 단순한 이음새가 세련된 화이트골드 목걸이를 서준은 구겨진 휴고보스 면 티와 낡은 빈티지 청바지와 매치시켜 놓았다. 약간 낡고 흙 묻은 부츠가 청바지 아래 뒹굴고 있다. 자동차 경주용 가죽 장갑 위에 검은 오닉스로 영문 이니셜을 새긴 굵은 화이트골드 시계, 그리고 같은 패턴의 반지까지 해서 한 세트로 완성된 작품이었다.

투박하고 강인한 느낌이 드는 보석 작품과 서준이 고른 의상과는 완벽한 매치를 이루고 있었다. 서로를 눈부시게 빛내는 시너지 효과를 분명히 만들고 있었다. 태흔의 칭찬에 서준이 빙긋이 웃었다.

"과찬의 말씀, 감사합니다. 가능한 한 작가들의 작품 세계를 온전히 표현해 보려고 노력했습니다만. 아직은 제 능력이 많이 모자란 듯싶습니다."

말은 겸손했으나, 자신이 만들어낸 세상에 대한 작은 자부심이 서준의 수려한 이마에 잠시 스쳐 지나갔다. 태흔은 서준의 반듯한 옆얼굴을 잠시 노려보았다. 저절로 그의 미간에 작은 주름살이 하나 생겼다.

'그래서 너, 더 마음에 안 들어. 우리 눈앞에서 치워 버리고 싶어지는 거야.'

은후의 작품을 이런 식으로 온전히 인상적으로 드러낼 수 있다는 건 서준과 은후 둘, 무엇인가 마음에서부터 오가는 교감이 없으면 불가능하다. 태흔이 의심하는바, 서준이 은후의 영혼 한 부분 안으로 들어온 것은 분명했다. 태흔이 누구에게도 나누어 주고 싶지 않은 유일한 것. 그의 여자가 가진 아주 작은 조각을 얻어간 듯 보이는 이 사내. 순간적인 살의(殺意)로 심장 한쪽이 부그르르 끓어올랐다.

하지만 세련되지 못하게시리 비리고 날것 그대로인 감정을 드러낼 순 없지. 태흔은 심장 속에서 들끓고 있는 난폭한 것들을 전부 다 꾹꾹 밀어 넣으며 나직하게 중얼거렸다.

"느낌이 굉장히 섹시해요."

"저도 그런 느낌을 받았습니다. 저 화이트골드 목걸이, 정말 마음에 들어요. 사실은 제가 미리 찜을 해놓았습니다."

"흠."

어디 두고 보자. 그런 뜻인가. 별말이 없이 태흔은 발을 움직여 다음 작품으로 옮겨갔다.

첫 번째 작품인 〈휴식〉이 와일드하고 야성적인 매력이 넘치는 마초의 느낌이었다면, 두 번째 작품은 메트로폴리스를 지배하고 있는 세련된 댄디보이의 이미지였다.

제목은 〈서프라이즈 파티〉. 세련되고 멋진 메트로 섹슈얼들이 함께 모여 파티를 할 때, 맞춰 입을 만한 의상과 장신구였다. 오닉스와 사금으로 만들어진 넥타이핀, 커프스 버튼, 그리고 사금이 박힌 단순한 약혼반지 두 개. 특이한 것은 키홀더였다. 가죽 위에 각진 오닉스를 촘촘히 박고, 깔끔하게 바느질로 마무리한 후 사금을 뿌린 가장자리를 덧댔다.

그 장신구들을 서준은 세련된 아르마니의 회색 양복과 매치해 놓았다. 깔끔한 느낌의 묵색 발리 구두까지 해서, 멋을 아는 세련된 남자들이라면 한 번쯤 착용하고 싶은 느낌을 아주 잘 살려내고 있었다.

하지만 은후의 작품 중 최고는 마지막 작품인 〈꿈속의 연인〉이었다.

라피스라줄리와 골드로 만들어진 묵직한 넥타이핀, 그리고 같은 보석으로 만들어진 귀고리 한 쪽. 딱 두 점이었다. 티 한 점 없는 검은색 키톤 양복 재킷 안에 순백의 와이셔츠, 은빛 넥타이 위에 오만하게 앉은 라피스라줄리 넥타이핀. 검은색 양복과 매치되어 포인트를 만들어내고 있는 묵직한 라피스라줄리의 깊은 블루는 기묘하고 창조적이었으며 아주 매력적이었다. 더없이 도도하고 카리스마 넘치는 남성의 분위기를 매혹적으로 만들어내고 있었다.

태흔이 나직하게 중얼거렸다.

"다른 건 몰라도 이것만은 제가 찜을 해둬야 할 것 같은데요."

사람의 눈은 다 똑같은 것이다. 서준 역시 이 작품을 처음 보자마자 마음속으로 '내 것' 하고 딱지를 붙여놓았던 것이다. 물론 은후는 비매품이라고 고개를 흔들었지만. 당연히 자기 것이라고 주장하는 듯한 태흔의 눈빛에 초조해졌다. 서준은 에둘러 자신도 욕심내고 있다는 뜻을 슬쩍 드러냈다.

"역시 이 회장님 눈 높으신 것은 알아주네요. 저희 아버님도 이 작품을 보고 계속 탐을 내시고 계시죠. 개장하자마자 바로 딱지를 붙이시겠다고 벼르고 계십니다."

"작가와의 친분 관계로 보아 제가 훨씬 더 유리할 것 같습니다만?"

"양보해 주십시오. 이 회장님이 원하시면 무엇이든 은후 씨가 만들어주겠지만 우리 아버님은 그럴 처지가 안 되니까요."

"아, 그렇게 되나요? 그럼 제가 양보해야죠. 아닙니다. 제가 구입해서 문 사장님께 선물을 해드리는 건 어떨까요?"

"그러실 것까지야."

"아무래도 우리 할머니 말씀을 듣자 하니, 우리 은후와 문 사장님 관계가 남 이상이 될 것 같아서 드리는 말씀입니다만. 아닙니까?"

너무나 아무렇지도 않게 서준의 심장을 푹 찔러놓고 태흔이 돌아섰다. 성큼성큼 걸어가, 서준과 팀원들이 잠시 휴식을 취할 때 사용하는 플라스틱 의자에 앉았다.

울컥하면서도 서준도 다시 끌려가는 돌멩이처럼 태흔의 뒤를 따라갈 수밖에 없었다. 주인은 태흔이고 서준 자신이 손님 같았다. 속절없이 리드당하는 기분, 정말 싫고 짜증 났지만 어쩔 수가 없었다.

"조 실장, 커피 좀 줘!"

서준이 소리치자, 청바지에 물감 묻은 앞치마를 두르고 열심히 조명을 손보고 있던 조 실장이 고개를 돌렸다. 낡은 작업대 위에서 끓고 있는 커피머신에서 커피를 따라 두 사람에게 가져다주었다.

"힘든데, 잠시 쉬자."

"그럼 우리, 잠시 간식 먹고 올게요. 이사님은 뭐 사다 드려요?"

"점심 많이 먹어서 필요없다. 다녀와."

작업을 도와주던 두 명의 직원이 모자를 벗어 들며 문을 나갔다. 서준은 커피 잔을 얼룩진 나무 탁자에 놓으며 태흔을 바라보았다.

"은후 씨랑 약속하셨나요? 조금 있다가 여기 들르기로 했는데요."

"아닙니다. 전 이쪽에 볼일이 있었어요. 바빠서 전시회 오픈에 참석하지 못할 것 같아서 미리 한번 와보았습니다. 어디다 화분이라도 놓아줘야 할까 미리 탐색하는 거라고 해두지요."

"대신 진 여사님이 와주실 겁니다."

"당연히 그러시겠죠. 우리 은후야 할머니의 인형인데, 당신이 돌본 인형이 번듯한 작가가 되었으니 아주 자랑스러울 테죠. 당연히 나타나셔야죠."

"아무리 그래도 은후 씨더러 인형이라고 하시다니, 좀 듣기 거북합니다만. 진 여사님은 진정으로 은후 씨를 아끼고 사랑하시는 것으로 알고 있는데요."

비아냥대는 듯한 태흔의 어투가 마음에 들지 않았다. 아주 싫었다. 순간 기분이 팍 상해서 서준은 항의했다. 그러나 그의 말에는 대꾸하지 않았다. 태흔이 커피 잔을 내려놓았다. 그를 똑바로 응시했다.

"우리 은후."

"네?"

"어디가 좋아요?"

언제나 그런 것처럼 돌려치지 않고, 정면 공격. 단번에 심장을 찔러왔다. 너무나 단도직입적인 태흔의 질문에 서준의 심장이 두근거렸다.

태흔이 긴 다리를 꼬았다. 팔짱을 끼고 서준을 똑바로 바라보았다. 어디 한번 네 얘기를 들어보자꾸나, 그런 표정이었다.

"남자 대 남자로 솔직하게 말해봐요, 문서준 씨. 대체 무엇 때문에 우리 은후에게 접근하는 거죠?"

"은후 씨, 참 좋은 사람입니다. 반듯하고 아름답습니다. 서로 대화도 잘 통하고 같이 있으면 행복합니다. 유쾌하고, 즐겁고, 기쁩니다. 남자와 여자 사이, 그것만으로 충분하지 않습니까?"

은후와 함께 있으면 서로 대화도 잘 통하고 같이 있으면 행복하다 말하는 이 녀석. 태흔의 미간에 자그마하지만 심각한 주름이 잡혔다.

감히 그의 은후를 두고 남자와 여자 사이? 다시는 이따위 말을 나불거리지 못하게 짓이겨 버리고 싶었다.

'함께 있으면 얼마나 행복한지, 얼마나 기쁜지 알아. 그 빛을 안아본 적이 있어. 완전히 가져본 적도 있어. 그 천국이 얼마나 황홀한지, 얼마나 따뜻하고 완전한지 알아. 하지만 그건 내 거야. 다른 누구의 것도 아니라 오직 내 거야.'

부글거리는 심화(心火)를 억지로 억누르며 태흔은 살짝 고개를 끄덕였다. 그의 여자를 찬미하는 사내의 말에 선선히 긍정했다.

"우리 은후가 착하긴 하지. 우리 할머니께서 아주 예쁘게 키우셨지요. 눈 달린 사람이라면 다 아는 사실 빼고, 솔직하게 이야기해 봐요, 문서준 씨. 정말 우리 은후에게 바라는 게 뭐죠?"

"솔직하게 말하라니, 감추지 않겠습니다. 은후 씨, 좋아합니다.

그 사람도 저를 마음에 들어해 주면 좋겠습니다. 그것을 원합니다."

"예전에 은후에게 접근하는 놈들 역시 똑같은 말을 했었죠. 하지만 그것으론 안 돼."

태흔이 냉혹하게 잘랐다.

"그 애가 우리 집에 온 이후, 똑같은 말을 하며 그 애 옆에 날아오는 놈들이 지겹게도 많았어요. 말로는 좋아한다, 사랑한다 하면서도 결국에 바라는 건 한가지더군. 은후를 통해 얻게 될 우리 집안의 힘, 재산, 배경들."

"그 말씀 상당히 모욕적인데요. 제가 은후 씨의 배경이나 얻게 될 재산을 노리고 친해졌다고 생각하시는 겁니까?"

태흔의 한쪽 눈썹이 올라갔다. 서준을 노려보는 눈빛이 꺼멓게 가라앉고 있었다.

"'친해졌다' 라? 우리 은후의 말과는 상당히 다른데요. 문서준 씨, 정말 우리 은후하고 친한 관계입니까?"

그렇다' 라고 대답을 하는 순간, 당장에 산 채로 회를 칠 기세였다. 아주 잠시였으나 서준은 분명히 느꼈다. 살기(殺氣)였다. 눈빛으로 사람을 해칠 수 있다면, 그는 지금 태흔에게 살해를 당하고 있는 중이었다. 기가 질린 서준은 저도 모르게 한발 물러서고 말았다.

"친해지려고 노력하고 있는 관계라고 정정하겠습니다."

태흔이 피식 웃었다. 그럼 그렇지, 그런 뜻이었다. 엄청나게 자존심이 상한 터라 서준은 그만 흥분하고 말았다.

"여하튼 전 그런 생각 추호도 하지 않고 있습니다. 은후 씬 은후 씨 자체로 충분하고 빛을 발하는 사람이니, 제가 좋아하는 감정을 가진다고 해서 이런 식으로 부당하게 비난받아야 할 이유가 없습니다. 제게 사과하십시오."

"그렇다고 있는 사실을 없다고 할 순 없으니까. 문서준 씨, 잘 알아두는 게 좋습니다. 은후, 우리 집에서 손녀 대접 받고 살기는 하지만 사실, 그 애, 우리 집안하고 아무런 관련 없어요."

"친손녀는 아니라 해도 입양을 했으니, 여사님의 손녀인 것은 변함이 없지요."

"입양? 정말 우리 은후에 대해서 아무것도 모르는군, 당신. 누가 그래요? 은후, 우리 집안에 입적된 거 아니에요."

서준의 얼굴에 감출 수 없는 놀라움이 스쳤다. 태흔이 한쪽 입꼬리를 위로 추켜올렸다. 딱하다는 표정을 노골적으로 드러냈다.

"같은 이씨 성을 쓴다고 해서, 너무 쉽게 믿어버린 것 아닌가요?"

"하지만……."

"우리 은후, 아주 어렸을 적에 한 번 입양되었다가 파양당해서 다시 보육원에 돌아왔어요. 아시죠?"

서준은 고개를 끄덕일 수밖에 없었다.

"할머닌 정식으로 입양을 할까 고민하다가 호적은 그대로 두기로 결정했어요. 한 번 파양당한 아이를 또 입양했다가 만일 무슨 일이 생겨 다시 파양을 하게 된다면 그 애에게 정말 못 할 짓이니까. 물론 저도 찬성했습니다."

귀로 들으면서도 어안이 벙벙했다. 누구에게서도 그런 말을 듣지 못했다. 진 여사와 가장 친하게 지내는 분당 외할머니조차도 당연히 입양했다고 믿고 있었다. 하긴, 데려온 아이가 같은 이씨 성을 쓰고 있다면, 누구든 입양을 했을 거라고 믿을 테니까.

"여하튼 은후와 우리 집안, 법적으로 아무런 관련 없어요. 그러니 재산 상속 따윈 언감생심, 꿈도 꾸지 못할 테고. 그 애가 혼인할 때 할머니께서 얼마나 나누어 주실진 모르지만, 사실 우리 집안에서 그 애가 얻어갈 게 별로 없어요. 그 사실을 미리 알려줘야 할 것 같아서."

태흔이 팔짱을 풀고 허리를 곧추세워 앉았다. 서준을 건너다보았다.

자, 네가 내놓을 패가 뭔지 말해.

무언(無言)으로 전하는 태흔의 요구를 알아들은 것이다. 잠시 놀람이 스쳐 지나갔지만, 이내 서준의 맑은 얼굴은 잔잔히 가라앉았다. 태흔이 놀랄 정도로 정직한 표정이었다.

"은후 씨가 아무것도 가져오지 않아도 전 별로 부족하지 않습니다. 그런 말씀을 드리면 오빠로서 이 회장님 마음이 편안하실까요?"

"호오?"

싫어, 죽이고 싶도록 짜증 나. 난 네놈이 이렇게 맑고 정직한 게 싫어! 눈 밝은 할머님이 너를 은후 짝으로 맺어주려 할 만큼 겉과 안이 똑같아서 네놈이 정말 싫어!

태흔은 자신도 모르게 슬며시 주먹을 움켜쥐었다.

서준이 아주 맑은 눈빛을 하고 태흔을 똑바로 응시했다.

"이 회장님 집안만큼은 아니더라도 저희 집안도 그닥 모자란 게 없습니다. 며느리 맞이해 돈 장사 할 만큼 구차하지도 않고 속물적이지도 않습니다. 저 자신, 어차피 공부나 하는 사람이고, 큰 욕심 없습니다. 결혼해서 아내가 불편하지 않을 만큼 생활을 꾸려갈 능력도 된다고 자신합니다. 그러니 이태흔 씨께서 뭐라고 모욕하셔도 전 더 이상 할 말이 없습니다. 은후 씨를 진실로 사랑하는 마음 말고 더 이상 보여 드릴 게 없으니까요."

사랑? 순진한 놈. 태흔의 입술 끝이 삐뚤어졌다.

"문서준 씨야 그렇다 치고, 그 댁 부모님은 어때요? 은후가 사실은 빈털터리에다 몸뚱어리 하나뿐인 고아라는 것을 충분히 인식하고 계신가요? 그리고 하나 더. 그 애가 결혼해서 우리 집을 나가면, 우리 집안하곤 끝이야. 착하니까, 그 애도 우리 회사나 집안의 도움을 받을 생각도 없을 테지만 나 역시 그럴 생각 전혀 없어요. 우리 집안하고 전혀 관련없는 그 앨 위해 내가 사업상 희생을 하거나 손해를 입을 이유는 없으니까. 결론은."

얼음으로 만든 칼날을 박아 넣듯, 매몰차게 내뱉었다.

"우리 은후 데려가 봤자, 문서준 씨 집안 사업에 도움 될 게 아무것도 없을 테니, 미리 계산 잘하고 신중하게 시작하라는 충고입니다."

"신중하고 말 것도 없습니다. 그런 것을 다 감수하고서라도 전 은후 씨가 좋으니까요. 최선을 다해 그 사람 마음속으로 들어가려고 노력할 작정입니다. 은후 씨 오빠로서 저희 둘의 관계를 걱정해 주시는 것은 감사하지만 이만하시지요. 이태흔 회장님의 지금 발언이야말로 정말 웃기는 월권 아닙니까?"

"월권?"

"네, 그렇습니다. 은후 씨하고 이태흔 씨가 법적인 남매 관계가 아니라면, 결국은 남이란 말인데요. 저와 은후 씨가 어떤 관계가 되든 남인 이태흔 씨가 간섭할 것이 아니란 말입니다. 그럴 권리도 의무도 없는 거죠. 안 그렇습니까?"

하얗게 질린 채 꿋꿋하게 되받아치는 서준도 그러했으나, 단

한 번도 열리거나 공격당해 본 적 없는 금단의 감정을 지적받은 태흔의 표정 역시 손만 대도 베일 것 같은 긴장으로 가득 차 있었다. 잠시 서준을 응시하던 태흔이 나지막하게 되받아쳤다.

"은후와 내가 남이라서, 이런 간섭을 한다고 생각해 본 적은 없어요?"

"무슨 말씀이신지?"

그러나 태흔은 서준의 질문에는 대답하지 않았다. 그의 눈을 노려본 채 자신이 할 말만 계속 내뱉었다.

"은후, 일곱 살 때 우리 집으로 왔어요. 그때부터 지금까지 내가 만들어준 세상 바깥으로 나간 적이 없어요. 문서준 씨가 사랑스럽다고, 예쁘다고 믿는 그 애의 모든 것. 다 내가 준 겁니다. 다 내가 만들었어요."

그래서 그 애의 모든 건 다 내 거야. 어중이떠중이에게 빼앗기려고, 너 같은 놈에게 양보하려고 그 앨 가꾼 줄 알아? 절대로 손 못 대! 누구도 가질 수 없어. 이은후의 전부, 머리끝에서부터 발끝까지 다 내 거야. 달려드는 놈은 누가 되었든 죽여 버릴 거야. 분명히 말했어. 내 여자, 건들지 마.

이글거리는 눈빛이 전하는 메시지는 바로 그것이었다. 너무나 강렬하고 엄청난 기세에 질려 서준은 할 말을 잃고 말았다. 그러나 아랑곳 않고 태흔이 계속 밀어붙였다.

"그래서 난 내가 인정할 수 없는 사내가 우리 은후 곁에 접근하는 게 싫습니다. 바라보는 것도 용납할 수가 없어요."

"결국 그 말은 이태흔 씨 눈에 저란 놈은 절대로 인정할 수 없는 사내다, 그런 뜻입니까?"

"영리하시군요. 제 말을 분명히 알아들으시니."

어쩌면 이다지도 얄밉게 웃을 수 있을까? 아무렇지도 않은 얼굴로 사람의 심장을 뭉갤 수 있을까? 모욕감과 분노로 벌게진 서준의 표정을 완전히 무시한 채 태흔이 벌떡 일어섰다.

"다시는 내가 문서준 씨를 찾아오지 않게 되기를 바랍니다. 서로가 불쾌한 대화는 이것으로 마지막이어야죠. 안 그렇습니까?"

이것으로 제 볼일은 다 보았다는 뜻이다. 대답도 듣지 않고 태흔이 출입문을 향하여 성큼성큼 걸어갔다.

"이태흔 씨, 저를 어떤 놈으로 보시는지 모르지만, 전 그렇게 나쁜 놈 아닙니다. 일방적으로 이렇게 매도당할 만큼 실수한 적도 없는 것 같은데요."

참다 참다가, 끝내 참지 못한 것이다. 등 뒤에서 서준이 거칠게 내뱉었다. 출입문을 열려 하던 태흔의 손이 멎었다. 고개를 돌린 그와 불을 뿜는 서준의 눈동자가 마주쳤다. 태흔이 고개를 흔들었다.

"실수, 했어요, 문서준 씨."

방금 전까지 말로써 완전히 사람 하나를 생으로 회를 쳐놓고도, 그는 너무나 태연스러웠다. 얄밉게도 전혀 아무렇지도 않은 표정이었다. 황당스럽기도 하고 너무 모욕스럽기도 해 거친 숨을 들이쉬고 있는 서준에게 싱긋 웃어 보이까지 했다.

"무슨 뜻입니까?"

"겁도 없지. 뭘 믿고 우리 은후에게 진심으로 접근한 겁니까?"

누구 맘대로 내 여자에게 손을 뻗어? 그러니 나도 진심으로 널 짓이겨 버리겠다.

검곶은 눈빛으로 태흔이 보내는 메시지는 그것이었다. 결국 서준은 마지막 카드를 내던질 수밖에 없었다. 설사 그것이 먹히지 않는다 해도, 악 소리도 내지 못하고 당하고만 있을 수가 없었다. 최후의 자존심이었다.

"이태흔 씨가 은후 씨에 대하여 가진 마음. 진 여사님은 알고 계십니까?"

"자기 일이 아닌 것에는 관심을 두지 말라는 말을 부친께 듣지 못했나 보군요. 주제넘은 간섭은 파멸로 이르는 지름길이죠. 문서준 씨, 쓸데없이 남의 일에 간섭하지 못하게 좀 바쁘게 해드려야겠습니다. 그럼 다음에."

바람처럼 태흔이 사라지고 난 후, 서준은 그 자리에 털썩 주저앉았다.

솔직히 정신이 하나도 없었다. 서 있을 힘도 남아 있지 않았다. 정통으로 얼굴을 한 대 얻어맞은 것 같은 충격이었다. 머릿속이 얼얼했다.

망설이지 않고 그를 몰아붙인 태흔의 기세에 짓눌린 것도 있었으나, 사실 그를 정말 충격에 빠뜨린 것은 다른 일이었다. 누구나 다 법적으로는 남매라 생각했던 이태흔과 이은후가, 사실상 호적상으로는 완전한 남남이었다니.

'어떻게 이럴 수가……?'

서준은 망연자실해져서 중얼거렸다. 지금껏 심장 안에서 일렁이던 불길한 예감은 서준의 착각이 아니었다. 태흔과 은후 사이에 오가던 기묘한 동질감. 서준 자신이 느꼈던 불안한 소외감이 어디에서부터 온 것인지 비로소 이해가 되고 있었다.

은후의 마음까진 아직 알 수 없지만, 은후에 대한 태흔의 감정은 절대로 '오빠' 따위가 아니었다. 이태흔은 은후에게 오빠일 수가 없었다. 철저하게 남자였다. 그것도 '미친 듯이 사랑하는 남자' 였다. 만약, 서준이 읽은 대로 태흔이 보낸 암시가 사실이라면, 은후는 태흔의 유일무이한 '연인' 이었다.

서준은 막막한 눈빛으로 태흔이 사라진 문 쪽을 바라보았다. 망연자실해져선 중얼거렸다.

"맙소사. 내가 지금 무슨 일에 휘말린 거지?"

근 십여 분을 멍하니 앉아만 있었다. 서준은 천천히 고개를 들었다. 손목시계를 내려다보았다. 은후가 도착한다는 시각이 다가오고 있었다. 일단 정신을 차려야 한다. 몸을 일으켜 휘적휘적 화장실로 갔다. 찬물을 틀어놓고 얼굴을 담갔다. 잠시 숨을 멈추고 정수리를 찌르는 냉기에 몸을 맡겼다. 한데 뭉쳐 혼란스럽던 머릿속이 조금은 정리정돈이 되는 기분이었다.

수건으로 얼굴을 문지르며 서준은 거울 속에 박힌 자신의 모습을 뚫어져라 응시했다. 자존심이 완전히 박살 난 채, 어리뜩한 스스로의 모습을 노려보며 지그시 이를 악물었다.

'날 너무 무시하셨어, 이태흔 회장.'

이 세상 모든 사람을 눈 아래로 깔고 사는 그 사내답다, 생각했다. 서준은 뼛속에 각인된 분노와 모욕감을 가만히 집어넣었다.

'불리한 쪽은 내가 아니지, 안 그래?'

거울 안에 박힌 영상이 삽시간에 연적이 되어버린 태흔이라도 되는 것처럼 서준은 속으로 중얼거렸다. 반듯하고 선량하기만 하던 서준의 입술이 밉게 일그러졌다.

'초조한가 보군, 불안한가 보군. 당신, 아직도 은후 씨 마음을 차지하지 못했어. 그래서 내가 은후 씨 옆에 있는 게 무서운 거고. 날 찾아와 이런 치졸한 협박을 할 정도로 다급한 거야.'

태흔이 은후의 마음을 차지했다면, 그가 서준 자신을 찾아와 이런 식으로 구차한 싸움을 걸 이유도 없다.

법적으로 남매가 아니라면, 둘이 남녀지간의 연분을 맺는다 해도 아무런 문제가 될 것이 없다. 물론 남매로 자라다가 갑자기 연인이 된다면 잠시간 다른 사람들의 수군거림 속에 휩싸일 테지만 이태흔의 성격상 무서워하지는 않을 것이다. 또 감히 이태흔을 두고 오래도록 입질을 할 만큼 강심장이거나 담대한 자들도 한국에서는 거의 없을 테고.

서준이 지적한바, 조모인 진 여사의 반대도 있을 수 있을 테지만, 그것 역시 큰 문제는 아닌 듯싶었다.

보육원 출신이라는 점만 빼놓고 따진다면, 은후는 진 여사와 태흔이 가장 예쁘다 하고 마음에 들어 하는 모든 점을 다 갖춘 여인이었다. 누가 보아도 사랑스럽고 아름답다 느끼게끔 완벽하게 가꾸어진 고귀한 꽃봉오리였다.

태흔의 말 중 한 가지는 옳았다. 은후를 키우고 완벽하게 교육시킨 이는 태흔의 조모 진 여사였고, 그녀를 가꾸고 보호한 사람은 오빠라 불리던 태흔이었다. 은후는 진 여사와 이태흔이 만들어낸 완벽한 피조물이나 다름없었다.

태흔이 죽도록 은후를 원한다면, 진 여사는 손자에게 결국 지고 말 것이 뻔했다. 게다가 서준이 본 바로 손자 태흔을 사랑하는 만큼 진 여사는 은후도 깊이 아끼고 있었다.

그런데도 이태흔이 그토록 바라고 원하는 여자를 말도 못 하고 그저 바라만 보고 있는 이유는 뭘까? 답은 단 하나뿐이었다. 은후의 마음이 태흔과 같은 색이 아니기 때문일 테지.

'무엇이든 다 마음대로 하는 당신이, 원하면 다 소유할 수 있는 당신이 손을 댈 수 없는 단 하나. 그건 은후 씨 마음인 거야. 당신을 오빠로만 여기는 은후 씨의 벽을 깨뜨리지 못했어. 그래서 당신이 이런 식으로 나오는 거겠지.'

원하는 것이 있다면 이태흔은 망설이지 않고 사납게 낚아챌 것이다. 심지어 폭력을 휘둘러서라도 제 것으로 소유해 버릴 것 같다. 그런 그가 유일하게 무력해지는 상대. 손가락 끝 하나도 건드릴 수 없어 애련해하며 그저 바라만 보는 사람. 그의 단 하나 약점, 이은후.

그렇게 따지면 두 남자의 출발선은 똑같은 셈이다. 오히려 거리낌없이 은후에게 남자로서 당당하게 접근할 수 있는 서준 자신이 더 유리한 위치인 것. 게다가 서준 자신은 조모인 진 여사의 든든한 응원까지 받고 있는 형편이 아닌가. 위기의식을 느낀 이태흔이 그래서 그를 찾아온 것일 테고.

'그깟 위협 따위로 날 몰아낼 수 있다고 믿었다면 당신, 세상물정 몰라도 한참 모르는 거야. 잃을 게 있어야 협박도 통하는 거지. 난 당신에게 빚진 것 없고, 엮인 것 없어. 한 여자 마음 앞에서 우린 똑같이 동등해. 그리고 여기서 포기하기엔 내 마음속에 은후 씨가 너무 많이 자리 잡았어. 시시하게 도망 따윈 치지 않아.'

죽이 되든 밥이 되든, 시작했으면 끝장을 보아야 한다. 부딪쳐 싸워야 한다면, 그래 주지.

서준은 어금니를 악물었다. 이 세상 어떤 사내든 사랑하는 여자를 얻기 위해서라면 투사(鬪士)가 된다는 것을 모르는 이태흔. 당신, 나 문서준을 한참 잘못 봤어.

화장실에서 나오는데, 엘리베이터가 땡 하고 울리며 도착했다.

그 안에서 커피 전문점 핸드팩을 든 은후가 나왔다. 복잡 다난한 남자의 마음일랑 조금도 짐작하지 못한 채, 미치도록 고운 미소를 물고 있다. 복사 빛 돋는 해사한 얼굴로 반갑게 인사했다.

"어떡해요, 제가 너무 늦었죠?"

"늦긴요, 딱 맞춰서 왔어요. 이건 내 것?"

서준은 억지로 웃었다. 태흔에게 속절없이 당하는 꼴을 은후에게는 보이지 않았으니 얼마나 다행인가. 속으로 안도의 한숨을 내쉬며, 모자를 쓴 종이컵과 함께 납작한 꾸러미를 받아 들었다.

"나 주려고 사온 거? 뭔데요?"

"좋은 책이요. 커피 사면서 잠시 서가를 훑었거든요. 서준 씨가 읽으면 참 좋아할 것 같아서 같이 샀어요."

"이러지 마요, 은후 씨가 이렇게 예쁜 일로 선수 치면 내가 화를 낼 수가 없잖아요."

"용서해 주셔서 감사드려요."

은방울처럼 잘랑대는 웃음소리 뒤로 서준의 너털웃음이 따라갔다. 종이컵을 이로 물고는 서준이 수첩을 꺼냈다. 셔츠 주머니에서 연필을 꺼내 들었다.

"일단 한번 둘러봐요. 다른 작가님들도 오셔서 다들 자기 코너 점검하고 돌아갔는데, 은후 씨도 한 번 봐줘요. 문제점이 보이면 말해주고."

"그렇게 할게요. 정말 근사한데요. 문 이사님이 정말 고생하신 게 눈에 보여요."

"서준 씨, 하고 불러요."

약간 놀란 터라, 동그래진 은후의 눈동자가 그에게로 향했다. 서준은 짐짓 뿔난 얼굴을 해 보였다.

“내 이름은 ‘이사’가 아닙니다, 은후 씨. 문서준이라고요.”

“어머나, 죄송해요.”

“만날 그렇게 부르면 진짜 섭섭해. 문 이사가 뭐야. 재미없게? 그전에는 ‘서준 씨’ 하고 잘도 불러주더니 다시 문 이사가 되버렸어. 우리가 또 낯선 사이가 된 것 같아서 속상합니다.”

“조심할게요. 저 때문에 불쾌하셨다면 용서하세요.”

“불쾌할 것까진 아니지만, 섭섭하다 그 말이지. 나는 은후 씨하고 자꾸만 가까워지고 싶은데, 은후 씨는 만날 똑같은 자리, 똑같은 온도 같아서 말이죠. 아참, 나 주책입니다. 그렇죠? 왜 나랑 안 친하냐고 투덜대는 유치원생 같아.”

은후의 입술에 무엇인가 곤란해하는 듯 희미한 미소가 묻었다. 더 이상은 대꾸를 하지 않고 몸을 돌이켜 자신의 코너 쪽으로 걸어갔다.

잠시 동안 두 사람은 사무적인 일에 몰두하는 척했다. 은후는 전시회장을 이리저리 돌아다니며 서준은 미처 보지 못하고 생각하지 못한 자잘한 빈 곳이나 문제점을 발견해선 의견을 말했고, 서준은 메모했다.

“그런데 저 작품 말이죠.”

전시회장을 한 바퀴 빙 돌아 두 사람은 다시 은후의 코너 앞에 도착해 있었다. 은후가 서준을 돌아보았다.

“꿈속의 연인. 이거 제가 구입하고 싶은데, 정말 안 되나?”

“비매품이라고 미리 말씀드렸잖아요.”

“그래도 너무 탐이 나서 말이지.”

“애초에 소장하려고 작정한 작품이라서 곤란해요. 나중에 오빠가 결혼하면 결혼 선물로 주려고 만든 거라서…….”

서준의 가슴이 철렁 내려앉았다. 작품의 제목이 그의 눈을 새삼스레 쏘았다. 의미심장했다. 〈꿈속의 연인〉 설마 내가 잘못 본 건가? 은후도 태흔을 남자로 바라보고 있는 건가? 자기도 모르게 그는 떨리는 목소리로 묻고 있었다.

"이 회장, 결혼해요? 언제요?"

"조만간요."

"설마, 두 사람……."

서준은 혀를 깨물었다. 정말 말도 안 되는 이야기이지만, 서준은 방금 까딱했으면 은후더러 설마 두 사람이 결혼하려는 거냐고 캐물을 뻔했기 때문이다.

큰 실수할 뻔했다. 혼자 화다닥 달아오른 심장에 부채질을 했다. 그를 바라보는 은후의 표정에는 그 어떤 이상한 기색도 찾아낼 수가 없었다. 순간적으로 돋아난 추측이 너무 불순하게 느껴졌다. 은후의 말간 옆얼굴을 바라보는 서준의 어진 이마에 고뇌가 어렸다.

'당연히 아닐 거야.'

절대로 아닐 것이라고 믿고 싶은 것이 솔직한 심정이었다. 서준은 목구멍 바로 아래까지 치밀어오른 말을 꾹 잘라먹었다.

만약 그가 은후에게 태흔의 속내를 알려준다면, 혹시 은후도 그를 남자로 인식하게 되면 어쩌나. 지금껏 예사롭던 두 사람 사이에 어떤 변화가 일어날 수도 있다. 이태흔은 그런 기회를 놓칠 인물이 아니다.

'긁어부스럼을 만들 순 없지.'

서준은 현명하게 입을 다물기로 했다. 게다가 태흔의 그 속내라는 것도, 물증이 하나도 없다. 아직은 오직 서준 자신만이 느끼고 있는 추측에 불과했다.

'두고 보면 알게 되겠지. 이태흔 회장이 정말 결혼하면 끝날 문제니까.'

복잡한 서준의 심정을 전혀 읽지 못한 것이다. 은후가 돌아섰다. 아주 평온한 목소리였다. 당연한 것 아니냐고 되묻는 듯했다.

"아무래도 오빠 나이가 있으니까요. 맞선 본 분하고 이야기가 잘되고 있나 봐요. 할머닌 올해 안으로 결혼시킨다고 장담하고 계세요."

"그렇구나."

"저 이만 가봐야 해요."

"섭섭하네. 난 은후 씨랑 저녁 같이 먹으려고 기다리고 있었는데."

"저도 그러고 싶은데요, 선약이 있어요. 죄송해요, 다음에 해요."

"은후 씨."

맑은 눈이 의아함을 담고 서준을 응시했다. 잠시 망설이다가 강하게 내뱉었다. 그의 액션에 따라 이태흔이 어떻게 나오는지 관찰한다면, 짐작은 확신으로 증명될 것이다.

"전시회 일 끝나면 한가해져요. 고생했으니까, 개막식 끝나고 나랑 데이트해 줘요."

잠시 놀란 빛이 서렸던 은후의 얼굴이 이내 당혹함으로 변했다. 서준은 은후의 심중으로 한발 더 다가갔다.

"솔직히 말할게요. 난 은후 씨랑 이제 친구 따위 싫어."

은후의 볼이 한층 더 붉게 물들었다.

"그런 애매한 거 계속하고 싶지 않아. 모른 척하지 말아요. 오래도록 바라보고 많이 좋아한 거 짐작하고 있잖아요. 기다리는 거. 할 만큼 했어요. 편안하게 해주고 싶었어요. 그래서 마음 감췄어. 하지만 참기가 갈수록 힘들어져요. 이제부터 은후 씨랑 남자, 여자로 만나고 싶어요."

고뇌하는 표정이 된 은후가 고개를 떨어뜨렸다. 두 사람 사이에 잠시 적막한 침묵만이 흘렀다.

이내 은후가 고개를 들었다. 나지막하고 떨리는 목소리였지만 야무졌다. 한 줌의 여지도 한 끝의 틈도 주지 않는 거절이었다.

"죄송해요. 저에 대한 호의, 감사드리는데요. 하지만 저는, 한 번도 서준 씨를 그런 식으로 생각해 본 적 없어요. 정말 좋은 분인 거 알지만 저는 같은 마음이 될 수가 없어요."

"은후 씨 마음에 혹시 다른 남자가 들어 있어요? 그래서 저를 거절하는 겁니까?"

서준이 이런 식으로 갑자기 찔러 들어올 거라곤 예상치 못한 것이 분명했다. 은후의 얼굴에 홍조가 더 짙어졌다. 당황함의 깊이와도 같았다.

"시시하게 물러나기에는 나, 참 많이 은후 씨, 마음에 담았어요. 혼자 한 사랑이지만 정말 깊어졌어."

늘 그녀를 먼저 배려해 주던 친절한 남자였다. 상대방의 마음을 헤아려 누르고 닫고 물러서 주던 그 남자가 갑자기 성큼 다가와 버렸다. 아주 낯선 얼굴을 하고 강하게 부딪치고 있다. 어쩌면 좋아. 은후의 표정이 발이라도 동동 구르고 싶다는 것으로 변했다. 너무 강한 서준의 기세에 압도된 채 입을 달싹이면서도 말을 채 잇지 못했다.

"그래서 나, 은후 씨가 날 죽이고 싶도록 미워하지만 않는다면 싸울 작정이에요. 은후 씨 마음에 담긴 사람이 있다 해도 단념하지 않을 겁니다."

"서준 씨, 제발……."

"내 인생에 너무 소중한 인연 만났는데 부딪쳐 보지도 않고 물러서는 거, 내 스타일 아니에요. 누구보다도 은후 씨 아껴줄 자신 있어요. 우리 둘, 세상 보는 눈 비슷하고 서로 배려하고 서로에게 친절해요. 좋은 반려가 될 수 있을 거라고 믿어요. 그러니까 은후 씨, 마음속에 담은 그거 그만두면 안 돼요? 나 돌아봐 주면 안 돼요?"

"하지만 누군가를 좋아하는 마음. 내키는 대로 붙였다 뗐다 하는 거, 아닌걸요."

귀 기울여서 듣지 않으면 제대로 알아들을 수 없을 정도로 낮은 목소리였다. 하지만 아주 단호한 음성이었다. 비로소 고개를 들고 은후가 서준을 똑바로 바라보았다.

"감사해요. 저를 생각해 주시는 마음, 정말 고마워요. 과분하게 친절하시고 잘해주신 거 알아요. 그렇지만 고맙다고 해서, 감사하다고 해서 없는 사랑을 드릴 순 없잖아요. 이미 주인이 정해진 마음. 나눌 수도 없어요. 그런 거 아니잖아요. 난 이미……."

"은후 씨 마음 가져간 사람, 누군지 물어도 돼요? 혹시 내가 짐작하는 사람이라면……?"

어차피 한 번은 열어젖혀야 할 감정인지 모른다. 내친김에 마지막까지 가지 못할 이유도 없다. 마침내 서준은 은후의 마음속에도 이태흔이 들어 있냐고 캐물을 작정을 했다.

바로 그때 전시회장 출입문이 열렸다. 곧 개막이라 하니, 궁금하기도 하거니와 마지막 점검차 올라온 모양이다. 서준의 부모이자 W백화점의 오너인 문 사장 내외가 함께 들어섰다. 서준과 은후가 함께 서 있는 것을 보고는 처음에는 좀 놀라는 것 같다가, 이내 벙싯 웃음을 물었다.

"이게 누구신가 그래? 우리 이 작가 나오셨구먼."

"안녕하셨어요?"

갑자기 나타난 어른들 덕분에 두 사람 사이에 오가던 팽팽한 긴장이 과자 부서지듯 바삭 깨어졌다. 은후도, 서준도 목울대 끝까지 올라온 말을 억지로 밀어 넣을 수밖에 없었다.

늘 아껴주고 귀여워해 주시는 어른들이다. 어색한 표정을 재빨리 감추며 은후가 두 손을 모으고 공손히 인사를 드렸다.

"문 이사님이 전시회장 다 꾸몄다고 해서 구경 왔어요. 너무 멋져서 지금 기절 중이에요."

"우리 문 이사가 일은 야무지게 하지."

"정말 감각도 있으시구요, 작품들이 아주 반짝반짝 빛이 나요. 정말 내일 전시회는 성황을 이루겠어요."

"작가님들 작품이 좋아서 빛이 나는 거지 큐레이터 능력은 아니죠, 은후 씨."

예의 바르게 서로의 공적을 치하하는 서준과 은후를 바라보며 강 여사와 문 사장이 의미심장한 미소를 서로 나누었다.

"나 말이야, 이 작가를 본 김에 부탁 하나 해야겠어."

"부탁이요? 제게 부탁하실 일이 뭐가 있으실까요?"

"반드시 들어줘야 해. 그래야 말을 할 거라고."

"아버지, 그런 게 어디 있어요? 이거 협박이에요, 은후 씨가 절대로 거절 못 하게 만드시는 거라구요."

서준이 은후더러 난처하게 만든다고 항의했다.

"인석아, 이 작가가 부탁 들어준다잖냐. 방해하지 마랏!"

서준과 꼭 닮은 선하고 인자한 표정을 한 문 사장이 짐짓 아들을 향해 눈을 부라렸다.

"이 작가, 저 라피스라줄리 넥타이핀 말이야, 내가 구입할 수 없을까?"

"어, 꿈속의 연인이요?"

먼저 갖고 싶다고 한 서준에게도 거절한 후이다. 은후가 난처한 표정을 지으며 나직하게 중얼거렸다. 누가 보아도 알아차릴 수 있는 곤란함이 하얀 이마에 서려 있었다.

"처음에 저것 보고 딱 내가 마음이 가버렸어. 비매품이라는 말은 들었지만 말이야. 정말 갖고 싶은 걸 어떡해? 늙은이 주책이라고 생각하고. 부탁해. 내가 구입하게 허락해 줘요."

"죄송해요, 저건 이미 주인이 있어요. 어떡하죠? 대신 제가 어울리실 만한 다른 작품을 선물해 드릴게요."

"어허, 벌써 주인이 정해졌어? 그 행운아가 누구인고?"

은후가 다른 작품을 선물하겠다는데야 굳이 고집을 피울 수도 없었다. 섭섭한 기색을 재빨리 거둬 넣으며 문 사장이 한발 물러났다. 대신 애착 가는 작품을 선점한 이가 누구인지 호기심을 드러냈다.

"저 작품은 제가 우리 태흔 오빠 결혼식 때 선물하려고 제작한 거예요. 그래서 신부 귀고리랑 한 쌍으로 맞춘 거거든요. 조만간 제가 더 멋진 작품을 들고 찾아뵐게요. 너무 섭섭다 하지 마셔요."

"이 작가가 이렇게 약속해 주었으니, 느긋하게 기다리지 뭐. 괜찮아. 마음에 두지 말아요. 그런데 반가운 소식인걸? 이 회장이 혼인한다고?"

"예. 할머니께서 맞선 자리를 주선하셨는데, 이야기가 잘되고 있는 것 같아요."

강 여사가 다정하게 은후의 팔짱을 끼었다.

"그렇구나. 모처럼 만난 건데 우리 은후, 잠시 차 마실 시간 있지? 문 이사, 일 끝난 후에 내려와."

"은후 씨 약속 있대요. 빨리 가야 한대요."

무뚝뚝한 서준의 말에 강 여사가 눈을 흘겼다.

"차 마시는 데 한 시간이나 걸린다니? 어련히 알아서 보내줄까? 멋없기는. 이러니 장가를 못 가지."

"어머닌 참! 차 마시는 거 하고 장가 못 가는 거 하고 무슨 상관인데?"

"엄마가 눈치 봐서 우리 은후 잡아놓았으면 냉큼 내려와서 같이 놀아줘야지. 멍석 펴줘도 못 놀면서 무슨 연애를 해? 인삼차 탄다. 십 분 있다가 내려와요, 문 이사. 우리 은후, 무슨 차를 좋아할까?"

서준은 함께 문을 나서는 은후와 부모님을 배웅했다. 엘리베이터 문이 닫히자 유리꽃같이 해사하고 말간 은후의 모습이 그의 시선 안에서 사라졌다.

전시회장으로 돌아가서 서준은 다시 은후의 작품 앞으로 다가갔다. 오래도록 팔짱을 낀 채 라피스라줄리의 깊은 푸름을 응시했다.

얼마나 공들여 제작한 작품인지, 얼마나 정성을 쏟은 것인지 큐레이터인 서준의 눈에는 확실하게 보였다. 은후는 이 작품에 그녀의 심장을 박아놓았다. 투명하고 순수하게 사랑하는 그 마음을. 은후의 마음도 이미 태흔에게 사로잡힌 것은 아닐까. 살아오면서 경험한바, 불길한 예감은 언제나 정확했었지.

사랑하는 그 일이, 깊이 마음에 담은 사람의 존재가 아주 큰 고민의 골로 빠져들게 할 것만 같은 예감이 들었다. 그러한 무게를 담은 가슴이 자꾸만 무거워지고 있다. 서준의 입에서는 자신도 모르게 엷은 한숨이 새어 나왔다.

'그냥 오빠인 거죠? 그런 거죠? 절대로 내가 예감하듯이 그런 관계 아니죠, 은후 씨?'

제발 은후의 마음이 짐작하는 그 마음이 아니기를. 그녀의 마음마저 홀로 추측하는 그 마음이면 서준 자신, 이미 그녀에게 거절당한 셈인데. 더 다가가지도 못하고 이미 깊어진 마음을 이만큼에서 접어야 하는데, 그런 건 너무 속상해. 부당해.

'겨우 발견한 당신인데. 처음으로 사랑하게 된 사람인데. 은후 씨, 제발 이태흔의 누이동생만 해요. 정말 부탁해.'

서준은 다시 자신도 모르게 더 깊은 한숨을 내쉬었다. 내가 아니라 하는 당신을, 접을 수도 없고 버릴 수도 없는 나는 어쩌면 좋을까?

은후는 차를 한강변 둔치에 세워두고 멍하니 노을 찰랑대는 강물을 바라보며 서 있었다.

갑작스런 서준의 고백 때문에 아직도 가슴이 벌렁대고 있었다. 아주 오래도록 강을 바라보며 마음을 가라앉히려 애를 썼지만 쉬이 진정할 수 없었다. 거친 파랑은 사그라들지 않았다.

한 걸음 먼저 물러나고, 속으로만 삭히고 편안하게만 대해주는 남자라고 생각했는데, 좋은 친구가 될 수 있을 거라고, 아니, 좋은 친구가 되었으면 하고 바랐는데.

분홍빛 입술이 맥없는 미소를 머금었다. 스스로의 이기적이고 편리한 사고방식을 비웃는 미소였다.

'남자와 여자 사이엔 친구 사이란 것이 가능하다고 믿었다니. 바보로구나, 이은후.'

어리석을 정도로 순진한 자신을 비웃는 미소가 다시 흘렀다. 좋은 사람이라고, 그나마 마음 터놓고 어리광부릴 수 있는 유일한 사람이라고 생각했는데. 갑자기 남자의 얼굴을 드러낸 서준을 감당하기 힘들었다. 대놓고 압박하는 태흔보다 더 무서웠다. 하물며 거의 며느리처럼 치부하며 넘치게 잘해주시는 문 사장 내외를 대하는 건 더 힘들었다.

'미안해요, 서준 씨. 참 좋은 분인 거 알아요. 참 고마운 분이에요. 하지만 제 마음의 주인은 아닌걸요. 드릴 게 없는데 바라시니, 어쩌면 좋아요.'

심란함 못지않게 깊어지던 건 불안함이요, 두려움이었다.

'내내 그런 기색을 손톱만큼도 드러내지 않던 서준 씨가 갑자기 그런 말을 한 이유가 무엇일까?'

은후는 주먹으로 입을 막았다. 은후 자신의 가장 가까운 곳에 있는 사람이라고 할 수 있을 테니, 혹시 서준은 그녀가 몰래 태흔을 해바라기하는 마음을 눈치챈 것은 아닐까. 또 태흔이 그녀를 연인으로 집착하고 갈망하는 것을 알아차린 것은 아닐까.

'그럴 리가…….'

제발 그것이 아니기를 바라며 은후는 머리를 흔들었다.

하지만 영원한 비밀은 없다는데. 둘의 마음이 알려지는 것은 시간문제일 것이다. 사람들 눈이 얼마나 무서운데. 얼마나 예민한데. 태흔의 말대로 이대로 계속할 순 없다. 조만간 둘은 결정을 내려야 할 것이다. 헤어지든 합쳐지든. 서로를 망치든 서로에게 다 던지든…….

'거짓말할까? 딱 한 번만……. 할아버지 일은 감추고 그냥 우리 둘 사랑하게 되었다고 할머니께 말씀드리고 끝을 낼까? 헤어지든 허락받든 이런 아슬아슬한 죄책감은 없을 테니까.'

또한 다른 여자를 만나고 다니는 태흔을 보며 질투로 몸이 찢어지는 일은 없을 테니까.

갈피 잡을 수 없는 마음이 강물을 타고 하염없이 흘러내리고 있었다. 태흔이 돌아온 이후, 그들의 일상은 하루하루가 온통 소용돌이였다. 거짓과 죄책감과 기만으로 점철된 시간들을 갈수록 감당하기 힘들었다.

어둠이 내리고, 강 건너 아파트며 빌딩에 불꽃이 피기 시작했다. 더 이상은 으슥한 곳에 혼자 서 있을 수가 없어 은후는 차로 걸어갔다. 운전석에 내던져 둔 핸드백 안에서 휴대전화가 혼자서 딩동거리고 있었다. 태흔일 것이다. 뻔하다. 이미 약속한 것보다 한 시간이나 늦었다.

'받기 싫다, 정말.'

어둡고 갈등 서린 마음으로 태흔에게 안겨야 하는 거. 정말 싫다. 싫은 날은 강하게 당당하게 'No'라고 말할 수 있을 날은 언제쯤일까?

'그런 날이 오기는 올까? 오빠가 말하는 건 무엇이 되었든 거역한다는 생각조차 하지 못하는데.'

은후는 망설이다가, 마지못해 휴대전화를 열었다. 부재중 통화 메시지도 네 개. 문자 창은 다섯 개나 떠 있었다.

〈십 분 늦었어.〉

〈삼십 분. 나 미친다. 자꾸 애달게 할래?〉

〈더 늦기만 해. 묶어놓고 확 뭉개 버릴 거야.〉

〈제발, 전화 받아!〉

〈은후, 이은후. 어디 있어? 제발 날 더 기다리게 하지 마.〉

약속 시각에 늦어도 오지 않고, 전화도 받지 않는 연인 때문에 은근히 골이 난 거다. 처음에는 과격하던 문자 내용이 마지막에는 거의 안달하는 것으로 변해 있었다. 간절한 애원 같았다. 이미 아홉시 반, 호텔 방 안에서 뿔을 곧추세우고 성난 사자처럼 이리저리 왔다 갔다 하고 있을 연인의 모습이 선연히 떠올랐다.

미친 게 분명하다. 갑자기 이유도 없이 은후의 볼을 타고 눈물 한줄기가 주르르 흘러내렸다.

마냥 기다리고 있을 그 남자의 마음이 문자 창에 그대로 떠올라 있었다.

우린 이렇게 원해. 미친 듯이 그리워해. 서로를 보지 못하면, 안지 못하면 갈증과 굶주림으로 타버릴 것 같지. 언제나 밤안개처럼 마음 아래 깔려 있는 죄책감과 불안함을 잠시 뒤로 미룬 채, 이렇게 사랑받고 있다는 강한 안도감. 은후는 운전석에 올라 시동을 걸었다.

그에게로 가야 한다, 그에게로 가고 싶다. 그녀가 도착하고 싶은 곳은 오직 그 사람 품 안이었다.

이렇게 사랑하는데, 나는.

이렇게 사랑하는데, 당신을.

무너지고 싶어. 항복하고 싶어. 은후는 이를 악물었다. 가능하다면 정말 그러고 싶었다. 따지고 보면 별것 아닌 거추장스러운 도덕심 따위, 무거운 양심 따위 내려놓고 싶다.

'한 번만 비겁해지고 싶다. 딱 한 번만.'

다른 사람들은 잘도 그러고 살던데. 한 번만 거짓말쟁이가 되면 태흔은 영원히 그녀의 것이 될 수 있다. 영원히 헤어지지 않아도 된다. 하늘 아래 떳떳이 그의 아내로서 살아갈 수 있다. 도둑질하듯, 남들 눈을 속이고 몰래 밀회 따윈 하지 않아도 된다. 사랑하고 싶을 때 마음껏 사랑할 수 있다. 한 번만 눈감아 버리면! 비겁해져 버리면…….

바들거리는 풀잎처럼 흔들리는 마음을 타고 못난 눈물이 자꾸만 흘러내렸다.

호텔 주차장에 도착해 엘리베이터에 올라타는데 휴대전화가 움직였다. 그의 음성이 흘러나왔다.

[어디야?]

"올라가고 있어. 엘리베이터야."

12장

벨을 누를 틈도 주지 않았다. 안에서 문이 먼저 열렸다. 억센 팔이 여린 몸을 답삭 낚아채선 방 안으로 끌어들였다.

"대체 어떻게 된 거야? 지금까지 문서준이랑 같이 있었던 건 아니야? 왜 전화는 안 받아?"

"미안해, 갑자기 논문 때문에 교수님하고 미팅이 생겨 버려서."

흔들리고 있다고 말하진 않을 거다. 당신을 너무 원해서 혼자 아주 오래도록 울었다는 말은 하지 않을 거다. 사랑하지 않는 남자가 구애를 했단 말도 하지 않을 거다, 절대로! 당신 때문에 눈 딱 감고 거짓말쟁이가 되는 것도 불사하려고 했다는 말은 하지 않을 거다. 나는.

은후는 태흔의 가슴 깊이 얼굴을 묻었다. 그의 품에 안겨 있다. 그가 곁에 있다. 아무것도 생각하고 싶지 않아. 지금만이 전부야.

도심의 불야성이 내려다보이는 최고급 호텔 50층 스위트룸. 이곳엔 둘 말고 아무도 없다. 순간이기는 하지만 그녀에게 주어진 천국. 아슬아슬하고 불안한 천국.

태흔도 마찬가지였다. 한 손에는 샴페인 잔, 남은 한 팔로는 연인을 안고 있다. 확실하게 아름다운 그녀가 안겨 있다. 그럼 된 거다. 더 이상은 아무것도 필요없다. 지옥이던 호텔 방이 순식간에 천국의 장미 꽃밭으로 변했다.

"좋아, 됐어. 어쨌든 왔으니까 용서해 주지."

태흔이 입술에 머금은 샴페인 한 모금을 은후의 입술에 농염한 키스와 함께 옮겨주었다. 혼자 기다리며 몇 잔을 마신 건가. 빈 샴페인 병이 뒹굴고 있었다. 이미 셔츠 단추는 다 풀어져서 단단한 근육이 다 드러나 있었다.

한 모금, 다시 한 모금. 샴페인 한 잔을 나누어 마시며 그들은 느릿하게 침실을 향해 움직여 갔다. 포옹하고, 키스하고, 또 서로의 사랑스러운 얼굴과 맨살을 어루만지며 둘만의 은밀한 밀실로 스며들었다. 잔이 비워질 무렵 그 누구도 침범하지 못하는 둘만의 세상으로 접어들었다.

"자, 이제 다시 설명해. 너 거짓말이지? 일부러 늦게 온 거지? 날 미치게 하려고, 응?"

침대 쪽으로 은후를 몰아넣은 후, 태흔은 하얀 두 팔을 움켜잡고 을렀다.

"아니야, 설명했잖아. 논문 때문에……."

변명했지만 소용없었다. 태흔의 눈빛이 꺼멓게 가라앉아 있었다.

"지금껏 문서준하고 같이 있었던 건 아니고?"

"전시회장 점검 때문에 만났지만 이내 헤어졌어. 강 여사님하고 차 한 잔 마셨을 뿐이야."

"그 자식하고 자꾸 얽히지 말랬지."

"일 때문에 만난 건데."

"좋아. 전시회까지만 봐줄 거야. 다시는 안 돼. 알아들어?"

그가 은후의 볼을 살짝 쓰다듬었다.

"한 번만 더 네 입에서 그 자식 이름 나오면 그땐 아웃이야. 난 딴 놈이 내 여자한테 눈길 주는 거 진짜 싫어. 내 여자가 곁눈질하는 것도 정말 싫고. 계속 네 앞에 알랑거리면 그 자식, 찢어버리겠어."

"그런 거 아니라니까!"

"늦게 온 주제에 바르작거리기까지 해? 오호? 이은후, 너 오늘 혼 좀 나야겠구나!"

위험하다, 이 남자. 심장이 철렁 내려앉았다. 당황해선 그에게 잡힌 팔을 뿌리치고 한 발자국 뒤로 물러나려 했다. 하지만 가능하지 않았다. 도망갈 여유조차 주지 않았다. 강철 같은 손으로 은후의 두 팔을 단단히 움켜쥐고는 다른 손으로 허리띠 대신 묶은 자신의 스카프를 풀었다. 재빨리 손목을 한데 묶어버렸다.

"너무해, 하지 마!"

너무 기가 막혀 바락 소리쳤다. 그러나 태흔은 아랑곳 않고 그녀의 몸을 자신의 무릎에 가로로 엎어놓았다. 망설이지 않고 도발적으로 부풀어 오른 통통한 엉덩이를 살짝 내려쳤다.

"기다리게 한 벌이야."

은후의 몸이 파닥거렸다. 그것으로도 만족하지 못했다. 이번에는 태흔이 만월처럼 둥글고 아름다운 선을 그린 엉덩이를 이로 물어버렸다. 다시 뾰족하게 배어 나오는 은후의 비명은 고통과 간지러움과 도착된 쾌락이 함께 배어 있는 미묘한 것이었다. 이왕 긴 기다림 안에서 한껏 달아올라 있는 남자를 단번에 후끈 달아오르게 만들었다.

"날 기다리게 하면 어떤 일이 벌어지는지, 오늘 철저하게 배워 둬. 끝장내 버릴 거야."

귓속으로 흘러들어 오는 것은 나직한 협박이었으나, 민감한 귓불에 닿은 건 그만큼 뜨겁고 자극적인 혀의 감촉이었다. 태흔이 은후의 몸을 안아 침대에 내려놓았다. 망설이지 않고 관능적이고 농밀한 키스를 다시 시도했다.

두 개의 입술이 아슬아슬하게 맞붙었다. 키스, 갈망과 열정, 분출하는 사랑을 담은 채, 은후의 달콤하고 촉촉한 입안으로 태흔의 혀가 들어가 강하게 빨았다. 말랑하고 귀여운 혀를 감아들고 단물을 마음껏 핥았다. 호흡곤란이 올 때까지, 마음껏 탐닉했다.

태흔의 손이 은후의 머리카락을 쓸어 올렸다. 어느새 흥분과 성적인 긴장으로 촉촉이 젖어드는 피부를 따라 천천히 얼굴 전부를 더듬어갔다. 손가락 다음으로는 입술과 혀가, 말랑하기도 하고 매끈하기도 하고 촉촉하기도 한 피부 위를 따라갔다. 축축한 흔적을 남기며 턱을 지나 입술 위로, 콧날로, 미간 사이로, 단정한 이마까지. 입술과 손끝으로 자신의 여자를 맛보았다. 먹었다. 감각했다.

그가 고개를 들었다. 어느새 블라우스 단추가 다 풀어져 버렸기에, 활짝 드러난 풍요로운 가슴 한쪽을 커다란 손으로 꼭 감싸 안았다. 두근대는 은후의 심장박동을 느끼려는 것처럼 보였다.

"여기, 네 심장."

허공 어디쯤에서 서로만 담은 채 활활 타오르는 두 사람의 시선이 만났다. 그가 묶여진 은후의 손을 잡아 자신의 맨 가슴에 댔다.

"나 때문에 뛰고 있지?"

나에게만 움직이는 거지? 묻고 싶은 눈동자였다.

"언제쯤이면 당당하게, 완전하게 널 한껏 가질 수 있을까? 네 마음 이것. 말해봐, 은후야. 예전에 그랬던 것처럼 내가 어떻게 하면 다시 찾을 수 있어?"

태흔의 목소리에는 감출 수 없는 좌절이 묻어 있었다. 갈증과 가난함이 서려 있었다.

참 이상하다. 전부 다 가지고 있으면서도, 이렇게 탐욕적으로 소유하고 있으면서도 다 갖지 못했다고 안달하는 이 남자. 한 번도 이 사람에게서 떠난 적 없는 이 심장을 그는 왜 읽지 못할까? 왜 잃어버렸다고 만날 안달해하고 갈증을 느낄까? 무엇을 두려워하는 걸까? 내가 어떻게 해야 이 사람이 날 안고 있으면서도 쓸쓸해하지 않을까?

은후의 눈동자 속에 잠시 어리다가 이내 사라지는 막막함을, 순간적으로 나타났다 사라지는 외로움을 태흔도 읽었다. 자웅동체(雌雄同體)인 양 은후의 떨리는 심장을 그의 심장이 먼저 느꼈다.

은후는 자신이 주는 사랑을 늘 가난하다 여기는 태흔에 대하여 잠시 고민한 것이지만, 태흔은 달랐다. 더 많이 사랑하고 갈망하기에, 언제나 약자가 되는 남자는 품에 안긴 여자의 눈빛이 잠시 흐려지는 것조차 참아낼 수가 없었다. 불안했다. 무서웠다.

무엇이 널 외롭게 만들었니? 무엇이 또 널 슬프게 만들었어? 말해봐, 제발 내게 말해줘.

아주 차가운 손이 있어 두 사람의 밀착된 몸을 자꾸 밀어내고 떨어지게 하려는 것 같다. 그의 여자가, 은후가. 그의 손에서 새어 나가고 있다. 조금씩 조금씩 보이지 않게 그가 알아차리지 못하는 사이에 조금씩 미끄러져 사라지고 있다. 그도 어쩔 수 없이. 서서히 빛이 꺼져 가고 있다. 희미해지고 있었다. 대체 왜 그래?

지금 이 순간의 느낌. 순간적이기는 하지만 너무나 확실하게 만져지는 불길한 어떤 것을 거부하듯이 태흔은 아직은 그의 두 팔에 확실하게 안긴 아름다운 빛을 으스러져라 끌어안았다. 잃을 수 없어. 절대로 놓치지 않아.

"사랑해."

마법의 주문 같은 한마디를 흘려냈다. 오직 그것만이 빛인 것같이. 구원인 것같이. 그녀를 영원히 얽어매는 보이지 않는 동아줄같이.

말하지 않아도 그의 사랑은 눈에 보이는데. 어째서 이 남자에게는 그녀의 사랑이 보이지 않는 걸까? 태흔의 목소리에 묻은 불안함이, 안달이 은후를 다시 슬프게 만들었다. 제발 우리 둘, 아무것도 바라는 게 없어요. 사랑한다고 말하고 싶을 때, '사랑한다' 고 당당하고 떳떳하게 말할 수만 있다면.

은후는 태흔의 어깨에 머리를 기댔다. 아주 힘들게, 너무나 사무치게 꼭꼭 숨겨만 놓았던 한마디를 흘려냈다.

"미안해, 기다리게 해서."

아니, 사랑해서. 오빠, 미안해. 내가 사랑해서 오빨 힘들게 만들었어. 미안해.

"좋아. 다시는 기다리게 하지 마. 그럼 돼. 너 없으면 나도 없어! 알지?"

간절하고 사무친 마음이 닿듯 뜨거운 입술이 약속처럼 만났다. 서로에게만 미치는 두 개의 입술과 혀가 얼얼할 때까지, 광란의 키스는 계속되었다. 그럼에도 만족하지 못하고 채워지지 않는 갈증과 욕망. 더 강하고, 더 친밀하고, 더 뜨거운 것을 원해. 완전히 널 빼앗고 소유하기를 원해. 우리 자신을 잃어버릴 정도로 강렬하게, 극한으로!

그런 것을 탐욕하며 태흔이 꽃향기 나고 꿀이 흐르는 달콤한 여체를 가린 블라우스 깃을 완전히 활짝 벌렸다. 꼼틀거리는 그녀의 몸을 자신의 어깨로 눌러놓고 탐욕의 탐험을 본격적으로 시도하기 시작했다.

"팔은 풀어줘. 오빠, 이거 기분 진짜 이상해."

태흔의 손이 은후의 몸을 가린 천을 하나씩 하나씩 떼어내고 있다. 온몸을 저리게 만드는 애무와 깊은 곳을 촉촉하게 만드는 섹시한 키스도 내내 계속되었다. 은후는 묶인 두 팔을 들어 바동대며 태흔에게 애원했다. 비록 그가 묶어놓고 어떤 위협적인 짓을 하려고 하는 것도 아니고, 폭력을 가하려고 하는 것도 아님을 믿지만, 무력하게 묶인 채 그의 행위를 견뎌내야 한다는 건 어쩐지 무서웠다. 익숙지 않은 것 앞에서 어쩐지 두렵고 떨렸다.

"싫어."

그가 단번에 거절했다. 다시 혀를 내밀어 은후의 드러난 목선을 따라 자극적으로 축축한 혀를 한 바퀴 굴렸다.

"네가 나 싫다며 밀어내고 파닥거리는 거 딱 질색이야. 오늘은 용서 못 해. 나 너무 많이 기다렸어. 지금 네 입에서 싫다는 말 나오면 나, 돌아."

"싫다고 하지 않았어."

"흠, 정말?"

놀리듯이 태흔이 스카프로 묶인 팔목과 두 손을 이와 혀로 깨물고 할짝였다. 다시 은후의 몸이 요동쳤다. 밀어낼 수도 없고 도망갈 수도 없이 무조건 당해야만 한다는 느낌, 이건 갈수록 무엇인가 끔찍하고 지독했다. 아주 천박하기에 더없이 자극적인 쾌락의 맛 같다. 아슬아슬하고 두근거렸다. 포르노 같아. 꼼짝없이 강제로 당하면서도 한껏 느껴 버리는 느낌이랄까?

"어차피 오빠 시키는 대로 다 하잖아. 이만해서 풀어줘, 응? 팔에 흔적 남으면 할머니께 변명하기 참 곤란해진단 말이야."

"나에게 애원하는 거, 꽤 예쁜데?"

태흔이 은후의 종알대는 입술에 다시 디프 키스를 했다. 짓궂은 빛이 검은 눈에 남실대고 있었다.

"은근히 마음에 들어. 너 종종 묶어야겠다."

"정말 무섭다고! 이거 좀 비겁하지 않아?"

뾰족하게 튀어나온 입술을 태흔이 잘근 씹었다. 그대로 혀를 넣어 은후의 입술 속을 강렬하게 휘저었다. 은후의 몸이 속절없이 활처럼 휘어졌다. 자극당한 채 발가락 끝이 빳빳이 섰다.

"사랑하는데 비겁한 게 어디 있어?"

태흔이 그녀의 두 손을 잡아 자신의 아랫도리로 가져갔다. 불룩해진 그 부분을 묶인 손으로 애무하게 만들었다.

"가만히 있어봐. 이렇게 계속하자고."

나직한 협박이었지만 동시에 끔찍하도록 자극적이기도 했다. 소극적이나마 은후의 손이 만들어내는 관능적인 터치. 아래로 전해지는 달달한 자극을 즐기며 그는 소담하게 부풀어 오른 은후의 가슴 봉오리를 혀끝으로 잘근거렸다.

"제대로 당하는 맛이 어떤 건지 가르쳐 줄 테니."

"오빠, 제발."

"제발 뭐? 빨리 해달라고? 빨리 당하고 싶다고?"

정말 미워! 어느새 물기로 젖어 원망 가득한 눈동자가 그를 말끄러미 노려보았다. 욕망으로만 가득한 검은 눈동자를 응시했다.

"식사 안 했잖아. 배고프지 않아?"

잠시 잠잠하던 은후가 회유를 시도했다. 투정부리는 어린애처럼 중얼거렸다. 묶인 두 손이 불룩해진 부분을 감싸 움켜쥔 채 조몰락거리면서도 어떻게 배고프냐는 말을 할 수가 있지? 태흔이 피식 웃었다. 다시 강렬한 키스로 대답을 대신했다.

"난 이은후가 더 고파."

"오빠, 이건 아니잖아. 이렇게 굴욕적인 느낌. 싫어."

들은 척 만 척 태흔이 은후의 두 팔을 위로 추켜올려 눌렀다. 그녀의 소극적인 애무로 이미 그의 몸은 얇은 천을 뚫을 듯이 단단해지고 치솟아 있었다. 자신의 흔적을 새기듯이 그녀의 하얀 피부 군데군데에 혈화를 피워 올리고 난폭하게 빨았다. 어느새 그의 두 무릎이 은후의 다리 사이로 파고들어 활짝 벌려대고 있었다. 그가 자신의 바지를 발끝 아래로 밀어냈다. 풀려진 실크 블라우스 깃 사이로 둥글게 돋아난 가슴을 계속해서 혀끝으로 간질이며 다른 손으로는 자신의 몸을 가린 마지막 천을 떼어냈다.

"입 다물어. 벌 받는 중이랬지? 내 맘대로 할 거야. 지금 넌 내 노예야."

아흑, 은후의 몸이 뒤틀렸다. 분홍빛 입술이 가녀린 신음을 토해냈다. 태흔의 거센 몸 끝이 다홍빛 샘으로 무참하게 박혔기 때문이다. 예고도 없이 단번에 밀려들어 온 태흔의 강한 몸을 받아내기엔 그녀의 몸은 아직도 완전히 열린 상태가 아니었다. 그가 침범한 성은 만족할 만큼 젖어 있지 않았다. 그가 원한 대로 그녀의 달콤한 속살 역시 쉬이 그를 품어 감싸지 못했다.

"이것 좀 봐라. 반항하는 거야? 좋아. 어디 한번 두고 보자고!"

오만하게 중얼거리며 태흔은 억센 손으로 은후의 가슴을 움켜잡았다. 손가락 사이로 민감한 유두를 끼워 넣고 고개를 숙였다. 분홍빛 꽃싹에 축축하게 타액을 발랐다. 느른하게 건드리고, 문지르며 그녀의 흥분을 더 세차게 불 지피려고 했다. 서늘한 에어컨의 냉기 안에서, 귀여운 젖꼭지가 하얀 동산의 정점을 찍으며 발딱 몸을 일으켰다.

마음껏 풍요로운 두 젖무덤을 희롱하고 맛본 후에 태흔의 손은 아래로 내려갔다. 아직도 그의 강함과 거대함에 적응하지 못하고 그를 억지로 삼켜내고 있는 은후의 은밀한 꽃봉오리 주위를 살살 어루만져 주었다. 그의 손가락이 민감한 꽃순을 건드리고 문지르자, 은후의 입에서 자신도 모르게 고양이 울음 같은 몸앓이 소리가 여리게 새어 나왔다.

쾌락의 핵심이 그의 능란한 애무에 순응해 도토록 하게 부풀어 올랐다. 바야흐로 사랑할 준비가 되고 있다. 꿀물 같은 애액이 스며 나와 그를 삼킨 은후의 몸이 아까보단 훨씬 더 부드러워지고 능동적인 것이 된 것을 느끼며 태흔은 이로 은후의 팔을 묶은 스카프 매듭을 풀었다.

"안아."

명령했다. 그녀의 두 팔이 자발적으로 그의 목을 끌어안게 만들었다.

이렇게 안고 있다, 소유하고 있다. 하지만 모자라다! 더 갖고 싶어. 널 전부 다, 언제까지나, 저 환한 태양빛 아래에서도 확실하게 소유하고 싶다. 가지면 더 가지고 싶고, 안으면 더 안고 싶고, 사랑하면 할수록 더 갈증나는 마음을 어떻게 너에게 말할까? 그 마음을 담아 태흔은 공기 하나 들어갈 틈이 없이 밀착하여 그녀를 그의 존재로 끌어안았다. 강하게 짓누르고 격렬하게 소유했다.

강한 힘에 밀린 여체가 다시금 침대 깊이 묻혔다. 탄력 좋은 침대의 품이 두 사람의 무게를 그대로 받아내며 튕겨 올랐다. 동시에 그들의 입에서 다디단 신음이 흘러나왔다.

은후가 그의 목을 끌어안은 채 자지러지게 비명을 질렀다. 꿈틀거리는 태흔의 몸이 속 깊이 들락거리며 그녀를 미치게 만들었기 때문이다. 그의 강철 같은 몸 끝이 만들어내는 존재감은 끔찍했다. 지독히 좋았고, 지독히 자극적이었다. 지독하게 강렬하고 무서워서 더없이 끔찍했다.

"좋아. 이번에는 네 차례야. 날 즐겁게 해봐."

태흔이 몸을 일으켜 은후의 몸을 위로 끌어 올렸다. 자신은 침대 헤드보드에 등을 기댄 채 그녀를 허벅지 위에 앉혔다. 여린 허리를 움켜쥔 채 스스로 움직이게 유도했다. 출렁 눈앞으로 떨어지는 젖가슴 사이에 얼굴을 묻고 한가득 입술로 물었다. 가슴골 정점을 지분거리고 땀에 젖어 축축해진 머릿결을 손가락으로 쓸어내리고 키스했다.

그의 허벅지 위에서 사랑스럽게 몸앓이를 하며 은후가 다시 열락으로 울었다. 태흔 역시 쾌락으로 신음했다. 고개를 들어 어느새 한가득 젖어들어 흘러내리는 따뜻한 물기를 핥았다. 그녀의 눈물은 슬픔이 아니라 그가 주는 사랑으로 인해 흘러나오는 꿀물이니까. 달았다. 그들의 입술이 다시 흡판처럼 밀착되고 달라붙었다. 서로의 타액을 삼키고 탐욕적으로 서로의 안을 휘저었다. 지독한 열기로 서로의 전부를 탐닉했다.

극점이 가까워지고 있었다. 잡으면 한 줌밖에 되지 않는 가냘픈 허리를 지나, 갑자기 급한 호선을 그리며 풍만하게 뻗어가는 하얀 엉덩이를 움켜쥔 손에 힘이 주어졌다. 그의 악력에 말랑한 엉덩이 살이 일그러졌다. 은후의 하얀 다리가 파들파들 떨렸다. 아래에서부터 치솟는 힘을 고스란히 받아내며 다디단 교성을 뱉어내는 순간, 본능인 양 은후가 그 와중에서도 흠칫 놀라며 손으로 입을 막았다.

"너 여기서 못 가면, 정말 망가뜨려 버린다!"

태흔이 다급하게 경고했다. 그와 함께하는 이 세상 안에서 그만 미쳐 날뛰는 건 공평하지 않으니까. 그와 함께 그녀도 절정으로 솟구쳐야 정의니까.

그는 은후의 몸을 뒤로 밀어 침대로 다시 넘어뜨렸다. 무정하게 단번에 그녀의 샘에서 자신의 뿌리를 뽑아냈다. 아직도 단단하게 치솟은 태흔의 몸은 은후가 흘려낸 향기로운 물기에 젖어 검붉게 번들거리고 있었다.

"싫어!"

"다시 달라고 해봐. 원한다고, 가게 해달라고 애원해."

한껏 환락의 꿈을 주다가 허무하게 절정의 입구 거기에서 그가 혼자 빠져나가자, 본능적으로 은후는 그를 잃지 않으려 몸부림쳤다. 눈물 흘리며, 밉다고 소리치며 그를 원해선 온몸을 뒤틀었다.

"다시! 제발, 싫어. 갖고 싶어! 가게 해줘, 오빠!"

"착하네, 우리 고양이. 이렇게 말을 잘 듣는다니까."

태흔이 날씬하게 뻗은 두 다리를 자신의 어깨에 걸쳤다. 허공으로 들린 사랑스러운 엉덩이를 살짝 후려갈겼다. 두 손으로 발목을 강하게 움켜쥐고 다시 그를 원하며 경련하는 붉은 화원에 거침없이 돌진했다. 가슬한 검은 숲이 달콤한 밀크로 뿌옇게 젖었다. 거뭇한 숲 사이 흐르는 계곡 안으로 짙붉은 태흔의 몸 가락이 깊게 얕게 헤엄치며 은후를 광란으로 몰아갔다. 가장 예민한 쾌락의 기관에서 감각되어지는 찌르르한 고통, 혹은 기쁨. 고통과 쾌락이 동시에 몰아쳤다.

몸과 몸이 부딪치는 소리, 열기와 열기가 피어나는 소리. 음란하게 두 몸이 맞닿아 이어진 부분에서 색정적이고 질척한 물기가 야하게 흘러내린다. 짓이겨지고, 짓이기면서 함께 그들만의 기쁨의 세상으로 추락했다. 쾌락이, 욕망이, 이윽고 절정의 쾌감이 둘을 완전히 덮쳤다. 산산조각 났다. 은후의 몸이 부들거리다가 축 늘어졌다. 태흔 역시 야만적으로 포효했다. 쾌락의 액체를 한껏 분출하고 미치도록 사랑하는 여자의 몸 위로 힘없이 무너졌다. 진홍빛 애염의 지옥 속으로, 혹은 정염의 천국일지도 모르는 곳으로 단번에 그들은 함께 날았다.

쾌락에 젖은 몸으로 얽혀선 잠시 혼몽한 잠에 빠졌던 것이 분명하다. 아니면 극한의 쾌감 안에서 짧은 실신을 경험한 것인지도. 눈을 떴을 때 몽롱한 눈 속으로 환하기만 한 조명등 빛이 아프게 파고들었다.

아마도 눈살을 찌푸렸나 보다. 깊은 눈으로 은후만 내려다보고 있던 태흔이 재빨리 손 옆에 뒹굴고 있는 리모컨을 집어 들었다.

조명의 밝기를 조절했다. 대낮 같던 침실이 희미한 간접 등의 영향으로 저녁 어스름 녘으로 변했다. 은밀하고 관능적인 침묵이 그들의 체향을 타고 흘러내렸다.

"몇 시?"

"열한 시."

태흔이 손목시계를 들어 보여주었다. 은빛 화이트골드 체인의 롤렉스가 무정하게 흘러가 버린 시간을 분명하게 보여주고 있었다.

태흔이 은후의 날씬한 몸을 자신의 가슴 위로 끌어 올렸다. 은후는 연인의 탄탄한 가슴에 볼을 대고 길게 엎드렸다. 젊은 나신들이 찰싹 밀착된 채 아직도 남은 후끈거리는 열기를 나누었다.

"늦었어. 돌아가야 해."

"아직 괜찮아."

"오빤 남자지만 난 여자라고. 할머니께서 많이 걱정하실 텐데."

"한 시간만."

태흔의 손이 다정하게 은후의 머릿결을 쓰다듬고 등골을 허리를 거쳐 통통한 엉덩이 쪽으로 내려갔다. 부드럽게 어루만졌다. 은후는 고개를 들고 태흔을 바라보았다.

"배고프지 않아? 저녁은 먹었어?"

"샴페인 석 잔. 이은후가 약속 시간 어겨서 좀 골이 났거든. 괜찮아. 그다지 시장하진 않아. 이은후를 먹은 것만으로 충분해. 정말 맛있었어."

"짓궂어!"

"정말 맛있어서 맛있다고 한 건데 왜 화내고 그래? 정말 잘도 토라지지? 이 고양이 녀석."

샐쭉해져선 고개를 돌려 버리는 은후의 얼굴을 끝까지 고집스럽게 자신 쪽으로 돌려놓았다. 태흔이 킬킬대며 비죽 튀어나온 분홍빛 입술 위에 길게 키스했다.

"더워."

"아이스크림 먹을까?"

"음. 시원하게 허브 셔벗 먹고 싶어."

"좋아."

태흔이 팔을 내밀어 룸서비스 전화번호를 눌렀다. 간단한 저녁 메뉴와 은후가 바란 아이스크림을 주문했다. 돌아누워 뾰족하게 솟구친 진홍빛 유두를 살근 씹었다. 더없이 섹시하게 미소 지으며 페로몬 가득한 유혹을 날렸다.

"아이스크림 먹고 나서, 한 번 더 하자."

"뭐?"

미친 거 아냐? 아연실색한 표정으로 은후는 태흔을 노려보았다. 얼마나 녹신녹신 완전하게 부서졌는데, 움직일 힘 하나 남아 있지 않는데. 이 남자, 분명 강철로 만들어진 모양이다. 아직도 모자라다고, 다시 달라고 보채고 있었다.

"나 못 해. 날 좀 봐. 손끝 하나 움직일 힘도 없어."

"어렵게 만나는데 한 번은 너무 아쉽지 않아? 나 좀 불쌍하게 여겨줘 봐, 은후야."

"아까 충분히 만족했잖아."

"다시 고파졌거든. 내 몸이 너만 보면 이렇게 변하는데 날더러 어쩌라고?"

그가 불퉁하게 대꾸하며 은후의 손을 잡았다. 거짓말 아니라는 것을 증명이라도 하듯, 자신의 허벅지 사이로 밀어 넣었다. 어느새 가득 부풀어 올라 손안에서 꿈틀거리는 페니스의 감촉에 은후는 헉, 하고 놀라고 말았다. 믿을 수 없어하는 은후의 눈동자를 끝까지 따라가며 태흔이 천진난만하게 싱글거렸다.

"한 번만 더."

"날 죽일 일 있니? 난 더 못 한다니까."

"별장에서 그럼 네 번이나 한 건 뭐야? 지난주에도 마찬가지! 거만하게 굴지 마. 난 기본이 세 번이야. 오늘은 봐준 줄 알아. 자식이……. 나랑 살려면 체력 키워, 알았어? 난 평생 마음 내키는 대로 널 안고 살 거니까."

애원했는데, 거절당한 게 분한 거다. 아니면 자존심이 몹시 상했거나. 태흔이 침대에서 벌떡 일어나며 버럭 소리 질렀다.

룸서비스가 도착한 모양이다. 문 바깥에서 초인종 소리가 자그맣게 들려오고 있었다. 그가 바닥에 떨어진 바지를 주워 꿰입었다. 어이없어 멍하니 앉아 있는 은후를 돌아보았다. 허리띠 대용이던 스카프를 주워 벨트 고리에 끼우려다가 갑자기 멈추었다. 입꼬리를 추켜올리며 씩 웃었다.

"잠깐. 내가 구차하게 굴 이유가 없잖아?"

저 남자가 무슨 흉계를 꾸미는 거지? 생각할 사이도 없었다. 한 걸음에 태흔이 침대에 앉은 은후 옆으로 다가왔다.

"노예 주제에 엇다 대고 감히 반항해? 여기 매달려서 반성하고 있어. 착하게 굴면 풀어줄 테니."

사람을 난처하게 만드는 것에 쾌감을 느끼는 모양이다. 아니면 은후를 굴욕적으로 만들어서 즐길 작정이거나. 아주 작심한 것이다. 태흔이 실실 웃으면서 은후의 두 팔을 잡아 스카프로 칭칭 묶어선 죄인처럼 침대 기둥에 묶어놓았다.

그녀가 약이 올라 새큰거리거나 말거나, '당장 풀지 못해?' 하고 바르작거리거나 말거나 들은 척 만 척이다. 싱글거리며 발갛게 열이 오른 은후의 볼을 지그시 잡아당겼다.

"언제 어디서든 방심하면 안 되지, 이은후. 네가 사랑하는 남자는 언제 어디서든 수틀리면 네 목 물어뜯는 맹수라는 걸 가르쳐 준 것 같은데, 공주님?"

태흔이 혀를 내밀어 은후의 목선을 관능적인 움직임으로 핥아 내렸다. 그 작은 접촉과 애무에도 그만 복사 빛으로 달아올라 전율하는 연인의 민감함을 한껏 즐기는 눈빛이었다. 바지고리에 엄지손가락을 걸고 한껏 거드름을 피웠다.

"완전 죽었어. 묶어놓고 내가 원하는 만큼 실컷 가져 버릴 테니까."

"살려줘."

"싫은데. 내가 해달라고 애원했을 때 넌 어떻게 했지? 응? 거만하게 굴 때 이런 결과를 예상했어야지."

그가 휘파람을 불며 침실을 나갔다. 이내 음식 쟁반이 올라앉은 트레이를 끌고 들어왔다.

"허브 셔벗, 맛있겠네."

보란 듯이 알몸으로 침대 기둥에 매달린 은후 옆에 태흔이 걸터앉았다. 아이스 바스켓 속에 담긴 아이스크림 통을 꺼냈다. 얄밉게 퍼먹기 시작했다

"다 먹지 마! 계속 약 올리면 물어뜯어 줄 테야."

"좋으실 대로. 이은후가 물어뜯어 주면 난 죽어나지, 좋아서. 먹고 싶냐? 옜다, 한입 먹어라."

숟가락 대신 그의 입술이 다가왔다. 혀와 혀 사이로 아이스크림이 녹았다. 이번에는 손가락이 스푼이다. 태흔이 손가락 끝으로 차가운 아이스크림을 듬뿍 떠선 은후의 분홍빛 유두 끝에다 묻혔다. 차갑다고 소스라칠 사이도 없었다. 그의 입술이 이내 다가와 남김없이 먹어버렸으니까. 입술과 혀끝 사이로 흘러내리는 순백의 허브 아이스크림. 그가 아주 달콤하게 할짝거렸다. 그 혀끝의 움직임에 따라 은후의 몸도 같이 할딱거렸다.

"흠. 아이스크림이 이렇게 뜨거운 줄은 처음 알았는걸."

그가 고개를 들었다. 어느새 짙붉은 칸나 한 송이로 변해 버린 은후의 볼을 살짝 건드렸다. 그의 손가락이 이번에는 자신의 가슴에 아이스크림을 묻혔다. 은밀하게 유혹했다.

"핥아. 내 맛이 어떤지."

"시, 싫어."

몸이 떨리는 건 두려움 때문이 아니다. 그가 다시 불붙여 버린 애욕의 맛 때문이었다. 그가 만들어줄 쾌락이, 그녀가 맛을 볼 욕정의 맛이 예상되었기에. 무섭고 두근거렸다. 분명 지옥처럼 뜨겁고 천국처럼 황홀할 테지.

은후가 싫다고 거절한다고 해서 단념할 태흔이 아니다. 거의 반강제로, 그의 손이 그녀의 머리를 잡아당겨 자신의 탄탄한 가슴에 묻어버렸다. 아이스크림이 녹아 흐르는 거기, 은후의 혀가 태흔의 살갗에 닿았다. 강한 심장이 뛰고 있다. 최면에 걸린 노예처럼 그의 가슴을 혀로 핥았다.

차가움과 뜨거움이 공존하는 모순의 세상. 태흔이 내뱉는 그르렁거림. 낮은 관능의 신음 소리. 그녀의 수줍은 혀가 지나가는 자리마다 열꽃이 피고 있다는 증거이다. 고개를 들어 마주 보는 두 사람의 얼굴에는 같은 온도의 화염이 이글거리고 있었다.

그가 다시 아이스크림을 자신의 배에다 묻혔다. 은후의 머리를 눌러 다시 자신을 핥게 만들었다. 나직한 목소리가 명령하고 있었다.

"먹어, 전부 다."

아래로, 더 아래로. 그의 몸은 다시 우람차게 발기하고 있었다. 분홍빛 입술이 반강제적으로 그것을 삼켜갔다. 피하고 싶었고 거부하고 싶었으나, 방법이 없었다. 그의 손이 뒤통수를 강하게 누르고 있어 어떻게 할 수가 없었다. 미끄러지듯이, 은후의 입안으로 태흔의 딱딱한 몸 끝이 가득히 스며들었다. 그가 키들거리며 은후의 머리카락 위로 키스했다.

"싫어하지 마."

그의 속삭임은 설탕을 바른 독약 같았다.

"난 지금 좋아서 죽을 것 같거든."

연인의 부드러운 혀가 움직이는 감촉 안에서 그가 다시 나직하게 신음했다. 단 한 번도 생각해 보지 않았던 이 굴욕적이고 생경한 행위를 태흔이 아주 좋아한다는 것은 놀라운 일이었다.

은후는 그가 시키는 대로 그를 한가득 흡입한 채 순응하는 그녀 자신의 노예 근성이 너무 굴욕적이라고 생각했다. 하지만 귓전으로 스며드는 그의 목소리에 흥분하고야 말아, 젖어버리는 그녀의 몸이야말로 가장 치욕적인 것이었다. 철저하게, 남김없이 그에게 범해져선, 이제 제 의지도 자존심도 이성도 없다. 무조건 그가 원하는 대로 하고 마는 이 몸의 길들임이야말로, 가장 무서운 것이었다. 그가 더 강하고 깊은 자극을 바라듯, 은후의 머리를 누르는 손에 지그시 힘을 주었다.

"어차피 네 맛이 날 거야. 그렇지 않아?"

맞는 말이었다. 그래서 전율하고야 말았다. 은후의 입안을 들락거리고 있는 그의 몸은 십여 분 전에는 그녀의 탐욕적인 사랑의 샘을 휘젓고 있던 것이었다. 이토록 천박하고 노골적인 말임에도 단지 그의 목소리이기에 그만 달아오르고 마는 그녀 자신의 흥분이, 탐욕이 무섭고도 끔찍했으나, 도망갈 수가 없었다. 그가 채운 족쇄는 너무나 강렬하고 지독해서 은후는 거부할 방법도 알지 못했다.

한동안, 그녀의 입안에서 느끼는 자극을 즐기는 듯하다가, 그가 은후의 머리를 살짝 들어 올렸다. 온통 젖어버린 그녀의 입술에, 거의 울듯이 상기한 얼굴 이쪽저쪽에 길게 키스했다. 장난꾸러기처럼 물었다.

"배고프지?"

어떻게 이런 순간에 이런 말을 할 수가 있어? 은후가 새파랗게 눈을 흘겼다. 태흔이 쿡쿡 웃었다.

"하도 잘근거리길래, 말이지. 밥 대신 날 뜯어 먹으려는 줄 알았다. 덕분에 난 거의 갈 뻔했어. 이은후, 정말 날 미치게 하는 데는 소질있단 말이지."

한 손으로 은후의 얼굴을 잡고 태흔이 남은 손으로 음식이 담긴 접시 뚜껑을 열었다. 그의 손가락이 포크가 된다. 듬뿍 오믈렛 한쪽을 뜯어 살짝 벌어진 은후의 입속에 밀어 넣었다. 혀끝으로 밀려드는 오믈렛의 맛, 워머가 있었기에 아직도 따뜻한 달걀 맛이 느껴졌다.

"싫어, 이렇게는 안 먹어. 너무 굴욕적이잖아."

고개를 휙 돌린 채 반항했다.

“‘싫어’ 란 말 두 번 했어. 두 시간이다. 너 아직 제대로 맛을 못 봤지?”

태흔이 느른하게 경고했다. 이런 협박 앞에서는 언제나 기가 죽는다. 결국 은후는 적군에게 잡힌 가엾은 어린 공주처럼 묶여선 오믈렛을 먹었고 태흔은 그 공주를 능욕하는 반왕(反王)의 얼굴을 한 채 은후의 가슴 봉오리를 핥아먹었다. 통증과도 같은 이단의 쾌락이 그의 입술에서 전달된다.

그의 이는 나이프, 이번에는 잘근거리는 양고기 한 조각이 손가락과 함께 다시 입속으로 들어왔다. 깨물었다. 입속에서 질깃하고 탄력있는 두 개의 감각이 같이 씹혔다. 스며드는 야들한 양고기의 육즙. 태흔의 손가락이 움직이는 율동적인 관능.

어지러운 여름밤의 꿈이 깊어가고 있었다.

한 잔의 샴페인이 두 개의 입술을 적셨다. 태흔이 주르르 은후의 가슴골에 차가운 황금빛 액체를 흘려 부었다. 바닥에 엎드린 그가 말간 허벅지 사이에 아슬아슬하게 고인 서늘한 액체를 할짝였다. 자연스럽게 허벅지 사이 갈라진 그늘 사이로 그의 혀가 스며들었다. 묶인 은후의 주먹에 가득히 힘이 쥐어졌다.

“굉장해!”

그가 고개를 들고 어쩔 줄 몰라 하는 은후를 올려다보았다.

“너 완전히 젖었다.”

바락 고함을 치려던 입술이 막혔다. 사납고 탐욕스런 키스와 함께 허벅지 사이의 민감하고 부드러운 계곡으로 관능적인 손이 침입했다. 적나라한 정사를 시작하려는 신호였다. 은후의 깨끗한 눈동자 속에도, 태흔의 관능적인 눈빛 안에도 깨어진 유리 조각처럼 그 열기가 박히고 있었다.

피할 사이도 없었다. 태흔이 은후의 몸을 뒤집었다. 짐승의 암컷처럼 엎드리게 만들었다. 손이 묶여 움직이지 못하므로, 태흔이 시키는 대로 할 수밖에 없었다. 태흔은 은후의 가냘픈 허리를 잡아 자신의 다리 앞으로 가져왔다. 속에서부터 솟아나는 열기에 뜨겁게 타올라, 꽃물로 젖어드는 밀원의 입구가 완전히 노출되었다. 빳빳하게 치솟아, 그 꽃물을 탐하려고 아우성을 치는 불기둥의 앞에 연약하게 떨고 있었다.

머리를 침대에 묻힌 채 다리 아래만 허공에 뜬 채 그의 공격을 기다리는 신세이다. 너무나 적나라하고 부끄러운 체위에 은후의 하얀 몸이 삽시간에 전부 다 열꽃으로 변해 버렸다.

“하지 마! 이런 거 싫어!”

“이렇게 하면, 넌 더 많이 느낄걸?”

관능적이고 축축한 그의 혀가 하얀 엉덩이 골을 따라 흘러내렸다.

“장담해. 한 번 맛보면 넌, 만날 이렇게 해달라고 아우성칠 거야.”

부드럽게 시작하는가 했는데, 역시나 이번에도 강력했다. 순간적으로 파고든 태흔의 몸이 세포까지 파헤치는 듯한 느낌에 은후는 자지러지는 비명을 질렀다. 역시 태흔은 은후 자신보다 그녀의 몸을 더 잘 알았다. 이런 체위는 역시 더 깊고 강렬한 자극을 만들어내고 있었다. 견디다 못한 그녀가 허리를 비틀자, 그 서슬에 안에 묻힌 남자의 몸도 지독한 통증과도 같은 쾌감을 느꼈다. 태흔의 입술 사이로 양귀비의 즙액 같은 신음 소리가 흘러나왔다.

“어떻게 넌 이토록 끝내주는 몸을 가지고 있을까?”

아무리 가져도 부족하다. 갈증만이 남는다. 아무리 파헤치고 안아도, 늘 새롭고 늘 뜨거운 은후의 몸이 가지는 느낌. 마약과 같은 이 맛을 어떻게 할 수가 없다. 태흔은 탄식처럼 내뱉었다.

"여하튼 날 미치게 만들어, 이 마녀 같으니라고."

그녀의 뒤에 서서 한껏 쾌락을 사냥하고 있는 태흔은 두 손으로 움켜잡은 은후의 몸을 자신의 리듬에 맞추어 천천히 앞뒤로 움직이게 만들었다. 이번의 쾌락은 천천히 즐길 예정이었다. 동그랗고 하얀 엉덩이가 그의 움직임에 맞추어 더없이 관능적으로, 무척이나 고혹적으로 흔들렸다. 그 안에 묻힌 그의 몸 끝이 들어갔다 나왔다 율동하며 그가 바란 만큼, 그녀가 원하는 만큼의 새빨간 쾌락을 만들어냈다.

"미치겠어!"

은후가 날카롭게 교성을 내질렀다. 애원인 양 탄식했다. 두 손을 묶인 채 엉덩이는 추켜올려진 수치스런 자세가 되어, 아래로부터 완전히 범해지는 그런 느낌. 그녀의 의사와는 전혀 상관없이 단지 남자의 쾌락만을 위해 능욕당하는 기묘한 느낌 앞에서 치욕적인 쾌감은 불편하게도 더 지독해지고 있었다.

어쩔 수 없었다. 여체는 다시 활화산이 되어가고 있었다. 진홍빛으로 젖꼭지가 따끔거리고 침범한 남자를 미치게 만드는 몸의 비밀이 다시 시작되고 있었다. 풀어졌다, 조여졌다, 음란한 움직임을 계속하며 남자의 예민한 끝을 계속해서 끝없이 달구었다.

태흔 역시 맹수처럼 으르렁거렸다. 연약한 허리를 움켜쥔 손에 단단히 힘이 주어졌다. 두 사람의 뇌리 속이 새하얗게 변했다. 서로의 존재만 가득해서 아무것도 생각할 수가 없었다. 다시금 태흔이 주는 완벽한 절정 안에서 은후의 몸이 침대에 늘어졌다. 하얀 등 위로 기진한 태흔의 몸도 함께 포개졌다. 등에 닿은 그의 단단한 가슴이 세차게 움직이고 있었다. 거칠고도 다디단 호흡이 목덜미에서 움직이고 있었다. 한 몸처럼 같은 호흡의 박동으로 움직이는 두 몸. 늘 그렇듯이 둘은 완전히 그들 자신을 상대에게 주어버렸다.

"지금 죽어도 좋아."

태흔이 중얼거렸다. 은후 역시 마찬가지였다.

13장

〈'빛이 아름다움을 만나서.'
—7인(人) 7채(彩) 7몽(夢).

한국을 대표하는 7인의 공예작가. 보석 및 금·은 공예 전시회 열려.

W백화점이 격조와 품위의 거리 소공동에서 한국을 대표하는 7인의 보석 및 금·은 공예가의 합동 전시회 〈빛이 아름다움을 만나서〉 전(展)을 개최한다.

각박한 삶을 살고 있는 현대인들에게 새로운 즐거움과 여유로운 멋을 선사하기 위해 마련된 이번 전시회는 현역에서 맹활약 중인 7인의 작가들의 작품과 패션의 만남이라는 점에서 벌써부터 화제가 되고 있다. 일곱 작가들의 개성적인 작품을 둘러보는 재미와 함께

각각의 보석 작품에 어울리는 패션과의 궁합을 구경하는 재미도 클 듯.

궁중 장신구를 현대적으로 해석하는 작업에 주력 중인 홍인자 작가(현 한국대 교수)는 호박의 투명한 빛깔과 형태를 살리면서 현대적인 디자인을 적용한 '호박화단작노리개'를 선보였고, 오랜 유럽 생활의 경험으로 영국 고딕 분위기의 앤티크 작품을 출품한 고화경 작가의 작품도 인상적. 작년 '쌍어문칠보목걸이'로 한국공예 대상을 차지한 무서운 신예 이은후 작가의 파워 넘치는 남성용 장신구를 구경하는 맛도 각별하다.

한국의 대표적인 백화점인 W백화점은 앞으로도 품격있는 예술과 문화를 전파하는 문화 살롱으로서의 역할을 다하기 위하여 계속해서 고객들에게 다양한 문화 체험의 기회를 전하기 위한 전시 활동들을 강화해 나갈 계획이다…….〉

전시회와 관련한 기사가 대부분의 전국 일간지에 제법 크게 나왔다. 기사들을 다 훑어 읽은 후 서준은 신문을 돌돌 말았다.

여러 기획을 하다 보면 큐레이터로서 이 전시회가 성공하게 될지, 실패하게 될지 미리 느껴지는 감(感)이라는 게 있다.

'확실하게 성공하겠지. 그거야 불에 보듯 뻔한 일이고. 하지만 즐겁지가 않으니 고민이네.'

그의 괴로움은 전시회와의 성공과는 달리 사랑을 거절당했다는 것. 하지만 놓을 수 없는 집착이 그의 선량한 심장을 가시넝쿨처럼 칭칭 감고 있다. 아프게 쿡쿡 찌르고 있었다.

'하지만 은후 씨, 알죠. 나 쉽게 단념 안 해요. 싸워보지도 않고 물러서진 않아요. 내가 할 수 있는 한 최선을 다해서 다시 당신

마음 두드릴 거예요. 이태흔 씨보다 내가 당신에게 더 잘할 수 있어요.'

정각 열한 시 삼십 분에 전시회 오픈이다. 마지막 준비 상황을 점검하기 위해 전시회장으로 올라가니, 아직 열리지도 않은 전시회장 앞에 세 명의 사내가 버티고 서 있었다.

"무슨 일입니까?"

"꽃 배달 왔는데요. 이은후님에게요."

세 남자가 들고 있는 것은 희귀한 검은 튤립 화분이었다. 그것으로 끝났나 했더니, 다시 하얀 꽃이 핀 화분 세 개가 더 올라왔다. 리본에는 적혀 있지 않았지만 서준은 그 화분을 누가 보냈는지 금세 알 수가 있었다. 흑백으로만 맞춰진 화분 여섯 개가 바닥에 놓이니, 확실히 이은후의 코너는 다른 작가들의 코너와 비교되는 인상적인 디스플레이를 완성하고 있었다.

'정말 이태흔스럽군.'

분하지만 인정할 수밖에 없었다. 태흔이 이 세상 그 누구보다 은후의 작품 콘셉트나 분위기를 정확하게 파악하고 있다는 것을.

"은후, 내가 만들어준 세상 바깥으로 나간 적이 없어요. 문서준 씨가 사랑스럽다고, 예쁘다고 믿는 그 애의 모든 것. 다 내가 준 겁니다. 다 내가 만들었어요."

태흔의 목소리가 아직도 생생하게 메아리치는 것 같다. 서준은 한숨을 내쉬었다.

'그래서 은후 씨는 당신만 보고, 당신에게 길들여져, 당신이 전부라고 착각하고 있을 수도 있습니다. 그런 건 생각해 본 적이 없

으시죠?'

태흔이 앞에 있다면 그렇게 되받아치고 싶다. 일곱 살 어린 나이부터 지금까지 조롱 속에 가두어두고 자신에게 눈멀게 만들고 향일하게 만들어서 마침내 품 안에 가두어놓으면, 소유하는 남자는 행복할 테지만, 소유당하는 그 여자는 진정으로 행복할까? 조롱 밖의 세상이 어떤지도 모르고, 정말 자신이 사랑하는 남자가 누구인지 비교할 대상도 없고, 정말 자신이 무엇을 원하고 바라는지 생각할 겨를도 없이 사로잡혀, 사랑당하고 애완당하는 그 일만이 행복의 전부라고 믿을 그 여자는 정말 행복할까?

'은후 씨, 대답해 봐요. 그런 게 정말 행복이라고 부를 수 있어요? 자신도 모르게 사로잡혀선, 자신의 의지와는 상관없이 그 사람의 연인이 되고 아내가 되어 평생 그 남자의 품 안에서 그가 바라는 대로 사는 거, 그거 당신이 바라는 행복의 전부, 아니죠? 당신, 그런 거 바라는 사람 아니죠?'

반쯤 열린 문에서 노크 소리가 났다. 서준은 고개를 돌렸다. 역시 꽃집 모자를 쓴 배달원이었다.

"문서준 이사님이십니까?"

"그런데요."

"꽃 배달 왔습니다."

"나에게?"

당연히 작가들에게 보내는 지인들의 꽃 배달이라고 생각했는데, 뜻밖에도 서준 자신에게 꽃을 보낸 사람이 있다는 거다.

"여기 사인해 주십시오."

배달원은 길쭉한 상자 하나를 그에게 넘기고는, 바람처럼 사라져 버렸다. 상자 속에 카드가 들어 있었다.

〈그동안 고생 많이 하셨어요. 사장님과 문 이사님을 위한 꽃이에요. ㅡ이은후.〉

행사 때 가슴에 달게 되어 있는 코사지였다. 양란과 작은 백장미로 만들어진 단아한 꽃 앞에서 서준은 자기도 모르게 한숨을 내쉬었다.

'은후 씨, 나에게 이런 식으로 다정하게 대해주지 않았으면 좋겠는데. 나 자꾸만 미련 남아서 당신 정말 귀찮게 할지도 몰라요.'

미친놈 소리를 듣는다 해도 좋다. 정말 한 번 작정하고 물어볼까? 은후가 사랑하는 남자가 바로 이태흔인지.

'하지만 그것을 확인해서 무엇 하려고? 그런 다음에는 어떡할 작정인데?'

무엇을 어찌하든, 이태흔이 은후 앞에 버티고 있는 한은 역부족일 텐데…….

전시회가 개막되었다. 개막식에 참석하고, 또 공동 인터뷰에도 나가야 했다. 분주한 하루 일과를 끝내고 은후는 부리나케 집으로 들어갔다. 추석을 앞두고 제사상 차림을 의논하느라, 요리 선생님이 들어오기로 되어 있었기 때문이다.

"우리 성숙년 선생이 건강이 좋으시면 내가 편했을 텐데. 그이가 와병중이니 답답해. 은후, 한복희 선생님 이름은 많이 들어봤을 테지? 올해 추석 차례상 장만해 주실 거다."

"네. 예전에 궁중 요리 강습 때 뵈었던 적이 있어요. 선생님, 그동안 안녕하셨어요?"

은후는 두 손을 모으고 인간문화재인 요리 연구가 선생님에게 공손하게 인사를 했다.

"네. 그만해요. 은후 양도 잘 지냈죠?"

한 선생이 웃는 얼굴로 진 여사를 타박했다.

"여사님도 참! 손끝 야무지고 솜씨 매운 손녀딸을 두고 저를 왜 부르셔요? 우리 은후 양더러 시키시지."

"애가 뭘 알아? 나물 간 하나도 못 맞춰. 오죽했으면 휴일에는 제 오라비가 볶음밥을 해다 바칠까."

진 여사가 괜히 자랑스러우면서도 은후 흉을 보았다.

"겸손도 지나치면 비례랍니다, 여사님. 제가 우리 은후 양 솜씨를 몰라요? 그때 같이 강습받았던 사모님들이 어찌나 탐을 내던지. 저더러 다리 놓아달라고 얼마나 귀찮게들 굴었다구요."

"그랬어? 이 녀석이 얼마나 덜렁대는지 집에 와서 봐야 그 소리가 안 나지들."

"할머니, 또 저 흉보시죠? 미워요."

은후도 짐짓 진 여사에게 눈을 흘기며 어리광을 부렸다. 진 여사가 메뉴판을 내밀었다.

"메뉴 좀 봐라. 빠진 게 있나 한번 살펴보렴."

나주댁과 한 선생님이 만든 메뉴는 두 가지였다. 제사상 차림과 손님 대접용 메뉴였다.

"여기, 제가요. 제사 때랑 차례 때의 메뉴를 다 기록해 두었어요. 선생님, 참고가 좀 될까요?"

철이 든 이후 은후는 백암장의 제사가 있을 때마다 틈틈이 보고 들은 것을 다 기록해 둔 수첩을 내놓았다. 큰상에 올리는 요리의 종류에서부터 간단한 조리법, 차리는 법, 절차며 형식까지 다 기록된 수첩을 두고 한 선생은 물론 진 여사도 깜짝 놀란 얼굴이었다.

"너 언제 이런 걸 써둔 거니?"

"언제고 쓰일 데가 있을 것 같아서요. 제사상 차리는 거 미리 좀 알아둬야 나중에 당황하지 않을 것 같아서요. 제가 서툴면 할머니 흉이잖아요. 조심해야죠."

요렇게 빈틈없는 거 보라지. 흐뭇하기도 하고, 대견하기도 하고, 또 얄밉기도 해선 진 여사가 괜한 타박을 했다.

"요것 앙큼 떠는 것 좀 보라지? 시키지도 않았는데 어쩜 그렇게 똑 부러지니 그래? 한 선생, 어때? 도움이 좀 되겠어?"

"도움이 되고말고요. 은후 양 덕분에 한숨 덜었어요. 다 있네요. 성 선생님 조리법도 있고, 여기 우리 어머님이 나오셔서 장만한 음식도 다 있어요. 어머나, 이건 박김치네요."

"돌아가신 양반이 박나물에 박김치를 잘 자셨지. 한 선생이 올해 한번 재현해 줘. 집수리 하느라 호텔 신세라서 손님 대접이야 예전만 못 해도 구색은 차려야지. 태흔이 체면도 있고."

"손님은 몇 분이나 오실까요?"

"아무래도 작년보다 더 많지 싶어. 우리 태흔이가 돌아왔으니 인사 차릴 데도 그만큼 많아졌고."

네 여자가 머리를 맞대고 추석상 차림을 의논하고 나니, 나주댁 아줌마가 솥에 넣어둔 전복 백숙이 익어가는 듯 구수한 향기가 퍼지고 있었다.

"복날이 지나가도 백숙 한 번 못 먹었네. 괜히 서투른 음식 내놓았다가 우리 한 선생에게 타박당할까 봐 닭죽이나 먹자고 했어. 손님 대접 박하다고 하진 마."

볼일을 마치고 한 선생이 나설 때 은후도 따라나섰다.

"전시회장 잠시 나갔다가, 예술관에 가서 하룻밤 자고 올 거예요, 할머니. 내일 송편 빚기 봉사 있대요."

"힘들지 않겠어? 같이 스파나 가자니까."

"죄송해요, 생리라서 어차피 스파엔 못 가요."

"우리 은후, 생리통 심한데 어쩌누. 내일 욕조에다 약쑥 좀 넣으라고 해야겠구나. 다녀온, 무리하지 말고. 알았어?"

"네, 만날 하는 일이잖아요. 걱정 마세요. 다녀올게요."

은후가 나가고 나서 얼마 지나지 않아 태흔이 퇴근을 했다.

"어서 오세요."

현관문 앞에서 나주댁이 태흔의 서류가방을 받아주었다. 인기척을 느낀 진 여사도 방에서 나왔다.

"어서 오게. 식사는?"

"아직 못 했습니다. 속이 깔깔해서 밥이 잘 넘어가지 않네요."

태흔의 얼굴이 까칠했다. 이삼 일 접대가 계속 이어져 내내 늦게까지 술을 마신 후유증이었다.

"그러게 웬 술을 그리 마셔? 옷 갈아입고 내려와 식사해."

"사업상 마시는 거죠. 저도 힘들어요. 그나저나 전시회 오픈은 잘 끝났어요? 은후 자식, 더벅거리지는 않았어요?"

"잘했어, 칭찬 많이 받았어. 인터뷰도 많이 했고. 내일 방송에도 나온대. 걱정 안 해도 돼."

"저녁에 같이 스파에 가신다 하지 않으셨던가요?"

재킷을 벗어 들며 태흔은 버릇처럼 닫힌 은후의 방문을 바라보았다. 진 여사가 가볍게 혀를 찼다.

"스파는 무슨? 생리란다. 은후 예술관에 갔어. 하룻밤 잔대. 세탁이랑 송편 빚기 봉사 마치고 일요일에 온다기에 그러라 했어. 생리통 심해서 끙끙 앓는 녀석이 무슨 고생을 그리 사서 하는지, 원."

계단을 올라가던 태흔의 발길이 잠시 움찔했다. 그의 표정이 기묘하게 변했다. 침대 위에 재킷을 던져 놓고 태흔은 테이블 위에 놓인 달력을 노려보았다. 수려한 이마에 곤혹스러운 기색이 서렸다.

'어째서……?'

그의 뇌리 속으로 두 달 넘게 둘이 함께 나눈 환상적인 섹스가 스쳐 지나가고 있었다. 솔직히 태흔은 지금 은후가 생리를 한다는 말에 약간 충격을 먹은 상태였다. 남자와 여자가 줄기차게 정기적으로 섹스를 하면, 무엇인가 변화가 생겨야 정상 아닌가. 은후를 안을 때 태흔은 한 번도 피임하지 않았다. 사실은 반 의도적이었다. 그런데도 은후는 임신하지 않았다.

'아무래도 이거, 깊이 생각 좀 해봐야겠네.'

태흔은 고개를 들어 허공을 바라보았다.

은후가 임신이라도 한다면, 할머니에게 진실을 고백하기가 훨씬 더 쉬워질 텐데.

'저 좀 도와주시죠?'

위에 계신 분더러 괜히 시비를 걸었다.

"너무한 것 아닙니까? 기껏 열 살 때 우리 부모님 다 데려가시고, 할아버지께도 제일 더러운 기억만 남기게 해선 날 속 끓이게 하더니. 그렇다고 딴 여자 바라보게 변하는 심장을 준 것도 아니고. 이러면 곤란합니다."

대답이 있을 리 없다. 태흔은 한숨을 내쉬었다.

'그나저나, 병아리. 또 날 버리고 도망을 가셨군. 너 정말 이러면 곤란하다?'

약간의 협박을 해두었더니 심약한 놈이 지레 질려선 땅굴을 파고 도망을 간 거냐. 태흔은 벌떡 일어나 옷을 갈아입었다.

'너무 강하게 밀었나? 좋아, 어디 한번 도망가 봐. 반드시 네 입에서 살려달란 말이 나오도록 만들어놓을 테니. 기다리고 있어. 오늘 부디 좋은 꿈꾸라고. 조만간 또 괴로워질 테니.'

태흔이 일층 식당으로 내려가니 나주댁이 녹두죽 쟁반을 내놓았다.

"고마워요, 아줌마. 어제 제가 술을 많이 마신 걸 아셨군요."

"점점 술 편히 마실 자리도 없을 거다. 마셔도 사업상 마실 일뿐일 테고. 술자리에서 네 인품 드러나는 법이다. 매사 조심하고, 반듯하게 가려. 알았니?"

진 여사가 물김치 주발 뚜껑을 열어주며 가벼운 잔소리를 했다.

"네, 명심하겠습니다. 하지만 할머니, 저 별로 실수하지 않아요. 아시면서?"

"알다마다. 우리 손자 철저하고 반듯한 건 알지. 그저 노파심이야. 많이 조심해서 나쁠 건 없잖니."

"그렇죠."

"자네, 세라 양을 자주 만난다면서?"

"어디서 들으셨어요?"

"오늘 전시회에서 윤 여사를 만났지 뭐야."

태흔은 은수저로 녹두죽을 한 술 떴다.

"두 사람, 제법 많이 진행되고 있으니 남들 보기 좋게 명실상부 약혼식을 정식으로 해야 하지 않나 하더구나."

은후가 예술관으로 도망친 이유를 어쩌면 알 것도 같았다. 꾹 참고 듣고는 있었을 테지만, 속이 끓고 있는 거지? 태흔은 진 여사를 바라보며 딱 잘랐다.

"약혼식은 생략하고 싶습니다."

"아니, 왜?"

"어차피 12월에 결혼식을 올릴 텐데 번거롭게 약혼식 따위를 뭐 하러 합니까? 시간도 없고 이중으로 낭비할 필요 없죠. 세라 씨도 역시 그 의견에는 찬성한다고 했습니다."

"나는 도대체 이 회장 속을 모르겠네."

진 여사가 나직하게 탄식했다.

"자네, 이런 사람 아니었던 것 같은데……. 무슨 일이든 허심탄회하게 의논하던 사람 아니었나? 우리 은후도 얼굴에는 그늘이 가득하면서도 입을 열어 말을 하지 않으니 어쩌면 좋아. 할아버지가 돌아가시고, 나도 그렇고 자네, 은후. 우리 셋 다 무엇인가 하나씩 빠진 것처럼 변해 버렸어."

"그래요? 전 잘 모르겠는데."

"자네야 오래 못 보았으니 그런 거고. 명랑하던 녀석이 할아버지 돌아가시고 난 후 영 말이 없어졌어. 속 깊어지고 더 침착해져서 어른 되었다 생각했는데, 할아버지 돌아가신 것에 깊이 상심해서 풀이 죽었나 했는데……. 꼭 그것만도 아닌 듯싶고. 휴우, 여하튼 마음이 아파."

"할아버지께서, 유난히 은후를 예뻐하셨죠."

"그렇긴 하지만, 이젠 잊을 때도 되었지. 죽은 사람이야 시간

지나면 잊히는 거고, 산 사람은 살아야지. 만날 거기에 사로잡혀 있으면 어떡해? 나중에 자네가 한 번 데리고 나가서 찬찬히 한 번 물어봐. 뭐가 걱정인지."

"네, 알겠습니다."

"제가 말만 하면 다 들어줄 텐데, 뭘 그리도 속에 혼자 꽁꽁 싸고 있는지, 원."

은후를 걱정하는 진 여사의 말은 한숨이 반이었다. 태흔은 아무 말 없이 다시 죽을 떠먹었다. 은후가 마음속에 꽁꽁 싸고 있는 것. 그건 바로 태흔 자신, 그와의 금지된 관계이다. 그것을 솔직하게 풀어낸다면. 진 여사는 지금처럼 무조건 은후를 감싸고 편들어줄까? 그들의 관계를 인정하고 지지해 줄까?

'할아버지 일만 없었다면…….'

죽이 되든 밥이 되든 은후와 함께 도망이라도 쳐선 시위(示威)라도 해볼 텐데. 그들의 발에 묶인 족쇄는, 인간의 힘으로는 어쩔 수 없는 죽음의 무게였다. 태흔은 결국 죽 한 그릇을 다 비우지 못하고 숟가락을 놓고 말았다.

방으로 올라온 그는 잠시 책상 끝을 두들기며 생각에 잠겼다. 휴대전화에 저장된 번호를 찾았다.

"주 박사님? 이태흔입니다. 진료 예약을 하고 싶은데요."

이틀 후. 저동 한산병원.

명절을 앞두고 분주한 진료가 끝나고, 잠시 망중한, 누군가가 진료실을 노크했다. 들어오란 말도 없는데 문이 열렸다.

"많이 바쁘냐?"

"어, 태흔아, 여긴 웬일이냐?"

고개를 든 명중은 깜짝 놀라 자리에서 일어섰다. 찾아온 손님은 너무 바빠 친구들조차 얼굴 한 번 보기가 하늘의 별 따기인 분이었다. 사전 연락도 없이 왕림하신 것이다. 언제나 친한 두 친구는 악수를 하고 주먹을 부딪쳤다. 태흔이 미소 지으며 진료실을 훑어보았다.

"김명중이, 이젠 명실상부 의사로구나."

"아직은 돌팔이다. 앉아라. 그런데 여긴 웬일이야? 안 좋은 데 있어서 온 거야?"

"아니, 그냥. 이런저런 검사 좀 받을까 하고."

책상 앞에 놓인 진료 의자에 엉덩이를 걸치며 태흔이 대답했다. 그러고 보니 내과 과장인 주민섭 박사가 성북동 이 회장 댁 주치의인 것이 기억났다. 명중은 몸을 돌려 적당하게 휘휘 저은 인스턴트커피를 태흔에게 건넸다.

"승명그룹의 회장님도 이런 커피 마시긴 하지?"

"이 자식, 놀리냐?"

흔쾌히 받아 들며 태흔이 눈을 부라렸다. 명중이 인정하는바, 친구의 좋은 점은 성격처럼 식성도 소탈하단 것이었다. 태흔이 한 모금 마신 커피 잔을 책상에 내려놓았다.

"조만간 결혼을 할 예정인데 말이지."

"흠, 역시?"

느닷없는 태흔의 고백에 명중은 탄성을 내터뜨렸다.

어제 세진이 놈이 전화를 걸어와선 떠벌여 대던 태흔과 임세라의 이야기가 영 헛소문만은 아니었던 모양이다. 사실, 아진의 공주님 임세라와 승명의 황제 태흔이 맞선 상대로 만났다는 사실만으로도 충분히 호기심을 자극하고도 남음이 있었다. 외적인 조건으로 보나, 나이로 보나 두 사람이 아주 잘 어울리는 상대라는 것은 세진을 비롯한 대부분의 사람이 인정하는 바였다.

"내가 들은 대로, 그 상대는 아진의 임세라?"

태흔이 피식 웃었다. 늘 그런 것처럼 긍정도 부정도 하지 않았다. 모호하게 얼버무렸다.

"글쎄, 그럴 수도 있고 아닐 수도 있고."

"하지만 지금으로선 가장 가능성이 크지?"

"뭐, 아마도."

"역시 그렇군. 만만치 않는 여자라 하더니, 결국은 천하의 이태흔을 낚았단 말이지."

"내가 낚인 건가?"

"그렇지. 너야말로 이 바닥 최고의 대어잖아."

태흔이 피식 웃었다.

"대어는 개뿔! 닭이나 쳐라, 인마. 그런데 말이지. 김명중, 너랑 좀 의논할 일이 있어서."

"뭐냐? 설마 결혼식 때 들러리 부탁? 야, 안 해! 난 안 해! 세진이 놈 시켜!"

명중은 비명을 질렀다. 사람들 앞에 나서기 싫어서 방 한 칸에 틀어박혀 진료나 보는 의사가 되었었다. 천하의 이태흔 결혼식에서, 그 많은 하객들 앞에 들러리가 되어 걸어가야 한다면 그는 긴장하다 못해 기절해 버릴 것이다.

"그런 건 세진이 전문이잖아. 제 놈 회사 모델들 열 명만 데리고 나오라고 해. 그럼 되잖아."

"그런 게 아니고, 명중아. 아무래도 결혼 전에 나, 비뇨기과 검사까지 받아야겠지?"

태혼의 표정은 드물게 진지했다. 장난이 아니었다. 명중도 이내 농담기를 지웠다. 의사 본연의 자세로 돌아가 상담에 임했다. 비록 피부과이기는 하지만 예비 신랑의 종합 검사 소견 정도는 조언 가능하다.

"그러는 게 확실하지. 결혼을 앞둔 예비 신랑으로서 아주 바람직한 자세야. 결혼 전에 건강 진단서 정도는 교환하는 게 예의가 아닐까 싶다."

"그래, 역시……."

"왜? 혹시 네놈이 씨 없는 수박일 것 같아서 겁나냐?"

"기억나? 고등학교 다닐 때 기찬이 놈 당한 꼴."

명중이 고개를 끄덕였다. 사람들이 제법 알 만한 알짜배기 회사 사장인 아버지를 가진 또 다른 친구 놈. 철딱서니없이 이 여자, 저 여자랑 마구 놀아난 것까지는 좋았는데, 하필이면 악질적인 여자에게 걸려서 임신을 빌미로 결혼할 수밖에 없었다. 문제는 그놈이 불임이었다는 것. 아이가 일곱 살이 되던 해에 비로소 다른 남자 아이란 것이 밝혀져 이혼합네, 어쩌네, 친자 확인 소송이니 위자료니 하면서 떠들썩한 소동이 벌어졌고 녀석은 안팎으로 망신깨나 당했었다.

"최소한 그런 일은 당하고 싶지 않거든. 게다가 할머니가 증손자를 많이 기다리셔. 내 나이가 적은 것도 아니고. 결혼하자마자 바로 아기를 가지고 싶은데, 양쪽의 문제가 없어야 할 테니까, 그냥 확인해 두고 싶어서."

"내가 장담컨대, 넌 절대로 씨 없는 수박 아니다. 네놈 정자는 널 닮아 건강하고 또 절륜할걸."

친구의 농담에 태혼이 피식 웃었다. 그러나 명중이 보기에 그건 마지못해 웃는 억지웃음 같았다.

"그런데 나 말고 여자 쪽도 산부인과 검사를 해야 하는 거지?"

"당연하지. 임신은 양쪽의 문제니까."

"그렇군. 그런데 정상적인 남자, 여자가 결혼해서 어느 정도까지 가야 불임이라고 하는 거냐?"

"피임을 하지 않고 정상적인 부부 생활을 하는데도 불구하고 일 년에서 이 년 이상 아이가 생기지 않는 경우를 불임이라고 하지. 뭐야, 너? 이 자식, 아직 결혼식도 올리지 않은 주제에 불임일까 봐 걱정이야? 참 걱정도 팔자로군."

명중의 가벼운 핀잔에 태흔의 관자놀이께가 약간 붉어졌다.

"그런 건 네 주치의에게 물어야지, 인마. 피부과 돌팔이인 나에게 물으면 곤란해. 그렇게 걱정이면, 임세라에게 건강 진단서를 받아. 그러면 되지."

"확실하게 해두는 건 나쁘지 않지."

그건 확실하고 철저한 것이 아니라 안 해도 될 걱정 병에 조급증 병(病)이라고 하는 거다, 인마. 명중은 속으로 중얼거렸다.

"그나저나 약혼 발표는 언제?"

"연말에 별일 없으면 결혼식을 할 작정이니까, 약혼식은 없어."

"맞선 본다는 말이 나온 게 얼마 전인데 벌써 결혼식이라. 아아, 이태흔다워, 정말 전광석화로군."

"스페셜 비즈니스잖아. 허투루는 못 하지."

태흔이 손목시계를 보더니 미소 지으며 일어섰다.

"주 박사님하고 예약 시간이야. 바쁜데 시간 빼앗아서 미안하다. 참, 다음 달에 할머니 팔순 잔치다. 부모님이랑 같이 와라."

"어, 그런가? 명절 때 찾아뵈려고 했는데, 그럼 그때나 인사드려야겠네. 나도 요샌 영 짬이 안 난다."

"마찬가지. 추석 지나자마자 할머니 팔순, 그것 끝나자마자 바로 러시아로 열흘 동안 출장이야. 편안하게 숨 쉴 틈도 없다. 다녀와서 세진이랑 해서 술이나 한잔 푸자."

"그래, 그러지 뭐. 그런데 은후가 너 결혼하게 가만히 내버려두던?"

반 장난, 명중은 태흔의 등을 쳤다.

"응?"

"알아주는 이씨 남매. 너는 중증 시스터 콤플렉스. 은후는 중증 브라더 콤플렉스. 하나뿐인 오빠를 딴 여자에게 내주면 속 좀 상하겠네."

"그건 그 녀석이 알아서 해결할 일이고. 그럼 간다."

검사를 마치고 태흔은 병원을 나섰다. 다음에는 은후를 끌고 병원에 가야 할 것이다. 그는 다시 회사로 들어가자고 지시했다. 차창 밖으로 가을로 걸어가는 거리 풍경이 스쳐 지나가고 있었다.

'항복해, 이은후.'

태흔은 가느스름하게 뜬 눈으로 서울의 풍경을 노려보았다. 마음속으로 중얼거렸다.

'가능한 한 빨리 항복해. 빨리 내 품에 안겨. 내 신부가 되겠다고 맹세해. 그렇지 않으면 난 더 잔혹하게 널 몰아붙여야 하거든.'

그 시각, 은후는 전시회장에 서 있었다. 명중의 아내 재인이 전시회 구경을 오겠다고 연락을 해왔다. 전시회장에 나온 다른 작가들과 잠시 차를 마시고 돌아오니, 재인 대신 눈이 휘둥그레질 정도로 멋진 남자가 서 있었다.

"어머나, 세진 오빠."

"축하하네, 이 작가."

세진이 장난스럽게 미소 지으며 은후에게 아름다운 카사블랑카 꽃다발을 건네주었다.

"바쁘시잖아요. 어떻게 오셨어요?"

"너도 볼 겸, 사실은 이 전시회 기획한 문서준 이사 좀 만나려고. 전시회 콘셉트가 너무 마음에 들어서 말이지. 이번에 안나 다루치가 한국에 처음 런칭하는데, 쇼 기획자로 끌고 갈까 해서."

세진이 은후의 작품마다 붙은 판매 완료 딱지를 보고는 낭패의 한숨을 내쉬었다.

"정말 멋진 작품들이야. 적금 깨서 하나 구입하려고 작정했더니만 어떤 눈 밝은 놈이 선수를 친 거냐?"

"누구겠어요? 뻔하지."

"태흔이? 정말 녀석답구나."

세진이 쓴웃음을 지었다.

전시회가 개막되자마자, 태흔의 수족이랄 수 있는 박 이사가 출동했지. 누가 건드릴세라 일방적으로 딱지를 다 붙여놓고 사라졌지. 은후의 손길이 닿은 것 그 어떤 것도 남에게는 줄 수 없다, 강력한 의지가 그런 멍청한 짓에 서려 있어 은후로서도 어쩔 수가 없었다.

"아깝네. 대신 작가 소장이니, 다음에 우리 패션쇼 할 때 한꺼번에 리스해야지. 그건 가능하지?"

"그럼요. 기꺼이 빌려 드릴게요."

세진이 은후의 작품 디스플레이 앞에 놓인 화분을 바라보며 콧등을 찡그렸다.

"만날 꽃이 바뀐다며? 다른 작가들이 질투하는 소리 들었다."

"예. 이것도 오빠답죠?"

은후는 웃으며 대답할 도리밖에 없었다. 바닥에는 보라색 꼬마 장미 화분이 여섯 개. 장미야 흔할 테지만, 이런 보라색 장미는 쉬이 구하기 힘들 것이다. 태흔이 일부러 일본의 화훼 회사에 특별한 주문을 넣어두었다는 것을 직원에게 듣고서야 알았다.

"첫날은 흑튤립, 둘째 날은 스톡, 오늘은 보라색 장미네요. 내일은 무슨 꽃이 배달될까 기대되기는 해요."

"매일 아침마다 사랑의 꽃다발을 발치에 갖다 바치누나. 동생을 감동시키는 멋진 이벤트라니. 역시 고객 만족을 제일로 치는 승명의 이태흔스럽구먼."

세진이 장난스럽게 은후의 머리카락을 흩어놓았다.

"할머니 뵌 지도 꽤 오래된 것 같은데, 추석 때 놀러 갈게. 좋은 술 생기면 감춰놔라."

"네, 그럴게요. 재인이 언니 오기로 했는데, 같이 점심 드실래요?"

"그럴까? 그럼 문 이사더러 물어보고 넷이 같이 식사하지 뭐. 내가 부탁하는 입장이라서 점심은 내가 사마. 괜찮지?"

"고맙습니다."

서준과 함께라는 생각에 잠시 좀 부담은 되었으나, 단둘도 아니고, 여러 사람이 함께 모이는 자리이니, 그닥 신경 쓸 일은 아니라고 자위했다.

"그럼 난 아래층 내려가서 문 이사하고 이야기 좀 하고 올라올게. 나중에 보자."

세진이 문을 나서자마자 재인이 나타났다.

"언니, 어서 오세요."

활짝 웃으며 재인을 맞이했다. 천천히 전시회장을 돌면서 작품 이야기를 나누기 시작했다. 이내 이야기를 마치고 올라온 서준과 세진까지 합쳐 네 사람은 근처 정갈한 한정식 집으로 옮겨 앉았다.

"참 태흔이, 좋은 소식 들리더라. 여자 만난다며?"

세진이 물수건으로 손을 닦으며 은후를 바라보았다.

"네, 그런가 봐요."

"명중이가 그러던데, 어젠 병원 가서 건강 검진도 받았다던데? 본격적인 결혼 준비에 돌입한 건가?"

그 이야기는 처음 들었는데. 은후의 심장에 반쯤 물기가 차올랐다. 무슨 생각을 하는 거야, 오빠?

"뭐든지 철저한 사람이라서. 오빠지만 뭐 하나 놓치는 법이 없으니까요."

"결혼할 오빠만 걱정하지 말고 은후 씨가 저도 봐주면 참 좋을 텐데."

혼잣말 같은 서준의 말에 세 사람의 시선에 동시에 그에게로 모아졌다. 세진이 웃기지 말라는 듯 내뱉었다.

"뭐야? 엄살떨기는. 문 이사, 벌써 소문 자자하던데."

"소문이라뇨?"

"두 사람, 좋은 인연 맺는다며? 태흔이 결혼하면 두 사람도 곧 그렇게 될 거라면서?"

"에이, 아닙니다. 결혼은 저 혼자만 합니까?"

"왜? 은후가 새침 떨어? 마음 안 보여줘? 야, 이은후. 비싸게 굴지 말고 엔간하면 우리 문 이사 좀 봐줘라. 뭐가 모자라냐? 이 중증 브라더 콤플렉스야. 이젠 환상에서 깨어나야지."

"아니에요! 세진 오빤 괜히……."

"맞습니다, 유 사장님. 친구분더러 제발 자제 좀 해달라고 부탁해 주세요. 너무 강하게 태클 들어와서 은후 씨 곁에 다가가는 것도 무섭습니다."

반 농담, 반 진담. 미소 지으며 서준이 엄살 부리는 척했다. 세진이 혀를 찼다. 예전부터 태흔이 알게 모르게 은후 주변에 얼쩡대는 녀석들을 소리 소문 없이 정리해 오던 것을 그만큼 잘 아는 사람도 없다. 어린 누이를 보호하느라 까다롭게 군다고만 알고 있었는데. 지금도 그 짓을 계속하고 있었다니.

"중증 시스터 콤플렉스 같으니라고! 그 자식 아직도 네 주변 남자 제거하고 있었냐?"

"여하튼 태흔 씨도 문제야. 이젠 은후 씨 좀 놔줄 때 됐지. 자기도 곧 장가갈 거면서, 언제까지 누이동생 남자를 걷어낼 거야?"

재인도 맞장구를 쳤다.

"세 살 버릇 여든까지 간단다. 그 자식은 은후 네가 결혼해도, 신혼집 들러 몰래 점검하고 갈 놈이야. 문 이사, 나름 조심해야 한다고. 그 자식한테 잘못 보이면 국물도 없어."

"이미 잘못 보인 것 같아 걱정입니다만."

서준이 여전히 반 농담 반 진심 담아 나직하게 중얼거렸다. 가재는 게 편이라고 그래도 은후는 태흔 편이었다.

"너무 그러지 마세요. 오빤, 오빠 나름대로 저에게 최선을 다하고 있는 거예요."
"그 최선이 너무 지나치니 문제인 거죠. 은후 씨, 이 세상 그 어떤 오빠도 이렇게 심한 간섭은 하지 않는답니다."
"맞아, 맞아. 문 이사, 말이 좀 통하네. 말해두는데, 너 태흔이 놈이 이 세상에서 유일한 완벽남인 줄 알지? 마, 그거 순전히 왕구라야."
"에?"
세진이 젓가락으로 허공을 내질렀다.
"태흔이 자식 진짜 엉큼하고 음흉한 놈이거든. 너도 이젠 환상에서 깨어나라고. 감춰둔 비하인드 스토리, 펼치면 이 박 삼 일도 모자라, 인마."
"비하인드 스토리라뇨?"
"그 자식 말이지, 군대 있을 때 청담동 미스바헤 한 마담이랑 그렇고 그런 사이였지. 지금도 수상해. 틈틈이 내 별장 열쇠 빌리는 것을 보면 분명히 남모르게 묘령의 여성과 밀회 중이라는……."
은후의 눈이 갑자기 새파란 빛을 띠었다.
"진짜예요?"
어쩐지 뾰족하게 들리는 은후의 물음에 세진이 고개를 흔들었다. '한 마담'이라는 수상쩍은 단어가 나오자마자, 부드러운 입술을 꼭 앙다물고 있다. 얌전하나 속 깊이 성깔이 드러나 보이는 은후의 이마를 건너다보며 세진은 피식거렸다. 홀로 아베마리아를 그었다.
'태흔아, 미안하다. 너, 언젠가는 피 말려 죽겠구나.'
사내끼리 의리가 있지, 태흔의 여자 편력을 대놓고 까발릴 수는 없지. 제 오빠가 세상에서 가장 멋지고 순결한 총각으로 믿고 있을 은후의 환상을 완전히 박살 내자니 좀 미안해졌다. 물론 나중에 태흔이 알면 그는 최하 사망일 거다. 경솔하게 내뱉은 자신의 입을 탓하며 세진은 너털웃음으로 얼버무리려 했다.

"아니, 그런 소문이 돌았다는 거지. 그러니까…… 자자! 내 말의 요지는 태흔이 놈도 제 놀 것 다 놀고 다니니까, 제 앞가림 충분히 잘하니까, 넌 그놈 걱정 하지 말고 네 일이나 하란 말이지."

이렇게 친구라 믿었던 세진이 은후 앞에서 태흔의 스캔들을 까발리고 있는 줄도 모르고, 태흔은 뉴욕에서 걸려온 전화를 받고 있었다. 그가 은밀히 부탁한 일이 제대로 성사되었다는 반가운 소식이었다.

"협조 감사합니다. 조만간 이 은혜를 갚을 때가 오겠지요. 그럼, 다음에."

전화를 끊고 난 후 태흔의 선명한 입술에 거의 사악하게 느껴지기까지 한 미소가 슬쩍 흘렀다.

'좋아. 이것으로 귀찮은 날파리 때문에 신경 쓸 일은 사라지겠군.'

그의 시선이 책상 위의 달력에로 갔다. 추석. 보름 후는 할머니 진 여사의 팔순 잔치이다. 그리고 러시아 장기 출장이 예정되어 있다.

'돌아오면 11월. 좋아, 그때 결혼 발표를 하자고. 결혼식은 크리스마스이브야, 공주님. 싫어도 할 수 없어. 무슨 일이 있어도 넌 내가 정한 스케줄에 따라올 거야. 내가 그렇게 만들 작정이거든.'

태흔은 잠시 손가락 끝으로 책상을 두드렸다. 타산적이고 영활한 빛이 검은 눈 속에 위험스레 물결쳤다. 이 정도 즈음에서 새침한 공주님을 한 번 뒤집어놔야 할 시점이다.

'한 번만 더 강하게 밀어볼까? 기진맥진해지도록. 그다음에 끝장을 보자고, 이은후.'

어디까지 밀려가야 은후가 자신의 진심을 인정할지 두고 봐야 할 일. 태흔은 다시 휴대전화를 집어 들었다. 연인의 번호를 눌렀다.

"뭐 해?"

[세진이 오빠하고 재인이 언니 전시회장에 오셨어. 문 이사님이랑 넷이서 같이 식사하고 차 마셔.]

"아하."

문 이사란 인간과 점심 식사를 같이하셨어? 그것으로도 모자라서 지금까지 차를 마시고 계셔?

가볍게 코웃음을 치고 말았다. 세진이나 재인이는 상관없지만 문서준과 식사 따위를 같이한다는 말은 함부로 하면 안 되는 거지, 이은후.

분명히 경고를 해둔 것 같은데, 문서준 이 자식은 은후에게 떨어져 나가기는커녕 어떻게 된 게 더 찰딱 달라붙어 가는 모양새였다. 태흔은 지그시 이를 악물었다.

명목은 추석 선물이라는데, 무슨 신부 예단 보내온 줄 알았다. 어제 목동 서준의 집에서 각양각색의 선물 꾸러미가 들어오는 것을 가만 두고 보고는 있었지만 속이 뒤집어지는 것을 어찌할 수가 없었다.

분명히 은후에게 근접도 하지 말라고 경고해 두었는데, 말이다. 멍청한 건지, 건방진 건지, 아니면 간이 밖으로 튀어나온 놈인지 알 수가 없다.

'아주 대놓고 내 경고 따윈 씹겠노라고 시위하는 거잖아. 이 자식, 뉴욕으로 튀기 전에 진짜 손을 한번 봐주어야겠어.'

태흔은 오랜만에 유치찬란한 전의를 불태웠다. 한 주먹 감도 안 되는 비리비리한 문서준 같은 놈에게 어쩐지 희롱당하는 느낌이랄까. 그 녀석 때문에 속이 뒤집어지고 있다는 것을 인정하려니 솔직히 정말 속이 쓰라렸다. 억지로 목소리를 가다듬으며 점잖게 물어주었다.

"몇 시쯤에 헤어질 예정이냐?"

[조금 있다가 일어설 거야. 난 학교 가서 교수님께 추석 인사드리고 그리고 집으로 가야지.]

"저녁 같이 먹자. 회사로 와라. 먹고 같이 들어가게."

[어, 괜찮은데.]

"일곱 시. 사무실로 와. 디너 배달시킬 테니까. 나도 바빠서 멀리 나갈 시간 없다."

일방적으로 전화를 끊어버렸다. 약 올라 새큰거리는 작은 얼굴이 보이는 것 같았다. 원래의 은후 성질머리로라면야 분해서는 휴대전화를 태흔 자신의 얼굴인 양 화풀이 삼아 확 물에다 집어넣고 말지. 결국은 못 하겠지만.

피식 웃으며 그는 다시 휴대전화 버튼을 눌렀다.

[뭐예요?]

사뭇 전투적으로 들린다. 탁 쏘는 탄산음료 같은 목소리가 들려왔다.

"우리, 좀 만날 수 있을까요?"

[스케줄 표를 봐야 해요. 흠, 한 달 후에나 시간이 있을 예정이네요.]

“오늘 오후.”

태흔은 책상에 놓인 하루의 스케줄 표를 내려다보았다.

“여섯 시 오십 분에 뵙죠. 숙적의 동향을 파악하기 위한 목적도 환영합니다. 임세라 씨의 방문을 적극 권장하는 바입니다.”

[원하는 게 뭐죠?]

“역시 눈치가 빠르다니까. 혹시 러시아 천연가스 송유관 쪽에 관심있어요?”

역시 영리한 여자다. 제꺽 알아차렸다. 갑자기 정색한 목소리가 되었다. 딱 잘라 시원스레 대답했다.

[알았어요. 시간 맞춰 가지요.]

역시 머리 좋은 여자란 말이지. 은근히 마음에 드는군. 엷은 미소가 잠시 선명한 입술 사이로 자리 잡혔다.

임슬이 과장이 홍차 한 주전자를 들고 들어오다가 멋진 회장님이 휴대전화를 만지작거리면서 홀로 미소 짓고 있는 것을 보았다.

대체 누구와 통화를 하신 걸까? 저렇게 섹시하게, 저렇게 은밀하게 웃고 계시는지. 정말 궁금해졌다.

‘분명 애인하고 전화하신 거야. 거참, 궁금하네. 바른 생활 사나이, 언터처블 가이라는 우리 회장님이 감춰둔 여인네는 대체 누구지?’

호기심에 떨며 임슬이 과장은 돌아섰다.

“임 과장.”

“네? 회장님.”

“일곱 시에 고구려호텔 디너 이 인분만 주문해 줘요.”

아앗, 사무실로 연인이 방문하신다구요, 회장님? 임 과장은 두근대는 가슴을 억누르며 겉으로는 무척 사무적으로 대답했다.

“알겠습니다.”

“은후 녀석이 전시회 오픈 기념으로 밥 한 번 사달라고 며칠이나 졸랐는데, 내가 일이 많아서 나갈 수가 없어. 어떡해, 여기서라도 때워야지.”

이런, 은후 아가씨의 방문이라고? 연인과의 미팅이 아니로구나. 임슬이 과장의 두근거리던 심장이 일순간 냉각되었다.

사무실에서의 근사한 밀회란 로맨스의 기본 팁이 아니더냐. 업무 바쁘신 능력 많은 회장님의 연애질이란 마땅히 이러해야 하는 법. 노을이 흐르는 사무실 발코니에서의 우아한 디너, 그리고 은밀한 키스, 혹시 모르지. 거기서 더 나가면 짜릿짜릿한 사무실에서의 섹스. 뭐, 이런 것까지 이어지는 화끈하고 로맨틱한 스케줄을 기대했건만.

아, 물론 거의 불가능한 일일 테지만, 섹시한 회장님이 연인에게 키스라도 하는 장면을 도촬할 수도 있을지 모르는데. 아하, 아니라굽쇼? 누이동생님이 오신다구요?

“그리고 여섯 시 오십 분에 아진그룹 임세라 이사가 사무실로 찾아올 겁니다. 바로 안내해 줘요.”

“아진의 임세라 이사님이요?”

헉, 이 무슨 귀 팡 뚫어지는 희소식이냐? 박 이사님의 귀띔으로는 그분과 우리 섹시 최강 회장님께서 무려 ‘맞선!’ 이라는 것을 보았다던데. 이거 정말, 우리 전부가 기대한 사무실에서의 밀회가 실제로 일어나는 것이 아니더냐?

오지랖 넓은 임 과장의 가슴이 또다시 부풀어 오르기 시작했다.

세라는 정확히 일 분의 오차도 없이 도착했다.

"어서 오십시오."

태흔이 직접 사무실 문을 열어주었다. 들어가며 임 과장을 돌아보았다.

"임 과장, 디너 준비는?"

"일곱 시 십 분에 세팅 시작하겠습니다."

"아, 식사는 필요없어요. 여덟 시까지 다른 모임에 가야 하니까."

세라가 사양하려 했다.

"임세라 씨를 접대하려고 디너 주문한 게 아닙니다."

김칫국부터 마시고 있군. 태흔은 너무나 아무렇지도 않은 얼굴로 세라의 입을 막아버렸다.

"하루 일과 중 유일한 여유 시간에까지 사업적 관계를 가진 사람하고 식사를 같이하긴 싫어요. 소화가 안 되거든."

"기가 막혀."

완전히 무시당한 거다. 세라는 짜증 난다는 표정을 감추지 않았다. 긴 다리를 거만하게 꼰 채 소파에 앉았다.

"좋아요. 이야기해 보죠. 러시아 송유관이 어떻다구요?"

"다음 달에 드디어 양해각서를 체결하게 될 것 같습니다만."

용용, 죽겠지? 태흔은 승자의 여유를 담아 나직하게 자랑질을 펼쳤다. 세라의 눈썹꼬리가 휙 하고 올라갔다.

"빌어먹을. 황금알을 낳는 거위를 혼자서 꿀꺽했군."

"문제는 우리의 일손이 부족하다는 겁니다. 솔직히 자금도 좀 달리고. 그래서 말 잘 통하는 임세라 씨에게 SOS를 친 겁니다. 컨소시움, 만들까 해요. 우리, 아진. 그리고……."

"그 정도로 큰 덩치를 해결하려면, 뭐, 혜성그룹 정도는 끼워줘야죠."

제 것을 잘라주듯 세라가 거만하게 파트너를 간택했다.

"저도 그렇게 내정하고 있었습니다. 역시 우리들의 이해관계는 정확히 일치한다니까요."

세라가 심히 의심스러운 표정을 감추지 않고 싱글대는 태흔을 노려보았다.

"이태흔 씨, 먹음직스러운 고깃덩이를 선뜻 내미는 이유, 궁금한데요. 당신, 이렇게 공정하고 착한 캐릭터 아니잖아요. 나에게 죄지은 것 있어요? 솔직히 말해요."

"글쎄요. 오늘 들어온 급보에 의하면 UAE의 알 슈와이핫 에스투 담수발전 공사를 아무래도 우리가 수주하게 될 것 같아서."

미안해서 어쩌나, 얄미운 미소를 지어 보였다. 세라가 잠시 멍한 얼굴을 했다. 갑자기 얼굴을 확 붉혔다. 바락 고함을 쳤다.

"이 빌어먹을 작자 같으니! 지옥에나 떨어져요. 16억 불짜리를 혼자 꿀꺽해? 우리가 거기다 얼마나 공을 들였는데. 날름 생으로 가로채?"

"가로채기는, 복수혈전이지. 우리가 노렸던 HTC의 지분을 냉큼 먹어치운 건 그럼 장난인가?"

캐나다와 북미 지역의 조력발전 원천기술을 가진 회사의 지분 인수를 위한 공작을 벌이는데, 갑자기 중간에서 끼어들어 물먹인 게 누군데? 그렇게 따지면 우리도 할 말 많습니다. 태흔은 눈 하나 까딱 않고 태연히 되받아쳤다.

“한 대 맞으면 열 곱으로 갚아줘야 기분이 풀리거든. 자, 헛소리 말고 관심 있으면 고깃덩이를 물도록 하시고, 관심 없으면 조용히 일어나시지. 바깥에서 애인이 기다리실 텐데, 시간 낭비 하지 말아요.”

세라가 고개를 치켜들고 책상에 걸터앉은 태흔을 빤히 노려보았다. 역광을 받아, 더 검게 보이는 머리카락과 빛나는 새하얀 셔츠 깃. 그보다 더 빛나는 사내의 수려한 모습을 응시하다가 느닷없이 감탄을 터뜨렸다.

“역시 섹시하다니까!”

“내가 섹시한 줄은 나도 잘 아니까 임세라 씨까지 가세해서 확인시켜 줄 이유는 없습니다.”

“이태흔 씨. 이렇게 거만하게 굴 때 정말 당긴단 말이지.”

세라가 몸을 일으켰다. 두어 발자국 다가와 턱 아래 서서 말끄러미 올려다보았다. 망설이지 않고 넥타이를 잡아당겼다. 태흔은 빤히 세라를 내려다보았다.

“충실한 아기 아빠는 어디다 버려두고 오셨나 그래? 이런 황당한 시추에이션은 별로 반갑지 않은데요?”

“그거야 그 남자 사정이고. 지금 내가 원하는 건 당신인데 어떡하나?”

“내 사무실로 불러들인 경쟁사의 적수와 섹슈얼하게 노닥거리는 건 취미없습니다만.”

“비싸게 구시긴. 공식적으로 결혼까지 약속할 정도로 가깝다고 소문난 사이에, 팬들의 기대를 한 번 정도는 채워줘야지. 안 그래요? 그래야 내가 나가고 나서 당신 비서들이 뒷담화 깔 일이 생기지."

세라가 태흔의 넥타이를 더욱더 강하게 끌어당겼다. 그를 더 가까이 다가오게 만들었다. 슬쩍 젖은 혀를 내밀어 남자의 입술선을 따라 핥았다. 가뭇한 눈동자로 빙글빙글 웃으며 놀렸다.

"재미있어라. 그 명성 높은 '언터처블 가이'의 두 번째 키스도 내가 빼앗다니."

태흔이 눈을 내리깐 채 자신의 턱 아래 매달린 세라를 내려다보았다. 가소롭다는 뜻으로 픽 하니 웃음을 날렸다.

"원래 여자는 빼앗기는 키스가 전문 아닌가? 빼앗는 거 말고는 제대로 키스해 본 적이 없나 보죠, 임세라 씨?"

"마초 같으니! 여자는 눈 감고 얌전히 남자의 키스를 기다려야 한다고 믿는 건가요?"

"우리 둘 다 사냥꾼이니, 하기는 빼앗는 게 전문이기는 하죠."

이 정도로 건드리는데, 반응 하나 없단 말이지. 세라가 이를 갈았다. 언제나 세상을 아래로 내려다보는 남자의 잔혹하고도 날카로운 눈은 반쯤 오만하게 감겨 있었다. 그 나른함과 위험함은 배가되어 있었다.

"강적이네, 당신. 나에게 유혹당하면서도 어떻게 이토록 오만할 수 있을까?"

"서로 감정이 없어서일 겁니다."

"감정 생기면 서로 곤란하지. 우리들이 정말 시작하면 끝장은 살인일 텐데."

"그래서 끝까지 빠지지 않는다? 그런데 정도경한테는 그게 안 된다?"

"정답. 어떤 것에든 끝까지 빠지지 않는 건 당신도 마찬가지지."

"그거야 모르는 일이죠. 파도 파도 끝이 없는 게 사람 속이니까."

세라의 입술에 물방울 같은 미소가 매달렸다. 다짜고짜 그녀의 입술이 다시 태흔의 입술 위로 부딪쳤다. 고집스레 꾹 다물린 채 절대로 쉬이 열리지 않는 남자의 입술 위에서 아주 유혹적으로, 속삭였다.

"그냥 열어요. 아무리 반항해도 우린 지금 키스하게 돼 있어."

"싫은데요."

그 틈을 놓치지 않고, 세라의 젖은 혀가 태흔의 입술 속으로 파고들었다. 흑요석처럼 단단하고 아무런 감정이 담기지 않은 무기질의 검은 눈동자가 번쩍 빛났다. 더없이 능란하고 유혹적인 혀가 능숙하게 관능의 느낌을 선사하는 것을 이삼 초간 방관했다. 이내 너무나 아무렇지도 않게, 더없이 무정하게 세라의 어깨를 잡아 자신에게서 떼어놓았다.

역시, 여왕님. 절대로 패배를 인정하지 않는 세라가 먼저 선수를 쳤다.

"당신 키스, 진짜 맛없어."

"어떤 남자든 강제로 당하는 키스는 별로 재미없거든요. 게다가 난 내 여자의 키스 말고는 별로 동하지가 않아서."

"흠. 그래요? 당신이 감춰둔 여자가 누군지 갑자기 아주 많이 궁금해지네."

마주 선 세라와 태흔이 키스를 빙자한 기 싸움을 벌이고 있는 바로 그때, 사무실 문 바깥에서는 비서실 직원들이 오랜만에 반가운 손님을 맞이하고 있었다.

"안녕하세요?"

"어머나, 은후 아가씨. 어서 오세요."

"안녕들 하셨어요?"

진 여사가 회장 직을 수행하고 있었을 때 가끔 사무실에 드나들었기에, 비서실 직원들은 은후를 잘 알고 있었다. 하나같이 반가워하고 있었다.

"오빠랑 같이 식사하기로 약속을 해서요. 안에 계세요?"

"네. 그렇지 않아도 디너 이 인분 주문하셨어요. 곧 세팅할 예정입니다. 지금 손님 면담 중이신데, 들어가세요."

"아니에요, 기다릴게요."

은후는 미소 지으며 파이 상자를 임 과장에게 건네주었다.

"임 과장님 좋아하시는 레몬트리 파이 세트예요. 나눠 잡수세요."

"만날 죄송해요. 이런 것 안 사오셔도 되는데!"

말로는 사양하면서도 좋아라 한다. 임 과장이 벙실벙실 웃으며 파이 상자를 받아 들었다.

"그리고 이것도."

은후는 W백화점 로고가 그려진 은빛 종이백 하나씩을 비서들 책상에 일일이 놓아주었다.

"명절 인사예요. 변변치는 않지만요. 그동안 오빠를 보좌해 주시느라 고생 많으셨어요. 시간 나시면 집에서 뵈어요. 할머님께서 진지라도 같이하자시네요."

"다 같이 한 번 찾아뵙고 인사드리겠습니다."

"그래 주세요. 할머니께서 좀 적적하신가 봐요."

참 예쁘게도 웃는다. 상냥하고 우아하고 곱다운 모든 것이 실체로 화신한 듯하다. 은후의 사랑스러운 모습 앞에서 신임 비서인 홍 대리의 넋이 빠졌다.

너도 은후 아가씨 미모의 거미줄에 걸렸구나. 임 과장은 비틀거리며 탕비실로 들어가는 홍 대리를 따라갔다. 그의 허리를 쿡 찔렀다. 냉정하게 경고하였다.

"아서, 홍 대리. 우리 회장님, 누구든 은후 아가씨 곁눈질하는 것, 싫어하셔."

"에?"

"힐끔거리지 말란 말이야. 물론 은후 아가씨가 정말 예쁘긴 하지. 하지만 벼랑의 꽃이라고. 알아들어? 눈 한 번 잘못 돌렸다간 그 자리에서 끽, 이란 말이지. 이 사람아, 괜히 인생 망치지 말고 눈 돌려."

철딱서니 홍 대리에게 오금을 박아두고, 임 과장은 언제나 상냥하고 비서들의 애환을 잘 이해해 주시는 공주마마 은후를 위해 직접 차 한 잔을 내갔다.

화사한 꽃봉오리처럼 예쁘게 미소 지으며 차를 마시는 은후를 바라보다가 문득, 요즈음 보스 짱의 새로운 이벤트인 〈회장님 장가보내기〉를 떠올렸다.

〈고구려호텔 4인용 숙박권〉이라는 큰 상품이 걸린 대박 콘테스트인 것이니, 승명의 보스짱 팬클럽 회원들은 아직 미혼인 회장님의 결혼 상대자로 어떤 여자가 가장 어울릴까 가상 짝짓기를 하는 중이었다.

약간 불경한 일이기는 하였으나 임 과장은 마음속으로 슬쩍 회장님과 앞에 앉은 사랑스러운 미녀를 나란히 세워보았다.

'옴마옴마, 웬일이니? 웬일이니?'

어떤 미녀를 옆에 앉혀도 영 미진하고 모자라다. 하긴 회장님이 여간한 인물이어야지. 누구도 아니다 싶었는데. 태흔과 은후를 나란히 세워놓으니 이것, 완전한 그림이 되는 것이 아닌가.

물론 아까 사무실로 들어간 아진의 공주마마, 알게 모르게 회장님과 맞선을 보았다는 상대인바, 상당히 강력한 후보이기는 했으나, 너무 도도하시고, 너무 강하시고, 너무 세련되시어서 어쩐지 아니다 싶었다. 그녀들의 회장님은 그렇게 강한 여자들을 제압하기를 좋아하지, 사랑할 것 같지는 않았다.

비서 경력 십일 년. 눈치 천 단 임 과장은 슬쩍 옆얼굴을 보인 은후를 살폈다. 상긋상긋 웃어가며, 박 이사님과 담소를 나누는 상냥하고 조신한 자태를 훑었다.

'캬하, 분위기 좋고. 우리 회장님하고 분위기가 너무 비슷하단 말이지. 역시 남매라서 그런가? 인터넷 가상인데, 뭐 어떠려구? 한 번 미친 척하고 짝짓기를 시켜봐?'

눈치를 보며 임 과장은 슬금슬금 보스 짱에 접속하였다. 화면을 아래로 내려놓고 인터넷 검색을 시작하였다. 앞에 앉은 은후 아가씨의 사진을 한 번 찾아볼 참이었다.

그때 노크 소리가 나고 하얀 모자를 쓴 요리사들이 트레이를 밀고 나타났다.

"회장님, 디너 서비스가 도착했습니다만."

[좋아요, 들여보내요.]

임 과장은 요리사에게 들어가라고 손짓을 했다. 인터폰에서 회장님의 목소리가 다시 흘러나왔다.

[손님은 아직 도착 전인가?]

"아닙니다. 오셨습니다."

요리사들이 노크를 하고 회장실 문을 열었다. 순간, 안에서 펄

쳐진 광경 앞에서 다들 잠시 얼어붙었다.

책상에 비스듬히 걸터앉은 회장님과 그 앞에 딱 버티고 선 아진의 공주님. 방금 키스를 끝낸 포즈로 붙어 있지 않는가. 요리사 뒤에 서 있던 은후 역시 그대로 굳어버렸다. 허공에서 태흔과 은후의 시선이 잠시 부딪쳤다.

14장

담대하고 자신에 가득 찬 세라가 그깟 몇 사람의 시선에 주눅이 들 리가 없다. 마치 고삐라도 쥔 것처럼 태흔의 넥타이를 움켜쥔 손에 힘을 풀지 않았다.

"어머나, 이렇게 사랑스러운 아가씨가 찾아오기로 되어 있었다니. 새로운 연적의 등장인가요?"

태흔이 슬쩍 세라의 손을 털어냈다. 분명히 은후의 눈에서 번쩍이던 것은 푸른 번개렷다. 제 남자가 다른 여자에게 키스를 당하는 장면을 목격했으니 은근히 앙칼진 놈이 가만있을 리가 만무하지. 만족감이 물결쳤다.

"괜찮습니다, 들어오세요."

제일 먼저 움직인 건 역시나 프로인 요리사들이었다.

프라이비트 파티를 준비할 때면 종종 보게 되는 광경이다, 이 말이다. 새삼스러울 것도 없다는 태연한 안색으로 트레이를 몰고 안으로 들어갔다. 사무실 안쪽, 발코니와 연결된 회장님의 개인 휴게실 안으로 들어가 세팅을 시작했다.

"너도 들어와."

"소, 손님이 계신데……."

노골적인 광경 앞에서 어느새 얼굴이 벌게져 있었다. 더듬거리던 은후가 들어오란 말에 오히려 한 발 물러났다.

"곧 가실 거다, 들어와. 임세라 씨, 소개하죠. 곧 가족이 될 수도 있을 텐데. 누이동생 은후입니다."

"아하? 소문의 그 누이동생?"

"소문의?"

태흔의 짙은 눈썹이 치켜올라 갔다. 혹여 은후에 대한 불순한 뒷담화라도 도는 건가? 갑자기 굳어지는 그를 바라보며 세라가 싱긋 웃었다.

"당신 닮아서 절세미녀라고 하던데요. 흠, 소문이 과장은 아니네. 생각보다 더 예뻐요. 대단하게 아끼고 보호하시는 누이동생이라던데? 안녕하세요? 임세라예요."

엉거주춤 은후도 묵례를 할 수밖에 없었다.

"뭐, 첫인상이 그다지 좋지 못하게 되었네? 하지만 댁의 오빠에게 키스한 건 절대로 반성하지 않겠어요. 이 남자가 너무 매력적이고 잘생겨서 날 도발했거든요. 난 원하는 건 가져야 해. 너무 화내지 말아요? 응?"

뭐야, 이 여자. 아무리 맞선 본 상대라고 해도 말이지, 너무 뻔뻔한 거 아냐? 염치없는 거 아냐? 직원들이 뻔히 훔쳐볼지도 모르는 사무실에서 남의 남자 입술을 함부로 훔쳐 놓고도 반성하지 않는다고? 이 남자 입술이 그렇게 값싼 건 줄 알아?

은후의 속에서 울컥 불이 치밀어 올랐다. 꾹 참고 아무렇지도 않은 얼굴을 하려니 미칠 것만 같았다. 진정하려고 애를 썼지만 한 번 가슴에 붙은 노화(怒火)는 쉽게 꺼지지 않았다.

역시 강적? 태흔도 기가 차서 피식 웃고 말았다. 그만해서 세라를 만류했다. 여기서 더 나가면 심약한 은후 녀석, 울음보를 터뜨리고 말 것이다.

"그만하세요, 세라 씨. 우리 은후 이런 것에 별로 면역없으니까. 인사해라, 은후. 아진그룹의 임세라 이사, 사업적으로 의논할 일이 있어서 잠시 들르신 거야."

"어머나, 정말 놀랐나 보네? 장난이에요, 장난! 그만 놀라요."

남의 남자 입술을 함부로 훔치는 게 장난이니? 아무리 참으려 해도 이왕 속상한 터라 은후의 입술이 대추 문 듯 볼록해졌다.

"오 마이 갓! 은후 씨, 정말 너무 귀여워!"

빤히 은후를 지켜보고 있던 세라가 갑자기 호들갑스럽게 비명을 질렀다.

자신이 만사 대차고 강하다 보니, 세라는 아름다운 여자에게 좀 약한 편이었다. 비현실적으로 연약하고 하늘하늘 청초한 미녀만 보면 홀딱 빠지는 스타일이었다.

태흔의 누이동생 이은후가 굉장한 미인이란 말은 예전부터 듣고 있었다. 오라비의 미목수려한 모습을 닮았으면 그 누이동생의 미모도 대단할 테지, 하고 생각은 했다. 하지만 그 누구도 이렇게 희귀하도록 우아한 미인. 꼬집어보고 싶도록 사랑스러운 여자라고는 말하지 않았다.

쇼윈도에 진열된 구체관절 인형 같았다. 진짜 사람이라고 보기 어려울 정도로 깜찍하고 아름다운 미녀라니. 세라가 탐욕스럽게

다가오더니, 망설이지 않고 은후의 볼을 긴 손가락으로 쿡 찔렀다. 정말 살아 있는 사람인지를 확인하는 동작이었다.

"어머! 진짜 사람이네? 은후 씨, 진짜 멋지다아~ 나 팍 호기심 생겨 버렸어! 어쩐지 우리 좀 자주 만나서 친해질 것 같은 느낌이 들지 않아요? 자, 그럼 저는 이만 퇴장하죠. 남매끼리 정다운 시간 보내시죠. 조만간 연락할게요, 태흔 씨. 그럼 은후 씨, 다음에 봐요."

멍하니 선 은후와 기가 막혀 피식거리는 태흔을 남기고 토네이도처럼 세라가 퇴장했다.

엘리베이터 앞에 서 있던 도경이 사무실을 빠져나오는 세라를 보고는 버튼을 눌렀다. 세라가 고개를 휙 돌렸다. 세련되고 상냥한 사업적 가면을 싹 지운 후이다. 그녀의 얼굴은 거의 야차처럼 사납게 변해 있었다.

"이태흔, 언젠가는 저 거만한 얼굴을 긁어버릴 거야!"

이를 갈았다. 도경의 단단한 팔이 마치 태흔의 면상이나 되듯이 움켜잡아 붉은 매니큐어가 칠해진 손톱을 깊이 박았다.

"감히 우리 몫인 UAE의 알 슈와이핫 에스 투 담수발전 공사를 가로채? 짜증 나! 어떻게 뒤통수를 쳐주지?"

"현재 스코어 동점이니 그만 화를 내시죠."

"아직 내 성질 몰라? 난 내 거 건드리는 놈은 못 봐. 두고 보라지, 이태흔! 언제고 열 곱으로 갚아줄 거야."

"아직은 그 남자에게 기대고 있는 부분이 없다고 말 못 하니까요. 밸 꼴려도 참으셔야 할 겁니다."

"우리 문제가 말끔하게 해결되고 난 다음에 두고두고 괴롭히자? 그것 마음에 드네."

세라가 로비 앞에 대기한 승용차에 올라탔다. 차 문을 닫아주고 운전석에 올라타는 도경의 각진 어깨를 바라보았다. 한 손을 단단한 허벅지에 갖다 대며 아주 달콤하게 속삭였다.

"도경 씨, 오늘 밤 나랑 식사 같이할래? 아까 그 남자랑 맛없는 키스했더니 입맛만 버렸어. 소독 좀 해야 할 것 같아."

"흠, 그 남자랑 키스했습니까?"

"보기 좋은 떡이 맛도 좋은지 간 좀 봤지."

"그래서요?"

"안심해. 당신만 못 해. 쇼윈도에 전시해 놓은 파라핀 음식 맛, 났어."

기습적으로 세라가 고개를 기울여 도경의 턱을 살짝 깨물었다.

"그 남자, 진짜 짜증 나. 나랑 너무 닮았어. 그 인간 하는 꼴을 보고 있으면 거울을 보는 것 같다고! 대체 이태흔의 약점이 뭐야? 내 패만 뒤집어져 있으니 진짜 짜증 나."

"뱃속의 아기를 위해서 입조심 좀 하시죠. 태교하세요."

"어머나, 그러셔? 이런 나에게 미쳐선 제 무덤 파고 있는 인간이 누구더라?"

도경이 씩 웃으며 한 팔을 뻗었다. 한 손으로 핸들을 잡고 다른 손으로는 세라의 어깨를 감싸 안았다. 그녀의 머리를 자신 쪽으로 끌어당겼다.

"날 힘들게 하는 그 이태흔이, 어떻게 갈아버릴까 같이 고민해 줘. 어때? 도경 씨, 자기가 그 인간 납치해선 산 채로 파묻어 버릴래?"

세라가 아주 달콤하게, 눈 하나 까딱 않고 살벌한 제안을 했다.

도경이 피식 웃었다.

"당신이 정말 원한다면 파묻어보겠지만, 그런 짓을 하다간 내가 먼저 생매장될 겁니다."

"제길! 그럼 그 누이동생을 이용하면 어떨까? 끝내주는 미인이던데, 자기가 유혹해 줄래? 이태흔 저 인간, 발라당 뒤집어지는 꼴 꼭 좀 봐야겠어."

"절세미인이라니 좀 당깁니다만, 문제는 아예 근접이 불가능하다는 겁니다."

"왜?"

"무려 세 명이나 쫓아다닙니다."

"보디가드가?"

도경이 고개를 끄덕였다. 세라가 한 손으로 사내처럼 턱을 쓸었다.

"아무리 누이동생을 귀여워한다 해도 보디가드를 셋이나 붙여? 그것참 지독하네. 우리 아버지보다 더한 감시망이네?"

"입양한 누이동생입니다."

"입양?"

세라의 눈동자가 문득 꺼멓게 깊어졌다. 영활하게 반짝이기 시작했다.

"호오, 그래? 갑자기 흥미진진해지는 시추에이션인데? 그 절세미녀가 이태흔의 친동생이 아니다? 입양한 동생이다, 이 말이지?"

까딱했으면 도경에 의해 산 채로 파묻힐 뻔한 그 남자 태흔. 그런 식으로 새침한 연인에게 질투의 불을 당기는 데 성공했다. 임세라를 잘도 이용해 먹은 다음 고이 내보내 드렸다. 황당해져선 맹하니 서 있는 은후에게 턱짓을 했다.

"먼저 앉아 있어, 난 좀 손 씻고. 밥 먹자, 배고프다."

"내가 거지야? 오빠랑 밥 안 먹어!"

아무 여자에게나 키스당하고 다니는 저 남자를 어쩌면 좋아. 은후는 저 남자의 턱을 물어뜯어 버려야 하는 걸까 아니면 주먹을 날려야 하는 걸까 잠시 궁리했다. 결국 생각해 낸 게, 기껏 골난 표정 지으며 바락 소리치는 것이었다. 그러한 소심한 복수로도 속이 시원해졌다.

흔치 않은 일이지만 그만큼 열 받았다는 뜻이다. 아기 고양이가 야옹거리면서 발톱을 세우고 반항하고 있었다. 태흔은 눈을 부라렸다.

"엇다 대고 소리 지르고 난리야? 할머니가 널 잘못 가르쳤단 이야기 듣고 싶어?"

"웃기는군. 오빤 그럼 왜 그러는데?"

"뭐가?"

얄밉게도 빙글빙글 웃고 있다. 뻔뻔한 저 입술을 피나게 물어뜯어 버릴 수 있다면 얼마나 좋을까?

"할머니가 그럼 오빠더러는 사무실에서 뻔뻔하게 여자랑 키스 따윌 하라고 가르쳤니?"

민망하게도 은후의 앙칼진 목소리가 살짝 열린 문틈으로 새어 나갔다.

태흔과 은후의 사진을 짝지어서 나란히 올려놓고 역시 어울려. 정말 환상이야. 홀로 흐뭇해하던 임슬이 과장의 손가락에 갑자기 힘이 주어졌다.

뭣이라? 아진의 그 여자가 우리 회장님의 입술을 훔쳤다고? 감히 못생기고 별 볼일 없는 마귀할멈 너 따위가 우리 회장님의 뜨겁고 섹시한 입술을 먹어치워? 좋다, 아진의 임세라 이사. 오늘부터 너는 우리 승명그룹 모든 여직원들의 공적(公賊)이다! 화르륵 불타올라 자판이 부서져라 두들겼다.

〈제목:너, 죽었어. 키스 도둑!〉

태흔이 계속해서 쫑알거리는 은후의 입술을 손등으로 가볍게 쳤다.

"그만하고 입 닫아라."

"흥이네, 민망하고 부끄러운 걸 알아야지."

"기운 빼지 말고 앉아. 별일 아니니까."

어떻게 별일이 아니야? 눈앞에서 연인이 딴 여자와 키스하는 것을 목격했는데. 새큰거리며 은후는 태흔을 노려보았다. 바람피워도 헤헤. 딴짓을 해도 끄덕끄덕할 줄 알았나 보다. 누가 바보 로봇처럼 살까 보냐?

아무리 그녀가 이 남자에게 미쳐 배알 없이 끌려다니는 신세라 해도, 참아줄 수 있는 수준의 한계라는 게 있는 법이다. 하물며 임세라라는 그 여자. 상상한 이상으로 세련되고 멋지고 화사한 미녀라는 데서 충격은 더 컸다. 분하고, 억울하고, 비참한 강도는 더 진해지고 있었다.

문제는 그러한 혼돈의 감정을 드러낼 수 없다는 것. 그래서 은후는 괜히 어처구니없는 신경질을 부려대는 것으로 아프다, 아프다 비명 지르는 내면의 갈등과 고통을 토해낼 수밖에 없었다. 은후는 마지막 용기를 그러모아 다시 팩하니 신경질을 냈다.

"누가 오빠랑 밥 먹는대? 혼자 많이 드셔! 돼지나 되랏! 흥!"

화가 나긴 난 것이다. 겁도 없이 눈 치켜뜨고 캬르랑대더니, 이것 좀 봐라. 횡하니 몸을 돌려 문을 박차고 나가 버리는 게 아닌가. 태흔은 은후가 쾅 닫고 사라진 문이 바르르 흔들리는 것을 지켜보았다.

"성질머리 하고는……."

너무 강하게 밀었나. 혼자 피식거리던 그는 옷걸이에서 재킷을 걷어내고는 문을 열었다. 심상치 않은 분위기 안에서 비서들이 앉지도 못하고 일어서지도 못한 채 난처한 얼굴로 그만 바라보고 있었다.

"나갑니다. 퇴근들 해요."

"회, 회장님! 그럼 디너 서비스는……?"

멋있는 회장님께서 팬클럽 회장에게 선심을 쓰셨다.

"임 과장이 맛있게 먹어요."

어찌 이런 행운이? 역시 비서실 근무가 좋기는 좋구나. 호사스런 호텔 디너가 하늘에서 떨어지는구나. 임 과장과 조정미 대리가 손을 맞잡고 감격하여 몸을 떨었다.

은후는 핸드백을 앞뒤로 흔들며 잔뜩 볼이 부어선 로비를 걸어나가고 있었다. 태흔은 은후의 팔을 잡았다. 그 앞에서는 눈도 못 뜨는 게, 이번에는 제대로 독이 오른 거다. 사뭇 사납게 눈을 치켜뜨고 맹랑하게 되물었다.

"누구세요? 저, 아세요?"

기가 막혔다.

"뭐 하자는 거냐?"

"오빠야말로 뭐 하자는 건데? 저녁 먹자고 부른 게 아니라 약 올리려고 부른 거잖아."

"영리한 놈, 눈치챘구나."

너무나 선선히 인정했다. 그를 노려보는 하얀 얼굴이 우는 것도 아니고 웃는 것도 아닌 일그러진 것으로 변했다.

"기가 막혀서."

"마레 가자. 뇨키 먹고 싶다."

"싫어."

"싫다는 말 한 번만 더 하면."

"하면?"

벌써 로비의 직원들 눈길이 심상치 않았다. 두 사람을 힐끗힐끗 곁눈질하며 지나치고 있었다. 태흔은 둘만 알아들을 수 있게 나직하게 속삭였다.

"여기서 키스해 버린다."

삽시간에 은후의 얼굴이 발갛게 변했다. 태흔은 은후의 팔을 움켜잡고 성큼성큼 걸음을 옮겼다.

두 사람이 모습을 나타내자, 대기하고 있던 김 기사가 서둘러 벤츠의 문을 열었다.

"은후 차 몰고 집에 들어갑니다. 김 과장은 먼저 퇴근하세요."

태흔은 손을 내밀었다. 여전히 볼이 부은 채, 마지못해 은후가 핸드백에서 키를 꺼내 건네주었다. 태흔은 은후가 몰고 온 BMW의 운전석에 앉았다. 은후도 조수석에 앉았다.

"마레 안 가. 뇨키 안 먹어."

태흔이 가자는 곳에를 가지 않겠다는 말로, 그가 먹자는 것을 안 먹겠다는 것으로 은후는 소심한 복수를 계속했다.

"좋아, 계속 바락거려 봐. 그러다가 큰코다치지, 니가."
태흔이 혼잣말처럼 중얼거리며 차를 몰았다.
"어디 가?"
"복수시켜 주러."
"뭐?"
"너 나한테 할 말 많잖아. 잔뜩 해봐. 어디까지 가나 한번 보자."

이십 분 후, 은후는 어처구니없어 태흔을 노려보았다. 차는 그녀의 공방 앞에 와 있었다.
"내려."
"내려선 뭐 하려구?"
"싸우자고."
태흔이 먼저 차 문을 열고 내려섰다.
"어딜 가든 우리 둘, 사진 찍히기 딱 알맞고. 어디 가든 고함지르면 난리 나니까. 여기서 하자. 여기가 제일 조용하잖아."
그가 차에서 내리는 은후의 어깨를 잡아 돌렸다. 굳게 문이 닫힌 공방 쪽으로 밀고 갔다.
"공방 비밀번호, 맞혀볼까?"
그가 귓불에 대고 나른한 숨을 토해냈다. 유혹하듯이, 위협하듯이 속삭였다. 인터콤 버튼 위에 얹힌 은후의 손 위에 자신의 손을 걸쳤다.
"내기하자. 내가 틀리면 정중히 사과하지."
"정말이야?"
"물론! 신사답게 인정하고 임세라 따위 절대로 안 만나."

"오, 오빠가 이기면?"

"너, 내일 아침에 수영 따윈 절대로 못 해!"

그가 자신만만 내뱉었다. 그리고 말릴 사이도 없었다. 태흔이 자신의 손가락 아래 놓인 은후의 손가락을 강하게 눌렀다. 버튼키 번호를 하나씩 눌렀다.

2.

설마…….

2.

아닐 거야!

1.

이럴 순 없어!

2. 2. 3.

그의 손가락이 차례로 은후의 손가락을 움직이게 만들었다. 푸른 빛이 번쩍이며, 찰칵 열쇠가 돌아갔다. 공방의 문이 열렸다. 태흔이 의기양양한 승리의 미소를 물고는 황당해하는 은후를 내려다보았다.

"미안해, 만날 네 책상 서랍 열어서 일기 읽은 게 나야."

"이, 이……!"

"그러게, 이은후. 왜 멍청하게 내 생일로 비밀번호를 정하고 그랬어?"

그가 큰 손으로 은후의 등을 밀었다. 불을 켜지 않아 어두컴컴한 공방으로 둘의 몸이 빨려 들어갔다. 태흔이 손을 뒤로 돌려 문을 잠갔다. 안에서부터 이미 반쯤 내려져 있던 블라인드도 바닥까지 완전히 끌어 내려 버렸다.

"사과해!"

완전히 뿔이 난 채로 은후가 소리쳤다. 나직하나 칼날이 박힌 목소리였다. 어둠 속에서 그의 얼굴이 보이지 않으니 용기를 얻은 거다. 어지간한 그녀도 태흔이 자신의 일기장을 몰래 보고 있었다는 사실에 거의 이성을 잃은 상태였다.

"키스하면."

대꾸하는 태흔의 음성은 부드럽기 그지없었다.

"사과하라고!"

"안아주면."

딴청 피우며 실실거리는 태흔이 너무 미웠다. 너무 분한 나머지, 은후는 분연히 주먹을 움켜쥐었다. 턱 아래에 파고들어 표독하게 노려보았다

"공정하게 굴어. 잘못한 거 맞잖아. 사과해! 남의 일기장 본 거. 빨리 미안하다고 하란 말이야."

"내가 왜?"

그가 두 팔로 은후의 몸을 끌어안았다. 밀어내든 말든 꼭 안은 채 바닥에 다리를 뻗고 주저앉았다.

"사람 그러는 거 아냐. 왜 내 마음을 함부로 제멋대로 오빠가 끄집어내서 읽는 건데?"

"왜, 안 돼? 네 마음. 어차피 내 건데."

은후는 바들거리며 화를 내고 있었지만 여유만만이다. 계속 피식거리며 그녀의 이마에 자신의 이마를 부딪쳤다. 태흔이 은후의 입술을 살짝 깨물었다.

"너무 화내지 마. 벌써 십 년도 지난 일이잖아. 사춘기인 네가 무슨 이유로 변덕을 부려대는지 알고 싶어서 그런 거였다고."

그럼에도 은후의 솟구쳐 버린 노화는 쉬이 식지 않았다. 분함

을 참을 수 없었다. 아무리 어려도 감추고 싶은 비밀은 있는 거다. 태흔이 은후의 사춘기 시절의 행복과 불행, 방황과 고통, 고민과 괴로움, 기쁨과 불안한 미래를 고스란히 읽어 내리고 있었다니. 미치도록 부끄러웠고, 미치도록 화가 났다. 보이지 않는 거미줄에 칭칭 몸이 감겨선, 절대로 풀려나지 못하는 나방의 심정이 이럴까?

그녀는 이렇게 화가 나고 막막할 정도로 분한데, 태흔은 너무 여유롭고, 당당한 데다 상처 하나 입지 않은 것 같아서 화가 더 나고 있었다.

"화내지 마. 너, 오히려 감사해야 한다구."

"뭐야?"

"내가 일기장 훔쳐본 덕분에 너, 미대 진학한 줄 알아."

은후의 입이 막혔다. 외고를 다니긴 했지만 미대로 진학해서 디자인이나 공예작가가 되고 싶다는 꿈을 버리지 못했다. 하지만 할아버지 이 회장의 뜻은 경영대 쪽으로 진학해서 나중에 회사로 들어오라는 것이었다. 그런데 예상치 못하게 할머니가 '은후, 미술하고 싶으면 해도 좋아' 하시는 말씀에 진로를 바꿀 수 있었다. 그것이 태흔의 입김이었다니.

그러나 은후는 씩씩대는 것을 멈출 수가 없었다. 고마운 것은 고마운 거지만 화나는 것은 화나는 것이다.

"두고 봐! 언젠가는 다 복수해 주고 말 거야."

"언젠가가 아니라 지금은 안 될까? 물어뜯어 줘."

그가 달콤하게 속삭였다.

"뭐라고?"

"네가 지난번에 날 깨물어주던 게 너무 자극적이어서 말이지.

잊지 못하겠어. 복수해, 날 물어뜯어 버려."

"기가 막혀서……."

어이없어 그만 헛웃음이 나오고 말았다.

"내가 어떻게 비밀번호 알았는지 궁금하지 않아?"

그 틈을 놓치지 않았다. 태흔이 유혹하듯이 물었다. 은후는 정말 알고 싶었다. 공방을 마련한 건 재작년 겨울부터이다. 그가 방문한 적이 없었으니, 작업실의 비밀번호를 알 리가 없을 텐데.

"어떻게……?"

"조합이 똑같아. 내 비밀번호와."

"정말, 이야?"

"우리 둘의 성(姓)을 따서 22. 그다음을, 난 네 생일로 쓰지."

그가 달콤하게 다시 키스했다. 결국은 화도 제대로 내지 못하고, 홀로 분하여 씩씩대다가 삭아들고 말았다. 그는 너무 단단하고 너무 매끄러워서 도리가 없었다. 설사 손톱을 세우고 바득바득 긁는다 해도, 상처 하나 입지 않을 만큼 두껍기도 했지만.

보라빛 어둠이 시간이 지날수록 더 깊어져만 갔다. 어두운 공방 구석. 닫힌 문을 타고 지나가는 차들의 소음들이 자그맣게 들려오고. 그런 어둠 속에서, 바닥에 아무렇게나 주저앉아 그는 안고, 그녀는 안겨선. 세상 한가운데, 오직 둘만 오려내서 떨어뜨려 놓은 섬 같은 이 공간 안에서. 서로의 품에 안겨 서로를 강하게 노려보고 있다. 화내면서도 흥분하고, 미워하면서도 사랑하는 짓을 되풀이하고 있는 것이다.

"미안해."

그가 손을 내밀어 화끈 달아오른 은후의 볼을 쓰다듬었다. 너무 늦게, 하지만 가장 정확한 그 순간에 사과했다. 기대하지 않은 선물을 받은 기분이었다.

"네 말대로 공정하지 않았어. 네 비밀을 내가 훔쳐볼 권리가 없었어. 다시는 그런 짓 하지 않아."

"정말이야?"

"넌 더 이상 사춘기 어린애가 아니잖니. 나도 역시, 네 마음에 들어가고는 싶은데 방법을 알지 못해 고민하던 철부지도 아니고."

이제는 그 마음을 얻는 법을 알게 된 성숙한 남자가 되었다는 말인가. 조금 풀어지려고 했다. 그러나 태흔이 킥 웃으며 은후의 머릿결에 다시 녹아나는 입맞춤을 흘렸다. 얄밉게 뇌까렸다.

"이렇게 빼앗아 버리면 그만이니까. 네가 주든 말든."

삭아들려던 울화통이 다시 팍 터진 건 그때였다. 얄미워 죽을 것 같았다. 너무나 화가 나서 은후는 자기도 모르게 태흔의 귀를 꽉 물어버렸다.

"진짜 화났군."

태흔이 나른하게 중얼거리며 한 팔로 은후의 목을 감아들었다. 그도 은후가 했던 그대로 작고 예민한 귓불을 빨더니 살짝 씹었다.

"일대일. 비겼어."

병 주고 약 주는 거냐. 은후는 그를 빤히 노려보았다. 스스로가 너무 유치하게 느껴져서 미치고 환장할 것만 같았다. 아까 만난 그 여자에게 느끼는 질투, 열등감. 앞에 앉은 남자에게 느껴지는 분노와 울화통. 못난 자신에 대한 자격지심 그 모든 것이 잡탕 죽처럼 부글부글 끓고 있었다. 그걸 인정하자니 더 화가 났다. 바락 고함지르고 말았다.

"바람둥이!"

태흔이 피식거렸다. 너무나 달콤하게, 너무나 빤한 표정으로 태연히 능갈쳤다.

"키스한 거 아냐."

"흥."

"키스당한 거다."

이거나 그거나, 은후가 입술을 비죽였다. 그 여자와 입술 부딪친 건 똑같은 거네.

"너, 나 안 좋아하잖아. 만날 도망만 가려고 하잖아. 내가 딴 여자 만나서 잘되면 너한테도 좋은 일일 텐데 왜 신경질 내? 오히려 그 여자랑 잘되라고 기도해 줘야 하는 것 아냐?"

"좋아, 제발 빨랑 결혼해 버려! 그리고 날 그만 괴롭혀!"

은후는 한껏 독을 담아 쏘아붙였다. 태흔이 그녀를 빤히 바라보았다. 빙글거리는 미소를 담은 그 입술이 마찬가지로 끔찍한 독을 토해냈다.

"바보 같으니. 내가 결혼하면 널 놔줄 거라고 기대한 거냐?"

다시 고함치려던 은후의 입술이 얼어붙었다. 태흔이 피식 웃었다. 고개를 기울여, 뾰로통하게 숫구친 분홍빛 입술을 살짝 핥았다.

"말 잘 듣는 정숙한 아내, 달콤하고 섹시한 정부. 남자가 원하는 최고의 환상이지."

"저, 정부(情婦)? 말도 안 돼."

"멋진 아파트 하나 얻어주마. 너도 독립해야 할 때니까. 거기서 만나자고. 스릴 넘칠 거야. 넌 거기서 얌전하게 퇴근하는 날 기다리겠지?"

"미쳤어? 싫어."
"그럼 집에서 안기든지."
은후는 믿을 수 없는 말을 태연히 내뱉는 태흔을 넋이 빠진 얼굴로 바라보았다.
"집에서는 절대로 안 된다는 네 그 알량한 양심을 위해서 내가 좀 고생을 할 작정이었는데, 독립하기 싫다면 어쩔 수 없지. 난 더 좋아."
"어떻게 그런 말을! 말도 안 돼. 나한테 이러지 마."
"왜 놀라? 순진한 척하기는. 이 바닥, 정략결혼이란 거, 다 그런 거야. 나를 너와 나누는 일에 동의하지 못하는 여자는 아내로 맞아들이지 않아. 당연한 거 아냐?"
"진짜 돌았구나! 내가 그런 일을 할 것 같아? 또 그 여자는 오빠의 이런 끔찍한 생각 알아? 오빠를 다른 여자와 나눌 수 있다고 그랬어?"
"세련된 사람이거든. 자신이 얻을 수 있는 것에 만족할 줄 아는 여자야. 그래서 마음에 들어. 나에게 달라붙을 권리, 너밖에 없어. 그 여자도 그런 것 보이면 그 자리에서 아웃이야."
"잔인해, 오빤 괴물이야!"
"날 이렇게 만든 게 누구야? 난 언제나 네게 물었어! 선택할 기회를 줬어. 자, 말해! 나야, 아니면 할머니야?"
"내가 그 어떤 것도 선택할 수 없단 걸 오빠가 제일 잘 알잖아."
"그래서 참았어. 꾹 참고 있다고! 알아들어? 내 마음대로 할 수 있었어. 하지만 안 했어. 왠지 알잖아? 너도 내 마음하고 같다고 믿었거든. 그런데 네가 이런 식으로 지지부진하게 굴면, 네가 죽어도 날 선택할 수 없다면 내가 해야지. 난 다른 여자 안을 수 없어. 네가 더 잘 알잖아? 내 아내가 할 일, 전부 다 대신해 줘야겠어."

"정말 미쳤구나? 끔찍해!"

"내가 미친 짐승이라고 분명히 말했던 것 같은데. 난 널 원하고, 넌 날 원하지 않아. 마냥 기다리는 거 힘들어. 이젠 못 참겠어. 끝장을 내자. 할머니께 우리 일을 말하고 끝장내자고!"

"나한테 왜 이렇게 잔인하게 굴어?"

마침내 은후의 눈에 가득 눈물이 고였다. 그러나 태흔은 동요하지 않았다.

"잔인한 건 너야. 내가 원하는 건 다 가지고 있으면서 아무것도 주지 않으려 하지. 구걸하는 거, 질색이야. 네게 거절당하는 거 한 번이면 족해."

태흔이 그녀를 확 밀치고 일어섰다.

"네 그 가증스런 위선이 어디까지 가는지 두고 보자."

"그러지 마, 제발. 내가 아는 한, 오빤 이렇게 냉정하고 나쁘지 않았어."

떨리는 은후의 목소리에 까딱도 하지 않았다. 오히려 코웃음을 쳤다.

"난 원래 나쁜 놈이야. 내가 보여주지 않았고, 네가 몰랐을 뿐이지. 이은후, 내 세상 안에서 나만의 공주님이 아니라면, 너도 내 적이야. 가차없이 부숴주지. 박살 내주지. 어디 한번 두고 보라고!"

"오빤 그렇게 못 해."

"왜 못 해?"

그가 씩 웃었다. 느릿느릿 날아오는 말에 은후의 숨이 막혔다.

"이미 한 번 그렇게 했는데."

그가 은후의 팔을 잡아 자신에게로 끌고 왔다. 귓전에 닿는 잔인한 목소리에 숨이 막혔다.

"오 년 전에 널 부순 사람이 누구였지? 기억해 봐. 나잖아. 다시 못 할 것 같아?"

도망가려 했지만 이미 잡혀 있는 더 강한 힘이 가해졌을 뿐이었다. 태흔의 손길이 사정없이 머리를 뒤로 잡아챘다. 은후의 몸이 뒤로 젖혀졌다.

"아앗! 아!"

갑작스런 아픔에 자신도 모르게 입을 열고 말았다. 태흔의 혀가 밀려들어 왔다.

강하게 키스하며 태흔은 자신의 품에 안긴 은후의 몸을 단번에 작업실 안으로 밀어 넣었다. 한 덩어리가 된 두 사람의 몸이 어두운 바닥에 엉켜 뒹굴었다. 그녀의 몸을 타고 오른 그가 거칠게 가슴 봉오리를 움켜쥐었다. 얇은 천을 사이에 두고 이 사이로 잘근 굴렀다.

"내 아내로 살지, 감춰진 정부로 살지 결정해. 가능한 한 빨리! 얼마 안 남았어. 알아들어? 난 무슨 일이 있어도 올해 안으로 결혼을 해야 하거든."

협박은 날카로운 유리 조각처럼 은후를 찔렀다. 그의 손은 더 거침없어, 팔락거리는 원피스 자락을 허리 위로 걷어 올리고 있었다. 그녀의 마음을 찢어놓았다.

"안 돼!"

"왜? 안 되는 이유, 납득시켜 봐."

맹수가 사냥감을 잡아두고 잔혹하게 놀리는 것 같다. 그가 은후의 목덜미에 혀끝을 댔다. 사탕을 핥듯이 할짝였다. 은후의 목소리가 바들거렸다.

"사람들이 활보하는 거리에 있는 가게야. 안이 다 들여다보인다고."

"블라인드 내렸어. 불 꺼져 있고, 닫힘 팻말 걸었어. 우리 둘뿐이야. 게다가 캄캄한 밀실이잖아. 부끄럼쟁이 아가씨를 위한 최적의 공간이로군."

브래지어 속을 파고드는 태흔의 팔을 은후가 잡았다. 거부하는 하얀 손에 힘이 가득 주어졌다.

"하지 마, 이런 거 싫어. 왜 만날 그래? 왜 만날 강제로 해? 왜 날 못 잡아먹어서 안달해?"

"맛있으니까."

당연한 거 아냐? 바보야. 그렇게 묻는 것 같았다. 그가 킬킬대며 몸 아래서 꿈틀대는 그녀의 목을 쓸어내렸다. 어깨 아래로 옷자락을 밀어냈다.

"어디 반항해 봐. 자꾸 이러면 정말 수영장 따위엔 절대로 가지 못하게 만들어줄 테니."

한다면 하는 사람이다. 끝까지 용을 쓰며 밀어내려던 은후의 손에 힘이 스르르 풀렸다. 태흔이 빙그레 웃으며 혀를 내밀어 분노와 좌절, 열기로 화끈거리는 은후의 볼을 살짝 핥았다.

"착하군, 내 고양이."

"……세상에서, 오빠가 제일 미워!"

사로잡힌 무력한 짐승. 울음 섞인 목소리가 유리 꽃처럼 부서졌다.

"난, 널 제일 사랑한다."

방금 전까지는 그토록 잔혹하던 목소리가, 그녀를 갈기갈기 찢어놓던 그 나직한 목소리가, 순간 은후의 호흡을 콱 막히게 만들었다.

사랑한다고, 말한다. 이 사람이.

이런 게 사랑일까? 빼앗고, 약탈하고, 부끄럽게 하고, 수치스럽게 하면서, 울게 만들고 아프게 하면서 사랑을 말한다. 정말 사랑일까? 사랑은 이런 색밖에 없는 걸까? 이런 게 사랑의 전부라면, 무서워, 지독해, 끔찍해. 이젠 견딜 수 없어. 이런 암흑과 그늘에서 살기 싫어, 도망가려 해도 자꾸만 더 깊이 빠지는 개미 지옥 같은 이 남자의 세상 안에서 정말 도망치고 싶어.

순간적으로 딱딱해져 버린 어깨를 태흔이 두 손으로 잡아 흔들었다. 비로소 드러내는 그의 진실. 그의 표정도 너무나 무참했다.

"이은후, 사랑하는데! 난 환장할 만큼 널 사랑하는데! 왜 싫어? 왜 안 돼? 내가 그렇게 싫어? 무서워? 왜? 사랑하는 게 죄야? 널 원하는 게 잘못이야? 난 너라면 다 버릴 수 있는데, 왜 넌 하나도 안 버리려는 거야? 왜? 난 너에게 이것밖에 안 돼? 왜 도망만 가니? 다 이겨준다고 했잖아. 내가 다 감당한다고 했잖아! 그런데 왜 넌 날 무서워하고 미워만 하는 거야? 내가 어떻게 하면 되니? 말해봐!"

고개를 옆으로 젖힌 채 은후는 인형처럼 그의 힘에 의해 흔들렸다. 눈동자 속으로 막막한 어둠만이 가시인 양 따갑게 파고들고 있었다.

"미치겠어, 돌아버리겠어. 이렇게 갈망하는데, 원하는데 어째서? 다른 건 다 가질 수 있는데 왜 너만 내 것이 안 될까? 죽을래?

우리 둘이 같이 죽어버릴까? 응?"

"오빠, 제발 이러지 마. 이런다고 해결되는 건 없어."

"같이 죽기 싫어? 그럼 같이 도망갈래? 우리 둘만 있으면 되는 곳으로. 말해! 너만 선택하면 되는 일이잖아. 데리고 도망가 줄게."

우리 둘이 할머니를 버리고 도망가면 행복할 수 있을까? 지도에도 없는 곳으로 도망가면 이 심장 속에 붙은 죄책감도, 어둠도 따라오지 못할까?

"잘 들어. 우리 둘 문제. 해답은 우리가 같이 찾아야 해. 네가 날 도와주지 않으면 난 길을 찾을 수가 없어. 나만 미친놈 만들지 마. 그건 우리 둘 다에게 불행이야."

귓속을 파고드는 나지막한 목소리에는 광기라 부를 수밖에 없는 지독한 열기와 무서운 한기가 동시에 스며 있었다. 그가 한 번 입 밖으로 내뱉은 이상, 언젠가는 사실이 될 거라는 것을 알기에, 두려웠다. 은후는 결국 인형처럼 그에게 굴복할 수밖에 없었다.

작업실 문밖에서 희미하게 휴대전화가 울리다 끊어졌다. 이내 바닥에 벗어 던진 태흔의 재킷에서 휴대전화가 울리기 시작했다. 태흔이 마지못해 휴대전화에 손을 뻗었다. 플립을 올렸다.

"이태흔입……. 아, 할머니."

갑자기 그가 긴장하며 문 쪽으로 고개를 돌렸다.

"지금 공방 앞이라고요? 아, 글쎄요. 저는……."

지금 할머니가 공방 앞에 와 있다는 뜻인가? 은후도 소스라치게 놀랐지만 예상치 못한 사태에 태흔의 어깨선도 경직되고 있었다. 그럼에도 대답하는 목소리는 흔들림 하나 없었다. 너무나 태연했다.

"저는 중간에서 내렸습니다. 녀석이 하도 바락대서 짜증 나서요. 한 번 골 부리면 그 자식, 골치 아프게 굴잖아요. 네? 아, 그냥요. 지금요? 세진이 놈 기다리는 중입니다. 술 마시기로 해서요. 전화 안 받아요? 네, 저도 한 번 해보지요."

그가 플립을 닫았다. 잠시 멍하니 앉아 있기만 했다. 은후도 그가 풀어헤친 옷자락을 가다듬으며 두려운 눈동자로 문을 응시했다.

작업실 안에서 반 나신으로 태흔의 품에 안겨 있는 지금. 할머니가 가게 앞에 서 있다는 것이다. 등에서 식은땀이 나고 눈앞이 캄캄해졌다. 오 년 전과 똑같은 일이 재현되고 있었다. 어찌할 바를 몰라 멍하니 굳어진 은후를 두고 태흔이 몸을 일으켰다. 작업실에 단 하나뿐인 의자에 앉았다. 재킷에서 담뱃갑을 꺼내 하나를 꺼내 물었다. 불을 당길 생각도 하지 않고 한동안 깨물고만 있었다.

은후 역시 멍하니 벽에 등을 기댄 채 앉아만 있었다. 그녀는 거의 패닉이었다. 무엇을 어떻게 해야 할지 엄두가 나지 않았다.

"나가서 전화 받아."

먼저 입을 연 건 태흔이었다. 그가 한 손으로 신경질적으로 머리카락을 추켜올렸다.

"할머니, 걱정하고 계신다. 우리가 싸운 줄 알고 깜짝 놀라셨다."

잠시 동안 심호흡을 한 후 은후는 작업실 문을 열고 나갔다. 탁자에 내팽개쳐 놓았던 휴대전화에 역시나 부재중 메시지가 세 개나 떠 있었다. 두근대는 가슴을 진정시키며 은후는 서둘러 단축번호를 눌렀다.

"할머니, 은후예요. 전화하셨네요?"

[그래, 전화도 받지 않고. 대체 어디 있는 거니?]

거짓말을 하려니 가슴이 뚝 떨어졌다. 저절로 목소리도 따라 떨렸다.

"어머나, 저 공방인데."

[거기 갔을 때 너 없었어. 차는 서 있는데 가게 문은 닫혀 있고. 어디 갔나 깜짝 놀랐단다.]

저절로 다리에 힘이 풀렸다. 은후는 힘없이 의자에 주저앉고 말았다. 억지로 마음을 가누며 일부러 명랑하게 소리쳤다.

"일 인분은 배달을 안 해준다잖아요. 잠시 나가 스시 사가지고 왔어요. 정신머리없이 휴대전화는 두고 나갔구요. 죄송해요, 어디세요? 제가 지금 그리로 갈까요?"

[먹었으면 됐다. 와도 재미없을 거야. 하던 일 계속 보렴. 계모임이라 전부 늙은이들 투성이야.]

전화기 사이로 할머니 친구분들의 우렁찬 목소리며 사내처럼 호탕하게 웃으시는 웃음소리를 듣자 하니, 그쪽의 분위기가 대강 짐작이 되었다.

진 여사가 목소리를 낮추었다.

[너, 태흔이하고 싸웠니? 김 기사가 귀띔하더라.]

"아니요, 싸운 건 아니에요."

[그럼? 태흔이한테 전화했는데 그 애 목소리도 별로 좋지 않던데? 네가 하도 바락대서 골치 아파서 중간에서 내려 버렸다고 하더라. 어지간히 속상했는지, 세진이랑 술 마신대. 너 왜 오라비 두고 못되게 굴어? 또 뭣 때문에 골 부렸어?]

"골 부린 거 아니에요. 오빠가, 망신스럽게 굴어서 짜증 좀 냈을 뿐이에요."

[태흔이가 뭘 어쨌는데?]

"저녁 같이 먹자고 해서 사무실 갔는데……."

작업실에서 나온 태흔이 주먹을 쥐고 흔들어 보였다. 아까 그가 변명하던 것을 기억해 내려 애쓰며 억지로 말을 맞추었다.

"임세라 씨가 와 있더라고요. 그런데 오빠가 사무실에서 좀 그랬어요. 집에 가서 말씀드릴게요. 오빠가요, 할머니도 엄청 화내실 짓 했어요. 잔소리했더니, 버럭 화내더니 내려 버렸어요."

[대체 무슨 이야기인지. 원 참, 알았다. 집에 가서 이야기하자꾸나. 너무 늦지 말아라.]

플립을 닫자마자 은후는 자기도 모르게 가슴에 손을 얹고 하아, 하아, 억눌린 숨을 토해냈다. 미칠 것 같다. 이 불안함이. 이 조마조마한 마음이.

모든 것이 차라리 밝혀져 버리면 속이 후련할 텐데. 결과야 어찌 되었든 이런 아슬아슬함에 반미치광이가 되는 일도 없을 텐데…….

두 손으로 얼굴을 가려 버리는 은후를 등 뒤에서 태흔이 가만히 안아왔다. 머릿결에 얼굴을 묻었다. 은후는 책상에 얼굴을 묻었다. 억눌린 목소리가 가련하게 새어 나왔다.

"심장병 걸려 죽을 것 같아."

"그러니까 이런 짓 그만두잔 말이야."

그가 강하게 소리쳤다.

"한 번에 끝내자, 제발! 터뜨리자고!"

"할머니 충격받아서 쓰러지시면? 할아버지처럼 돌아가시면? 나도 죽어. 진짜 죽어버릴 거란 말이야!"

눈물이 반인 은후의 앙탈에 태흔의 암울한 한숨이 더 깊어졌다. 역시, 안 되는 걸까?

W백화점의 사무실. 밤늦도록 불이 켜져 있었다. 서준이 근무하는 홍보기획실이었다. 컴퓨터를 들여다보던 조 실장이 돌아앉아 서준에게 보고했다.

"이사님, 오예완 작가님 작품, 판매 완료 되었습니다."

"좋아."

"우리 전시회 인기 정말 좋지 않습니까? 추석 지나고도 손님이 더 늘었어요."

"다행이네. 오 작가님께 연락드리고, 명세서 분명히 작성해 둬. 내일 오자마자 화분 시든 것들 정리 좀 하고."

"네, 알겠습니다."

"출입문 소리 짜증 나더라. 기름칠해야 할 것 같아. 그리고 홍보기사 잡힌 것들, 꼼꼼하게 스크랩해 두는 것도 잊지 말고."

"알겠습니다."

큐레이터란 게 겉만 그럴듯하지, 사실은 날마다 벌어지는 자질구레하고 잡다한 일의 해결사일 뿐이었다. 또 이런 일들은 해결해도 해결해도 끝이 없다. 서준은 고개를 설레설레 흔들었다.

'시간도 별로 없는데, 안나 다루치의 작품전을 왜 맡는다고 했지? 진짜 미쳤지, 내가.'

이번 〈빛과 색〉 전(展)을 마지막으로 한국에서의 활동을 접을 예정이었다. 1월 말로 예정된 출국에 앞서 이것저것 신변 정리도 하고, 홀가분하게 여행도 하고, 그리고 연애 사업도 마무리 짓고. 이것이 그의 복안이었다.

그런데 느닷없는 세진의 마수에 걸려들었다. 덜컥 안나 다루치 전(展)이라는 큰 짐을 떠맡게 되었다. 어찌나 교묘하게 설득을 하는지, 정신을 차려보니 어느새 그의 의도대로 움직이고 있었다.

'하지만 한국에서 처음 만나는 안나 다루치 작품인데. 나쁘진 않아.'

현대 이탈리아 패션을 예술의 경지로 끌어올렸다고 평가받는 거장 디자이너의 작품을 소개하는 일은 꽤나 매력적인 일이었다.

게다가 세진이 가져온 콘셉트가 무척 흥미를 끌었다. 유리벽 안에 박제된 의상과 실제로 움직이는 모델의 결합이라니.

관객들은 예술 작품으로 전시된 의상을 응용한 실제의 의상을 입고 활보하는 모델들과 호흡하며 온몸으로 안나 다루치의 정신세계를 느끼게 될 것이다.

'사실 은후 씨가 참여한다는 조건만 없었다면 할까 말까 많이 망설였을 테지.'

세진은 눈치도 빨랐다. 서준이 은후에게 애달아하는 것을 눈치챈 것이 분명했다. 요령도 좋게, 안나 다루치의 의상을 입는 모델들에게 알맞은 콘셉트의 액세서리를 제작해 준다는 약속을 냉큼 받아내 줬다. 일하면서 자주 만나고 자꾸 친해지란 배려인 거다.

"문 이사가 알맞은 의상을 선정하면 은후가 그 의상에 맞게 액세서리를 디자인해 줘. 두 사람이 서로 협조해야 멋진 전시가 될 거라고 믿어. 잘 부탁해."

안나 다루치 전은 뉴욕으로 떠나기 전, 그의 마지막 기획이 될 것이다. 무엇이든 마무리가 중요한 법이다. 잘해내고 싶었다.

조 실장 이하 직원들이 하나둘씩 사라지고, 사방이 조용해졌다. 겨우 한숨 돌릴 여유가 생겼다. 손끝으로 피곤한 미간을 비비며 하루의 마지막 일과로써 메일 창을 열었다. 기계적으로 훑어 내려가며 불필요한 메일들을 삭제하던 손길이 멈칫거렸다.

"응? 이건."

뜻밖에도 메트로폴리탄 박물관에서 온 것이었다. 서준은 화급히 클릭을 했다. 내용을 죽 훑어가다가 자기도 모르게 낭패의 한숨을 뱉어냈다.

'빌어먹을! 2월이라더니, 갑자기 11월부터 근무하라는 게 어디 있어? 이게 뭐야?'

큐레이터 중 한 명이 갑자기 이직을 하는 바람에 공석이 생겼다. 내년 2월부터 근무하기 위해 준비 중인 서준에게, 당장 뉴욕으로 날아와 달라는 요청 서한이었다. 번갯불에 콩 구워 먹는 것도 아니고, 11월 15일부터 근무를 해줄 수 있느냐고 묻는 메일이었다.

'기껏 한 달 남았잖아. 제대로 짐 쌀 여유도 주지 않는구만. 젠장.'

물론 거절할 수도 있었다. 하지만 사랑만큼이나 꿈 또한 중요한 것이었다. 포기할 수가 없는 꿈이란 것도 있는 법이다.

메트로폴리탄 박물관의 학예사가 되는 것은 모든 큐레이터들의 꿈이었다. 언젠가는 자신만의 박물관을 가지고 싶어 하는 큐레이터들이 반드시 거쳐가야 할 관문이기도 했다. 그러나 그 문은 너무나 좁았고, 그 관문을 들어서기 위해 파고드는 이들은 너무 많았다. 그 자리를 차지하기 위해 얼마나 노력했는데.

아홉 살 때부터 텔레비전 드라마를 보고 난 후 간직하기 시작한 꿈이 바야흐로 현실로 이루어질 찰나였다.

일신의 정리 문제도 그러했으나, 아직 은후와의 문제도 해결되지 않았는데 어쩌면 좋을까? 링에 올라가 싸워보기도 전에 시류에 밀려 하얀 수건부터 던져야 하게 생겼다.

서준은 메일 창을 닫고 자리에서 일어섰다. 고민의 주름을 지으며 사무실을 나섰다.

"어서 와. 문 이사, 늦었구나. 차나 같이 마실까?"

강 여사가 아들을 맞이해 주었다. 서준은 어머니를 따라 주방으로 갔다. 찻잔을 받으며 무뚝뚝하게 내뱉었다.

"11월부터 근무하랍니다."

"응?"

"메트로폴리탄에서 오늘 연락이 왔어요. 학예사 한 사람이 이직을 해서 갑자기 공석이 생겼대요."

"저런! 축하할 일이네."

"축하할 일?"

"그렇잖니. 메트로폴리탄의 큐레이터가 되어 굵직굵직한 전시회를 주관하는 건 네 오랜 꿈이었잖아. 비록 몇 달이지만 더 빨리 이루어지는 건데, 왜 그렇게 볼이 부어 있지?"

"……아직 미완성인 프로젝트가 있단 말입니다."

"아하, 은후?"

강 여사가 빙그레 미소 지었다. 반가운 소식 앞에서 아들이 기운 빠지고 퉁퉁대는 이유를 비로소 이해한 것이다.

"아직 고백도 제대로 안 했는데. 시작도 못 했는데. 나더러 멀리 가버리라고 하면 어쩌란 말이에요? 연애는 혼자 합니까?"

"그러게 시간 있을 때 왜 연애를 안 했어, 그래?"

"어머닌! 상대가 꼼짝도 않는데 어쩌라고요. 막무가내 들이댈 수도 없고."

"글쎄, 난 네가 막무가내 들이대지 않아서 아직까지 진전이 없다고 생각하는데."

강 여사가 툴툴대는 아들을 바라보며 그동안 답답했던 심정을 드러냈다. 따끔하게 일침을 놓았다.

"할머니가 은후 소개시켜 준 게 언제야? 벌써 삼 년째로구만. 그동안 스포츠센터도 같이 다녀. 집안에 일 생기면 종종 만나. 이젠 연주도 같이한다고 일주일에 두어 번씩 만나. 그런데도 아직 지지부진이면 그거 네 책임이다. 안 그래?"

"은후 씨가 다가가게 해줘야 말이죠. 겨우 좀 친해지려고 하니까, 이태흔 회장이 돌아와선 사사건건 태클이나 걸고."

"어려울수록 정공으로 나가는 게 제일 쉽단다. 남자답게 고백하고, 같이 뉴욕으로 가자고 해봐. 이 회장 핑계 대지 마. 왜 그래?"

"그런 게 아니라니까! 어머닌 정말 아무것도 모르시죠. 이 회장하고 은……."

서준은 혀를 깨물었다. 아슬아슬하게 넘어오려던 말을 잘랐다. 그가 말하려던 것을 발설하고야 만다면, 모든 사람들이 미쳤다고 할 것이다. 그때 건넌방에서 분당의 외조모가 모습을 드러냈다. 하룻밤 주무시러 오신 모양이다. 서준은 일어나 인사를 했다.

"할머니, 오셨어요?"

"그래, 잠시 나왔네. 얘, 물 한잔 다우."

분당 강 여사가 서준 앞에 앉았다.

"우리 문 이사가 기획한 전시회가 대박이라고? 대단해, 대견해. 이제 장가만 가면 되겠구먼."

“엄마, 우리 문 이사. 11월에 뉴욕 나가게 생겼어요.”

“엉? 그렇게나 빨리? 2월이라고 하지 않았니?”

“그런데 거기서 갑자기 연락이 왔대요. 11월 15일부터 근무를 해달라고 한다네요.”

“좋은 일이네. 그런데 우리 문 이사는 왜 이리 볼이 부어 있는고?”

강 여사가 빙글 웃으며 아들을 놀렸다.

“마음에 둔 아가씨 마음을 얻지 못했는데 졸지에 헤어지게 되어서 낙심천만 중이랍니다.”

“아하, 은후 문제? 뭔 걱정이야? 어차피 성북동 형님이 내년에 뉴욕 보낼 작정 하시던데. 지금 못 하면 그때 가서 연애하고 결혼하면 되지, 뭘 그리 초조해해?”

“은후 씨가 내년에 정말 뉴욕에 올지 어떻게 알아요? 지금도 내가 옆에만 가도 크르릉거려서 골치 아파 죽겠는데. 행여나 이태흔 회장이 은후 씨 혼자 뉴욕에 보내주겠다.”

“여사님이 보내면 가는 거지. 이 회장 까탈스럽게 구는 것도 한때이니 너무 툴툴대지 마. 연내에 결혼할 모양이던데. 오라비가 언제까지 누이동생 따라다닐 것도 아니고, 걱정도 팔자로구나.”

“누가 오빠고 누이동생입니까? 순전히 남인데.”

“응? 그게 뭔 소리야?”

강씨 모녀가 동시에 서준을 바라보았다. 순간 경솔한 입을 후회했지만 일단 한 번 뱉어버린 후에는 주워 담을 수가 없다.

“말로만 남매라구요, 그 두 사람. 호적상 남남입니다.”

“그런 말도 안 되는! 그럼 왜 같은 성(姓)을 써?”

“원래 은후 씨 성이 이씬가 보지. 입양한 게 아니래. 직접 들었어요. 데리고 와서 키운 거지만, 법적으로는 남남이라고. 알게 뭐야? 만날 오빠랍시고 누이동생 둘러싸고선 어떤 사람도 근접하지 못하게 만드는 거, 어쩌면 다른 생각이 있어서 그런 건지."

"입 다물어! 어디서 그런 망측한 말을 함부로 발설해?"

갑자기 강 여사가 정색을 한 채 서준을 나무랐다.

"사람 그러는 거 아니야. 한두 해 안 사람들 아니고, 추호도 그럴 리 없다는 건 할머니가 더 잘 알아. 두 사람 어렸을 때부터 자라는 거 보고 들으신 분이 할머니야. 왜 멀쩡하고 청명한 사람들을 이상하게 만들어?"

"맞아, 문 이사. 입조심해야겠구나. 큰 실례했어."

분당 강 여사도 한마디 거들었다.

"자네가 생각하는 그런 일이 있었다면, 은후가 지금껏 성북동 집에 남아 있었겠어? 진 여사님이나 작고하신 이 회장님이 그렇게 만만하고 호락호락하신 분인 줄 알아? 괜히 이상한 소리 하지 말고 들어가 쉬어. 이런 말 다시는 입 밖에 내지 말고. 성북동 여사님 아시면 큰 노염 탄다."

"죄송합니다. 제가 제 뜻대로 안 되니 별의별 것에 다 원망이 생기는군요. 하지만 그것 하나는 사실이라구요! 정말 이태흔 회장, 지긋지긋하게 저한테 꼬장 부려요. 진짜 짜증 나려고 해. 보통 오빠는 절대로 그 정도까지는 안 한다구."

볼멘 목소리로 투덜거리던 서준은 벌떡 일어났다.

"좋습니다. 내일 은후 씨 한 번 만나야겠어요. 솔직 담백하게, 어머니 말씀대로 강하게 한 번 들이대 보겠습니다. 남자답게 뉴욕에 같이 가자고 말해보겠습니다."

"싫다 하면?"

“영화 찍어야죠. 어깨에 둘러메고 비행기 같이 타버리면 그만이죠.”

“이제야 슬슬 내 아들이 마음에 드네. 파이팅!”

강 여사가 주먹을 쥐고 응원했다. 서준은 엉뚱한 어머니의 반응에 기가 막혀선, 고개를 설레설레 흔들며 자신의 방으로 돌아갔다. 문을 열며 휴대전화를 꺼냈다. 침대에 앉아 잠시 망설이다가 문자를 눌렀다.

〈내일 점심때 잠시 공방으로 갈게요. 꼭 할 말이 있어요. 만나줘요. ―문서준.〉

참아주고 배려하고 물러서고, 그런 일. 더 이상은 하고 싶지 않았다.

다른 건 모르지만 이태흔은 연적일 서준에게 그것 하나는 분명히 가르쳐 준 셈이다. 원하는 게 있으면 망설임없이 가지고, 하고 싶은 일이 있으면 가차없이 하라는 것. 망설이다가 남 좋은 일만 하는 짓, 이제는 하고 싶지 않다. 아니, 그럴 여유도 없다. 어찌하건 그는 곧 뉴욕행 비행기를 타야 하며, 또 그는 혼자서 그 비행기를 탈 생각이 전혀 없었다.

‘밑져야 본전. 부딪쳐 보자고. 그래 보았자 최악은 거절일 테니까.’

물론 십중팔구, 뻔한 일이다. 다시 한 번 뚜렷하게 그를 마음에 둔 적 없다는 대답을 듣게 되겠지. 하지만 또 구애하면 되는 것. 어차피 진 여사는 서준 자신의 편이 될 터이니. 그분의 말에는 절대로 ‘NO’를 하지 못한다는 은후라지. 진 여사가 버티고 있는 한, 이태흔은 절대로 이은후를 가질 수 없다.

'이태흔 회장, 참 유용한 정보를 주셨어. 감사하군.'

서준은 벌러덩 침대에 누워버렸다.

그런데 정말 궁금하다. 은후의 마음속에 들어 있는 그 남자는 누구일까? 정말 이태흔이면 어떡하지?

15장

은후는 다시 한 번 손목시계를 내려다보았다. 열한 시 사십 분. 꼭 할 말이 있다며 찾아온다는 서준 때문에 공방에서 기다리고 있는 중이었다.

'늦지 않으려면 한 시에는 출발해야 하는데.'

오후 두 시에 〈예술관〉에서는 각국 대사 부인의 모임인 〈우정회〉에서 주최하는 조촐한 행사가 예정되어 있다. 은후는 그 행사에서 통역 겸 사회자를 맡기로 되어 있었다. 그곳에 오시는 분들을 위해 장만한 작은 선물을 챙기러 공방에 나왔다가 서준의 전화를 받은 것이다.

'갑자기 무슨 일이지?'

예전 같으면 편안하고 부담없을 텐데, 서준의 전화가 너무나 불편하게 느껴지는 이유는 무엇일까? 역시 지난번 남자와 여자 사이가 되고 싶다던 갑작스런 고백 때문인 거다.

차나 한 잔 마실까 하여 전기주전자의 스위치를 올렸다. 그때 서준의 은빛 렉서스가 주차장에 멈추는 것이 유리문 너머로 보였다.

[나와요, 은후 씨. 주차장에 도착했어요.]

은후는 다시 차통을 찬장 안에 넣고 주전자 플러그를 뽑았다.

서준의 차가 한강이 내려다보이는 작은 프랑스 식당 앞에 멎었다. 미리 예약한 손님만으로 하여 하루에 딱 두 팀만 받는다는 프라이비트 레스토랑이었다. 두 사람이 자리에 앉자마자 기다렸단 듯이 애피타이저가 서빙되기 시작했다.

"서울에서 먹는 것치곤 제일 맛있다 싶은 집이더라고요. 은후 씨랑 첫 데이트해야지 생각하는데 딱 떠오르는 집이었어요."

서준의 말이 아니더라도 아름다운 생화로 장식된 센터피스며 우아한 실내장식, 정성이 가득 든 맛난 음식으로 귀한 모임을 준비하는 집이구나 하는 느낌이 충분히 들었다.

식탁 앞에 앉은 두 사람 곁으로 주인 겸 매니저이자 쉐프인 데이론이 다가왔다.

"오늘 음식이 괜찮으셨습니까?"

"정말 근사했어요."

"정말 즐거운 경험이었습니다. 감사합니다."

"즐겨주셔서 감사합니다. 마지막으로 후식 올리겠습니다."

"네, 부탁합니다."

고즈넉한 침묵 안에서 두 사람은 함께 후식과 에스프레소를 마셨다. 서준이 잔을 놓고 은후를 건너다보았다.

"11월 3일에."

"네."

"나, 뉴욕으로 떠나요."

처음에는 잘못 들은 줄 알았다. 은후는 서준을 바라보았다.

"어머나, 2월에 출국한다고 하지 않으셨어요?"

"그런 줄 알았는데 갑자기 메일이 왔어요. 큐레이터 한 사람이 갑자기 이직을 하는 바람에 공석이 생겼대요. 어차피 와야 할 것, 몇 달이니 좀 빨리 와달라고 하네요."

"그렇구나. 음. 이거 서준 씨에게는 잘된 일이죠?"

서준은 고개를 끄덕였다.

"은후 씨, 메트로폴리탄 박물관 가봤죠?"

"네, 초등학교 입학해서요. 오빠가 그때 뉴욕에서 이 년 동안 예비학교 다녔거든요. 오빠 보러 간 김에 뉴욕 구경 실컷 하고 왔죠. 이틀이나 할아버지랑 할머니랑 박물관 구경했어요. 아아, 대단했어요."

"난 아홉 살에 거기 처음 갔었댔어요, 진짜가 아니라 화면으로."

"화면으로?"

"시시한 드라마였을 거야. 메트로폴리탄 박물관의 큐레이터가 사실은 엄청난 능력자인 거야. 세계의 신비한 보물을 찾아서 모험을 떠나는 시리즈물이었어요. 그런데 나 그때 처음 알았어요. 메트로폴리탄 박물관 지하실에 비밀 수장고가 있는데요, 잃어버린 성궤도 전시되어 있고, 외계인인 타고 온 우주선도 있고, 도난당한 진품 모나리자도 있더라고요. 불타고 남은 알렉산드리아의 도서관 파피루스 책도 있대요."

"와아, 대단하다. 진짜예요?"

은후의 눈이 휘둥그레졌다. 서준의 입술에 빙그레 미소가 맺혔다.

"알게 뭐야? 아직 박물관 비밀 지하 창고에 들어가 보지 못했는데. 들어가서 진짜 그런 게 있으면 은후 씨에게도 몰래 보여줄게요."

은후가 미소 짓자 서준도 따라 미소 지었다.

"그날부터였어요. 언젠가는 그 박물관의 지하실로 들어가고 말거다. 세상의 비밀을 찾아내는 메트로폴리탄의 비밀 큐레이터가 될 거다. 그게 필생의 내 꿈이 되었어요."

눈동자를 빛내며 어렸을 적 꿈을 이야기하는 서준의 얼굴이 환히 빛나 보였다. 저절로 은후의 입술에도 미소가 맺혔다. 어쩐지 지금껏 알던 서준이 아니라 다른 사람처럼 보였다. 아주 크고 넓고 아름다운 꿈을 가진 멋진 남자. 아낌없이 다시 축하를 해주었다.

"축하드려요. 꿈을 이루는 사람은 그다지 많지 않잖아요. 정말 기쁘시겠네요."

"그래요. 기뻐요. 이십여 년간 꿈으로만 여기던 그 일이 바야흐로 현실이 되고 있으니까요. 다음 달이면 꿈에서만 그리던 지하 수장고를 저도 걷고 있겠죠."

서준이 찻잔을 놓았다. 혼잣말처럼 중얼거렸다.

"그런데 나, 왜 지금 백 퍼센트 기쁘지 않을까?"

"왜요? 저라면 천장 위에라도 솟구칠 것 같은데요."

말없이 서준이 은후를 응시했다. 은후도 그를 마주 보았다. 말없는 말로 전해지는 의미들. 그가 말하고자 하는 것들이 읽혔다. 은후의 표정이 굳어졌다. 붉은 입술에 묻었던 미소가 서서히 바래졌다.

서준이 재킷 주머니에서 무엇인가를 꺼내 내밀었다.

"풀어봐요. 선물이에요."

작은 상자였다. 혹시 반지면 어쩌나. 어떻게 거절해야 하나, 고민하는 중이었는데, 뜻밖에도 부드러운 유지에 싸인 자그마한 청자합이 나왔다.

"고려시대에 왕족 여인들이 사용한 분합이에요. 정말 예쁘지 않아요?"

은후는 고개를 끄덕였다. 반지가 아니라는 데서 일단 안심이었다.

"분합이라는 말을 들어서인지, 아직도 향긋한 분 냄새가 나는 것도 같네요."

"뚜껑을 열어봐요. 뚜껑 안쪽에도 정교한 꽃 그림 문양이 새겨져 있어서 정말 예뻐요. 그래서 보물의 가치가 있대요."

"이렇게 귀한 걸 어떻게 제가 가져요? 말도 안 돼."

홀로 중얼거리며 은후는 서준이 시키는 대로 합의 뚜껑을 열었다.

"어머."

서준과 은후의 시선이 다시 마주쳤다. 서준이 청자분합 속에 든 소박한 반지 하나를 꺼냈다.

"우리 어머니가 아버지께 청혼받을 때 받은 반지예요. 투어멀린이란 보석이죠. 물론 은후 씨가 더 잘 알 테지만."

"이, 이런 걸 왜 저에게?"

"은후 씨가 이 반지 받아주면 좋겠어요. 나중에 우리가 늙어서 며느리 볼 때 똑같이 아들에게 건네주었으면 해요. 그러니까 나,

지금 은후 씨에게 청혼하는 중입니다.”

에둘러 가지도 않았다. 미적거리지도 않았다. 주저하거나 속을 떠보는 꼼수 따위도 없었다. 맑고 곧은 성품 그대로, 정직하고 확실하게 서준은 은후에게 제 속을 직접적으로 드러냈다.

“내가 왜 이 반지를 하필이면 분합에 담아왔는지 알아요?”

은후는 고개를 흔들었다.

“부합이란 말 들어봤죠? 이 합의 본체와 뚜껑은 원래 따로 떨어져서 발견되었대요.”

“아.”

“여러 개의 분합 중 짝이 맞는 건 딱 하나. 본체와 뚜껑이 서로 맞지 않으면 합은 제구실을 못 해요.”

보여주듯이 그가 청자분합의 본체와 뚜껑을 다시 맞추었다. 한 치의 어긋남도 없이 딱 맞아떨어졌다. 정교한 선과 형체를 이룬 작고 귀한 것을 은후의 손안에 가만히 밀어 넣었다.

“결혼해 주면 언제나 행복하게 해준다는 말은 나, 감히 못 해요.”

그의 눈은 오직 성실함과 진실만을 담은 채 빛나고 있었다.

“언제나 웃고 살게 해준다는 말도 못 해요. 삶은 만날 웃음만 있는 게 아닌걸요. 거기 가면 난 끊임없이 공부해야 하고 은후 씨도 공부하고 작품 하느라 바쁠 거야. 우린 서로 만날 파김치되어서 집에 돌아올 게 뻔해. 이국의 도시에서 서로를 가끔은 외롭게 할 거고, 또 가끔은 짜증 내고 싸울지도 몰라요. 다른 사람들이 다 그렇게 살 듯 우리 결혼도 평범한 일상 안에서 계속 흘러가겠죠. 하지만.”

서준이 청자분합을 어루만지고 있는 은후의 손에 자신의 손을 겹쳤다. 그의 눈은 뜨겁고 진지했다. 겹쳐진 손에서 마음처럼 뜨거운 열기가 느껴졌다.

"하나는 약속할게요. 지금 은후 씨 바라보는 이 마음. 변하지 않아요. 시간 따라 흘러갈수록 더 강해지고, 깊어지고, 튼튼해질 거예요. 왜냐하면 난 사랑도 노력해서 더 강해지는 거라고 믿으니까요. 삶과 함께 더 성숙해지고 그윽하게 익어가는 거라고 믿으니까요."

"서준 씨……."

"속박하지도 않고 강요하지도 않고 마음대로 조종하거나 지시하지도 않을 거예요. 은후 씨 스스로가 바라는 대로, 정말 은후 씨가 살고 싶은 대로 살 수 있게 받아주고 이해해 주고 인정해 줄게요. 좋은 남편, 좋은 연인도 좋지만 좋은 친구, 좋은 동료도 될 수 있게 노력할게요. 은후 씨, 나랑 같이 뉴욕 가요. 가서 우리 둘, 새로운 두 번째 인생 함께 시작해요. 이젠 은후 씨도 어른이 되었잖아요. 진 여사님이나 이태흔 씨 그늘에서 벗어나 정말 은후 씨만의 인생. 홀로 서기 해야죠. 씩씩하게 혼자 만들어가는 삶, 나랑 같이 시작하지 않을래요?"

"별도 참 좋다. 이젠 완연한 가을이네."

"그러게 말입니다. 계절이 흐르는 건 누구도 막을 수 없나 봐요."

승명복지재단의 이사장인 진 여사는 행사에 참석하기 위해 모처럼 예술관으로 나온 터였다. 서준의 외조모인 분당 강 여사도 진 여사와의 친분으로 재단의 이사였다.

늘 사이좋은 노부인들은 삼십여 분 일찍 도착했던 터라, 별 좋고 바람 좋은 느티나무 아래 벤치에 앉아 있었다.
이날 예술관에서 거행될 행사는 각국 대사 부인의 모임인 〈우정회〉에서 주최하는 것이었다. 자선바자회를 열어 조성된 기금으로 승명복지재단의 도서관에 도서를 기증하고 아이들이 많은 영아원에는 대형 세탁기와 의류 건조기를 전달하기 위해 마련된 행사였다.
"은후가 또 통역이지요? 재주도 많지. 그 앤 어쩜 그렇게 독일어를 잘해요, 그래?"
"사 년 동안 스위스에 있었잖아. 한국에 돌아와서도 계속 독선생 모셔놓고 공부를 했지. 인제 태흔이랑 같이 러시아어 공부도 할까 하더군."
"여하튼 부지런해. 그런데 형님, 우리 서준이 11월부터 뉴욕에서 근무할 것 같네요."
느닷없는 소식에 진 여사는 고개를 돌렸다.
"내년 2월에 간다고 하지 않았어? 갑자기 왜?"
"큐레이터 한 명이 갑작스레 이직을 했나 봐요. 공석이 생겼답니다."
"그렇군."
진 여사가 고개를 끄덕였다.
"부모 입장에서야 아들을 빨리 내보내니 섭섭다 싶겠지만, 젊은 문 이사야 바라던 일이 더 빨리 이루어졌으니 기쁜 일이야."
"서준이가 그리 일찍 나가게 되었으니 하는 말입니다. 형님, 은후는 어떻게 하실 작정이세요?"
"글쎄……."
"이왕지사 짝지어주기로 결정하셨잖습니까. 이참으로 해서 이

냥저냥 같이 내보냅시다. 네?"

강 여사가 진 여사의 눈치를 살피며 제안했다. 속 타 하는 외손자의 마음고생을 좀 덜어줄 심산이었다. 젊은것들이 화륵 불타올라도 시원찮을 판에, 어쩜 그리도 애늙은이 흉내들인지. 서준이나 은후 둘 다 답답할 정도로 굼떠, 노인인 그녀가 더 조급증이 일 정도였다.

"나도 그랬으면 하는데, 덜컥 혼인시켜 같이 내보내기에 아직 둘이 친하지 않은 것 같아서 좀 그렇구먼."

"은후가 우리 서준이, 싫답니까?"

"싫다고 한 건 아닌데."

"그런데요?"

진 여사가 가벼이 한숨을 내쉬었다. 말이 나온 김에 속에 감춰둔 말을 슬며시 내보였다.

"연애를 하는 것처럼은 보이지 않네. 우리 은후야 내가 가라 하면 제 목에 칼이 들어와도 '네' 하고 곱게 웃으며 갈 애인 거 자네가 더 잘 알잖나. 하지만 난 그 애가 정 없는 사람에게 마지못해 가는 건 싫어. 그저 둘이 잘 어울려 보이니 마음 정까지 깊어진 후에 혼인했으면 하는 거지."

"은후가 수줍어서 속 내보이지 않아 그렇게 느낀 건 아니구요?"

"그럴 수도 있고. 언제나 솔직하고 발랄하던 애였는데, 제 할아버지가 그렇게 가시고 난 후 성격이 백팔십도 달라졌다니까."

"하긴 큰 충격이었을 거예요."

"제 눈앞에서 쓰러져선 그 길로 돌아가신 거니까. 그때 장례식장에서 어찌나 아프게 우는지……. 제 살붙이라 해도 그리는 못

해. 하긴 철들어서 정붙인 사람이 우리 내외하고 태흔이뿐이었는데, 그이가 그리 가셨으니 한(恨)이 될 만도 하지."

진 여사의 한숨이 더 깊어졌다.

"여하튼 우리 서준이 안달하는 거, 안쓰러워요. 제 꿈 생각하면 당장 좋다구나 하며 나가야 하는데, 은후 생각하면 발이 안 떨어지는 모양입니다. 그냥 이것저것 생각지 말고 같이 보내주세요. 네에?"

"글쎄, 은후도 유학을 보내기는 해야 하는데……. 원체 갑작스러우니 말을 하기가 좀 그러네."

"정이야 자꾸 보면 붙는 거랍니다. 홀홀 단신 이국에서 서로 의지하고 둘만 지내다 보면 정이야 금세 만들어질 겁니다. 결단해 주세요. 평생 옆에 끼고 사실 것도 아니잖아요?"

"그거야 그렇지. 솔직히 난 우리 은후, 태흔이보다 먼저 혼인시키고 싶어. 만에 하나 태흔이 처가 들어와서 우리 은후 못마땅하게 생각하면 어쩌누 싶어서 말이야."

진 여사가 제일 신임하는 이더러 홀로만 근심하는 것을 드러냈다.

"아이고, 걱정도 팔자예요. 설마 그러기야 하겠어요?"

"사람 일은 몰라. 제 신랑이 안사람보다 여동생을 더 아끼는 것을 누가 참아? 게다가 피 한 방울 섞이지 않은 동생을. 십중팔구, 우리 은후 눈엣가시로 생각하게 될 거야. 뻔해. 여자 마음 다 똑같은 거야."

그러는데, 예술관의 정문 안으로 은후의 BMW 뒤로 렉서스 한 대가 따라 들어왔다. 은후와 서준이 내렸다. 함께 나타난 둘의 모습을 보고 진 여사와 강 여사가 더 놀랐다.

"아니, 어떻게 같이 온 거야?"

"같이 점심 먹었어요. 은후 씨, 통역 봉사한다고 해서 얼마나 잘하나 구경 왔습니다."

"그랬구나. 참 은후, 우리 문 이사 11월에 출국한다는 이야기는 들었지?"

"네, 섭섭해요."

"저도 너무 속상해요, 할머니. 그래서 오늘 은후 씨더러 저랑 같이 가자고 말했어요."

"뭐라고?"

진 여사와 강 여사가 놀란 만큼 은후도 놀랐다. 설마 서준이 이렇게 당당하게 청혼했다는 이야기를 발설할 줄은 몰랐다. 서준이 싱글거리며 어리광부리듯이 강 여사와 진 여사의 팔짱을 동시에 꼈다.

"우리 은후 씨가 아직은 흔쾌하게 답을 해주지 않네요. 두 분 할머니, 저 좀 도와주세요. 저 상사병 나서 앓아 누울 것 같습니다."

반 농담 반 진심. 허허실실 미소 지으며 은근히 두 노부인에게 SOS를 쳤다.

"아, 제 놈 능력없어 아가씨 마음 잡지 못한 걸 두고, 무조건 늙은이더러 떼를 쓰면 어쩌누?"

"은후 씨를 이렇게 새침데기로 키우신 건 성북동 할머님이시니까 책임지세요. 은후 씨, 제게 주실 때까지 성북동 대문 앞에 가서 드러누워 있을 겁니다."

"우리 문 이사, 몸이 달았구먼. 어지간하면 은후, '네' 하고 대답해 주지 그랬어?"

"사내 속 너무 태우면, 그거 좋은 거 아니지."

놀림 반, 진심 반. 양가 할머니까지 나서서 거들자, 은후의 얼굴이 새빨갛게 변해 버렸다. 부끄러움을 이기지 못한 듯 인사도 하는 둥 마는 둥, 황망히 행사장으로 마련된 강당 쪽으로 걸어가 버렸다. 꼭 도망치는 것 같았다.

"은후 씨, 같이 가요!"

서준도 두 노부인에게 묵례를 해 보이곤 개구쟁이처럼 뛰어선 은후 뒤에 따라붙었다. 이내 나란히 건물 안으로 함께 사라지는 두 남녀의 모습이 그림처럼 어울려 보였다. 진 여사의 눈에 콱 박혔다.

"저 녀석, 단번에 치고 나갔네요. 세상에, 청혼을 하다니."

강 여사가 대견해선 한마디 했다. 진 여사도 서준의 새로운 면모를 본 듯하여 고개를 끄덕였다.

"그러게 말이야. 차분하고 속으로만 삼키는 줄 알았더니, 급해진 모양이네. 대담해."

"사내꼭지가 저만한 배포도 없어서 되겠어요? 제 여자 얻으려면 저 정도 뻰뻰함도 있어야지요. 마냥 기다리다간 안 될 줄을 저도 알았나 봅니다."

"그러게 말이야. 내가 오늘 문 이사 다시 봤어."

진 여사가 손목시계를 보았다.

"시간 됐어. 우리도 들어가지."

"그러세요. 오늘 은후가 잘해야 할 터인데."

두 노부인이 걸어가는 예술관 마당 위로 가을 햇살이 말갛게 내려앉았다.

철 늦은 해바라기꽃이 안을 엿보는 소강당. 〈우정회〉의 대표인 독일 대사 부인의 연설이 계속되고 있었다.

〈한국에 부임해 올 때, 우리가 이곳에서 무엇인가를 할 수 있을까 내내 고민했습니다. 가능한 한 적극적으로 소외된 계층의 어린이들에게 꿈과 희망을 줄 수 있는 이러한 행사를 자주 만들려고 노력합니다.〉

연설대 옆에 마련된 작은 책상 앞에 서서 은후는 사회자 겸 동시통역을 했다. 전혀 어려움 없이 물 흐르듯 대사 부인의 연설을 옮기는 그녀의 명민하고 고운 자태는 그 자리에 모인 사람들의 시선을 사로잡고 있었다.

우아한 은회색 실크 투피스 위에 검은색 짧은 재킷을 맞추고, 시원스레 머리를 틀어 올려 길고 아름다운 목선이 그대로 드러나 있다. 작은 다이아몬드 귀고리만 착용한 소박한 모습이지만 싱그러운 젊음과 아름다움은 그 자체로 가장 귀한 보석이었다.

긴장할 법도 한데, 흔들림 없이 또렷한 목청으로 통역을 하고 있는 은후의 모습에 진 여사는 만면에 흐뭇한 미소를 머금었다. 어디에 내놓아도 모자란 데 없는 손녀딸의 모습에서 저절로 어깨가 으쓱해졌다.

단상 아래 앉은 서준은 넋을 잃은 표정이었다. 수줍고 얌전하기만 하던 평상시 모습과는 사뭇 다르다. 얼음처럼 냉정하고 당당하게, 매끄럽게 행사 진행을 하고 있는 모습이 너무나 새로웠다. 뚫어질 듯 은후만 바라보고 있는 것을 살피고는 진 여사는 홀로 미소 지었다.

'저 녀석, 몸이 달았구나. 아주 달았어.'

아무래도 집에 돌아가 은후와 태흔을 앉혀두고 서준과의 일을 진지하게 의논해서 매듭을 지어야겠다고 진 여사는 마음먹었다.
〈이상으로 여러분의 많은 관심과 지지 부탁드립니다. 감사합니다.〉
연설이 끝났다. 커다란 강당에 박수 소리가 메아리쳤다. 독일 대사 부인이 재단 이사장인 진 여사와 악수를 나누고, 통역을 맡은 은후와 가볍게 포옹을 했다.
〈나중에 같이 차나 마셔요, 은후 양. 정말 고마워요.〉
〈영광입니다. 정말 좋은 연설이었어요.〉
사람들은 삼삼오오 출입문을 나가기 시작했다. 은후는 진 여사 옆에 서서 이날의 행사에 와준 귀빈들에게 일일이 공손한 작별 인사를 마쳤다. 재단 이사들과 서준이 진 여사를 모시고 아래층의 사무실로 내려가는 것을 바라보다, 몸을 돌렸다. 행사장 정리를 시작하는 사무원들 옆으로 다가갔다.
"같이 해요."
접이식 의자를 정리하고 이름표를 뜯었다. 남들이 귀찮아하는 잡일에 은후가 손을 걷고 달려들자, 오히려 직원들이 더 곤란해하는 표정이 되었다.
"아이고, 저희가 해요. 내려가세요. 이사장님이 기다리실 텐데."
"힘 합치면 금세 끝나잖아요."
몸을 움직이면 마음의 주름을 잠시나마 잊을 수 있을 테니까. 대형 현수막을 뜯어내고 돌돌 말며, 직원들과 농담을 주고받으며 웃어가며, 은후는 이곳에서 평생 이렇게 살아도 좋을 것 같다는 생각을 했다.
한 번도 여기 예술관이 그녀의 뿌리라는 생각, 잊어본 적이 없다. 백암장에 옮겨간 이후 남들이 부러워할 정도로 호의호식하며 살게 되었지만, 아낌없는 사랑을 받고 식구가 되었지만 은후의 고향은 여기 예솔관이었다. 오래도록 드나들어 익숙하고 친해진 직원들이 언니이고, 오빠이고, 그녀만 보며 달려오는 아이들이 동생들이었다.

행사장 정리를 돕고 난 후, 은후는 손을 씻고 사무실로 내려갔다. 마침 티타임이 끝날 무렵이었다.

"왜 늦었어? 차 다 식었다."

"행사장 정리 돕고 내려왔어요."

"잘했다. 우리 은후, 궂은일 앞에서 몸 사리지 않아서 얼마나 예쁜지 몰라."

활짝 웃으며 진 여사가 칭찬했다.

"고생했어. 우리 은후, 독일어 실력은 언제 들어도 흐뭇해. 아주 매끄럽던걸."

"부끄러워요. 남들도 다 이만큼은 하는데요, 뭘."

"겸손하기도 하지. 누가 우리 은후 실력 몰라서 그래? 서준이가 그러는데 일본어도 아주 잘한다고 하던데."

"으윽, 민망해요, 이모할머니. 일본어는 서준 씨가 잘하죠."

"이 애야 일본에서 학교를 다녔으니 당연한 거고. 아, 정말 즐거운 하루네. 형님, 슬슬 일어나 보실까요?"

사람들이 하나둘 일어섰다. 회의실을 빠져나가 현관 앞에 대기한 차에 올라타기 시작했다. 은후는 진 여사에게로 다가갔다. 그녀만 알아들 수 있게 살짝 속삭였다.

"죄송해요, 할머니. 먼저 가세요. 주말에 이불 빨래 있대요. 봉사하고 일요일에 갈게요."

"힘들지 않겠니?"

"괜찮아요. 행사 도우미보다 사실은 몸으로 때우는 일을 더 잘하잖아요. 제가 원래 힘이 좀 세요, 할머니."

좋은 일을 한다는 데 굳이 만류할 필요가 없을 것 같았는지 진 여사가 고개를 끄덕였다. 서준도 아쉬운 얼굴로 작별 인사를 했다.

"은후 씨, 나도 먼저 가요. 다섯 시에 남 사장님하고 미팅이 있어서. 설거지 봉사라도 해야 하는데, 미안하네요."

"괜찮아요. 행사에 참석해 주신 것만으로도 큰 도움 주셨어요."

"밤에 전화할게요. 반갑게 받아주깁니다. 할머님, 다음에 찾아뵙겠습니다."

인사를 마치고 서준이 먼저 차를 몰고 떠났다. 진 여사도 강 여사가 타고 있는 차에 몸을 실었다. 멀어질 때까지 현관 머리에 서서 손을 흔들고 있는 은후의 고운 모습이 점차 멀어졌다.

"둘이 잘 어울리는걸. 보기 좋아."

"그러게 말입니다. 그냥 같이 보내세요. 부탁해요."

동행이 된 강 여사도 맞장구를 쳤다.

"알았어. 은후랑 태흔이 앉혀두고 매듭지어 볼게. 자네, 모처럼 나왔으니, 집에서 저녁이나 하고 가."

태흔을 앞에 두고 은후의 일을 매듭짓겠다고 하는 진 여사 앞에서 강 여사의 표정이 다소 미묘하게 변했다. 잠시 입을 꾹 다물고 무엇인가를 곰곰이 생각하던 그녀가 진 여사를 돌아보았다.

"저어, 형님. 곡해하지 말고 제 말 좀 들어보세요."

이런 이야기를 해야 하나 말아야 하나 망설이는 기색이 역력하다. 진 여사가 의아한 표정이 되었다.

“무슨 말을 하려고 그리 뜸을 들이누? 우리 사이에 언제 할 말 못 할 말 가리고 그랬어? 자네 무슨 말 하려고 그래?”

“그게, 그러니까……. 형님, 먼저 제가 한 가지만 여쭈어도 되겠어요?”

“그래. 물어봐.”

“은후, 말이죠. 호적이 어떻게 되어 있어요?”

“시설에 있을 때 만든 호적 그대로 쓰고 있어. 그때 원장이었던 이문진 이사가 그해 들어온 아이들을 다 제 호적에 입적시켰지. 그런데 그게 왜?”

다 알면서도 새삼스레 다시 묻는 강 여사가 어쩐지 언짢았다. 사람은 욕심내면서도, 정작 손자며느리로 들이려 하니 역시 고아인 것이 걸려 이러나 싶어 좀 야속하기도 했다.

“혼인시키려니, 어쩐지 은후 출신이 걸려? 그래?”

강 여사가 대답 대신 다시 물었다.

“백암장으로 데려는 오셔놓고 왜 입적을 하지 않으신 거예요?”

“처음엔 하려고 했어. 그런데 마땅치가 않더군.”

“어째서요?”

“우리 부부 아래로 하려니 우스운 거야. 태흔이하고 고모, 조카 사이가 되어버리잖아. 그렇다고 이미 죽은 태흔이 아범 밑으로 올릴 수도 없고. 또 은후가 집으로 오기 전에 한 번 파양당한 적이 있었거든. 그때 태흔이가 사람 일은 모른다고, 만에 하나 호적 정리했다가 다시 파양하는 일이라도 생기면 그 애한테 진짜 못 할 짓이라고 그냥 마음으로 손녀 삼으면 되지 않느냐고 그래서. 가만히 듣자 하니 일리가 있더라고. 그래서 호적은 그냥 둔 거지."
"아, 네에……."
"들어봐. 입적은 안 했어도 우리 은후, 영 빈털터리는 아냐. 내, 다른 건 몰라도 우리 은후 먹고살 것은 남겨주고 갈 거야. 그러니 그런 문제라면 걱정하지 않아도 좋아."
"아이고, 제가 그런 뜻으로 물었겠어요? 우리 은후, 제 몸 하나래도 데려옵니다. 사람 보고 혼사하자는 거지, 호적 보고 하는 겁니까?"
"그런데 왜 갑자기 그런 것을 묻는 거야?"
의아해하는 진 여사의 시선 앞에서 강 여사가 잠시 망설였다. 마침내 입을 열었다.
"우리 서준이가, 형님. 기묘한 이야기를 한마디 해서요. 그게 어쩐지 마음에 걸려서 그럽니다. 별것 아닌데, 영 잊혀지지가 않네요."
"무슨 말?"
"이 회장이……. 아이고, 민망해라. 나는 못 하겠습니다!"
강 여사가 말을 하려다 보니 너무 기막히고 스스로도 면구스러운지 입을 꾹 다물었다. 진 여사는 약간 어이가 없어 강 여사를 노려보았다.
"이 실없는 사람 좀 보았나. 아니, 우리 은후 이야기하다가 불쑥 태흔이 이야기는 왜 나오누?"
"노여워하실까 봐요."
"노염 타지 않을 테니 말해봐. 대체 무슨 이야기를 들었기에 그렇게 뜸을 들여?"
작정하고 듣자 하면, 끝까지 파헤치고 마는 진 여사 성미에 이야기를 하다 말게 둘 리는 없다. 게다가 다른 이야기도 아니고 장중보옥인 두 손자, 손녀의 이야기인데, 이 대목에서 끊자 하고 덮을 리가 없는 것이다.

재촉하는 시선에 밀려 강 여사는 하는 수 없이 입을 열고 말았다. 말을 하면서도 내가 잘못하는 거지, 이런 말을 섣불리 내뱉으면 안 되는 거지 하는 마음이 반이었지만.

"얼마 전에, 이 회장이 우리 서준이를 찾아왔답니다."

"우리 태흔이가 문 이사를 찾아가? 왜?"

전혀 예상치 못한 이야기 앞에서 저절로 진 여사의 얼굴도 굳어졌다.

"그러게 말입니다. 다짜고짜 은후한테 접근하지 말라고 엄포를 놓고 갔대요. 사내꼭지라는 게 또 직감이라는 게 있잖아요. 어쩐지 이 회장 하는 노릇이 오라비가 누이동생 아끼는 마음하고 좀 다른 것 같다고. 이 회장이 은후를 보는 눈이 무엇인가 심상치 않다고……."

"무슨 그런 망측한 말이 다 있어?"

쨍 하니 진 여사의 목소리가 노염을 담고 터졌다. 강 여사의 얼굴에 곤혹스러움이 번졌다. 온유한 성미라 대가 약한 그녀는 어쩔 줄 몰라 하며 자그맣게 변명조로 중얼거렸다.

"에그, 몰라. 노여워하실 거라고 했죠?"

"아니, 말이 되는 소리를 해야지, 이 사람아. 누가 누구를 어째? 두 애를 어디다 갖다 붙여? 우리 태흔이, 아진의 큰딸하고 혼삿말 오가는 것. 자네가 제일 잘 알지 않나?"

"그건 그렇죠."

"이미 거의 반 성사되고 있어. 빠르면 올 12월쯤 결혼식 올릴 애야. 그런 애를 두고 무슨 망측한 말을 하는 게야? 기가 막혀서."

"그렇죠? 그럴 리가 없죠? 저도 그래서 우리 서준이더러 아주 매섭게 혼구멍을 냈습니다."

"잘했어. 그 애들 이십여 년, 남매로 살았어. 둘 중 하나라도 이상한 기색을 보였으면 내가 제일 먼저 알아차렸지. 그리고 만에 하나 그렇다면 내가 어떻게 우리 은후를 문 이사에게 소개를 시켰겠어? 그런 거 아냐."

"그럼요. 녀석이 제 딴에는 은후하고 가까워지고 싶은데 제대로 안 되니 푸념한 것을 제가 곡해했어요. 이 회장이 하나뿐인 누이동생 귀애해서 예전부터 이리저리 조심시키는 거, 제가 더 잘 알고 있고. 제가 입조심 못 했네요."

마음속에 고인 미심쩍은 의심을 기어코 발설하고야 만 강 여사 입장에서는 진 여사의 강한 부인과 노염이 오히려 다행이다 싶었다. 생각하면 할수록 아니다 싶은 일이며, 아니어야 할 일이었기 때문이다.

진 여사 손에 키워진 은후가 만에 하나 태흔을 남자로 여긴다면 이건 은혜를 원수로 갚는 일이다. 강 여사 자신의 눈으로 보아도 은후는 그럴 만큼 앙큼하거나 영악한 아이가 아니었다. 소문의 한쪽 당사자인 태흔의 입장에서 생각해 보아도 마찬가지였다. 그가 무엇이 아쉬워서 누이동생이라 여긴 은후를 욕심낼 것이며, 또 그런 일은 하루아침에 이루어지는 것이 아닌 법. 조금이라도 수상쩍은 기색이 있었다면 조모인 진 여사가 눈치채지 못할 리가 없는 것이다. 또한 진 여사 인품에 그냥 놓아두고 볼 일도 아니었다. 역시 서준의 선부른 조급증이 만들어낸 허상의 소문인 것이다.

"제가 마음 상하게 만들었죠? 좋지도 않은 말 옮겨서 죄송해요. 서준이 놈 한 번 더 입단속 시킬게요."

"알았어. 알아들었으니 그만해. 하지만 우리 둘 다 앞으로 더 조심하세. 나이 들어 흉물스럽다는 말은 듣지 않고 살아야지. 말이라는 게 그래. 한마디지만 사람 하나 죽이기도 하고 살리기도 하는 법이야, 이 사람아."

"알았어요. 더 조심해요."

면구스러워 고개도 들지 못하는 강 여사를 바라보며 진 여사는 목청을 가다듬었다.

"우리 태흔이도 결혼하면 제 누이한테 유난하게 구는 것이 좀 줄어들 터이지. 그러니 너무 그러지 마. 둘밖에 없잖아. 그래서 좀 꾀까다롭게 구는 거야. 그것도 이해 못 해?"

"그러믄요, 그러믄요."

그러는 동안 두 사람이 탄 차가 호텔 빌라 앞에 도착했다. 두 사람이 차에서 내리는데 검은 벤츠가 옆자리에 들어왔다. 서류가방을 들고 태흔이 내렸다. 검은색 양복 차림이었다. 조모에게 가볍게 묵례를 했다.

"일찍 퇴근했구나."

"골프 모임이 있던 것이 갑자기 취소되었어요. 이모할머님, 오랜만에 뵙습니다."

태흔이 예의 바르게 고개를 숙였다. 아침에 입고 나간 옷차림과는 달라 진 여사가 그를 건너다보았다.

"어째 검은 양복이누?"

"노 장관님 댁, 모친상이 났습니다. 거기 들렀다가 퇴근했습니다. 그래, 행사는 잘 끝내셨습니까?"

"잘 끝났어. 은후는 주말에 예술관에서 봉사하고 온단다."

"네, 그렇군요."

나주댁이 소파에 앉는 세 사람에게 흑삼차를 내왔다.

"이 사람 식사 같이할 거야. 이 회장도 저녁, 집에서 먹지?"

"하지만 금세 나가야 합니다. 러시아어 공부하러 가야 해요. 선생을 구했거든요. 거기서 임세라 씨를 만날지도 모르겠습니다."

그럼 그렇지. 태흔이 세라를 만난다는 말을 하자마자 진 여사의 표정에 희미한 안도감 같은 것이 스쳐 지나갔다. 들어버린 다음에야 어쩔 수 없는 거다.

"세라 양, 언제 소개해 줄 거니? 결혼 말이 오가는 사이인데 한 번도 보지 못해 섭섭해."

"곧 할머니 팔순 잔치이니 그때 정식으로 소개해 드리겠습니다. 약혼식은 아니더라도 어른들끼리 상견례는 해야 하지 않나 생각합니다. 그럼 저는 옷 좀 갈아입겠습니다."

태흔이 가방을 들고 일어났다. 이층으로 올라갔다. 두 노부인의 시선이 태흔의 실팍한 등을 따라갔다.

"이 회장, 정말 아진의 큰딸하고 이야기가 잘되고 있나 보네요."

"그렇다니까."

진 여사가 거 봐라 하듯이 대답했다. 저런 애를 두고 뭐가 어째? 태흔이가 은후를 넘보고 있어? 둘이 남녀 관계로 얽혀?

'기가 차서!'

진 여사는 속으로 코웃음을 쳤다. 몸을 일으켜 강 여사를 건너보았다.

"둘 나이가 다 솔찮으니 서로가 급한가 봐. 선남선녀들이 만났으니 시간 끌 일도 없지, 뭐. 은근히 피곤하네. 안방에 들어가서 잠시 좀 눕자고."

분주한 가운데에 만나게 된 잠시의 망중한.

행사 뒷정리를 끝내고 저녁 식사 봉사까지는 시간이 좀 남았다. 반짝반짝 빛나는 느티나무, 가을의 청신한 그 햇살이 좋아서, 은후는 자기도 모르게 나무 아래 벤치로 발을 옮기고 있었다.

'참 크게도 자랐네.'

벤치에 앉아 고개를 치켜들었다. 한껏 나무의 푸른 우듬지를 우러렀다. 어렸을 적 기억에도 큰 나무다 싶었는데, 해가 갈수록 예술관 입구에 수문장처럼 버텨선 느티나무는 거대한 그늘을 드리우며 우람하게 변해가고 있다.

이 그늘 아래 작은 벤치에서 얼마나 많은 일이 일어나는지, 사람들은 알까 몰라. 은후의 입술이 미미한 미소를 머금었다. 미소지만 몹시 아픈 눈물 같은.

행여나 엄마, 아빠가 데리러 올까 아이들이 눈 빠져라 기다리는 곳이기도 하지. 사춘기 적 아이들이 나무 뒤에 숨어서 담배란 것을 처음 피워보는 곳도 여기이고. 첫사랑 품은 아이들이 가슴 떨며 눈도 마주치지 못한 채 몰래 손잡는 곳이기도 하지. 아래위로 눈 다래끼가 네 개 난 어린 계집아이가 작은 보따리를 움켜 안고 사흘 내리 기다리고 기다리며 훌쩍거리던 곳이기도 하고.

검은 자동차에서 내리던 키 큰 그 소년을 만난 곳이기도 하고. 그 소년의 품에 안겨 백암장으로 떠났던 곳이기도 하다. 그러니까 이은후가 이태흔을 처음 만나 사랑하기 시작했던 곳.

'미워! 정말 미워 죽겠어!'

태흔을 생각하자마자, 따뜻한 햇살을 받고 있으면서도 북풍한설 안에 서 있는 기분이 된다. 더없이 외로워졌다.

사람들이 본바, 은후의 단아하고 평정한 모습은 지독한 가면이었다. 태연한 얼굴로 빈틈없이 맡은 일을 처리하고는 있었지만, 그녀의 속살은 너덜너덜한 누더기나 다름없었다. 서준의 느닷없는 청혼 때문에도 그러했으나, 이태흔, 그 악마가 그녀의 속을 긁다 못해 아주 찢어놓았기 때문이다.

저절로 은후의 주먹에 힘이 주어졌다.

죽여 버리고 싶어! 아니, 죽어버리고 싶어.

'우린 왜 서로를 갈가리 찢고만 있는 걸까? 왜 손톱을 세워선 할퀴는 것밖에는 하지 못할까? 난 도망치고, 오빤 날 쫓아오고. 그러다가 한순간 불꽃처럼 타올라 뜨겁게 안고 말지. 강렬하게 타오르는 순간이 지나면, 우린 다시 갈라져. 출발점에 그대로 선 채, 한 발도 움직이지 않은 채 또 서로 할퀴고 찢고 있어. 우린 지금 무엇을 하고 있는 걸까? 우리 둘이 함께 타오르는 그 순간의 의미는 무엇일까?'

같은 답을 찾고 있는 두 사람이지만, 그에게 물어볼 순 없다. 그는 그 물음을 은후의 마음을 갈기갈기 찢는 수단으로 사용할 테니까. 그녀가 흔들리기만을 기다리면서 지켜보고 있다가 가차없이 망설이지 않고 염치없이 뻔뻔하게 자신의 것으로 탈취할 기회로 삼을 테니까. 결국, 할머니의 선의와 아름다운 심장을 죽이고 말 테니까.

'차라리 할머니께 모든 것을 고백하고 말까?'

입 꾹 다물고 수동적으로 흘러가다가 어영부영 정말 서준과 결혼하게 되는 사태로 이어질지 모른다. 태흔이 그것을 그냥 두고 볼 리가 없다. 커다란 태풍 속으로 휘말려 들어 모두가 무너지게 될 것이다.

'그럴 바에야 차라리…….'

그녀가 저지른 가증스런 배신과 지옥을 고백하게 되면 진 여사는 절대로 그녀를 용서하지 않을 것이다. 다시는 그분의 얼굴을 대할 수 없을 테지. 동시에 태흔을 영원히 단념할 수밖에 없을 거다.

하지만 차라리 그게 나을지도 몰라. 날마다 언제 나락으로 떨어질까 불안해하며, 태흔의 손에 사로잡혀 막무가내 유린당하는 일은 할 수가 없다. 그녀도 사람이었다.

고백해 버리면 무서운 심장병인 태흔을 놓아버리고, 아슬아슬한 줄타기를 하는 것 같은 이 지옥에서 도망칠 수 있을지도 모른다. 그래 보았자 이 자리로 돌아오는 것뿐인데.

은후는 보육원 느티나무 그늘 아래 아뜩한 눈을 들었다.

'여기서 시작한 건데. 다 버리면 여기로 돌아오면 되는 거잖아.'

드러낼 수 없기에 더 치열하고, 표현할 수 없기에 더 간절하다. 가질 수 없다 여기기에 사무치고 그럼에도 잃을 순 없어 정말 가슴 저린 사람. 태흔.

사랑이 이렇게 아픈 것인 줄 알았다면……. 욕심내서는 안 되는 남자를 탐한 것이 이렇게 불안한 죄악이고 무서운 지옥이란 것을 알았다면, 그날 그런 짓에 휘말리지는 않았을 거야. 새삼 절망하여 은후는 두 손으로 얼굴을 싸쥐었다. 이미 말라 버린 걸까. 이젠 눈물도 흐르지 않는다.

갈등은 또 다른 유혹에 흔들리게 만든다. 은후는 아직도 귓전에 메아리치고 있는 서준의 청혼을 떠올렸다.

"나랑 같이 뉴욕 가요. 이젠 은후 씨도 어른이 되었잖아요. 진 여사님이나 이태흔 씨 그늘에서 벗어나 정말 은후 씨만의 인생. 홀로서기 해야죠. 씩씩하게 혼자 만들어가는 삶, 나랑 같이 시작하지 않을래요?"

안타깝고 서럽다. 사무치게 아프고 슬픈 마음은 그녀를 피폐하게 하고 지치게 만들었다. 탈출을, 도피를 꿈꾸게 만든다.

'그냥 도망가 버릴까. 그러면 안 될까?'

비겁하다고 해도 좋다. 그 좋은 사람의 진심을 기만하고 이용한다고 욕해도 좋다. 할머니가 바라듯이 서준과 뉴욕으로 함께 가버리는 것도 해결책이 될 수 있어. 아무 일도 없었던 양 다 덮어버리고 서준을 사랑하고 받아들이는 노력을 한다면 어떨까?

'가능하지 않아, 절대로.'

은후는 절망적으로 떨었다. 잠식해 오는 한기에 두 팔로 자신의 몸을 감싸 안았다.

"오 년 전에 널 부순 사람이 누구였지? 나야, 다시인들 못 할 것 같아? 이은후, 내 세상 안에서, 나만의 공주님이 아니라면, 너도 내 적이야. 가차없이 부숴주지. 박살 내주지. 어디 한번 두고 보라고!"

뇌리를 울리는 저주, 아니, 낙인이다.

그가 있다. 절대로 놓치지 않으려는 소유와 집착의 끈으로 그녀를 칭칭 얽어매고 있는 그 남자가.

애욕이란 이름을 단 사랑과 끔찍한 애증과 죄책감과 슬픔으로 결합된 그가 있어. 그녀의 흔적을 자신의 숨결처럼 알아내는 그 사람이 그녀를 순순히 가게 내버려 둘까?

'도망가도 찾아올걸. 어디든, 지구 끝까지. 숨어도 숨어도 오빤 끝내 찾아낼 거야. 그리고 맹세한 대로 부숴 버릴 거야. 나를…….'

그리고 그 역시도 같이 부서지고 말겠지. 사랑할 수 없으면 죽는 게 차라리 나아. 우린 하나니까. 하나가 죽으면 다른 쪽도 죽고 마는 자웅동체처럼, 몸이 붙어 있는 샴쌍둥이처럼. 우린 서로를 떠나면 살아갈 수가 없어.

이런 마음으로 나는 당신을 버릴 수 있을까? 잘라낼 수 있을까?

할머니의 선의를 배신하고 할아버지의 죽음이 만들어낸 죄악의 슬픔을 덮으며 당신의 아내가 될 수도 없어. 내가 나를 용서할 수 없는데 행복할 순 없는 거야.

그렇다고 해서 당신을 깊이 사랑하면서 감추어진 정부로도 살 수 없어. 당신이 몰아붙이는 구석으로 몰려가면서도 나는 선택할 수가 없어. 그래서 갈 데가 없어. 결국 내 스스로의 칼에 찔려 홀로 절망의 피를 흘리다가 허공으로 떠도는 먼지처럼 부서질 도리밖에는……. 언젠가는 흔적도 없이 희미하게 스러질 도리밖에는.

언제나 고민만 하고 있었다.

여기서 그만둘까 말까. 그를 받아들일까 말까. 결국 그를 사랑할까 말까.

하지만 고민한다고 해서 해결된 것은 아무것도 없었다. 더 깊은 갈등만을 가져왔을 뿐.

'애초에 오빨 욕심내는 게 아니었는데.'

자리를 잘 알아야만 했었다. 감히 그를 사랑하고 말다니. 그를 원하고, 그를 갖고 싶어 손을 뻗다니.

'은혜를 원수로 갚았으니, 천벌 받은 거야, 나.'

이렇게는 살 수 없어.

헤어져야 해. 나를 위해, 오빠를 위해. 우린 서로를 망치는 독이야. 우리 사랑은 아름답지 않아. 축복받지도 못해.

'차라리 죽어버릴까?'

그녀만 입 다물고 죽어버리면, 태흔이 은후를 범했다는 것도, 밤마다 약탈하고 있다는 것도 영원한 비밀이 될 테니. 그 때문에 할아버지가 돌아가신 것도 묻힐 테니까. 할머닌 절대로 당신의 선의와 인자함을 배신당하지 않을 테니.

핏물 같은 오열이 새어 나올 것 같아 한 손으로 입을 막았다. 누구에게든 이 답답한 마음을 털어놓고 싶어 미칠 지경인데, 가슴에 재놓은 이 통증은 너무 무거워서 감히 뱉어내기조차 힘들었다. 비통한 울음이 입술 사이로 새어 나오는 것을 억지로 참느라 악문 턱이 아팠다.

"아줌마, 울어요?"

누군가가 그녀의 허리를 콕콕 찌르고 있다. 은후는 얼굴을 가린 손을 천천히 내렸다.

까만 눈망울을 가진 조그만 계집아이였다. 예닐곱 살쯤 될까. 은후 자신, 태흔의 품에 안겨 백암장에 옮겨질 그 나이쯤 되어 보이는 아이. 예솔관의 마크가 찍힌 체육복을 입고 있어 원생이라는 것을 금세 알 수 있었다. 예전부터 있었던 아이라면 낯익을 텐데 새로 들어온 아이인가 보다. 처음 보는 얼굴이었다. 은후는 억지로 미소를 지었다.

"아줌마 우는 거 아냐. 울면 복 달아나거든. 아줌만 절대로 울지 않아. 그냥, 배가 고파. 무엇인가 얻고 싶은데 얻지 못해서, 너무 갖고 싶은데 가질 수가 없어서."

이 세상 전부를 주겠다 약속한 그 손을, 언제나 사랑한다고 말해주는 그 입술을, 강하게 안아주는 그 팔을 뿌리쳐야 해서. 도망가야 해서. 늘 굶주림에 시달려. 늘 갈증이 나.

"아줌마한테 줄게요."

아이가 손에 들고 있던 풍선을 건네주었다. 누군가의 감정을 정확하게 전이해 읽어내는 아이의 본능인 것이다. 그 앤 은후가 깊이 슬퍼하고 있다는 것을 알아차린 얼굴을 하고 있었다.

우스꽝스럽게도 아기공룡 둘리가 그려진 초록색 풍선을 든 여자와, 흙 묻은 운동화로 툭툭 벤치 끝을 걷어차는 단발머리 여자애가 한동안 나란히 벤치에 앉아 있었다.

문득 주머니 속에 든 초콜릿을 생각해 냈다. 아까 직원이 입요기하라고 쥐여주었다. 은후는 아이를 돌아보았다.

"지금 초콜릿 먹을 건데. 너도 먹을래?"

열렬하게 고개를 끄덕였다. 비시시 웃는 계집아이의 앞니가 빠져 있었다. 은후는 손바닥만 한 초콜릿을 두 쪽으로 나누었다. 아이 앞에 내밀었다.

"어느 쪽 먹을래?"

"큰 거, 아, 아니요. 작은 거요."

욕심껏 가지려는 어린아이의 본능으로 큰 조각을 냉큼 가져가려다가, 금세 손을 뒤로 감추었다. 착하게 굴어야 한다고 뼈에 박히도록 가르침을 받았을 테지. 어린 은후가 그랬듯이. 은후는 큰 조각을 아이에게 건네주었다.

"괜찮아, 큰 거 먹어. 아줌마는 배가 부르거든."

"아까는 배고프다고 했잖아요."

"아줌마가 배고픈 건, 다른 이유가 있으니까."

은후는 달콤 씁쓰레한 초콜릿 한 쪽을 입안에 넣었다. 지금 입안에서 녹는 이 맛. 아주 쓴데도 아주 달콤해서 자꾸 당기는 모순의 맛과 똑같은 그 남자를 생각했다. 그에게 안기기로 된 오늘 밤. 봉사를 핑계로 주말 내내 집에 들어가지 않으면 그는 어떤 반응을 보일까?

알게 뭐야. 은후는 반 자포자기, 반 반항심으로 고개를 치켜들었다.

'어차피 망가지는 건 똑같은데. 바락 소리라도 지르고 당해야 속이라도 시원하지.'

은후는 이를 악물었다. 옆에 앉아 초콜릿을 우물거리고 있는 아이를 바라보았다.

"넌 이름이 뭐야?"

"민주요, 장민주."

"그렇구나. 아줌마도 말이지, 민주처럼 여기 예솔관에서 자랐어."

일기예보 맞추어서 비가 오려는지, 저 먼 하늘에서부터 파란 하늘이 조금씩 조금씩 회색빛으로 닫히고 있었다.

저녁 식사를 끝내고 집에 간다는 강 여사를 배웅했다. 돌아서니 태혼이 외출을 하기 위해 점퍼를 들고 내려오고 있었다.

"자네, 나 좀 보세."

진 여사는 태흔을 소파에 불러 앉혔다. 거두절미 본론으로 들어갔다.

"오늘 문 이사가 은후에게 청혼했단다."

태흔의 표정에 순간 경악이 어렸다. 이내 회색 돌 벽처럼 딱딱하게 굳어졌다. 불쾌하다는 뜻을 온몸으로 드러내며 이 사이로 한 음절, 한 음절 뱉어냈다.

"뭡니까? 언제 그런 사이가 된 겁니까? 정말 소문대로 두 사람, 사귀는 사이였던가요?"

"지금까진 친구 정도였던 것 같은데, 문 이사가 몸이 달았나 보다. 11월에 뉴욕으로 취직해서 나가는데, 혼자 가기 그런가 봐. 당장 결혼까진 아니더라도 약혼해서 은후랑 같이 나가고 싶다고 하더라."

"흠."

태흔은 들고 있던 찻잔을 탁자에 놓았다. 치밀어 오르는 질투와 울화를 참지 못해 자칫하면 벽을 향해 잔을 던져 버릴 것만 같았기 때문이다.

서준의 이른 출국은 물론 그의 작품이었다. 자꾸 은후에게 접근하는 놈을 떼어놓기 위해 메트로폴리탄 박물관의 이사장을 들쑤셨다. 뉴욕으로 급하게 부르도록 만들어놓았다. 그깟 날파리 따위, 까불어보라지. 단번에 제거했다고 생각했는데, 이런 식으로 녀석이 뒤통수를 칠 줄이야.

문서준, 보기보단 만만치 않은 놈이라고 생각하고 경계했다. 역시 예감은 정확했다. 날파리 주제에 꽹이 새끼 흉내를 내며 끝까지 뒷목을 물고 늘어지려는 모양이다.

'질긴 놈, 감히 내 뒤통수를 쳐?'

지난번에 충분히 경고해 두었다고 생각했다. 그런데 모자랐나 보다. 단번에 은후에게 청혼까지 할 정도로 대담하게 굴다니.

'간이 배 밖에 나왔군. 자식, 정말 손 좀 봐야겠네.'

잠시 혼자 생각에 잠겼던 태흔은 고개를 들었다. 자신을 응시하고 있는 진 여사의 시선을 맞받았다.

"그래, 은후는 뭐랍니까? 청혼을 받아들였답니까?"

"가타부타 말이 없더구나. 아무래도 수줍어서 그런 게지."

그럼 그렇지. 태흔은 지그시 이를 악물었다. 한마디라도 헛소릴 했으면 넌 내 손에 죽는 거야, 이은후.

"하지만 문 이사는 적극적인 것 같아. 우리 은후가 얼마나 사랑스러운 아이인지 눈치챈 모양이야. 하긴 남자가 그래야지. 마음에 드는 여자를 만나면 확 잡아당겨야지. 점잖은 줄로만 알았는데, 제법 패기도 있어. 정말 마음에 들어."

심장에 확 불길이 일었다. 그 앤 내 거예요. 그 애 몸과 마음, 전부 다 내 거라구요. 헛된 짓 하지 마세요. 목울대까지 치밀어 오른 말을 삼키기 위해, 태흔은 거의 초인적인 힘을 발휘해야만 했다.

"은후가 마음이 없다 해도 보내실 작정이세요?"

"은후가 끝까지 싫다고 할 것 같진 않은데?"

"싫다는 말을 할 줄 아는 녀석이면요. 할머니가 원하시면 은후, 생목숨을 끊을 만큼 싫어도 곱게 웃으며 시집갈 겁니다."

"싫어할 이유가 없지. 다정하고, 성실하고, 무엇보다 맑아. 이 할미가 십 년 이상을 두고 본 사람이다."

"좋습니다, 제가 좀 더 알아보지요."

"반대할 거니?"

"봐서요."

태흔은 단호하게 대답했다.

"그러지 않았으면 좋겠어."

진 여사 역시 분명한 목소리로 말했다. 조손지간, 강한 시선이 부딪쳤다.

"오라비인 네가 할 일이 있고 할미인 내가 할 일도 있는 법이다. 넌 회사 일이나 신경 써. 잔말 말고, 네 일부터 처리해. 급한 건 은후 쪽이 아니라 네 혼사니까."

"왜 그렇게 서둘러서 은후를 치우시려는 겁니까?"

진 여사는 퍼런 불이 흐르는 손자의 눈빛을 지그시 응시했다. 제 속 거의 드러내지 않는 그의 표정이 누구든 알아볼 수 있게 굳어져 있었다.

이토록 유난하게 구는 너 때문에 그런다. 목울대까지 치밀어 오르는 한마디를 하려다 말았다.

돌이켜 보면, 태흔이 은후 문제에 대해서 늘 그런 식이었다는 생각이 문득 진 여사의 뇌리를 스치고 지나가고 있었다.

큰일 하는 사람답게 대범하게 굴고, 알아야 할 것, 몰라도 좋을 것들을 잘도 구분해서 선을 분명하게 긋는 태흔이 아니던가. 그런데 이상하게 은후 일에 대해서만은 아주 작은 것에조차 쌍심지를 돋우고 예민하게 굴었다. 그저 누이동생을 각별히 아끼는 오라비의 행동이라고 보기 어려울 만큼 까다롭게 구는 적이 제법 많았다.

이런 태흔의 행동이, 다른 사람들 눈에 충분히 별스럽고 기묘하게 보일 수도 있겠구나. 오해를 불러일으킬 짓을 저 애가 하고 있었구나. 솔직히 서준이 은후에게 청혼을 했다는 말을 전하자마자 돌처럼 굳어지던 태흔의 반응은 절대로 정상은 아니다 싶었다.

진 여사는 나직하게 태흔을 설득하려 했다.

"난 솔직히 자네 결혼하기 전에 은후를 먼저 좋은 데 보내고 싶어. 내 나이 팔순. 하루하루가 모르는 법이지. 인심 그거, 몰라. 난 우리 은후 눈에 눈물 빼는 거 못 본다. 네가 결혼하면 그 애 처지, 지금처럼 편안하지는 않을 거야. 좋은 짝 맺어줘야 내 일이 끝날 것 같아 그래. 어지간하면 맺어주세나."

무엇인가 말을 더 하고 싶은 얼굴로 태흔이 입을 달싹이다가 꾹 다물었다.

"왜 반대하는지 이해를 할 수가 없구나."

진 여사는 나직하게 지적했다.

솔직히 마음 같아서는 강 여사에게 들은 바 그대로, 혹시 정말 은후에게 사내로서 연정을 품고 있어 이토록 예민하게 구느냐고 추궁하고 싶었다. 하지만 진 여사는 끝내 속내의 말을 꾹꾹 눌러 참았다.

이런 일은 발설하는 순간 사실이 되는 것이다. 그런 생각이 없다가, 지적당하고 나서야 제 진짜 마음을 깨닫게 되는 경우도 왕왕 있는 법. 섣불리 건드려서 정말 태흔이 은후를 그런 눈으로 보기 시작하면 어쩌나, 두려웠다. 그리고 만에 하나, 태흔이 그런 제 마음을 깨달아 은후를 여자로 원한다면, 그 일을 막을 힘이 진 여사에겐 없었다. 덮어두고, 끝내 몰라라 하는 것이 현명한 일일 것이다.

태흔이 깍지를 끼고 진 여사를 똑바로 바라보았다.

"전 우리 은후, 정말 행복하게 만들어주고 싶습니다. 그 애가 싫어하는 일, 아파하는 일. 절대로 만들고 싶지 않아요."

"나도 그렇단다. 설마 넌 서준이랑 은후가 결혼하는 게 은후의 불행이라고 생각하는 거니?"

"그런 말은 하지 않았습니다. 다만 결정을 내리시기 전에 진짜로 원하는 일인지, 솔직한 은후 마음부터 물어봐 달라는 겁니다."

"물었어. 싫다고 하지 않았다. 그래서 일이 여기까지 진행된 거야. 넌 왜 내가 은후를 강제로 혼인시키려 하는 것처럼 말하는 거니?"

태흔이 고개를 흔들었다. 딱 부러지게 잘랐다.

"은후가 문서준을 좋아한다는 거. 전 절대로 못 믿겠습니다."

"어째서? 왜? 그 애가 서준이 말고 마음에 담은 딴사람 있다고 너에게는 발설하던?"

"그런 건 아닙니다만, 할머니께서 문 이사를 마음에 들어 하신다는 뜻을 은후에게 미리 밝히신 이상, 은후. 할머니 뜻에 따를 아입니다. 설사 다른 남자를 죽도록 사랑한다 해도 제 속 털어놓고 멋대로 결정할 애 아닙니다."

"설마."

"아직도 모르셨습니까? 은후, 그런 애잖습니까? 언제나 착하게 굴어야 하니까, 절대로 실망시켜 드리면 안 되니까, 사랑하는 할머니께서 바라시니까 그 앤 시키는 대로 할 겁니다. 하지만 저 그거 싫습니다. 절대로 용납 못 해요. 우리 은후, 싫은데도 좋은 척 하면서 사는 거 정말 싫습니다. 그런 일, 백암장에 처음 왔을 때 할머니가 못 하게 가르치신 겁니다. 이제 와서 다른 사람도 아니고 할머니께서 그런 일을 시키실 참이세요? 하지 마세요."

"그럼 자네가 평생 끼고 살 거야? 어떤 오라비가 누이동생을 그렇게 데리고 살던? 편들어준다 해도 정도가 있지. 상궤에서 한참 벗어난 일 하고 있어, 지금 자네."

"은후, 일곱 살 때 여기 온 이후로 지금까지, 할머니. 제가 보살폈습니다. 그래서 저, 은후. 절대로 제가 인정할 수 없는 남자한테는 안 보냅니다. 당연히 문서준 따위."

태흔이 입을 꾹 다물었다. 진 여사 역시 지지 않고 고집스레 되받아쳤다.

"문 이사가 어때서? 넘치네!"

"제 기준으로는 자격 미달입니다. 은후에게 안 됩니다. 좀 더 시간을 갖고 한 번 더 생각해 보도록 하십시오."

말로는 권유처럼 보였으되, 실은 확고한 반대였다. 그러고는 진 여사의 말은 더 이상 들을 생각 따위 없다는 표정으로 태흔이 벌떡 자리에서 일어났다.

꾹 다물린 입술 하며, 마음을 닫아버린 것처럼 차가운 눈빛 하며, 어찌 그리 제 조부 판박이인지. 그것으로 끝. 일체의 타협이나 이견도 불허한다는 뜻이다. 기가 차선, 더 이상 말도 하지 못하고 앉아 있는 조모를 내버려 두고 태흔이 현관으로 걸어 나갔다.

"늦습니다. 공부 끝내고 선생님 모시고 클럽에 갈 예정이거든요. 기다리지 마시고 주무십시오."

뒤도 돌아보지 않고 찬바람 나게 사라지는 태흔을 바라보다, 진 여사는 천천히 시선을 옮겼다. 깊이 한숨을 내뱉었다.

일곱 살 때부터 은후를 자신이 보살폈다고, 그래서 절대로 자신이 인정할 수 없는 남자에게는 보내지 않겠다고 딱 잘라 말하던 태흔의 말은 진심. 오직 그것이었다.

'어지간히도 찾아내겠다. 저보다 더한 놈이어야 인정할 텐데, 그런 놈을 어디서 찾아? 결국 은후, 평생 제 품에 끼고 있겠다는

것 아니야?'

스멀스멀 심장을 잠식해 오는 이 불길한 느낌은 무엇인가.

혹여 정말 태흔이 은후에게 다른 마음을 품고 있는 건 아닐까? 제 여자다 작정해선 다른 놈에게는 못 주겠다고 돌려 말한 건 아닐까? 진 여사의 몸이 저절로 부르르 떨렸다.

'아닐 거야. 설마 그 정도로 미쳤겠어? 이십 년을 오빠, 동생으로 살았는데. 그리 키웠는데. 어떻게 다른 애도 아니고 은후를 그런 눈으로 보겠어? 제가 뭐가 부족해서? 손만 내밀면 어떤 여자든 다 얻을 수 있는 녀석인데.'

부처님, 부처님. 제발, 맙소사…….

진 여사는 거푸 심호흡을 하며 마음을 가라앉히려 애를 썼다.

'믿어야지. 그럴 리 없어. 워낙 은후를 아끼니까, 아직 나이 어리다 싶은데 결혼을 시킨다니까 저도 좀 놀라서 과잉반응을 보이는 거겠지. 암만, 믿어야지. 내가 우리 은후랑 태흔이를 믿지 못한다면 이 세상 사람들 중에 누구를 믿겠어? 태흔이 저놈은 몰라도, 우리 은후는 믿어. 그 앤 날 못 속여. 눈만 보면 속이 다 보이는걸. 추호도 그런 기색 없었어. 말짱하게 속이는 그런 앙큼한 짓, 우리 은후는 못 해.'

그럼에도 불길하다. 순백한 마음에 한 점 떨어진 먹물은 점점 짙어지고 넓어져 간다…….

16장

은후는 앞치마를 걸치고 저녁 식사 준비를 위해 감자를 까기 시작했다.

"감자가 크고 좋네요."

"애들 먹일 건데 먹거리는 제일 좋은 걸 써야죠."

"맞아요. 다른 건 몰라도 먹는 건 신경 써야죠. 잘하고 계시지만 더 잘 부탁드려요."

은후는 미소 지으며 껍질 벗긴 감자를 찬물 담긴 함지박에 집어넣었다.

"예전에 제가 여기 있을 때요, 분명히 밥은 먹었는데 돌아서면 또 배고픈 거야. 배가 고픈 게 아니고 마음이 고팠던가 봐요."

은후는 고개를 돌렸다. 무엇이 그리 궁금한지 내내 문 앞에 붙어 주방 안을 빼꼼 들여다보는 민주에게 웃어주었다. 누군가가 너무 그리워 낯선 이의 작은 웃음과 호의에도 마음이 쏠려 버리지. 고사리 손을 뻗고 싶어 하는 아이의 외로움을 다 읽었기 때문이다. 생긋 볼우물이 팬 작은 얼굴이 사라졌다. 타박타박 발소리가 멀어졌다.

"저 녀석, 또 기웃대네?"

"자주 주방에 오나 봐요?"

"여기 일하는 이들이 나이 지긋한 이들이 많으니까, 아무래도 같이 살던 할머니 생각이 나서겠지."

같이 감자를 까던 주방아줌마가 불쌍하다는 뜻을 담아 한숨을 내쉬었다.

"저애 민주도 그렇고, 새로운 아이들이 많이 눈에 띄었어요. 원생들이 늘었나 봐요."

"그렇다네요. 요새 살기가 각박해지니 제 자식 버리는 이들이 많대요. 천벌 받을 것들."

아줌마가 마치 아이를 버린 부모들 머리통이라도 치듯이 감자를 거칠게 내던졌다.

"둘이 파투나면 몹쓸 것들이 어디 애들을 맡으려고 하나? 이번 달만 하더라도 아이들이 다섯이나 들어왔답니다. 아까 저 애도 지난주엔가 들어왔다지요. 이혼하고 아비가 할머니께 맡겼는데, 할머니가 죽고 나서 아버진 행방불명이라 찾으러 오지 않았답니다. 사회복지사가 데리고 왔대요."

"참 안타까운 일이에요."

"아이들은 늘어가는데, 예솔관 규모는 작고. 원장님도 걱정이 이만저만이 아니랍니다."

"새로 건물을 짓자 해도 터가 좁아서 그래요. 할머니께서도 걱정하세요. 조만간 뭔 수가 나겠지요."

앞치마 주머니 안에 든 휴대전화가 움직였다.

〈아홉 시 삼십 분에 정문에서 기다려. 데리러 갈 테니까.〉

어김없는 금요일의 밀회. 약탈자 태흔의 통보 문자였다. 문자창을 확인하는 은후의 볼이 볼록해졌다.

누가 나갈까 보냐. 뻔히 직원들과 같이 머물고 있는데 그가 데리러 오는 것을 누가 보면 어쩌려고.

게다가 생리 중이다. 그에게 안기고픈 마음 따윈 손톱만큼도 없었다. 설사 몸 상태가 편안하다 해도 마음이 그를 밀어내는데, 왜 안길까 보냐.

'죽이든지 말든지, 마음대로 하시지.'

속으로 종알대며 휴대전화를 주머니에 집어넣으려는데, 또다시 전화벨이 울렸다.

[은후 씨, 몇 시까지 오니? 쇼 끝나고 다들 같이 한잔하기로 했거든. 자리 잡아놨으니까 출입구에서 좌석표 받고. 알았지? 꼭 와.]

그 전화를 받고서야 은후는 어쩐지 오늘 약속이 하나 더 있는 것 같은데, 하면서 찜찜해했던 것이 무엇인지를 깨달았다.

세진과 다율이 공동 운영하는 모델 회사에서 내보내는 모델들의 액세서리를 리스해 주었다. 감사의 표시로 런웨이 초대장을 받았다. 일부러 제일 앞자리에 자리를 마련해 놓았다고, 친구들과 와서 구경하라고 했었다.

부러 전화까지 해주었는데 지금 와서야 못 가겠노라고 거절하기가 무엇했다. 결국 주방 식구들에게 양해를 구하고 은후는 부랴부랴 예술관을 나섰다.

다행히 쇼가 시작되기 전이었다. 자리를 찾아 앉으려는데, 건너편에 앉은 여자와 눈이 딱 마주쳤다. 태흔의 사무실에서 만난 그녀. 태흔에게 아주 당당하게 키스하던 그녀. 태흔과 12월에 결혼한다고 소문난 그녀. 아진그룹의 맏딸 임세라였다.

처음 만났던 그날, 태흔의 사무실 앞에 지켜서 있던 사내. 수도사처럼 적막한 얼굴을 하고 검은 양복을 입은 그 남자와 무엇인가 이야기를 주고받다가 시선이 마주치자, 순간 깜짝 놀라는 표정이 되었다. 이내 반가워하는 미소를 지으며 손을 흔들었다.

아는 척하는 사람 앞에서 새침스레 외면을 할 수도 없다. 눈이 마주치지 않았으면 모르지만 이왕 본 다음에야 어쩔 수 없어, 은후도 엉거주춤 묵례를 했다.

이것, 곤란하다. 그것으로 인사는 끝났다고 생각했는데, 세라 옆에 앉은 남자가 훌쩍 몸을 일으켰다. 잠시 후, 은후 옆으로 다가왔다. 한 무릎을 꿇고 나지막이 소곤거렸다.

"가능하시다면 저희 아가씨 옆자리로 옮겨주시면 어떨까요? 저희 아가씨도 혼자 오셨거든요. 여자끼리 수다 떨면서 같이 관람을 하는 게 더 재미있을 것 같다고 하시는군요."

딱히 거절할 이유도 없었다. 카메라 플래시가 번쩍이고, 끼리끼리 삼삼오오 앉아 즐기는 사람들 사이에서 섬처럼 홀로 앉아있는 일도 민망하다 싶었다. 결국 은후는 아까 그가 앉았던 세라의 옆자리로 자리를 옮겼다.

"청을 들어줘서 고마워요. 역시 패션쇼는 말 통하는 친구들끼리 같이 와야 재미있는 거야. 그렇죠?"

"같이 오신 분을 제가 쫓아낸 것 같아서 민망해요."

"남자가 패션을 뭘 알아? 그리고 그 남자. 이런 곳에서 지루하게 참는 것보단, 혼자 나가 담배나 피우는 게 적성에 맞을걸? 생양아치가 고상한 척하려니 천불 나서 힘든 모양이야. 훗후."

무엇이 그리 유쾌하고 즐거운지, 세라가 깔깔 웃었다. 패션쇼의 주인공인 디자이너의 옷과 가방으로 단장하고, 의상에 맞춘 헤어스타일을 한 세라의 모습은 세련되고 품위 넘쳤으며 우아하기 이를 데 없었다.

"정말 기분 좋다. 이런 데서 은후 씨를 만날 줄이야. 우리 둘이 친하게 지내라는 하늘의 계시 같아. 그렇지 않아요? 뭐, 잘만 하면 조만간 가족이 될지도 모르는데 말이지. 우리 둘이 가까워지면 이태흔 씨도 좋아할 것 같은데. 아, 내가 반말하는 거 기분 나쁜 건 아니죠?"

"네, 괜찮아요."

"이것도 인연인데 종종 만나요. 은후 씨는 자매가 없잖아. 여자에겐 역시 여자 형제가 있어야 해. 같이 차도 마시고, 쇼핑도 하고. 내가 나이가 많으니 언니 할게. 괜찮지?"

"그럼요. 제가 네 살이나 어린걸요."

금세 사람을 편안하게 만들어 자기 안으로 끌어들이는 교묘한 화술, 그러면서도 적당한 수준의 거리를 유지하는 위엄. 짧은 대화로도 은후는 세라가 대단한 사람이라고 충분히 느꼈다.

'오빠하고 비슷해. 정말 두 사람, 분위기 닮았어.'

결국 이건 태흔과 세라가 정말 잘 어울리는 짝이라는 것을 인정해야 하는 것에 다름 아니다. 자꾸만 초라해지고 풀이 죽는 기분이 너무 싫어졌다. 은후는 일부러 더 고개를 곧추세웠다. 등을 빳빳이 세우고 당당한 척하려 애를 썼다.

갑자기 쇼에 대한 기대를 한층 고조시키듯이 비트 강한 음악이 울려 퍼지기 시작했다. 동시에 실내의 불이 전부 꺼졌다. 관중들의 웅성거림이 잦아들었다. 물 끼얹은 것 같은 정적 안에서 갑자기 사방 벽에서 무지갯빛 빛살이 분수처럼 뿜어져 나오기 시작했다. 동시에 암흑에 가려져 있던 바닥에서 조명이 들어오며 눈부시게 하얀 빛의 길이 만들어졌다.

"무대가 근사한걸."

세라가 감탄한 듯 중얼거렸다. 은후도 동감이었다. 이내 모델들이 차례로 워킹을 시작했다. 한숨 나올 정도로 길고 늘씬한 다리와 완벽한 S라인. 요염하게, 당당하게 걸어 나와 관객들의 눈을 사로잡는다. 멋진 자태와 근사한 옷을 유감없이 보여주고서 홱 돌아서 다시 걸어갔다.

오뜨꾸뛰르 의상들이 대부분 그렇듯이 그날 밤 쇼에 나온 옷들도 보통 사람들은 일생 동안 한 번도 입을 일이 없을 것 같은 자유분방하고 개성 강하고 화려한 의상들이었다. 그러나 몇 벌은 근사했다. 한 번 질러볼까 하는 욕망이 들 정도로 멋지고 인상적인 작품이 몇 있었기에 잘 왔다 싶었다.

여자 모델들의 워킹이 끝나고, 다음은 남성들의 의상이 이어졌다. 섹시한 수컷들이 강렬한 페로몬을 훌훌 풍기면서 걸어 나오기 시작했다. 건장하고 늘씬한 데다 섹시하고 멋진 남자들이 런웨이를 걸어 나왔다가 돌아가자, 관객들의 대부분을 차지하는 여성들의 한숨 소리가 절로 흘렀다. 세라가 픽 웃었다. 혼잣말처럼 중얼거렸다.

"요샌 어째 남자들보다 여자들이 더 극성이야."

"네에?"

"저 여자들 말이야. 모델들 노려보는 눈동자가 활활 불타고 있잖아. 저기 앞자리 아줌마들, 남자들을 아주 잡아먹을 것 같은 얼굴이네."

세라가 은후 쪽으로 얼굴을 기울였다. 둘만 알아듣게 소곤거렸다.

"돈은 있고, 시간은 많고, 즐길 거리 찾아서 하이에나처럼 이리저리 몰려다니는 거 보면 정말 역겨워. 가만히 있어주면 얼마나 좋니? 또 꼭 돈 뭉치 들고 저 애들 따라다녀요. 저따위 짓을 해대니 모델들이 만날 창녀 취급이나 받게 되지."

"모델들, 절대로 그런 분들 아닌데요. 얼마나 자기 관리 철저하고 힘들게 노력하시는데. 전문 직업인이잖아요. 편안하게 놀 시간도 잘 없는 것 같던데."

"그런 것 좀 알아주면 좋을 텐데 말이지. 저 아줌마들. 그저 휘황찬란한 껍데기만 보고 어떻게 하면 한 번 같이 놀아볼까, 자볼까 궁리한단 말이지. 돈 뭉치만 던져 주면 거지새끼들처럼 덤빌 거라고 생각하는 게 한심하단 말이지. 앗, 나왔다! 은후 씨, 저 남자 어때?"

노타이에 단추 둘을 푼 백색 와이셔츠, 세련된 줄무늬 양복 차림의 모델이 등장했을 때였다. 세라가 갑자기 고개를 발딱 치켜들고 아이돌 가수를 따라다니는 극성 팬클럽 아이들처럼 환호성을 질렀다.

오만할 정도로 무표정하다. 고개를 치켜든 채 느긋한 걸음걸이로 무대 앞쪽까지 걸어와서는 무대 앞에서 가방을 어깨에 둘러멨다. 관중들을 한 번 휙 하니 훑었다. 그래, 어쩔 테냐? 하고 되묻는 표정이었다. 한쪽 입꼬리만 위로 올리고 씩 웃는 표정이며 거만하게 턱을 추켜올린 그 얼굴, 휙 돌아서서 냉정하게 걸어 들어가는 모습 앞에서 순간 은후의 심장도 움찔 떨렸다. 호흡이 가빠지고 눈앞이 아득했다. 심장이 뚝 떨어져 몹시도 차가워졌다가 이내 화염에 휩싸인 것처럼 화끈 달아오르기 시작했다.

세라가 씽긋 웃으며 은후 얼굴을 들여다보았다.

“아, 역시 은후 씨도 느낀 거야? 그렇지?”

“무슨……?”

“저 모델. 너무 닮았잖아, 태흔 씨.”

방금 전에는 움찔거렸던 심장이 이제는 폭주 기관차처럼 거칠게 뛰기 시작했다.

“서, 설마요. 너무 어두워서 자세히 보지도 못했는데.”

다급하게 부인하고 나서는 은후의 말에 세라가 훗 하고 웃음을 터뜨렸다.

“나만 그렇게 느꼈나? 하긴 이태흔 씨하고 닮은 사람이 이 세상에 있을 리가 없지. 내 앞에서 그렇게 냉담하고, 죽이고 싶도록 거만하게 굴 수 있는 남자 따윈…….”

태흔에 대해 묘사하는 그 짧은 시간 동안, 세라의 얼굴이 변했다. 몹시 가지고 싶은데도 그것을 가지지 못해 안달하며 울상을 짓는 어린애의 얼굴과 비슷했다. 은후의 심장이 툭 하고 떨어졌다.

“나를 너와 나누는 일에 동의하지 못하는 여자는 아내로 맞아들이지 않아. 세련된 사람이거든. 자신이 얻을 수 있는 것에 만족할 줄 아는 여자야.”

세라에 대해 묘사하던 태흔의 목소리가 생생히 떠오르고 있었다.

다른 여자를 사랑하는 남자. 그런데 그 남자와 흔쾌히 결혼을 승낙한 여자. 사랑 따윈 필요없는 정략결혼을 인정하는 여자인 줄 알았다. 그러나 세라의 표정을 보아하니 사실이 아닌 것 같았다. 하긴 21세기의 어떤 여자가 한 남편을 사이에 두고 아내의 자리와 사랑과 침대를 나누는 것에 동의할까.

금세 세라는 표정을 바꾸었다. 환하게 웃으며 방금 전까지의 자신만만한 모습으로 되돌아갔다.

"은후 씨, 나 비웃고 있지?"

세라가 눈이 동그래진 은후와 시선을 맞추었다.

"어쩐지 내가 이태흔 씨에게 일방적으로 매달리고 있는 꼴 같잖아. 비참해 보이지? 이런 거."

"그럴 리가요."

그만 은후의 입술이 제멋대로 움직였다. 가증스럽게 거짓된 위로란 것을 하고 있었다.

"오빠가 정말 세라 씨를 싫어했다면 만나지도 않았을 거예요. 싫은 일 따윈 절대로 하지 않아요, 우리 오빤."

이 세상 그 누구도 그에게 싫은 일을 시킬 수 없지. 그래서 절망한다. 결혼. 태흔이 원한 거다. 그녀를 괴롭히려고, 그가 원하는 대답을 듣기 위해 은후 자신을 구석에 몰아붙이려고 짜둔 아주 잔혹하고 무서운 덫의 이름. 그리고 이 여자는 그 덫 속에 든 미끼. 당당하고 멋진 이 여자는 이런 비밀을 죽어도 모르겠지? 너무나 미안했고, 부끄러웠다.

"맞아. 태흔 씨는 자기가 싫어하는 거 절대로 안 하는 사람이지. 다른 사람도 아니고 은후 씨가 그런 말을 해주니까 갑자기 용기가 생기네. 태흔 씨 만나도 꿀리지 않을 자신이 생겼어."

세라가 기분 좋게 웃었다.

그 웃음 안에서 세라는 태흔과의 연애, 결혼, 미래를 완전히 기정사실화하고 있다는 것을 알 수가 있었다. 은후의 심장이 더 졸아붙었다. 미안하고 죄스럽고 부끄러워서 미칠 것 같았다. 그만큼 질투 나고, 분하고, 억울해서 견딜 수가 없었다. 그 모든 복잡한 감정을 말짱한 맨 얼굴 아래 쓸어넣고 아무렇지도 않게 즐거운 척해야 하니 너무 힘겨웠다. 모든 사람이 즐기고 환호하는 자리가 은후에게만은 악몽 같은 시간이 되었다.

여하튼 시간은 흐르고 결국은 쇼의 피날레. 출연한 모든 모델들의 라스트 행진이 시작되었다. 환호와 박수 안에서 마지막으로 주인공인 디자이너가 등장했다. 은후와 세라도 일어서서 멋진 쇼를 마련해 준 디자이너에게 박수갈채를 보냈다. 쇼가 끝나고 관중이 움직이기 시작했다. 세라가 은후를 돌아보았다.

"오늘 은후 씨가 날 행복하게 만들어줬으니까 한 턱 낼게. 오더 카드 적고 나서 나가자고. 자, 여기."

오더 카드를 내미는 세라에게 은후는 미소 지으며 사양했다.

"마음에 둔 건 몇 벌 있지만, 구입은 그만둘래요. 전시회 때문에 원석을 사느라고 용돈을 다 털어넣어서 여유가 없어요."

그녀의 말이 의외였는지, 세라의 눈이 둥그레졌다.

"아니, 알아주는 재벌 집 공주님께서 용돈 타령이라니. 말도 안 돼. 태흔 씨가 그렇게 짜게 굴어?"

"그런 건 아닌데요. 오빠 카드를 갖고 다니면서 쓰기는 하는데, 필요하면 다 하라고 하는데. 주로 원석 사는 거요. 한 번 구입할 때마다 거액이 나가니까 좀 미안하죠. 그래서 웬만한 건 할머니께서 주시는 용돈 안에서 해결하려고 노력해요."

은후는 무심코 태흔의 카드를 받아 쓰고 있다고 말했다. 은후는 미처 눈치채지 못했지만 세라의 얼굴에 아주 잠시 기묘한 빛이 스쳐 지나갔다. 이내 그 빛을 싹 지운 세라가 상냥하게 웃었다.

"그렇다고 마음에 드는 옷을 딴 여자에게 양보할 순 없지. 괜찮다면 은후 씨 마음에 드는 옷, 내가 한 벌 선물해 주면 안 될까?"

"괜찮아요. 그러실 필요 없어요."

"내가 그러고 싶어요. 혹시 알아? 은후 씨에게 잘해주면 태흔 씨가 나에게 더 잘해줄지. 다 나를 위한 이기적인 행동이니까 너무 부담 갖지 말아요. 난 4번, 27번. 은후 씨는?"

몇 번이나 사양하고 손사래를 쳤지만, 절대로 사양을 용서하지 않겠노라 주장하는 세라에게 결국 밀렸다. 제일 마음에 든 16번 의상을 오더 카드에 기입하면서 은후는 어쩐지 기시감 같은 것을 느꼈다. 태흔과 함께 쇼핑을 하는 기분이 들었던 것이다.

기도 세고, 어찌하던 자기의 주장을 상대방에게 받아들이게 만들고 교묘하게 사람을 자기 페이스 안으로 끌고 들어가는 것 하며, 알면 알수록 임세라는 이태흔과 한 틀로 찍어낸 붕어빵 같았다. 정말 이상한 기분이 들었다.

"저는 인사 좀 하고……."

세라에게 양해를 구하고 은후는 붐비는 손님들을 헤치고 무대 뒤로 갔다. 현장을 정리하고 있는 다율을 만났다. 초대장을 보내주어서 고맙다는 인사를 했다. 하지만 뒤풀이 현장으로 가서 맥주나 한잔하자는 요청은 거절해야만 했다.

"주말 내내 예술관에서 봉사해야 해서요. 사실 오늘도 거기서 나온 건데, 술 냄새 풍기면서 다시 들어가는 거 실례 같아요. 다음에 해요, 언니."

"섭섭하네. 어쩔 수 없지. 리스한 작품들은 내가 다 챙겨서 가져갈게. 그때 식사하자고."

"그럴게요. 고생하세요."

행사장 문을 나가는데, 이미 떠났으리라 생각했던 세라가 아직도 남아 있었다.

"은후 씨, 지금 바로 돌아가야 하나?"

"예. 사실 제가 주말 동안 예술관에 머무르고 있거든요. 내내 봉사가 잡혀서요. 너무 늦게 들어가면 직원들 보기가 좀 그런데."

"나하고 커피 한 잔도 마시지 못할 만큼?"

"그 정도는 아니구요. 나가세요. 좋은 선물 받았는데 제가 커피 살게요."

"이왕 마시는 바에야 좀 더 근사한 데 가자. 내가 잘 가는 카페가 있어. 커피와 와플이 끝내줘. 오늘 밤, 우리 둘 다 다이어트 따윈 잊어버리고 백설탕과 생크림의 유혹에 빠져보자고."

두 여자는 주차장으로 걸어갔다. 그림자처럼 뒤따르던 도경이 몇 미터 앞에 세워진 근사한 벤츠의 문을 열어주었다. 은후는 한 발 물러섰다.

"아, 저도 차 몰고 왔는데."

"사람 시켜 보내놓을게. 둘이 움직이는데 왜 차를 두 대씩이나 몰고 가니? 도경 씨."

세라가 옆에 선 도경을 돌아보았다.

"은후 씨 차, 예술관이라는 데에 갖다 놔줘. 우리 둘 〈베라〉에

가 있을게."
"네, 알겠습니다."
은후는 망설이다가 키를 도경에게 내밀었다. 세라가 벤츠의 운전석에 올라타며 은후를 돌아보았다.
"우리도 출발하자, 은후 씨."
오늘 밤은 어쩐지 이상한 나라의 앨리스가 된 기분이다. 은후는 망설이다가 알지 못할 기운에 휘말려 결국 조수석에 올라타고 말았다.

한 시간 후, 세라가 만족스런 얼굴로 크림 범벅이 된 포크를 내려놓았다.
"아, 배부르다. 이렇게 한 번씩 당분을 섭취해 줘야 몸이 불평불만을 털어놓지 않지. 은후 씨, 어때? 맛있어?"
"네, 맛있어요. 이렇게 맛있는 와플은 처음이네요."
은후도 남은 와플의 마지막 조각을 입에 넣었다. 고개를 끄덕였다.
"나 잠시 화장실에 좀."
세라가 생긋 웃고는 자리에서 일어섰다.
은후는 손목시계를 보았다. 아홉 시 이십 분. 십 분 후가 태흔이 정한 약속 시각이다. 시계처럼 정확하게 예술관 정문 앞에 차를 대겠지. 꼭두각시처럼 그에게 안기기 위한 인형을 기다리겠지. 어차피 늦었어. 은후는 홀로 시니컬한 미소를 지었다. 마냥 기다려 보라지. 핸드백에서 휴대전화를 꺼내 OFF로 만들어 버렸다. 세라가 돌아왔다.
"은후 씨, 만나서 정말 오랜만에 즐거웠어. 이것도 인연인데 여기서 헤어지기 싫네. 우리 자리 옮겨서 칵테일이나 한 잔 더 하지 않을래?"

"술이요?"

"왜? 못 마셔?"

"아니, 마시지 않는 건 아닌데……. 오빠가 싫어해서. 그리고 숙소에 술 냄새 풍기고 들어가는 게 좀 그래서."

"어머머, 칵테일이 술이니? 음료수지. 여기 5층에 내가 잘 가는 바가 있어. 바텐더가 아주 근사하다고. 한 잔만 하자. 커핀 자기가 샀으니까, 이차는 내가 책임질게."

속으로는 안 되는데, 이젠 일어서야 하는데 하면서도 은후는 또 속절없이 세라를 따라 엘리베이터를 타고 있었다. 사실은 태흔이 기다리는 예술관 쪽으로 가기 싫다는 반항심이 더 컸을 테지만.

세라가 소개한 그 바는 조용하고 고급스런 분위기가 마음에 들었다. 여자들만 와서 술을 마셔도 딱히 어색하지 않은 느낌. 색달랐다. 친구들과 다닌 학교 앞 맥주 집이나 태흔을 따라 몇 번 가 본 고급스런 클럽과는 또 다른 분위기였다.

"마시자고. 즐거운 금요일 밤 아니야? 어차피 우리 둘인데 어때? 염치 체면 다 벗어두고 확 풀자고!"

사내와 같이 술을 마시는 기분이 들 정도였다. 호기롭게 소리치며 세라가 칵테일 두 잔을 주문했다.

"난 원래 위스키 파지만 은후 씨가 워낙 요조숙녀 같아서 말이지. 가볍게 시작하자."

불편하리라고 생각했다. 그런데 의외로 세라는 재미있고 즐거운 술친구였다. 생각처럼 시원시원해서 대화도 잘 통했다.

은후가 만나온 여자 친구들과는 전혀 달랐다. 폭 넓고, 개방적이고, 솔직했다. 전문적인 일을 가진 현대 여성의 표상이랄까. 감정을 감추고 답답하게 홀로 삭이는 짓 따윈 절대로 하지 않을 것 같은 사람. 목소리도 크고 웃음도 컸다. 전신에서 자신감이 철철 넘치고 있다. '내가 무엇이 부족해서?' 라고 온몸으로 주장하고 있는 진정한 여왕님이었다. 황제인 태흔의 짝으로서 모자람이 없다는 생각이 절로 들 정도로. 세라가 마음에 들면 들수록 자꾸만 왜소해지고 초라해지는 기분이 들어 은후는 자신도 모르게 두 번째 칵테일을 주문하고 있었다.

"사실, 은후 씨, 나 말이지. 이태흔 씨와 결혼 결정. 잘한 일일까 고민하고 있어."

한참 격의없이 웃고 떠들던 중이었다. 세라가 느닷없이 내뱉었다. 은후는 멍하니 세라를 바라보았다.

"말로는 약혼을 하니 마니, 12월에 식을 올리니 마니, 하고는 있는데 이태흔 씨, 단 1%도 내 남자 아니야. 아직 그래."

그녀가 어깨를 으쓱했다. 약간의 체념과 막막함이 서린 표정이었다.

"정략결혼 따위, 이 바닥에선 당연한 거잖아. 은후 씨도 알 테지만 어차피 우리가 발악해 보았자, 죄다 비슷비슷한 집안끼리 만나게 되어 있어. 운명이야."

그것을 긍정하려니 어쩐지 슬펐다. 태흔이 추진하고 있는 결혼의 이면(裏面)을 정확히 알고 있는 은후로서는 죄책감까지 더해졌다.

"서로가 가진 감정과는 전혀 상관없지. 나, 모든 것을 던지는 열정적인 사랑은 이미 두어 번 해보았고, 감정적 놀이 따윈 즐길 만큼 즐겼어. 여한없어. 결혼은 어차피 비슷한 수준끼리 해야 한다는 거 알고 있으니까. 사랑할 수 있는 상대를 만날 수 있으면 행운일 테지만……. 뭐, 아니라도 할 수 없지. 어차피 결혼해서 애인 두는 건 이 바닥 기본 룰일 테고. 저쪽이 애인 두면 나 역시 맞바람 피우면 되는 거고. 소문만 안 나면 되는 거지."

시니컬하게 내뱉던 세라가 갑자기 깔깔거리고 웃었다. 눈이 휘둥그레져선 거침없이 걸쭉하게 뱉어내는 자신을 바라보는 은후가 귀엽다는 표정이었다. 날로 콱 잡아먹고 싶다는 표정이 되었다. 첫날처럼 은빛 매니큐어를 바른 손가락 끝으로 은후 볼을 콕 눌렀다.

"은후 씨, 정말 귀엽다아~ 진짜 스물다섯 맞아?"

"주민등록증 보여 드려요?"

"그럴 필요까지야. 여하튼 은후 씨 오빠 이태흔 씨. 이 바닥에서 가장 큰 사냥감이었고, 운 좋게도 내가 쏘아 잡은 것 같기는 한데. 그런데 말이지. 이거 좀 오묘해."

세라가 두 손으로 탁자를 탁 쳤다. 고개를 기울여 은후를 빤히 바라보았다.

"은후 씨, 솔직하게 말해줘. 마음의 준비를 할게. 당신 오빠 이태흔 씨, 혹시 게이니?"

너무나 터무니없는 말에 은후는 그만 실소를 머금었다.

이 여자는 어쩜 이렇게 자유분방한 상상력을 가졌을까. 딱딱하고 세련된 사람이라고 생각했는데 의외로 엉뚱하고 귀엽다는 생각마저 들었다. 호감도 급상승. 그런 생각에 좀 놀라면서 은후는 얼른 대답했다.

"에이, 말도 안 돼요."

"그럼 정부(情婦) 키우니? 몇 명쯤?"

"설마! 그런 말 마세요. 우리 오빠, 절대로 그렇게 지저분한 사람 아니거든요."

"그럼 고자인가?"

이 대목에서 마침내 걸렸다. 은후는 세라를 똑바로 바라보았다. 아무래도 세라는 이태흔이라는 인간에 대해서 너무 모르고 있는 것 같았다.

"우리 오빠, 아주 건강하고 활기 넘치는 사람인데요. 저기요, 왜 이런 말을 저에게 하시는지 알 수가 없네요."

"모르는 척하기는. 내 말의 요지는 왜 그 잘난 남자 옆에 드러난 여자가 하나도 없냐는 거지."

세라의 눈빛은 농담이 아니었다. 턱없이 진지했다.

"진짜 이상하잖아. 유혹해도 무덤덤. 키스해 보아도 반응 없어. 가만히 서 있어도 페로몬 줄줄 흐르는 그 섹시한 남자가 왜 그렇게 청교도 흉내지? 그 나이 되도록 그토록 몸 사리는 남자, 처음이야. 여자랑 못 자는 남자 아냐? 결혼해도 우리 둘, 섹스나 할 수 있을까, 진짜 걱정되는 거 있지. 속궁합 안 맞으면 결혼해서 절대로 같이 못 살잖아."

세라는 지금 유도 심문 중이었다. 자극적인 질문을 통해 일부러 은후를 도발하려는 것이었다.

은후가 이태흔의 친동생이 아니라는 것을 알게 된 이후, 세라는 두 사람의 진짜 관계가 궁금해서 죽을 지경이었다.

이태흔 그 남자, 이 세상 그 누구에게도 마음을 허락하지 않는다 들었다. 사적인 접근도 불허하며 어떤 여자에게도 함락되지 않는다는 그가 왜 이은후에게만은 모든 것을 허용하고, 개방하고, 지극 정성을 바치고 있는 걸까?

잠시이긴 하지만 은후에게로 향하는 이태흔의 시선을 보았다. 뜨겁고도 애틋했으며 무엇보다 다정했다. 세라 자신을 대할 때의 얼음 칼날 같은 눈빛과는 완전히 달랐다. 세라가 반쯤 짐작하는 것처럼 두 사람의 관계에는 비밀스런 이면이 존재하는 것은 아닐까?

세라가 관찰하는 것을 알지 못한 채, 은후는 홀로 괴로워하고 있었다.

그 사람이 얼마나 열정적인 연인인지, 당신은 절대로 모를 거야. 얼마나 포악하고 뜨겁게 사랑하는지, 애틋하고 다정한지 절대로 몰라. 그의 키스는 꿀, 그의 체취는 향수, 그의 몸은 쾌락의 절정, 용암보다 더 뜨겁고 천국보다 더 황홀해. 그 사람은 그런 연인이야.

'왜 그 사람이 당신에게 덤덤하냐고?'

은후는 안타까움과 고통에 가득 차선 세라를 건너다보았다. 감추어진 절망과 아픔이 그 맑은 눈에 그대로 어린 것을 알지 못하고.

'그 남자 옆에는 감추어진 내가 있기 때문이에요. 미안해요, 세라 씨. 원하지 않았지만 난 앙큼한 도둑고양이가 되고 말았네요. 그 사람은 나만 봐요. 나만 사랑해요. 나만 원해요. 내가 그 사람만 바라고 사랑하고 원하는 것처럼. 누구도 그를 가질 수 없어요. 누구도 나를 가질 수 없는 것처럼. 우리가 서로 사랑하기 때문이에요. 간절하게 사무치게 원하기 때문이에요. 우린 서로 말고는 아무도 필요하지 않아요.'

쓸쓸하고 애잔한 옆얼굴을 민활한 세라의 눈동자가 계속 살피고 있는 것도 알지 못했다. 멍하니 은후는 술잔에 부딪쳐 수십 개로 쪼개지는 빛살만 응시했다.

괴로우면서도 난감했다. 술이라도 마시지 않으면 이 순간의 더러운 곤혹감을 견딜 수가 없을 것 같다. 은후는 엉겁결에 자신의 앞에 놓인 술잔을 들어 단숨에 들이마시고 말았다. 잔을 내려놓자, 시키지도 않았는데, 바텐더가 세라의 눈짓에 따라 다시 은후의 잔을 채웠다.

이번에는 위스키 스트레이트. 독한 술이 잔을 채우는 것을 눈으로 보면서도 입이 막지 않았다. 마음속으로 잔뜩 취하고 싶다는 가당찮은 욕망이 잠들어 있었나 보다. 마음을 짓누르는 고통을 억누르듯이 다시 그 잔을 비웠다. 후끈 달아오르는 취기 안에서 은후는 고개를 들고 세라를 똑바로 바라보았다. 흔들리는 눈빛을 억지로 가누면서 매몰차게 쏘아붙였다.

"우리 오빠, 세상에서 제일 근사한 남자예요. 반듯하고 어떤 것에도 모자란 것 없이 건실한 사람이에요. 세라 씨 이야기, 정말 듣고 있기가 괴롭네요. 자세히 알지도 못하면서 함부로 매도하시지 마요. 정말 속상하고 화나려고 해요."

은후의 항의 앞에서 세라가 빙그레 미소를 머금었다.

"감동이네. 온몸으로 오빠를 변호해 주는구나. 좋아, 은후 씨가 그렇다면 믿어봐야지. 그런데 은후 씨, 오빠하고 굉장히 사이가 좋나 봐."

몸을 기울인 세라가 은후에게 은근히 캐물었다.

"자기 카드도 내주고 말이지. 보통은 잘 안 그러는데."

"오빠는 주로 법인카드 쓰니깐요. 제가 가끔 목돈을 쓰니까, 한도 없는 카드가 나을 거라고 하면서 줬어요. 우리 오빠가 제 어리광을 좀 많이 받아주는 편이긴 해요."
"태흔 씨도 은후 씨 굉장히 예뻐하는 것 같던데. 나랑 만나면 은후 씨 이야기만 해."
"설마, 그럴 리가요."
은후는 열없이 웃고 말았다. 하늘이 무너져도 태흔은 다른 사람 앞에서 은후에 대한 마음을 드러낼 사람이 아니다. 서로에게 향하는 그들의 마음은 비밀이니까. 어쩌면 무덤까지 갖고 가야 할 비밀일지 모르니까.
바텐더가 다시 은후의 잔을 채웠다. 세라가 자신의 잔을 은후의 잔에 부딪쳤다.
"마셔, 쭉 마시라고! 아냐, 태흔 씨가 얼마나 은후 씨 이야기를 많이 했는데. 사랑스럽다고, 예쁘다고 만날 자랑했어. 은근히 샘날 때 많았어."
"오빠가 저를 사랑한다는 것보단, 제가 오빠를 사랑하는 게 더 크겠죠. 제가 일곱 살 때 보육원에서 데려온 아이란 거 들으셨죠?"
은후는 또다시 술을 한 모금 머금었다. 정수리까지 차오르는 술기운을 빙자하여, 심장에 가두어놓았다 결국은 넘쳐 버린 마음 한 자락을 흘려냈다. 당당하고 떳떳하게 그의 곁에 설 수 있는 여자에 대한 부러움을 감추지 못한 채였다. 갈팡질팡하는 마음을 어찌하지 못해 아파하며 술주정인 양 중얼거렸다.
"그냥 듣고 흘리세요. 전 오빠를 사랑해요. 사람이 사람을 사랑할 수 있는 한도 내에서 최고로 사랑해요."
이태흔. 그 남자는 이은후의 은인이자 보호자. 친구이고 오빠이고 아버지이고, 세상에서 단둘뿐인 가족. 그리고 유일한 연인.

그녀의 전부.

"우리 오빠, 정말 좋은 사람이에요. 여자가 바라는 모든 것을 갖춘 사람이죠. 사랑하는 사람에게는 최선을 다하는 사람이기도 해요. 세상에서 제일 좋은 우리 오빠……. 난 다른 사람이 우리 오빨 함부로 대하는 거 진짜 싫어. 그러니까 부탁해요. 우리 오빠, 존중해 주세요. 함부로 사무실에서 키스 따위 하지 말아요. 아랫사람들이 우리 오빠 우습게 봐요. 왜 그래요? 왜 함부로 키스하고 그래요? 짜증 나게."

"후후후, 은후 씨, 내가 그날 태흔 씨한테 키스한 거 때문에 꽤 화가 났구나?"

"화나죠, 그럼! 우리 오빠 키스가 그렇게 값싼 건 줄 알아요? 하지 마세요! 왜 허락도 없이 그래요? 우리 오빠, 내가 얼마나 사랑하는데……. 왜 건드려? 진짜 짜증 나."

이만하면 들을 건 다 들었어. 허공을 바라보며 세라가 홀로 웃었다. 어느새 취기에 젖어 몽롱해진 채 바의 턱에 고개를 묻고 있는 은후의 동그란 어깨를 내려다보았다.

'순진하게시리 건드리니 그냥 술술 부네, 이 아가씨. 이렇게 맹하고 맑아서 이 복잡한 세상을 어떻게 사나, 그래?'

이태흔이 이은후 문제에 대해서라면 거의 편집증 환자 수준으로 매사 안달복달, 난리를 친다더니 이해가 갈 것도 같다. 세라는 다시 웃었다. 바텐더를 바라보았다.

"나 커피 줘요. 이 아가씨한테는 냉수 좀 주고."

기껏 술 몇 잔에 홀려 제 속을 바닥까지 다 드러내다니. 그러면서도 귀엽게시리 제가 지금 무슨 말을 했다는 것도 알지 못한다. 남의 마음 역시 순진한 제 마음과 같이 여겨 제 눈만 가리고선 잘 감추었다고, 비밀을 지켰다고 생각하는 모양이다.

'이렇게 순백하고 멍청하니 더 꼭꼭 싸서 지키고, 감추고 싶은 거지. 역시 둘, 짐작대로 평범한 남매 사이는 아니로군. 이태흔, 나쁜 놈. 이 귀여운 아가씨를 데리고 불장난을 하고 있는 주제에! 세상 물정 모르는 병아리를 산 채로 꿀꺽하는 중이면서 말짱한 얼굴로 거만만 엄청 떨어댔어. 좋아, 딱 걸렸어.'

바텐더가 세라 앞에는 커피 잔을, 은후 앞에는 냉수 잔을 놓아주었다. 단숨에 커피를 마신 세라가 먼저 일어섰다.

"제법 늦었다, 은후 씨. 일어나야 할 것 같아. 취한 것 같은데, 데려다줄게. 일어나."

은후는 고개를 흔들었다. 움직이기 싫었다. 세상이 빙빙 돌았다. 술 취해서 흔들거리는 꼬락서니를 세라에게 보여주긴 싫었다.

"아니요, 저 혼자 갈 수 있어요. 먼저 가세요."

"괜찮겠어?"

"네, 그럼요. 우리 집 김 기사더러 데리러 오라고 전화하죠, 뭐. 먼저 가세요."

"그래. 그럼 나 먼저 갈게. 자기도 빨리 정신 차리고 가. 언제 다시 만나 같이 쇼핑이라도 하자. 남자들 잘근잘근 씹으면서 밥 먹자. 우린 좋은 친구가 될 수 있을 것 같아. 그렇지 않아?"

은후를 살피라고 바텐더에게 부탁을 한 후 세라가 먼저 핸드백을 들고 자리에서 일어났다. 문을 나가다가 돌아보았다. 생긋 웃으며 손을 흔들어 보였다. 은후도 어설프게 손을 흔들었다. 마주 웃어주려 노력했다.

태양처럼 밝고 멋진 여자. 당당하고 솔직한 여자. 말 그대로 여왕님. 황제 태흔에게 정말 잘 어울리는 여자……. 당신을 미워하기엔 너무 멋져서 힘들다. 많이 아프다. 다시 가슴이 칼에 찔린 것처럼 통증이 돋았다.

"스트레이트 한 잔 더 주세요."

지금껏 홀로 칵테일 이상 강한 술을 마신 적은 없다. 그런데 오늘 밤은 미쳤나 보다. 술이 물처럼 입안으로 흘러들어 간다. 아픔이 심장에서 멈추지 않고 콸콸 새어 나오는 것처럼.

벽시계는 이미 열한 시. 예술관에 전화해서 많이 늦을 거라고 미리 이야기를 해두어야 한다. 은후는 핸드백에서 휴대전화를 꺼내 살렸다. 무수한 부재중 통화 신호. 일 분도 채 지나지 않아 어지럽게 벨이 울렸다. 그럴 거라고 생각했다. 무뚝뚝하고 낮은 태흔의 목소리가 들려왔다.

[어디야, 너?]

은후는 수화기를 귀에 댄 채 침묵하기만 했다.

너무 멀어. 울고 싶었다. 눈앞으로 세라의 밝고 세련된 모습이 지나가고 있었다. 생각보다 좋은 사람이어서, 더 아프게 박히는 그 여자를 떠올리며 은후는 손앞에 놓인 술잔을 겁도 없이 다시 비워 버렸다.

이 사람에게 닿지 못해. 영원히 우린 닿지 못해. 남의 눈을 속이고, 믿음을 속이고, 앙큼하게 몰래 도둑질하는 것 말곤 이 사람을 가질 방법이 없어. 안을 방법이 없어.

그녀의 침묵이 낯설었던 것인가. 아니면 흔들리는 목소리에서 이상한 기색을 느꼈는지도 모른다. 태흔의 목소리가 갑자기 초조한 빛을 띠었다.

[이은후. 말해, 너 지금 어디 있어?]

"몰라."
은후는 몽롱한 목소리로 중얼거렸다.
사실이다. 세라의 차를 타고 밤길을 달려 도착한 이곳이 어디인지 어떻게 알아? 한 번도 와본 적이 없는데.
[어디라고 위치라도 말해. 데리러 갈 테니.]
은후는 탈칵 휴대전화를 먼저 꺼버렸다. 배터리까지 뽑아버린 휴대전화를 핸드백에 집어넣었다. 다시 바의 턱에 고개를 박아버렸다.

[전화를 연결할 수가 없으니…….]
태흔의 이마에 저절로 주름살이 지기 시작했다. 대체 어디서 무슨 짓을 하고 있는 거야?
'예솔관에서 얌전하게 봉사활동 한다고 해놓고. 이 자식, 정말…….'
이미 손목시계의 바늘은 열한 시 반을 가리키고 있었다. 잠시 손가락 끝으로 핸들을 가볍게 두드리던 그는 다시 전화번호 하나를 길게 눌렀다.
[네, 회장님.]
"은후, 지금 어디 있지?"
[아가씨는 일요일까지 예솔관에 머무시는 것으로 알고 있습니다만.]
"대체 뭘 하는 거냐? 한시도 눈 떼지 말라고 했었다."
날카롭게 쏘아붙이는 태흔의 목소리에서 전화기 건너편의 사내는 긴장한 기색이 역력했다.
여간해서는 내심을 드러내지 않고 목소리를 높이지 않는 태흔이 이 정도로 힐난 섞인 말을 퍼부었다는 건 지금 그의 심기가 말도 못 하게 구겨졌다는 뜻이었다.

[당장 알아보겠습니다.]

"알아보는 것으로 안 돼. 어디 있는지 알아내. 지금 당장!"

삼 분 후에 전화가 왔다.

[홍다율님 초청으로 청담동 고프레에서 올리베 로런 패션쇼를 보셨는데, 거기서 임세라 씨를 만났다고 합니다.]

"그래서?"

[행사 끝나고 나서, 두 분이 같은 차를 타고 떠나셨다고 하는데요. 애들은 거기서 철수했다고 합니다.]

태흔의 눈썹이 매섭게 위로 치켜올라 갔다.

"은후가 차를 얻어 타고 혼자 가게 내버려 두었다고?"

[따라붙으려고 했는데, 임세라 씨 측에서 경호를 맡겠다고 했답니다. 정도경이라는 이름을 대면 안심하실 거라고 말했답니다.]

결국 정도경이 가로막고 임세라가 은후를 빼돌렸단 말이다. 느닷없는 일의 전개였다. 경호실과의 통화를 끝낸 후, 태흔은 잠시 손톱 끝으로 아랫입술의 꺼스라기를 뜯다가 다시 전화번호를 눌렀다.

서너 번 신호가 울렸을까 말까? 세라의 목소리가 흘러나왔다.

[어머나, 이태흔 씨가 웬일? 먼저 전화도 해주시고. 하지만 너무 늦은 시간 같은데? 베드 파트너가 필요하신 것 아니면 끊어주시지, 난 지금 우리 자기랑 샤워 중이거든.]

"우리 은후, 같이 있었다던데."

[어머나, 내 안부가 궁금해서 전화를 한 게 아니로군. 갑자기 엄청 실망스러워지네?]

세라가 그윽하게 속삭였다. 아주 보드랍게, 친절하게 태흔의 속을 긁었다.

[보디가드를 셋이나 붙여놓고도 안심이 안 돼서 안달하는 건가? 참 대단한 오빠로군요.]

태흔의 이마에 저절로 주름살이 새겨졌다.

"농담할 기분 아니니 대답해요. 우리 은후 어디다 떨어뜨려 놓고 당신 혼자 돌아온 거지?"

[술집.]

"뭐라고?"

태흔의 이마에 잡혔던 주름이 더 깊어졌다.

[은후 씨, 보기와는 달라요. 처음엔 칵테일로 시작했는데, 분위기 오르니까 바로 스트레이트로 옮겨가더군. 나도 오랜만에 기분 좋아져서 말이지. 우리 둘이 물 좋은 곳으로 이차 갔지. 꽤 좋아하더군요. 세 살 먹은 어린애도 아니고, 집에 데려다준다고 했더니 자기 혼자 집에 갈 수 있다고 사양해서 말이죠. 나 먼저 일어났는데? 왜요? 뭐 잘못된 거 있나요?]

"맥주 두 캔만 마셔도 해롱거리는 애를 데리고 이차를 가? 술 취한 놈들 가득한 곳에 그 애를 혼자 내버려 두고 당신은 나왔다? 순진한 애 데리고 지금 무슨 짓을 하자는 겁니까? 임세라 씨."

[순진한 애 데리고 무슨 짓인가를 하고 있는 건 당신이지. 안 그래요? 이태흔 회장님?]

"끊읍시다."

더 이상은 짜증 나서 들어줄 수가 없다. 태흔은 쌀쌀맞게 내뱉었다

[어머나! 은후 씨가 혼자 술 마시고 있는 술집 이름, 궁금하지

않으신가 봐?]

작정한 것이 분명하다. 약을 올려 죽일 심산이 분명했다. 세라가 아주 가증스럽게 한숨을 폭 내쉬었다.

[그러고 보니 나도 좀 걱정이 되네. 은후 씨가 여전히 그곳에서 엎드려 자고 있음 어쩌나? 그렇게 예쁜 아가씨가 혼자 술 취해서 자고 있는데 남자들이 가만히 두고 볼까? 말짱한 정신머리로도 야수가 되는 것들이 술까지 취해 있는데. 무방비한 우리 공주님을 가만히 두고만 보진 않을 텐데요?]

상상 가능한 한 최악의 사태. 약아빠지고 성질 더러운 세라가 일부러 도발하는 것임을 너무나 잘 알면서도 순간 태흔의 머릿속으로 뜨거운 피가 솟구쳤다. 확 돌게 만들었다.

서준이 은후에게 청혼했다는 이야기를 들은 것이 가장 기분 나쁜 일인 줄 알았더니 이건 뭐 새 발의 피였다. 은후가 무방비한 상태로 취객들의 시선 안에서 홀로 잠들어 있을지도 모른다는 생각을 하는 순간, 환장할 것 같았다. 이렇게 불안하고 더러운 기분이 있을 수 있다니.

태흔은 눈을 감고 셋을 셌다. 나지막하게 경고했다.

"빨리 읊어요, 나머지는 용서해 줄 테니."

[공짜로는 싫은데요.]

"임세라 씨, 지금 장난할 기분 아닙니다."

[마찬가지랍니다. 내가 왜 장난한다고 생각하시나? 은후 씨랑 나, 아주 유익한 저녁 시간을 보냈거든요. 너무 예쁘잖아. 너무 순진하고, 착하고, 사람 잘 믿고. 게다가 아이고! 너무 예쁘게 웃는단 말이지. 청순하고 상냥하게 말도 잘하고. 진짜 매혹적이란 말이지. 눈 있는 남자라면 누구든 홀딱 빠질 만하지. 난 그 예쁜

은후 씨를 야수의 손아귀에서 반드시 지켜줘야겠다는 사명감을 느꼈거든요.]

태흔은 전화기를 왼쪽 귀로 옮겼다. 차 시동을 걸었다.

"주장하려는 바가 뭡니까?"

[아주 흥미있는 이야기를 은후 씨 입으로 들어서 말이죠. 이태흔 씨, 그 어떤 남자도 자기 카드를 함부로 건네지 않아요. 아내거나 애인한테나 주는 거지.]

"그래서?"

되받아치면서도 태흔은 속으로 상욕을 씹었다. 그의 카드를 은후가 쓴다는 작은 사실 하나만으로 눈치를 챘단 말이야? 임세라, 적이지만 정말 존경스럽군.

[피 한 방울 섞이지 않았어. 법적으로도 가족 관계 아닌 여자를 금이야 옥이야 떠받들어. 아낌없이 투자해서 멋진 여자로 키웠어. 척 하니 자기 카드 내주고, 해달라는 거 다 해줘. 보디가드 셋이나 딸려. 이보세요, 이태흔 씨, 솔직하게 이은후, 키워서 잡아먹는 중이라고 하세요. 연애질 너무 뻔뻔하게, 티 나게 하는 거 아닙니까?]

"흠. 그렇게 드러낸 줄은 몰랐는데?"

[어머나, 어머나! 진짜야? 혹시나 하고 찔러봤더니.]

세라가 호들갑스럽게 소리 질렀다. 태흔은 홀로 콧방귀를 날렸다. 그와 마찬가지로 이 여자, 가증의 경지는 거의 예술이었다.

"당신 본 거, 전부 다 사실입니다. 그래서?"

[어머나, 놀라지도 않네? 조만간 공개 예정?]

"아마도. 당신 공적이 컸어. 감사하게 생각해요. 그 녀석, 당신하고 나하고 결혼 말 나오면서부터 질투로 거의 미치기 일보 직전이 됐거든. 뭐, 조만간 항복할 것 같습니다. 당신이 날 멋지게 걷어차 주고 떠나주시면 난 날 위로해 주는 상냥한 그 녀석이랑 축복 속에서 결혼할 작정."

[지옥에나 떨어져, 이 망할 인간아!]

세라가 전화기 안에서 바락 고함을 질렀다. 그녀의 고약한 성질머리에 대자면 오늘 불쌍한 정도경이 또 화풀이 대상으로 고생 좀 하겠네. 태흔은 피식 웃고 말았다.

[이태흔, 죽여 버리겠어! 감히 나를 장기판 졸로 이용했다고? 기껏 네 여자에게 불 지르려는 목적으로 날 갖다가 써먹어? 이 빌어먹을 작자 같으니! 언젠가 반드시 산 채로 파묻어 버릴 테니, 기다리고 있어.]

"피장파장. 당신은 여차하면 날 아기 아비로 사용해 먹을 작정했잖습니까. 방패 막음 잘해주고 있는데 친구를 그런 식으로 매도하면 안 되죠."

[친구? 친구~우? 이 뻔뻔한 작자 같으니! &*·@#%$#!]

차마 인간의 말이라고는 인정하기도 부끄러운 욕설이 귀를 어지럽혔다. 바락바락 소리 지르며 물건을 걷어차는 소리가 전화기를 타고 적나라하게 들려왔다.

'성질머리 하고는……. 이런 여자를 참아주고 그 기질 다스리며 산단 말이야? 정도경, 보기와는 달리 만만치 않겠군.'

태흔은 임세라의 연애사에 있어 그녀와 엮이지 않은 것을 진정 감사하는 마음으로 잠시 묵념했다. 점잖게 다시 한 번 염장을 질러주었다.

"공평하게 굴어주세요, 임세라 씨. 당신은 정도경을 갖고 난 이은후를 갖는 거야. 왜 불만입니까? 적이라도 이용해 먹을 수 있는 한은 친구입니다."

[오늘의 친구가 내일의 적이란 것도 기억해 주시죠, 이태흔 씨. 내가 이 사실을 까발려 버린다면?]

"까발려 주세요, 제발! 잔말 말고 그 술집 위치부터 말해요. 어디라고?"

[청담동 히로.]

태흔은 핸들을 돌려 방향을 잡았다.

"감사하군. 당신이 까발려 주시면 나야 정말 감사하지. 일주일 내로 우리 결혼식에 참석하게 될 겁니다. 그런데 지금 아쉬운 건 내가 아니라 당신일 텐데? 난 하루라도 빨리 은후가 내 여자라는 것을 공표하고 싶어 안달하는 놈이고, 당신은 뱃속의 아기 아비가 정도경이라는 것을 숨기고 싶어서 안달복달하는 처지거든. 누가 더 불리할까?"

[즐길 수 있을 때 마음껏 즐기세요, 이태흔 회장. 언젠가는 아주 자근자근 당신 뼛속까지 파내줄 테니까. 날 이렇게 도발하고 열 받게 한 거 두고두고 후회할 날이 반드시 올 겁니다. 당신의 유일한 약점은 이은후겠지? 그 예쁜이, 이미 내 손아귀에 들어왔어. 두고 보자고!]

그쪽에서 먼저 전화가 사납게 끊겼다.

'꿈도 야무지시군.'

태흔은 어깨를 으쓱하고는 말았다. 가당찮아서 헛웃음이 나왔다. 감히 어디서 은후가 제 손아귀에 들어왔다고 까불어?

'당신 같은 여자를 우리 은후가 만나면 곤란하지. 이상한 물 들어 날 상대로 헛소리하고 바르작대는 걸 내가 참아줄 것 같아? 다시는 얼굴도 보지 못하게 만들 텐데 너무 자신만만하시군, 임세

라 이사.'

휴대전화를 조수석에 던져 놓고 태혼은 액셀러레이터를 밟은 발에 지그시 힘을 주었다. 지금부터 청담동까지 육 분 만에 주파할 작정이다.

누군가가 옆에 와서 앉는 것이 느껴졌다. 손 옆에 놓인 그녀의 잔을 가져가 버렸다. 은후는 천천히 얼굴을 가린 손을 떼고 몽롱한 눈을 돌렸다. 아스라이 흔들리는 그 남자의 얼굴이 망막에 맺혔다.

"우유, 아주 뜨겁게."

그가 바텐더에게 주문하는 소리가 전설처럼 멀게 들렸다. 은후는 다시 바에 얼굴을 파묻었다.

『폭염』 2권에 계속…